Johann Joachim Eschenburg

Episteln an die Pisonen und an den Augustus

Johann Joachim Eschenburg

Episteln an die Pisonen und an den Augustus

ISBN/EAN: 9783743366831

Hergestellt in Europa, USA, Kanada, Australien, Japan

Cover: Foto ©Andreas Hilbeck / pixelio.de

Manufactured and distributed by brebook publishing software (www.brebook.com)

Johann Joachim Eschenburg

Episteln an die Pisonen und an den Augustus

Horazens
Episteln an die Pisonen

und

an den Augustus

mit

Kommentar und Anmerkungen

nebst

einigen kritischen Abhandlungen

von

R. Hurd.

Aus dem Englischen übersetzt

und

mit eigenen Anmerkungen begleitet

von

Johann Joachim Eschenburg.

Erster Band.

Leipzig
bey Engelhart Benjamin Schwickert 1772.

Einleitung.

Es ist eine ausgemachte Sache, daß die alten Schrift=
steller in der Kunst der Komposition unsre Mei=
ster sind. Es müssen daher diejenigen unter ihren
Schriften, welche zur Ausübung dieser Kunst Anleitung
geben, von dem höchsten Werthe seyn. Und, wenn
unter denselben sich irgend eine in dieser Absicht vor allen
übrigen ein vorzügliches Ansehen erworben hat, so ist es
vielleicht das folgende Werk, welches die Gelehrten schon
längst als eine Art von summarischem Inbegrif aller
Regeln der guten Schreibart angesehen haben; ein Werk,
das jeder Schüler der Kunst auswendig lernen sollte,
und dessen entscheidendem Ansehen sich die größten Mei=
ster und Kenner des Geschmacks und der guten Schreib=
art, als einem Endurtheile, unterwerfen müssen.

Je unstreitiger aber der Werth dieses Gedichtes ist,
desto mehr wird der gelehrten Welt daran gelegen seyn,
daß es richtig und genau verstanden werde. Der
Verfasser des gegenwärtigen Buchs glaubte daher, daß
es von einigem Nutzen seyn könnte, wenn er sich einige
Mühe gäbe, den Sinn dieses vortrefflichen Gedichts
aufzuklären, die Methode desselben in eine gewisse Ver=
bindung zu bringen, und den Zweck und die Absicht

A

deſſelben mit Gewißheit zu beſtimmen. Er wußte
freylich, daß ſchon vor ihm andre Männer, und zwar
ſolche, denen man in Anſehung der kritiſchen Gelehrſamkeit den erſten Rang giebt, dieſen Verſuch gemacht hatten. Indeß fand er doch nicht, daß ſie durch ihre Arbeiten die ſeinige entbehrlich machten, da er bey ihnen,
auſſer unzähligen andern Fehlern, vornämlich zwey eingewurzelte Irrthümer bemerkte, die von der Art ſind, daß
ſie nothwendig das Genie eines jeden Auslegers in ſeiner
Wirkſamkeit ſtören, und die Gelehrſamkeit deſſelben ihres
Zwecks verfehlen laſſen mußten. Der eine von dieſen
Irrthümern betrifft den Inhalt, der andre die Methode der Horaziſchen Dichtkunſt. Es wird nöthig
ſeyn, über beyde etwas zu ſagen.

Daß die Poetik, in ihrem ganzen Umfange, nicht
der eigentliche Inhalt dieſes Gedichts ſeyn kann, iſt ſo
offenbar, daß es ſelbſt den unwiſſendſten und achtloſeſten
Auslegern deſſelben nicht entgangen iſt. Denn wenn
es gleich auf alle die verſchiednen Gattungen der Poeſie
zu paſſen ſchien; ſo ſah doch ein jeder bald, daß wenigſtens einige derſelben nur ſehr leicht darinne berührt waren;
daher die öftern Verſuche, die Artes et Inſtitutiones
poeticæ einheimiſcher und ausländiſcher Schriftſteller,
um dieſem Mangel abzuhelfen. So ſehr man indeß
dieſe Wahrheit einſah und zugeſtand, ſo traf es ſich doch
zum Unglücke, daß der Scharfſinn der ſo zahlreichen Ausleger dieſes Gedichts nun auch nicht weiter gieng. Man

fah es noch immer, zwar nicht für ein System, aber doch für eine Sammlung kritischer Grundsätze der Poesie überhaupt an; jedoch mit der Einschränkung, daß die Schaubühne offenbar den größten Antheil daran hätte *). Von diesem Vorurtheile eingenommen, wagten sich verschiedne berühmte Schriftsteller an die Auslegung und Erklärung dieses poetischen Briefes, mit einem Erfolge, der bey einem so nachtheiligen Irrthume, den sie sogleich bey der Unternehmung dieser Arbeit hatten, nicht anders zu erwarten war. Sie sahen nämlich nicht ein: „daß es der eigentliche und einzige Zweck des Dich„ters wäre, nicht die Griechischen Kunstrichter in einen „Auszug zu bringen, woran er vermuthlich nie gedacht „hat; noch ein kurzes kritisches System zum allgemei„nen Gebrauche der Dichter zu entwerfen; denn dieß „widerlegt eine jede Zeile; sondern bloß, das Römische „Drama zu beurtheilen.„ Denn auf diesen Zweck geht nicht nur der Inhalt des ganzen Werks, sondern eine jede einzelne Vorschrift desselben; wie wir in der Folge sehen werden. Schon längst hat man die nachtheiligen Folgen dieses Irrthums gefühlt. Ihm hat man die Verwirrung und Verlegenheit in Bestimmung des ganzen Plans, und des Umfangs der einzelnen Regeln, zuzuschreiben. Ja, die Wirkungen dieses Irrthums erstrecken sich noch weiter. Denn da man sich einbil-

*) Satyra haec est in sui saeculi poetas, *praecipue* vero in Romanorum drama. BAXTER.

dete, das Ganze wäre aus Griechischen Kunstrichtern zusammengesetzt; so haben die Ausleger viel unnütze Mühe und Scharfsinn darauf verwandt, Schriftsteller anzuführen, deren es gar nicht bedurfte, und Parallelstellen aufzusuchen, oder eigentlicher, durch ihre studirten Künsteleyen sie zu schaffen, die Horaz nie in Gedanken gehabt hatte. Daher ist es gekommen, daß man nicht den Zusammenhang der eignen Gedanken des Dichters untersucht, nicht auf den besondern Zustand der Römischen Schaubühne Rücksicht genommen hat; ein Verfahren, welches gesunder Menschenverstand und Kritik überhaupt angerathen hätte; sondern daß man die gelehrte Welt bis zum Ekel mit geschmacklosen Erklärungen des Aristoteles und Demetrius Phalereus ermüdet hat, deren gründliche Gedanken durch die feine Behandlung Französischer Kunstrichter dergestalt geschwächt und verfeinert sind, daß dadurch die Kunst selbst einigermaßen in Gefahr gewesen ist, von ihrem Ansehen zu verlieren.

Jedoch die verkehrten Auslegungen dieses Gedichts haben nicht bloß einen Mißverstand des Inhalts, sondern auch eine Unachtsamkeit auf die Methode und den Plan desselben zum Grunde. Diese Unachtsamkeit war zum Theil eine natürliche Folge jenes Mißverstandes. Denn, da die Ausleger keine Einheit des Plans in dem Inhalte selbst argwöhnten, so suchten sie niemals, oder fanden doch wenigstens keine Verbindung der Anordnung in der Methode. Eben dieß war der

Stein des Anstosses, über welchen Heinsius, und vor
ihm Julius Scaliger, strauchelte. Bey aller Stärke
des Genies, die dazu gehört, eine verwickelte Sache zu
entfalten, bey aller Hülfe der Gelehrsamkeit, deren
Strahlen einen dunkeln Gegenstand aufheitern können,
waren doch diese beyden berühmten Kunstrichter äusserst
ungeschickt, die Ordnung dieser Epistel zu entwickeln; dergestalt, daß Scaliger *) dreiste heraussagte, die Ausführung desselben sey fehlerhaft; und Heinsius kein andres Mittel wußte, sich heraus zu helfen, als seine Zuflucht zu dem ängstlichen und unkritischen Behelfe
einer dreisten Versetzung zu nehmen. Im Grunde
standen beyde in einerley Irrthume, daß der Dichter
nämlich die Absicht gehabt habe, eine Kritik über die
Dichtkunst überhaupt zu schreiben, und nicht, wie ich
hier zeigen werde, über das Römische Schauspiel insbesondre. Wiewohl beym Heinsius muß noch etwas
mehr geahndet werden. Man wird es aus meinen Anmerkungen über einzelne Stellen sehen, daß dieser Kunstrichter die Ordnung des ganzen Gedichts nicht aus einem bloßen Mißverstande des eigentlichen Zwecks der
Materie, sondern auch aus einer völligen Fühllosigkeit
gegen die eigenthümlichen Reize und Schönheiten der
Schreibart in Briefen, umgekehrt hat. Dieß halte
ich für eine der vornehmsten Ursachen der schlechten Auslegungen, die man von Horazens Briefen überhaupt

*) Praefat. in LIB. POET. et L. VI. p. 338.

gemacht hat; und will mich also dabey ein wenig verweilen; zumal, da die Sache an sich eine nähere Untersuchung verdient, und bisher wenig oder nichts von irgend einem guten Schriftsteller darüber gesagt ist.

Die Epistel, so mannichfaltig sie zu seyn scheint,
ist doch wirklich nur von zweyerley Art; die eine kann
man die didaktische nennen; die andere die elegische.
Zu der erstern Art rechne ich alle diejenigen Episteln,
deren Absicht ist, zu unterrichten; sie mögen nun Moral, Politik, Kritik, oder überhaupt das menschliche
Leben zum Gegenstande haben. Zu der letztern Gattung
gehören alle die, deren Absicht ist, zu rühren; die Gelegenheiten mögen nun Liebe, Freundschaft, Eifersucht,
oder besondere Unfälle seyn. Es giebt vielleicht einige
Briefe von leichterer Art beym Horaz und andern guten
Schriftstellern, die, wie es scheint, zu keiner von diesen
beyden Klassen zu rechnen sind; diese sind bloß als flüchtige Nebenarbeiten anzusehen, und verdienen es nicht, eine
dritte und eigene Gattung dieser Dichtungsart auszumachen.

So wie nun diese beyden Arten der Epistel in Ansehung ihres Inhalts und ihres Zwecks sehr weit von
einander verschieden sind, so sind sie auch in Ansehung
ihres Ursprungs nicht einerley; wiewohl beyde zu gleicher
Zeit im Gebrauch waren, und beyde völlig Römisch sind.

Die didaktische Epistel war in der That der wahre
und eigentliche Ursprung der Satire. Es wird der

Mühe werth seyn, zu sehen, wie dieß zugieng. Die Satire war, ihrem Ursprunge nach, das heißt, in dem rohen Fescenninischen Possenspiele, von welchem die Idee dieses Gedichts hergenommen wurde, ein bloßes extemporirtes Gemische von Lustigkeit und Bösartigkeit. Ennius, welchem die Ehre gehörte, sie unter ihrem neuen Namen einzuführen, verfeinerte ohne Zweifel beydes; er ließ sie aber noch ohne Form und Methode, und sie ward unter seinen Händen bloß eine Rhapsodie von Gedichten verschiednen Inhalts und von verschiednem Sylbenmaaße. Es brauchte nur gesunden Verstand, um die Unnatürlichkeit dieser widersinnigen Mischung einzusehen; Lucil brachte sie einen Schritt weiter, und gab ihr Einheit des Plans und des Sylbenmaaßes. Diese Veränderung war so beträchtlich, daß er dadurch den ehrenvollen Namen des Erfinders dieser Dichtungsart erhielt. Wenn ich indeß sage, Lucil habe der Satire Einheit des Sylbenmaaßes gegeben, so verstehe ich das bloß von dem Sylbenmaaße in einem und demselben Stücke; denn in mehrern Satiren war es offenbar verschieden. Daß sein Plan Einheit hatte, schließe ich zuerst daher, weil Horaz ausdrücklich sagt, die Einkleidung oder Schreibart in den Satiren des Lucil sey mit der seinigen genau einerley gewesen, in welcher doch gewiß Niemand den geringsten Anschein jener rhapsodischen, unzusammenhängenden Einrichtung finden wird, welche den Charakter der alten Satire ausmachte. Vornäm-

lich aber nehme ich es deswegen an, weil man bey einer jeden
andern Voraussetzung nicht einsieht, wodurch Lucil einen
Anspruch auf den ruhmvollen Namen eines Erfinders
dieses Gedichts erhalten hätte. Daß er der erste war,
der die Manier der alten Komödie in der Satire nachahmte, konnte hiezu noch nicht hinreichend seyn. Denn
alles, was er in diese aus jener hineinbrachte, war, wie
Quintilian sagt, libertas, atque inde acerbitas, et abunde
salis. Sie schärfte seine spottenden Anfälle, und verfeinerte seinen Witz; das heißt, sie verbesserte die Miene
der Satire; aber sie änderte ihre Form nicht. Eben so
wenig kann man sein Recht zu dieser Benennung von der
Gleichförmigkeit des Sylbenmaaßes herleiten, welches er
in derselben einführte. Denn dieß, ohne Einheit des
Plans, ist so wenig eine Verbesserung, daß dadurch
vielmehr die Ungereimtheit noch höher getrieben wird.
Es ist unstreitig vernünftiger, verschiedne Sylbenmaaße
zu verschiednen Materien zu wählen, als eine Menge un-
zusammenhängender und völlig unähnlicher Materien in
eben demselben Sylbenmaaße vorzutragen. Wenn also
Horaz sagt, Lucil sey Erfinder der Satire gewesen, so
muß man nothwendig darunter verstehen, daß er der erste
gewesen ist, der sie aus ihrem ehemaligen verwirrten Zustande herausriß, und zu einem regelmäßigen, zusammenhängenden Gedichte machte, indem er einen einzigen Zweck
vor sich hatte, und zugleich einerley Sylbenmaaß beobachtete. Itzt blieb für Horaz nicht viel mehr übrig,

als sie mehr zu verfeinern und zu veredeln. Seine ein=
zige wesentliche Aenderung bestand darinne, daß er der
Satire ein gewisses bestimmtes Sylbenmaaß, nämlich
das heroische, eigen machte.

Aus dieser kurzen Geschichte der Satire sehen wir
zuvörderst, daß ihr Plan ein einziger war, und lernen
zugleich daraus überhaupt ihre Einrichtung und Einklei=
dung kennen. Sie entstand aus einem unordentlichen,
nachlässigen Gemische, und mußte daher, wenn sie noch
so regelmäßig wurde, doch immer sehr frey und unge=
zwungen bleiben. Die Natur foderte eine gewisse Kette
des Zusammenhanges, und die Rücksicht auf ihren ersten
Ursprung verlangte, daß dieser Zusammenhang leicht
und gewissermaßen versteckt wäre. Jedoch ihr Zweck
foderte diesen Zusammenhang eben sowohl, als ihr
Ursprung. Sie ist, wie Diomedes bemerkt, archaeae
comoediae charactere compositum, gerade in der Ma=
nier der alten Komödie geschrieben; folglich mußte der
vertrauliche Ton der komischen Muse von selbst in sie
hineinkommen, die sich ihrer Natur nach mit keinem
Zwange der Ordnung verträgt, außer mit derjenigen Ord=
nung, welche eine auf einander folgende Reihe der Ge=
danken unausbleiblich mit sich bringt. Und hierin finden
wir beyläufig den Grund des dialogischen Tons, der in
der Römischen Satire so häufig vorkömmt, und der Nach=
läßigkeit in der Versifikation, die zu ihrer Anmuth so
wesentlich nothwendig zu seyn schien. Es ist eine gelehrte

Anspielung auf diese komische Wendung der Satire, wenn Pope sie auf folgende Art sehr richtig charakterisirt: „Noch immer reizt uns Horaz mit seiner angenehmen „Nachläßigkeit, und weiß uns, ohne Methode, in den „Verstand hineinzuschwatzen„ *).

Wenn dieß die eigentliche Form der Satire war, so sieht man bald, daß es nichts weiter brauchte, als die Anwendung und Richtung an eine einzelne Person, um eine didaktische Epistel daraus zu machen. Denn die Einrichtung dieses Gedichts, so wie die Regeln der Natur und des guten Geschmacks sie vorschreiben, ist sonst in keinem Stücke von der Einrichtung der Satire verschieden. Auch hier ist zuerst die Einheit des Inhalts oder des Zwecks unumgänglich nothwendig; die Freyheit einer vermischten Materie ist bloß den vertraulichen Briefen erlaubt. Da ferner eine solche Epistel nicht eben förmlich unterrichten will, welches allein die Strenge einer sehr genauen Ordnung rechtfertigt; sondern da sie, selbst bey dem ernsthaftesten Inhalte, bloß als eine Anrede an eine gewisse Person den Unterricht desto leichter beybringen soll; so nimmt sie natürlicherweise eine Miene der Nachläßigkeit und des Unzusammenhängenden an, gleich derjenigen, die, wie wir vorhin gesehen haben, der Satire eigen ist. Dieß alles wird durch das Zeugniß eines Dichters ungemein bestätigt, der in diesen Sachen

---

*) Horace still charms with graceful negligence,
And, without method, TALKS us into sense.

nicht fremd ſeyn konnte. Er beſpricht ſich mit ſeinem
Freunde über den Gegenſtand ſeiner Beſchäftigungen,
und ſagt:

ſive

> *Liventem* ſatiram *nigra rubigine turpes,*
> Seu tua NON ALIA ſplendeſcat epiſtola CVRA.
> STATIVS. *Lib. I. Sylv. Tiburt. M. V.*)

Dadurch giebt er deutlich zu verſtehen, daß die Regeln
und die Bearbeitung in dieſen beyden Dichtungsarten völlig einerley waren; wiewohl die Ausleger des **Statius,**
welche dieſe Aehnlichkeit oder genaue Verwandſchaft der
Satire und Epiſtel nicht einſahen, ohne Noth und ohne
Grund den Text geändert, und alta für alia geſetzt haben.

Man ſieht alſo deutlich genug, wie überhaupt die
Form und Einrichtung dieſer Epiſtel beſchaffen iſt; itzt
wird es leicht ſeyn, mit wenig Worten die beſondern
Regeln ihrer Ausarbeitung anzugeben.

Sie kann erſtlich nicht ganz von aller Methode ent-
blößt ſeyn. Denn da ſie bloß Einen Geſichtspunkt hat,
ſo muß ſie denſelben natürlicherweiſe durch irgend eine Art
des Zuſammenhanges verfolgen. Der Fortgang der
Seele beym vernünftigen Denken erfodert es, daß die
Kette, ſelbſt bey noch ſo freyen Ausweichungen, niemals
ganz unterbrochen werde.

Wie nun aber überhaupt ein Zuſammenhang da ſeyn
muß: ſo wird derjenige Zuſammenhang dem Zwecke der
Epiſtel, und der Abſicht des Schriftſtellers am gemäße-

sten seyn, der zwar durch eine sichre Folge der Gedanken
zu dem vor Augen gehabten Ziele leitet, aber sich doch
bis dahin versteckt hält, und dem Leser das Vergnügen
überläßt, die Glieder der Kette in Gedanken auszufüllen,
und dasjenige mit einander zu verbinden, was dem An=
scheine nach vernachläßigt und unzusammenhängend geblie=
ben ist. Die Kunst, dieß Vergnügen zu verschaffen,
welche allemal die Achtung des Schriftstellers gegen den
Scharfsinn des Lesers verräth, ohne ihm die Mühe ei=
ner beschwerlichen Nachforschung zu verursachen, macht
eigentlich den größten Reiz und die größte Schönheit der
Einkleidung poetischer Briefe aus.

Was bisher gesagt ist, betrifft hauptsächlich die di=
daktische Form. Wir müssen nun noch etwas von der
andern Gattung der Epistel, der elegischen, sagen,
die, wie ich bemerkte, einen ganz andern Ursprung hat.
Sie entstand nämlich offenbar aus dem, was eigent=
lich Elegie heißt; einem Gedichte von sehr alter Griechi=
scher Abkunft, das seinen Ursprung von der klagenden,
unzufriedenen Gemüthsfassung der Menschen hatte, die
unter dem Drucke irgend eines Kummers sich nicht ent=
halten kann, in Wehklagen und zärtlichen Ungestüm
auszubrechen, und eine Art von Erleichterung darin
findet, dem Schmerze nachzuhängen, und den Ergieß=
ungen desselben ihren Lauf zu lassen, da sie nicht Stärke
oder Entschlossenheit genug besitzt, ihn völlig zu hem=

men. *) So entstand die Elegie, in ihrer eigenthümli=
chen Griechischen Gestalt; ihre Schreibart war nach=
läßig, abgebrochen, ohne Zusammenhang, einer sorglo=
sen Fassung, und einem empfindungsvollen Herzen völ=
lig gemäß. Von der Art war die Elegie des Ovid,
der sich diesen ihren Charakter zu Nutze machte, und
eine neue Dichtungsart einführte, **) ohne daß ihm die
Erfindung viel Mühe kostete. Denn da er nur die zer=
streuten einzelnen Theile, woraus die Elegie bestand,
sammelte, ihnen die Richtung auf Einen hauptsächlichen
Zweck gab, und sie außerdem an eine gewisse Person
richtete, so wurde er der Urheber von dem, was wir
hier die elegische Epistel nennen, von welcher wir
schöne Muster an seinen Heroiden und Briefen von Pon=
tus haben. Wir sehen hier also den Unterschied dieser
Form von der didaktischen. Sie haben beyde einen
hauptsächlichen Zweck und Gesichtspunkt vor Augen.
Aber die didaktische hat eine kältere und ruhigere Wen=
dung; sie verfolgt daher ihren Plan auf eine gleichförmi=
ge Art, und ihr Zusammenhang ist leichter. Die elegi=
sche hingegen, deren Absicht, nicht Unterricht, sondern

---

*) *Moerorem minui; dolorem nec potui, nec, si pos-
sem, vellem*, sagt Cicero, da er den Verlust seiner Tochter
beklagt. (*Epp. ad Attic.* XII. 28.) Ein überaus glückliches
Gemählde des wahren Schmerzens!

**) *Vel tibi composita cantetur* EPISTOLA *voce*,
IGNOTVM HOC ALIIS ILLE NOVAVIT OPVS.
Art. Amat. L. III. v. 345.

Rührung ist, hat alles das Abgebrochne einer unregelmäßigen, unordentlichen Leidenschaft. Sie berührt oft entfernte und entlegene Gegenstände; sie verfällt auf einmal auf eine ausweichende Reihe von Gedanken; und es gehört ein gewisser Grad der Begeisterung bey dem Leser darzu, ihr zu folgen.

Es gehört nicht zu meiner gegenwärtigen Absicht, in diese Materie weiter einzudringen. Genauere Begriffe von der Form und Einrichtung dieser Epistel muß man in dem besten Muster derselben, in dem gedachten Römischen Dichter, aufsuchen. Man bemerke nur, in Ansehung der verschiedenen Eigenschaften, welche diejenigen haben müssen, die in diesen beyden Gattungen etwas Vollkommenes leisten wollen; daß die eine, da sie Eindruck auf das Herz machen will, dieß bloß vermittelst einer ausnehmenden Empfindlichkeit des Naturels und Feinheit der Seelenkräfte erhalten kann; und daß die zweyte Gattung, die auf eine im geringsten nicht beleidigende Art den Verstand unterrichten will, zu der völligen Erreichung ihres Zwecks ein sehr richtiges Gefühl, die ausgebreiteteste Kenntniß des menschlichen Lebens, und vor allen Dingen die Feinheit einer völligen Beziehung auf die Person erfodert, an welche das Gedicht gerichtet ist. Daß jenes Ovids unterscheidender Charakter war, ist schon vorhin bemerkt, und bekannt genug. In wie fern das letztere beym Horaz zutrifft, kann denenjenigen von seinen Lesern kein Geheimniß seyn, die selbst einigen

Antheil an diesen Talenten, oder nur einen deutlichen Begrif von denselben haben. Jedoch, dergleichen Feinheiten sind eigentlich nicht Gegenstände der Kritik, sondern der Empfindung. Wir wollen also bloß das Verfahren des Dichters in so fern untersuchen, als wir nach Maaßgebung der vorhergegangenen Regeln darüber zu urtheilen im Stande sind.

Sie lassen sich alle auf drey Regeln zurückführen: 1) Der Inhalt muß Einheit, 2) Die Methode muß Zusammenhang haben; 3) Dieser Zusammenhang muß leicht seyn. Alles dieß, behaupte ich, ist bey des Dichters Ausführung dieser, das ist, einer didaktischen Epistel, aufs genauste beobachtet. Denn:

1. Der Inhalt einer jeden Epistel, ist ein einziger; das heißt, es wird ein gewisser Gesichtspunkt das ganze Stück hindurch verfolgt, wenn gleich die Richtung des Dichters an eine gewisse Person, und die Delikatesse des Subjekts ihn bisweilen durch einen Umweg zu demselben leitet. Hätten seine Ausleger auf dieß Verfahren Acht gehabt, welches der vorhin erklärten Vorschrift der Natur so sehr gemäß ist, so würden sie niemals eine Poetik in der Epistel haben finden können, welche wir vor uns haben.

2. Dieser Eine Gesichtspunkt, wenn er auch gleich noch nicht in die Augen fällt, *) wird dennoch allemal

*) Scaliger sagt: Epistolas, Graecorum more, Phocylidae

mit einer gleichförmigen, fortwährenden Methode verfolgt, die gerade da am künstlichsten ist, wo sie es einem
sorglosen, unaufmerksamen Leser am wenigsten zu seyn
scheint. Dieser Umstand hätte Horazens gelehrte Kunstrichter antreiben sollen, den Zusammenhang der eignen
Gedanken des Dichters aufzusuchen, und sich nicht über
ihn zu Lehrern aufzuwerfen, um seine Methode zu versetzen oder zu verkleinern.

3. Diese Methode ist überall zureichend klar und
deutlich. Wenn sie gleich nicht in die strengsten Formen
eines disponirten Entwurfs gebracht ist, so geht sie doch
auf eine schöne und leichte Art fort, indem Ein Gedanke
allemal aus dem andern entsteht, und unvermerkt zu den
darauf folgenden Gelegenheit giebt, gerade so, wie es
das kältere Genie dieser Gattung erfoderte. Dieser Umstand endlich sollte diejenigen, welche es sich haben einfallen lassen, die Poetik nach den Vorschriften dieses Gedichts zu kritisiren, abgehalten haben, ihre Unwissenheit
über die wahren Absichten desselben unter dem Vorwande

---

lidae atque Theognidis, (*Horatius*) scripsit: praeceptis phi-
losophiae divulsis minimeque inter se cohaerentibus. Und von
dieser Epistel insbesondre nimmt er sich heraus zu sagen: De
Arte quaeres quid sentiam. Quid? Equidem quod de Arte
sine arte tradita. Eben so sagt ein andrer großer Kunstrichter: Non solum antiquorum ὑποθῆκαι in moralibus hoc habuere, ut ἀκολυθίαν non servarent, sed etiam alia de quibuscum-
que rebus praecepta. Sic epistola Horatii ad Pisones de
Poetica perpetuum ordinem seriemque *nullam* habet; sed ab
uno praecepto ad aliud transilit, quamvis *nulla* sit materiae
affinitas ad sensum connectendum (S A L M A S I I *Not. in
Epictetum et Simplicium* p. 13. Lugd. Bat. 1640.)

solcher abgebrochnen und gewaltsamen Uebergänge zu verbergen, die sich besser für die empfindungsvolle Elegie
schicken, als für die ruhige didaktische Epistel.

Um diesen dreyfachen Charakter vor den Augen des
Lesers in sein völliges Licht zu setzen, habe ich den Versuch gemacht, die Epistel an die Pisonen durch
einen zusammenhängenden Kommentar über dieselbe zu
erläutern. Und damit der Zusammenhang der einzelen
Theile desto deutlicher in die Augen fallen möge, habe
ich den Kommentar so kurz als möglich gemacht, und
einige feinere und weniger augenscheinliche Verbindungen
des Ganzen in den nachherigen Anmerkungen sorgfältiger bemerkt und ausgezeichnet.

Diese Art der Auslegung für sich betrachtet, ist
unstreitig unter allen am geschicktesten, über eine schwere
und dunkle Materie das gehörige Licht zu verbreiten, und
vornämlich, sich von dem Zwecke und der Ordnung
eines Werks eine richtige Vorstellung zu machen. Sie
ist dafür von verschiednen ausländischen Kunstrichtern,
erkannt worden, besonders von einigen Italiänern; die
schon längst eben dieß Gedicht auf die nämliche Art zu
erläutern versucht haben. Allein ich gestehe, daß der
Erfolg, mit welchem sie es gethan haben, keine sonder-
liche Empfehlung ihrer Methode ist. Ich will mich also
lieber bloß auf das Beyspiel eines großen Schriftstellers *)

---

*) **Warburton**, bey der Ausgabe des **Pope**.

B

berufen,   der in seiner Ausgabe des Horaz unter den
Engländern, der besten, die jemals von einem klaßischen
Dichter gemacht ist,   den Werth dieser Erklärungsart
aufs beste gerettet und bewährt hat.   Was seiner Feder
ein leichtes Spiel war, wird freylich für geringere Schriftsteller eine Arbeit.   Indeß kann es einem,   bey aller
dieser Ungleichheit, doch nicht zum Vorwurfe gereichen,
wenn man nur nach einiger Aehnlichkeit mit einem der
kleinsten von denjenigen Verdiensten strebt, die man sich
so rühmlich vereint bey dem Namen des großen Freundes und Auslegers eines Pope zu denken gewohnt ist.

Q. HORATII FLACCI
ARS POETICA
EPISTOLA AD PISONES.

Hᴠᴍᴀɴᴏ capiti cervicem pictor equinam
Iungere ſi velit, et varias inducere plumas
Vndique collatis membris, vt turpiter atrum
Deſinat in piſcem mulier formoſa ſuperne;
Spectatum admiſſi riſum teneatis amici? **5**
Credite, Piſones, iſti tabulae fore librum
Perſimilem, cuius, velut aegri ſomnia, vanae
Fingentur ſpecies; ut nec pes, nec caput uni

Kommentar.

Der Inhalt dieſes Gedichts iſt, wie ich vorausſetze, ein einziger, nämlich, der Zuſtand des Römiſchen Schauſpiels. Da es natürlich iſt, ſelbſt in den freyeſten Werken des Witzes eine Art von Methode zu beobachten, ſo wird ſich der verſtändige Leſer nicht wundern, wenn er findet, daß der Dichter ſeine Materie nach einem regelmäßigen, wohlgeordneten Plane ausführt, welchen ich, um ihn deſto genauer beſchreiben zu können, in drey Stücke theile:

I. Das erſte davon (v. 1—89.) beſteht aus einer Vorbereitung zu dem eigentlichen Inhalte der Epiſtel, und enthält einige allgemeine Regeln und Betrachtungen über die Poeſie, aber vornämlich in Rückſicht auf die folgenden

Reddatur formae.   Pictoribus atque poetis
Quidlibet audendi semper fuit aequa potestas: 10
Scimus, et hanc veniam petimusque damusque vicissim:
Sed non ut placidis coeant immitia; non ut

Kommentar.

Theile.   Und so dient es zu einer brauchbaren Einleitung,
die uns zu dem Zwecke des Dichters führt, und giebt dem
Anfange die Miene der Leichtigkeit und Nachläßigkeit, welche
der Schreibart in Briefen eigenthümlich ist.

II.   Der eigentliche Haupttheil des Briefes (v.
89 — 295.) enthält Regeln für die Römische Schaubühne
überhaupt; vornämlich aber für das Trauerspiel; nicht nur,
weil dieses die höhere Gattung des Schauspiels, sondern
weil es, dem Ansehen nach, bisher weniger bearbeitet und
gehörig verstanden war.

III.   Der letzte Theil (v. 295 bis zu Ende) giebt
Erinnerungen über die Korrektheit im Schreiben; aber immer vorzüglich in Rücksicht auf die dramatische Gattung;
und beschäfftigt sich theils mit Wegräumung der Hinder-
nisse, welche derselben noch im Wege waren, theils mit einer Anleitung zum Gebrauche solcher Mittel, die zu ihrer
Beförderung dienen konnten.   Dieß ist überhaupt der Plan
der ganzen Epistel.   Um denselben völlig einzusehen, wird
es nöthig seyn, dem Dichter in der schönen Verbindung
seiner Methode aufmerksam zu folgen.

Erster Theil.
Allgemeine Betrachtungen über die Poesie.

Der Anfang der Epistel (bis zu v. 9.) enthält die allgemeine und fundamentale Regel: in dem Subjekte und
in der Anordnung des Stücks Einheit zu beobachten.
Dieß wird weiter erläutert durch Erklärung des Gebrauchs,
und durch Festsetzung des Charakters der poetischen Freyheit; (v. 9 — 13.) auf welche sich ungeschickte Schriftstel-

Serpentes avibus geminentur, tigribus agni.

Inceptis gravibus plerumque et magna profeſſis

Purpureus, late qui ſplendeat, unus et alter   15

Adſuitur pannus: cum lucus, et ara Dianae,

Et properantis aquae per amoenos ambitus agros,

Aut flumen Rhenum, aut pluvius deſcribitur arcus.

Sed nunc pon erat his locus: et fortaſſe cupreſſum

Scis ſimulare: quid hoc, ſi fraƐtis enatat exſpes   20

Navibus, aere dato qui pingitur? amphora coepit

Inſtitui, currente rota cur urceus exit?

Deniquc ſit quidvis; ſimplex duntaxat et unum.

Maxima pars vatum, pater et juvenes patre digni,

Decipimur ſpecie reƐti. Brevis eſſe laboro,   25

Kommentar.

ler oftmals berufen, wenn ſie ihre Vergehungen wider das Geſetz der Einheit entſchuldigen wollen. Von da bis v. 23. folgen Betrachtungen und Erklärungen der beſondern Art, die Gleichförmigkeit eines Werks zu verletzen, auf welche vornämlich junge Poeten, durch eine feurige Einbildungs- kraft verleitet, zu verfallen pflegen, und die aus häufigen und übelangebrachten Beſchreibungen beſteht. So ſchön dieſelben vielleicht für ſich ſind, ſo meiſterhaft ſie ausgeführt ſeyn mögen, ſo ſind ſie doch allemal ſehr unſchicklich, wenn ſie nichts mit dem Hauptinhalte zu thun haben, und gar nicht dahin gehören, wo ſie ſtehen. Die Warnung davor iſt um ſo viel nöthiger, da der Fehler ſelbſt den Anſchein einer Schönheit hat, und daher manche Schriftſteller (v. 23 — 25.) die Regeln des Richtigen eben dadurch ver- fehlen, daß ſie ſich Mühe geben, dieſelbe zu beobachten. Es giebt zween Fälle, in welchen uns dieſe angewandte Mü- he auf eine merkliche Art irre führt. Der erſte Fall iſt, wenn ſie uns veranlaßt, eine ausgemachte Schönheit zu weit zu treiben. Große Schönheiten gränzen allezeit an

Obscurus fio: sectantem lenia nervi
Deficiunt animique: professus grandia turget:
Serpit humi tutus nimium timidusque procellae:
Qui variare cupit rem prodigialiter unam,
Delphinum silvis adpingit, fluctibus aprum.   30
In vitium ducit culpae fuga, si caret arte.
Aemilium circa ludum faber, unus et unguis
Exprimet, et mollis imitabitur aere capillos;
Infelix operis, summa: quia ponere totum

Kommentar.

große Fehler; wenn wir daher den höchsten Grad der Vortrefflichkeit zu erreichen suchen, so verfallen wir leicht auf Ungereimtheiten. So wird (v. 25 — 30) aus der Kürze oftmals Dunkelheit, aus dem Erhabenen Bombast, aus der Sorgfalt Frost; und kurz, die Begierde, eine Materie abzuändern und mannichfaltig zu machen, und zwar durch solche Episoden und Beschreibungen, dergleichen oben (v. 15) erwähnt sind, wird sehr oft einen Schriftsteller zu dem Hauptfehler verleiten, die Einheit seines Stücks zu verletzen. Die Mannichfaltigkeit ist freylich, von reifer Beurtheilung regiert, eine wesentliche Schönheit; sobald sie aber über die Gränzen der Wahrscheinlichkeit hinausgetrieben, und bloß deswegen angebracht wird, um Erstaunen und Bewunderung zu erregen, so wird sie unzeitig und abgeschmackt. Die verschiednen Episoden oder Beschreibungen, welche diese Mannichfaltigkeit hervorbringen sollen, können am unrechten Orte angebracht werden; und dann ist das eben so ungereimt gehandelt, als wenn ein Mahler, nach der Erläuterung, die v. 19 und 20 gegeben wird, eine Cypresse in einem Seestücke anbringen, oder, nach v. 30, ein Meerschwein in einen Wald, und einen wilden Eber in die See mahlen wollte. — Der zweyte Fall, in welchem wir durch die Bemühung, Schönheiten zu erreichen, irre geführt werden können, ist der, wenn wir aus einer

Nefciet. Hunc ego me, fi quid componere curem, 35
Non magis effe velim, quam nafo vivere pravo,
Spectandum nigris oculis nigroque capillo.
Sumite materiam veftris, qui fcribitis, aequam
Viribus; et verfate diu, quid ferre recufent,
Quid valeant humeri. cui lecta potenter erit res, 40
Nec facundia deferet hunc, nec lucidus ordo.

Kommentar.

übertriebenen Furcht, Fehler zu begehen, uns felbft außer
Stand fetzen, ein Ganzes gehörig auszuführen, oder auch
folche einzelne Theile, die einer wahren Schönheit fähig
find. Denn nicht bloß die ängftliche Bewerbung um außer-
ordentliche Schönheiten allein; fondern auch,
    In vitium ducit *culpae fuga*, fi caret arte.
Dieß wird fehr gut durch das Beyfpiel eines Bildhauers erläutert. Eine gar zu ängftliche Bemühung, einzelne
und unerhebliche Theile einer Statue vollkommen zu machen, die doch am Ende, wenn man fie noch fo genau getroffen hat, bloß nicht fehlerhaft find, macht ihn äußerft
unfähig, den größern und erheblichern Theilen des Körpers
Gerechtigkeit wiederfahren zu laffen, und vornämlich, ein
Ganzes in irgend einem Grabe der Vollkommenheit zu entwerfen und zu vollenden. Allein dieß letztere ift gewöhnlich
der Fehler eines kleinen Genies. Man hat fich einen
Entwurf gemacht, den man unmöglich im Stande ift auszuführen, und fällt nun natürlicherweife darauf, diejenigen
Theile auszuarbeiten und zu vollenden, von denen man
fieht, das man fie allenfalls in der Gewalt hat. Es ift
daher für jeden Schriftfteller wichtig |(v. 38 — 40) die
Natur und den Umfang feiner Talente wohl zu kennen, und
dafür zu forgen, daß er ein Subjekt wähle, welches in
allen feinen Theilen feiner Stärke und feiner Fähigkeit gemäß ift. Ueberdieß wird er von einer folchen aufmerkfamen
Prüfung feines Subjekts und feiner Fähigkeit, es zu bearbeiten, noch ferner die Vortheile haben, (v. 41) daß es

Ordinis haec virtus erit et venus, aut ego fallor,
Vt jam nunc dicat, jam nunc debentia dici
Pleraque differat, et praesens in tempus omittat.
Hoc amet, hoc spernat promissi carminis auctor.　45
In verbis etiam tenuis cautusque serendis,
Dixeris egregie, notum si callida verbum
Reddiderit junctura novum. Si forte necesse est

Kommentar.

ihm erstlich nicht an hinlänglichem Vorrathe von Materie
fehlen kann, um jedem Theile die gehörige Ausführung zu
geben; und dann, daß er nach einer solchen wohlgeprüften
Wahl unfehlbar seine Materie nach der besten und schicklichsten Methode anordnen wird. Was besonders das letzte
betrifft, welches den größten Vortheil gewährt, so wird
er leicht sehen (v. 45.) wo es gut seyn wird, die natürliche
Ordnung seines Subjekts beyzubehalten oder zu verändern,
nach dem es am besten dient, den Endzweck der Poesie zu
erreichen.

So weit gehen die allgemeinen Anmerkungen über die
poetische Vertheilung, vornämlich in so fern, als man
dabey die Begriffe von der poetischen Freyheit (v. 10.) und
von der poetischen Vollkommenheit (v. 25.) mißbrauchen
kann. Allein eben diese Ursachen können der Sprache der
Poesie eben sowohl nachtheilig seyn, als ihrer Methode.
Es werden also sehr schicklich einige Erinnerungen über den
Gebrauch der Wörter hinzugesetzt. Da nun dieser Umstand gänzlich von Dingen abhängt, die unter keine Regeln
zu bringen sind, von der Gewohnheit des Zeitalters, von
dem Geschmacke des Schriftstellers, und von der Kenntniß,
die er von derjenigen Sprache besitzt, worin er schreibt; so
giebt der Dichter nur bloß Erinnerungen über neue Wörter; oder, weil eine jede Sprache nothwendig unvollkommen ist, über das Prägen solcher Wörter, als das Bedürfniß oder die Noth des Dichters erfodert. Hier schreibt
er zuerst (v. 46.) eine große Vorsicht und Sparsamkeit

Indiciis monſtrare recentibus abdita rerum;
Fingere cinctutis non exaudita Cethegis .   50
Continget: dabiturque licentia ſumta pudenter.
Et nova factaque nuper habebunt verba fidem; ſi
Graeco fonte cadent, parce detorta. 'Quid autem
Caecilio Plautoque dabit Romanus, ademtum
Virgilio Varioque? ego cur adquirere pauca,   55
Si poſſum, invideor? cum lingua Catonis et Ennî
Sermonem patrium ditaverit, et nova rerum
Nomina protulerit. licuit, ſemperque licebit
Signatum praeſente nota procudere nummum.

Kommentar.

in der Sache ſelbſt vor, und bemerkt darauf (bis v. 49.)
daß es, wo es geſchehen muß, daß beſte und am wenigſten
beleidigende Mittel ſeyn wird, nicht ein völlig neues Wort
zu prägen; denn das iſt allemal ein undankbares Unternehmen, das den Neid rege macht; ſondern vermittelſt einer
ſinnreichen und glücklichen Stellung eines bekannten Worts
in Rückſicht auf einige andre, demſelben ein neues Anſehen und eine neue Wendung zu geben. Oder, wenn es ja
nöthig iſt, neue Wörter zu prägen, wie es bey fremden
und abſtrakten Materien ſeyn kann, vornämlich bey ſolchen, die niemals vorher in dieſer Sprache vorgetragen
ſind, daß alsdann (bis v. 54.) dieſe Freyheit ſehr erlaubt
iſt; daß aber ihre Aufnahme um ſo viel leichter ſeyn wird,
wenn wir ſie auf eine ſanfte, nicht zu gewaltſame Art von
der gehörigen Quelle ableiten, das heißt, von einer Sprache, wie die Griechiſche, die ſchon bekannt und bewährt iſt.
Und, um den Vorurtheilen übertrieben bedenklicher Kunſtrichter in dieſer Sache zu begegnen, fährt er fort, (v.
54 — 73.) vermittelſt einer populären Erläuterung, ſich
zum Vortheile dieſer Freyheit auf die Beyſpiele alter Schriftſteller, und auf die wankelmüthige unbeſtändige Natur der
Sprache ſelbſt zu berufen.

Vt silvis folia privos mutantur in annos; 60
Prima cadunt: ita verborum vetus interit aetas,
Et juvenum ritu florent modo nata vigentque.
Debemur morti nos, nostraque: sive receptus
Terra Neptunus classis aquilonibus arcet,
Regis opus; sterilisve palus prius aptaque remis 65
Vicinas urbes alit, et grave sentit aratrum:
Seu cursum mutavit iniquum frugibus amnis,
Doctus iter melius: mortalia cuncta peribunt:
Nedum sermonum stet honos, et gratia vivax.
Multa renascentur, quae jam cecidere, cadentque, 70
Quae nunc sunt in honore vocabula: si volet usus,
Quem penes arbitrium est, et jus, et norma loquendi.
Res gestae regumque ducumque et tristia bella .
Quo scribi possent numero, monstravit Homerus.
Versibus impariter junctis querimonia primum, 75
Post etiam inclusa est voti sententia compos.
Quis tamen exiguos elegos emiserit auctor,
Grammatici certant, et adhuc sub judice lis est.
Archilochum proprio rabies armavit iambo.
Hunc socci cepere pedem grandesque cothurni, 80

Kommentar.

Von diesen allgemeinen Betrachtungen über die Poesie geht er itzt zu einigen besondern Umständen bey derselben über. Die verschiednen Formen und Sylbenmaaße poetischer Arbeiten fallen darunter am meisten in die Augen; er betrachtet also in dieser Absicht (v. 75 — 86) die vier vornehmsten Gattungen der Poesie, auf welche sich alle übrigen zurückführen lassen, die epische, elegische, dramatische und lyrische Dichtungsart. Allein der Unterschied des Sylbenmaaßes, welches in den verschiednen Dichtungsarten zu beobachten ist, fällt so sehr in die Augen, daß

Alternis aptum fermonibus, et popularis
Vincentem strepitus, et natum rebus agendis.

Musa dedit fidibus Divos, puerosque Deorum,
Et pugilem victorem, et equum certamine primum,
Et juvenum curas, et libera vina referre.   85

Descriptas servare vices operumque colores,
Cur ego, si nequeo ignoroque, poeta salutor?
Cur nescire, pudens prave, quam discere malo?
Versibus exponi tragicis res comica non volt:
Indignatur item privatis ac prope socco   90
Dignis carminibus narrari coena Thyestae.

Singula quaeque locum teneant sortita decentem.
Interdum tamen et vocem comoedia tollit,
Iratusque Chremes tumido delitigat ore.
Et tragicus plerumque dolet sermone pedestri   95
Telephus et Peleus, cum pauper et exul uterque,

Kommentar.

man darin fast niemals fehlen kann. Die einzige Schwierigkeit ist nur, zu wissen, (v. 86—89.) in wie weit das
eine Sylbenmaaß an dem Geiste des andern Theil nehmen
kann, ohne den natürlichen und nothwendigen Unterschied
zu zernichten, der unter allen Arten desselben Statt finden
sollte.   Um diesen Umstand, der sehr ins Feine geht, zu
erläutern, betrachtet er (v. 89 — 99.) den Fall bey der
dramatischen Poesie; deren zwo Gattungen von einander
so verschieden, als möglich, sind; und doch giebt es Fälle,
in welchen es erlaubt ist, daß die Züge der einen den Zügen
der andern gleichen dürfen.   Die Komödie verstattet in
solchen Stellen, worin Leidenschaft herrscht, eine tragische
Erhebung: die Tragödie hingegen läßt sich in ihren sanften,
traurigen Scenen zu der Leichtigkeit des vertraulichen Ge-
sprächs herab.   Jedoch die Absicht des Dichters gieng bey
der Wahl dieses Beyspiels noch weiter.   Denn er kömmt

Projicit ampullas et fesquipedalia verba,

Si curat cor fpectantis tetigiffe querela.

Non fatis eft pulchra effe poemata ; dulcia funto,

Et quocunque volent, animum auditoris agunto.   100

Vt ridentibus adrident, ita flentibus adflent

Humani voltus; fi vis me flere, dolendum eft

Primum ipfi tibi : tunc tua me infortunia laedent.

Telephe vel Peleu, male fi |mandata loqueris,

Aut dormitabo, aut ridebo. triftia ;moeftum   105

Voltum verba decent; iratum plena minarum;

Ludentem, lafciva; feverum, feria dictu.

Format enim Natura prius nos intus ad omnem

Fortunarum habitum; juvat, aut inpellit ad iram,

Aut ad humum moerore gravi deducit, et angit: 110

Poft effert animi motus interprete lingua.

Kommentar.

auf diefe Art zu dem Hauptinhalte feines [Gedichts, der
bramatifchen Poefie, und fährt mit dem feinften Uebergange,
der fich denken läßt, (v. 80 — 323.) fort, eine Reihe von
Regeln vorzutragen, unter welche hiftorifche Nachrichten
eingeftreut, und die durch verfchiedne Digreßionen lebhaft
gemacht find. Sie betreffen die Anordnung und Verbefferung der Römifchen Schaubühne.

Zweyter Theil.
Regeln zur Anordnung und Verbefferung der Rö-mifchen Bühne.

Nachdem der Dichter die eigentlichen Gränzen und
das Gebiete der beyden bramatifchen Gattungen feftgefetzt
hat, kömmt er fogleich auf feine Materie felbft, und han-
belt: I. (v. 99 — 119) von den Eigenfchaften der tragi-
fchen Schreibart, welche verfchieden feyn kann, erftlich,

Si dicentis erunt fortunis absona dicta,
Romani tollent equites peditesque cachinnum.
Intererit multum, Davusne loquatur an heros;
Maturusne senex, an adhuc florente juventa   115
Fervidus; et matrona potens, an sedula nutrix;
Mercatorne vagus, cultorne virentis agelli;
Colchus, an Affyrius; Thebis nutritus, an Argis.
Aut famam sequere, aut sibi convenientia finge,
Scriptor.   Homereum si forte reponis Achillem; 120
Impiger, iracundus, inexorabilis, acer,
Iura neget sibi nata, nihil non arroget armis.
Sit Medea ferox invictaque, flebilis Ino,
Perfidus Ixion, Io vaga, tristis Orestes.
Si quid inexpertum scenae committis, et audes   125
Personam formare novam, servetur ad imum,
Qualis ab incepto processerit, et sibi constet.

Kommentar.

(bis v. 111.) nach der innern Gemüthsfaſſung und dem Charakter der redenden Perſon. So ſchickt ſich die eine Art des Ausdrucks für den Zornigen, eine andre für den Bekümmerten: dieſe für den Muntern, jene für den Ernſt-haften. Zweytens (v. 111 — 119) nach Beſchaffenheit der äußern Umſtände des Ranges, Alters, Amts oder Va-terlandes.

II. Hierauf handelt er (bis v. 179) von den Cha-rakteren, die von zweyerley Art ſind: 1. alte, die wieder aufs neue gebraucht werden; 2. neue, die man erſt erfun-den hat. In Anſehung der erſtern (v. 119 — 125.) iſt es die Regel, dem Gerüchte zu folgen; das heißt, den Cha-rakter nach der einmal angenommenen und feſtgeſetzten Idee zu bilden, welche Tradition und Alterthum geheiligt haben. Dieſe Idee iſt ſodann der einzige Probierſtein, worauf man ihn prüfen muß. In Anſehung des letztern

Difficile est proprie communia dicere: tuque
Rectius Iliacum carmen deducis in actus,
Quam si proferres ignota indictaque primus.　　130
Publica materies privati juris erit, si
Non circa vilem patulumque moraberis orbem;
Nec verbum verbo curabis reddere fidus
Interpres; nec desilies imitator in artum,
Vnde pedem proferre pudor vetet aut operis lex.　135
Nec sic incipies, ut scriptor cyclicus olim:
FORTVNAM PRIAMI CANTABO, ET NOBILE BELLVM.
Quid dignum tanto feret hic promissor hiatu?
Parturiunt montes: nascetur ridiculus mus.
Quanto rectius hic, qui nil molitur inepte!　　140
DIC MIHI, MVSA, VIRVM, CAPTAE POST MOENIA TROIAE,
QVI MORES HOMINVM MVLTORVM VIDIT ET VRBIS.
Non fumum ex fulgore, sed ex fumo dare lucem

Kommentar.

(v. 125—128.) kömmt es vornämlich auf Gleichförmigkeit
und Beybehaltung derselben Vorstellung an.　　Allein die
Erfindung ganz neuer Charaktere ist eine Sache, die viel
Schwierigkeit und Gefahr hat.　　Denn hier giebt es kein
allgemein angenommenes und festes Urbild, nach welchem
man arbeiten kann; sondern iedermann hat das Recht zu
urtheilen, nach dem Umfange und dem Maaße seiner eignen Vorstellung.　Er räth daher (v. 136.) alte Charaktere und Subjekte aufs neue zu bearbeiten, besonders solche, die durch die Gedichte Homers und andrer epischer
Dichter schon bekannt, und in ein gewisses Ansehen gekommen sind.　Er zeigt zugleich, auf welche Art man das sklavische und unoriginale Ansehen vermeiden solle, welches
Stücken dieser Art so oft zum Vorwurfe gereicht.　Ich sage, Charaktere und Subjekte; denn da der Dichter darauf
kam, vor der sklavischen Nachahmung in Ansehung der

Cogitat, ut speciosa dehinc miracula promat,

Antiphaten, Scyllamque, et cum Cyclope Charybdin. 145

Nec reditum Diomedis ab interitu Meleagri,

Nec gemino bellum Trojanum orditur ab ovo:

Semper ad eventum festinat; et in medias res,

Non secus ac notas, auditorem rapit: et quae

Desperat tractata nitescere posse, relinquit; 150

Kommentar.

Charaktere zu warnen, so entschloß er sich die ganze Materie von der sklavischen Nachahmung auf einmal mitzunehmen, und redet daher (bis v. 136) sowohl von Subjekten, als Charakteren.

Allein selbst dieser Rath, die Subjekte und Charaktere aus den epischen Dichtern zu entlehnen, könnte leicht zu zweenen Fehlern verleiten, die aus dem schlechten Verhalten dieser Dichter selbst entstehen würden. Denn erstlich (bis v. 146.) hatte die Würde und Erheblichkeit eines Subjekts, welches durch den Ruf des Alterthums geheiligt war, einen prahlerischen und weit ausgeholten Anfang veranlaßt; und nichts kann beleidigender seyn, als dieses. Wenn ferner die ganze Geschichte aus großen und wichtigen Umständen bestand, so ließen sich Dichter ohne Ueberlegung, aus Furcht, etwas davon zu verlieren, das zur Zierde ihres Werks dienen könnte, oftmals verleiten, gerade zu der Ordnung der Geschichte zu folgen; und so blieb die Anordnung ihres Stücks ohne Interesse und ohne Kunst. Diese beyden Unschicklichkeiten nun, die in dem epischen Gedichte so beleidigend sind, müssen auch noch aus anderweitigen Gründen das Trauerspiel weit mehr entstellen. Denn, da es sich nicht mit den vielversprechenden Absichten des Dichters, sondern mit der wirklichen Situation der spielenden Person anhebt; so muß der Anfang desselben nothwendig sehr simpel und bescheiden seyn. Und da es, wegen der engen Gränzen der Handlung, schon für sich nicht fähig ist, viele Begebenheiten vorzubereiten, und auszuführen, so

Atque ita mentitur, fic veris falfa remifcet,
Primo ne medium, medio ne difcrepet imum.
Tu, quid ego et populus mecum defideret, audi;
Si fautoris eges aulaea manentis, et usque
Seffuri, donec cantor, Vos plaudite, dicat: 155
Aetatis cuiusque notandi funt tibi mores,
Mobilibusque decor naturis dandus et annis.
Reddere qui voees jam fcit puer, et pede certo
Signat humum; geftit paribus colludere, et iram

Kommentar.

fchränkt es fich von felbft auf eine einzige ein. Eben fo
ift es in Anfehung der Kunft, eine wahre Rührung durch
die Verwickelung des Stücks zu erregen; diefe kann unmöglich zu ihrer rechten Höhe gebracht werden, wenn man
nicht die ganze Aufmerkfamkeit des Zufchauers auf einen
einzigen Gegenftand zu heften weiß. Das Mittel, diefe
beyden Fehler zu vermeiden, befteht darin, daß man auf
das einfichtsvolle Verfahren Homers Acht hat; denn hier
kann die Nachahmung nicht zu forgfältig feyn.

Nachdem er alfo die Pflichten der Nachahmung betrachtet, und gezeigt hat, wie alte Charaktere, und, um
es noch weiter zu treiben, alte Subjekte mit glücklichem Erfolge behandelt werden können; fo kömmt er wieder zurück
auf die Charaktere, und fährt umftändlicher fort, (v.
153 — 179.) es als einen Umftand von der größten Wichtigkeit, bey Zeichnung der Charaktere, zu empfehlen, daß
man wohl mit den Sitten bekannt feyn muß, nach den
verfchiednen auf einander folgenden Perioden und Auftritten des menfchlichen Lebens. Und dieß fteht hier fehr am
rechten Orte. Denn wiewohl er in diefer Abficht fchon vorhin einen Wink gegeben hatte:

Maturusne fenex, an adhuc florente juventa
Fervidus,

Colligit ac ponit temere, et mutatur in horas. 160
Inberbus juvenis, tandem cuſtode remoto,
Gaudet equis canibusque et aprici gramine campi;
Cereus in vitium flecti, monitoribus aſper,
Vtilium tardus proviſor, prodigus aeris,
Sublimis, cupidusque, et amata relinquere pernix. 165
Converſis ſtudiis, aetas animusque virilis
Quaerit opes et amicitias, inſervit honori;
Commiſiſſe cavet, quod mox mutare laboret.
Multa ſenem circumveniunt incommoda; vel quod
Quaerit, et inventis miſer abſtinet, ac timet uti; 170
Vel quod res omnis timide gelideque miniſtrat,
Dilator, ſpe lentus, iners, pavidusque futuri;
Difficilis, querulus, laudator temporis acti
Se puero, caſtigator cenſorque minorum.
Multa ferunt anni venientes commoda ſecum, 175
Multa recedentes adimunt: ne forte ſeniles
Mandentur juveni partes, pueroque viriles.

Kommentar.

ſo iſt doch dieſe Sache von zu großer Wichtigkeit; man muß auf ſie, außer andern Umſtänden, bey der Zeichnung eines jeden Charakters beſtändig ſein Augenmerk haben; ſie verdiente alſo wohl eine beſondre Betrachtung.

III. Nach dieſen Erinnerungen, welche gewiſſermaſfen alle Gattungen der Poeſie betreffen, trägt Horaz einige Regeln vor, die noch mehr eine beſondre Beziehung auf das Schauſpiel haben. Und, da eine Verfehlung der Sitten, worüber er eben geredet hatte, auch die Wahrſcheinlichkeit ſtörte; ſo leitet die natürliche Ordnung den Dichter darauf, einige andre Arten von übler Ausführung eines Werks zu tabeln, welche eben dieſe Wirkung haben. Er

C

Semper in adjunctis aevoque morabimur aptis.
Aut agitur res in scenis, aut acta refertur:
Segnius irritant animos demissa per aurem,   180
Quam quae sunt oculis subjecta fidelibus, et quae
Ipse sibi tradit spectator.   non tamen intus
Digna geri promes in scenam: multaque tolles
Ex oculis, quae mox narret facundia praesens:
Ne pueros coram populo Medea trucidet;   185
Aut humana palam coquat exta nefarius Atreus;
Aut in avem Procne vertatur, Cadmus in anguem.
Quodcumque ostendis mihi sic, incredulus odi.
Neve minor, neu sit quinto productior actu
Fabula, quae posci volt, et spectata reponi.   190
Nec Deus intersit, nisi dignus vindice nodus
Inciderit: nec quarta loqui persona laboret.
Actoris partes chorus, officiumque virile   .
Defendat: neu quid medios intercinat actus,
Quod non proposito conducat et haereat apte.   195

Kommentar.

Er bestimmt daher zuvörderst (v. 179 — 189.) den Fall
der Vorstellung und der Erzählung, oder woran es liege,
daß einige Dinge geschickter sind,   auf der Bühne vorgestellt, andre hingegen geschickter, auf derselben erzählt zu
werden.   Ferner schränkt er (v 193) den Gebrauch der
Maschinen ein; gleichfalls in Rücksicht auf die Wahrscheinlichkeit; er bestimmt die Anzahl der Akte und der Personen, die zu gleicher Zeit auf die Bühne können gebracht
werden.   Endlich kömmt er durch die eben gedachte persona dramatis darauf, daß er Gelegenheit nimmt, von dem
Chore zu reden, (v. 193 — 201.) dessen doppeltes Amt
es war: 1. die Rolle einer spielenden Person in den Akten
zu haben, und 2. die Akte durch Gesänge mit einander zu

Ille bonis faveatque et confilietur amice,
Et regat iratos, et amet pacare tumentis:
Ille dapes laudet menfae brevis, ille falubrem
Iuftitiam, legesque, et apertis otia portis:
Ille tegat commiffa, deosque precetur et oret,   200
Vt redeat miferis, abeat fortuna fuperbis.
Tibia non, ut nunc, orichalco junČta, tubaeque
Aemula; fed tenuis, fimplexque foramine pauco,
Afpirare et adeffe choris erat utilis, atque
Nondum fpifla nimis complere fedilia flatu: 205
Quo fane populus numerabilis, utpote parvus
Et frugi caftusque verecundusque coibat.
Poftquam coepit agros extendere viČtor, et urbem
Laxior amplečti murus, vinoque diurno
Placari Genius feftis impune diebus;   210
Acceffit numerisque modisque licentia major.
IndoČtus quid enim faperet liberque laborum,

Kommentar.

verbinden, welche die guten Sitten empfahlen, und sich zu
dem Inhalte des Stücks schickten. Da ferner das
Trauerspiel, seinem ersten Ursprunge nach, nichts anders
war, als ein Chor oder Gesang, in Musik gesetzt, woraus
in den folgenden Zeiten die Harmonie des regelmäßigen
Chors entstanden ist; so nimmt er Gelegenheit (v. 202 —
220.) beyläufig von der Simplicität und Wildheit der
alten, und von den Verbesserungen der spätern Musik zu
reden. Die Anwendung dieser Nachricht von der dramatischen Musik auf den tragischen Chor, verbunden mit einer
kurzen Berührung der übrigen Verbesserungen, der Melo-
die, der Schreibart, u. s. f. die damit nothwendiger
Weise verbunden waren, giebt ihm die Veranlassung, einen
leichten Uebergang zu einer Materie zu machen, die mit die-

Rusticus urbano confusus, turpis honesto?
Sic priscae motumque et luxuriem addidit arti
Tibicen, traxitque vagus per pulpita vestem: 215
Sic etiam fidibus voces crevere severis,
Et tulit eloquium insolitum facundia praeceps;
Vtiliumque sagax rerum, et divina futuri,
Sortilegis non discrepuit sententia Delphis.
Carmine qui tragico vilem certavit ob hircum,   220
Mox etiam agrestis Satyros nudavit, et asper
Incolumi gravitate jocum tentavit: eo quod
Inlecebris erat et grata novitate morandus
Spectator functusque sacris, et potus, et exlex.

Kommentar.

ser nahe Verwandschaft hat, nämlich zu den Römischen
satyrischen Stücken; die im Grunde eine Art von Trauerspiel, aber von so besondrer Einrichtung waren, daß sie
eine Menge Regeln und Vorschriften für sich allein erfo-
derten. Ein Umstand, worin sie mit einander übetein
kamen, der aber von seinen Landesleuten sehr mißverstanden oder schlecht beobachtet wurde, war die Art der Verse
oder des Sylbenmaaßes, welches dabey gebraucht wurde.
Hier beobachtet daher der Dichter die schönste Eintheilung
und Methode, und behält dieß einer eignen Betrachtung für
sich vor, nachdem er zuerst solche Regeln vorausgeschickt
hat, die in Ansehung derjenigen Umstände, worin ihr wesentlicher Unterschied lag, nöthig zu seyn schienen. Er
erklärt daher (v. 220 — 225) den Nutzen und Zweck
der Satyrspiele, und zeigt, daß sie die Absicht hatten, die
Jugend auf dem Lande bey ihren öffentlichen Feyerlichkeiten,
nach der Vorstellung ernsthafter, tragischer Schauspiele,
aufzumuntern. Um aber, so weit es möglich war, dasjenige, was auf diese Art ein nothwendiges Opfer war, das
man dem Geschmacke des großen Haufens bringen mußte,

Verum ita risores , ita commendare dicacis   225
Conveniet Satyros, ita vertere seria ludo;
Ne quicunque Deus, quicunque adhibebitur heros,
Regali conspectus in auro nuper et ostro,
Migret in obscuras humili sermone tabernas:
Aut, dum vitat humum, nubes et inania captet. 230
Effutire levis indigna tragoedia versus,
Vt festis matrona moveri jussa diebus,
Intererit Satyris paulum pudibunda protervis.
Non ego inornata et dominantia nomina solum
Verbaque, Pisones, Satyrorum scriptor amabo: 235
Nec sic enitar tragico differre colori,
Vt nihil intersit, Davusne loquatur et audax
Pythias, emuncto lucrata Simone talentum,
An custos famulusque Dei Silenus alumni.
Ex noto fictum carmen sequar: ut sibi quivis   240
Speret idem; sudet multum, frustraque laboret
Ausus idem: tantum series juncturaque pollet:
Tantum de medio sumtis accedit honoris.
Silvis deducti caveant, me judice, Fauni,
Ne velut innati triviis, ac pene forenses,   245
Aut nimium teneris juvenentur versibus unquam,

Rommentar.

zu einer erträglichen Unterhaltung für feinere Leute zu machen, liefert er (v. 225—240.) die genaueste Beschreibung oder Idee von dieser Dichtungsart; wodurch er uns
zugleich von der gehörigen Mäßigung und dem nöthigen
Anstande der satyrischen Schreibart unterrichtet. Endlich
giebt er (v. 240 — 251.) eine Anleitung zu der Wahl
eigner Subjekte, und beschreibt den wahren Charakter der
vornehmsten und seltsamen Personen dieses Schauspiels,

Aut immunda crepent ignominiofaque dicta:
Offenduntur enim, quibus eft equus, et pater, et res;
Nec, fi quid fricti ciceris probat et nucis emtor,
Aequis accipiunt animis, donantve corona.   250
Syllaba longa brevi fubjecta, vocatur Iambus,
Pes citus: unde etiam Trimetris adcrefcere juffit
Nomen Iambeis, cum fenos redderet ictus
Primus ad extremum fimilis fibi: non ita pridem,
Tardior ut paulo graviorque veniret ad auris,   255
Spondeos ftabilis in jura paterna recepit
Commodus et patiens: non ut de fede fecunda
Cederet, aut quarta focialiter.   Hic et in Acci
Nobilibus Trimetris apparet rarus, et Enni.
In fcenam miffus cum magno pondere verfus,   260
Aut operae celeris nimium curaque carentis,
Aut ignoratae premit artis crimine turpi.
Non quivis videt immodulata poemata judex:
Et data Romanis venia eft indigna poetis.
Idcircone vager, fcribamque licenter? ut omnis   265
Vifuros peccata putem mea; tutus et intra
Spem veniae cautus? vitavi denique culpam,

Kommentar.

der Satyren felbft. Nachdem er dieß vorausgeſchickt hat,
betrachtet er, wie ſchon bemerkt iſt,   was dieß Schauſpiel
mit dem regelmäßigen Trauerſpiele gemein hat: (v. 251 —
275) die Regeln und den Gebrauch des Jambiſchen Sylbenmaaßes.   Zugleich beſtraft er die Sorgloſigkeit oder
den ſchlechten Geſchmack der Römiſchen Dichter in dieſer
Abſicht, und verweiſt ſie zu ihrer Belehrung auf die Griechiſchen Muſter.

     Nachdem der Dichter ſeine Kritik über die theatraliſche
Muſik und das ſatyriſche Schauſpiel vorgetragen, und

Non laudem merui. Vos exemplaria Graeca
Nocturna verfate manu, verfate diurna.
At veftri proavi Plautinos et numeros et   270
Laudavere fales; nimium patienter utrumque
(Ne dicam ftulte) mirati: fi modo ego et vos
Scimus inurbanum lepido feponere dicto,
Legitimumque fonum digitis callemus et aure.
Ignotum tragicae genus inveniffe Camenae   275
Dicitur, et plauftris vexiffe poemata Thefpis,
Qui canerent agerentque, peruncti faecibus ora.
Poft hunc perfonae pallaeque repertor honeftae
Aefchylus et modicis inftravit pulpita tignis,
Et docuit magnumque loqui, nitique cothurno.   280
Succeffit vetus his Comoedia, non fine multa
Laude: fed in vitium libertas excidit, et vim
Dignam lege regi: lex eft accepta; chorusque
Turpiter obticuit, fublato jure nocendi.
Nil intentatum noftri liquere poetae: 285
Nec minimum meruere decus, veftigia graeca
Aufi deferere, et celebrare domeftica facta,

Kommentar.

zugleich einige Nachricht von dem Urfprunge und Fortgange
beyder gegeben hat, fchließt er diefen ganzen Theil fehr fchick-
lich (v. 275 — 295.) mit einer kurzen beyläufigen Gefchichte der vornehmften Verbefferungen der Griechifchen Tragödie und Komödie; die auf eine fehr gefchickte
Art auch in der Abficht von ihm erzählt wird, um den
fehlerhaften Zuftand des Römifchen Schaufpiels dadurch
begreiflich zu machen, und feine Landsleute zu erinnern, wie
weit fie gekommen wären, und wie viel noch übrig fey,
um es zur Vollkommenheit zu bringen. Hierauf macht er
den leichteften und glücklichften Uebergang zu dem letzten

Vel qui Praetextas, vel qui docuere Togatas.
Nec virtute foret clarisve potentius armis,
Quam lingua, Latium; si non offenderet unum · 290
Quemque poetarum limae labor et mora. Vos, o
Pompilius sanguis carmen reprehendite, quod non
Multa dies et multa litura coercuit, atque
Praesectum decies non castigavit ad unguem.
Ingenium misera quia fortunatius arte   295
Credit, et excludit sanos Helicone poetas

Kommentar.

Theile der Epistel; deſſen Abſicht, wie ich ſchon bemerkt
habe, dahin geht, den Mangel an Korrektheit und
Sorgfalt an den Römiſchen Schriftſtellern zu beſtrafen.
Denn da er eben ihre Mängel bemerkt hatte, ſo rechnet
er nun in dem übrigen Theile des Gedichts die verſchiednen Urſachen zuſammen, welche dieſelbe ſcheinen veranlaßt
zu haben. Und dieß giebt ihm Gelegenheit bey jedem einzelnen Stücke, die dienlichſten Mittel dawider vorzuſchrei-
ben, und ferner diejenigen Regeln und Vorſchriften der
guten Schreibart mitzutheilen, die ſich vorhin nicht ſo
ſchicklich anbringen ließen. Dieß alles iſt mit vorzüglicher
Kunſt ausgeführt, wie man bey der Unterſuchung der einzelnen Stellen ſehen wird.

Dritter Theil.
Empfehlung des Fleißes und der Sorgfalt beym
Schreiben.

I. Der Dichter macht (v. 295 — 323.) die
falſche Meynung lächerlich, auf welche die Römer verfallen waren, daß Poeſie und Beſeſſenheit beynahe einerley
wären, daß nichts mehr zu einem Dichter gehörte, als
einige ausſchweifende Anfälle und Gedanken, daß Kälte
und Nachdenken ſich mit ſeinem Charakter nicht vertrü-

Democritus; bona pars non unguis ponere curat,
Non barbam: ſecreta petit loca, balnea vitat.
Nanciſcetur enim pretium nomenque poetae,
Si tribus Anticyris caput inſanabile numquam   300
Tonſori Licino commiſerit.   O ego laevus,
Qui purgor bilem ſub verni temporis horam!
Non alius faceret meliora poemata: verum
Nil tanti eſt.   ergo fungar vice cotis, acutum
Reddere quae ferrum valet, exſors ipſa ſecandi. 305
Munus et officium, nil ſcribens ipſe, docebo;
Vnde parentur opes; quid alat formetque poetam;
Quid deceat, quid non; quo virtus, quo ferat error.
Scribendi recte, ſapere eſt et principium et fons.
Rem tibi Socraticae poterunt oſtendere chartae: 310

Kommentar.

gen, und daß die Poeſie nicht nach den Regeln der ruhigen geſunden Vernunft beurtheilt werden dürfte.   Sie
trieben dieſes ſo weit, daß ſie äußerlich die Miene und das
Betragen des Unſinns annahmen, und ſich dieſes Anſehens wegen für witzige Köpfe und Poeten gehalten wiſſen
wollten.   Um dieſen Irrthum wegzuräumen, welcher ein
großes Hinderniß des kritiſchen Fleißes war, behauptet er:
Weisheit und geſunde Vernunft ſey die Quelle und die
Grundlage der guten Schreibart.   Um dieſelbe zu erreichen, räth er: (v. 310 — 312.) ein ſorgfältiges Studium der ſokratiſchen, d. i. der moraliſchen Weisheit,
und eine genaue Bekanntſchaft mit der menſchlichen Natur,
dieſem großen Muſter der Sitten, wie er ſie ſehr ſchön
nennt; oder mit andern Worten, eine ausgebreitete
Kenntniß des wirklichen, praktiſchen Lebens.   Es war
durchaus nöthig, die Leitung dieſer beyden Hülfsmittel,
moraliſche Kenntniß zu erlangen, mit einander zu verbinden.   Denn das erſtere, allein genommen, wird leicht

Verbaque provifam rem non invita fequentur.

Qui didicit patriae quid debeat, et quid amicis;

Quo fit amore parens, quo frater amandus et hofpes;

Quod fit confcripti, quod judicis officium; quae

Partes in bellum miffi ducis; ille profecto   315

Reddere perfonae fcit convenientia cuique.

Refpicere exemplar vitae morumque jubebo

Doctum imitatorem, et vivas hinc ducere voces.

Interdum fpeciofa locis, morataque recte

Fabula, nullius veneris, fine pondere et arte,   320

Valdius oblectat populum, meliusque moratur,

Quam verfus inopes rerum, nugaeque canorae.

Kommentar.

abftrakt und leer von Empfindung; das letzte hingegen unbelehrend und fuperficiel. Der Philofoph fchwatzt ohne Erfahrung, und der Weltmann ohne Grundfätze. Mit einander verbunden füllt der eine die Mängel des andern aus. Der Weltmann entlehnt fo viel von dem Philofophen, als er braucht, die verfchiedenen Gefinnungen mit Genauigkeit und Sorgfalt einzukleiden; und der Philofoph entlehnt fo viel von dem Weltmanne, als er nöthig hat, um die Sitten des Lebens, die man bloß durch Erfahrung kennen lernt, mit Geiste und Wahrheit nachzubilden. Beyde zufammengenommen geben den ganzen und völligen Umfang des menfchlichen Lebens an die Hand; dieß zeigt fich in dem Richtigen und Rührenden; und fo bildet fich der ausnehmende Grad der Vollkommenheit bey dem dramatifchen Dichter, deffen Mängel kein Feuer des Genies erfetzen oder entfchuldigen kann. Die Wirkung, welche eine folche feine Nachbildung der Sitten thut, ift fo groß, (v. 319 — 323.) daß ein Stück, in welchem fie befonders herrfcht, fich oft fchon hiedurch Aufnahme und Beyfall erworben hat, ohne fonft noch befondre Schönheiten und Empfehlungen für fich zu haben.

Graiis ingenium, Graiis dedit ore rotundo
Mufa loqui, praeter laudem, nullius avaris,
Romani pueri longis rationibus affem   325
Difcunt in partis centum diducere.   Dicas,
Filius Albini, fi de quincunce remota eft
Vncia, quid fuperet, poterat dixiffe, triens? Eu!
Rem poteris fervare tuam. Redit uncia: quid fit?
Semis. Ad haec animos aerugo et cura peculi   330
Cum femel imbuerit, fperamus carmina fingi
Poffe linenda cedro, et levi fervanda cupreffo?
Aut prodeffe volunt, aut delectare poetae;
Aut fimul et jocunda et idonea dicere vitae.

Kommentar.

II. Er zeigt, (v. 323 — 333.) daß eine andre
Urſache ihres Mangels an Korrektheit und an glücklichem
Erfolge, worin ſie auf keine Weiſe den griechiſchen Dichtern gleich gekommen wären, in der ſchlechten, niedrigen
und unedlen Erziehung der Römiſchen Jugend zu ſuchen
ſey. Die Griechen wurden früh dazu gewöhnt, ihre ganze
Seele dem Ruhme zu eröffnen; das Genie der Römer
hingegen wurde früh von dem Roſte der Gewinnſucht an-
gefreſſen, und wurde durch die frühzeitige Beybringung
ſolcher niedrigen, habſüchtigen Geſinnungen unfähig gemacht, irgend einen großen Vorſatz zu faſſen, oder denſelben auf eine emſige und meiſterhafte Art auszuführen.

III. Ein drittes Hinderniß ihres glücklichen Fortganges in der Poeſie (v. 333 — 346.) war ihre Achtlo-
ſigkeit gegen den völligen Zweck und die eigentliche Abſicht
derſelben; indem ſie ſich ſchon mit der Erreichung eines
einzigen von den beyden großen Endzwecken begnügten,
welche ſie hat. Denn da es der doppelte Endzweck der
Poeſie iſt, zu unterrichten und zu gefallen; ſo kann die
völlige Abſicht und Ehre der Kunſt nicht anders erreicht

Quicquid praecipies, eſto brevis: ut cito dicta   335

Percipiant animi dociles, teneantque fideles.

(Omne ſupervacuum pleno de pectore manat.)

Ficta voluptatis cauſa ſint proxima veris:

Ne, quodcumque volet, poſcat ſibi fabula credi;

Neu pranſae Lamiae vivum puerum extrahat alvo. 340

Centuriae ſeniorum agitant expertia frugis:

Celſi praetereunt auſtera poemata Ramnes.

Omne tulit punctum, qui miſcuit utile dulci,

Lectorem delectando pariterque monendo.

Hic meret aera liber Soſiis, hic et mare transit,   345

Et longum noto ſcriptori prorogat aevum.

Sunt delicta tamen, quibus ignoviſſe velimus:

Kommentar.

werden, als wenn man beydes mit einander vereinigt, das heißt; wenn man ſo unterrichtet, daß man gefällt, und ſo gefällt, daß man unterrichtet. Bey jedem dieſer beyden Stücke, dem Unterrichte und dem Vergnügen zeigt, der Dichter mit großer Geſchicklichkeit die eigentliche Kunſt einer jeden Schreibart. Dieſe beſteht: 1) in der unterrichtenden oder didaktiſchen Poeſie (v. 335 — 338.) in der Kürze der gegebenen Vorſchrift. 2) in Werken der Einbildungskraft und der Unterhaltung (v. 338 — 341.) in der Wahr-ſcheinlichkeit der Erdichtung. Allein dieß beydes (v. 341 — 347.) muß in Einem Werke beyſammen ſeyn.

Hier aber beſchwert ſich der ſchlechte Dichter über die Schwere der Foderungen, die man an ihn thut, und glaubt, wenn der Kunſtrichter alles dieſes verlangen, und der Strenge nach von ihm fodern wollte, ſo würde es unmöglich ſeyn, ihm Genüge zu leiſten; wenigſtens würde dieß den Fleiß der Schriftſteller eher niederſchlagen, als aufmuntern, wie doch Horazens Abſicht war. Hierauf antwortet er, (v. 347 — 360.) er ſey nicht ſo ſtrenge, zu fodern, daß

Nam neque chorda ſonum reddit, quem volt manus et
mens;

Poſcentique gravem perſaepe remittit acutum:

Nec ſemper feriet, quodcumque minabitur, arcus. 350

Verum ubi plura nitent in carmine, non ego paucis

Offendar maculis, quas aut incuria fudit,

Aut humana parum cavit natura. quid ergo eſt?

Vt ſcriptor ſi peccat idem librarius usque,

Quamvis eſt monitns, venia caret; ut citharoedus 355

Ridetur, chorda qui ſemper oberrat eadem:

Sic mihi qui multum ceſſat, ſit Choerilus ille,

Quem bis terve bonum, cum riſu miror; et idem

Indignor, quandoque bonus dormitat Homerus.

Verum operi longo fas eſt obrepere ſomnum. 360

Vt pictura, poeſis: erit quae, ſi propius ſtes,

Kommentar.

ein Stück gänzlich fehlerfrey und vollkommen ſeyn ſolle;
einige Achtloſigkeiten und nicht ſehr erhebliche Fehler könnten dem ſorgfältigſten und aufmerkſamſten Schriftſteller ent-
wiſchen; er würde zwar ein im Ganzen ſchlechtes Stück,
ungeachtet einiger weniger Schönheiten, verachten; aber
hingegen auch ein im Ganzen gutes Werk, ungeachtet einiger weniger Fehler, bewundern. Er geht noch weiter, und
bemerkt (v. 360 — 366.) zum Vortheile der Schriftſteller
gegen ihre gar zu ſtrengen Beurtheiler, daß dasjenige, was
man insgemein fehlerhaft nenne, es in der That nicht
ſey; daß einige Theile eines Gedichts weniger hervorſte-
chend, oder weniger ausgearbeitet ſeyn müſſen, als andre,
nach Beſchaffenheit des Lichts, in welches ſie geſtellt werden, oder der Entfernung, in welcher man ſie ſieht. Da
ferner, dieſe Theile des Gedichts eigentlich nur dazu dienten, den Zuſammenhang zu befördern, und den Leſer zu

Te capiat magis; et quaedam, ſi longius abſtes:
Haec amat obſcurum; volet haec ſub luce videri,
Iudicis argutum quae non formidat acumen:
Haec placuit ſemel; haec decies repetita placebit. 365
O major juvenum, quamvis et voce paterna
Fingeris ad rectum, et per te ſapis; hoc tibi dictum
Tolle memor: certis medium et tolerabile rebus
Recte concedi: conſultus juris, et actor
Cauſarum mediocris; abeſt virtute diſerti   370
Meſſallae, nec ſcit quantum Caſcellius Aulus;
Sed tamen in pretio eſt: mediocribus eſſe poetis
Non homines, non Dî, non conceſſere columnae.

Kommentar.

andern Theilen des Gedichts von größerer Erheblichkeit
fortzuführen; ſo ſey es genug, wenn ſie nur Einmal ge-
fielen, oder wenigſtens nicht mißfielen, wenn nur jene andern Theile bey jedem neuen Anblicke gefallen.   Dieß
alles iſt der Natur gemäß geredet, die es nicht verſtattet,
daß jedweder Theil eines Subjekts eines gleichen Schmucks
fähig ſey; und dem Zwecke der Poeſie gemäß, der ohne Ungleichheit nicht wohl kann erreicht werden.   Die Anſpielungen auf die Mahlerey, deren ſich der Dichter bedient, geben
dieſer Wahrheit die glücklichſte Erläuterung.

So räumt Horaz dem Schriftſteller ſo viel ein, als er
nur immer mit Recht verlangen kann; und nun fährt er
fort, die allgemeine Lehre dieſes Theils einzuſchärfen, nämlich Sorgfalt beym Schreiben; indem er zeigt, (v. 366
— 379.) daß das Mittelmäßige, ſo erträglich oder gar
rathſam es bey andern Künſten immer ſeyn möchte,   in
dieſer niemals erlaubt werden könne.   Er giebt davon folgenden ſehr augenſcheinlichen und richtigen Grund an.   Es
iſt der Hauptzweck der Poeſie, zu gefallen; und wenn ſie dieß

Vt gratas inter menfas fymphonia difcors,
Et craffum unguentum, et Sardo cum melle papaver 375
Offendunt; poterat duci quia coena fine iftis:
Sic animis natum inventumque poema juvandis,
Si paulum fummo deceffit, vergit ad imum.
Ludere qui nefcit, campeftribus abftinet armis;
Indoctusque pilae, difcive, trochive, quiefcit; 380
Ne fpiffae rifum tollant impune coronae:
Qui nefcit verfus, tamen audet fingere.   Quid ni?
Liber et ingenuus; praefertim cenfus equeftrem
Summam nummorum, vitioque remotus ab omni.
Tu nihil invita dices faciesve Minerva: 385
Id tibi judicium eft, ea mens; fi quid tamen olim
Scripferis, in Maeci defcendat judicis auris,
Et patris, et noftras; nonumque prematur in annum,
Membranis intus pofitis.   Delere licebit,
Quod non edideris: nefcit vox miffa reverti.   390
Silveftris homines facer interpresque Deorum

Kommentar.

nicht in gehörigem Maaße thut (das kann fie aber nicht,
wenn fie von diefer Seite fo wenig die Vollkommenheit
erreicht;) fo wird fie, gleich einer entbehrlichen Mufik, gleich
entbehrlichem Wohlgeruch, oder andern gleichgültigen Dingen, deren wir überhoben feyn können, und deren Abficht
Wohlgefallen und Vergnügen ift, beleidigend und unangenehm, und aus Mangel einer vorzüglichen Güte, durchaus
und unerträglich fchlecht feyn.   Diefe Betrachtung leitet ihn
mit großem Vortheile (v. 379 — 391.) zu dem allgemeinen
Schluße, den er zur Abficht hatte, nämlich: da keine andre,
als vortreffliche Poefie zu dulden ift, fo follte das eine War-

Caedibus et victu foedo deterruit Orpheus;

Dictus ob hoc lenire tigris rabidosque leones.

Dictus et Amphion, Thebanae conditor arcis,

Saxa movere fono teftudinis, et prece blanda   395

Ducere quo vellet.   Fuit hacc fapientia quondam,

Publica privatis fecernere, facra profanis;

Concubitu prohibere vago; dare jura maritis;

Oppida moliri; leges incidere ligno.

Sic honor et nomen divinis vatibus atque   400

Carminibus venit.   poft hos infignis Homerus

Tyrtaeusque mares animos in Martia bella

Verfibus exacuit.   dictae per carmina fortes,

Et vitae monftrata via eft, et gratia regum

Kommentar.

nung für die Schriftfteller feyn, fich nicht ohne die gehörigen Fähigkeiten an diefelbe zu wagen, oder doch nichts ohne
ftrenge und wiederholte Ausbefferung bekannt zu machen.
Um aber doch den Dichter aufzumuntern, der, ungeachtet
der fchon eingeräumten Nachficht, fich dennoch an diefe letzte
Betrachtung ftoßen möchte, bricht er (v. 391 — 408.) in eine
fchöne Lobrede aus, auf die Würde und Vortrefflichkeit der
Kunft felbft, indem er fich auf den Ruhm beruft, in
welchem fie fchon in den älteften Zeiten ftand.   Diefe Lobrede hat nicht nur den großen Nutzen, den Geift des Dichters aufzumuntern und zu beleben; fie hat zugleich die Abficht, außer der Ehre der alten Poefie auch ihre eigentliche
Beftimmung aufs neue zu empfehlen, da fie zu den edelften und wichtigften Gegenftänden gebraucht wurde; die
geweihte Quelle, aus welcher jene Ehre herfloß.

Horaz berührt hier im Vorbeygehen die verfchiednen
Gattungen der Poefie, und bleibt zuletzt fehr glücklich bey

Pieriis tentata modis, ludusque repertus,   405
Et longorum operum finis; ne forte pudori
Sit tibi Musa lyrae solers et cantor Apollo.
Natura fieret laudabile carmen , an arte,
Quaesitum est. Ego nec studium sine divite vena,
Nec rude quid possit video ingenium: alterius sic   410
Altera poscit opem res, et conjurat amice.
Qui studet optatam cursu contingere metam,
Multa tulit fecitque puer ; sudavit et alsit;

Kommentar.

der Ode ſtehen; hier bringt ihn die Folge ſeiner Gedanken
ſehr natürlich auf einige Betrachtung über die Gewalt des
Genies, welches der lyriſchen Muſe ſo weſentlich eigen iſt,
und auf die gelegentliche Entſcheidung eines Umſtandes in
der Kritik, worüber bey den Alten ſo viel geſtritten iſt,
und worauf offenbar ſehr viel ankömmt. Denn, wenn
die Poeſie nun bey dem allen ſo viel Kunſt und Sorgfalt
und Vorſicht erfodert, was wird da aus dem Genie, worin
ſie doch, wie man geglaubt hat, allein beſteht? Sollte
denn der Kunſtrichter behaupten wollen, daß gute
Gedichte bloß durch die Kunſt hervorgebracht werden könnten? Sollte er darin, ungeachtet der gegenſeitigen herrſchenden Vorurtheile, ſo weit gehen, daß er behauptete,
die Natur vermöchte dabey gar nichts? Dieſem Einwurfe,
den man dem allgemeinen Zwecke und Inhalte dieſer Epiſtel entgegen ſetzen könnte, als ob ſie vornämlich auf
Kunſt und Regeln gedrungen hätte, ohne viel aus natürlicher Anlage und Genie zu machen, begegnet der Dichter auf einmal, (v. 408 — 419.) indem er zwey Dinge
mit einander verbindet, die, wie es ſcheint, für unver-

D

Abſtinuit venere et vino.　Quj Pythia cantat

Tibicen, didicit prius, extimuitque magiſtrum.　415

Nec ſatis eſt dixiſſe, Ego mira poemata pango:

Occupet extremum ſcabies: mihi turpe relinqui eſt,

Et, quod non didici, ſane neſcire fateri.

Vt praeco, ad merces turbam qui cogit emendas;

Adſentatores jubet ad lucrum ire pöeta　420

Dives agris, dives poſitis in foenore nummis.

Si vero eſt, unctum qui recte ponere poſſit,

Et ſpondere levi pro paupere, et eripere artis

Litibus inplicitum; mirabor, ſi ſciet inter --

Noſcere mendacem verumque beatus amicum.　425

Tu ſeu donaris, ſeu quid donare voles cui;

Kommentar.

träglich gehalten wurden, und von einem Poeten, außer dem Feuer eines wahren Genies, zugleich alle Bearbeitung und Befolgung der Kunſt fodert.　Indeß fehlt hier noch Eins.　Der Poet kann von der Natur vortrefflich gebildet, und durch die Kunſt zur Vollkommenheit gebracht ſeyn; wird aber ſein eignes Urtheil ein hinlänglicher Führer für ihn ſeyn, ohne den Beyſtand anderer?　Wird nicht die Partheylichkeit eines Schriftſtellers für ſeine eignen Werke zuweilen der vereinten Gewalt der Regeln und des Genies überlegen ſeyn, wenn er nicht einen aufrichtigern und weniger intereſſirten Führer zu Hülfe nimmt?　Dieß wird ohne Zweifel geſchehen; und daher fügt der Dichter ungemein ſchicklich (v. 419 — 450.) als ein nothwendiges Stück dieſer lehrreichen Ermahnung an ſeine poetiſchen Mitbrüder einige Erinnerungen hinzu, welche die Wahl eines ein-

Nolito ad verſus tibi faƈtos ducere plenum
Laetitiae; clamabit enim, Pulchre, bene, reƈto!
Palleſcet; ſuper his etiam ſtillabit amicis
Ex oculis rorem; ſaliet; tundet pede terram.   430
Vt qui conduƈti plorant in funere, dicunt
Et faciunt prope plura dolentibus ex animo: ſic
Deriſor vero plus laudatore movetur.
Reges dicuntur multis urguere culullis,
Et torquere mero, quem perſpexiſſe laborant,   435
An ſit amicitia dignus. Si carmina condes,
Nunquam te fallant animi ſub volpe latentes.
Quintilio ſi quid recitares: Corrige ſodes
Hoc, aiebat, et hoc. melius te poſſe negares,
Bis terque expertum fruſtra? delere jubebat,   440
Et male ter natos incudi reddere verſus.
Si defendere deliƈtum, quam vertere, malles;
Nullum ultra verbum, aut operam inſumebat inanem,

Kommentar.

ſichtsvollen und aufrichtigen Freundes betreffen, deſſen,
unpartheyiſcher Geſchmack zu allen Zeiten die Vorurtheile,
Uebereilungen und Nachläßigkeiten des Verfaſſers verbeſſern kann. Und, um dem Poeten dieſe nothwendige
Sorgfalt beſto eindringender und ſtärker zu empfehlen, zeigt
er noch zum Schluſſe des ganzen Gedichts die fürchterli-
chen Folgen, die daraus entſtehen können, wenn man
ſich in einer ſo bedenklichen Sache hintergehen läßt. Er
entwirft, mit aller mahleriſchen Stärke, das Gemählde
eines ſchlechten Dichters, der bis zu einem gewiſſen
Grade von Raſerey durch eine zu vortheilhafte Meynung

Quin fine rivali teque et tua folus amares.

Vir bonus et prudens verfus reprehendet inertis;　445

Culpabit duros: incomtis adlinet atrum

Transverfo calamo fignum; ambitiofa recidet

Ornamenta; parum claris lucem dare coget;

Arguet ambigue dictum; mutanda notabit;

Fiet Ariftarchus; non dicet, Cur ego amicum　　450

Offendam in nugis? Hae nugae feria ducent

In mala derifum femel, exceptumque finiftre.

Vt mala quem fcabies aut morbus regius urguet,

Aut fanaticus error, et iracunda Diana;

Vefanum tetigiffe timent fugiuntque poetam,　　455

Qui fapiunt: agitant pueri, incautique fequuntur.

Hic, dum fublimis verfus ructatur, et errat,

Si veluti merulis intentus decidit auceps

In puteum foveamve; licet, fuccurrite, longum

Clamet, io cives: non fit, qui tollere curet.　　460

Kommentar.

von feiner Arbeit bethört ift, und fich dadurch der Verachtung und dem Unwillen des Publikums ausfeßt; da ihm auf der andern Seite eine zeitige Erinnerung von dem größten Nußen würde gewefen feyn.

Ich hoffe ißt, durch diefe erläuternde Methode, klar und unftreitig gezeigt zu haben, daß diefe poetifche Epiftel Einheit des Plans habe, und daß ihre verfchiednen einzelnen Theile auf die befte Art mit einander in Verbindung ftehen. Was foll man aber nun von dem be-

Si curet quis opem ferre, et demittere funem;
Qui scis, an prudens huc se projecerit, atque
Servari nolit? dicam: Siculique poetae
Narrabo interitum.   Deus immortalis haberi
Dum cupit Empedocles, ardentem frigidus Aetnam 465
Insiluit.   sit jus, liceatque perire poetis.
Invitum qui servat, idem facit occidenti.
Nec semel hoc fecit; nec si retractus erit jam,
Fiet homo, et ponet famosae mortis amorem.
Nec satis adparet, cur versus factitet;   utrum   470
Minxerit in patrios cineres, an triste bidental
Moverit incestus: certe furit, ac velut ursus

Kommentar.

rühmten Französischen Ausleger des Horaz benken, der
nach einer durchstubirten Uebersetzung dieses Gedichts, mit
einem langen, ausgearbeiteten Kommentar begleitet, welcher sich auf die Untersuchung jedes kleinen Umstandes einläßt, bennoch so wenig Einsicht in die wahre Form und den
eigentlichen Charakter desselben haben konnte, daß er am Ende
folgendes summarische Urtheil barüber fällt; „ Comme il
„ (HORACE) ne travailloit pas à cela de suite, et qu'il ne
„gardoit d'autre ordre, que celui des matieres, que le ha-
„zard lui donnoit à lire et à examiner, il est arrivé delà qu'
„ *il n'y a aucune methode ni aucune liaison des parties dans*
„*ce Traité,* qui même n'a jamais été achevé, Horace n'ayant
„pas eu le tems d'y mettre la derniere main, ou, ce qui est
„plus vraisemblable, n'ayant pas voulu s'en donner la
„peine.„   DACIER, *Introd. de ses Notes sur l'Art poet.*
Es ist das Gelindeste, was man von einem solchen Kunst-

Objectos caveae valuit si frangere clathros,
Indoctum doctumque fugat recitator acerbus.
Quem vero arripuit, tenet, occiditque legendo,   475
Non missura cutem, nisi plena cruoris, hirudo.

Kommentar.

richter sagen kann, daß er selbst den Tadel verdient, den
er so richtig auf den großen Scaliger anwendet: *S'il
l'avoit bien entendû, il lui auroit rendû plus de justice, &
en auroit parlé plus modestement*

Anmerkungen

über

Horazens Dichtkunst.

Anmerkungen!

über

Horazens Dichtkunst.

Der Text dieser Epistel ist nach Dr. Bentleys Ausgabe abgedruckt, einige wenige Stellen ausgenommen, welche in den Anmerkungen angezeigt werden sollen. Diese sind, um den Kommentar nicht zu sehr zu unterbrechen, hier besonders hergesetzt. Uebrigens will ich mich mit den Worten eines großen Kunstrichters rechtfertigen: Nobis viri docti ignoscent, si haec fusius: praesertim si cogitent, veri critici esse, non literulam alibi ejicere, alibi innocentem syllabam, et quae nunquam male merita de patria fuerit, per jocum et ludum trucidare et configere; verum recte de autoribus et rebus judicare, quod et solidae et absolutae eruditionis est. HEINSIVS.

I. HVMANO CAPITI, etc.) Wir haben schon in dem Kommentar gesehen, wie schön in diesem ersten Abschnitte (bis v. 89.) der eigentliche Inhalt des ganzen Werks, der Schreibart eines Briefes gemäß, vorbereitet wird. Allein Schönheit, von Meisterhänden gebildet, schließt allemal Schicklichkeit in sich; und das ist auch hier der Fall. Denn der Kunstrichter nimmt seine Regeln her: 1. entweder von den allgemeinen festgesetzten Vorschriften der guten Schreibart; oder 2. von den besondern Regeln, die für die besondre Gattung gehören, welche man gewählt hat. Der Unterricht, den man aus der erstern von diesen beyden Quellen herleitet, wird natürlicherweise vorangehen, sowohl in Ansehung seines vorzüglichen Werths, als deswegen, weil der Verstand gerne vom Allgemeinen zur Betrachtung des Besondern überzugehen pflegt. Der Dich-

ter fand bey dem Römischen Schauspiele folgende drey
Stücke zu verbessern: 1. ein unrichtiges Verhalten in der
Anlage; 2. einen Mißbrauch der Sprache; und 3. eine
Verfehlung der besondern Charaktere und des Kolorits seiner verschiednen Gattungen; er folgt daher jener Vorschrift
der Natur, und thut dieß zuerst nach Grundsätzen von allgemeiner Art, die zwar die Regeln des Schauspiels mit
einschließen, aber sich zugleich auf die poetische Komposition überhaupt erstrecken. Nachdem er diese vorläufigen,
allgemeinen Anmerkungen voraus geschickt hat, kömmt er,
mit desto größerm Vortheile, zu der zweyten Quelle seiner
Kunst, nämlich zur Betrachtung der Regeln und Vorschriften, welche für diese Dichtungsart besonders gehören. .

9. — PICTORIBVS ATQVE POETIS QVIDLIBET AV-
DENDI SEMPER FVIT AEQVA POTESTAS.) Der neuere Mah-
ler und Dichter wird bemerken, daß diese Maxime einem
Dritten als ein Einwurf in den Mund gelegt wird.

14. INCEPTIS GRAVIBVS, etc.) Diese vorläufigen
Anmerkungen, welche die Regeln der poetischen Komposition überhaupt betreffen, hat man so verstanden, als ob
sie besonders auf die epische Poesie giengen. Und auch
so stehen sie am rechten Orte. Denn, 1. die dramatische
Poesie, welche er itzt beurtheilen wollte, nahm ihren Anfang und Ursprung von der epischen. So sagt Aristoteles, daß Homer der erste war, der die dramatischen
Nachahmungen erfand, μόνος — ὅτι μιμήσεις δραματικὰς ἐποίησε.
Und eben das sagt Plato: ἔοικε μὲν τῶν καλῶν ἁπάντων τούτων
τῶν τραγικῶν πρῶτος διδάσκαλος καὶ ἡγεμὼν γενέσθαι ('Ομηρος..) De
Republ. L. X. — „Es war daher, wie Shaftesbury be-
„merkt, der Tragödie nach ihm nicht mehr zu thun übrig,
„als eine Bühne zu errichten, und seine Dialogen und
„Charaktere in Scenen zu bringen, da sie sich eben so auf
„eine Haupthandlung oder Begebenheit in Ansehung der
„Zeit und des Orts, beziehen, als es für ein wirkliches
„Schauspiel gehört." (Characteristicks. Vol. I. p. 198.) —
2. Die verschiednen Erinnerungen, welche hier über das
epische Gedicht gemacht werden, würden auf das Trauer-

spiel noch mehr zutreffen; indem es sich noch weit weniger mit dem Genie des Schauspiels verträgt, fremde und anderswo hergeholte Verzierungen zu brauchen, als mit dem ausgearbeiteten, episodischen Heldengedichte. Aus diesen beyden Ursachen war es allerdings dem Zwecke des Dichters gemäß, bey einer Beurtheilung des Schauspiels die fehlerhafte Behandlung der epischen Muster ins Licht zu setzen; wiewohl er dieß, um die Einheit seines Gedichts beyzubehalten, und aus dem Grunde, der vorhin in der Anmerkung über v. 1. angeführt ist, sehr geschickt unter dem Anschein einer allgemeinen Kritik gethan hat.

19. SED NVNC NON ERAT HIS LOCVS.)   Wenn man diese Anmerkung auf die dramatischen Werke der Engländer anwenden wollte, so weiß ich keines, worin sich lustigere Beyspiele dieser Ungereimtheit finden würden, als in der berühmten Waise von Otway.   Dieß Stück hat freylich wahre Schönheiten; indeß würde es schwerlich auf der Englischen Bühne so erstaunlichen Beyfall gefunden haben, wenn es nicht hie und da sowohl in Ansehung des guten Geschmacks, als von der moralischen Seite fehlerhaft wäre.

23.   DENIQVE SIT QVIDVIS: SIMPLEX DVNTAXAT ET VNVM.)   Ist es nicht seltsam, daß man hat glauben können, derjenige, der diese Regel förmlich vortrug, und durch seine Art des Vortrags derselben das größte Gewicht beyzulegen scheint, sey im Stande gewesen, dieselbe bey der Ausführung dieser Epistel selbst aus der Acht zu lassen.

25—28. — BREVIS ESSE LABORO, OBSCVRVS FIO: SECTANTEM LENIA NERVI DEFICIVNT ANIMIQVE: PROEESSVS GRANDIA TVRGET: SERPIT HVMI TVTVS NIMIVM TIMIDVSQVE PROCELLAE)   Wenn man diese Charaktere mit Beyspielen berühmter Englischer Dichter erläutern wollte; so glaube ich, könnte man den erstern mit Recht auf Donne anwenden; den zweyten auf Parnelle; den dritten auf Thompson; und den vierten auf Addison. Die beyden folgenden Zeilen:

Qui variare cupit rem prodigialiter unam,
Delphinum silvis adpingit, fluctibus aprum,

paſſen ſich auf ſo viele Dichter dieſer Nation, daß ich, um der übrigen zu ſchonen, hier nur Shakeſpear ſelbſt anführen will; der oft, um ſeine Scene mit derjenigen Mannichfaltigkeit zu bereichern, die ihm ſein großes Genie ſo reichlich an die Hand gab, ſeine beſten Stücke mit dieſen prodigiöſen Unſchicklichkeiten verunſtaltet hat.

29. QUI VARIARE CVPIT REM PRODIGIALITER VNAM, etc.) Ich gebe mit Hrn. Dacier zu, daß *prodigialiter* hier im guten Verſtande gebraucht werde; indeß iſt dieß Wort von unſerm Dichter, der überall ſo ſehr auf den Ausdruck ſieht, ſo glücklich gewählt, daß man dabey ſogleich an das erdichtete Ungeheuer zurück denkt, unter welchem er vorhin eine ungereimte und ungleiche Kompoſition (v. 1.) bildlich vorgeſtellt hatte. Die Anwendung davon iſt indeß darin verſchieden, daß jenes Ungeheuer, welches dort geſchildert wurde, zur Abſicht hatte, die ausſchweifende Ungereimtheit in der Zuſammenſetzung mißhelliger Theile, ohne eine Beziehung auf das Ganze, zu zeigen; dieß Prodigium hingegen ſoll ein Ganzes bezeichnen, das durch die ſchlecht gewählte Stellung ſeiner Theile verunſtaltet iſt. Jenes gleicht einem Ungeheuer, deſſen verſchiedene Gliedmaßen eigentlich auch verſchiedenen Thieren zugehören, und folglich auf keine Weiſe dahin gebracht werden konnten, ein einziges Thier für ſich auszumachen. Das letztere gleicht einer Landſchaft, die zwar keine Gegenſtände hat, die für ſich durchaus nicht zuſammen gehörten, oder nicht in ein Ganzes zu bringen wären, die aber durch eine ſchlechte Lage dieſer Theile ſeltſam und unförmlich gemacht wird. Man ſetze den Eber in den Wald, und das Meerſchwein in die See; alsbann kann ſie der Mahler beyde auf einerley Leinwand zeigen.

Beydes iſt eine Verletzung der Regel der Einheit, und ein wahres Ungeheuer; jenes, weil es aus einer Sammlung unzuſammenhängender Theile beſteht; dieſes, weil die

Theile zwar für sich zusammen gehören, aber von einander
getrennt und am unrechten Orte sind.

34. INFELIX OPERIS SVMMA: QVIA PONERE TO-
TVM NESCIET.) Diese Anmerkung läßt sich mehr auf die
dramatische Poesie, als auf irgend eine andre Dichtungsart
anwenden, da jene die Einheit und Vollständigkeit der Handlung so wesentlich erfodert. — Der Dichter erläutert diese
Anmerkung sehr glücklich durch das Beyspiel der Bildhauerey;
allein es ist eben der Fall bey jeder andern Kunst, die
ein Ganzes zu ihrem Gegenstande hat. Der Mahler Ni-
cias pflegte zu sagen: *) „das Subjekt seines Gemähldes
„sey für ihn das, was die Fabel für den Dichter wäre.“
Dieß ist gerade Horazens Gedanke umgekehrt. Denn
unter dem Worte Subjekt wird das Ganze von dem Entwurfe des Mahlers verstanden, das totum welches diejenigen unmöglich ausdrücken können, die alle ihre Mühe mit
einer so ängstlichen Sorgfalt auf die Ausarbeitung einzelner Theile verwenden. So muß, um ein in die Augen
fallendes Beyspiel anzuführen, der Landschaftmahler gewisse
schöne oder hervorstechende Gegenstände zusammen zeichnen,
und sie in einen einzigen völligen Gesichtspunkt bringen.
Hierauf hat er vornämlich zu sehen. Es gehört nicht einmal wesentlich zu dem Verdienste seines Stücks, mit der
äußersten Genauigkeit die vornehmsten Theile, welche das
Ganze ausmachen, auszuarbeiten. Uebrigens kann ein
Busch oder eine Blume, eine herumlaufende Ziege oder ein
Schaaf nur ganz nachläßig hingesetzt werden. Wir haben
davon ein großes neueres Beyspiel. Wenig Mahler haben
uns schönere Scenen der Natur geliefert, oder die Kunst,
Wälder, Seen und Felsen in angenehmeren Gemählden zu
verbinden gewußt, als Caspar Poußin. Indeß sieht
man, daß seine Thiere kaum eines gemeinen Künstlers
würdig sind. Diese dienen nämlich zu nichts weiter, als
die Scene zu verschönern, und folglich beruht ihre Schönheit nicht auf der Wahrheit und Richtigkeit der Zeichnung,
sondern bloß auf ihrer glücklichen Anordnung und Verthei-

*) S. VICTORII Comment. in DEM. PHALER. p. 73. Florent. 1594.

lung. Denn bey einer Landschaft übersieht das Auge die kleinern Theile sehr flüchtig, und betrachtet sie bloß in Beziehung auf die umstehenden Gegenstände. Die Mühe des Mahlers ist also verloren, oder vielmehr zum Nachtheile des Ganzen unrecht angewandt, wenn sie bloß einzelne Gegenstände so sorgfältig auszuarbeiten sucht. Wenn einige große Meister auch hierin Ruhm zu erlangen gesucht haben, so waren die Gegenstände, welche sie bearbeiteten, allemal für sich selbst beträchtlich genug, und hatten außerdem eine glückliche Wirkung, die ganze Scene noch mehr ins Licht zu setzen, und sie hervorstechender zu machen. In diesem Betrachte vornämlich ist des Ruysdalen Gewässer, und die Luft des Claude Lorain so sehr bewundernswürdig.

40. — CVI LECTA POTENTER ERIT RES.) *Potenter,* d. i. κατὰ δύναμιν, LAMBIN. Diese Erklärung giebt zwar einen guten Sinn; sie rechtfertigt aber den Ausdruck nicht. Der gelehrte Herausgeber des Statius schlägt vor, *pudenter* zu lesen, ein Wort, dessen sich Horaz bey andern Gelegenheiten bedient, und welches dem Sinne dieser Stelle eben so gemäß ist. Eine ähnliche Stelle in der Epistel an den Augustus giebt dieser Muthmaßung noch mehr Gewicht:

> nec meus audet
> *Rem* tentare *pudor,* quam vires ferre recusent.

45. HOC AMET, HOC SPERNAT PROMISSI CARMINIS AVCTOR. — IN VERBIS ETIAM TENVIS CAVTVSQVE SERENDIS.) Bentley hat die Ordnung dieser beyden Zeilen umgekehrt; nicht nur, wie mich dünkt, ohne zureichenden Grund, sondern auch zum Nachtheile des Zwecks und des Inhalts, den der Sinn des Dichters hat; und bloß in diesem Falle erlaube ich mir, von seinem Texte abzugehen. Die ganze Regel über die poetische Anordnung wird als eine solche gegeben, die von Wichtigkeit ist:

> Ordinis haec virtus erit et venus, aut ego fallor etc.

Und das ist sie auch unstreitig; denn, 1. sie betrifft keinen geringern Umstand, als die Einrichtung eines Ganzen;

das heißt, die Zurückführung einer Materie auf Einen ganzen, fortwährenden Plan, die erheblichste und schwerste von allen Pflichten der Erfindung, und die unmittelbar, in dem höhern und erhabenern Verstande des Worts, den Poeten angeht. 2. Es ist kein geringfügiges Ganze, welches diese Regel vor Augen hat, sondern, wie der Zusammenhang zeigt, und wie man weiter aus v. 150. sieht, wo dieser Grundsatz wieder vorgenommen und noch weiter ausgeführt wird, die Epopee und das Drama. Wie schicklich wird daher nicht eine Regel von solcher Würde durch den starken, emphatischen Schluß eingeschärft:

Hoc amet, hoc spernat promissi carminis auctor;

d. i. „Es werde heilig und unverletzlich über diese Regel „von demjenigen gehalten, der sich auf den Entwurf eines „Werks eingelassen hat, das den Namen eines Gedichts „verdienen soll. " Wäre hier bloß von der Wahl oder Erfindung der Wörter die Rede, so würde die Feyerlichkeit einer solchen Anwendung lächerlich seyn.

Was die Konstruktion betrifft, so wird der gemeinste Leser leicht im Stande seyn, sie gegen die Stärke von Bentley's Einwürfen zu vertheidigen.

46. IN VERBIS ETIAM TENVIS, etc.) Ich habe gesagt, daß diese vorläufigen Anmerkungen über die Einheit des Plans, den Mißbrauch der Sprache, und die verschiednen Kolorite der mancherley Gattungen der Poesie, zwar die poetische Komposition überhaupt angehn, aber doch vornämlich die dramatische Poesie betreffen. Das erste von diesen drey Stücken ist in der Anmerkung zu v. 34. erläutert worden. Das letzte wird bey v. 73. näher betrachtet werden. Hier will ich eben das von dem zweyten zeigen, welches den Mißbrauch der Wörter betrifft. Denn 1. Da die dramatische Schreibart das menschliche Leben vorstellt, und in diesem Betrachte eine vorzügliche Leichtigkeit und Vertraulichkeit in der Sprache fodert, so muß die Prägung neuer Wörter in dieser poetischen Gattung weit unleidlicher seyn, als in irgend einer andern. Die Majestät der epischen Poesie wird es zuweilen sogar er-

fobern, durch dieses Mittel unterstützt zu werden; da hingegen das gemeinste Ohr es auf dem Theater für die offen-
barste Affektation erkennen würde.   Daher die besondre
Schicklichkeit dieser Regel für den dramatischen Schriftsteller:

>   In verbis etiam tenuis cautusque serendis.

2. Ferner ist es nöthig, die tragische Schreibart, wenn
sie sich gleich einigermaßen zu dem Tone der vertraulichen
Sprache des Umgangs herabläßt, doch immer zurückzuhal-
ten, damit sie nicht unter die Würde der Personen und
die Feyerlichkeit der Vorstellung hinabsinke. Kein Mittel
aber ist geschickter, dieß zu befördern, als dasjenige, was
der Dichter in Ansehung der Stellung und Ableitung der
Wörter vorschreibt.   Denn so bekömmt die Sprache des
Dichters nicht den verhaßten Vorwurf gänzlich erfundner
Wörter, und erhält sich doch immer in einem gewißen Anstande, in einer gewissen Zurückhaltung; und indem sie den
Ton des Umgangs anzunehmen scheint, setzt sie sich sehr
glücklich über das Niedrige einer gemeinen prosaischen
Schreibart hinaus.   Es giebt bewundernswürdige Bey-
spiele dieses vorsichtigen Verfahrens in dem Samson
Agonistes des Milton, welches das künstlichste und aus-
geführteste, wiewohl vielleicht aus eben der Ursache das am
wenigsten gefallende und am meisten verkannte von allen
Werken dieses großen Dichters ist.

47. DIXERIS EGREGIE, NOTVM SI CALLIDA VERBVM
REDDIDERIT IVNCTVRA NOVVM. —) Diese Vorschrift,
in Ansehung eines solchen Gebrauchs alter Wörter, daß
sie die Anmuth neuer Wörter erhalten, gehört unter die
schönsten in dem ganzen Gedichte. Wir wollen sie in der
Folge durch Beyspiele erläutern, und vorher nur die Regel
selbst, so wie sie Horaz giebt, erklären.

Seine Ausleger scheinen den ganzen Nachdruck derselben gar nicht eingesehen zu haben.   Dacier und Sanadon,
die beyden besten unter ihnen, schränken sie bloß auf die
Bildung zusammengesetzter Wörter ein.   Dieß ist zwar

eine von den Arten, wie sich diese callida junctura erweiset, aber bey weitem nicht alles, was der Dichter dabey in Gedanken hatte.

Ihr Irrthum entstand daher, weil sie das Wort *junctura* gar zu eigentlich nahmen. Sie glauben, es heiße bloß, zwey Wörter in Eins zusammen setzen; denn dieß ist der gewöhnlichste Begriff, den wir uns von der Verbindung der Wörter zu machen pflegen. Als ob die buchstäblichste Erklärung der Ausdrücke, nach ihrer Etymologie, allemal die schicklichste wäre?

Dacier führt indeß noch eine besondre Ursache an, warum er die Regel bloß auf diesen Verstand einschränkt. „Die Rede ist, sagt er, *de verbis serendis;* man muß also diese *junctura* von neuen Wörtern erklären, die eigentlich so heissen können, dergleichen zusammengesetzte Beywörter sind; und nicht von dem Reize der Neuheit, welchen einzelne Wörter von der Art, sie zu brauchen, zu erhalten scheinen."

Man sieht hieraus, daß dieser gelehrte Kunstrichter den Zweck seines Schriftstellers nicht einsah, welcher offenbar dieser war: „Die Erfindung neuer Ausdrücke, sagt „er, ist eine sehr bedenkliche Sache; ich wünschte daher „lieber, daß man bekannte Wörter auf eine solche Art zu „brauchen suchte, daß sie eben die Wirkung hätten, als „ob sie neu wären. Freylich können neue Wörter zuwei-„len nöthig seyn; und wenn das der Fall ist, u. s. f." Hieraus sieht man, daß die Zeile:

In verbis etiam tenuis cautusque serendis

hier nicht als eine allgemeine Regel, noch die folgende Zeile als das Beyspiel dazu vorgetragen wird. Vielmehr wird diese Regel nur eben berührt und beyläufig angeführt, da der Dichter zu einer andern Betrachtung von grösserer Erheblichkeit forteilt, die er sogar der vorigen entgegensetzt. „Anstatt neue Wörter zu machen, wird man wohl thun, „sich bloß auf alte einzuschränken." *Junctura* mag also

E

heiſſen, was es will;   ſo iſt es immer offenbar, daß wir
es nicht von ſolchen Wörtern erklären müſſen,   welche für
die Regel *de verbis ſerendis* zu Beyſpielen dienen ſollen.

Indeß wird man das Wort *junctura* am beſten aus
dem and rweitigen Gebrauche deſſelben beym Horaz,   und
aus dem Zuſammenhange erklären.   1. Das Wort kömmt
nur noch einmal bey dieſem Dichter vor,´ und zwar in
eben dieſer Epiſtel ;   nämlich da, wo er einen Vorſchlag
thut, wie man ſich in Anſehung des Subjekts eines Gedichts
und der Hauptmaterie deſſelben verhalten ſoll, der mit demjenigen, welchen er hier in Anſehung der Sprache thut,
viel Aehnliches hat.

Ex noto fictum carmen ſequar — —
— — tantum ſeries juncturaque pollet.
v. 242.

Verſteht er hierunter, daß man zwey Subjekte mit einander verknüpfen, und in Eins verbinden ſoll, ſo, daß das
zuſammengeſetzte Subjekt dadurch ein neues werde? Im
geringſten nicht.   ,Das Subjekt, ſagt er, ſoll ein bekanntes, ein altes ſeyn.   Aber die Anordnung, die Ausführung
und die Bearbeitung ſoll von der Art ſeyn, daß es dadurch
die Miene einer originalen Dichtung erhalte." Nun wende
man dieſen Sinn des Worts *junctura* auf die Wörter an;
ſo ſagt der Dichter bloß, daß die Ausdrücke in eine ſolche
Ordnung gebracht werden können, daß ſie neu ſcheinen,
wenn gleich die Wörter, woraus ſie beſtehen, alle gemein
und bekannt ſind.

Wir berufen uns alſo auf das Anſehen des Dichters
ſelbſt wider die Meynung des Dacier.   Allein wir haben
noch auſſerdem das Anſehen ſeines großen Nachahmers, oder
vielmehr Dollmetſchers, des Perſius, für uns, der, wenn
er von der Sprache ſeiner Satiren redet, mit einer Anſpielung auf dieſe Stelle des Horaz ſagt:

Verba togae ſequeris, *junctura callidus* acri.
Sat. V. 14.

b. i. er brauchte Wörter von gemeiner und gewöhnlicher Art; er suchte sie aber dergestalt in seiner Schreibart anzubringen, daß sie dadurch die Stärke, den Geist, und den Nachdruck des satirischen Ausdrucks erhielten.

2. Ferner leitet uns, wie ich schon bemerkt habe, der Zusammenhang auf diesen Sinn. Der Dichter hatte v. 42. seine Meynung von der Natur und Wirkung der Methode gesagt, oder von der ordentlichen Einrichtung und dem Plan bey der Ausführung einer Fabel. Die Folge seiner Gedanken bringt ihn darauf, die Anmerkung auf die Wörter anzuwenden; dieß thut er unmittelbar, und setzt bloß den sechs und vierzigsten Vers, als eine Art von Einleitung, dazwischen.

Ueberhaupt also ist *junctura* ein Wort von weitläuftiger und allgemeiner Bedeutung, und eben das in Ansehung des Ausdrucks, was Ordnung und Plan in Ansehung des Inhalts sind. Der Dichter will sagen: „Anstatt neue Wörter zu schaffen empfehle ich lieber irgend eine Art einer geschickten Behandlung, durch welche man alten Wörtern eine neue Miene und Wendung zu geben im Stande ist.."

Wir kennen nun den wahren Verstand dieser Regel; itzt wollen wir zur Erläuterung derselben einige Beyspiele anführen. *)

1. Das erste Beyspiel dieser geschickten Behandlung, sollen, wäre es auch nur aus Gefälligkeit gegen die vorigen Ausleger, zusammengesetzte Beywörter seyn. Von der Art sind folgende:

*) Der Uebersetzer hielt es für nöthig, die Beyspiele, welche der Verfasser im Original aus dem Shakespear anführt, mit Deutschen zu vertauschen. In Ansehung der Wahl des dazu schicklichsten Dichters war keine Frage. Denjenigen Lesern, welche der Englischen Sprache kundig sind, wird es indeß angenehm seyn, wenn ich auch jene hersetze:

1. Zusammengesetzte Beywörter.

High-sighted Tyranny.	JVL. CAES. A. II. Sc. 2.
A barren-spirited fellow.	A. IV. Sc. I.
An arm-gaunt steed.	ANT. & CLEOP. A. I. Sc. 6.
Flower-soft hands.	A. II. Sc. 3.
Lazy-pacing clouds.	ROM. & JVL. A. II. Sc. 2.

Lichthelle Züge des ewigen Bildes — —
Der Meſſias Geſ. IV. v. 389.

— mit heiliggefalteter Hand — —
E. d. . 732.

Meilenferne Gewitter — —
VII. 205.

— Leichtfliessende Geister. — —
VII. 213.

— ſein freudeweinendes Auge. —
IX. 602.

— die lächelndbrechenden Augen.
V. 92.

und ſo noch tauſend Beyſpiele mehr bey dieſem Dichter. Doch, dieß iſt nur ein kleiner Theil ſeiner ſchöpferiſchen Kraft, wie man aus dem folgenden ſehen wird.   Denn man erreicht dieſe Abſicht,

'2. Durch eine andre Art von Zuſammenſetzung; durch zuſammengeſetzte Zeitwörter eben ſowohl, als durch dergleichen Beywörter:

War ichs nicht ſelbſt, der in dir den Gedanken, die
Bethlehemiten

Wegzuwürgen, erſchuf? —
Meſſ. II. 518.

In tiefer, nächtlicher Ferne,
Seh ich neue Gedanken, voll wunderbarer Begriffe,
Und in Labyrinthe verflochten, ſich gegen mich nähern.
V. 640.

a. Zuſammengeſetzte Verba:

To *candy* und *to limn* ſind in der Engliſchen Sprache bekannte Wörter. Shakeſpear wollte die entgegengeſetzten Begriffe ausdrücken, und thut es ſehr glücklich durch ihre Zuſammenſetzung mit der Verneinungspartikel *dis*:

— — The hearts
That pantler'd me at heels, to whom I gave
Their wiſhes, to *diſcandy*, melt their ſweets
On bloſſoming Cæſar.
ANT. and CLEOP. A. IV. Sc. 9.

Siehe! sie senkt ihr entschimmertes Haupt zur Erde —

VIII. 567.

— Das Graun der erdebegrabnen Verwesung.

VIII. 534.

Ach! wenn ich nur Vergebung erweine —

VI. 587.

3. Durch die Freyheit die er sich nimmt, Substantiven in Verba zu verwandeln:

— von der Sünde geblendet, und ihren Gerichten
belastet;

VII. 26.

Eloa sieht die Empörer,
Wie sie, erhoben über die Wolken der wandelnden Erde,
Im weitkreisenden Schwunge die höhern Wölbungen
messen.

VIII. 119.

Wie in luftige Düfte gewebt, die der Abendstrahl röthet.

VIII. 429.

That which is now a horse, ev'n with a thought
The rack *dislimns*, and makes it indistinct
As water is in water —

Ibid. Act. IV. Sc. 10.

Wiewohl hiebey zu merken ist, daß er zu desto leichterm Verstande dieser zusammengesetzten Wörter, gemeiniglich die Erklärung hinzusetzt.

3. Substantiven in Verba verwandelt:

A glass that *featur'd* them.

CYMB. A. I. Sc. 1.

— Simon's weeping
Did *scandal* many a holy tear —

A. III. Sc. 4.

Great griefs, I see, *medicine* the less.

A. IV. Sc. 5.

that kiss
I carried from thee, Dear; and my true lip
Hath *virgin'd* it e'er since.

CORIOLAN. A. V. Sc. 3.

Oder Verba in Substantiven:

> — — kein edles Erkühnen
> Trieb ihn zu Unternehmungen an, sich furchtbar zu
> machen.
>
> II. 530.

> — mit dem Rauschen des Jordans,
> Und mit dem Wehen der Donner von Tabor —
>
> V. 752.

> Ewigkeit, heißt sein Maaß, sein erster Feyrer, Meßias!
>
> V. 453.

> — Wo wirst du
> Schlummern im Stillen, wofern der Wüter Wut
> dir ein Grab läßt!
>
> VI. 604.

4. Wenn aktive Verba wie Neutra gebraucht werden.

> — sie rauschen, mit eisernem, wilden
> Getöse,
> Ueber die Felsen, und krachen, und donnern, und töd-
> ten von ferne.
>
> II. 889.

Verba in Substantiven verwandelt:

> — Then began
> A stop i'th' chaser, a *Retire* — —
>
> CYMB. A. V. Sc. 2.

> — take
> No stricter *render* of me —
>
> A. V. Sc. 3.

> — handkerchief
> Still waving, as the fits and *stirs* of's mind
> Could best express —
>
> CYMB. A. I. Sc. 5.

> — Sextus Pompejus
> Hath giv'n the *dare* to Cæsar.
>
> ANT. and CLEOP. A. I. Sc. 3.

4. Aktiva wie Neutra gebraucht:

> — He hath fought to-day
> As if a god in hate of mankind had
> *Destroy'd*, in such a shape — —
>
> *Ibid.* A. IV. Sc. 6.

— wie der Ocean drängte,
Da er, von drey Welten, dich, fernes Amerika, losriß.
E. D. b. 831.

Und Neutra, wie Aktiva:

Ach Dich haben, in Schleyer gehüllt, die Harfen herunter,
Deiner Töchter jungfräuliche Thränen, o Sunith, geweinet.
V. 98.

— O du, der dem Altar sich naht zu sterben den schönsten
Und den wunderbarsten der Tode —
VIII. 43.

5. Wenn man Adjektiven in Substantiven verwandelt:
Unter dem Liede, das, nach dem Dreymalheilig, die Himmel
Allzeit singen.
I. 273.

It is the bloody business, that *informs*
Thus to mine eyes.
MACBETH. A. II. Sc. 2.

Neutra wie Aktiva:
— never man
Sigh'd truer breath; but that I see thee there,
Thou noble thing! more *dances* my rapt heart
Than when I first my wedded mistress saw
Bestride my threshold —
CARIOL. IV. 4.
— like smiling Cupids,
With divers-colowr'd fans, whose wind did seem
To *glow* the delicate cheeks which they did cool.
ANT. and CLEOP. II. 3.

5. Adjektiva wie Substantiva gebraucht:
— I do noth think
So fair an *outward* and such stuff within
Endows a man but him —
CYMB. A. I. Sc. I.

Er wendet sein Auge
Nun nicht mehr von dem Göttlichen weg.

VIII. 324.

6. Wenn man **Participia** substantivisch braucht:

Laß uns zu dem **Geopferten** beten! ——

IX. 298.

Soll ich zuerst dich nennen, du großer Sündenversöhner,
Oder hörst du dich lieber die Wonne der **Glaubenden**
nennen?

E. D. v. 302.

So wie der **Himmlischen** Einer,
Der, als Wächter, **Liebende** schützt ——

IV. 557.

Dem **Sterbenden** brechen die Augen, und starren,
Sehen nicht mehr.

V. 216.

6. **Participia** substantivisch:

He would have well become this place, and grac'd
The *thankings* of a king ——

CYMB. A. V. Sc. 5.

The herbs, that have in them cold dew o' th' night,
Are *strewings* fitt'st for graves —— ——

Ibid. IV. 5.

—— Then was I as a tree
Whose boughs did bend with fruit. But, in one night,
A storm, or robbous, call it what you will,
Shook down my mellow *hangings*.

III. 3.

—— Comes in, my father,
And like the tyrannous *breathing* of the North
Shakes all our Buds from blowing ——

CYMB. I. 5.

Bey Gelegenheit dieser letzten Stelle macht der Verfasser im Originale eine ziemlich lange kritische Digression, die darauf hinausläuft,
daß man in der letzten Zeile besser lesen könnte:

Checks all our Buds from blowing ——

7. Wenn man Participien adverbialisch braucht:

Sanftere Flüsse, die täuschend die Seelen zur Ruh
einluden.
V. 421.

Und des Geopferten Wunden ergossen das ewige Leben
Strömender, da das nachtvolle Kreuz mit Golgatha
bebte.
VIII. 415.

8. Durch figürliche Ausbrücke, das heißt, durch solche,
die zwar im eigentlichen Verstande gebräuchlich, aber in der
figürlichen Anwendung ungewöhnlich sind:

— Es zittern in ihrem verborgensten Leben die Welten,
X. 29.

Zwar sie hat nicht Bilder genug, die unterste Hölle,
Meine Qualen dir ganz, so ganz, wie ichs dürste, zu
zeigen.
X. 104.

7. Participia statt der Adverbien:
                    — tremblingly she stood
    And on the sudden dropt —
                        ANT. & CLEOP. A. V. Sc. 5.

(Man erinnere sich hier des schönen Gebrauchs, den Pope von diesem Worte in folgender Stelle gemacht hat:

    Or touch, if tremblingly alive all o'er —)
                — — But his flaw'd heart
    Alack, too weak the conflict to support,
    'Twixt two extremes of Passion, joy and grief,
    Burst smilingly —
                    LEAR. Act. V. Sc. 8.

8. Figürliche Ausbrücke:
                — This common Body
    Like to a vagabond flag, upon the stream,
    Goes to, and back, lacquying the varying tide.
                ANT. et CLEOP. l. 5.
            — When snow the Pasture sheets.
                    Ibid.

Träfe sein flammendes Schwert auf eine der Welten;
es würde

Schnell der entzündeten Staub im Unermeßlichen
schwimmen.

X. 615.

9. Durch eigentliche Wörter, das heißt, durch solche,
die in der figürlichen Bedeutung gewöhnlich, in dem buchstäblichen Verstande aber ungebräuchlich sind:

Du bist sein Schüler, Verwegner!
Oder dich täuschte die bildende Nacht!

VI. 133.

Dort unten, wo sich die traurigen Gräber

Oeffnen, und sich sinkend mit des Oelbergs Fuße
vertiefen,

Dort steht, göttlicher Freund, der hohe Meßias, und
denket.

III. 93.

10. Durch Versetzung der Wörter — durch bisher
noch nicht eingeführten Gebrauch der Ausdrücke — durch
eine ungrammatische Wortfügung. Beyspiele dazu sind
nicht schwer zu finden.

Hieher, setzt der Verf. hinzu, gehören die unzähligen Ausdrücke
beym Shakespear, die uns durch ihre Neuheit überraschen, und
uns alle deswegen überraschen müssen, weil er die specifike Idee der
allgemeinen in den Subjekten seiner Metaphern, und in den Umständen seiner Beschreibungen vorzuziehen pflegt: eine Schönheit des poetischen Ausdrucks, die nicht genug studirt werden kann. Die Beyspiele davon sind gar zu häufig, und die Sache selbst zu bekannt und
zu deutlich, als daß ich nöthig hätte, mich länger dabey zu verweilen.

9. Durch eigentliche Ausdrücke, die sonst meistens figürlich genommen werden.

Disasters vail'd the Sun — —

HAMLET A. I. Sc. 1.

Th' extravagant and erring spirit hies
To his confine — —

ibid.

— Can't such things be
And overcome us, like a Summer's cloud,
Without our special wonder? —

MACBETH. III. 5.

10. Von dieser Art finden sich überall Beyspiele in seinen Stücken.

11. Durch fremde Idiomen. z. E.

— Du bist kein Sünder geboren!
IV. 428.
Sieh! ich verwünsche dich auch der Vernichtung —
VII. 178.
So viel darf ich dir sagen, und dieß verdiente dein
Herz Dir.

Man sieht, daß es leicht seyn würde die Reihe von Mitteln, welche der Dichter bey der *callida junctura* braucht, noch viel weiter zu verlängern. Ich wollte aber nur eine Probe von denselben geben; so viel nämlich nöthig war, die Regel des Horaz zu erläutern.

Es ist genug, daß wir itzt völlig einsehen, was *callida junctura* heißt, und daß es in der That nichts anders ist, als Freyheit im Ausdrucke. Diese hat, wie Quintilian sagt, den Nutzen: Vt quotidiani et semper eodem modo formati sermonis fastidium levet, et nos a vulgari dicendi genere defendat. Kurz die oben angegebenen Arten sind nur eben so viel Mittel, von der gewöhnlichen und einfachern Art des Ausdrucks abzugehen, ohne die Anmuth der Leichtigkeit und Deutlichkeit gar zu sehr zu vernachläßigen. Diese wohl gemäßigte Freyheit macht eine von den größten Schönheiten der Poesie aus, besonders der Shakespearischen Poesie. Zwar ist er nicht allemal so glücklich gewesen, als in den angeführten Beyspielen.

11. Idiotismen fremder Sprachen kommen freylich beym Shakespear nicht häufig vor. Indeß findet man doch einige Latinismen und sogar Gräcismen; als:

Quenched of hope —
CYMB. V. 5.

Allein, was noch merkwürdiger ist, und eben so sehr zu seinem Zwecke diente, so hatten die Schriftsteller der damaligen Zeit die Englische Sprache dergestalt latinisirt, daß die reine Englische Mundart, welche Shakespear gewöhnlich beobachtet, schon die völlige Miene der Neuheit hat, welche sich andre Schriftsteller erst durch eine fremde Phraseologie zu geben pflegen.

Sein Ausdruck wird zuweilen, und zwar durch eben die gedachten Mittel, schwer, dunkel und unnatürlich. Dieß
heißt auf der andern Seite zu weit gehen. Ueberhaupt
aber kann man sagen, daß er der Anleitung des Horaz entweder sehr geschickt gefolgt ist, oder von selbst die Vorschrift
desselben sehr glücklich zu treffen gewußt hat.

Von andern dürfen wir eine solche Geschicklichkeit oder
gutes Glück vielleicht nicht erwarten. Die Neuheit ist
ein Reiz, dessen Mangel sich in Werken der Belustigung
durch nichts entschuldigen läßt. Auch ist die Nothwendigkeit, den Ekel zu vermeiden, der durch verbrauchte Ausbrücke entsteht, so bringend, daß diejenigen, welche weder
im Stande sind, sich selbst diese Regel der *callida junctura*
vorzuschreiben, oder sie, wenn andre sie vorgeschrieben haben, zu befolgen, dennoch dieselbe durch allerley verfehlte
Bemühungen nachzuäffen suchen. Dieß taugt schon für
sich nichts, und wird sehr bald durch seine Ungereimtheit
ausschweifend und lächerlich. Ich habe davon ein merkwürdiges Beyspiel in Gedanken; und es wird dem Leser
nicht unangenehm seyn, wenn ich damit diese lange Anmerkung beschließe.

Ungefähr um die Mitte des vorigen Jahrhunderts war
es in England eine der gemeinsten nachäffenden Bemühungen dieser Art, die Beywörter bis ins Unendliche zu häu-
fen; dieß machte sehr bald die Poesie steif und kraftlos.
Der häufige und übertriebne Gebrauch machte diese Schreibart lächerlich und gemein; man versuchte daher eine andre,
die gerade das Gegentheil war, die Verwerfung aller Beywörter; und so machte man aus einer matten Poesie frostige
Prose. Auch dieß währte nur eine Zeitlang. Ein dramatischer Dichter der damaligen Zeit hat diese einander entgegengesetzten Thorheiten mit vieler Laune bestraft. Ein
Mann von Geschmack und Lustigkeit thut an einen Poetaster
folgende Frage:

Goldsworth *).

„Herr Caperwit, ehe sie lesen, sagen Sie mir doch, haben Ihre Verse auch Beywörter?"

Caperwit.

„Beywörter? Freylich! Wollten Sie denn wohl ein Gedicht ohne Beywörter haben? Sie sind die Blumen, sie sind die Schönheit unsrer ganzen Sprache. Ein wohlgewähltes Beywort giebt der ermattenden Poesie neues Leben, und macht aus jedem Verse eine Bestechung. Beywörter sind unsre Lockspeise, wenn wir nach der Liebe des Frauenzimmers fischen; und mit ihrer Anmuth bezaubern wir das Ohr verliebter Schönen. Mit der Musik dieser hinreissenden Wörter ziehen wir das ganze seidene Gefolge an uns, und machen, daß der Buhler vor Nachsinnen über das seltene Wort zerschmilzt. Ich will es gegen einen ganzen Schwarm von Sprachlehrern behaupten, daß in der Poesie das Hauptwort für sich ohne ein Beywort nicht bestehen kann."

*) GOLDSWORTH.

Master *Caperwit*, before you read, pray tell me,
Have your verses any *Adjectives?*

CAPERWIT.

Adjectives! would you have a poem without
Adjectives? They are the flow'rs, the grace of all our language;
A well-chosen Epithete doth give new Soule
To fainting Poesie; and makes everye verse
A Bribe. With adjectives we baite our lines,
When we do fish for gentlewomen's loves,
And with their sweetness catch the nibbling ear
Of amorous Ladies: With the music of
These ravishing nouns, we charm the silken tribe,
And make the Gallant melt with apprehension
Of the rare word: I will maintain't (against
A bundle of Grammarians) in Poetry
The Substantive itself cannot subsist
Without an Adjective.

Goldsworth.

„Aber bey dem allen, dünkt mich doch, würden die Wörter voller klingen, die nicht so gespickt wären. Wenn ich Ihnen rathen soll, so machen Sie einmal ein Sonnet, das ganz leer von Beywörtern ist. Eine Reihe ehrenfester Substantiven müßte prächtig, wie Schweizer, daher marschiren, und das ganze Feld einnehmen, sich ein gewisses Ansehen geben, sehr in die Augen fallen, gleich registrirten Kontrakten, nicht wie solche Scheine, die vorher gedruckt, und hernach erst ausgefüllt werden. Von diesen erhielten die *Blank·verses* zuerst ihren Namen. Sie wissen doch, mein Herr, *blank* heißt so viel als weiß? wenn erst der Sinn verfertigt, und dann mit Beywörtern, wie mit Stiften, an einander befestigt wird, und ohne Haspen nicht zusammenhalten kann. Fort damit! das ist pedantische, gemeine Poesie. Wenn Kinder Verse machen, so mögen sie dergleichen nichtsbedeutende Wörter zusammenflicken, weil es ihnen an Materie fehlt; Poeten müssen männliche und volle Verse machen."

GOLDSWORTH.

But for all that
These words would sound more full, methinks, that are not
So larded: and, if I might counsel you,
You should compose a Sonnet, cleane without them.
A row of stately *Substantives* would march,
Like Switzers, and bear all the field before them,
Carry their weight, shew fair, like *Deeds* enroll'd,
Not *Writs*, that are first made, and after fill'd:
Thence first came up the title of *Blank verse*.
You know, Sir, what *Blank* signifies? When the sense
First fram'd, is tied with Adjectives, like Points,
And could not hold together, without wedges.
Hang't, 'tis pedantike, vulgar Poetry.
Let children, when they versifye, sticke here
And there these pidling words, for want of matter;
Poets write masculine numbers.

Caperwit.

„Sie haben mich da auf einen vortrefflichen Einfall gebracht. Es ist was Neues! Ich werde diese Verse hier meinem Bedienten schenken; er kann einem Kammermädchen damit aufwarten."

54. CAECILIO PLAVTOQVE DABIT ROMANVS ADEM-TVM VIRGILIO VARIOQVE?) Diese Frage ist sehr billig. Allein die Antwort wird nicht zur Befriedigung desjenigen ausfallen, der sie aufwirft. Dieser sonderbare Eigensinn herrscht in England eben so, wie ehemals in Rom, und wird, wie ich glaube, überall, unter den nämlichen Umständen, herrschen. Cäcilius und Plautus hatten die Freyheit, Worte zu prägen, aber nicht Virgil und Varius. Eben die Nachsicht genossen die Englischen Schriftsteller bey Wiederherstellung der Wissenschaften; den gegenwärtigen aber wird sie versagt. Die Ursache davon ist unstreitig folgende. So lange die Künste verfeinert oder wieder aufgeweckt werden, ist der größte Theil gezwungen, und Jedermann ist es zufrieden, Schüler zu seyn. Sobald sie aber zur gewöhnlichen Höhe gelangt sind, so verlangt Jedermann Lehrer zu werden. Mit diesem Verlangen ist, wie der Dichter anmerkt, eine gewisse Mißgunst verbunden:

> — cur adquirere pauca
> Si possum, *invideor?* —

Dadurch werden die Freyheiten der Schriftsteller eingeschränkt, weil nun ein jeder Leser ein Nebenbuhler geworden ist. So lange man hingegen noch Schüler bleibt, ist man froh, alles aufzumuntern, was zu unserer Belehrung dienen kann.

CAPERWIT.

You have given me a pretty hint: 'Tis *new*.
I will bestow these verses on my footman;
They'll serve a Chambermaid —

SHIRLEY'S *Chances, or Love in a Maze.*

Indeß mag man sich an dieses Verfahren noch so sehr stoßen; gute Schriftsteller können es sicher wagen, davon Meister zu werden. Eine vollkommene oder vollständige Sprache ist eine Chimäre. Sie mag beschaffen seyn, wie sie will, so wird man doch immer noch häufig Gelegenheit finden, zuweilen sogar genöthigt seyn, ein neues Wort zu wagen. Auch muß sich ein großes Genie nicht durch den ekeln Geschmack seines Zeitalters abschrecken lassen, sich dieses Vorraths auf eine mäßige Art zu bedienen. Es muß, nach Anleitung des Dichters: *) „alten Worten die lange geschlafen haben, aufzustehen gebieten, Worte, die Schriftsteller aus der alten Zeit gebraucht haben, oder neue Worte zum Behuf der Folgezeit einführen. Denn der Brauch wird dasjenige väterlich verpflegen, was der Geschmack gezeugt hat.‟

Dieß war auch beständig die Sprache der alten Kritik: Audendum tamen; namque, ut ait Cicero, etiam quae primo dura visa sunt, usu molliuntur. QVINTIL. L. I. c. 5.

70. MVLTA RENASCENTVR, QVAE IAM CECIDERE.) Diese Wiedererweckung alter Wörter, ist eine von den Feinheiten im Schreiben, welche Niemand, als ein großer Meister, unternehmen muß. Dieß kann auf zweyerley Art geschehen: 1. wenn man solche Ausdrücke wieder herstellt, die völlig veraltet waren; oder 2. wenn man unter denen, die noch im Gange und nicht gänzlich abgeschafft sind, solche auswählt, die den meisten Ausdruck und die meiste Stärke haben. Denn so verstehe ich eine Stelle beym Cicero, der seinem Redner diesen zwiefachen Gebrauch alter Wörter als einen Grund anführt, die alten lateinischen Schriftsteller fleißig zu studiren. Seine Worte sind folgende: Loquendi elegantia, quamquam expolitur scientia literarum, tamen augetur legendis oratoribus (veteribus) et poetis: sunt

*) Command old words, that long have slept, to wake,
Words, that wise BACON, or brave RALEIGH spake;
Or bid the new be English ages hence,
For Use will father what's begot by Sense.
POPE.

enim illi veteres, qui ornare nondum poterant ea, quae
dicebant, omnes prope praeclare locuti. — Neque tamen erit utendum verbis iis, quibus iam consuetudo nostra
non utitur, nisi quando ornandi causa, parce, quod ostes-
dam; sed ulitatis ita poterit uti, lectissimis ut utatur is, qui
in veteribus erit scriptis studiose et multum volutatus. *De
Orat. L. III. Cap. X.* — Diese unter den gebräuchlichen
ausgewählte Wörter verstehe ich von solchen, die von den
alten Schriftstellern in irgend einem besonders starken und
nachdrücklichen Verstande gebraucht sind, aber so, daß sie
mit Vortheil von den Neuern copirt werden können, ohne
barbarisch oder gesucht zu scheinen. (S. HORAT. L. II. ep.
2. v. 115) Die Ursache, warum wir dergleichen Wörter
bey den alten Schriftstellern einer jeden Sprache finden, ist,
beyläufig zu sagen, folgende. Wenn Ideen für uns neu
sind, so rühren sie uns am stärksten, und wir bemühen
uns, nicht bloß unser Gefühl, sondern auch die Beschaffenheit desselben, unsre Sensation, in denen Wörtern auszudrücken, welche wir brauchen, um diese Ideen an den
Tag zu legen. Die Leidenschaft der Bewunderung, von
welcher uns die Philosophie zu befreyen sucht, dient vorzüglich dazu, die Vorstellungskraft der Dichter zu heben, und
ihren Ausdruck zu verstärken. Und dieß ist allemal der
Fall bey alten Schriftstellern, wenn die Künste wieder aufleben, oder neue anfangen, sich zu verfeinern. Der zweite
Gebrauch solcher alten Ausdrücke, die schon veraltet sind,
muß, wie Cicero sagt, *parce*, sparsamer geschehen. Das
Gegentheil würde in der Beredsamkeit eine unerträgliche
Künsteley seyn. Eben dieß gilt in Ansehung der Poesie;
nur leidet da die Regel eine weitere Ausdehnung; denn, wie
er anderswo bemerkt, und, wie die Sache selbst es
schon mit sich bringt, haec sunt poerarum licentiae liberiora.
De Orat. III. 38. Indeß gewinnt die Schönheit der Schreibart, wie er sagt, in beyden Fällen. Die Ursache ist, nach
dem Quintilian, der in dieser Sache völlig so dachte, wie
Cicero: (S. B. X. Kap. 1.) Verba a vetustate repetita
afferunt orationi maiestatem aliquam non sine delectatione;

F

nam et auctoritatem antiquitatis habent; et, quia intermissa
sunt, gratiam novitati similem parant. (L. I. Cap. VI. *sub fin.*)
Doch, dieß ist noch nicht alles.　　Der Reichthum einer
Sprache wird wirklich durch Beybehaltung ihrer alten Wörter vermehrt, und sie haben außerdem sehr oft ein größeres
inneres Gewicht und mehr Nachdruck, als diejenigen, welche in ihre Stelle gekommen, und üblicher sind.　　Dieß
braucht für diejenigen keines Beweises, die mit den frühzeitigen Schriften irgend einer Sprache bekannt sind.　Ein
sehr gültiger Richter hat es in Ansehung derjenigen Sprache bemerkt, die unter den neuern am meisten bewundert wird:
Noùs avons tellement laissé ce qui étoit au viel françois, que
nous avons laissé quant & quant la plûpart de ce qu'il avoit
de bon.　　(*Traité preparatif à l'Apologie pour Herodote.*
L. I. C. XXVIII.)　　Oder, wenn der Leser ein noch ent-
scheidenderes Zeugniß verlangt, so nehme er folgendes vom
Fenelon, der in Ansehung seiner Sprache so sorgfältig war:
Notre langue manque d'un grand nombre de mots & de
phrases. Il me semble même qu'on l'a genée & appauvrie
depuis environ cent ans, en voulant la purifier. Il est vrai
qu'elle étoit encore un peu informe et trop verbeuse. Mais
le vieux language se fait regretter, quand nous le retrou-
vons dans *Marot*, dans *Amiot*, dans le Cardinal d'*Ossat*,
dans les ouvrages les plus enjoués, & dans les plus se-
rieux. Il y avoit je ne sçai quoi de court, de naif, de vif,
et de passionné. (*Reflex. sur la Rhetorique.* Amst. 1733. 8. p.
4.)　　Wir sehen hieraus, wie viel Werth diese Meister der
guten Schreibart ihren alten Schriftstellern beylegten; und
da die Beschaffenheit der Sache selbst ihre Urtheile rechtfertigt, so sehen wir daraus ferner den wichtigen Nutzen einiger neuern Versuche, auch der Englischen Nation eine bessere Kenntniß von ihrer Sprache beyzubringen. *)　　Ich

*) Die so leichte Anwendung der sehr richtigen Anmerkungen
des Verfassers auf unsre Deutsche Sprache kann ich einem jeden Leser überlassen. Die Ausländer sind uns in der Untersuchung der
ihrigen und den dazu gehörigen Werken lange zuvorgekommen. Und
es giebt deren noch immer nicht viele, die das Eigenthümliche unsrer
Sprache in den ältesten deutschen Werken der Poesie und Prose auf-

bemerke dieß mit desto größerm Vergnügen, da der über-
handnehmende Einfluß einer ganz entgegengesetzten Denkungsart, die man zuerst, wie es scheint, durch die Bekanntschaft mit Französischen Mustern angenommen hat, und
die durch eine gar zu gewissenhafte Bedenklichkeit einiger
guten Englischen Schriftsteller unterstützt ist, es beynahe dahin gebracht hätte, die edelste unter den neuern Sprachen
zu entnerven, und den Geschmack der Nation weibisch zu machen. Diese Denkungsart wurde durch das, was gemeiniglich zu gleicher Zeit gewöhnlich zu seyn pflegt, und eine
Art von weibischer Aengstlichkeit in der Wahl der Wörter
nicht wenig befördert. Man vermied und verwarf alle diejenigen aufs gewissenhafteste, die doch oft die nachdrücklich-
sten waren, so bald sie durch einen gar zu gemeinen Gebrauch, oder auf irgend eine andre Art von ihrer Würde
verloren hatten. Dieß brachte uns zu Umschreibungen und
allgemeinen Ausdrücken, das eigentliche Gift jeder verfeiner-
ten Sprache. Wir sollten daher in diesem Falle wiederum
der Anweisung des Rhetors folgen: Omnia verba (exceptis
paucis parum verecundis) sunt alicubi optima; nam et hu-
milibus interim et vulgaribus est opus, et quae cultiore in
parte videntur sordida, ubi res poscit, proprie dicuntur. —
Diese Stelle scheint aus dem Dionys von Halikarnaß entlehnt zu seyn: (περι συνθεσ §. XII.) ουδεν ουτω ταπεινον, η εξυπαρον,
η μιαρον, η αλλην τινα δυσχερειαν εχον εσεσθαι φησι λογου μοριον, ω
σημαινεται τι σωμα η πραγμα, ο μηδεμιαν εξει χωραν επιτηδειαν εν λογοις.
Indeß haben diese zwo Ursachen, die Verwerfung alter
Wörter, als barbarischer, und vieler neuern, die man für
zu platt ansah, die Stärke und den Vorrath der Englischen
Sprache dergestalt erschöpft, daß es, wie ich schon erinnert habe, hohe Zeit war, daß sich irgend eine Meisterhand
ihrer annahm, und ihr aus dem Vorrathe der alten Dich-

zusuchen und zu studiren geneigt sind. Klopstock, Leßing, Ramler,
und wenige andere erwerben sich auch von dieser Seite große Verdienste; hingegen dienen die Poesien mancher neuen Dichter, besonders
von der leichtern lyrischen Gattung, die sich immer in einem engen
Bezirke weniger ausgewählter Wörter herumdrehen, wohl schwerlich
zur Verbesserung der Deutschen Sprache. Der Ueberf.

ter wieder aufhalf, welche, wie wir mit dem größten Rechte
nach dem Zeugniſſe des Cicero ſagen dürfen, niemand je
anders, als aus einem Grunde verachten konnte, den er
nicht wohl ohne ſeinen Nachtheil zugeben kann: rudem
enim eſſe omnino in noſtris poetis aut inertiſſimae ſegnitiae
eſt, aut faſtidii delicatiſſimi. CIC. *de fin.* L. I. c. 2.

72. — SI VOLET VSVS, etc.) Conſuetudo certiſſima
loquendi magiſtra; utendumque plane ſermone, ut nummo,
qui publica forma eſt. QVINTIL. L. I. c. VI. eine Stelle,
worin Horaz nachgeahmt iſt. Auch beym Lucian finden
wir es als einen von den Vorwürfen wider den Pedanten
Lexiphanes, daß er die gangbare Münze der Griechiſchen
Sprache beſchnitten habe. — ſpudⁿn πoiⁿμενoς, ως δⁿ τι μεγα
ον, ει τι ξενιζοι και το καθιſηχος NOMIΣMA της φωνης παραχοπτος
(Cap. 20.)

73. RES GESTAE, etc.) Der Sinn dieſer Zeilen
(v. 73 — 86.) und ihr Zuſammenhang mit dem folgenden
iſt bisher nicht völlig eingeſehen worden. Sie ſollen dieſen
allgemeinen Satz ausdrücken: „Daß die mancherley Dichtungsarten von einander weſentlich verſchieden ſind; wie
man nicht bloß aus ihren verſchiedenen Subjekten, ſondern auch aus dem Unterſchiede ihres Sylbenmaßes ſchließſen
kann, welches der gute Geſchmack und eine Aufmerkſamkeit
auf die beſondern Eigenſchaften einer jeden, ihren großen
Erfindern und Meiſtern zu brauchen anrieth.“ Dieſer
Satz dient dazu, daraus zu folgern: „daß man alſo eben
ſo ſehr auf die verſchiednen Gattungen von einerley Dichtungsart zu ſehen habe, (v. 89 ff.) wie z. E. bey der
Tragödie und Komödie, worauf jenes angewandt wird,
deren beſondern Unterſchied und Verwandſchaft, aus der
Natur einer jeden hergeleitet, der allgemeinen Regel des
Schicklichen zufolge, der Dichter genau kennen, und ſorg-
fältig beobachten muß.“

Singula quaeque locum teneant ſortita decentem.

V. 92.

Diese Hererzählung der verschiednen Dichtungsarten gehörte
aber noch aus einem andern Grunde, in Absicht auf den
dramatischen Dichter, hieher. Er muß nicht bloß, aus den
hier angeführten Ursachen, den charakteristischen Unterschied
einer jeden dramatischen Gattung studiren; er muß ferner
mit den übrigen Dichtungsarten sich in der Absicht bekannt
machen, um im Stande zu seyn, das Genie einer jeden
an seinem Orte sich eigen zu machen, so wie es die Natur
seines Werks fodert; und die Schönheiten der Poesie überhaupt in das Drama überzutragen. So wird er, um der
hier angegebnen Eintheilung zu folgen, bisweilen Gelegenheit haben, sich der Pracht und des hohen Kolorits der epischen Erzählung zu bedienen; zuweilen des sanften Klage-
tons und der rührungsvollen Unordnung der Elegie. So
muß sich der Chor, nach der Manier der Alten, in den hohen, begeisterten Ton der Ode versetzen.

> Descriptas servare vices operumque colores,
>
> Cur ego, si nequeo ignoroque, POETA salutor?

Man sehe hieraus, wie wahr die Anmerkung ist, welche ich
schon mehr als einmal zu machen Gelegenheit gehabt habe,
daß diese vorläufigen Erinnerungen an den Dichter, so allgemein sie auch zu seyn scheinen, doch zunächst die dramatische Poesie betreffen.

90. INDIGNATVR ITEM, etc. — COENA THYESTAE.)
Il met le souper de Thyeste pour toutes sortes de tragedies,
sagt Dacier. Warum er aber gerade dieß Subjekt wählte, indem er ein Beyspiel aller übrigen geben wollte, wird
nicht von ihm erläutert. Wir können gewiß glauben, daß
er es nicht so ganz von ungefähr gethan hat. Die Ursache war, weil der Thyest des Ennius vorzüglich denjenigen
Fehler hatte, der hier getadelt wird, wie man aus einer
sehr merkwürdigen Stelle im Orator sieht, wo Cicero
von dem nachläßigen Numerus einiger Dichter redet, und
dieß besonders von dem Trauerspiele Thyest bemerkt:
Similia sunt quaedam apud nostros; velut in *Thyeste,*

Quemnam te esse dicam? qui tarda in senectute,
etquae sequuntur; quae, nisi cum ibic n ac esserit, *orationi*
sunt solutae simillima. Dieser Charakter stimmt völlig mit
demjenigen überein, welchen hier Horaz angiebt, der
gleichfalls die Sprache dieses Stücks als platt und prosaisch
tadelt, die kaum über die Sphäre der gemeinen Sprache
des Umgangs in der Komödie hinausgienge. Und diese
Anspielung auf ein besondres Schauspiel von einem ihrer be=
sten Dichter, das auf der Römischen Bühne häufig vorge=
stellt wurde, giebt der Regel selbst sehr viel Nachdruck und
Leben, und setzt sie zugleich auf die glücklichste Art durch
ein Beyspiel ins Licht. Es ist mir ferner wahrscheinlich,
daß der Dichter zugleich dem **Varius** ein beyläufiges Com=
pliment machen wollte, dessen **Thyest**, nach dem **Quinti=**
lian (B. X. Kap. 1.) keinem Griechischen Trauerspiele soll
nachzusetzen gewesen seyn. Und diese zwiefache Absicht die=
ser Zeilen schickt sich sehr wohl zu dem allgemeinen Zwecke
des Dichters, den man durchgehends in allen seinen kriti=
schen Werken wahrnimmt, die ausschweifende Bewunderung
der alten Dichter niederzuschlagen, und den verdienten Ruhm
der neuern zu behaupten.

Man kann ferner anmerken, daß die Kunstrichter den
wahren Nachdruck der Worte *exponi* und *narrari* bey dieser
Regel nicht gefühlt haben. Sie sind ungemein glücklich ge=
wählt, um die zwey getadelten Fehler auszudrücken; indem
das erstere eine Art von Pomp und Prahlerey in der Spra=
che andeutet, die sich folglich nicht für die niedern Sub=
jekte der Komödie schickt, und das letztere, wie ich schon er=
innert habe, einen platten prosaischen Ausdruck bezeichnet,
der sich nicht über die Gränzen einer gemeinen Narration
hinauswagt, und sich folglich eben so wenig für die Tra=
gödie schickt. Nichts kann unbestimmter seyn, als die
Auslegung, welche **Heinsius** und **Dacier** von diesem letz=
tern Worte machen.

94. IRATVSQVE CHREMES TVMIDO DELITIGAT ORE:
ET TRAGICVS PLERVMQVE DOLET SERMONE PEDESTRI.)
Es wird nicht unnütz seyn, den Grund dieser Kritik etwas

näher zu untersuchen; und dieß kann nicht besser geschehen, als durch einen Kommentar über folgende Verse des Dichters:

Format enim natura prius nos intus ad omnem
Fortunarum habitum; iuvat aut impellit ad iram;
Aut ad humum moerore gravi deducit et angit:
Post effert animi motus interprete lingua.

Um in jedem Falle nach dem Leben zu zeichnen, muß der Dichter die besondre Gemüthsfassung untersuchen, in welche die redende Person nothwendig durch die Umstände ihrer gegenwärtigen Lage versetzt werden mußte; und dieß kann er leicht, wenn er seine eigne Erfahrung zu Rathe zieht. Diejenigen Gesinnungen, welche das Bild dieser besondern Gemüthsfassung darstellen, sind die ächten Gesichtszüge des Charakters, den man entwerfen will.

Allein die Wahrheit der Gesinnungen kann durch eine unschickliche Sprache beleidigt oder verdunkelt werden; gerade so, wie oft die ähnlichsten Gesichtszüge eines Portraits durch ein fehlerhaftes Kolorit entstellt werden, oder gar verloren gehen. Um also nach der Wahrheit eben so wohl zu mahlen, als zu zeichnen, wird eine fernere Aufmerksamkeit auf den Ausdruck erfodert. Auch dieß kann dem Künstler nicht schwer fallen, da ihm die Natur, welche er mit andern gemein hat, eben so, wie in jenem Falle, die Fackel vorträgt. Denn wenn wir in uns selbst hineingehen, so finden wir, daß zuvörderst die Seele, in irgend einer angenommenen Lage, eine gewisse Reihe von Vorstellungen und Gesinnungen erzeugt, die mit ihrem wahren Zustande übereinstimmen, und denselben ausdrücken. Wenn wir ferner auf die Sprache Acht haben, in welcher sich diese Gesinnungen gemeiniglich an den Tag legen, so sehen wir bald, daß sie Eine Art des Ausdrucks allen übrigen vorziehen, und annehmen. Denn der Ausdruck, sobald keine falsche Kunst gebraucht wird, ihm eine verkehrte Wendung zu geben, liefert das richtige Bild unsrer Gesinnungen; so wie diese, wenn die Natur nicht unterdrückt wird, wenn man ihr nicht entgegen arbeitet, allemal getreue Abbil-

dungen der Sitten sind. Sie entstehen, gleich den bekannten *Simulacris* des Epikur, gleichsam durch eine geheime
Veranstaltung aus ihren ursprünglichen Formen; und eine
jede von ihnen ist eine vollkommne Kopie der andern. Dieß
alles wird deutlicher und verständlicher werden, wenn man
diese allgemeinen Anmerkungen auf die angegebenen besondern Fälle anwendet.

Die Leidenschaft des **Zorns** macht alles angeborne
Feuer, alle Kräfte der Seele rege. In dieser Unordnung,
bey dieser Empörung der Seelenkräfte sind unsre Empfindungen stark und lebhaft; denn die Natur erregt in uns
freye und hohe Begriffe von uns selbst, und eine verschmä-
hende, verächtliche Rücksicht auf andre. Dieß bestimmt
wiederum das Genie unsrer Sprache, welche, dergleichen
Empfindungen gemäß, kühn und lebhaft seyn, starke
Bilder brauchen, und sich zu aller Pracht volltönender
Beywörter und starker Figuren heben kann. Und dieses,
selbst bey niedrigen Glücksumständen des Privatlebens:

Iratusque Chremes tumido delitigat ore.

Bey der Leidenschaft des **Schmerzens** hingegen ist
der Fall gerade umgekehrt. Denn die Seele, von ihrem
Kummer gebeugt und niedergedrückt, versinkt in eine
matte und schüchterne Trostlosigkeit, die uns geneigt macht,
uns beynahe ohne Widerstand der auf uns liegenden Last
der Traurigkeit zu unterwerfen; oder wenn wir ihr ja
entgegenarbeiten, so geschieht das bloß, um das leidende
Herz durch Außlassung einiger fruchtlosen Seufzer und un-
wirksamer Klagen zu erleichtern. So finden wir den
Schmerz von jenen vollkommenen Meistern der Natur in ihrer Einfalt, von den Griechischen Trauerspieldichtern, vorgestellt. Ihre traurigen Personen sind so weit entfernt, nur
irgend starke Gedanken oder männliche Entschlüsse zu fassen,
daß sie vielmehr beständig schmachten, voll trauriger Un-
zufriedenheit mit ihrem gegenwärtigen Zustande, und voll
zitternder Furcht vor dem zukünftigen Elende.

Wenn diese Empfindungen sich durch Worte ausdrücken; was können dieß anders für Worte seyn, als die deutlichsten und einfachsten, welche die Sprache des Klagenden an die Hand giebt? Eine solche Nachläßigkeit, oder vielmehr eine solche Niedergeschlagenheit des Schmerzens bemächtigt sich der redenden Person, daß sie mit Ausdrücken vorlieb nimmt, die eben so niedrig sind, wie ihre Glücksumstände.   Ihre schwache Vorstellungskraft ist nicht nur außer Stande gesetzt, sich um schöne Worte und glänzende Redensarten zu bekümmern; sondern, wenn auch einem Menschen in dieser Fassung dergleichen Worte und Redensarten zufälligerweise in den Weg kämen, so verwirft er sie sogar, als einen Schmuck, der über seinen Stand hinaus ist, und der bloß dazu dient, seines gegenwärtigen Unglücks zu spotten.   Aus der Pracht des Numerus und dem Prunke des poetischen Ausdrucks macht er sich so wenig, daß es schon viel ist, wenn er sich noch Mühe giebt, die gewöhnliche Genauigkeit der bloßen Prose zu beobachten; *) und dieß selbst da, wo die Erhabenheit des Ranges, und die Wichtigkeit der Geschäffte sich vereinigen, die Seele zu noch höherm Ansehen und höherer Würde zu heben:

Et tragicus plerumque *dolet sermone pedestri.*

In soweit kann der dramatische Dichter sich selbst belehren, wenn er sein eignes Bewußtseyn zu Rathe zieht, und den sichern Eingebungen der Erfahrung folgt.   Denn was die glückliche Anwendung dieser Regel in der Ausübung betrifft, so kömmt alles, wie unten (bey v. 102.) angemerkt ist, auf seine eigene Gemüthsfassung an.   Dieser kann er aber doch sehr zu Hülfe kommen, wenn er fleißig diejenigen Dichter studiert, welche in dieser Absicht die vortrefflichsten sind, worunter nach Jedermanns Urtheile Euripides die erste Stelle verdient.

Hier wird es indeß nicht undienlich seyn, einem gewöhnlichen Irrthume zu begegnen, der aus einer zu wört-

---

*) Man kann eine schöne Rede in **Xenophons Cyropädie B.** IV. nachlesen, worin nicht einmal so viel beobachtet ist.

lichen Auslegung der Regel des Dichters entstanden zu seyn
scheint. Tragische Charaktere, sagt er, werden gemeiniglich ihre Betrübniß in einer prosaischen Sprache ausdrücken.
Diese sehr richtige Anmerkung hat man obenhin angesehen,
man hat sie mit dem abgeschmackten Verfahren einiger Schriftsteller verglichen, und nun den Schluß gemacht, daß dasjenige, was wir bloße Poesie nennen, und dessen Wesen in
kühnen Figuren und lebhaften Bildern besteht, auf dem
Theater gar nicht Statt finde. Es ist nicht genug, dieser
Meynung das Beyspiel der besten Dichter alter und neuer
Zeiten entgegen zu setzen; denn nun frägt sichs wieder, in
wie fern das Verfahren derselben nach den Grundsätzen der
gesunden Kritik und des guten Geschmacks kann gerechtfer-
tiget werden. Wir müssen also die Sache etwas näher untersuchen.

   Die Hauptregel ist hier:

   Reddere personae — convenientia cuique.

Um dieß aber zu thun, muß man auf die Situation der
Personen, und auf die mannichfaltigen Leidenschaften wohl
Acht haben, welche aus einer solchen Situation entstehen.
Eine jede derselben hat einen Gemüthscharakter oder eine
Denkungsart, die ihr eigen ist. Alle aber kommen in der
Eigenschaft überein, daß sie die ganze Aufmerksamkeit des
Redenden beschäfftigen, und seiner Seele immerfort eine
Reihe von Gemählden oder Bildern vorhalten, die seinem
Zustande gemäß sind, und denselben ausdrücken. Diese
vertragen sich also sehr wohl mit dem tragischen Charakter
jeder Art; wie wir schon sehen können, wenn wir nur auf
das Acht haben, was vor unsern Augen im gemeinen Leben
geschieht, wo Leute, die in Leidenschaft gesetzt werden, weit
beredter, und weit geneigter zu Anspielungen und Bildern
sind, als zu andern Zeiten. Wenn man also der redenden
Person des Trauerspiels die Freyheit nimmt, dergleichen
Gemählde oder Bilder zu brauchen, so folgt man darin im
geringsten nicht den Foderungen der Natur; man übersieht und
übertritt vielmehr eine von ihren offenbarsten Vorschriften.

Freylich, wenn der eine Charakter solchen Bildern nachläuft, welche die Natur bloß dem andern in den Weg legt, oder wenn sich bey der Vorstellung solcher Bilder, die sich für den Charakter schicken, die Einbildungskraft dabey aufhält, unbedeutende Aehnlichkeiten aufzusuchen, und sich bey solchen Umständen verweilt, die auf den gegenwärtigen Fall keine Beziehung haben, dann ist freylich der Tadel dieser Kunstrichter sehr gegründet. Es kann schöne Poesie seyn, wenn man will; allein, es bleibt allemal sehr schlechte dramatische Schreibart. Indeß mögen die Bilder noch so groß und glänzend seyn; sind es nur solche, welche die herrschende Leidenschaft sich gern vorzustellen und gern zu schildern pflegt, und treibt man sie nicht weiter, führt man sie nicht fleissiger und sorgfältiger aus, als es die natürliche Wirksamkeit der Leidenschaft verträgt; so verwirft das Drama dergleichen Poesie im geringsten nicht; vielmehr ist es auf dieselbe stolz, weil sie seinem wahren Zwecke und seinen Absichten so sehr gemäß ist:

Ille per extentum funem mihi posse videtur
Ire poeta, meum qui pectus inaniter angit,
Inritat, mulcet, falsis terroribus implet,
Vt magus —

Ein Geschäffte, welches der dramatische Dichter auf keine andre Weise auszuüben vermag, als durch die starken Gemählde und hinreissenden Bilder, welche wir oben beschrieben haben.

Jene gegenseitige Meynung hat, wie ich glaube, einen scheinbaren Anstrich durch den fehlerhaften Gebrauch erhalten, welchen gute Kunstrichter in den Französischen Trauerspielen bemerkt haben, und in einigen Englischen, welche nach ihrem Muster gebildet sind. Allein man versteht die Sache unrecht. Es ist nicht die Poesie der Französischen oder Englischen Stücke, die ihren Tadel verdiente, sondern ihre weitschweifige und matte Deklamation, welche die Leidenschaft aus der Acht läßt, um Sentimens auszudrücken, oder die Leidenschaft nicht anders, als in einem

ruhigen Umlaufe von Worten, und ohne Leben auszubrü-
cken weiß.   Selbst Addisons Kato, der anfänglich gar zu
übertrieben gelobt wurde, und nun das gewöhnliche Schicksal gehabt hat, übertrieben heruntergesetzt zu werden, verdient keinen Tadel, weil er zu viel Poesie hat, sondern
weil er dieselbe auf eine Art braucht, die der Leidenschaft
zum Nachtheile gereicht.   Allgemeine Sentimens, uncha-
rakterisirte Bilder, und beyde mit geistlosen, oder, welches
auf eins hinausläuft, mit zu gesuchten Ausdrücken gesagt,
sind die wahren Fehler dieses Stücks.   Der Kunstrichter
von wahrem Geschmacke verlangt in diesem schönen Trauerspiele, selbst noch mehr Poesie, aber besser angewandt,
und geistiger ausgeführt.

Und doch sind wir vielleicht nur noch auf der Ober-
fläche unserer Materie.   Der wahre Grund dieser verfehl-
ten Kritik ist die Meynung, daß der Held eines Trauerspiels, wenn sein Schicksal nun entschieden werden soll, nicht
mehr die Freyheit hat, poetische, das heißt, sehr figürliche
Ausdrücke zu brauchen; sondern daß er sich derselben nur
dann zu rechter Zeit bedient, wenn er nichts anders zu
thun hat.   Gerade das Gegentheil hievon ist wahr. Wenn
sein Gemüth heftig bewegt ist, kommen die Figuren von
selbst, und sind, in Betracht der Größe und Würde seiner
Situation, vollkommen natürlich.   Sich ihrer in seinen
kühlen und ruhigen Augenblicken zu bedienen, wenn er keine
großen Angelegenheiten zu verfolgen, oder sich aus denselben
heraus zu wickeln hat, ist der Natur gerade zuwider.   Denn
unter diesen Umständen muß er sie suchen, wenn er sie haben will.   Und wenn er sie nun hat, und sie so gut braucht,
als er immer kann, was erreicht er dadurch? Nicht das
Erhabne, sondern Bombast.   Denn es sind nicht die Figuren, sondern die schickliche Gelegenheit, welche jenes
hervorbringen.   Ich weiß freylich wohl, daß man in der
Bildung der Figuren eben so gut Fehler begehen kann, als
in ihrer Anwendung.   Aber diese Fehler haben allerley andre
Namen.   Der klare, reine Bombast, wenn ich mich
einer so kühnen Katachresis bedienen darf, entsteht alsdann,

wenn man figürliche Ausdrücke am unrechten Orte braucht.
Man sehe hier an einem Beyspiele, was ich damit sagen
will. Tacitus schreibt mit einer beständigen Erbitterung
auf die Ausartung seiner Zeiten; er redet von einigen Gesetzen, welche zur Beförderung des Aufwandes von dem
Senat in Vorschlag gebracht wurden, und sagt, (*Annal.*
L. II. c. 33.) sie hätten verordnet: Ne vestis serica viros
foedaret. Dieser Ausdruck schickte sich für die Würde seines
historischen Charakters und Genies. Wenn hingegen sein
Zeitgenosse, Sueton, der in dem Geschmacke unsrer Chro-
niken schrieb, eben so geredet hätte, so würden ihn seine
Leser ausgelacht haben.

Hieraus folgt freylich nicht, daß der figürliche Ausdruck, wenn er gleich dem Charakter, dem Genie, und
dem Hauptinhalte eines Schriftstellers gemäß ist, nicht zuweilen am unrechten Orte stehen könnte. Hätte zum Exempel Tacitus, wenn er von den Ehrenbezeugungen redet,
die man für den Tiberius bey einer gewissen Gelegenheit
ausmachte, sich so ausgedrückt, wie Gordon, sein Englischer Uebersetzer:*) „was er hievon angenommen, und
„was er verbeten haben würde, das hat das herbeynahende
„Ende seiner Tage in Vergessenheit begraben;“ so würde
diese Figur, wie jedermann sieht, herzlich schlecht angebracht
seyn; da das Wortspiel mit dem Begräbnisse seiner Absichten bey der Erwähnung seines Todes noch überdas
lächerlich ist. Aber das Lächerliche trifft ganz gewiß bloß
den Uebersetzer, und nicht seinen großen Originalschriftstel-
ler, der sich in dieser Stelle nicht nur schicklich, sondern
auch auf die simpelste Art ausdrückt: quos omiserit recepe-
ritve. *in incerto* fuit ob propinquum vitae finem. *Annal.*
L. VI. c. 45.

Ich habe diese Beyspiele angeführt, um zu zeigen,
daß der figürliche Ausdruck selbst bey einem feurigen be-
seelten Geschichtschreiber, bey einer dazu passenden Materie,
und am gehörigen Orte, nicht unschicklich ist; vielweniger

*) „Which of these he meant to accept or which to reject, the
„approaching issue of his days has buried in oblivion.„

muß man dem tragischen Dichter, wenn seine Charaktere sich in dem Kampfe mit heftigen Leidenschaften zeigen sollen, den Gebrauch desselben untersagen.

Die ganze Sache läuft, mit einem Worte, darauf hinaus. Die bürgerliche Gesellschaft zähmt uns zuerst zur Menschheit, wie sich Cicero ausdrückt, und je länger wir ihrer Zucht folgen, desto mehr gewöhnt sie uns alle an eine gewisse todte Richtschnur. Der Erfolg davon ist, daß sie aus uns einerley nachgebende, mimische, folgsame Geschöpfe macht; die mit einem Worte, wenn anders unser Stolz diese leichtfertige Vergleichung vertragen kann, den abgerichteten Affen nicht unähnlich sind. Wenn aber die heftigen Leidenschaften aufwachen — eben wie in dem Falle, wenn man diesen Affen Aepfel vorwirft; — dann entziehen wir uns auf einmal dieser gekünstelten Zucht, und kehren wieder in den freyen und wilden Zustand der Natur zurück. Und was ist es für ein Ausdruck, dessen man sich in diesem Zustande bedient? Es ist, wie uns die Erfahrung lehrt, ein freyer und kühner Ausdruck, aus lauter dreisten Metaphern und gewagten Figuren der Rede zusammengesetzt.

Es folgt aus dem allen, daß Poesie, bloße Poesie, die wahre Sprache der Leidenschaft ist, wir mögen dieselbe nun als eine Sache ansehen, die den menschlichen Charakter veredelt, oder die ihn heruntersetzt.

Es läßt sich, wie ich gesagt habe, ein offenbarer Unterschied machen — und darauf bezieht sich die Vorschrift des Dichters, nach der in dieser Anmerkung gegebenen Erklärung derselben — zwischen den sanften und zärtlichen, und zwischen den stärkern und lebhaftern Leidenschaften. Wenn die erstern herrschen, so befindet sich die Seele in einem schwachen, schmachtenden Zustande; und wenn gleich in diesem Falle nicht jede Anspielung und Bildersprache unschicklich ist, so wird sie doch, da das Feuer und die Stärke der Seele fehlt, welche es uns leicht macht, unsre Gedanken zu durchlaufen, und diejenigen zu ergreifen, welche einige Aehnlichkeit mit unserm gegenwärtigen Zustande zu erhalten fähig sind, aus eben dem Grunde in dieser

Gemüthsfaffüng nicht so häufig vorkommen, als in irgend
einer andern.   Dergleichen Bilderfprache wird auch aus
der nämlichen Urfache nicht so treffend feyn, weil eben
diefe matten Empfindungen uns einen einfachern und deutlichen Ausdruck an die Hand geben, womit wir alsdann
leicht zufrieden find.   Ueberhaupt aber behält der poetifche
Charakter bey stärkern Leidenschaften die Oberhand, und
hebt sich bloß im Verhältniffe der Stärke und Wirkfamkeit
diefer Leidenschaften.

Wir wollen itzt alles, was wir hierüber gesagt haben,
in eine festgefetzte Regel bringen, welche der dramatifche
Dichter in Acht zu nehmen hat.

„Die menschliche Natur ist nun einmal so beschaffen;
man mag sich in Freude oder Traurigkeit, Muth oder Ver-
zweifelung, Vergnügen oder Schmerz, Glück oder Unglück,
Sicherheit oder Gefahr befinden, oder von allen den mannichfaltigen Abänderungen der Liebe, des Haffes und der
Furcht eingenommen und hingeriffen feyn : so wird die
Einbildungskraft unaufhörlich der Seele eine unendliche
Menge von Bildern oder Gemählden darstellen, die unferm
gegenwärtigen Zustande gemäß find.   Und diefe Gemählde
erhalten ihr verfchiednes Kolorit von den Gewohnheiten,
welche unfre Geburt und unfer Stand, unfre Erziehung,
Verrichtungen und Beschäfftigungen eingeführt haben. Die
Vorstellung derselben ist die Poefie, und eine richtige Vor-
stellung, in großem Maaße, die Kunst der dramatifchen
Schreibart. "

95. ET TRAGICVS PLERVMQVE DOLET SERMONE PE-
DESTRI.) Bentley verbindet diefe Zeile mit der folgenden:

Et tragicus plerumque dolet fermone pedeftri
Telephus aut Peleus;

um dadurch, wie er sagt, den Gegensatz beyzubehalten:
In comoedia iratus Chremes tumido, in tragoedia Telephus
pauper humili fermone utitur.   Dieß hat viel Scheinbares;
allein, wenn der Lefer nachfieht, so wird er finden, daß

man diesen Gegensatz besser ohne diese Verbindung erhalten kann; nämlich auf folgende Art   Der Dichter sagt zuerst von der Komödie überhaupt, daß sie zuweilen ihre Stimme hebe:

Interdum tamen et vocem comoedia tollit;

Er bestätigt darauf diese allgemeine Bemerkung dadurch, daß er sich auf einen besondern Fall beruft:

Iratusque Chremes tumido delitigat ore.

Um dem Gegensatze alle Genauigkeit zu geben, muß eben diese Methode beobachtet werden, wenn von der Tragödie die Rede ist; und so geschieht es auch, wenn man die gewöhnliche Lesart beybehält.   Denn, erstlich, wird von der Tragödie gesagt, daß sie sich, wenn Traurigkeit soll ausgedrückt werden, zu niedrigern Tönen herabläßt:

Et tragicus plerumque dolet sermone pedestri.

Und dann wird diese allgemeine Wahrheit, so wie vorhin, durch einen besondern Fall erläutert:

Telephus aut Peleus, cum pauper et exul uterque,
Proiicit ampullas, etc.

Es ist nichts ungereimtes darin, wie Bentley glaubt, wenn man annimmt, daß tragicus so viel heißt, als tragoediarum scriptor.   Denn man läßt, nach einer gewöhnlichen Figur, den Dichter das thun, was er seine spielenden Personen thun läßt.

Allein dieß ist noch nicht alles, was bey dieser Stelle die Aufmerksamkeit des Lesers verdient.   Wenn er genau auf den Zweck und auf die Wendung derselben merkt, (v. 96 — 114.) so wird er schließen müssen:

1. „Daß der Dichter (v. 96.) ein wirkliches Trauerspiel vom Telephus und Peleus in Gedanken gehabt habe, in welchem die Charaktere gehörig beybehalten und in der gehörigen Sprache ausgedrückt waren. " Diesen Schluß macht der Gegensatz mit dem Chremes des Terenz durchaus nothwendig.   Wir wollen itzt untersuchen, was dieß

für ein Trauerspiel seyn kann. Euripides hat, wie wir wissen, Trauerspiele dieses Namens verfertigt; allein es ist nicht wahrscheinlich, daß der Dichter das Beyspiel einer Griechischen Tragödie, einer Lateinischen Komödie entgegen setzen sollte. Auch brauchen wir das nicht anzunehmen. Das gedachte Subjekt war von den Römischen Dichtern sehr oft bearbeitet. Denn wir finden, daß ein Trauerspiel Telephus nicht wenigern, als drey von ihnen, beygelegt wird, dem Ennius, Accius, und Nävius. *) Ich zweifle also nicht, daß einer von diesen hier gemeynt wird. Aber die Römischen Schauspiele waren zur damaligen Zeit nicht viel mehr, als Uebersetzungen der Griechischen. Daher ist es sehr wahrscheinlich, daß das Trauerspiel Telephus (und vermuthlich auch der Peleus, ob wir das gleich nicht so gewiß beweisen können;) im Grunde das Trauerspiel vom Euripides war, ins Lateinische übersetzt, und von einem dieser Dichter für das Römische Theater eingerichtet. Nur ist noch die Frage, ob der Telephus des Euripides zu dem Charakter paßte, der hier davon entworfen wird. Dieß that er, wie ich glaube, offenbar; man darf nur sehen, was der Gegner dieses Dichters, der spottende Aristophanes, darüber gesagt hat. Jedermann weiß, daß die βάτραχοι dieses Dichters nichts anders sind, als eine ausdrückliche Satire und Burleske auf den Euripides. Ein Theil davon ist besonders gegen seinen Telephus gerichtet; und wir können daraus mit Gewißheit die Einwürfe kennen lernen, die man dawider machte. Sie laufen bloß darauf hinaus, daß er den Charakter des Telephus in gar zu viele Umstände des Unglücks und der Unterdrückung versetzt hätte. Sein Fehler war, daß er ihn mehr als einen Bettler, denn als einen unglücklichen Fürsten vorgestellt hatte. Ein billiger Richter würde hieraus bloß urtheilen, daß der Dichter sein Unglück auf die natürlichste und rührendste Art geschildert hätte. Er hatte ihn seines königlichen Ansehens, und zugleich des Pomps und der Prahlerey der königlichen Sprache beraubt; gerade die

---

*) S. ROB. STEPHANI *Fragmenta Veterum Latinorum.*

G

Schönheit, welche Horaz an seinem Telephus lobt und bewundert.

2. Ich glaube ferner, man könne aus dem folgenden schliessen: „Daß der Dichter zugleich auch auf ein wirkliches Trauerspiel vom Telephus und Peleus zielen müßte, das von jenem ganz verschieden war, und worin die Charaktere nicht durch eine solche Schicklichkeit des Ausdrucks unterstützt wurden." Man urtheile selbst. Nachdem er einen Telephus und Peleus als Beyspiele zu der Regel angeführt, welche die Schreibart des Trauerspiels betrifft, und sich darauf (v. 98—103.) bey den Gründen ihrer Vortrefflichkeit verweilt hat, kömmt er, mit einem spottenden Tone auf eben dieselbe Namen zurück, und apostrophirt dieselben auf folgende Art:

Telephe, vel Peleu, male si mandata loqueris,
Aut dormitabo aut ridebo.

Aber wozu diese Anrede an Charaktere, die er vorhin als Beyspiele der wahren Dramatischen Zeichnung angeführt hatte? Würde auch wohl irgend ein erträglicher Schriftsteller Shakespears König Lear, zuerst als ein Beyspiel von der natürlichen Schilderung des königlichen Charakters im Unglücke anpreisen, und gleich darauf denselben bey Erwähnung des Gegentheils mit einer solchen bittern Heftigkeit apostrophiren? Doch auch dieß beyseite gesetzt; so scheint doch noch immer der Dichter eine bekannte Verletzung der Regeln der Kritik umständlich tadeln zu wollen; denn er fährt in den sieben folgenden Versen fort, bis auf den Grund der Sache zu bringen, indem er die Quelle und Stütze seines Urtheils angiebt, und macht am Ende den Schluß:

Si dicentis erunt fortunis absona dicta,
Romani tollent equites peditesque cachinnum.

Kann wohl etwas augenscheinlicher seyn, als, daß diese letzte Zeile auf ein ganz bekanntes Beyspiel eines Lateinischen Schauspiels zielen müsse, welches aus dieser Ursache die Verachtung und das Gelächter der besten Richter erregt hatte? Man merke ferner, daß diese Erklärungsart der gegenwärtigen Stelle demjenigen, was wir als den allgemeinen Zweck dieser ganzen Epistel annehmen, gemäſſer iſt; und daß ſie alſo ihrerſeits wiederum dazu dient, die Wahrheit und Gewisheit der Methode unſrer Auslegung zu beſtätigen, oder ſie vielmehr deutlich ins Licht zu ſetzen.

99. NON SATIS EST PULCHRA, *etc.*) Bentley ſtößt ſich an das Wort *pulchra* weil es, wie er ſagt, ein allgemeiner Ausdruck iſt, und jede Art von Schönheit, folglich auch das *dulce*, oder das Rührende, unter ſich begreift. Allein dieſer große Kunſtrichter gab nicht genug auf den Zuſammenhang Acht, welcher, wie Franz Robortellus in ſeiner Paraphraſe ſehr wohl bemerkt, folgender iſt: „Es iſt nicht genug, daß Trauerſpiele diejenige Art von Schönheit haben, die aus der Pracht und einem gewiſſen Glanze des Ausdrucks entſteht; ſie müſſen auch pathetiſch oder rührend ſeyn.“ — Obiiciat ſe mihi hoc loco aliquis, et dicar, ſi id fiat, (i. e. *ſi proiiciantur ampullae* etc.) corrumpi omnem venuſtatem et grauitatem poematis tragici, quod nihil niſi grande et elatum recipit. Huic ego ita reſpondendum puto, non ſatis eſſe, vt poemata venuſta ſint, et dignitatem ſuam ſeruent: nam dulcedine quoque et ſuauitate quadam ſunt conſpergenda, vt poſſint auditoris animum inflectere, in quamcunque voluerint partem.

Jedoch, ein Mann von vielen Talenten, der die Philoſophie mit der Kritik zu verbinden, und mit dem, was für den Geſchmack ſchön iſt, alle Richtigkeit und Genauigkeit der Wiſſenſchaften zu vereinigen weiß, hat in folgender Anmerkung gezeigt, daß der Grund ſelbſt, worauf Bentley ſeine Kritik baut, irrig iſt.

„Es giebt in einer jeden Sprache eine Menge von Wörtern, die zuweilen im weiten, zuweilen im engern Verſtande genommen werden. Von der Art ſind das Wort ϰαλὸν bey den Griechen, *pulchrum* bey den Römern, und diejenigen Wörter aus den neuern Sprachen, in welche man beyde überſetzt. Man mag dieſe Beywörter brauchen, wo man will, ſo will man allemal damit ſagen, daß ſie Wohlgefallen erwecken; wir brauchen ſie ſelten von andern

Dingen, als von solchen, die vermittelst derjenigen Eindrücke
gefallen, welche sie auf die Einbildungskraft machen, wenn
man unter diesem Namen zugleich die Vorstellung derjenigen
Bilder begreift, welche unmittelbar durch das Gesicht empfunden werden. Weil also die Poesie allezeit an die Einbildungskraft gerichtet ist, so bekömmt jede Art der poetischen
Vortrefflichkeit den Namen der Schönheit, und unter andern auch das Vermögen, uns durch die Rührung der Leidenschaften zu gefallen; eine Wirkung, welche gänzlich von
den Bildern abhängt, die unserm Anblicke vorgestellt werden. In diesem Verstande kann man das Wort schön dem
pathetischen nicht entgegen setzen. Pulchrum enim quascun-
que carminis virtutes, etiam ipsam *dulcedinem*, in se conti-
nere merito videatur.

Allein nichts kann, wie mich dünkt, ausgemachter
seyn, als daß dieß Beywort zuweilen auf eine bestimmtere
Art gebraucht wird. Sichtbare Gestalten sind nicht bloß auf
eben die Art, wie andre Gegenstände, Ursachen des Wohlgefallens; sondern sie veranlassen ein Wohlgefallen von ganz
besondrer Art. Und das Vermögen, welches sie haben,
dieses hervorzubringen, wird eigentlich Schönheit genannt.
Ob es richtig sey, wenn man Regelmäßigkeit und Mannichfaltigkeit, als die beyden Umstände angiebt, worauf die
Schönheit beruht, ist eine Frage, die wir hier nicht zu untersuchen brauchen. Es ist wenigstens nicht zu leugnen,
daß wir noch einen Unterschied unter den Gegenständen des
Gesichts machen, wenn die Dinge selbst unserm Anblicke
schon entzogen sind, und daß wir diesen Vorstellungen zufolge die Namen der Schönheit und Häßlichkeit verschiednen
Gegenständen und verschiednen Gemählden geben. Es fragt
sich also, was man darunter versteht, wenn diese Wörter
so gebraucht werden? Bloß, daß wir ein Wohlgefallen
oder ein Mißfallen daran haben? Dieß kann man nicht
sagen. Denn sodann würden diese Beywörter mit gleicher
Schicklichkeit bey solchen Gegenständen gebraucht werden
können, die einen ganz andern Eindruck auf uns machen;
und der Wohlgeruch einer Blume, zum Exempel, würde

eine Art von Schönheit, die Bitterkeit des Wermuths eine Art von Häßlichkeit seyn. — Wollen wir denn vielleicht damit sagen, daß Vergnügen und Schmerz vermittelst der Einbildungskraft auf uns wirken? Das wollen wir freylich damit sagen; aber noch ganz gewiß mehr, als dieses. Denn eben dieselben Benennungen werden auf eine völlig ähnliche Art von einer Menge solcher Leute gebraucht, denen diese kunstmäßige Methode, ihre Begriffe zu unterscheiden, nie in den Sinn gekommen ist. Es giebt also eine Art von Empfindung, die ihnen und uns gemein ist, welche diese Gleichförmigkeit in der Art uns auszudrücken veranlaßt hat. Ob man indeß dieß Empfindungsvermögen bloß als eine Folge der Gewohnheit ansehen, oder demselben den Namen eines Sinnes der Schönheit geben will; ob diese Empfindungen sich in einen allgemeinen Grundsatz auflösen lassen, oder nicht, ob sie bloß der Einbildungskraft eines Jeden für sich, oder der Sympathie mit andern zuzuschreiben sind, das kann uns, in dem gegenwärtigen Falle, völlig gleichgültig seyn.

Wenn man einräumt, daß die Beywörter, von welchen wir reden, ursprünglich in diesem engern Verstande gebraucht sind, so läßt es sich leicht begreifen, daß sie bald die ausgedehntere Bedeutung bekommen mußten. Denn man fand, daß diejenige Art des Wohlgefallens, worauf sie anfänglich eingeschränkt waren, allezeit von Bildern entstand, die einen Eindruck auf die Einbildungskraft gemacht hatten: was konnte also natürlicher seyn, als eben dieselben Wörter von jeder Art des Wohlgefallens zu brauchen, welches von der Einbildungskraft herrührte, und von jeder Art von Bildern, welche Wohlgefallen erregten? So mochte man vielleicht anfänglich unter der Schönheit einer menschlichen Bildung solche Verbindungen der Figur und der Farbe verstehen, welche jene besondre oben erwähnte Empfindung hervorbrachten. Pulchritudo corporis, sagt Cicero, apta compositione membrorum mouet oculos, et eo ipso delectat, etc. — Allein von dieser Bedeutung zu der andern war der Uebergang leicht und natürlich. Wenn

jedwede schöne Gestalt Wohlgefallen erweckte, so konnte jede
gefallende Gestalt leicht schön genannt werden; nicht, weil
alle einerley Empfindungen erregten; denn die Arten des
Wohlgefallens sind offenbar verschieden; sondern weil sie
alle auf einerley Art erregt werden. Dieß wird auch durch
einen andern Unterschied bestätigt, den Jedermann versteht,
unter Schönheiten von der regelmäßigen und unregelmäßigen Art. Wenn wir diese von einander unterscheiden wollen, so nennen wir die letztern angenehm, und lassen nur
den erstern die Benennung, schön; das heißt, wir schränken diesen letztern Ausdruck wieder auf seine eigentliche und
ursprüngliche Bedeutung ein. — Fast auf eben die Art
können solche Gegenstände, die nicht sichtbar sind, zuweilen schön heissen, aus keinem andern Grunde, als weil sie die
Einbildungskraft auf eine angenehme Art beschäfftigen, und
wir können eben so gut sagen, ein schöner Charakter,
als, eine schöne Person, ohne damit sagen zu wollen,
daß beyde einerley Gefühl in uns erregen, sondern nur,
daß wir in beyden Fällen ein gewisses Wohlgefallen haben,
und daß bey allen beyden die Einbildungskraft zu diesem
Wohlgefallen das Ihrige beyträgt.

Da nun jede vorstellende Kunst im Stande ist, unser
Wohlgefallen zu erwecken, und dieses durch Bilder veranlaßt wird, die einen Eindruck auf die Einbildungskraft
machen; so wird ein jedes gefallendes Werk der Kunst natürlicher Weise schön genannt werden. Indeß hindert uns
dieß nicht, die Schönheit bey dergleichen Werken als einen
eignen abgesonderten Vorzug anzusehen. Denn wir können
bey einem Gedichte oder Gemählde einen Unterschied machen,
zwischen dem Wohlgefallen, welches in uns unmittelbar
durch die Nachahmung sichtbarer Gestalten erregt wird,
und unter demjenigen, welches hauptsächlich von andern
Arten der Nachahmung abhängt. Wir können ferner die
sichtbaren Gestalten selbst entweder als Veranlassungen des
Wohlgefallens, in Verbindung mit andern Gegenständen,
ansehen; oder als solche, die uns dasjenige besondre Vergnügen gewähren, welches nur sie allein zu gewähren fähig

sind. Wenn wir das Wort schön in diesem engern Verstande brauchen, so wird es sehr deutlich dem pathetischen entgegen gesetzt. Bilder von Grotten, Feldern, Felsen oder Gewässern erregen in uns ein Wohlgefallen, welches ganz verschieden von demjenigen ist, das wir an der Nachhängung unsrer zärtlichen Empfindungen finden; auch wird man nicht leicht die angenehme Empfindung, welche eine meisterhafte Statue eines Apolls oder einer Venus in uns erweckt, mit derjenigen verwechseln, welche durch eine Vorstellung der Schrecken entsteht, wovon man bey einem Sturme, oder bey einer Seuche ergriffen wird.

Es ist kein Einwurf wider das, was hier gesagt ist, daß diejenigen Gegenstände, welche wir schön nennen, auch in einigen Fällen Veranlassungen der Leidenschaft werden können. So kann der Anblick einer schönen Person die Leidenschaft der Liebe veranlassen; allein, die Schönheit empfinden, und die Leidenschaft fühlen, sind zwey verschiedne Dinge. Denn nicht ein jeder Gegenstand bringt bey Jedem, der ihn erblickt, Liebe hervor, und eben diese Leidenschaft wird oft durch Gegenstände erregt, die nicht schön sind; durch solche, die selbst von denen, welche von ihnen gerührt sind, nicht schön genannt werden. Der Unterschied unter diesen Empfindungen erhält dadurch noch mehr Bestätigung; wo man anders denselben noch irgend in Zweifel ziehen kann; wenn man bemerkt, daß Leute sehr oft Personen ihres eigenen Geschlechts schön nennen, die vielleicht keine Leidenschaft als den Neid fühlen, den man doch gewiß nicht mit dem Gefühle der Schönheit für einerley halten wird.

Es läßt sich also wider den Text beym Horaz, so wie er vor Bentleys Verbesserung war, nichts erinnern; wenn man es nicht etwa für unschicklich halten will, zwey Beywörter einander entgegen zu setzen, die nicht allemal im entgegengesetzten Verstande genommen werden dürfen. Allein diese Einbildung hat nicht den geringsten Grund. Denn, wenn ein Wort von ungewisser Bedeutung einem andern entgegen gesetzt wird, dessen Bedeutung gewiß ist, so bestimmt der Gegensatz selbst den rechten Sinn. Das Wort Tag begreift in einer von seinen Bedeutungen die ganze Zeit von vier und zwanzig Stunden; allein es ist gewiß nicht uneigentlich geredet, wenn man den Tag der Nacht entgegen setzt. Auf eben die Art könnten die Worte *pulchra poemata*, wenn wir nicht den Zusammenhang zu Hülfe nehmen, gute Gedichte überhaupt bedeuten; wenn aber die Schönheit eines Gedichts von andern Vorzügen unterschieden wird, so nöthigt uns dieser Unterschied, unsern Begrif auf schöne Bilder einzuschränken. Ausserdem wissen wir, daß es den Urtheilen, welche Horaz in andern Stellen äussert, völlig gemäß ist, zu zeigen, daß diese Art des Verdienstes für Dramatische Dichter nicht hinreichend ist, weil wir von ihnen ein Vergnügen von ganz andrer Art erwarten. Selbst das schönste Gemählde, wenn es nicht beständig seinem höhern Zwecke untergeordnet ist, wird nicht bloß unzulänglich, sondern auch unschicklich, weil es bloß dazu dient, die Aufmerksamkeit abzuziehen, und den Lauf der Leidenschaften zu unterbrechen.

Man denkt vielleicht, daß der Nachdruck eines lateinischen Worts sich durch Betrachtungen dieser Art nicht bestätigen lasse, sondern bloß aus der Anführung einzelner Stellen zu erweisen sey. Dieß hat in Ansehung des Eigenthümlichen in der Sprache allerdings seine Richtigkeit; der gegenwärtige Fall ist von ganz andrer Art. Er betrifft mehr eine philosophische, als eine kritische Untersuchung, und kömmt auf diejenige Verschiedenheit der Begriffe an, welche in allen Sprachen durch ähnliche Arten des Ausdrucks bezeichnet wird.

102. SI VIS ME FLERE, DOLENDVM EST PRIMVM IPSI TIBI:) Die Tragödie zeigt die Wunden, welche vorhin überdeckt waren, wie Philipp Sidney sagt, der ein Herz hatte, das zum Gefühle ihrer zartesten Eindrücke geschaffen war. Um bey dem Zuschauer alle die Sympathien rege zu machen und hervorzubringen, welche natürlicherweise die lebendige Vorstellung einer solchen Scene zu begleiten pflegen, muß der Dichter eine Seele haben, die zu

der feinsten Fühlbarkeit gestimmt, und eben der Rührungen
der von ihm selbst geschaffenen Bilder fähig ist, wovon
man weiß, daß sie im gemeinen Leben den Leidenden erschüt-
tern. Dieß ist ein so ungewöhnlicher Grad von Menschlichkeit, daß es kein Wunder ist, wenn so wenige in diesem
Stücke, welches gleichsam der Probierstein der Dramatischen
Poesie ist, glücklich gewesen sind. Euripides hatte von
allen alten Dichtern am meisten von dieser sympathetischen
Zärtlichkeit in seiner Natur; daher finden wir auch, daß
ihm in dieser Betrachtung keiner an Ruhme gleich gekommen ist. Τραγικώτατος τῶν ποιητῶ, sagt Aristoteles von ihm;
(περὶ Ποιητ. κ. ιγ΄.) und in eben der Absicht ein andrer großer
Kunstrichter: In affectibus cum omnibus mirus, tum in iis,
qui *miseratione* constant, facile praecipuus. (QVINTIL. L.
X. c. 1.) Diejenigen, welche das Mitleidvolle, das ἐλεεινὸν
im Trauerspiele ausdrücken wollen, sollten ihre Herzen billig vorher nach dieser Regel untersuchen, ehe sie es unternehmen, auf die Herzen andrer wirken zu wollen. Man
kann auch beym Cicero diese Anmerkung auf die Beredsamkeit angewandt, und mit der ihm gewöhnlichen schönen
Schreibart und Einsicht eingeschärft finden. (*De oratore,*
L. II. c. XLV.)

103. — TVNC TVA ME INFORTVNIA LAEDENT.)
Dieser Ausdruck ist sorgfältig gewählt. Es ist in der That
so; je mehr wir durch Vorstellungen dieser Art verletzt
werden, desto mehr vergnügen sie uns. Woher entsteht
dieß seltsame Vergnügen? Diese Frage ist sehr oft aufge-
worfen, und auf mancherley Art beantwortet.

Allein unter allen Auflösungen dieser bekannten Schwierigkeit, ist diejenige, welche Hume geliefert hat, eine der
merkwürdigsten.

Seine Erklärung ist kürzlich folgende: „Daß die
Gewalt der Einbildungskraft, die Stärke des Ausdrucks,
die Macht des Sylbenmaaßes, die Reize der Nachahmung,
daß diese alle von Natur und schon für sich der Seele angenehm sind; daß diese Empfindungen der Schönheit, welche dann die herrschenden Gemüthsbewegungen sind, sich

der ganzen Seele bemächtigen, und die unlustigen, melancholischen Leidenschaften in sich selbst verkehren; mit einem Worte, daß die Empfindungen der Schönheit, welche durch ein gutes Trauerspiel erregt werden, die stärkern und herrschenden Gemüthsbewegungen sind, und die untergeordneten Eindrücke, welche von Traurigkeit, Mitleiden, Unwillen und Schrecken herrühren, in eine gleichförmige und lebhafte Heiterkeit verwandeln." (S. four Dissertations by D. Hume, Esq. p. 185.)

Wider diese sinnreiche Theorie habe ich nur zweyerley einzuwenden. Erstlich wird darin angenommen, daß der Eindruck der Traurigkeit oder der Furcht, welcher durch ein wohlgeschriebenes Trauerspiel veranlaßt wird, schwächer sey, als derjenige, welcher aus unsrer Bemerkung der Fähigkeiten des Dichters, der Gewalt des Sylbenmaaßes und der Nachahmung entsteht. Dieß scheint mir beynahe eben so viel zu seyn, als wenn man sagen wollte, der Anblick eines abhängigen Felsen, der über unsern Häuptern schwebte, machte einen schwächern Eindruck auf das Auge, als das Gesträuch, oder die wilden Blumen, womit derselbe zufälligerweise überdeckt ist. Es verhält sich damit ganz anders; und wenn das Trauerspiel gut geschrieben ist, so wollte ich allemal behaupten, daß die Fähigkeiten des Dichters, die Reize der Poesie, oder selbst der Gedanke an die Nachahmung, dem Zuschauer niemals in den Sinn kommen werden. Aber bey dem allen, wird man sagen, muß er doch die Wirkung davon empfinden? Das muß er freylich; allein zum Unglücke ist die ganze Wirkung dieser Dinge nichts weiter — und das ist mein zweyter Einwurf — als ein desto tieferer Eindruck der Traurigkeit und der Furcht. Sie stehen nicht am rechten Orte, und sind übel angebracht, wenn sie einen andern Zweck befördern helfen. Wenn man also sagt, der Eindruck der Traurigkeit und der Furcht, den eine tragische Geschichte macht, so stark er auch für sich selbst seyn möge, und so sehr er auch durch die Kunst des Dichters verstärkt werde, sey ein schwächerer Eindruck, als das bloße Vergnügen, welches aus dieser

Kunst entsteht, so heißt das, wie mich dünkt, Ein Geheimniß durch ein andres, das zehnmal so groß ist, erklären,
und den Poeten zu einem wirklichern Zauberer machen wollen, als Horaz ihn jemals vorzustellen dachte.

Da sich also diese sinnreiche Auflösung offenbar auf
die Voraussetzung eines falschen Erfahrungssatzes gründet,
so verdient sie nicht weiter in Betrachtung zu kommen.
Was die Schwierigkeit selbst betrifft, so können vielleicht
folgende Gedanken darüber den Leser einigermaßen in Stand
setzen, Grund davon anzugeben.

1. Es ist unstreitig, daß wir es gerne sehen, wenn
unsre Aufmerksamkeit rege gemacht, oder unsre Neugierde
befriedigt wird. In so fern kann man das System des
Abts du Bos annehmen.

2. Die Vorstellung mag so traurig seyn, wie sie will,
so bleibt sie doch immer noch eine Vorstellung.   Wir
finden, daß unsre Herzen durch ein gutes Trauerspiel gerührt, ja sogar gekränkt werden.   Aber wir besinnen uns
sogleich, daß die Scene nur erdichtet ist; und diese Erinnerung schwächt nicht nur unsre Unruhe, sondern verbreitet
zugleich eine gewisse Freude über die Seele,   wegen der
Entdeckung, die wir machen, daß die Veranlassung unsrer
Unruhe keine Wirklichkeit hatte.   Eben so ist unser Erwa-
chen von einem schreckhaften Traume, und bisweilen ein
geheimes Bewußtseyn der Täuschung während des Traums
selbst, von Vergnügen begleitet.   Daß man Fontenellens
Erklärungsart dieses Umstandes in so weit zugeben muß, ist
auch daraus klar,   weil Kinder,   welche die Unglücksfälle
auf der Bühne für Wirklichkeiten ansehen, dergestalt darüber betrübt werden, daß sie nicht Lust haben, den Versuch
zu wiederholen.

Aber   alles dieß erklärt die Sache noch nicht ganz.
Denn

3. Man muß auch das bedenken, daß alle die unangenehmen Leidenschaften, zu der Zeit, wenn wir von denselben beunruhigt werden, ja so gar, wenn gleich die Veranlassungen gegenwärtig und wirklich sind, mit einem ge-

heimen Wohlgefallen vermischt zu seyn pflegen. Es scheint, die Vorsehung habe, aus Mitleiden gegen das menschliche Gefühl, zugleich mit unserm Kummer eine Art von Balsam in die Seele gegossen, um diese bittern Ingredienzien gleichsam zu mildern und zu versüssen. Allein

4. Ausser diesem allgemeinen Verwahrungsmittel sind auch die besondern Leidenschaften, welche das Trauerspiel erregt, ihrer Natur nach so beschaffen, daß sie noch in einem höhern Grade Vergnügen erwecken müssen. Denn was sind diese sonst, als Unwille über das glückliche Verbrechen, oder Mitleid mit der leidenden Tugend? Und das Gefühl dieser Leidenschaften ist selbst bey wirklichen Vorfällen des Lebens mit einer gewissen angenehmen Empfindung verbunden, die uns ohne Zweifel in der Absicht gegeben ist, um uns zu der Ausübung dieser gesellschaftlichen Pflichten desto bereitwilliger zu machen. Ferner,

5. Ausser dem Vergnügen, welches unmittelbar aus diesen Leidenschaften entspringt, giebt es noch ein andres, welches sich natürlich, aber beynahe unmerklich durch das Nachdenken bey uns einschleicht. Wir sind uns bey diesen rührenden Gelegenheiten unsrer eignen Menschlichkeit bewußt. Wir erkennen und fühlen, das es Pflicht ist, von dem Elende anderer gerührt zu werden. Unser Schmerz wird durch eine geheime Freude über die Pflichtmäßigkeit dieser sympathetischen Empfindungen gemildert. Dieses Nachdenken der Seele wird freylich gehindert, oder wenigstens auf eine Zeitlang zurückgehalten, wenn die Leiden wirklich sind, und solche Personen betreffen, für welche wir uns sehr interessiren. Allein die Erdichtungen der Schaubühne sind für uns nicht so dringend.

Wenn man alles dieß zusammen nimmt, so folgt daraus, daß die Eindrücke des Theaters zwar, ihrer unmittelbaren Wirkung nach, schmerzhaft für uns sind, daß sie aber überhaupt ein ungemeines Vergnügen gewähren, und zwar nach dem Verhältnisse der Stärke, welche der erste schmerzhafte Eindruck gehabt hat. Denn es wird dabey nicht bloß unsre Aufmerksamkeit rege gemacht; auch unsre

moraliſchen Inſtinkten wird gewillfahret; wir denken mit
Freuden daran, daß dieß geſchieht, und bedenken zugleich,
daß die Schmerzen, welche ſie rege machen, und unſre
Menſchlichkeit auf dieſe Art zur Wirkſamkeit bringen, nur
erdichtet ſind.   Wir werden, mit 'einem Worte, mit
einer großen Begebenheit beſchäfftigt; wir zerflieſſen über
eine unglückvolle in Thränen; das Herz wird durch dieſen
Ausbruch des Kummers erleichtert; es wird von den fein-
ſten moraliſchen Gefühlen unterhalten und belebt; es freut
ſich über das Bewußtſeyn ſeiner Empfindlichkeit, und findet
endlich, daß alles nur ein Blendwerk iſt.

     Es folgt daraus, daß wir nicht ſowohl vermittelſt
der Leidenſchaften, als durch Beyhülfe derſelben vergnügt
werden.   Sie geben uns Anlaß zu den angenehmſten Gemüthsbewegungen und Befriedigungen.   Die Kunſt des
Dichters beſteht freylich darin, · Schmerz zu verurſachen.·
Aber Natur und Nachdenken eilen uns zu Hülfe; und wenn
ſie gleich nicht unſern Schmerz in Freude verwandeln, —
denn das würde, wie mich dünkt, nicht viel weniger ſeyn,
als eine Art von Transſubſtantiation — ſo wiſſen ſie
doch mit gleich ſtarker Wirkung eine ausnehmende Freude
aus unſrer vorhergegangnen Betrübniß hervorzubringen.

     119. AVT FAMAM SEQVERE, etc.)   Der Zuſam-
menhang iſt dieſer: Die Sprache muß mit dem Charakter,
der Charakter mit dem Gerüchte, oder wenigſtens mit ſich
ſelbſt übereinſtimmen.

     123. SIT MEDEA FEROX INVICTAQVE,)   Horaz
nahm dieß Beyſpiel aus dem Euripides, in deſſen Trauerſpiele der unbeſiegte Trotz dieſes Charakters mit der gehörigen Mäſſigung beybehalten iſt, welche Natur und gute
Schreibart erfodern.   Wenn der Dichter ihren Charakter
angiebt, ſo ſagt er nichts weiter, als:

> Βαρεῖα γὰρ φρὴν ὐδ' ἀνέξεται κακῶς
> Πάσχυσ'

und:

> Δεινὴ γὰρ. ὔ τοι ῥᾳδίως γε συμβαλὼν
> ΕΧθράν τις ἀυτῇ, καλλίνικον ὄισεται.

Und sie selbst, wenn sie dem Chore ihren letzten schrecklichen Vorsatz eröffnet, sagt, freylich sehr trotzig, aber doch
nicht übertrieben schwärmerisch:

> Μηδεις με φαύλην κᾳϛϑενῆ νομιζέτω
>
> Μηδ᾽ ἡσύχιαν.

Und dieß ist Natur. Seneka sah dieselbe nicht ein, und
doch wollte er die Regel des Kunstrichters beobachten; daher hat er ihren Charakter über alle Gränzen hinausgetrieben, und, statt eines entschlossenen, racherfüllten Weibes,
eine völlige Furie aus ihr gemacht. Daher wird ihre Leidenschaft schon in der ersten Scene des Lateinischen Trauerspiels weit höher getrieben, als sie bey dem Griechischen
Dichter jemals steigt. Der Ton ihrer Sprache ist durchgehends:

> invadam deos
> Et cuncta quatiam.

Und daher stellen besonders der dritte und vierte Akt unsern
Augen alle die Schreckniße der Zauberey dar, die an sich
schon auf eine übertriebne Art gedacht sind, und die Euripides mit weit mehr Einsicht für gut fand völlig zu verbergen.

126. SERVETVR AD IMVM, QVALIS AB INCEPTO PRO-
CESSERIT, ET SIBI CONSTET.) Die Regel ist, wie man aus
der Natur der Sache selbst, und aus dem Aristoteles sieht,
folgende: „Man muß eine Gleichförmigkeit, oder wenig-
„stens eine Konsistenz und Verträglichkeit des Charakters das
„ganze Stück hindurch beyzubehalten suchen;“ d. i. man laße
die Sitten entweder vom Anfange bis zum Ende des Stücks
genau dieselben bleiben, wie die von der Medea z. E. und
vom Orest; oder, wenn ja eine Veränderung nöthig ist,
so sey sie von der Art, daß sie mit denen Sitten, welche
man vorhin der Person beygelegt hat, bestehen, und sich
leicht mit denselben vertragen könne, wie das der Fall bey
der Elektra und Iphigenia ist. Wir sollten also billig
lesen:

ſervetur ad imum
Qualis ab incepto proceſſerit, *aut* ſibi conſtet.

Der Irrthum entſtand daher, weil man ſich einbildete, ein
Charakter könne auf keine andre Art mit einander beſtehen,
als wenn er gleichförmig wäre. Ein Irrthum, den doch,
wie ich geſagt habe, nicht bloß die Natur der Sache, ſon-
bern auch die Regel des Ariſtoteles hätten berichtigen ſollen. Er drückt dieſelbe ſo aus: Τέταρτον δὲ τὸ ὁμαλόν.
Κἂν γὰρ ἀνώμαλός τις ᾖ, ὁ τὴν μίμησιν παρέχων καὶ τοιοῦτον ἦθος
ὑποτιθεὶς, ὅμως ὁμαλῶς ἀνώμαλον δεῖ εἶναι. Ποιητ. κ. ιϛ. Weil
man dieſe letzten Worte durchaus nicht verſtanden hat, ſo
haben die Ausleger den wahren Sinn und Zweck dieſer
Vorſchrift verfehlt. Denn man hat ſie von ſolchen Charaktern erklärt, dergleichen der vom Tigellius beym Horaz
iſt; die freylich ſehr brauchbar für die Satire oder für das
Poſſenſpiel ſind, aber zu ſeltſam und zu komiſch, als daß
man ſie im Trauerſpiele vertragen könnte. Indeß muß
man annehmen, daß Ariſtoteles hier vornämlich vom
Trauerſpiele rede, und auch Horaz ſchränkt ſich in dieſer
Stelle allein darauf ein. Freylich, wird man ſagen, iſt ein ſeltſamer und komiſcher Charakter für das Trauerſpiel unbrauchbar, aber nicht ein unſchlüſſiger. Nichts iſt ſchöner, als die Un-
gewißheit in der Wahl unter verſchiednen Leidenſchaften; und
es iſt vollkommen natürlich, daß in einer ſolchen Lage eine
jede wechſelsweiſe die Oberhand behält. Allein dieſe beyden
Fälle ſind himmelweit von einander verſchieden. Tigellius
iſt, bey aller ſeiner ſeltſamen Unentſchloſſenheit, ein ſo
gleichförmiger Charakter, als Micio. Wenn ich mich
ſo ausdrücken darf, ſo iſt ſelbſt ſeine Inconſiſtenz gerade
ſeiner Gleichförmigkeit weſentlich. Auf der andern Seite
iſt Elektra, die von ſo mancherley kämpfenden Leidenſchaften hingeriſſen wird, offenbar, und in dem eigentlichſten
Verſtande des Worts, ungleichförmig. Einer von den
ſtärkſten Zügen ihres Charakters iſt der erhabne, heroiſche
Geiſt, welcher das Unrecht, das ihr ſelbſt und ihrer Familie angethan iſt, empfindet, und entſchloſſen iſt, es auf

allen Fall zu rächen. Aber kaum ist die Rache vollzogen,
so wird sie weichherzig, nachgebend, und mitleidig. Hier
ist eine offenbare Ungleichförmigkeit, welche, in keinem schicklichen Verstande dieses Ausdrucks, auf das ὁμαλὸν des
Kunstrichters Anspruch machen, die aber von dem Dichter
so behandelt werden kann, daß sie sich mit der Grundlage
ihres Charakters verträgt, das heißt, daß sie ὁμαλῶς ἀνώμαλον
wird. Und daß dieß auch wirklich die Meynung des Aristoteles gewesen, sieht man aus dem ähnlichen Beyspiele
zu seiner Regel, welches er von der Iphigenia giebt. Er
führt sie — mit wie vielem Rechte, werden wir in der
Folge sehen — als ein Beyspiel des ἀνωμάλου, des unregelmäßigen, ungleichförmigen Charakters an, der übel ausgedrückt, oder nicht sorgfältig genug beybehalten ist. Der
wahre Sinn dieser Regel ist also folgender: „Die Sitten
„müssen gleichförmig seyn, oder, wenn sie ungleichförmig
„sind, sich doch immer mit einander vertragen, oder auf
„eine gleichförmige Art ungleichförmig seyn. " Horaz
trägt sie, genau copirt, unsrer Lesart nach, hier vor.
Nimmt man die andre an, so h ißt seine Regel: „Man
lasse die Charaktere gleichförmig oder unverändert seyn;
oder, wenn man einen ungleichförmigen Charakter schildert,
dergleichen der Charakter des Tigellius ist, so sey er durchgehends ungleichförmig, d. i. eben so unregelmäßig am
Ende des Stücks, als er im Anfange war; und das ist
im Grunde eben so viel gesagt, als: er sey gleichförmig. "
Hiedurch leidet der letztere Theil der Regel ungemein, und
wird eine nichts sagende Tautologie mit dem erstern.

127. AVT SIBI CONSTET.) Die Elektra und Iphigenia des Euripides sind in der vorhergehenden Anmerkung als Beyspiele ungleichförmiger Charaktere angeführt,
die gehörig beybehalten sind, oder solcher, die Aristoteles
auf eine gleichförmige Art ungleichförmig nennt. Indeß
tadelt die allgemeine Meynung das erste Stück, und der
große Kunstrichter selbst das zweyte; man wird also über
diese sonderbare Abweichung unsrer Meynung einige Erläuterung erwarten.

I. Der Einwurf wider die **Elektra** besteht darin, daß ihr Charakter mit solchen starken Zügen der Unversöhnlichkeit und Rachsucht gezeichnet seyn soll, die es äusserst unglaublich machen, daß sie sogleich nach Ermordung der **Klytemnestra** eben so übertrieben traurig und reuvoll werden sollte, als **Orest.** Zur Widerlegung dieses Tadels bemerke ich,

1. Daß der Einwurf sich auf eine irrige Voraussetzung gründet, daß nämlich die Betrübniß der **Elektra** eben so heftig wäre, als der Schmerz des **Orest.** Sie unterscheidet sich vielmehr von demselben durch zwey deutliche Merkmaale. Erstlich, wird **Orests** Schmerz stärker und emphatischer ausgedrückt: er klagt die Götter an — er macht seiner Schwester Vorwürfe — er verweilt sich bey jedem schrecklichen Umstande, der das Verbrechen des Mordes vergrößern kann. — **Elektra** hingegen, gesteht, daß diese Scene traurig sey — befürchtet schlimme Folgen — unterwirft sich geduldig den Vorwürfen ihres Bruders. Zweytens giebt er sich so viel Mühe, als möglich, um sich gegen die Zurechnung der That zu rechtfertigen. Sie nimmt dieselbe ganz über sich; allein sie sieht sie nicht sowohl als einen Fehler, sondern als ihr Verhängniß an, und tröstet sich damit, daß sie bedenkt, wie gerecht diese That sey.

πατρὸς δ' ἔτισας φόνον δικαίως.
Act. V.

Dieser letzte Umstand macht den größten Unterschied zwischen beyden Fällen. Der eine verräth eine völlige Zerrüttung der Seele, die nicht einmal das Bewußtseyn ihrer Verbrechen ertragen kann; die andre einen festen und standhaften Geist, der freylich sein Elend empfindet, aber von demselben nicht unterdrückt, noch betäubt ist.

2. Allein, diese gemäßigte Betrübniß, welche so sorgfältig angegeben, und der **Elektra** mit so vieler Wahrheit des Charakters beygelegt wird, sollte sich, wie man ferner einwendet, nicht sogleich, unmittelbar nach Ermor-

H

dung der Klytemneſtra, geäußert haben. Aber warum
nicht? Es iſt nichts in dem Charakter der Elektra, nichts
in den Grundſätzen der damaligen Zeiten, noch in der
Einrichtung des Schauſpiels ſelbſt, was dieſe Veränderung unſchicklich oder unglaublich machen kann. Vielmehr
enthalten alle dieſe Umſtände ſehr vieles, was uns darauf
bringen kann, dieſe Veränderung zu erwarten.

Der Charakter der Elektra iſt freylich der Charakter eines trotzigen und entſchloſſenen, aber bey dem allen
eines großmüthigen und tugendhaften Weibes. Ihre Bewegungsgründe zur Rache waren, vornämlich, ein ſtarkes
Gefühl der Gerechtigkeit, und eine überwiegende Zärtlichkeit gegen einen Vater; nicht ein eingewurzelter, unnatürlicher Widerwille gegen eine Mutter. Sie handelte, wie
man ſieht, nicht nach den ſtürmiſchen Eingebungen einer
aufgebrachten Rache — in dieſem Falle wäre der Einwurf von Erheblichkeit geweſen — ſondern aus einem
feſten Abſcheu gegen das Unrecht, und aus einem tugendhaften Gefühle der Pflicht. Und warum ſollte eine Perſon
von dieſem Charakter nicht augenblicklich von dem Jammer eines ſolchen Anblicks gerührt werden?

Die Grundſätze der damaligen Zeiten rechtfertigen
ebenfalls dieß Verhalten. Denn erſtlich wurden die Begriffe von einer ſtrengen wiedervergeltenden Gerechtigkeit
damals ſehr weit getrieben. Dieß ſieht man aus dem ſo-
genannten Wiedervergeltungsrechte, welches, wie wir wiſſen,
in dem ältern Griechenlande ſehr in Anſehen ſtand, von da
es hernach unter die Geſetze der zwölf Tafeln aufgenommen wurde. Daher war **Blut für Blut,** — αἵμα-
ϛ᾽ αἵματος δανεισμός, wie ſich der Bote in ſeiner Nachricht
von dem Tode des Aegiſth, im vierten Akte, ausdrückt —
der Befehl und die Regel der Gerechtigkeit. Dieß führen
der Chor ſowohl, als die Mörder ſelbſt, ſehr häufig als
den Grund und die Rechtfertigung des Mordes an. Man
glaubte ferner, daß dieſe ſtrenge Rache gegen auſſerordent-
liche Beleidiger nicht bloß den Vorſchriften der menſchlichen
Gerechtigkeit gemäß, ſondern auch der Gegenſtand und die

vorzügliche Sorge der göttlichen Gerechtigkeit wäre. Und
so dachten die Alten gerade von dem gegenwärtigen Falle.
Juvenal sagt vom Orest:

— — Quippe ille *Deis auctoribus* ultor
Patris erat cæsi media inter pocula.
                                SAT. VIII.

Mit dieser Meynung stimmt auch die Sage überein, oder
vielmehr die Dichtung der Poeten, welche die Richter des
Areopagus über diese Sache getheilt seyn lassen, und sich
doch kein Bedenken machen, ihn durch den Mund der Minerva selbst lossprechen zu lassen. Hoc etiam fictis fabulis doctissimi homines memoriae prodiderunt, eum, qui patris ulciscendi causa matrem necavisset, variatis hominum
sententiis, non solum divina, sed etiam sapientissimae Deae
sententia, absolutum. (CICERO *pro Milone*.) Die ehrwürdige Versammlung! des Areopagus richtete, wie es scheint,
nach den strengen Regeln des geschriebenen Gesetzes, und
verurtheilte den Verbrecher nicht; das ungeschriebne Gesetz der
Billigkeit aber, welches die Fabel die Weisheit der Pallas
nennt, sprach ihn förmlich los. Der Mord war also nicht
gegen das menschliche Recht, und dem göttlichen völlig gemäß. Hiervon unterrichtet uns auch der Chor im vierten
Akte:

Νέμει τοι δίκαν θεός, ὅταν τύχῃ.

Dieß erklärt uns die Ursache, warum Elektra an den
Orest, der wider den Frevel eines Muttermordes geeifert
hatte, die Frage thut:

Καὶ μὲν ἀμύνων πατρί, δυσσεβὴς ἔφυ;

Der Nachdruck dieser Frage liegt darin, daß der Tod eines
Vaters, gerächt an einer schuldigen Mutter, eben so viel
kindliche Pflicht als Gerechtigkeit voraussetzt. Diese Rache
mußte natürlicherweise von den nächsten Verwandten des
Verstorbenen vollzogen werden. Dieß verordnete das Gesetz beym gerichtlichen Verfahren. Was gab es also für

beſſere Werkzeuge des Schickſals, wenn man ihnen dieß
Recht nicht erlauben wollte? Dieß wird in der Antwort
auf den Vorwurf des Oreſt ausgedrückt, daß er die Rache der Götter für die Ermordung einer Mutter werde fühlen müſſen; Elektra antwortet:

$$\text{Τῷ δαὶ πατρῴαν διαμεθῇ; τιμωρίαν;}$$

d. i. Wer ſoll denn unſern Vater rächen? Sie giebt die Folge zu, aber ſie bringt auf die Pflicht, ſich dieſelbe zuzuzie-
hen. Es war kein andrer da, dem das Recht der Rache
ſo eigentlich zukam.

Ferner war die heidniſche Lehre vom Schickſale ſo beſchaffen, daß man, wenn man in einer Abſicht ſeine Pflicht
erfüllte, in einer andern Abſicht unvermeidlich ſchuldig werden mußte. Dieß war hier der Fall. Phöbus hatte
dieſe Rache befohlen, das Schickſal hatte ſie beſchloſſen;
und doch war die Befolgung dieſer Befehle ein Verbrechen,
welches durch eine künftige Beſtrafung ausgeſöhnt werden
mußte. Uns kann dieß ſeltſam vorkommen, die wir hierüber andre Begriffe haben; aber dem heidniſchen Syſteme
war es vollkommen gemäß. Es folgt daraus, daß ſie ſich
wiſſentlich der Rache ausſetzten, um ihr Schickſal zu erfüllen. Es blieb ihnen nichts übrig, als ihr Geſchick zu beklagen, und die ſchreckliche und geheimnißvolle Vorſehung
ihrer Götter zu verehren. Und eben dieß iſt es, worauf
ſich Oreſt, zu ſeiner eignen Rechtfertigung, anderswo
beruft:

$$\text{Ἀλλ' ὡς μὲν ὐκ ἐυ, μὴ λέγ', ἔιργασαι τάδε,}$$
$$\text{Ἡμῖν δὲ τοῖς δράσασιν ὐκ ἐυδαιμόνως.}$$

OREST. Act. II.

Endlich muß man bedenken, für welch ein abſcheuli-
ches Verbrechen der Ehebruch von der alten Welt gehalten wurde; da man ihn, eben ſowohl als den Mord, mit
dem Leben ſtrafte. Das Geſetz der zwölf Tafeln ſagt ausdrücklich: ADVLTERII CONVICTAM VIR ET COGNATI, VTI
VELINT, NECANTO. Wenn man nun dieß alles zuſammen

nkunt, so konnte Elektra die Ermordung ihrer Mutter
wohl ausführen helfen, und doch dabey die stärksten Empfindungen von kindlicher Liebe und Zärtlichkeit haben.
Daß diese sogleich in dem Augenblicke zum Ausbruch kamen, so bald sie der Gerechtigkeit, der Pflicht, und dem
Schicksale ihre Schuld bezahlt hatte, ist gar kein Wunder.
Hieburch wird auch, um es beyläufig anzumerken, der
Chor wegen der Unbeständigkeit gerechtfertigt, die ihm einige Schuld gegeben haben, weil er eben die That verdammt,
nachdem sie vollführt ist, die er vorhin zu vertheidigen gesucht hatte. Die gewöhnliche Antwort, daß der Chor sich
nach dem Charakter des Volks richtet, ist nicht hinreichend.
Denn, zu geschweigen, daß der Chor allemal einen moralisch guten Charakter behauptet, woher diese Unbeständigkeit bey dem Volke selbst? Die Ursache war die einmal
angenommene Meynung der damaligen Zeiten. Es wäre
eine Unterlassung der Pflicht gewesen, den Mord nicht zu
vollziehen, und ihn vollziehen, war Verbrechen.

Die Einrichtung dieses Trauerspiels — ob sie
die beste und gewähltefte war, ist hier nicht die Frage —
war so gemacht, daß sich diese Veränderung mit der größten Wahrscheinlichkeit anbringen ließ. Elektra's größter
Unwille traf den Aegisth. Von ihm vornämlich rührte
ihre üble Begegnung her, und von ihm war die größte Gefahr der Unternehmung zu besorgen. Da nun Aegisth
zu Anfange des vorigen Akts aus dem Wege geschafft war,
so gewann sie Zeit, allen Regungen und aller Freude über
ihre Rache nachzuhängen; denn diese mußte, wie die Urheber des gedachten Einwurfs glauben, vorher gehen, und
auf eine Zeitlang die Schrecken der Gewissensangst aufhalten, ehe die Ermordung der Klytemnestra unternommen
wurde. Dieß wird desto wahrscheinlicher durch die lange
Rede, welche vorhergeht, die mehr dazu dient, ihre Rache zu besänftigen, als sie noch mehr zu reizen, und die
den sehr glücklich gewählten Zweck zu haben scheint, die
folgende Veränderung vorzubereiten.

Ueberhaupt ist das Verhalten der **Elektra,** so wie es der Dichter geschildert hat, der Beschaffenheit ihres Charakters, und den Umständen ihrer Situation völlig gemäß. Hätte er sie anders geschildert, so wäre das vielleicht im Geschmacke des neuern Trauerspiels gewesen, aber auch unstreitig wider die Natur, und wider die Manier der Alten.

II. Die Vertheidigung der **Iphigenia** ist noch leichter, wenn wir gleich dabey mit einem Schriftsteller von größerm Ansehen zu thun haben. **Aristoteles** sagt: τῶ δὲ ἀνομάλυ (παράδειγμα) ἡ ἐν Ἀυλίδι Ἰφιγένεια. Οὐδὲν γὰρ ἔοικεν ἡ ἱκετεύουσα τῇ ὑστέρα, d. i. „Iphigenia ist ein Bey„spiel von einem ungleichförmigen Charakter; denn es findet „sich keine wahrscheinliche Aehnlichkeit darin, daß sie an„fänglich furchtsam und bittend thut, und in der Folge „standhaft und entschlossen ist.“ Aber, das Ansehen dieses großen Kunstrichters einmal beyseite gesetzt; wie läßt sich das sagen? Iphigenia wird freylich zu Anfange furchtsam und bittend geschildert; und das unstreitig mit der sorgfältigsten Beobachtung der Natur. Die Nachricht von ihrer Bestimmung, ein Opfer zu seyn, kam plötzlich, und ohne die geringste Vorbereitung; sie kam, wie Lukrez, wenn er von ihrem Schicksale redet, sehr wohl bemerkt, *nnbendi tempore in ipso*, da ihre Gedanken, wie sie nach der Simplicität der damaligen Zeiten offenherzig gesteht, ganz mit ihrer bevorstehenden Vermählung beschäfftigt waren. Die Ursache jener Bestimmung war ausserdem, wie es anfänglich schien, das besondere Familieninteresse des Menelaus. Alles dieß rechtfertigt, oder fodert vielmehr den stärksten Ausdruck einer weiblichen Furcht und Schwäche. „Aber hernach stellt sie sich selbst freywillig als ein Opfer „dar?“ Auch das geschieht mit einer eben so genau beobachteten Wahrscheinlichkeit. Sie hatte nun die Wichtigkeit dieses Opfers erfahren. Es war das Verlangen des Apoll, und die vereinte Foderung des ganzen Griechenlandes. Der Ruhm ihres Vaterlandes, das Ansehen und das Interesse ihres Geschlechts, das Leben des groß-

muthigen Achills, und ihr eigener künftiger Ruhm, das
alles beruhte sehr darauf.   Alles dieses zusammengenommen, verbunden mit den erhabnen, heroischen Gesinnungen dieser Zeiten, und dem vermeynten vorzüglichen Verdienste einer freywilligen Aufopferung, alles dieß, sage
ich, zusammengenommen, müßte Iphigeniens Charakter
sehr unbrauchbar gewesen seyn, um das Rührende eines
ganzen Trauerspiels darauf beruhen zu lassen, wenn sie
nicht am Ende die willigste Unterwerfung gegen ihr Schicksal geäußert hätte.   Um aber zu zeigen, mit welcher bewundernswürdigen Schicklichkeit der Dichter seine Charaktere beyzubehalten wußte, so finden wir, daß sie bey dem
allen, und ungeachtet der heldenmüthigen Veränderung ihrer Gesinnungen, in einer starken und gefühlvollen Apostrophe an ihren Geburtsort Mycene einige Furcht und
Reue gesteht, die wider ihren Willen bey ihr aufsteigen,
Reste von dem angebornen Widerwillen gegen den Tod,
von welchem sie vorhin so stark ergriffen war:

Ἐθρεψας Ἑλλάδι μέγα φάος —
Θανᾶσα δ' ἀκ ἀναίνομαι.

Dieß halte ich nicht nur für eine völlige Rechtfertigung der Gleichförmigkeit in Iphigeniens Charakter, sondern auch für einen so feinen Zug der Natur, als vielleicht
bey irgend einem Dichter anzutreffen ist.

Nachdem ich diese Anmerkung schon niedergeschrieben hatte,
fand ich zu meinem Vergnügen, daß ein so geschmackvoller Kunstrichter, als P. Brumoy, schon vor mir über den Charakter der
Iphigenia dieser Meynung gewesen ist. Die Gründe, welche
er anführt, sind beynahe die nämlichen.   Nur bestätigt
er sie alle dadurch, daß er zeigt, die Iphigenie des Racine, die nicht nach dem Muster des Euripides, sondern nach dem Kommentar des Aristoteles gebildet ist, sey
dadurch in aller Absicht schlechter geworden.   Zur Ehre
dieses schätzbaren Schriftstellers muß man gestehen, daß
er beynahe der einzige von seiner Nation ist, der völlig
durch die Gaukeley, oder wie einige es lieber nennen hö-

ren, durch die Verfeinerungen der Französischen Sitten
hindurch gesehen hat. Daher war er im Stande, uns in
seinem Theater der Griechen eine meisterhafte und sehr
brauchbare Vorstellung der griechischen Schaubühne zu liefern, die mit aller ihrer ächten Simplicität gemacht, und
durch die sichern Grundsätze der Natur und des gesunden
Verstandes zur Gnüge geschützt ist.

128. DIFFICILE EST PROPRIE COMMVNIA DICERE:)
Lambins Auslegung ist folgende: *Communia* hoc loco
appellat Horatius argumenta fabularum a nullo adhuc tractata: et ita, quae cuivis exposita sunt et in medio quo-
dammodo posita, quasi vacua et a nemine occupata. Und
daß dieß der wahre Verstand des Worts *communia* sey,
wird offenbar durch die Wörter *ignota indictaque* bestätigt,
wodurch jenes erklärt wird; so, daß der Sinn der angeführten Auslegung unstreitig der richtige ist. Und doch
findet man, so klar die Sache an sich ist, bey einem neuern
Kunstrichter folgende sonderbare Stelle: Difficile quidem
esse proprie communia dicere, hoc est, materiam vulgarem,
notam, et e medio petitam ita immutare atque exornare,
ut nova et scriptori propria videatur, ultro concedimus; et
maximi procul dubio ponderis ista est observatio. Sed omnibus utrinque collatis, et tum difficilis, tum venusti, tam
iudicii quam ingenii ratione habita, maior videtur esse gloria fabulam formare penitus novam, quam veterem, ut-
cunque mutatam, de novo exhibere. (TRAPP. *Prael. Poet.*
V. T. II. p. 164.) Zuerst macht er hier von dem Worte
communia eine ganz falsche Erklärung, und dann braucht
er dieselbe, um eine Kritik anzubringen, die gar nicht
hieher gehört. Denn wo zieht denn Horaz die Ehre alte
Subjekte wiederaufzustutzen dem Verdienste vor, neue zu
erfinden? Er sagt vielmehr das Gegentheil davon in dem,
was er über die vorzügliche Schwierigkeit des letztern erinnert. Seine Landsleute räth er davon ab, bloß in Ansehung ihrer Fähigkeiten und ihrer Unerfahrenheit in diesen
Dingen, und in der Absicht, sie, nach dem Hauptzweck

dieser Epistel, zu einer korrekten Schreibart aufzumuntern, indem er sie auf alte Subjekte verweist, welche von den Griechischen Dichtern bearbeitet sind.

131. PVBLICA MATERIES PRIVATI IVRIS ERIT, etc.) *Publica materies* ist gerade das Gegentheil von dem, was der Dichter vorhin *communia* genannt hatte; indem das letztere solche Subjekte und Charaktere bedeutet, die an sich zwar allen gemeinschaftlich frey stehen, aber noch von keinem Schriftsteller gebraucht sind; das erstere solche, die schon gebraucht und bekannt gemacht sind. Um bey Subjekten dieser Art etwas Eigenthümliches zu erhalten, räth uns der Dichter, folgende drey Vorsichtsregeln in Acht zu nehmen: 1. Nicht dem verbrauchten und schon bekannten Umlaufe des Originalwerks zu folgen; d. i. sich nicht sklavisch und ängstlich an den Plan und die Methode desselben zu binden. 2. Nicht Uebersetzer, sondern Nachahmer zu seyn; d. i. wenn man es für dienlich achtet, einen Theil des Originals genauer nachzuahmen, es mit Freyheit und mit gewissem Geiste zu thun, und ohne eine sklavische Anhänglichkeit an die Art des Ausdrucks. 3. Keinen besondern Umstand aus dem vorgenommenen Muster in sein Werk aufzunehmen, der entweder des Wohlstandes, oder der Beschaffenheit des Werks wegen verwerflich wäre. — Dacier erläutert diese Regeln, in denen man keine geringe Schwierigkeiten zu finden geglaubt hat, aus der Iliade, worauf sich der Dichter selbst bezieht, und vermuthlich nicht, ohne sein Augenmerk auf einzelne Beyspiele der hier getadelten Fehler in den Lateinischen Trauerspielen zu richten. Da wir diese nicht mehr haben, so wollen wir einige Englische Stücke zu Beyspielen nehmen. Und wir dürfen uns nicht weit darnach umsehen. Fast in jedem neuen Schauspiele finden wir ein Beyspiel von dem einen oder dem andern dieser Fehler. Der einzige Katilina von Ben Johnson kann statt aller zur Probe dienen. Dieß Trauerspiel hat sonst viel Schönheiten, und der Verfasser desselben scheint sich nicht wenig darauf zu gute gethan zu haben; indeß ist es im Grunde nichts an-

ders, als der Katilinarische Krieg vom Salluſt, in ein
poetiſches Geſpräch gebracht; und ſo iſt es wider die erſte
Regel des Dichters, indem es zu ſklaviſch dem abgenutzten
Gange der Geſchichtserzählung folgt. Ferner ſind die
Reden des Cicero und Katilina durchgehends wörtliche
Ueberſetzungen des Geſchichtſchreibers und des Redners,
der zweyten Regel zuwider, die eine zu genaue Anhänglichkeit au die Art oder Form des Ausdrucks unterſagt. Es
giebt drittens verſchiedene Verletzungen derjenigen Regel
darin, welche eine genaue Rückſicht auf die Natur und das
Genie des Werks einſchärft. Eine davon iſt ſichtbar und
in die Augen fallend. In der Geſchichte, die den ganzen
Katilinariſchen Krieg zum Gegenſtande hatte, mußten die
Schickſale der Verſchwornen einzeln gemeldet werden, und
die vorgehenden Berathſchlagungen über die Art ihrer Beſtrafung bot eine Gelegenheit dar, die für einen Geſchicht-
ſchreiber, und vollends für einen republikaniſchen Geſchicht-
ſchreiber, gar zu viel Anlockendes hatte, ſeine Erzählung
mit einer Reihe von Reden auszuſchmücken. Daher ſtehen
die langen Reden des Cäſar und Kato im Senate ſehr am
rechten Orte, und werden mit Recht unter die vorzüglichſten
Schönheiten dieſes Werks gerechnet. Allein bey dem
Schauſpiele verhielt ſich die Sache ganz anders. Das
Subjekt deſſelben war bloß das Schickſal des einzigen Katilina; es hätte alſo nichts mit den übrigen Verſchwornen
zu thun, deren Schickſale höchſtens nur hätten berührt,
und nicht mit aller Umſtändlichkeit und allem Pompe der
Beredſamkeit auf der Bühne in Berathſchlagung genommen
werden ſollen. Nichts kann ſchaaler und widerlicher ſeyn,
als dieſe ruhige, unſchickliche Berathſchlagung, beſonders
da ſie gerade zu der Zeit geſchieht, wo alles bey Auflöſung
des Knotens hitzig und ungeduldig iſt. Allein der Dichter
ließ ſich durch die Schönheit verleiten, welche dieß alles in
dem Originalwerke zu haben ſchien, ohne auf die eigenthümlichen Geſetze der dramatiſchen Poeſie zu achten, und auf
den Uebelſtand, welchen es nothwendig in einem Werke von
ſo verſchiedner Art haben mußte.

136. NEC SIC INCIPIES, VT SCRIPTOR CYCLICVS OLIM:)
Dieß alles (bis v. 153.) ist eine Fortsetzung der Erinnerung, welche der Dichter oben gegeben hat:

Rectius Iliacum carmen deducis in actus,
Quam si proferres ignota indictaque primus.

Denn, nachdem er zuvörderst gezeigt hat, in welchem Betrachte eine zu genaue Beobachtung der epischen Form im
Trauerspiele fehlerhaft seyn würde, so giebt er nun eine
Anleitung, in wie fern sie mit Vortheile genützt werden
könne. Dieß kann sie 1. (v. 136 — 146) in Ansehung
der Simplicität und Bescheidenheit des Einganges; und 2.
(bis v. 153) in Ansehung der kunstvollen Methode und Verbindung des Stücks. Der Grund der ersten Regel liegt in
der Unschicklichkeit, beym Anfange eine größere Erwartung
zu erregen, als man in der Folge des Gedichts befriedigen
kann. Weil aber selbst die epischen Dichter, denen man
hierin folgen sollte, diese Regel zuweilen nicht in Acht genommen hatten, und weil das Beyspiel eines solchen Feh-
lers die tragischen Dichter der damaligen Zeit sehr leicht
verführen konnte, und wahrscheinlicher Weise schon verführt
hatte, so nimmt er Gelegenheit, zuerst ein ungereimtes
Beyspiel davon zu tadeln, und dann demselben das weisere
Verhalten Homers entgegen zu setzen.

Eben so verfährt er in Ansehung des zweyten Punkts.
Er will dem tragischen Dichter eine solche kunstvolle Anordnung seines Subjekts empfehlen, die geschwinde zum Aus-
gange eilt, und alle kleinen Umstände in dem völligen Umfange der Geschichte als unschicklich verwirft, welche ohne Noth
ihren Lauf aufhalten würden; ein Plan, der dem wahren epischen Dichter wesentlich nothwendig ist. In dieser Absicht
berührt er zuerst die unüberlegte Verletzung dieser Methode
in einem gewissen Gedichte von der Rückkehr des Diomedes,
und erläutert darauf die überwiegende Kunst und Schönheit
der Iliade, und setzt dieselbe näher ins Licht. Und dieß
alles, wie man sieht, bloß in der Absicht, die Regel zu erklären und einzuschärfen, wie man den Inhalt der Trauer-

spiele aus epischen Gedichten nachbilden soll. Wir sehen
hieraus, mit welcher Wahl die Beyspiele der hier getadelten
Fehler nicht aus der dramatischen Poesie genommen sind,
wie der nicht ganz aufmerksame Leser vielleicht erwarten
würde, sondern bloß von der epischen; denn da diese dem
dramatischen Dichter als ein Gegenstand der Nachahmung
angegeben war, wie der Inhalt dieser ganzen Stelle zeigt;
so war es nun nöthig, gegen den Einfluß schlechter Beyspiele
auf der Hut zu seyn. Ich bemerke dieß um derer willen,
die nicht sogleich den Zusammenhang dieser und ähnlicher
Stellen der Horazischen Epistel einsehen, und daher sogleich
schliessen, sie sey ein verwirrtes Gemisch von Regeln, welche
die Dichtkunst überhaupt betreffen, und nicht ein regelmäßiges, ausgeführtes Gedicht, welches durchgehends den Zweck
hat, den Zustand des Römischen Theaters ins Licht zu setzen,
und den Mängeln desselben abzuhelfen.

148. SEMPER AD EVENTVM FESTINAT; etc.) Es
liesse sich aus den deutlichsten Gründen zeigen, wie allgemein
richtig das Verfahren ist, welches der Dichter hier anräth.
Indeß werden diejenigen, welche nicht an eine etwas abstrakte Kritik gewöhnt sind, vielleicht eher einsehen, wie
schön und schicklich dasselbe sey, wenn wir auf einen besondern Fall Acht haben. Wir wollen einmal setzen, daß Jemand folgenden Einwurf machte: „Wenn man annähme,
daß der Verfasser der Aeneide die Zerstörung der Stadt
Troja in ihrer natürlichen Ordnung erzählt hätte; würde
da das Subjekt nicht in aller Absicht eben so viel Einheit
gehabt haben, als es bey der gegenwärtigen Form hat,
da diese Geschichte im zweyten Buche als eine Episode erzählt
ist?" Das würde es keinesweges. Der Grund davon
liegt in der Natur des Gedichts selbst, und in der Lage und
der Erwartung des Lesers.

Die Natur eines epischen oder erzählenden Gedichts
besteht darin, daß es dem Verfasser die Verbindlichkeit auf-
legt, irgend eine Begebenheit, die er förmlich für seine
Person übernimmt, der Länge nach und mit allen ihren Umständen zu erzählen. Jedwede Figur muß im gehörigen Ver-

hältniſſe, und mit ſtarken, glühenden Farben geſchildert werden. Wäre nun der Inhalt des zweyten Buchs der Aeneide in dieſem Umfange erzählt worden, ſo würde er nicht bloß eins, ſondern viele Bücher weggenommen haben. Durch dieſe getreue und belebte Zeichnung, und die Zeit, welche es nothwendig gebraucht haben würde, die Einbildungskraft zu beſchäfftigen, wäre dieſe Begebenheit ſo wichtig und erheblich geworden, daß der übrige Theil des Gedichts bloß für eine Art von Anhang dazu hätte gelten können.

Eben ſo verhält es ſich, wenn man die Lage des Leſers in Erwägung zieht. Denn, durch eine gewiſſe natürliche Ungeduld fortgeriſſen, verfolgt er die angefangene Begebenheit mit Geſchwindigkeit und Hitze. Eine ſo umſtändliche Zergliederung, als man verlangte, von einer eingeſchobnen Handlung, die mit jener in keiner nothwendigen Verbindung ſteht, unterbricht den Lauf ſeiner Erwartungen, und ſetzt den Geſichtspunkt auf eine unmäßige Weite hinaus. Unterdeß bekömmt die Handlung, welche ſo eingeſchoben und ſeinen Gedanken dargeboten wird, immer mehr Gewalt über ihn, und zieht am Ende ſeine ganze Aufmerkſamkeit auf ſich. Sie wird der wichtigſte Inhalt des Stücks, oder wenigſtens verliert das Folgende dadurch, und erhält das Anſehen eines neuen und ganz verſchiednen Subjekts.

Itzt aber, da ſie bloß als eine Epiſode erzählt iſt, das heißt, als eine kurze, ſummariſche Erzählung, die der Dichter nicht ſelbſt macht, ſondern die aus dem Munde einer Perſon kömmt, welche an dem Fortgange der Handlung nothwendigen Antheil hat, itzt, ſage ich, dient ſie auf eine kurze Zeit dazu, die ungeduldige Erwartung des Leſers zu unterbrechen, und durch dieſe Unterbrechung dieſelbe zu ſchärfen. Sie zieht die Aufmerkſamkeit eine Weile von dem vornehmſten Geſichtspunkte ab; allein nicht lange genug, um die ungeduldige Neugier zu vernichten, welche immer auf denſelben gerichtet iſt. Und ſo befördert ſie einerley Endzweck, gleich einem Miniaturſtücke, das in einem großen Gemählde angebracht iſt. Es beſchäfftigt das Auge

mit Dingen, die zu der Absicht des Mahlers gehören, aber
nicht so, daß es die Beobachtung hindert, sich vornämlich
auf das größere Subjekt zu richten.   Der Fall ist hier nicht
völlig derselbe, weil der Mahler nothwendig an einerley
Augenblick in Ansehung der Zeit gebunden ist; indeß kann
er doch zur Erläuterung desjenigen dienen, was ich hier
eigentlich sagen will.   Gesetzt, der Mahler wählt zu seinem
Subjekte denjenigen Theil von der Geschichte des Aeneas,
da er sich mit seinen Penaten, mit seinem Vater und mit
seinem Sohne gefaßt macht, nach Italien abzusegeln. Troja
in Flammen, als einen Haupttheil dieses Gemähldes, zu
mahlen, würde offenbar ungereimt seyn.   Das hieße zwey
Subjekte, statt eines einzigen, mahlen.   Und vielleicht
würde man seine Aufmerksamkeit eher auf *Trojam incensam*
richten, als auf

Ascanium Anchisenque patrem Teucrosque penates.

Allein eine entfernte Aussicht nach dem brennenden Troja
könnte in einem Winkel des Stücks, folglich episodisch,
mit Vortheil angebracht werden.   Itzt würde es die Aufmerksamkeit nicht theilen, noch die Einheit des Subjekts
unterbrechen, sondern sich mit dem großen Zwecke des
Künstlers gleichsam concentriren, und die Wirkung des
Traurigen in demselben ungemein erhöhen.

143. TV, QVID EGO ET POPVLVS, etc.)   Der Zusammenhang ist folgender: „Wenn aber gleich die genaue
Beobachtung dieser Regeln den Dichter in den Stand setzen
wird, seinem Stücke die vortheilhafteste Wirkung zu geben,
so ist dieß doch noch nicht alles, was zu einem guten Trauerspiele erfodert wird.   Will er die Aufmerksamkeit der Zuhörer auf sich ziehen, und ihres Beyfalls gewiß seyn, so
muß er noch etwas mehr thun.   Er muß (um wieder auf
das zu kommen, wovon ich v. 127. abgewichen bin) sich vornämlich bemühen, die Sitten auszudrücken.   Ausser den
besondern Eigenschaften eines jeden Amts, Temperaments,
Standes, Landes u. s. f. wovon schon vorhin geredet ist,
und die alle mit der größten Treue geschildert werden müs-

ſen, hat er noch vorzüglich auf den charakteriſtiſchen Unterſchied des Alters zu ſehen."

Aetatis cuiusque notandi ſunt tibi mores.

Der Grund davon iſt ſchon in dem Kommentar angeführt.
Und dieſer Umſtand dient auſſerdem dazu, dieſen Theil der
Epiſtel (welcher von v. 89 — 202 völlig didaktiſch iſt) mit
den ſchönen Schilderungen des menſchlichen Lebens in ſeinen verſchiednen auf einander folgenden Auftritten auszuſchmücken, welche er, von der Natur und vom Ariſtoteles
gelehrt, ſo vortrefflich ausgemahlt hat.

157. MOBILIBVSQVE DECOR NATVRIS DANDVS ET
ANNIS.)

MOBILIBVS) non leuibus aut inconſtantibus, ſed quae
variatis aetatibus immutantur. LAMBIN.

NATVRIS.) Dieß Wort bedeutet hier nicht ſchlechthin
jenen angebornen natürlichen Hang eines jeden Menſchen
zu dieſem oder jenen Charakter, ſondern überhaupt die
Natur, wie ſie in den verſchiednen Perioden des Lebens auf
eine mannichfaltige Art gefunden wird. Der Sinn iſt alſo
dieſer: Man muß ein gewiſſes Decorum, eine gewiſſe
Schicklichkeit beobachten, wenn man die Naturen oder Ge-
müthsarten der Menſchen ſchildert, die ſich mit ihren Jahren verändern.

Man hat alſo nicht Urſache, den Text mit Bentley
zu ändern, und zu leſen:

Mobilibusque decor, *maturis* dandus et annis.

179. AVT AGITVR RES IN SCENIS, AVT ACTA REFER-
TVR: etc.) Der Zuſammenhang iſt folgender. Die eben
gedachte üble Vertheilung der Sitten hebt die Wahrſcheinlichkeit auf. Dieß erinnert den Dichter an einen andern Fehler, der die nämliche Wirkung hat, nämlich,
intus digna geri promere in ſcenam. Ehe er aber dieſe
Bemerkung machte, war es dienlich, vorher etwas einzu-
räumen, um allem Mißverſtande vorzubeugen:

Segnius irritant animos, etc.

182. NON TAMEN INTVS DIGNA GERI , PROMES IN
SCENAM:) Ich kenne kein augenscheinlicheres Beyspiel von
der Uebertretung dieser Regel, als den Hippolyt des
Seneka, wo Theseus weinend über den zerstückten
Gliedern seines Sohnes steht, und dieselben auf der Bühne
wieder zusammen zu setzen sucht. Dieser Umstand, der in
der Vorstellung so abscheulich in die Augen fällt, hätte
von dem Dichter so gebraucht werden können, daß er eine
Schönheit in der Erzählung erhalten hätte, wie man an
einem ähnlichen Falle in Xenophons Cyropädie sehen kann,
wo Panthea die zerstückten Glieder des Abradates an einander setzt.

185. NE PVEROS CORAM POPVLO, etc.) Seneka,
der, wie wir vorhin (v. 123) sahen, so ängstlich war,
eine von Horazens Regeln zu befolgen, trägt hier kein
Bedenken, eine andre zu übertreten. Denn es ist wider
den buchstäblichen Inhalt dieser Vorschrift, es ist wider
alle Gesetze des Wohlstandes und des gesunden Geschmacks,
wenn er seine Medea ihre Kinder vor den Augen des Volks
abschlachten läßt. Auch dieß muß ihm noch die Wuth ihres
Charakters zu schwach zu schildern gedünkt haben; denn er
vergrössert die Grausamkeit dieser Hinrichtung noch dadurch,
daß die Verzögerung und langsame Ausführung derselben
den Abscheu des Zuschauers völlig rege machen muß. Dieses
dem Anscheine nach ungleiche Verhalten des Dichters rührte
doch im Grunde von einerley Ursache her, nämlich von seiner Bemühung, den Charakter der Medea überall beyzubehalten. Es mangelte ihm an Geschmack, um die genauen
Gränzlinien zu bemerken, welche die Natur dem menschlichen
Charakter vorgeschrieben hat, und an wahrem Genie, um
denselben gehörig zu behaupten, und so machte er es, wie
alle schlechte Schriftsteller; aus Furcht zu wenig zu thun,
that er zu viel. Er überschritt, wie Shakespear sagt, die
Bescheidenheit der Natur, schwellte ihre Empfindungen mit
ausschweifender Leidenschaft auf, und schwärzte ihre Handlungen mit Umständen einer widernatürlichen Schrecklichkeit.
Ich vermuthe indeß, daß er einige von diesen Fehlern nur

kopirt hat.   Denn, nichts von der Medea des Ennius zu
gedenken, so war die vom Ovid zu der damaligen Zeit
sehr berühmt, und hatte vielleicht, nach dem Urtheile
Quintilians zu schliessen, einige von den Fehlern, die wir
hier am Seneka gerügt haben.   Ouidii Medea, sagt er,
videtur mihi oftendere, quantum vir ille praeftare potuerit,
fi ingenio fuo temperare, quam indulgere, maluiffet.
Man kann es freylich nicht so eigentlich sagen, worin diese
Intemperanz bestand; indeß ist es nicht unwahrscheinlich,
daß sie sich unter andern bey den Zaubereyen und Beschwö-
rungen mag geäussert haben; ein Stof, welcher der Wildheit des Genies eines Ovid völlig angemessen war, und
den er, wie man aus seiner Erzählung dieser Geschichte in
den Verwandlungen sieht, nicht zu behandeln wußte, ohne
dabey ausschweifend und unnatürlich zu werden.   Doch,
dieß mag die Ursache gewesen seyn oder nicht, so war selbst
die Behandlung eines Subjekts, welches durch die Hände
eines Euripides, Ennius und Ovid gegangen war, schon
hinreichend, einen Schriftsteller von noch grösserer Einsicht,
als Seneka war, in einige Gefahr zu setzen.   Denn bey
dem Versuche, Originale zu übertreffen, die sich auf den
Plan der simpeln Natur gründen, läuft ein Schriftsteller die
äusserste Gefahr, in Künsteley und Bombast zu verfallen.
Wiewohl, auch ohne diese Versuchung haben die meisten
Englischen Dichter auf diese Art auszuschweifen gewußt;
selbst die besten unter ihnen pflegen ihre Stücke mit unnatürlichen Vorfällen zu überhäufen, und ihre Charaktere bis
zur Karikatur zu übertreiben.   Vielleicht aber liegt die
Schuld davon nicht so sehr an ihrem eignen schlechten Geschmacke, als an einer fehlerhaften Gefälligkeit gegen den
Geschmack der Nation; denn, wie ein Verfasser sagt, der
den Vortheil dieses Kunstgriffs sehr gut kannte, und sich
daher desselben bediente, „unnatürliche Dinge zu schreiben,
ist der sicherste Weg, denen zu gefallen, die sich gar nicht
auf die Natur verstehen." Dryden in seiner Vorrede zu
Mock Aftrol.

J

193. ACTORIS PARTES CHORVS, etc.) S. auch den
Aristoteles (περὶ ποιητ. κ. ιϑ.) Da sich das Urtheil zwey so
großer Kunstrichter, und der Gebrauch des ganzen einsicht=
vollen Alterthums vereinigen, diese Vorschrift in Ansehung
des Chors festzusetzen, so sollte man glauben, daß dieselbe
dadurch eine Grundregel und eine Maxime des Theaters
geworden wäre. Und so ist sie auch wirklich von einigen
wenigen Schriftstellern angesehen worden. Der Trauer=
spieldichter, den die Franzosen am meisten bewundern,
wagte es, den Chor in seine zwey letzten Stücke einzuführen,
und mit so glücklichem Erfolge, daß, wie man bemerkt,
„es in allem Betrachte seine Landesleute hierüber sollte
aus dem Irrthume gezogen haben." L'essai heureux de Mr.
Racine, qui les (choeurs) a fait revivre dans *Athalie* &
dans *Esther*, devroit, ce semble, nous avoir detrompés
sur cet article. (P. BRUMOY. Vol. I. pag. 105.)
Und schon vor ihm war Milton, der, außer seinen übrigen
großen Talenten, auch eine ausserordentliche Kenntniß des
Alterthums besaß, von dem Gebrauch und der Schönheit
des Chors so eingenommen, daß er ihn auch in die Engli=
sche Sprache einzukleiden versuchte. Sein Samson Ago=
nistes war, wie man erwarten konnte, ein Meisterstück.
Und doch ist auch sein Ansehen nicht hinreichend gewesen,
den Chor wieder herzustellen. Man höre einen von den
neuern Lehrern der Kunst, der sich darüber so erklärt:
De choro nihil disserui, quia non est essentialis dramati,
atque a neotericis penitus, *et, me iudice merito, repudia-
tur. (Prael. Poet.* Vol. II. p. 188.) Woher es gekommen
seyn mag, daß man den Chor so wenig geachtet hat, ist
itzt die Frage nicht. Allein, daß dieser Kunstrichter und
alle die von seiner Art in ihren Urtheilen sehr irrig sind,
wenn sie den Chor bey den Alten tadeln wollen, ist, wenn
wir auch nicht weiter gehen wollen, schon aus dem doppel=
ten Gebrauch desselben offenbar, welchen unser Dichter an=
giebt. Denn erstlich giebt ein Chor, der dazwischen kömmt,
und an dem Fortgange der Handlung Theil hat, der Vor=

stellung diejenige **Wahrscheinlichkeit,** *) und genaue Aehnlichkeit mit dem wirklichen Leben, deren Mangel jeder Mann
von Geschmack auf unserm Theater wahrnehmen und fühlen
muß; ein Mangel, den nur bloß solch ein Mittel, dergleichen der Chor ist, zu ersetzen vermag.   2. Die Erheblichkeit seines zweyten Dienstes (v. 196), zur Nützlichkeit
der Vorstellung, ist so groß, daß, moralisch betrachtet,
nichts im Stande ist, seinen Abgang zu ersetzen.   Denn
es ist zur Wahrheit und zum Anstande der Charaktere nothwendig, daß die Sitten, die guten sowohl, als die schlimmen, mit starken, lebhaften Farben geschildert werden,
und daß in dieser Absicht unmoralische Gesinnungen, die
stark ausgedrückt und mit gewissem Scheine behauptet sind,
der redenden Person zuweilen nicht ungestraft hingehen
müßten.   Daher wird man die gesunde Philosophie des
Chors allemal vermissen, wenn man die falschen Schlüsse
der Zuhörer zu berichtigen, und den übeln Eindrücken zu-
vorzukommen wünscht, die sonst leicht auf dieselben gemacht
werden können.   Man sage nicht, die Zuhörer wären
wohl im Stande, dieß für sich selbst zu thun; Euripides
fand selbst ein Atheniensisches Theater nicht so scharfsichtig.
Man weiß die Geschichte, (SENECA, Ep. 115.) daß, da
dieser Mahler der Sitten, nach den Regeln seiner Kunst und
dem Charakter, der behauptet werden sollte, verbunden
war, einer seiner Personen eine Reihe dreister Gedanken
in den Mund zu legen, das Volk sogleich in die Hitze gerieth, und den Dichter selbst die seiner spielenden Person
beygelegte Niederträchtigkeit zur Last legte, als ob sie ihm
selbst eigen gewesen wäre.   Wenn nun solch eine Versammlung von Zuhörern so leicht eine Sorgfalt für die Wahrheit des Charakters unrecht auslegen, und für die wahren
Grundsätze des Dichters annehmen konnte, und das noch
dazu, da der Chor bey der Hand war, um ihre Urtheile zu

---

*) Quel avantage ne peut-il (le poete) pas tirer d'une troupe d'acteurs,
qui remplissent sa scene, qui rendent plus sensible la continuité de l'acti-
on, & qui la font paroître *vraisemblable*, puisqu'il n'est pas naturel
qu'elle se passe sans temoins.   On ne sent que trop le vuide de notre
Theatre sans choeurs, etc.   (*Le Theatre des Grecs,* Vol. I. p. 105.)

berichtigen, wie muß es denn gehen, wenn alles dem
Scharffinne und der Einsicht des Volks überlassen bleibt?
Die Klügern haben freylich diesen Unterricht nicht sehr
nöthig. Und doch würden die Betrachtungen der gesunden
Vernunft über den Lauf und die Vorfälle der vorgestellten
Handlung, eingekleidet in die edelste Poesie, und mit ver-
einter Gewalt der Harmonie und der Aktion eingeschärft —
denn darin besteht der wahre Charakter des Chors — sie
würden ihn, sage ich, selbst für solche zu einer nicht unangenehmen oder nicht unnützen Unterhaltung machen. Doch
diese beyden Stücke sind nur ein kleiner Theil von der mannichfaltigen Nutzbarkeit des Chors, welcher in aller Absicht
für die Wahrheit, den Anstand und die Würde des Trauerspiels so wichtig war, daß die neuere Bühne, die es nicht
für gut befunden hat, ihn aufzunehmen, selbst dann, wenn
sie zuweilen wegen der richtigsten moralischen Schilderungen
und der erhabensten Bilder der Imagination den Vorzug
verdient, nur ein sehr schwacher Schatten der alten ist,
wie diejenigen einsehen müssen, die sich in den alten Mustern umgesehen, oder sich von den neuern Vorurtheilen loß-
gemacht haben, und geneigt sind, die Stimme des gesunden Verstandes zu Rathe zu ziehen. Für solche war ich
einmal Willens, die mancherley wichtigen Vortheile, welche
die dramatische Poesie durch Beobachtung dieser Regel erhält, unter einen Gesichtspunkt zu bringen; allein ich habe
das Vergnügen zu sehen, daß mir eine geschmackvolle Abhandlung eines guten Französischen Schriftstellers zuvorgekommen ist, welche man im achten Bande der *Hist. de
l'Acad. des Inscr. & belles lettres* findet. — Auch darf
ich nur den Englischen Leser auf die neuern Trauerspiele
Elfrida und **Caraktakus** verweisen, die der neuern Poesie
Ehre machen, und eine bessere Vertheidigung des alten Chors
sind, als ich würde machen können.

193. OFFICIVMQVE VIRILE) **Heinsius** nimmt *virile*
für ein Adverbium, anstatt *viriliter*. Doch das ist zu
rasch. Warum sollte man es nicht als ein Adjektivum nehmen können? Und dann wird, nach seiner Auslegung,

officium virile eine ämsige, eifrige Beschäfftigung heissen, wie sie für eine Person gehört, die bey dem Fortgange der Handlung mit intereßirt ist. Diese Vorschrift ist dem Verfahren derjenigen Dichter entgegen gesetzt, die zwar dem Chore die Rolle einer spielenden Person geben, aber ihn größtentheils zu einer so müßigen und unbedeutenden Person machen, daß er bey der Vorstellung gar nicht sehr in Betrachtung kömmt. Hieburch geht der Vortheil der Wahrscheinlichkeit, welchen man aus diesem Gebrauche des Chors zu ziehen zur Absicht hat, meistentheils verloren.

194. NEV QVID MEDIOS INTERCINAT ACTVS, QVOD NON PROPOSITO CONDVCAT ET HAEREAT APTE.) Wie nothwendig diese Erinnerung den Dichtern zu Augusts Zeiten gewesen seyn mag, kann man nicht mit Gewißheit sagen. Wenn man indeß aus dem Verfahren des Seneka einen Schluß machen darf, so scheint es, daß man dieselbe häufig verfehlt habe; denn ich glaube kaum, daß man bey ihm ein einziges Beyspiel findet, wo der Chor so gebraucht wäre, wie es sein wahrer Endzweck und Charakter erfodert. Um diesen allgemeinen Tadel, der vielleicht dem Dichter zu viel zu thun scheint, zu rechtfertigen, wollen wir eins von seinen besten Stücken, in dieser Absicht, vornehmen, ich meyne, den Hippolyt, dessen Chor durchgehends eine sehr müßige und unbedeutende Rolle spielt, an der Handlung keinen Theil hat, und ganz am unrechten Orte singt.

Zu Ende des ersten Akts, wann Phädra ihre Leidenschaft für den Hippolyt gestanden hat, eifert der Chor nicht etwa gegen ihren schrecklichen Vorsatz, läßt sich nicht über die Gefahr und Strafbarkeit des Vergehens aus, wenn man unnatürlichen Begierden Raum giebt, oder über sonst etwas von der Art, was doch gewiß die Pflicht des Chors war; er äussert dafür seine Gedanken, nach Herzenslust, und mit einer poetischen Verschwendung, über die herrschende, ausgebreitete Gewalt der Liebe.

Anstatt beym Schlusse des zweyten Akts die tugendhafte Hartnäckigkeit des Hippolyt zu rühmen, und die rasende Unternehmung der Phädra zu verfluchen, besingt er ziemlich frostig die Gefahr der Schönheit.

Der dritte Akt enthält die falsche Beschuldigung des Hippolyt, und die zu leichte Täuschung des Theseus. Was hatte hier der Chor sonst zu thun, als vor einer zu großen Leichtgläubigkeit zu warnen, und das Geschick des getäuschten Vaters zu beklagen? Allein er deklamirt, im Allgemeinen, über die ungleiche Vertheilung des Guten und Bösen.

Nach dem vierten Akte sollte der Chor natürlicherweise das Schicksal Hippolyts beweint, und die geheimnißvolle Führung der Vorsehung bey Zulassung der Unterdrückung des Unschuldigen verehrt haben. Dieß, oder etwas dergleichen, würde hier am rechten Orte gewesen seyn. Aber der Dichter thut, als ob er nie von dieser Regel des Zusammenhanges gehört hätte; er predigt, dem gesunden Geschmacke zum Trotze, über die Unbeständigkeit eines erhabnen Glücks, und über die Sicherheit des niedern Standes.

Es wird ferner dazu dienen, diesen Tadel des Seneka zu rechtfertigen, und den kritischen Leser zu unterhalten, wenn wir bemerken, daß alle diese Fehler, welche wir hier von ihm gerügt haben, aus einer übel verstandenen Nachahmung des Euripides entstanden sind.

.I. Es giebt zwo Stellen in dem Griechischen Hippolyt, die Seneka bey seinem ersten Chore vor Augen gehabt zu haben scheint. Wir wollen sie beyde näher betrachten.

1. Wenn die unglückliche Phädra sich endlich das traurige Geheimniß ihrer Leidenschaft abpressen läßt, so verfällt sie, wie natürlich war, in alle Schrecknisse der Selbstverwünschung, und beschließt, das Geständniß eines so schwarzen Verbrechens nicht zu überleben. In dieser Lage kömmt die Nutrix, die nicht, wie in neuern Trauerspielen, bloß eine unbedeutende Vertraute ist, welcher der Dichter seine Geheimnisse entdecken kann, sondern einen wahren und eigenthümlichen Charakter hat; diese, sage ich, kömmt, und

sucht, mit der größten Schönheit des Charakters, diesen schrecklichen Vorsatz zu hindern, und die Strafbarkeit ihrer Leidenschaft einigermaßen zu mildern, indem sie ihr die unwiderstehliche und alles bezwingende Gewalt der Liebe vorstellt. „Venus, sagt diese tugendhafte Ermahnerinn, ist unwiderstehlich, wenn sie mit ihrer ganzen Gewalt auf uns eindringt. Auch ist kein Theil der Schöpfung von ihrem Einflusse frey. Sie durchstreift die Luft, und durchfährt die Tiefen. Wir, die Bewohner der Erde, sind alle ihrer Herrschaft unterworfen. Ja, frage die Dichter; und sie werden dir sagen, daß die Götter selbst von ihr beherrscht werden.“ Und so fährt sie fort, und erzählt einzelne Beyspiele; endlich beweist sie aus diesem allen, daß Phädra nothwendig ihrem Schicksale nachgeben müsse. Ferner

2. Gegen den Schluß des Griechischen Trauerspiels hört Theseus die tragische Geschichte von den Leiden seines Sohns, fängt nun an zu fühlen, daß seine Rachbegierde den Wirkungen der natürlichen Liebe weicht, und befiehlt aus dieser Ursache, wiewohl er gern den wahren Bewegungsgrund, sogar sich selbst, verheelen will, daß man den sterbenden Hippolyt vor ihn bringen soll. Itzt bricht der Chor sehr schicklich in die schöne Anrede an die Venus aus:

Σὺ τὰν θεῶν ἄκαμπτον φρένα, etc.

deren Inhalt dieser ist: „Daß Venus, mit ihrem leichtbefiederten Knaben, welcher die Erde und den Ocean durchstreift, die starren Herzen der Götter und Menschen bezwingt, und allen, die ihren Einfluß fühlen, sie mögen Bewohner des Landes oder der Tiefe seyn, und vornämlich dem menschlichen Geschlechte, eine sanfte und sympathetische Zärtlichkeit eingiebt; und dadurch zeigt, daß sie allein ihre allgewaltige Herrschaft über die ganze Natur verbreite.“ Dieser Gesang, in solch einer Verbindung mit seiner Veranlassung, steht offenbar sehr an der rechten Stelle, und ist, wenn man ihm den Pomp der lyrischen

Beredſamkeit nimmt, und in bloſſe Proſe verwandelt, nichts weiter, als eine ſchmeichelhafte Anrede an die Mächte der Liebe, worin ihr Einfluß zugeſtanden und verherrlicht wird, da ſie dergeſtalt die Strenge des väterlichen Haſſes erweich⸗ ten, und in ſeiner Bruſt die ſanften Regungen des wieder⸗ kehrenden Mitleids und der Zärtlichkeit erweckten.

Dieſe beyden Stellen, zuſammen genommen, ſind nun offenbar die Grundlage des Geſanges:

> Diua, non miti generata ponto, *etc.*

Wie übel ſie aber angebracht ſind, erhellt in Anſehung der letztern aus dem, was wir von der Veranlaſſung derſelben bemerkt haben; in Anſehung der erſtern aus dem verſchied⸗ nen Charakter derjenigen Perſonen, welchen ſie in den Mund gelegt wird, und auch daraus, daß der Chor bey dem Griechiſchen Dichter ausdrücklich die Strafbarkeit ſol⸗ cher Eingebungen der Nutrix tadelt, und Phädren er⸗ mahnt, ihnen kein Gehör zu geben. Wenn der Chor dar⸗ an kömmt zu ſingen, ſo wird er ganz anders gebraucht; nicht zur Verherrlichung des Sieges dieſer Leidenſchaft, ſondern die verderbliche Wuth derſelben zu verbitten, und den oft unglücklichen Ausgang der ehelichen Liebe zu beklagen.

II. Der zweyte Geſang, über die Reize in der Perſon des Prinzen, und über die Gefahr der Schönheit, welcher auf das unerwartete Weggehen Hippolyts folgt, der mit einer tugendvollen Verachtung die raſenden Verſuche der Phädra und ihrer Vertrauten verwirft, iſt ſo ſichtbar am unrechten Orte, daß er ſich durch kein einziges Beyſpiel ent⸗ ſchuldigen läßt. Und doch fürchte ich, daß dasjenige, was den Dichter auf dieſen Einfall brachte, nichts anders iſt, als ein beyläufiger Wink, der in dem Chore des Griechi⸗ ſchen Dichters bey einer ganz andern Gelegenheit gegeben wird. Es iſt zu Anfange der Scene, wo der zerfleiſchte Körper des Hippolyt auf die Bühne gebracht wird, bey deſſen Anblicke der Chor ſehr natürlich ausbricht:

Καὶ μὲν ὁ τάλας ὅδε δὴ τείχει,
Σάρκας νεαράς
Ζανθόν τε κάρα διαλυμανθείς.

Und doch könnte man auch hier nichts weiter vertragen, als diese einzelne Anmerkung, wie der Leser von gutem Geschmacke bald einsehen wird.

III. Der folgende Gesang des Chors scheint völlig aus dem **Euripides** genommen zu seyn. Indeß wird man finden, daß die beyderseitigen Veranlassungen dazu äußerst verschieden sind. Beym **Seneka** fährt **Theseus** seinen Sohn, bey der Ueberzeugung von seiner Schuld, auf die bitterste Art an, und bittet zuletzt die Gewalt Neptuns, sein Verbrechen zu strafen. Der Chor kömmt so zu reden den Folgen dieser Verwünschung zuvor, und läßt sich über die Gerechtigkeit der Götter aus. Bey dem Griechischen Dichter ruft der Vater in den nämlichen Umständen eben diese rächende Macht an, spricht, als eine unmittelbare Erleichterung seines Zorns, das Urtheil der Verbannung aus, und dringt auf die augenblickliche Vollziehung desselben wider ihn. Hippolyt, nicht mehr vermögend, sich der aufgebrachten Wuth seines Vaters länger zu widersetzen, bricht in die zärtlichsten Klagen aus, eine der rührendsten Stellen, die jemals ein Trauerspiel gehabt hat:

Ἄργειν, ὡς ἔοικεν, ὦ τάλας ἐγώ, etc.

Sie enthält sein letztes Lebewohl an sein Vaterland, seine Gefährten und Freunde. Der Chor, von dem Pathos dieser Apostrophe gerührt, und voll Mitleid über die traurige Veränderung seines Glücks, stimmt mit ihm in eben den Ausbruch der Klagen, und äussert, als den ersten Ausdruck derselben, diese natürliche Gesinnung: „Aus einer „kaltblütigen Betrachtung der göttlichen Obhut über die „menschlichen Schicksale kann man freylich reichliche Zuver-„sicht und Sicherheit gegen die Unglücksfälle des Lebens „schöpfen; wenn wir aber das Leben und die Schicksale der „Menschen genau ansehen, so können wir leicht diese Zu-„versicht verlieren; wir werden muthlos und beschämt ge-

„macht durch die ohne Unterschied vertheilten Schickungen
„des Guten und des Bösen." Dieß ist der Gedanke, den
Seneka in seinem Chore des dritten Akts nachgeahmt und
seiner Gewohnheit nach, übertrieben hat:

O magna parens, Natura, Deûm, etc.

Nur mit folgendem beträchtlichen Unterschiede. Beym
Euripides ist dieser Gedanke natürlich, und der Lage und
den Umständen des Chors gemäß, weil derselbe allezeit auf
den Fortgang der Handlung sieht, und von demjenigen am
meisten gerührt wird, was sich seiner Aufmerksamkeit unmittelbar darbietet; beym Seneka ist er völlig fremd und
unschicklich, weil die Aufmerksamkeit des Chors natürlicherweise nicht auf das Unglück des Hippolyt gerichtet seyn
kann, welches noch nicht seinen Anfang genommen hat,
sondern auf die Uebereilung und unglückliche Täuschung des
Theseus, welche der Inhalt der ganzen vorhergehenden
Scene gewesen ist. Aber die Folge dieser Täuschung, wird
man sagen, war augenscheinlich. Dieß mag seyn. Allein
der Chor wird sich, so wie jeder empfindsame Zuschauer,
am meisten mit solchen Gedanken beschäfftigen, die in der
Seele durch diejenigen Scenen des Stücks erregt werden,
welche itzt vor seinen Augen vorgehen, und nicht von denen,
die noch nicht vorgekommen sind.

IV. Eben das, was wir von dem zweyten Gesange
des Chors angemerkt haben, läßt sich auch auf den vierten
anwenden, der sehr ungereimt auf einen einzelnen Gedanken des Griechischen Dichters gegründet ist, den er in ein
paar Zeilen nur eben berührt, wiewohl er ihn auch weit
natürlicher anzubringen gewußt hat. Theseus, durch den
frühzeitigen Tod der Phädra in die tiefste Traurigkeit
versenkt, kann den Anblick des vermeynten schuldigen Ur-
hebers desselben nicht ertragen; er befiehlt ihm, in die Verbannung zu gehen, „damit nicht, wie er hinzusetzt, seine
„vormaligen Siege und glücklichen Unternehmungen gegen
„die Störer des menschlichen Geschlechts ihm weiter nicht
„mehr rühmlich seyn möchten; wenn er so unerhörte Ver-

„brechen unbestraft ließe. “   Der Chor, der von der unglücklichen Situation des alten Königs gerührt ist, und
mit ihm an seine vorigen rühmlichen Thaten zurückdenkt,
ruft darauf aus:

Ο'υκ δἰδ', ὅτως εἴποιμ' ἂν ἐυτυχεῖν τινα
Θνητῶν· τὰ γὰρ δὴ πρῶτ' ἀνέςραπται ,πάλιν.

d. ist. „Es giebt nun gar keine menschliche Glückseligkeit
„mehr, da die ersten Beyspiele derselben eine so traurige
„Veränderung erfahren müssen. “   Diese beyläufige Anmerkung hascht Seneka auf, und dehnt sie zu einem ganzen
Chore aus; bey ihm hat sie offenbar keine Absicht, als
eine Stelle einzunehmen, die für weit natürlichere und rüh-
rendere Gesinnungen gehörte.

Ich bin über diese Sache so weitläuftig gewesen, weil
ich glaube, daß diese Kritik über den Hippolyt den Leser
auf einmal den wahren Charakter des Seneka wird kennen lehren, der, wie man itzt einsehen wird, nichts weiter ist, als ein bloßer deklamatorischer Moralist.   So wenig kann er auf den Ruhm eines wahren dramatischen Dichters Anspruch machen.

196. ILLE BONIS FAVEATQVE, etc) Der Chor,
sagt der Dichter, muß die Parthey der Guten und Tugendhaften nehmen, d. i. er muß allezeit einen moralischen Charakter behaupten.   Doch dieß wird einer Erklärung und Einschränkung bedürfen.   Um uns eine richtige
Vorstellung von dem eigentlichen Geschäffte des Chors zu
machen, müssen wir uns unter demselben eine Menge von
Leuten denken, die durch irgend eine wahrscheinliche Ursache versammelt sind, als Zeugen und Zuschauer der Haupthandlung des Schauspiels.   Da nun dergleichen Leute
nicht ganz gleichgültig gegen das seyn können, was vor
ihren Augen vorgeht, so werden sie natürlicherweise an der
Vorstellung einigen Antheil haben.   Dieser wird vornämlich darin bestehen, daß sie bey den verschiednen Vorfällen
und unglücklichen Begebenheiten, so wie sie vorgehen, ihre
Gesinnungen äussern, und ihren Betrachtungen darüber

freyen Lauf laſſen. Wir ſehen alſo, daß die Moral, welche dem Chor beygelegt wird, nichts anders ſeyn kann, als
die Eingebungen des geſunden Verſtandes; ſo, wie ſie jedem
denkenden Beobachter der Handlung einfallen müſſen, auf
den keine beſondre Partheylichkeit aus Leidenſchaft oder Intereſſe weiter einigen Einfluß hat. Wiewohl auch dieſe
ſich in ſolchen Fällen vorausſetzen laſſen, wo der Charakter,
auf welchen ſie ſich beziehen, als tugendhaft vorgeſtellt
wird.

Man ſieht bald, daß ein Chor von dieſer Art allemal die
Parthey der Tugend nehmen müſſe, weil dieß die natürliche
und beynahe nothwendige Beſtimmung des menſchlichen Ge-
ſchlechts von jedem Alter und von jeder Nation iſt, wenn
es frey und ungebunden handelt. Dabey iſt aber zu merken,

1. Daß dieſer moraliſche Charakter, oder dieſer
Beyfall, den man der Tugend giebt, zugleich einem beträchtlichen Einfluſſe der gemeinen und einmal angenommenen Begriffe vom Recht und Unrecht zuzuſchreiben iſt,
welcher zwar in den weſentlichen Stücken meiſtentheils unter allen Umſtänden völlig derſelbe iſt; aber doch, in gewiſſen beſondern Fällen, durch die verderbten Grundſätze
und Gewohnheiten verſchiedner Länder und Zeiten ſehr ver-
ſtellt ſeyn kann. Daher wird die Moral der Schaubühne
nicht allemal im ſtrengſten Verſtande philoſophiſch ſeyn,
und uns nicht das Bild von dem Nachſinnen des Weiſen,
ſondern von den geläufigen Begriffen gemeiner und ſich
ſelbſt gelaſſner Gemüther darſtellen. Der Leſer wird dieſe
Anmerkung auf das Beyſpiel des Chors in der Medea, in
der Anmerkung zu v. 200 angewandt finden; und ſie kann vielleicht zur Vertheidigung einiger andern Chöre ausgedehnt
werden, gegen welche die unwiſſende Dreiſtigkeit der neuern
Kritik einige Einwürfe zu machen Gelegenheit genommen
hat. Allein

2. Der moraliſche Charakter des Chors wird nicht
nur ſehr auf den mancherley irrigen Begriffen und Gebräuchen
beruhen, welche unter verſchiednen Umſtänden die Moralität verderben und irre führen können; man muß auch

auf die falsche Politik Rücksicht nehmen, die in verschiednen Ländern herrschen kann, besonders, wenn dieselbe einen
Theil des Subjekts ausmacht, welches in dem Schauspiele
soll vorgestellt werden. Wenn der Chor aus freyen Bür-
gern, entweder aus einer Republick, oder unter einer sanften und gelinden königlichen Regierung, besteht, so können
diese wenig oder gar nicht in Versuchung gerathen, ihre
wahren Gesinnungen über die verschiednen Begebenheiten,
welche ihrer Beobachtung dargestellt werden, zu verbergen oder zu unterdrücken; sie werden vielmehr die Freyheit
haben, ihrer natürlichen Neigung, die Wahrheit zu reden,
Folge zu leisten. Sollte aber diese ehrwürdige Versammlung nicht die Würde freyer Unterthanen behaupten, sondern im Grunde nichts anders als eine Geselschaft von
Sklaven seyn, die sich durch lange Gewohnheit dem Dienste
und dem Interesse eines Oberherrn gewidmet hätten, oder
durch die Furcht einer tyrannischen Gewalt getrieben würden, sich seinem Willen völlig zu unterwerfen; so sieht man
leicht, welch einen nachtheiligen Einfluß diese verschiedne
Lage auf ihren moralischen Charakter haben muß. Ihre
Urtheile über Personen und Sachen werden aufhören, Dra-
kelsprüche zu seyn, und die Zwischenkunft des Chors wird
eher der guten Sache der Tugend schaden, als ihr aufhel-
fen und beförderlich seyn können. Auch kann man in dieser Absicht dem Verhalten des Dichters keine Vorwürfe
machen, der sich an die Natur und Wahrscheinlichkeit hält,
wenn er den Chor mit diesem unvollkommnen moralischen Charakter schildert, und bloß seine üble Wahl eines Subjekts
zu verantworten hat, worin eine solche nachtheilige Vorstellung erfoderlich ist. Ein Beyspiel wird meine Meynung
völliger erläutern. Der Chor in der Antigone, nimmt,
der horazischen Regel zuwider, die Parthey der Böse-
wichter. Er besteht aus einer Menge alter Thebaner, die
auf Kreons Befehl versammelt sind, an einer Art von
Afterrathe Theil zu nehmen, oder vielmehr, nur bey demselben gegenwärtig zu seyn, worin er sein grausames Ver-
bot aller Begräbnißfeyer bey der Leiche des Polynices durch-

zusetzen dachte, einer Sache, die zu den damaligen Zeiten
von der größten Erheblichkeit war, und worauf die ganze
Katastrophe des Stücks beruhte. Dieser Haufe alter
Vasallen läßt sich auf einmal in die grausamen Absichten
des Tyrannen ein, und giebt den Entwürfen seiner Grausamkeit folgsames Gehör. Sie willigen ganz ruhig in
dieselben, ohne den mindesten Anschein einer tugendhaften
Regung. Die Folge davon ist, daß die Zwischenspiele des
Chors größtentheils unschicklich, oder zuweilen noch schlimmer sind, indem er solche nützliche Anmerkungen sorgfältig
vermeidet, wozu die Natur der Sache Gelegenheit geben
mußte, oder durch seine Schmeicheleyen die unbeschränkte
Tyranney seines Fürsten gut heißt. Und doch kann man
mit keinem Grunde den großen Dichter tadeln, der unstreitig den verderblichen Charakter, welchen ein Chor unter
solchen Umständen natürlicherweise behaupten mußte, mit
den treffendsten Farben geschildert hat. Der Fehler muß
also da zu suchen seyn, wohin ihn der Dichter selbst offenbar zu legen die Absicht hatte, nämlich in dem hassenswürdigen Geiste des Despotismus, welcher die Eingebungen der
gesunden Vernunft auslöscht oder überwältigt, selbst den
Saamen der Tugend tödtet, und die heiligsten und wichtigsten Aemter, dergleichen das Amt des Chors ist, zu
Mitteln und Werkzeugen des Lasters macht. Der Ruhm,
welcher, nach der Absicht des Dichters, von dieser Vorstellung auf die Regierungsform und Politik seines Staats
zurückfallen sollte, fällt zu sehr in die Augen, als daß man
ihn übersehen könnte. Auch hat der Dichter sehr geschickt
allen übeln Eindrücken auf die Gemüther des Volks, welche von dem herunter gesetzten Ansehen des Chors zu besorgen waren, dadurch vorzubeugen gewußt, daß er in der
Person des Hämon und der Antigone alle ihre wahren Absichten und Bewegungsgründe in vollem Lichte zeigt. In
allen gleichgültigen Dingen, worauf die Leidenschaften oder
das Interesse seines Fürsten nicht gerichtet war, mußte auch
dieser Chor natürlicherweise einen moralischen Charakter behaupten. Aber mehr kann man auch nicht erwarten. Dieß

ist die äusserste Gränze der Tugend eines Sklaven. Eine
wichtige Wahrheit, die, ausser vielen grössern und wichti-
gern Lehren, dem dramatischen Dichter auch diese giebt, daß
er, um den Chor zu einer gesunden und heilsamen Moral
anzuwenden, seine Subjekte nicht aus den Jahrbüchern
der despotischen Tyranney nehmen muß, sondern aus den
großen Begebenheiten, welche in den Geschichten freyer und
gleicher Republiken vorkommen.

200. ILLE TEGAT COMMISSA.) Dieser wichtige
Rath ist nicht allemal leicht zu befolgen. Vieles kömmt
freylich auf die Wahl des Inhalts, und auf die geschickte
Ausführung der Fabel an. Allein bey aller Sorgfalt wird
doch der geschickteste Schriftsteller oft durch den Chor in
Verlegenheit kommen. Man merke, daß ich hier vorzüglich von den Neuern rede. Die alten Dichter hatten,
wenn man es gleich nicht bemerkt hat, in diesem Betracht
einen besondern Vorzug vor uns, der von den Grundsätzen
und Gewohnheiten ihres Zeitalters herrührte. Denn so,
wie es von dem Heldengedichte der Alten angemerkt ist, daß
es vieles von seiner Würde und Schmucke von der falschen
Theologie der heidnischen Welt entlehnte; so läßt es sich,
meiner Meynung nach, mit Recht von dem Trauerspiele
sagen, daß es seiner irrigen Moral große Vortheile der
Wahrscheinlichkeit zu verdanken gehabt. Wenn diese Anmerkung Grund hat, so kann sie dazu dienen, einige alte
Chöre zu rechtfertigen, und zwar diejenigen, denen die
Neuern die meisten Vorwürfe gemacht haben. Wir wollen ein oder zwey Beyspiele davon geben, und es dem Leser überlassen, diese Anmerkung nach Gefallen weiter aus-
zudehnen.

I. Im Hippolyt des Euripides läßt der Chor,
dem Phädrens Vorsatz, sich selbst zu tödten, bewußt ist,
diese rasche That lieber ausführen, als daß er das ihm an-
vertraute Geheimniß bekannt machen sollte. Dieß kömmt
einem neuern Leser seltsam vor; und sogleich geben wir
dem Dichter Schuld, daß er seinem Chore eine sehr unschickliche und unverständige Rolle gegeben habe, welcher so, um

ein kritisches Gesetz zu beobachten, ein moralisches übertritt, oder wenigstens den wesentlichern Theil seines Charakters dem Punkte der Ehre aufopfern muß. Allein der Fall verhielt sich ganz anders. Dieser Selbstmord der Phädra, welcher, nach der Strenge unsrer moralischen Grundsätze, den Regeln der Pflicht widerstreitet, war, in den hier angenommenen Umständen, nach dem heydnischen System, völlig gerechtfertigt. Phädra hatte das Geheimniß ihrer schuldvollen Liebe gestanden. Durch die voreilige Bemühung ihrer Vertrauten ist ihr Unglück dem Hippolyt, und so, wie sie glaubt, Jedermann bekannt gemacht worden. In diesem traurigen Zustande hatte sie nur noch ein einziges Mittel, ihre Ehre zu rächen, nämlich die Aufopferung ihres Lebens. Ehe sie die unerträgliche Last der öffentlichen Schande ertragen will, tödtet sie lieber sich selbst. Daß dieß eine hinlängliche Entschuldigung des Selbstmordes in den Augen des Chors war, sieht man aus der Ursache, welche derselbe von ihrem Verhalten, offenbar zur Billigung desselben, angiebt. „Phädra, sagt der Chor, „durch ihr Leiden unterdrückt und zu Boden gebeugt, ergreift „dieß Mittel des Selbstmordes,"

Τὰν δ᾽εὐδοξον ἀνθαιρουμένα
φάμαν, ἀπαλλάσσουσα
τ᾽ ἀλγεινὸν φρενῶν ἔρωτα.

„um ihren guten Namen zu retten, und sich von den Martern einer grausamen Liebe zu befreyen." Und wie sehr dieß überhaupt dem heidnischen System gemäß war, sieht man aus folgenden Stellen beym Cicero: Si omnia fugienda turpitudinis adipscendaeque honestatis causa faciemus, non modo stimulos doloris, sed etiam fulmina fortunae contemnamus licebit: praesertim cum paratum sit illud ex hesterna disputatione perfugium. Vt enim, si cui navigantiquam praedones insequantur, Deus quis dixerit, eiice te navi; praesto est qui excipiat — — omnem omittas timorem; sic, urgentibus asperis et odiosis doloribus, si tanti non sunt, ut ferendi sint, quo sit confugiendum, vides. (Tusc. Disp.

II. 26.) Und zu Ende des fünften Buchs: Mihi quidem in vita servanda videtur illa lex, quae in Graecorum conviviis obtinet: Aut bibat, inquit, aut abeat. Et recte. Aut enim fruatur aliquis pariter cum aliis voluptate potandi; aut, ne sobrius in violentiam vinolentorum incidat, ante discedat: sic *iniurias fortunae, quas ferre nequeas, defugiendo relinquas.*

II. Ein andres Beyspiel läßt sich, wie ich glaube, aus der Medea hernehmen. Nichts ist beynahe so sehr ein Gegenstand des Tadels der neuern Kunstrichter gewesen, als die Rolle, welche der Chor in dieser Tragödie spielt. „Woher kömmt es, sagt Dacier, daß der „Chor, der aus Korinthischen Weibern besteht, einem Aus„länder gegen ihren eignen Fürsten getreu ist?" *) Die-

---

*) Man sehe auch in eben der Absicht P. **Corneillens** Examen sur la Medée. Wenn der Einwurf, welchen diese Kunstrichter gegen die Rolle des Chors machen, nichts anders ist, als die Unwahrscheinlichkeit, wovon in der vorhergehenden Anmerkung umständlich geredet ist, daß ein Sklave die Parthey der Tugend gegen den Willen seines Tyrannen nimmt, so wird man aus der Verschiedenheit beyder Fälle offenbar sehen, daß er nicht den geringsten Grund hat. Denn erstlich besteht der Chor in der Medea aus Weibern, welche durch Mitleid und eine geheime Eifersucht und Unwillen über ein so unerhörtes Beyspiel der verletzten ehelichen Treue, folglich durch die natürlichste Verbindung des Interesse, getrieben werden, die Parthey der beleidigten Königinn zu ergreifen. In der Antigone besteht er aus alten Höflingen, die vermöge einer ihnen zur Gewohnheit gewordnen sklavischen Denkungsart sich völlig nach dem Willen ihres Fürsten richten, sich auf seinen ausdrücklichen Befehl, als Kreaturen seiner Tyrannen, versammeln, und von keinen starken Bewegungsgründen der Selbstliebe getrieben werden, ihm zuwider zu seyn. 2. In der Antigone spielt Kreon die Hauptrolle. Jedweder Schritt in dem Fortgange des Stücks hängt so unmittelbar von ihm ab, daß er fast beständig auf der Bühne ist. Der Chor konnte also keine Betrachtungen anstellen, keine Parthey wider ihn nehmen, als gerade vor seinen Augen, und auf seine augenscheinliche Gefahr. In der Medea ist der Fall gerade umgekehrt. Kreon ist hier bloß eine Nebenperson — hat einen sehr geringen Antheil an der Handlung des Stücks — und erscheint auch nur in einem einzigen Auftritte auf der Bühne. Die verschiedne Lage des Chors, welche hieraus entsteht, veranlaßt zugleich die größte Verschiedenheit in seinem Verhalten. Er kann seinen Verdruß frey erklären. Ungeschreckt von den finstern Blicken und Drohungen seines Tyrannen hat er die Freyheit, den Eingebungen der Rechtschaffenheit Gehör zu geben. Hier ist nichts gegen

K

ser ehrliche Franzose hielt es, wie es scheint, für eine Art
von Verrätherey, selbst auf der Bühne, und da, wo ein
moralischer Charakter zu behaupten war, gegen einen Tyrannen Parthey zu nehmen. Allein, wird er weiter sagen,
der moralische Charakter des Chors gieng dadurch verloren,
daß er eben dadurch die unverantwortlichen Grausamkeiten
der Medea verhehlte, oder vielmehr noch weiter reizte.
„Die natürlichen und göttlichen Gesetze wurden dadurch
„übertreten, daß er ihr diesen Dienst that." Alles das
ist sehr wahr, wenn man annimmt, daß der Leser diese Sache nach der reinern christlichen Moral beurtheilt. Aber
wie will er beweisen, daß dieß eben der Fall bey den angenommenen Begriffen und Gewohnheiten des Heidenthums
gewesen sey? Der Kunstrichter ließ offenbar aus der Acht,
was eine mittelmäßige Aufmerksamkeit auf die alte Geschichte und Sitten ihn gelehrt haben würde, daß die Verletzung
der ehelichen Treue ein so großes Verbrechen war, daß es,
der gemeinen Meynung nach, die schärfste Rache der Wie-
dervergeltung verdiente und entschuldigte. Diese wurde
in den Gesetzen gegen die Beleidigungen, die dem Manne
zugefügt waren, ausdrücklich verstattet. Und es ist wahrscheinlich, daß die Frau leicht denken mußte, daß sich diese
Erlaubniß auch auf sie erstreckte. So viel ist wenigstens
gewiß, daß wir in der alten Geschichte und Fabellehre einige der schrecklichsten Auftritte finden, die von dieser Verletzung der ehelichen Treue veranlaßt waren. Auch hat
ein Schriftsteller, der von dem Unterschiede der alten und
neuen Schaubühne redet, sehr wohl bemerkt, daß dasjenige, was man itzt auf christlichen Bühnen für einen geschickten Stof des Lustigen und Lächerlichen zu halten pflegt, auf
den heidnischen nie anders gebraucht ist, als in der Absicht,
das äusserste Schrecken und Mitleid rege zu machen. „Wir
finden sagt er, bey einem so schönen Dichter, als Terenz
ist, keine Komödie, die sich auf die Verletzung der ehelichen

die Regel der Wahrscheinlichkeit, oder wenigstens nichts widersprechendes mit dem, was wir über den Chor in der Antigone gesagt
haben.

Treue gründet. Die Falſchheit des Ehegatten oder der Gat-
tinn, hat zu ſehr ſchönen Trauerſpielen Gelegenheit gegeben; allein ein Scipio und Lälius würden Ehebruch und
Mord für ſehr unſchickliche Subjekte zur Komödie erklärt
haben.“ Dieß hat im ſtrengſten Verſtande ſeine völlige
Richtigkeit. Da nun alſo die Verbrechen des Ehebruchs
oder des Mordes von den Heiden für ſolche gehalten wurden, welche die ſchärfſte Beſtrafung verdienten, und jeder
rechtſchaffne Mann mit Freuden daran Theil nahm, wenn
er ſie beſtrafen ſah: (S. die Anmerkung zu v. 127.) ſo wurde
in dem Falle der offenbaren Verletzung ehelicher Treue das
härteſte Verfahren der Rache, nach der gemeinen Meynung, entſchuldigt, und bloß als das billige Verfahren der
ſtrengen Gerechtigkeit angeſehen. Wenn wir dazu noch
weitern Beweis brauchten, ſo finden wir ihn ausdrücklich
in den Worten des Chors. Die Korinthiſchen Weiber
verſtehen ſich nicht etwa deswegen zur Verſchwiegenheit, weil
man ihnen einen Eid oder ein Verſprechen abgenöthigt hat,
— wiewohl auch dafür ſich mehr ſagen ließe, als jeder
Leſer ſogleich gewahr wird; — ſondern weil ſie ihre Abſichten völlig billigen und gut finden. Denn ſo beant-
worten ſie Medeens Verlangen ohne die geringſte Zurückhaltung, ohne Bedenklichkeit:

Δράσω τάδ'. ἐνδίκως γὰρ ἐκτίσῃ πόσιν

Μήδεια

„Ich will das thun. Denn dieſe Rache an einem Ehegatten iſt gerecht.“ Man ſieht alſo, daß der Chor,
wenn er die Ermordungen der Medea geheim hält, zu
ſeinem großen Geſchäffte gebraucht wird, die heilſame Gerechtigkeit — ſalubrem iuſtitiam — zu unterſtützen und
aufrecht zu halten. Und folglich giebt der Scholiaſt, mit
des Herrn Dacier Erlaubniß, einen ſehr guten und
zur Sache dienlichen Grund an, und nicht, wie er glaubt,
einen unmoraliſchen und lächerlichen, wenn er ſagt: „die
„Korinthiſchen Weiber wären frey geweſen,“ d. i. nicht
an den Dienſt Kreons durch die beſondern Pflichten einer

perſönlichen Verbindung gebunden; „und nähmen daher die
„Parthey der Gerechtigkeit, wie der Chor auch bey andern
„Gelegenheiten zu thun pflegte.“ Der Umſtand von ihrer
Freyheit iſt ſehr ſchicklich erwähnt. Denn dieß unterſcheidet ihre Situation von dem Falle, worin ſich die Nutrix
befindet, die bey der Erzählung von Jaſons Grauſamkei-
ten ausruft:

Ὄλοιτο μὲν μὴ, δεσπότης γάρ ἐς' ἐμὸς,
Ἀτὰρ κακὸς γ' ὢν ἐις φίλας ἁλίσκεται.

Man kann es auch mit Gewißheit beweiſen, daß der Chor
ſich die Abſichten der Medea wider ihren Gemahl, den Ty-
rannnen Kreon, und ihren Nebenbuhler, bloß aus Gründen der Billigkeit und Gerechtigkeit gefallen läßt, und nicht,
um der Abſicht und Kunſt des Dichters behülflich zu ſeyn;
wie diejenigen ſogleich glauben, die auf den Anſtand des
alten Trauerſpiels nicht genugſam Acht gehabt haben.
Denn wenn in der Wuth ihrer Rache, und zur völligen Befriedigung derſelben, die Mutter die Ermordung ihrer unſchuldigen Kinder vorſchlägt, ſo wird der Chor ſogleich,
ſchon bey dem Gedanken, von Schauder ergriffen, wider-
räth es ihr auf die ernſtlichſte und rührendſte Art, *) und
ſcheint das fürchterliche Geheimniß nur aus der Ueberzeugung geheim gehalten zu haben, daß es zu ſchrecklich und
zu widernatürlich wäre, um vollzogen zu werden. Der
Leſer wird dieß mit Vergnügen aus dem ſchönen Geſange
ſehen, welcher darauf folgt. Man kann ferner hinzuſe-
tzen, daß Medea ſelbſt, da ſie dem Chore dieſen letzten
Vorſatz ihrer Wuth eröffnet, bloß deswegen Treue von ih-

---

*) Um ihrer ſelbſt willen, rathen ſie ihr davon ab, und um
den Geſetzen Gehorſam zu leiſten:

Εἰ τ' ἀφελεῖν θέλυσα, καὶ νόμοις βροτῶν
Ζυλλαμβάνυσα, δρᾶν σ' ἀπεννέπω τάδε.

v. 812.

Hieraus ſieht man, daß die übrigen Ermordungen nicht wider den
Geiſt der Geſetze waren, wenn ſie gleich nicht buchſtäblich in denſelben verſtattet wurden.

neu verlangt, „weil sie sich einer beleidigten Königinn an-
nähmen, und Weiber wären.“

Ἔιπερ φρονεῖς ἐν δεσπόταις, γυνή τ᾿ ἔφυς.

Dieß ist von dem Dichter sehr schön angebracht, um beyde
Fälle zu unterscheiden, auch uns zu verstehen zu geben, daß
izt die Gerechtigkeit nicht mehr im Spiele war.

Mit einem Worte, wenn sich gleich dieses Verfahren einer strengen ahndenden Gerechtigkeit mit den buchstäblichen Vorschriften der Gesetze, oder ben feinen Schlüssen
des Portikus und der Akademie nicht vertragen mochte;
so wurde es doch ohne Zweifel, dem allgemeinen Urtheile
nach, für gerecht und billig gehalten. Und man muß bemerken, um über den Chor der Alten richtig zu urtheilen,
daß er seiner eigentlichen Bestimmung nach zwar überhaupt
verbunden war, einen moralischen Charakter zu behaupten;
daß diese Moral aber mehr politisch und populär, als im
strengen Verstande gesetzlich oder philosophisch war. Dieß
hat auch ausserdem seinen guten Grund. Das Ziel und
der Endzweck der alten Schaubühne gieng dahin, das Interesse der Tugend und der Gesellschaft zu befördern, nach
derjenigen Denkungsart, und nach denen Grundsätzen, welche unter dem Volke schon einmal verbreitet und eingeführt
waren, und nicht alte Irrthümer zu verbessern, noch das
Volk in philosophischen Wahrheiten zu unterrichten.

202, TIBIA NON, VT NVNC, ORICHALCO, etc.) (von
v. 202 bis v. 220.) Dieß ist eine von den mancherley
Stellen dieser Epistel, worüber die Kunstrichter eine Menge
gesagt haben, ohne irgend etwas zu erklären. Zur Unterstützung dessen, was ich als die wahre Erklärung vorbringen
will, bemerke ich, daß es unstreitig des Dichters Absicht
war, nicht die falschen Verfeinerungen ihrer theatralischen
Musik zu tadeln, sondern in einer kurzen beyläufigen Ge-
schichtserzählung, dergleichen die bidaktische Form zuweilen erfodert, den Ursprung und Fortgang der wahren Verbesserungen derselben zu beschreiben. Ich schliesse dieß:
1. Aus dem Ausdrucke selbst, der ohne Zwang auf keine

andre Art kann verstanden werden. Denn was die Wörter *licentia* und *praeceps* betrifft, welche den Auslegern die meiste Schwierigkeit gemacht haben, so bedeutet das erstere einen freyen Gebrauch, und eben keine Ausgelassenheit; und das zweyte drückt bloß eine Heftigkeit und Eilfertigkeit der Sprache aus, die natürlicherweise eine geschwindere Ausrede hervorbringt, dergleichen von selbst die vielfache Harmonie der Leyer begleiten mußte; nicht, wie Dacier es übersetzt, *une eloquence temeraire & outrée.* — 2. Aus der Beschaffenheit der Sache selbst. Denn es ist unglaublich, daß die theatralische Musik damals am vollkommensten sollte gewesen seyn, als die Zeiten barbarisch waren, und Ergötzungen dieser Art wenig ermuntert oder verstanden wurden. — 3. Aus dem Charakter dieser Musik selbst. Horaz entschuldigt die Rauhigkeit derselben, und vertheidigt sie bloß in Rücksicht auf den unvollkommnen Zustand der Bühne, und auf die Einfalt derer, die sie beurtheilten. Was sollen wir aber zu folgenden Zeilen sagen:

> Indoctus quid enim saperet liberque laborum,
> Rusticus urbano confusus, turpis honesto?

Sie scheinen einen Tadel dieser Verbesserungen in sich zu halten, daß dieselben nämlich des Beyfalls verständiger Leute nicht werth wären. Und dieß würde dem entgegen seyn, was ich eben itzt für den Zweck dieser ganze Stelle angenommen habe.

Wenn man genau auf alle Umstände merkt, so glaube ich, daß man diese Verse als einen beyläufigen Spott über das verstehen müsse, was ernsthafte und philosophische Männer über diese Verfeinerungen gesagt haben, welche sie beständig als Verschlimmerungen ansehen. Man sehe die Anmerkung zu v. 218. Aber die gemischten Zuhörer der damaligen Zeit, sagt der Dichter, in dem ihm gewöhnlichen scherzhaften Tone, waren nicht so weise. Er will ungefähr so viel sagen: „Was ich hier als eine Verbesserung der dramatischen Musik anführe, ist nach den

Begriffen und nach der Sprache einiger ernsthaften Leute
ein Mißbrauch), und eine unerlaubte Anwendung derselben
zu unmoralischen Absichten.   Dieß kann seyn; aber man
bedenke, für welche Art Leute diese theatralischen Ergötzungen bestimmt waren; für den unwissenden Bauer und
Bürger, den Pöbel und den Adel, die alle in einem Haufen
durch einander gemischt waren, und sich an einem Festtage
zu der Schaubühne drängten, um sich von ihren gewöhnlichen Arbeiten und Geschäfften einigermaßen zu erholen.
Und ach! was wissen oder was erwägen diese Leute von
jener finstern Weisheit?

Allein die Wendung der ganzen Stelle ist ausserdem
von der Art, daß sie der Erklärung von einer in Gedanken gehabten Jronie sehr zu statten kömmt.   Daher ist das:
Tibia non, ut nunc, orichalco vincta, u. s. f. in dem gewöhnlichen Ton derer gesagt, die gegen neuere Sitten ei-
fern.   Daher die Beywörter frugi castusque verecundusque,
um die Beschaffenheit derjenigen zu bezeichnen, die vormals
diesen tugendhaften Ergötzungen beywohnten.   Und daher
die Strafbarkeit des Verfahrens, da man es in der Folge
dem Volke erlaubte, sich an Feyertagen ungestraft —
impune — etwas zu gute zu thun. Aus dieser Absicht des
Dichters lassen sich auch die Wörter licentia, luxuries, facundia, praeceps, erklären, welche der Dichter ihrer Zwey-
deutigkeit wegen ausdrücklich wählte, um die Gegner in
ihrer Lieblingssprache über diese Sache gleichsam nachzuäffen, und sich über sie lustig zu machen.   Endlich wird er
es müde, den Scherz noch weiter zu treiben, und schließt
auf einmal mit einer feyerlichen Miene, die sehr dazu diente,
die Unverschämtheit einer solchen Kritik abzufertigen.

> Utiliumque sagax rerum, et divina futuri
> Sortilegis non discrepuit sententia Delphis.

Man sieht, daß dieß alles der Vorschrift gemäß ist, welche
der Dichter anderswo giebt:

> — Sermone opus est tristi, saepe iocoso.

Und so pflegt er in hundert andern Stellen zu reden. Ueberhaupt ist es indeß sehr wahrscheinlich, daß dieß seine Absicht bey den Versen gewesen sey:

Indoctus quid enim *saperet*., etc.

Wenigstens wird man, meiner Meynung nach, finden, daß der Dichter, wenn man ihn so erklärt, sehr verständlich ist, und daß diese Stelle dadurch desto mehr Schönheit erhält. Denn bey einer jeden andern Erklärung seiner vielen Ausleger sehe ich nicht, daß die Verse, welche wir vor uns haben, so wie sie da sind, weder am rechten Orte stehen, noch einen guten und schicklichen Sinn haben.

Die Auslegung dieser ganzen Stelle, von v. 201 bis 220. wird also folgende seyn: „Der Ton der Tibia, sagt der Dichter, war anfänglich gelinde und einfach. Der erstere, weil sich das am besten zu der damaligen Einrichtung der Bühne schickte, welche nur eine schwache Musik zur Begleitung und Unterstützung des Chors erfoderte; indem damals kein weites und volles Theater auszufüllen war. Und das letztere, weil es sich am besten für die Beschaffenheit der damaligen Zeiten schickte, deren Simplicität und eingeschränkte Lebensart, die strenge Mäßigung, so wie überall, auch in ihren dramatischen Verzierungen und Aufwande erfoderte. Nachdem aber das Gebiete durch Eroberungen erweitert, die Römischen Mauern einen größern Umfang erhalten, und eben dadurch der Geist der Geselligkeit jene Strenge der Sitten durch Einführung öfterer Feyertage gemildert hatte; so wurde, wie man natürlicherweise erwarten konnte, eine freyere und mannichfaltigere Harmonie eingeführt. Man sage nicht, daß diese freyere Harmonie selbst ein Mißbrauch, eine Verschlimmerung der strengen und moralischen Musik der ältern Zeiten gewesen sey. Leider waren wir damals so weise noch nicht, die schlimmen Folgen dieser Veränderung einzusehen! Und wie konnten wir es seyn, sobald wir die Natur und den Endzweck dieser theatralischen Ergötzlichkeiten, und die Art von Leuten in Erwägung zogen, welche unser Theater besuchten?

Aber wir wollen den Philosophen nach Gefallen hierüber
grübeln lassen; genug es war in der That so, daß der
Tibicen, der Tonkünstler, welcher zu der Deklamation in
den Akten spielte, anstatt des rauhen und einfachern Tons
der ältern Zeiten denselben reicher und mannichfaltiger machte, und seine Kunst, statt der alten unthätigen Stellung,
durch die Anmuth der Bewegung verschönerte. Gerade
eben so, fährt er fort, gieng es mit der Leyer, d. i.
mit der Musik in dem Chore, welche anfänglich, so wie die
Musik der Tibia, ernsthaft und einfach war. Nach und
nach bekam sie eine geschwindere und ausbruckvollere Modulation, die sich zu der erhabenern und pathetischen Wendung der Schreibart des Dichters, und der göttlichen Begeisterung seiner Empfindungen schickte." — Was noch
ferner dazu dient, diese Auslegung zu unterstützen und
zu rechtfertigen, das wird man in den Anmerkungen zu
den einzelnen Stellen antreffen.

203. TENVIS SIMPLEXQVE, etc.) Wenn man die
Art der Einkleidung bemerkt, in welcher der Dichter diese
ganze Stelle (v. 202 — 295.) vorgetragen hat, so sieht
man, daß dieselbe, ausser ihren übrigen Vortheilen, auch
dazu dient, seinen Lesern auf die kürzeste und stärkste Art
diejenige Erinnerung einzuschärfen, welche er in Gedanken hat, und die am Schlusse der Epistel noch ausdrückli-
cher vorgetragen ist, nämlich, über den Nutzen und die
Wichtigkeit des kritischen Fleisses. Denn, wenn er von
der theatralischen Musik, von den Satyrspielen, und von
der Griechischen Tragödie redet, welches ihm alles sehr
natürlich in den Weg kömmt, und auf die geschickteste Art
mit einander verbunden ist: so hebt er die Nachricht von
jedem dieser Stücke, von ihrer ersten rohen, und unbearbeiteten Form an, schildert sodann die verschiednen auf
einander erfolgten Veränderungen derselben, und bezeichnet uns ihre stufenweise Verfeinerung und Verschönerung,
welche sie durch zunehmenden Fleiß und Sorge für mehrere
Richtigkeit erhielten. Die Tibia war anfänglich rauh und
einfach — die Satyren nackend und wild, und das Grie-

chiſche Trauerſpiel ſelbſt ungeſtalt und unanſehnlich auf dem
Karren des Theſpis. Alles dieß wurde durch Fleiß und
Aufmerkſamkeit verbeſſert. Darauf folgt:

Nil intentatum noſtri liquere poetae, etc.

d. i. „Unſern Dichtern fehlt es nicht an Vortrefflichkeit bey
den Verſuchen, welche ſie in jeder dieſer Gattungen gemacht
haben. Was ſie noch brauchen, um vollends glücklich zu
ſeyn, iſt limae labor et mora.“ Wenn der Leſer dieß in
Gedanken behält, ſo wird er dadurch die Ordnung und
den Zweck dieſer Stelle deſto deutlicher einſehen.

204. ASPIRARE ET ADESSE CHORIS, etc.) *Chorus*
heißt hier ſoviel als das ganze Schauſpiel, welches urſprünglich nichts weiter war.

206. YTPOTE PARVVS, ET FRVGI CASTVSQVE VERE-
CVNDVSQVE, etc.) Dacier findet hier vier Urſachen von
der wenigen Achtung, welche die Alten für die Schauſpiele
hatten — er hätte ſagen ſollen, von ihrer Zufriedenheit
mit der Tibia in dem rohen und einfachen Zuſtande, der
hier beſchrieben wird — la premiere, que le peuple Re-
main étoit encore alors en petit nombre: la ſeconde, qu'il
étoit ſage: la troiſiéme, qu'il étoit chaſte, c'eſt à dire pi-
eux: & la quatriéme qu'il étoit modeſte. — Allein die
drey letzten Beywörter ſind gleichgeltend, und drücken alle
einen Begrif aus, den Dacier, bey ſeiner dreyfachen Vermuthung, doch zu verfehlen, das Unglück hatte, nämlich:
die Treuherzigkeit und Simplicität des Charakters, die
weiſe Enthaltſamkeit und Mäſſigung im Gebrauche einer
jeden Sache, die ungebildeten Gemüthern, welche in den
Künſten des Lebens noch nicht unterrichtet ſind, ſo weſentlich eigen iſt. Seine vier Urſachen ſind folglich im Grunde
nur zwey; und über dieſe haben wir in der Anmerkuug zu
v. 202. ſchon umſtändlich geredet.

211. ACCESSIT NVMERISQVE MODISQVE LICENTIA
MAIOR.) Dacier nimmt *licentia maior* im ſchlimmen Verſtande, da es ſo viel hieſſe, als *laſcivité* eine ſtrafbare und
ausſchweifende Verfeinerung. Allein, die licentia, wovon

hier die Rede iſt, in Anſehung des Sylbenmaaſſes und der
Tóne, iſt, gleich derjenigen, wovon oben v. 51. in Anſe=
hung der Wörter geſagt wurde, von der Art, daß ſie,
ſumta pudenter, gebraucht werden darf. Der Kompara=
tiv *maior* der eine Art von Bemántelung iſt, beweiſt dieß;
und auſſerdem ſieht man es aus einer Stelle beym Cicero
(*De Oratore L. III. c. 48.*) wo er von eben dieſer poe=
tiſchen Freyheit redet, und anmerkt, daß aus dem Heroi=
ſchen und Jambiſchen Sylbenmaaſſe, die anfánglich aufs
genauſte beobachtet wurden, nach und nach der Anapáſt
entſtanden ſey, procerior quidam nu.nerus, et ille licen-
tior et divitior Dithyrambus. Hier iſt es offenbar, daß er
dieſe Aenderung nicht tadelt, ſondern ſie bloß dem ſtrengen
und eingeſchránkten Sylbenmaaſſe der áltern Dichter entge=
genſetzt. Aber der námliche Ausdruck kömmt im Orator
vor, wo er die Freyheiten der poetiſchen und der oratori=
ſchen Schreibart mit einander vergleicht: in ea (*poetica*)
licentiam ſtatuo maiorem eſſe, quam in nobis, faciendorum
iungendorumque verborum. Der Dichter ſagt, dieſe Li=
cenz nahm zu, numeris modisque. Das erſtere Wort be=
zeichnet die Freyheit des Sylbenmaaſſes, wovon Cicero
redet, und wovon v. 256 ff. weitláuftiger gehandelt wird,
wo er von der Verbeſſerung der Jamben Nachricht giebt.

   214. SIC PRISCAE — — — ARTI
       TIBICEN, etc.
     SIC ETIAM FIDIBVS, etc.)

Dieß iſt die Anwendung desjenigen, was überhaupt von
der Verbeſſerung der theatraliſchen Muſik geſagt iſt, auf
die Tragödie beſonders. Einige Ausleger ſagen, auf die
Komödie. Aber darinn irren ſie; wie man ſogleich ſehen
wird. Dacier hat bey dieſer Stelle, ich weiß nicht wel=
chen, Einfall von einer Vergleichung, die hier zwiſchen dem
Griechiſchen und Römiſchen Theater gemacht würde. Sein
Grund davon iſt, weil die Leyer bey dem Griechiſchen
Chore gebraucht wurde; wie man, ſagt er, daraus ſieht,
daß Sophokles dieß Inſtrument ſelbſt in einer ſeiner Tra=

gödien spielte. Allein, wurde die Leyer denn nicht auch
bey dem Römischen Chore gebraucht, wie man daraus
sieht, daß Nero sie in verschiednen Tragödien spielte?
Doch der gelehrte Kunstrichter sah überhaupt diese Sache
nicht recht ein. Und aus der Behutsamkeit, mit welcher
seine Führer, die Alterthumskenner, diesen Umstand allemal berühren, sollte man schliessen, daß auch sie keine
recht deutlichen Begriffe davon gehabt hätten. Die Sache
war, meiner Meynung nach, diese. Die Tibia war am
geschicktesten, die Deklamation der Akte zu begleiten, *can-
tanti succinere*, und wurde daher überall, sowohl in dem
Römischen Lustspiele als Trauerspiele, beständig gebraucht.
Dieß sieht man aus vielen Stellen der Alten. Ich will
nur zwey aus dem Cicero anführen. Quam multa, quae
nos fugiunt in cantu, exaudiunt in eo genere exercitati:
qui, primo inflatu tibicinis, Antiopam esse aiunt aut An-
dromacham, cum nos ne suspicemur quidem. (*Akadem.
Qu.* L. II. c. 7.) Die zweyte Stelle ist noch deutlicher.
Im Orator redet er von der Nachläßigkeit der Römischen
Schriftsteller, in Ansehung des Sylbenmaßes, und bemerkt, daß es selbst in ihren Trauerspielen einige Stellen
gäbe, die ohne die Begleitung der Flöte von blosser Prose
nicht zu unterscheiden wären: quae nisi cum tibicen accesse-
rit, orationi sint solutae simillima. Eine von diesen Stellen
wird ausdrücklich aus dem Thyest, einem Trauerspiele des
Ennius, angeführt, die, wie man aus dem Sylbenmaasse
sieht, aus einem von den Akten genommen ist. Man
sieht also offenbar, daß die Tibia bey der Deklamation des
Trauerspiels gebraucht wurde. Da hingegen der Gesang
des tragischen Chors von der Art der Ode war, so erfoderte er natürlicherweise *fides*, die Leyer, dieß eigenthümliche Instrument der lyrischen Muse. Man sieht dieß deutlich, zwar nicht aus ausdrücklichen Zeugnissen, aber doch
aus einigen beyläufigen Winken, welche in den Schriften
der Alten davon gegeben werden. Denn 1. war die Leyer,
wie Cicero sagt (*De Leg.* L. II. c. 9. 15.) und wie Jedermann zugiebt, ein Instrument der Römischen Schau-

bühne; sie wurde aber nicht in der Komödie gebraucht. Wir wissen dieses zuverläßig aus den kurzen musikalischen Nachrichten, die vor Terenzens Lustspielen stehen. 2. Der Tibicen pflegte ferner, wir wir gesehen haben, die Deklamation der Akte in dem Trauerspiele zu begleiten. Es bleibt also nichts für die Leyer übrig, als der Gesang des Chors, welcher auch am natürlichsten für sie gehört. Aber wir dürfen den Beweis davon nicht weit suchen; er liegt selbst in der Stelle, die wir vor uns haben. Es ist unstreitig, daß der Dichter hier nur bloß von dem Chore redet, indem die folgenden Zeilen sich sonst auf keine Weise erklären lassen. Unter *fidibus* wird also nothwendig das Instrument verstanden, welches bey demselben besonders gebraucht wurde. Man darf deswegen nicht sagen, daß die Tibia in dem Chore niemals gebraucht sey. Das Gegentheil scheint in einer Stelle beym Seneka (*Ep.* LXXXIV.) und beym Julius Pollur (L. IV. 15. §. 107.) gesagt zu seyn. Genug, wenn man nur annimmt, daß die Leyer in den damaligen Zeiten für sich allein, oder doch vorzüglich, bey dem Chore gebraucht sey. Auf diese Art ist die ganze Digreßion mehr an ihrem Orte angebracht, und hangt besser zusammen. Der Dichter hatte vorher von dem Trauerspiele geredet. Alle seine Erinnerungen, von v. 100. an, beziehen sich bloß auf diese dramatische Gattung. Er wendet also das, was er von der Musik gesagt hatte, auf die natürlichste Art an, zuerst auf die Tibia, die Musik der Akte, und dann auf die Fides, die Musik des Chors; und so schränkt er sich bloß auf das Trauerspiel ein, wie es der Inhalt dieser ganzen Stelle erfoderte. Man sieht hieraus, wie sehr sich nicht nur Dacier geirrt hat, dessen Auslegung in allem Betrachte unerträglich ist, sondern, wie wir schon zu verstehen gegeben haben, auch Heinsius, Lambin, und andre, welche diese Stelle, mit grösserer Wahrscheinlichkeit, von der Römischen Tragödie und Komödie erklärten. Denn *Tibia* kann freylich für die Komödie gebraucht werden, wenn es der *Tragoedia* entgegen gesetzt wird, wie man es wirklich beym Horaz findet, (L. II. Ep. I.

v. 98.) weil sie das einzige Instrument war, welches in derselben gebraucht wurde; da hier aber ausdrücklich von der
Theatermusik die Rede ist, so könnte *fides* nicht bestimmt
genug, und im Gegensatze der *Tibia* das Instrument der
Tragödie bedeuten, da es bloß, oder doch vornämlich
beym Chore gebraucht wurde, wovon hier, wie der Zusammenhang zeigt, allein die Rede ist. Es ist ferner zu
merken, daß der Dichter in dieser Stelle, ausser der Musik,
auch auf die übrigen Verbesserungen des tragischen Chors
sieht, da diese zu gleicher Zeit entstanden, wie es die Natur
der Sache mit sich brachte.

214. SIC PRISCAE MOTVMQVE ET LVXVRIEM.)
Diese zwey Wörter sind in der Absicht, gebraucht, die geschwindere Bewegung und reichere Modulation der neuen
Musik auszudrücken. Denn die vornehmsten Mängel der
alten bestanden darinn, daß sie einen zu langsamen Gang
hatte, und daß es ihr an Umfang und Mannichfaltigkeit
der Töne fehlte. Diese Taktbewegung, diese Geschwindigkeit und Heftigkeit der Musik war es, welche Roscius in
seinem höhern Alter langsamer zu haben verlangte. —
Quemadmodum Roscius — in senectute numeros in cantu
cecinerat, *ipsasque tardiores fecerat tibias.* CIC. *de Leg.* II. 4.

215. TRAXITQVE VAGVS PER PVLPITA VESTEM.)
Dieß geht nicht bloß auf die Verbesserung, die aus der Anlegung schicklicher Kleider entstand, sondern auch auf die
Anmuth der Bewegung. Denn nicht nur der Schauspieler,
dessen besondre Pflicht es war, sondern auch der Tonkünstler selbst, wie man aus dieser Stelle sieht, richtete seine Gebehrden gewissermassen nach der Musik ein.

Von dem Nutzen und der Schicklichkeit dieser Gebehrden oder Tänze, können wir uns, da wir dergleichen
auf unserm Theater nicht haben, nicht leicht einen deutlichen und richtigen Begrif machen. Daran können wir
indeß nicht zweifeln: 1. Daß die verschiednen theatralischen Tänze der Alten dem Genie der verschiednen Dichtungsarten genau angemessen gewesen sind, bey welchen sie ge-

braucht wurde. 2. Daß folglich der tragiſche Tanz, welcher vorzüglich den Chor begleitete, die höchſte Würde und
Ernſthaftigkeit ausgedrückt habe, welche dazu dienten, Begriffe vom Anſtändigen, Gefälligen und Majeſtätiſchen ein-
zuflößen. Und in dieſer Abſicht können wir nicht leugnen,
daß er der Tugend einen wichtigen Dienſt geleiſtet haben
und ungemein beförderlich geweſen ſeyn müſſe, alle ihre
Reize und Annehmlichkeiten in das ſchönſte Licht zu ſetzen.
3. Dieſe Vorſtellung von den Schauſpielen der Alten gründet ſich nicht bloß auf unſre Kenntniß von der vorhin erwähnten Gleichförmigkeit; man kann ſie auch aus dem
Namen ſchlieſſen, den man dieſem Tanze gewöhnlich gab,
nämlich εμμίλεια. Dieß Wort läßt ſich nicht wohl in unſre
Sprache überſetzen; es drückt aber alle die Anmuth und
Uebereinſtimmung der Bewegung aus, welche die Würde
des Chorgeſanges erfoderte. 4. Endlich muß es uns einen
ſehr hohen Begriff von der moraliſchen Wirkung dieſes Tan-
zes geben, wenn wir finden, daß der ſtrenge Plato denſelben in ſeiner Republik Statt haben ließ.

216. SIC FIDIBVS ETIAM VOCES, etc.) Horaz
redet hier von der großen Verbeſſerung des tragiſchen Chors,
nach den Römiſchen Eroberungen, da die Lateiniſchen Dichter zu unterſuchen anfiengen,

> Quid Sophocles et Theſpis et Aeſchylus utile ferrent.

Dieſe Verbeſſerung beſtand, 1. in lehrreichern und mora-
liſchern Geſinnungen; 2. in einem erhabenern und lebhaftern Ausdrucke; 3. in einer gröſſern Geſchwindigkeit der
Deklamation, wozu 4. eine vollere und geſchwindere Muſik kam. Alle dieſe Umſtände ſind hier ausgedrückt; aber
ſo, wie es die Natur der Sache erfoderte, in umgekehrter
Ordnung. Die Muſik der Leyer, wovon er eigentlich redete, und auf das Uebrige kam, wird zuerſt vorgenommen;
darauf die mit derſelben verbundene Deklamation; dann
der Vortrag, facundia, das iſt, der Inhalt der Deklamation, und zuletzt die Geſinnungen oder Gedanken, ſententia,
die Grundlage des Vortrages.

Et tulit eloquium insolitum facundia praeceps.

Wörtlich: „Die Heftigkeit und Geschwindigkeit des Vortra-
„ges veranlaßte eine ungewöhnliche Heftigkeit und Geschwin-
„digkeit in der Ausrede des Schauspielers. " Diese Geschwindigkeit des Vortrages, ist gerade die nämliche, welche Cicero dem Demokrit und Plato beylegt, die einige
Kunstrichter, wegen ihres schnellen und fortreissenden
Ganges, für poetisch hielten: Itaque video visum esse non-
nullis, Platonis et Democriti locutionem, etsi absit a versu,
tamen, *quod incitatius feratur*, — — potius poema pu-
tandum quam comicorum poetarum. etc. CIC. *in Oratore c,*
20. — Das Wort *insolitum* ist sowohl ein Tadel als ein
Lobspruch, nachdem die vormalige Beschaffenheit der Sache,
wovon die Rede ist, gut oder schlecht war. Fast eben
das läßt sich von *praeceps* sagen, welches eigentlich einen
Grad der Bewegung bey einer Sache bedeutet, der stärker
ist, als derjenige, den sie vorhin hatte. Dieser Grad
kann nun, nach Beschaffenheit der Umstände, übertrieben
seyn, oder nicht. Wenn das Wort von dem kalten Ost-
winde gebraucht wird, der einen Bienenschwarm aus einander jagt, oder ihn in den Strom schlägt:

si forte morantes
Sparserit, aut *praeceps* Neptuno immerserit *Eurus*
VIRGIL. *Georg.* IV. 29.

so drückt dieß Beywort etwas Uebertriebenes aus; wenn es
aber von dem sanften Südwinde gesagt wird, „dessen stärkster
„Hauch nur hinreichend ist, das folgsame Schiff in den Ha-
„fen zu treiben; " (AENEID. VII. 410.) — *praecipiti
delata Noto;* so drückt es nur bloß das gehörige Maaß
aus.

Die Stelle aus dem Quintilian, der *praecipitia*
den *sublimibus* entgegengesetzt, gehört aus einem doppelten Grunde nicht hieher: 1. Weil der Sinn durch den Gegensatz mit *sublimibus* nothwendig bestimmt wird; und 2.
weil das Wort hier nicht so gebraucht wird, daß es den

Begriff einer Bewegung, sondern vielmehr einer Höhe ein-
schließt; und in diesem Falle bedeutet es durchgehends
etwas Uebertriebenes.

218. VTILIVMQVE SAGAX RERVM, ET DIVINA FV-
TVRI, SORTILEGIS NON DISCREPVIT SENTENTIA DELPHIS)
Es ist zum Erstaunen, daß man diese beyden Verse allemal mißverstanden, und für einen Tadel angesehen hat, da
doch ihr Inhalt äusserst anpreisend ist, und aufs genauste
den eigenthümlichen Werth und Vorzug des Chors anzeigt,
welcher, wie Heinsius sehr wohl bemerkt, darin bestand,
daß er erstlich wichtige moralische Lehren einschärfte, und
daß er ferner nützliche Vorherverkündigungen und Warnun-
gen in Ansehung des künftigen Verhaltens vortrug, die
beynahe orakelmässige Klugheit und Ansehen hatten.

Sic priscae motumque et luxuriem addidit arti.

Was die Kunstrichter bey Erklärung dieser Stelle vornämlich
irre geführt hat, sind wohl die häufigen Lobsprüche gewesen, welche der alten Musik von den Griechischen und Lateinischen Schriftstellern gemacht werden. Indeß scheinen sie
hieben zwey sehr wesentliche Betrachtungen übersehen zu
haben: 1. Daß die Griechen die Sache vorzüglich aus
einem moralischen und politischen Gesichtspunkte angesehen,
und daher die alte Musik nur in so fern vorgezogen haben,
als sie auf die Sitten des gemeinen Lebens Einfluß hatte.
Aus diesem Grunde billigt Plato, einer von den vornehmsten Lobrednern der alten Musik, das Verfahren der Ae-
gyptier, die in ihrer Poesie keine Veränderung zuliessen,
sondern, bis auf seine Zeit, noch immer die Gesänge der
Isis vorzüglich schätzten. (De Leg L. II. sub init.) Dieß
beweist die Vollkommenheit dieser Gesänge, kritisch betrachtet, eben so wenig, als die Anhänglichkeit der Römer an
ihre Salischen Verse beweisen würde, daß diese armseligen
dunkeln Gebetsformeln schöner gewesen wären, als die regelmäßigen Oden und ausgearbeiteten Gedichte des Horaz.
Und eben diese Kritik war es, meiner Meynung nach, welche der Dichter in den berühmten Versen, die ich in der

Anmerkung zu v. 202. erklärt habe, lächerlich machen wollte. — 2. Daß die **Römer**, wenigstens die vornehmsten von ihnen, die aus eben dem Tone reden, unter den Kaisern lebten, zu deren Zeit die Musik freylich auf eine jämmerliche Art verunstaltet, und wie einer der besten unter diesen Schriftstellern klagt, durch eine weibische und und unanständige Weichlichkeit geschwächt war: In scenis effeminata, et impudicis modis fracta. (QVINTIL. X. I.) Aus den Zeiten des **Horaz** weiß ich nur eine Stelle, welche die damals übliche Musik deutlich und ausdrücklich tadelt; und auch diese verträgt einige Milderung, da sie in einer Abhandlung über die Gesetze vorkömmt. Ich meyne die Stelle beym **Cicero**, (*De Leg.* L. II c. 15.) der dem **Plato** in seinen hochfliegenden Grundsätzen der Gesetzgebung folgt, und ausruft: Illa, quae solebant quondam compleri severitate iucunda Livianis et Naevianis modis, nunc ut eadem exultent, cervices oculosque pariter cum *modorum flexionibus* torqueant! Die *severitas iucunda* der Musik, welche zu den Schauspielen des **Livius** gesetzt war, giebt zu der Vermuthung Anlaß, daß er der erste gewesen seyn mag, der ein geschriebenes Schauspiel auf die Bühne brachte, d. i. der erste Dichter, dessen Stücke nach einer regelmäßigen und im voraus gesetzten Musik aufgeführt wurden; und wir wissen, daß die ersten Versuche in keiner Kunst sogleich vollkommen zu seyn pflegen. Man sollte daher fast glauben, daß die *flexiones modorum*, im Gegensatze der Einfalt der alten Musik, nicht sowohl von einem Kunstrichter getadelt werden, der die wahre Beschaffenheit der Bühne beurtheilen wollte, sondern, wie gesagt, von einem Gesetzgeber, der in die Fußstapfen des **Plato** trat. Indeß zweifle ich nicht, daß die Musik in diesen Zeiten sich schon sehr verändert, und selbst einigen Grad von Verderbniß erlitten hatte. Ich schliesse dieß nicht sowohl aus solchen Stellen, worin dieß ausdrücklich gesagt würde, sondern aus der allgemeinen Beschaffenheit der damaligen Zeiten, in welchen die verderbtesten Sitten herrschten, die allemal eine verderbte und verunehrte Musik zur gewissen Folge haben.

Denn wenn sie gleich unstreitig auf ihrer Seite, nachdem sie einmal eingeführt ist, vieles beytragen kann, die allgemeine Verderbniß zu befördern; so ist doch diese Verderbniß selbst, ursprünglich nicht die Wirkung, sondern die Ursache einer schlechten Musik. Man kann mehr als muthmaßen, daß dieß die wahre Meynung des Cicero in der angeführten Stelle ist, wo er zuvörderst anmerkt, daß die Sitten verschiedner Griechischen Staaten eben so gewesen wären, wie ihre Musik, und dann hinzusetzt, sie hätten diese Veränderung erlitten: aut hac dulcedine corruptelaque depravati, ut quidam putant; aut cum severitas eorum ob alia vitia cecidisset, tum fuit in auribus animisque mutatis etiam huic mutationi locus. (*de Leg.* L. II. c. 15.) Doch das mag sich verhalten, wie es will; so hat doch immer Horaz, wie wir gesehen haben, mit der Streitigkeit über die alte Musik nicht das geringste zu thun.

219. SENTENTIA DELPHIS.) *Sententia* ist eigentlich, „ein allgemeiner Satz, von dem menschlichen Leben hergenommen, der kürzlich zeigt, wie man sich in demselben „verhält, oder verhalten sollte.“ Oratio sumta de vita, quae aut quid sit, aut quid esse oporteat, in vita, breviter ostendit. (*Ad Herenn.* L. IV.) Von dergleichen Sätzen wird hier gesagt, daß sie den eigentlichen Vorzug und die besondre Schönheit des Chors ausmachten. Diese Anmerkung ist hier sehr schön angebracht, und zugleich ein beyläufiger Tadel derjenigen Dichter, welche jeden Theil des Schauspiels gleich stark mit Sittensprüchen aufzustutzen pflegen, ohne zu bedenken, daß der einzige Ort, wo dieselben hin gehören, der Chor sey, wo sie in der That sehr schicklich sind, indem es die besondre Pflicht und der Charakter des Chors ist, zu moralisiren. In dem Verlaufe der Handlung selbst sollte man sie selten gebrauchen, und zwar aus der natürlichen Ursache, welche der eben gedachte Verfasser anführt: — denn diese Regel gilt eben sowohl für die Schaubühne, als für den Rednerstuhl — Vt rei actores, non vivendi praeceptores, esse videamur. Daß

dieser Tadel in Ansehung des Römischen Theaters gegründet
gewesen, sieht man schon aus den wenigen Fragmenten, die
wir noch von alten Lateinischen Stücken besitzen, welche
sehr viel von diesem Hange zum Spruchreichen an sich haben; und aus dem, was Quintilian ausdrücklich von den
alten Lateinischen Dichtern sagt, deren Ruhm, wie es
scheint, hauptsächlich auf diesem Verdienste beruhte: Tragoediae scriptores, Accius et Pacuvius, clarissimi gravitate
sententiarum, etc. (L. X. c. I.) Wie unerträglich weit dieser Hang, in Schauspielen zu moralisiren, nachgehends getrieben wurde, davon hat uns Seneka ein Beyspiel gegeben.

　　Hier wird man aber die Frage aufwerfen: „Warum
„moralisirten denn die Griechen so viel? oder, wenn wir
„den Accius und Seneka tadeln, wie werden wir denn
„den Sophokles und Euripides vertheidigen?“ Brumoy
hat sich einige Mühe gegeben, diese Schwierigkeit aufzulö-
sen, und ist darin, meiner Meynung nach, zum Theil
glücklich gewesen. (Discours sur le parallele des Theatres,
p. 165. ed. d'Amsterd. 1732. 12.) Seine Erklärung ist
kürzlich diese: „Daß die moralischen und politischen Sprüche
„der Griechischen Bühne gemeiniglich eine passende und
„interessante Anspielung auf den Zustand der Staatsange-
„legenheiten enthalten, welche von der scharfsichtigen und ein-
„sichtvollen Menge der Zuhörer leicht gefaßt wurden, und
„nicht eine trockne gezwungne Moral, ohne weitere Bezie-
„hung, wie das meistentheils in den Lateinischen Trauer-
„spielen der Fall war.“ Diese Erklärung wird durch einzelne Fälle solcher offenbaren Anspielungen nicht wenig bestätigt, und erhält ausserdem noch mehr Wahrscheinlichkeit, wenn
man überhaupt an das Genie und die Regierungsform der
Athenienser zurückdenkt. Indeß gewinnen wir hiedurch schon
freylich etwas; allein die ganze Materie wird dadurch noch
nicht erschöpft. Denn in der That sind diese Sentenzen in
den Griechischen Poeten zu dichte gesäet, als daß man sie
durch die bloße Erwägung ihrer demokratischen Absichten
rechtfertigen könnte. Nicht zu gedenken, daß selbst die

Wahl dieses Mittels zur Einkleidung ihrer politischen Zwecke einen vorhin schon bekannten Gebrauch desselben voraus
setzt. Ich wollte also dafür lieber folgende Gründe anführen.

I. Bey der tugendhaften Simplicität unverfeinerter
Zeiten ist dieser Hang zum Moralisiren sehr herrschend; denn
der gesunde Verstand solcher Leute mag sich allezeit gern
in spruchreichen oder sprichwörtlichen γνῶμαις, oder Anmerkungen zeigen. Ihr Charakter ist, gleich dem Charakter des
Bauren, beym Shakespear, sehr schnell und spruchreich
zu seyn. (*As you like it*, Act. V. Sc. I.) Dieß lehrt die
gemeine Erfahrung, und ist schon längst von dem Philosophen angemerkt: οἱ ἄγροικοι μάλιστα γνωμοτύποι εἰσὶ, καὶ ῥᾳδίως
ἀποφαίνονται. (ARISTOT. *Rhet.* L. II. c. 21.) Eine Anmerkung, die von selbst diese Gewohnheit der ältern Dichter
bey den Griechen und allen andern Völkern rechtfertigt. Ein
Gebrauch, der auf diese Art einmal eingeführt ist, wird
nicht leicht wieder abgeschafft, besonders, da die orakel-
mäßige Wendung dieser Sentenzen so geschickt war zu rühren, und sich mit den moralischen Absichten der Schriftsteller selbst vereinigte, diesen Geschmack zu unterstützen. Und
dieß letzte, gilt von den alten Schauspieldichtern vorzüglich.

II. Hiezu kam noch, besonders zu den Zeiten des
Sophokles und Euripides, eine allgemeine herrschende
Neigung zur moralischen Weisheit, welche damals das
Modestudium der Leute aus allen Ständen gewesen zu seyn
scheint. Man besuchte die philosophischen Schulen eben
sowohl zur Erholung, als zur Belehrung, und hielt die
Kenntnisse der Sittenlehre für das größte Verdienst. Die
Frucht dieser philosophischen Unterhaltungen mußte sich natürlicherweise in gewissen kurzen, spruchreichen Schlüssen
äussern, welche weder ausser der Mode waren; noch, wie
es scheint, die Leichtigkeit und Lustigkeit der damaligen Gesellschaften störten. Schulen und Pedanterey, Moral und
Ernsthaftigkeit waren bey ihnen keine so wesentlich mit einander verbundene Begriffe, als sie hernach geworden sind;

und eine treffende moralische Wahrheit konnte aus jedem
Munde gehen, ohne demselben zur Unehre zu gereichen.
Ja selbst — und dieß ist ein sehr merkwürdiger Umstand —
die sogenannten Skolien oder Trinklieder der Griechen waren mit diesen moralischen Wendungen gewürzt; und die
muntern Einfälle, die ihnen in ihren heitersten Stunden
entwischten, waren größtentheils mit einigen Zügen dieser
nationalen Sittsamkeit untermischt. „Während ihrer Ge-
„sellschaften, sagt Athenäus (L. XV. c. 14.) hörten sie
„gern aus dem Munde einer weisen und vernünftigen Per-
„son ein angenehmes Lied; und diejenigen Lieder hielten sie
„für die angenehmsten, welche Ermahnungen zur Tugend,
„oder andre Lehren enthielten, die ihre Aufführung und Le-
„bensart betrafen.“

Um dem Leser eine Probe von diesen moralischen Liedern zu geben, will ich ihm ein sehr schönes vorlegen, welches von keinem geringern Verfasser ist, als vom Aristoteles selbst, zumal da ich zugleich eine sehr glückliche Uebersetzung davon beyfügen kann: *)

Ἀρετὰ πολύμοχθε γένει βροτείῳ,
Θήραμα κάλλιστον βίῳ.
Σᾶς πέρι, Παρθένε, μορφᾶς
Καὶ θανεῖν ζηλωτὸς ἐν Ἑλλάδι πότμος,

*) Die Abdrücke dieser Ode, in den besten Ausgaben des
Athenäus und Diogenes Laertius, gehen sehr von einander ab.
Der sechste Vers aber ist in allen so unerklärlich, in Ansehung des
Solbenmaaßes, der Konstruktion, und des Sinnes, daß ich gewiß
glaube, er sey ungemein verfälscht worden. In dergleichen Fällen
hat man die Freyheit, Vermuthungen zu wagen. Und folgende Vermuthung eines Gelehrten, der von dem Eigenthümlichen und Schönen der Griechischen Sprache die besten Kenntnisse besitzt, ist so
wahrscheinlich, daß ich es beynahe gewagt hätte, sie sogleich in den
Text aufzunehmen.

Der Dichter hatte v. 3. die göttliche Gestalt der Tugend
gepriesen, welche der Griechischen Jugend einen unbezwinglichen
Muth und Verachtung der Gefahr einflößte. Es war also natürlich,
sein Lob ungefähr mit diesem Epiphonem zu beschließen: „Solch
„eine Liebe zu dir entflammst du in dem Herzen der Menschen!“

Καὶ πόνους τλῆναι μαλερὰς ἐκέμεντας.

Τοῖον ἐπὶ φρένα βάλλεις καρπόν τ᾽ εἰς ἀθάνατον,

Χρυσοῦ τε κρέσσω καὶ γονέων,

Μαλακαυγήτοιο θ᾽ ὕπνω.

Σεῦ δ᾽ ἕνεκ᾽ ἐκ Διὸς Ἡρακλέης

Λήδας τε κοῦροι πόλλ᾽ ἀνέτλασαν,

Ἔργοις σὰν ἀγορεύοντες δύναμιν.

Σοῖς τε πόθοις Ἀχιλλεὺς

Αἴας τ᾽ αἴδαο λόιμη᾽ ἦλθον.

Σᾶς δ᾽ ἕνεκα φιλία μορφᾶς

Ἀταρνέως ἔντροφος

Ἀελίω χήρωσεν αὐγάς.

Τοίγαρ ἀοίδιμον ἔργοις,

Ἀθάνατόν τε μιν αὐξήσουσι μοῦσαι,

Μναμοσύνας θύγατρες,

Διὸς ξενία σέβας αὔξουσαι

Φιλίας τε γέρας βεβαίω.

Um diese Liebe zu rechtfertigen, kömmt er sogleich auf die Früchte, oder Vortheile, welche die Tugend gewährt, die, wie er sagt, vortrefflicher sind, als diejenigen, welche wir von irgend einem andern Besitze erhalten, es sey Reichthum, Adel, oder Ruhe, diese drey Lieblingsgüter des menschlichen Geschlechts. Dieß ungefähr schliessen wir aus dem schwach durchschimmernden Verstande, den die gemeine Lesart hat:

Τοῖον ἐπὶ φρένα βάλλεις καρπόν τ᾽ εἰς ἀθάνατον,

— χρυσοῦ τε κρέσσω, etc.

Aber man sieht bald, daß alsdann ein sehr wesentliches Wort aus dem ersten Theile der Zeile muß herausgefallen seyn, und daß die letzte Hälfte derselben offenbar verfälscht ist. Mit einem Worte, die ganze Stelle kann so verbessert werden:

Τοῖον ἐπὶ φρέν᾽, ΕΡΩΤΑ βάλλεις.

Καρπὸν ΦΕΡΕΙΣ ἀθάνατον,

Χρυσοῦ τε κρέσσω καὶ γονέων,

Μαλακαυγήτοιο θ᾽ ὕπνω.

Ich darf nicht erst anmerken, wie leicht καρπὸν ΤΕΕΙΣ in καρπὸν ΦΕΡΕΙΣ verwandelt ist. Das eingeschobne Wort ἔρωτα ist nicht nur nöthig, um den Sinn vollständig zu machen, sondern kömmt auch sehr genau mit σοῖς τε πόθοις, v. 12. überein. Endlich wird nun auch das Sylbenmaaß dem gelehrten Leser ein Genüge thun.

Ueberſetzung *)

Ziel des menſchlichen Beſtrebens,
Ziel, das man mit Müh erreicht!
Schönſte Beute dieſes Lebens!
Kleinod, dem kein Reichthum gleicht!
Tugend! dich, dich, unbefleckte Schöne!
Lieben Griechenlandes Söhne.

Ihnen heiſſen alle Plagen,
Und das grauſamſte Geſchick,
Wenn ſie es für dich ertragen,
Ein beneidenswerthes Glück.
Quaal und Tod für dich geduldig leiden,
Iſt ein Theil von ihren Freuden.

Dieß zeigt deines Saamens Blüthe,
Früchte der Unſterblichkeit
Sind es, welche deine Güte
In der Menſchen Herz geſtreut.
Eltern, Gold, der ſüſſe Schlaf gefallen;
Aber du gefällſt vor allen.

*) Dieſe Ueberſetzung iſt von Hrn. Prof. Ebert, und in der Abhandlung des de la Nauze von den Liedern der alten Griechen befindlich, welche Hagedorns Werken angehängt iſt. Im Originale ſteht folgende Engliſche Ueberſetzung von Thomas Nevile, der auch Imitations of Horace (*Cambridge,* 1758.) herausgegeben hat:

I.

Hail, Virtue! Goddeſs! ſov'reign Good!
By man's bold race with pain purſu'd!
Where'er thou dart'ſt thy radiant eye,
Greece ſees her ſons with transport fly;
Danger before thee diſappears,
And death's dark frown no terror wears.

II.

So full into the breaſt of man deſcends
Thy rich ambroſial ſhow'r;
A ſhow'r, that gold, that parents far transcends,
Or, ſleep's ſoft-ſoothing pow'r.

Herkuls, Castors, Pollux Werke,
Die so viel für dich gethan,
Waren Zeugen deiner Stärke,
Kündigten dein Daseyn an.
Und warum starb Ajax mit Achillen?
Tugend! nur um deinetwillen.

Auch den Hermias entzücket
Dein holdseligs Angesicht.
Er verliert, durch dich beglücket,
Gern der Sonne süsses Licht;
Er, den sein so thatenreiches Leben
Und die Ewigkeit erheben.

Ihr, Mnemosynens Geschlechte,
Musen! wollt ihr Zevs erhöhn,
Unter dessen Schutz die Rechte
Der Gastfreyheit sicher stehn:
O so laßt stets unter eurem Singen
Dieses Fürsten Lob erklingen.

Und so oft als eure Leyer
Von der Freundschaft Alter spielt,
Die das jugendliche Feuer
Und die erste Treu noch fühlt!
O so oft laßt unter euren Chören
Dieses Fürsten Loblied hören!

III.

By thee Alcides soar'd to fame,
Thy influence Leda's twins proclaim;
Heroes for thee have dauntless trod
Fir'd by thy form, all beamy bright,
Atarneus' nursling left the light.

IV.

His deeds, his social love (so will the nine,
    Proud to speead wide the praise
Of friendship and of friendly Jove) shall shine
    With ever - living rays.

Dieſer Hang zu moraliſiren, welcher in den damaligen Zeiten ſo herrſchend war, iſt, wie ich gewiß zu behaupten wage, die wahre Quelle des Spruchreichen bey den
Griechiſchen Schauſpieldichtern, ſo wie die ſittſame, moraliſche Miene, welche, zu nicht geringem Ekel neuerer
Schriftſteller, über alle ihre Dichter verbreitet iſt. Freylich haben nicht alle Dichter dieſelbe in gleichem Grade;
ihr Geſchmack an dieſer Mode, zu moraliſiren, iſt deſto
ſtärker, je vertrauter ſie mit der Akademie geworden ſind.
Dieß ſieht man offenbar am Euripides, dieſem Philoſophen
der Bühne, wie ihn die Athenienſer nannten, und von dem
Quintilian folgenden Charakter macht: Sententiis denſus,
et in iis, quae a ſapientibus tradita ſunt, paene ipſis par.
(L. X. c. 1.) Indeß war doch dieſe Mode ſo allgemein,
daß man beym Umgange mit der Welt dieſelbe auf keine
Weiſe vermeiden, oder völlig davon frey bleiben konnte.
Daher hat auch Sophokles etwas von dieſer philoſophiſchen
Laune an ſich, wiewohl ihn ſeine Geſchäffte im Staate von
den Schulen weiter zurückhielten. Allein dieſe Vertheidigung der Griechiſchen Dichter erſtreckt ſich keineswegs auf
die Römer, da man zu Rom erſt ſehr ſpät, und niemals
allgemein, an der Philoſophie Geſchmack fand.

Cicero ſagt: Philoſophia quidem tantum abeſt ut
proinde, ac de hominum eſt vita merita, laudetur, ut a
plerisque neglecta, a multis etiam vituperetur. Und
anderswo ſagt er, Ariſtoteles werde zu ſeiner Zeit, ſelbſt
von den Philoſophen, nicht ſehr gekannt noch geleſen. (cic.
Topica ſub init.

Zu den Zeiten des Seneka waren freylich die Sentenzen ſehr gewöhnlich; allein ihre ganze Manier und Wendung zeigen uns deutlich, daß ſie die Affektation der wenigen Gelehrten, und nicht die allgemein eingeführte Mode
der damaligen Zeit geweſen ſind. Denn der Zwang, mit
welchem Seneka ſeine Sentenzen einkleidet, verräth offenbar die Arbeit und die Kunſt der Studierſtube, und iſt gerade
das Gegentheil von dem leichten, ſimpeln Ausdrucke, in

welchen sie bey den Griechischen Dichtern eingekleidet sind, die eben dadurch zeigen, daß sie im gemeinen Leben gänge und gebe waren.   Unter jeden andern Umständen, als diese sind, wäre diese Gewohnheit, wie wir schon bemerkt haben, unstreitig fehlerhaft gewesen; ausgenommen in dem Chore, wo sie, aus dem vorhin angeführten Grunde, allemal auf eine vortheilhafte Art genützt werden kann.

220. CARMINE QVI TRAGICO, etc.) Der Zusammenhang mit v. 201, wo der Dichter seine Digression angefangen hatte, verdient hier bemerkt zu werden.   Der Inhalt dieser Digression war eine Beschreibung des verbesserten Zustandes der dramatischen Musik; die Anwendung derselben auf das Trauerspiel bringt ihn wieder auf seine Materie, den tragischen Chor, zurück, auf welchen allein die zwo letzten Zeilen gehen, wie wir schon bemerkt haben. Dieß ist zugleich die schönste Vorbereitung auf das folgende. Denn wenn er so gleich von der **Tibia** gerade zu auf die **Satyrspiele** gekommen wäre, so würde der Uebergang zu schnell gewesen seyn, und zu wenig Kunst verrathen; vom Trauerspiele hingegen war der Uebergang leicht; denn die Satyrspiele waren eine Art von tragischem Schauspiele. Man sieht dieß aus folgender Stelle beym Ovid:

> Est et in obscoenos deflexa tragoedia risus,
>   Multaque praeteriti verba pudoris habet.

Trist. L. II. v. 409.

Denn die **Tragödie**, wovon hier die Rede ist, kann nicht das regelmässige Römische Trauerspiel seyn.   Von diesem hatte er vorhin für sich geredet, und überdem vertrug dasselbe zu keiner Zeit, viel weniger damals, eine so unausstehliche Mischung.   Eben so wenig kann man es von dem eigentlichen Atellanischen Schauspiele verstehen; denn, ausser daß Ovid hier bloß auf das Griechische Schauspiel sieht, so hielt man auch allezeit das Atellanische Schauspiel nicht für eine Gattung des Trauerspiels, sondern des Lustspiels.   Donat sagt dieß ausdrücklich: *Comoediarum* for-

mae funt tres: Palliatae, Togatae, *Atellanae*, falibus et
iocis compofitae, quae in fe non habent nifi vetuftam ele-
gantiam. (*Prol. in Terent.*) Und Athenäus, der im
fechften Buche von einigen Stücken diefer Art redet, die
L. Sylla gefchrieben hatte, nennt fie ϭατυρικὰς κωμωδίας,
fatyrifche Komödien. — Komödien, weil fie, wie Donat fagt, falibus et iocis compofitae waren; und faty-
rifch, nicht, weil in ihnen Satyren vorkamen, fondern
weil fie, nach dem Diomedes, Schaufpiele waren, argumentis dictisque *fimiles* fatyricis fabulis Graecis. Wovon
kann alfo Ovid anders reden, als von dem wahren Sa-
tyrfpiele, welches allemal für das gehalten wurde, und
wie man aus dem Cyklopen fieht, nichts anders ift, als
es Demetrius (περὶ ἑρμηνείας) fehr fchön nennt, τραγωδία
παιζύϭη, eine leichtere Art von Trauerfpiel; eben die Benennung, welche Horaz fowohl als Ovid in diefer Stelle dem-
felben giebt? Man fieht dieß ferner aus dem Beyfpiele, welches Ovid von diefem freyen Trauerfpiele anführt:

> Nec nocet autori, mollem qui fecit Achillem,
>
> Infregiffe fuis fortia facta modis.

Dieß ftimmt fehr gut mit dem Begriffe eines Satyrfpiels
überein, und fcheint, wie Voffius anmerkt, das nämliche
Subjekt zu feyn, welches Sophokles, nach dem Berichte des
Athenäus und anderer, in einem fatyrifchen Trauerfpiel,
unter der Auffchrift Ἀχιλλέως ἐραϭαὶ bearbeitet hatte.

221. MOX ETIAM, etc.) Wir haben bey diefen
Anmerkungen nicht die Abficht, die Erklärungen anderer
Ausleger zu wiederholen. Ich muß daher den Lefer in An-
fehung alles deffen, was die Gefchichte des Satyrfpiels be-
trifft, fo wie vorhin in Anfehung des Trauerfpiels und
Luftfpiels, auf die zahlreiche Menge derer verweifen, welche
Abhandlungen über das Theater der Alten 'gefchrieben ha-
ben; und in Anfehung des gegenwärtigen Falls vorzüglich
auf den gelehrten Kafaubonus, aus welchem die neuern
Schriftfteller alles genommen haben, was von ihnen hier-

über erhebliches gesagt ist. *). Nur wird es dienlich seyn, einen oder ein paar Umstände zu bemerken, die man ungemein mißverstanden hat, und ohne welche es unmöglich seyn wird, das Folgende auf irgend eine leidliche Art zu erklären.

I. Die Absicht des Dichters, in diesen Versen, geht nicht dahin, den Ursprung der Satyrspiele zu bestimmen, indem er die Erfindung derselben dem Thespis zuschreibt. Dieß hat man ohne den geringsten Grund aus seinen Worten geschlossen, die doch nur bloß sagen: „daß bey den „ältern Griechen die Satyrspiele auf die Vorstellung des „Trauerspiels gefolgt sind;“ und schon die Natur der Sache, und das Zeugniß des ganzen Alterthums beweist, daß jenes unmöglich sey. Denn das Satyrspiel, wovon hier die Rede ist, war, in allem Betrachte, ein regelmäßiges Schauspiel, und konnte also nicht frühern Ursprungs seyn, als aus den Zeiten des Aeschylus, in welchen das Drama seine erste ordentliche Einrichtung erhielt. Es gab freylich eine Lustbarkeit, die schon weit älter ist, und zuweilen von den Alten Satyrspiel genannt wird, woraus, wie Aristoteles sagt, das Trauerspiel selbst seinen Ursprung hatte: ἥ δὲ τραγῳδία, διὰ τὸ ἐκ σατυρικῦ μεταβαλεῖν, ὀψὲ ἀπεσεμνύνθη, (περὶ ποιητ. κ. δ.) Aber dieß war nichts weiter als ein Chor von Satyrn, (ATHENAEUS, L. XIV.) welche das Bacchusfest mit wilden Gesängen und unordentlichen Tänzen feyerten; und es hatte wenig Aehnlichkeit mit dem, was in der Folge Satyrspiel genannt wurde. Dieß behielt bloß den Chor von Satyrn bey, und hatte einen Inhalt, der sich auf den Bacchus bezog; sonst aber war es von ganz andrer Einrichtung, und, in aller Absicht, ein so regelmässiges Werk, als das Trauerspiel selbst.

II. Es ist kein Zweifel, daß dasjenige Gedicht, welches hier *Satyri* genannt wird, zu Horazens Zeiten auf dem Römischen Theater gewöhnlich war. Dieß sieht man aus

---

1) ISAACI CASAVBONI *de Satyrica Graecorum Poësi et Romanorum Satyra* Libri II. Parif. 1605. 8.

der ganzen Wendung der Kritik, welche der Dichter darüber macht. Besonders beweisen es seine Anrede an die
Pisonen, v. 235, und seine Anmerkung über den Anstoß,
welchen die Römer an einem leichtfertigen Dialog in diesem Schauspiele nehmen würden, (v. 248.) daß er wirklich
die Ausübung des Römischen Theaters vor Augen hatte.
Man ist indeß darüber nicht einig, ob man unter dem
Worte Satyri die eigentlichen Griechischen Satyrspiele, oder
das Lateinische Atellanische Schauspiel verstehen soll, dessen Hauptcharakter mit jenem viel Aehnliches hatte. Will
man das Zeugniß des Diomedes gelten lassen, so muß das
erstere wahr seyn; denn er sagt ausdrücklich, die satyrischen
und Atellanischen Stücke wären zwar überhaupt in der Art
ihrer Ausarbeitung einander ähnlich, aber darin von einander wesentlich unterschieden gewesen; daß die Personen
in den erstern Satyrs gewesen wären, in den letztern aber
nicht. (L. III. c. *de poem. gen.*) Nun sagt uns aber der
Dichter ausdrücklich, daß die Personen in dem Schauspiele,
welches er hier beschreibt, Satyrs sind, und giebt dem
zufolge Regeln, wie ihre Charaktere eingerichtet werden
müßen. In den Atellanischen Spielen, waren die Charaktere, nach der Lesart, welche Vossius beym Diomedes annimmt, Oscisch, *personae Oscae*, welches auch sehr
wahrscheinlich ist, nicht sowohl aus denen Gründen, welche dieser Kunstrichter anführt — denn die sind wirklich
sehr unbedeutend — sondern weil, wie sich aus einer
Stelle beym Strabo (L. V. 233.) vermuthen läßt, die
Sprache der Oscier in diesen Atellanischen Spielen gebraucht wurde, und folglich die gesunde Vernunft es schon
erfoderte, daß die Personen in denselben gleichfalls Oscier
seyn mußten. Es ist nur noch die Schwierigkeit übrig,
wie es gekommen seyn mag, daß der Dichter in einem Werke,
welches die Verbesserung der Römischen Schaubühne zur
Absicht hatte, nichts von dieser Dichtungsart, von den
Atellanischen Spielen, erwähnt, die doch zu Rom beständig
üblich und von so vielem Ansehen waren; und doch so viel
von einer andern Gattung, von den Satyrspielen sagt,

die eigentlich ein Griechiſches Schauſpiel waren, und ganz
gewiß von den Römiſchen Dichtern weit weniger bearbeitet
wurden. Die natürlichſte Erklärung dieſes Umſtandes iſt folgende.   Die Römer waren nunmehr mit den Griechiſchen
Muſtern bekannt geworden, und hatten dieſelben nachzuahmen geſucht; itzt wurden alſo vermuthlich die Oſciſchen Charaktere mit den Griechiſchen Satyrn vertauſcht, denen ſie
ſchon vorhin in den Hauptzügen ihres Charakters gleich
kamen, und die, wie man weiß, bey andern Gelegenheiten zu Rom nicht fremd waren.   Dieß läßt ſich aus den
Silenen und Satyrn ſchließen, welche, nach dem Dionys,
einen Theil des Gefolges bey ihren Triumphen ausmachten.
Man hätte alſo dieſen Tauſch der Oſciſchen Perſonen gegen
Satyrs bloß als eine Verbeſſerung des alten Atellaniſchen
Schauſpiels, und nicht als die Einführung einer völlig
neuen Gattung anzuſehen.   In jedem andern Betrachte
ſind die Vorſchriften, welche hier wegen des ſchlechten Gebrauchs der Satyrs gegeben werden, ſo beſchaffen, daß
ſie eben ſo gut zur Verbeſſerung der Atellaniſchen Spiele
dienen können.   Der wahrſcheinliche Grund, warum der
Dichter es für nöthig fand, ſo ſehr auf dieſe Veränderung
zu bringen, oder warum er ſich vielmehr ſo eifrig beſtrebte,
dieſelbe beyzubehalten, ſoll zu ſeiner Zeit angeführt werden. Wenn man bis dahin annimmt, daß es ſeine Abſicht geweſen ſey, die Einführung der Satyrs in die Atellaniſchen Spiele zu unterſtützen; — und daß ſie wirklich
eingeführt geweſen ſind, davon haben wir einen ausdrücklichen Beweis; — *) ſo wird alles, was über dieſe Materie geſagt iſt, nicht nur ſchicklich und demjenigen gemäß
ſeyn, was wir für den Hauptinhalt dieſer Epiſtel halten;
ſondern man wird auch ſehen, daß es eine gewiſſe Richtung und Beziehung hat, welche dieſes ganze Stück des
Briefes ungemein erläutert, und es jedem Leſer empfiehlt,
der Ordnung und Genauigkeit lieb hat.

* Agite, fugite, quatite, Satyri! —
Ein Vers, den Marius Victorinus aus einem von dieſen Lateiniſchen Satyrſpielen anführt.

Ehe ich aber ganz von dem Atellanischen Schauspiele wieder abbreche, muß ich noch anmerken, daß ich allemal, wenn ich von demselben als von einem Schauspiele frühern Ursprungs rede, das schon in ältern Zeiten auf dem Römischen Theater eingeführt war, die Stelle beym Vellejus Paterkulus nicht vergeße, wo er den Pomponius, als den Erfinder dieses Gedichts, anführt, welches, im eigentlichsten Verstande genommen, die Zeit seines Ursprungs weit später hervorrückt. Sane non ignoremus, eadem aetate fuisse Pomponium, sensibus celebrem, verbis rudem, et *novitate inventi a se operis* commendabilem. L. II. c. IX. Denn es ist das Zeitalter des Sylla, wovon in dieser Stelle die Rede ist. Allein die Beweise des hohen Alterthums der Atellanischen Spiele sind so augenscheinlich, daß Pomponius nur in dem Verstande der Erfinder desselben heißen kann, in welchem Horaz den Lucil einen Erfinder der Römischen Satire nennt. Das heißt, er machte eine so beträchtliche Veränderung in der Form und Ausführung dieses Gedichts, daß er alle Ehre desselben davon trug. Ueber die Verbesserungen, welche Lucil in der Satire machte, ist schon in der Einleitung geredet. Und glücklicherweise bringt uns eine Stelle beym Athenäus auf diejenigen Verbesserungen, welche Pomponius in den Atellanischen Schauspielen gemacht hat.

Zuvörderst aber müssen wir wissen, daß diese Art von Lustbarkeit, wie es schon der Name giebt, aus Atella, einer Stadt der Oscier in Campanien, nach Rom gebracht war, und daß die Mundart dieser Nation beständig und ganz allein in demselben gebraucht wurde, selbst da noch, als schon die Oscier aufgehört hatten, ein Volk zu seyn. Wir sehen dieß aus dem Strabo. ΟΣΚΩΝ ἐκλελοιπότων, ἡ διάλεκτος μένει παρὰ τοῖς ρωμαίοις, ὥτε καὶ ποιήματα σκηνοβατεῖσθαι κατά τινα ἀγῶνα πάτριον καὶ μιμολογεῖσθαι. L. V. 233.

Man sieht also, daß man sich der Oscischen Sprache in den Atellanischen Schauspielen auf eben die Art bediente, wie das Walisische, oder irgend eine andre Pro-

vinzialmundart zuweilen in den Engliſchen Komödien gebraucht wird.

Nun aber ſehen wir aus dem Athenäus, daß L.
Sylla eins von dieſen Atellaniſchen Spielen in Römiſcher
Sprache ſchrieb, ὑπ᾽ κυτῦ γεκφεῖσαι σατυρικαὶ κωμῳδίαι τῇ
πατρῴων φωνῇ. (L. VI. p. 261. ed. Caſaub.) Hiedurch wird
alle Schwierigkeit aufgelöſt. Denn Pomponius, von dem
Vellejus redet, war ein Zeitgenoſſe des L. Sylla. Um
alſo das Wort Erfinder, welches vom Pomponius ge-
gebraucht wird, richtig zu verſtehen, müſſen wir annehmen,
daß er der erſte war, welcher Atellaniſche Schauspiele in
der gemeinen Mundart zu ſchreiben verſuchte, welches ſo
viel Beyfall erhielt, daß ſelbſt jener Römiſche Feldherr ſeinem Beyſpiele darinn folgte. Dieſe Erklärung ſtimmt völlig mit dem Lobſpruche überein, welcher dem Pomponius
ertheilt wird. Er wird ohne Zweifel bey einer ſolchen Veränderung, dieſer Art von Poſſenspielen eine geſchicktere Wendung zu geben geſucht haben; und wegen dieſer Verbeſſerung konnte er auf vielen Ruhm Anſpruch machen. Daher
das *ſenſibus celebris* beym Paterkulus. *) Um aber doch
dem Volke zu Gefallen zu ſeyn, um einige Aehnlichkeit mit
den alten Atellaniſchen Spielen beyzubehalten, und um ihnen
nicht alle die Luſtigkeit zu rauben, welche ſie von der aus-
ländiſchen Mundart erhielten, ſuchte er, wie es ſcheint, in
der Wendung des Ausdrucks etwas Antikes beyzubehalten.
Daher der zweyte Zug ſeines Charakters, der in dem feinern

---

*) So muß man, meiner Meynung nach *ſenſibus celebrem* erklären, wenn dieß anders die wahre Lesart iſt. Allein ein gelehrter Kunſtrichter hat mit vieler Wahrſcheinlichkeit gezeugt, daß der
Text verfälſcht ſey, und man *ſenſibus celerem* leſen müſſe. Nach
dieſer Lesart müßte man das dem Pomponius hier ertheilte Lob
von ſeinem Witze, und nicht von dem Nachdrucke ſeiner moraliſchen
Sentenzen verſtehen. In beyden Fällen iſt ſein Anſpruch auf die
Ehre der Erfindung gerade derſelbe. S. die Probe von einer neuen
Ausgabe des Paterkulus in der *Bibliotheque Britannique.* Juillet,
1736.

Zeitalter des Paterkulus den Kennern anstößig wurde, *verbis rudis.*

Es folgt aus dem allen, daß die Atellanischen Schau-spiele in ihrer ersten rohen Gestalt und in der Oscischen Mundart schon von Alters her zu Rom eingeführt waren, wo man sie, wie **Strabo** sagt, κατά τινα ἀγῶνα πάτριον aufnahm; daß **Pomponius** hernach das Rohe der-selben verbesserte, und sie in Römischer Tracht auf die Bühne brachte, welches beydes man für so grosse Verbesse-rungen hielt, daß spätere Schriftsteller von ihm als von dem Erfinder dieses Gedichts reden. Doch, wir kommen wie-der auf unsre vorige Materie, die Griechischen Satyrspiele.

III. In Ansehung des innern Werths derselben wird der Leser selbst urtheilen können, wenn er den **Cyklopen**, das einzige Stück dieser Art, welches wir aus dem Alter-thume übrig haben, mit den Regeln vergleicht, welche hier **Horaz** vorträgt. Nur dieß einzige kann man noch als einen Zusatz zu demjenigen bemerken, was man unten (Anm. zu v. 223.) für dasselbe angeführt finden wird, daß der zwie-fache Charakter der Satyrs es ungemein geschickt dazu machte, sowohl den Kenner auf eine vernünftige Art zu un-terhalten, als den gemeinen Mann zu vergnügen und zu be-lustigen. Denn wenn dieser an den grotesken Gestalten und den drolligen Einfällen dieser Geschöpfe der Einbildungskraft seine Freude hatte, so giengen jene viel weiter, und sahen sie zu gleicher Zeit als Personen an, die voller Kenntnisse, und in der tiefsinnigsten Weisheit unterrichtet waren. Da-her wurden wahrscheinlicher Weise wichtige Lehren der bür-gerlichen Klugheit, interessante Anspielungen auf Staats-angelegenheiten, oder eine höhere, feinere Sittenlehre un-ter der Larve einer bäurischen Simplicität vorgetragen. Und von dieser lehrreichen Wendung, welche natürlicher Weise für uns heutiges Tages sehr dunkel, wo nicht undurchdring-lich, seyn muß, rührte ohne Zweifel das besondre Vergnü-gen her, welches die Alten an dieser Dramatischen Gattung fanden. Will man sich itzt einige Vorstellung von der Art und dem Grade dieses Vergnügens machen, so kann man

daſſelbe ungefähr nach dem Wohlgefallen beurtheilen, welches man an den Charaktern der Bauern im Shakeſpear
hat, die, wie ſie der Dichter ſelbſt charakteriſirt, ſich hinter ihrer Narrheit verbergen, wie der Vogler hinter ſeinem
Pferde, um ſo deſto treffender ihren Witz abſchieſſen zu
können. *)

221. AGRESTES SATYROS, etc.) Wir haben gezeigt,
daß der Dichter in dieſen Zeilen nicht die Abſicht haben
konnte, den Urſprung des Satyrſpiels anzugeben. Wenn
aber dieß gleich gewiß, und die Streitigkeit über dieſen Umſtand dadurch entſchieden iſt; ſo muß man doch auch bemerken, daß er nur die Abſicht hat, das Satyrſpiel in ſeiner rohen und noch nicht ausgebildeten Geſtalt zu beſchreiben, und zugleich auf einige Ungezogenheiten zielt, welche
den Bacchiſchen Chor verunſtalteten. Denn das war eigentlich das Satyrſpiel, ehe Aeſchylus daſſelbe durch ſeine
regelmäßigere Einrichtung des Drama unter einer ganz andern Geſtalt auf die Bühne brachte. Der Grund hievon iſt
in der Anmerkung zu v. 203. angeführt. Daher die Schicklichkeit des Worts *nudauit*, welches Lambin ganz richtig
erklärt: *nudos introduxit ſatyros.* Der Dichter will nämlich dadurch anzeigen, wie ungeheuer und unanſtändig dieſe
Luſtbarkeit in ihrer erſten, unverbeſſerten Geſtalt geweſen
ſey. Es iſt auch eine Anſpielung auf dieſen ehemaligen
Charakter des Satyrs, wenn er ihn *aſper*, d. i. rauh und
muthwillig nennt, und hinzuſetzt, daß ſeine Scherze unge-
mäßigt, und ohne die geringſte Miſchung von Ernſthaftigkeit geweſen wären. Denn ſo erkläre ich, nach dem Urtheile
eines ſehr gelehrten und einſichtvollen Kunſtrichters, *incolumi
grauitate* d. i. mit Hintanſetzung alles Ernſtes; ſie ſagten,
ſo zu reden, aller Ernſthaftigkeit gute Nacht. So B.
III. Ode 5.

Incolumi Ioue et vrbe Roma,

─────────────

*) He uſes his folly like a ſtalking-horſe, and under the preſenta-
tion of that he ſhoot his wit. (*As you like it.* A. V. Sc. 6.)

d. i. er ließ es mit dem Jupiter (Kapitolinus) und mit Rom gut seyn; in eben dem Verstande, wie kurz vorher gesagt ist:

Anciliorum et nominis et togae
Oblitus, aeternaeque Vestae.

oder, wie *saluus* noch merkwürdiger beym Martial gebraucht wird, L. V. ep. 10.

Ennius est lectus *saluo* tibi, Roma, Marone;
Et sua riferunt faecula Maeonidem.

Aller Ernsthaftigkeit gute Nacht sagen, ist eben so entfernt von der eigentlichen Bedeutung der Redensart: gute Nacht sagen, als *incolumi grauitate* und *saluo Marone* von der ursprünglichen Bedeutung der Wörter *incolumis* und *saluus*.

223. INLECEBRIS ERAT ET GRATA NOVITATE MO-RANDVS SPECTATOR —) Der Dichter giebt uns in diesen Worten den Grund an, warum solche grobe Unanständigkeiten, dergleichen, wie wir wissen, in den Atellanischen Spielen vorkamen, zu Rom in einem so aufgeklärten Zeitalter gedulbet wurden. Die theatralischen Vorstellungen waren damals nicht so, wie heutiges Tages, zur Unterhaltung der feinern Welt bestimmt; sie wurden bey gewissen großen Feyerlichkeiten ohne Unterschied zur Belustigung der ganzen Stadt gegeben; folglich war es durchaus nöthig, sowohl den Geschmack der Menge, als derer zu Rathe zu ziehen, quibus est equus, et pater, et res.

Und dieser Grund ist unstreitig zulänglich, den Dichter gegen den Tadel eines neuern Kunstrichters zu rechtfertigen, der diese Stelle der Epistel ohne Barmherzigkeit angefallen hat. „Der Dichter, sagt er, verschwendet eine Menge Verse über die Satyrspiele; allein der Gegenstand ist an sich schon seiner Feder unwürdig. Es ist sehr sonderbar, daß er, der die feinen Gebehrdenspiele des Laberius nicht vertragen konnte, sich noch darauf einläßt, diese elenden und schmuzigen Possen seiner Aufmerksamkeit zu wür-

bigen." So mußte es freylich diesem Schriftsteller vorkommen, der weder an die besondre Nothwendigkeit der Satyrspiele, noch an den eigentlichen Endzweck des Dichters in
dieser Epistel dachte. Jenes ist destomehr zu verwundern,
weil er vorhin, und zwar mit allem Rechte, sagt, „dem
Volke zu Gefallen wäre das Satyrspiel zu dem Trauerspiele hinzugekommen." Dabey führt er eine Stelle aus dem Diomedes
an, der eben das sagt: Satyros induxerunt ludendi caussa
jocandique, simul vt spectatores inter res tragicas serias-
que satyrorum quoque iocis et ludis delectarentur. Hätte
er daraus nicht abnehmen sollen, daß eine Sache, die zur
Willfahrung des Volks so erforderlich war, auch wohl die
Aufmerksamkeit des Dichters verdiente? Diese elenden
Possen waren hauptsächlich für diejenigen bestimmt, welche,
ohne die Anlockung einer so angenehmen Abwechselung bey
den gegebenen Schauspielen, nicht Geduld genug würden
gehabt haben, das Trauerspiel ganz auszudauern. Da
dieses zur Unterhaltung der feinern Welt für die, welche hier
vrbani et honesti heissen, bestimmt war; so wollten auch
jene, ihrer Seits, auf die einzige Art belustigt seyn, die
ihrem Geschmacke gemäß war, durch Possen und Lustigkeit.
Und ich weiß gewiß, ein so grosser Vertheidiger der Freyheit, als dieser Schriftsteller, wird darin mit mir einig
seyn, daß dieß in einem freyen Staate sehr vernünftig gedacht war, auch für die wenigen zu sorgen, die, selbst
bey solchen Vorzügen, doch keine wahre kritische Einsicht
besassen. Mich dünkt also, Horaz verfuhr nicht bloß als
ein guter Kunstrichter, sondern auch als ein kluger Mann,
und guter Bürger, indem er dasjenige zu verfeinern suchte,
dessen völlige Abstellung unbillig, oder doch nicht in seiner
Gewalt gewesen seyn würde. Allein, der angeführte Verfasser sah ferner eben so wenig auf den herrschenden Zweck
der Epistel, als auf die wichtigen Vortheile und die Nothwendigkeit des satyrischen Schauspiels. Sonst müßte er
eingesehen haben, daß der Dichter in einem Versuche, das
Römische Theater zu verbessern und in Ordnung zu bringen,

und dahin allein gieng seine Absicht, — es so nehmen mußte,
wie er es fand, und genöthigt war, sich auf solche Mängel
und Mißbräuche einzuschränken, von denen es am ersten zu
vermuthen war, daß sie Belehrung vertragen würden, und
nicht, gleich schwärmerischen Projektmachern, eine durchgängige Verbesserung des allgemeinen Geschmacks in jedem
Falle vorschlagen durfte. Die Atellanischen Spiele waren
nun einmal auf der Bühne eingeführt, und konnten wegen
ihres Alterthums und andrer ihnen günstigen Vorurtheile
sowohl, als wegen der eigentlichen Absicht und Bestimmung
ihrer theatralischen Unterhaltungen nicht wohl abgeschafft
werden. Was konnte nun der Dichter, unter diesen Umständen anders thun, als, seiner Hauptabsicht zufolge, zur
Verbesserung einer Ergötzlichkeit aufmuntern, die er gänzlich
und unter jeder Gestalt wegzuschaffen nicht im Stande war?
Dieß glaubte er am besten durch den Vorschlag veranstalten
zu können, daß man die Griechischen Satyrs statt der gewöhnlichen Oscischen Charaktere einführen möchte. Unter
dieser Veränderung würden vielleicht die Atellanischen Spiele
noch nicht ganz nach seinem Geschmacke seyn; er hoffte aber
doch, daß sie für Leute besserer Art eine ganz leibliche Unterhaltung werden könnten. Und dieß würden sie in der That
durch Befolgung der hier gegebenen Regeln geworden seyn,
welche zum Theil dahin giengen, diese Spiele von den
schmuzigen und unbedeutenden Possen zu säubern, welche
offenbar dem Dichter eben so anstößig waren, als diesem
Kunstrichter.

Die mimischen Spiele, welche der letztere so sehr
rühmt, hatten vermuthlich damals auf der Bühne noch keinen so festen Fuß gefaßt, daß sie auf so viel Aufmerksamkeit
hätten Anspruch machen können. Sie waren eine neu auf-
gekommene dramatische Gattung, die zwar das gewöhnliche
Glück ungereimter Neuerungen hatte, den Grossen zu gefallen; aber doch von Leuten, die bessern Geschmack und
bessere Sitten hatten, allgemein gemißbilligt wurden. Cicero tadelt sie sehr strenge in einem seiner Briefe. (*Ad fa-
mil.* IX. 16.) Man sieht aus dieser Stelle, daß sie possen-

hafter und lächerlicher waren, als ihre Atellanischen Spiele, deren Stelle man bald hernach mit diesen Zoten ausfüllte. Eben dieß sehen wir aus dem, was Ovid davon sagt, um die Leichtfertigkeit seiner eigenen Gedichte zu entschuldigen:

Quid si scripsissem *mimos* obscoena iocantes,
Qui semper vetiti crimen amoris habent?

— — — — — —

Nec satis, incestis temerari vocibus *aures*,
Assuescunt *oculi* multa pudenda pati.

TRIST. L. II. v. 497.

Horaz mußte es also, mit dieses Kunstrichters Er-laubniß, besser finden, die Atellanischen Spiele mit einigen Einschränkungen beyzubehalten, als so etwas aufzunehmen, was noch schlimmer war. Allein, mit den mimischen Spie-len des Laberius war es ganz ein andres. Sie waren lauter Feinheit. So sagt uns J. Skaliger, (*Comment. de Comoedia et Tragoedia*, c. VI.) und nach ihm dieser Schriftsteller; aber aus keinem andern Grunde, als weil er gut Latein schrieb — wiewohl auch das nicht allezeit, wie man beym Gellius B. XVI. Kap. 7. sehen kann — und einige wenige feine moralische Brocken nachgelassen hat. Wozu half das am Ende? Die Gattung selbst war doch immer lächerlich und abgeschmackt, und, in allem Be-trachte, weit weniger erträglich, als die Satyrspiele nach Horazens Vorschlägen. Diese letztern waren ein regelmäs-siges Schauspiel, das aus einer ganzen Fabel bestand, die nach den Regeln der Wahrscheinlichkeit und des gesunden Geschmacks ausgeführt, und nur mit etwas Uebertriebenem, dem Pöbel zu Gefallen, untermischt war. Jene hingegen sind schon oben, nach augenscheinlichen Stellen der alten Schriftsteller, charakterisirt. Eben so beschreibt Diome-des diese mimischen Spiele, als eine unanständige und leichtfertige Nachahmung schmuziger Handlungen: mimus est sermonis cuiuslibet motus sine reuerentia; vel factorum et turpium cum lasciuia imitatio. (III. p. 488. *ed. Putschii.*)

Und Scaliger selbst gesteht, veri mimi proprium esse, quæ-
dam sordida vt affectet. (*l. c.*) Kurz, dieß Schauspiel
scheint ein verworrenes Gemische von komischen Einfällen
über allerley Gegenstände, ohne Zusammenhang und Absicht, gewesen zu seyn, von einem Schauspieler vorgetragen, und mit aller Frechheit unanständiger Gebehrden übertrieben. Sein bester Charakter, auch unter den Händen
des größten Meisters darin, des Laberius, war der, auf
eine sehr schlechte Art witzig zu seyn; (senca Controuers.
L. III. c. 18.) und sein einziger Zweck und Ruhm,
risu diducere rictum. (hor. L. Sat. X, 7.) Dieß mag ein
noch so großes Verdienst seyn, so ist es doch nicht allemal
ein Beweis vieler Schönheiten. Doch, ich habe schon zu
viel Worte über eine Kritik verschwendet, welche jenem
schätzenswürdigen Schriftsteller ganz gewiß nur entwischt
ist, und die er nicht für das Resultat eines reifen und wohl
überlegten Nachdenkens über diese Sache auszugeben Willens war.

225. VERVM ITA RISORES, etc.) Die Verbindungs-
partikel, *verum*, drückt den Gegensatz zwischen dem ursprünglichen Satyrspiele, und demjenigen aus, welches der Dichter billigt. Denn nachdem er die Schicklichkeit der satyrischen Schauspiele sowohl aus der Gewohnheit in Griechenland, als aus der Natur der Feyerlichkeiten bey öffentlichen
Festen gezeigt hat, so fängt er nun an, die Mängel derselben zu bemerken, und zu ihrer Ausführung solche Regeln
vorzuschreiben, welche sie selbst für eine bessere Klasse von
Leuten zu einer leidlichen Lustbarkeit machen können. Diese
Einleitung zu seiner eigentlichen Absicht ist mit nicht geringer
Kunst gemacht. Denn da man zu der damaligen Zeit, wie
wir gezeigt haben, den Versuch gemacht hatte, die Griechischen Satyrspiele einzuführen, und die Atellanischen Schauspiele wahrscheinlicher Weise bey dem Volke noch sehr beliebt
waren, so durfte der Dichter diese nicht gerade zu tadeln
und heruntersetzen; er konnte nur jene durch einen stillschwei-
genden Vorzug unterstützen und vertheidigen. Dieß thut er

auf eine sehr geschickte Art.   Denn anstatt die Atellanischen
Spiele zu tadeln,   welche ihm gerade in den Wurf kamen,
nachdem er seine Anmerkungen über das Römische Trauerspiel geendigt hatte, erzählt er gleichsam nur beyläufig die
Gewohnheit der alten Griechen,   Satyrspiele vorzustellen,
und kömmt hernach unmittelbar darauf, ohne auch nur eine
von den andern Lieblingslustbarkeiten zu berühren,   daß er
einige Regeln für das satyrische Drama mittheilt.

227. NE QVICVNQVE DEVS, QVICVNQVE ADHIBEBITVR
HEROS, etc.)   Götter und Helden wurden eben sowohl in
dem satyrischen, als in dem tragischen Schauspiele auf die
Bühne gebracht,   und oftmals eben dieselben Götter und
Helden, welche in dem vorhergegangenen Trauerspiele eine
Rolle gehabt hatten; eine Gewohnheit, die Horaz, meiner
Meynung nach, durch diesen Wink, als höchst regelmäßig,
zu empfehlen dachte.   Das Satyrspiel erhielt dadurch eine
ernsthafte, tragische Miene.   Das Komische entstand von
dem *risor* und *dicax*, der entweder selbst ein Satyr,   oder
irgend ein Charakter von übertriebener, lächerlicher Art,
gleich einem Satyr, war.   Von der Art, sagt Diomedes,   aus welchem ich diese Nachricht entlehne, sind Auto-
lychus und Burris.   Diesen letztern führe ich vornämlich
in der Absicht an, um eine Verbesserung des gelehrten Ka-
saubon zu rechtfertigen.   Dieser große Kunstrichter muth-
maßte, daß man in dieser Stelle *Busiris* für *Burris* lesen
müßte.   Sein Grund ist: nam Burris iste ex Graecorum
Poetis mihi non notus.   Und dieser Grund ist von grösserm
Gewichte, als er dem ersten Anblicke nach zu seyn scheint.
Denn schon die Natur dieses Schauspiels erfoderte es,   daß
der Hauptcharakter desselben genugsam bekannt seyn mußte,
welches er nicht wohl seyn konnte, wenn er nicht aus einer
bekannten Erzählung in ihren Dichtern genommen war.
Aber Voßius macht den Einwurf: sed non ea fuerit persona ridicula;   und das müßte er doch nach der Vorstellung
des Diomedes gewesen seyn.   Aber warum nicht? Busiris war ein wilder, menschenfeindlicher Tyrann,   der die

Fremden, welche zu ihm kamen, opferte. Und warum
sollte dieser Charakter nicht eben sowohl können lächerlich
gemacht werden, als der Charakter des Polyphem in dem
Cyklopen? Beyde waren einander nicht unähnlich. Und
an diesem sieht man es, daß die Alten dergleichen grausame
Unmenschen so vorzustellen wußten, daß sie eben so abgeschmackt, als abscheulich wurden. Dieß kam mit ihrer
Menschenliebe überein, die durch solche Vorstellungen bey den
Zuschauern ein gewisses Wohlwollen zu erregen suchte, und
beweist zugleich, daß sie selbst dem ungereimtesten von ihren
Schauspielen eine gewisse moralische Richtung zu geben
suchten. Der Einwurf des Voſſius ist also von keinem
Gewichte. Kaſaubons Verbeſſerung wird auch noch
auſſerdem durch eine schriftliche Anmerkung auf dem Rande
eines gedruckten Exemplars von diesem Werke bestätigt, die
vermuthlich von seiner eignen Hand ist. Das Exemplar
gehört in die Bibliothek des Emmanuel-Collegii zu Cambridge, und ich habe es gegenwärtig vor mir. Die Anmerkung heißt: lectionem vero, quam restituimus, etiam in
optimo codice Puteano postea invenimus. Der gelehrte
Leser wird also nun den Text des Diomedes in dieser Stelle
für völlig berichtiget ansehen können.

229. MIGRET IN OBSCVRAS, etc. — AVT, DVM
VITAT etc. Die beyden Fehler, wovor hier gewarnet wird,
sind: 1. ein zu niedriger oder zu gemeiner Ausdruck in den
komischen Rollen; und 2. ein zu erhabner in den tragischen. Der erstere dieser Fehler mußte natürlicher Weise
den ersten Versuchen der Römischen Satyrspiele noch von
der possirlichen Schreibart der alten Atellanischen Spiele
anhängen; und der letztere konnte leicht begangen werden,
wenn man das gehörige Maaß und den eigentlichen Grad
der Mischung nicht in Acht nahm. Um beydes zu verbes-
fern, giebt der Dichter die richtigste Vorstellung der Satyrspiele unter dem Bilde einer Römischen Matrone, die an der
Freude eines zur Religion gehörigen Festes Theil nimmt.
Die Veranlaſſung nöthigte sie zu einigen Freyheiten, und

doch verlangte die Würde ihres Charakters eine anständige Zurückhaltung.

234. NON EGO INORNATA etc.) Die Absicht dieser Verse geht vermuthlich dahin, die satyrische Schreibart gehörig zu bestimmen, und zwar durch die vorhin gegebne Vorstellung von ihrem Charakter unter dem Bilde einer Römischen Matrone. Dieser Vorstellung zufolge durfte ein simpler, ungeschmückter Ausdruck (v. 234 — 236.) nicht überall gebraucht werden. Die drey folgenden Verse schärfen diese allgemeine Vorschrift noch stärker durch ein Beyspiel ein.

Ist der aufmerksame Leser mit dieser Erklärung nicht recht zufrieden, welche die einige zu seyn scheint, die von diesen Worten, wie sie hier stehen, gemacht werden kann; so wird er vielleicht sich desto eher folgende Muthmaßung gefallen lassen, nach welcher man *honorata* für *inornata* lesen könnte. Zuvörderst glaube ich, daß der Zusammenhang diese Aenderung fodert. Denn die beyden Fehler, welche oben (v. 229. 30.) bemerkt waren, bestanden in einem gar zu niedrigen und gar zu erhabnen Ausdrucke. Da nun der Dichter in Rücksicht auf diesen doppelten Vorwurf die eigentliche Schreibart in dieser Gattung festgesetzt hatte , (v. 231 — 233.) so wäre es am natürlichsten, daß er dieß nun auf beyde gedachte Stücke anzuwenden suchte. Auf den komischen Theil, indem er das gehörige Maaß ihrer Herablassung bestimmte; und auf den tragischen dadurch, daß er die gehörigen Gränzen ihres Schwunges angäbe. Und dieß thut der Dichter auch wirklich, wenn man die vorgeschlagene Lesart annimmt: nur thut er es in umgekehrter Ordnung. Der Sinn des Ganzen würde dieser seyn:

1. Non ego *honorata* et dominantia nomina solum
   Verbaque, Pisones, satyrorum scriptor, amabo;

d. i. in den tragischen Scenen würde ich mich nicht bloß auf solche Worte einschränken, die in Ehren sind, und in der tragischen Gattung und bey den ernsthaftesten Gegenſtänden zu herrſchen pflegen; denn dieſer Prunk ſchickt ſich nicht zu der leichten Herablaſſung der Satyrs.

2. Nec ſic enitar tragico differre colori,
   Vt nihil interſit, Davusne loquatur, et audax
   Pythias, emuncto lucrata Simone talentum,
   An cuſtos famulusque Dei Silenus alumni.

d. i. Auch würde ich dagegen nicht in den komiſchen Scenen einen gar zu platten Ausdruck wählen; denn dieſer ſchickt ſich eben ſo wenig zu der dem Satyr eigenen matronenmäßigen Würde.

Allein durch dieſe Verbeſſerung gewinnt auch der Ausdruck eben ſo ſehr, als der Sinn. Denn auſſer, daß der Gegenſatz, welcher durch die Trennungspartikel *nec* angedeutet iſt, auf dieſe Weiſe wiederhergeſtellt wird, ſo bekömmt auch nun das Wort *dominantia* ſeinen eigentlichen Verſtand, und nicht jenen fremden und gezwungenen, den man erſt aus der Griechiſchen Sprache herbeyholen muß. Mit *honorata* verbunden, wird es eine Metapher, die ſehr ſchön weiter geführt iſt, und hat auſſerdem eine beſondre Schicklichkeit, indem der Dichter hier von figürlichen Ausdrücken redet. Das Wort *honorata* ſelbſt ſcheint ein gewöhnlicher Ausdruck des Horaz zu ſeyn. So ſind (L. II. Ep. 2. v. 112) *honore indigna vocabula* ſolche Wörter, die *parum ſplendoris* haben, und *ſine pondere* ſind. Und *quae ſunt in honore vocabula* wird von dem Gegentheile geſagt, von ſolchen Wörtern, die man in die tragiſche Schreibart aufnehmen darf. Die Stelle iſt in eben dieſer Epiſtel v. 71.

240. EX NOTO FICTVM etc.) Dieſe Vorſchrift (v. 240 — 244.) ſtimmt mit derjenigen überein, welche vorhin (v. 129.) in Anſehung des Trauerſpiels gegeben iſt. Sie räth, zu den Satyrſpielen ein bekanntes Subjekt zu wählen. Denn da ſie nothwendig eine romanhafte Wendung haben müſſen, und ihre ſpielenden Perſonen jene Geſchöpfe der Einbildungskraft ſind, welche Satyrs heiſſen; ſo erfodert das ὅμοιον oder die Wahrſcheinlichkeit, daß

ber Stof dieser Schauspiele von Jedermann schon geglaubt
werde; denn sonst müßte die Vorstellung unnatürlich scheinen. Nun aber sind diejenigen Subjekte, welche vermöge
einer alten Sage, und ihrer häufigen Erwähnung bey den
Dichtern, von Jedermann geglaubt werden, das, was Horaz *nota* nennt; so wie er neu erfundne Subjekte, oder
welches auf eins hinausläuft, solche, die von andern
Schriftstellern nicht gebraucht sind, *indicta*, bey einer ähnlichen Gelegenheit *ignota* nennt. Der Zusammenhang ist
folgender. Da er v. 239. den Silen als einen der ge-
wöhnlichsten Charaktere dieses Schauspiels angeführt hat,
so entsteht der Einwurf: „Aber welcher guter Dichter wird
„sich mit Gegenständen und Charakteren abgeben, die so ge-
„mein und verbraucht sind?„ Die Antwort ist, ex noto
fictum carmen sequar; d. i. so verbraucht und bekannt dieser und einige andre den Satyrspielen wesentliche Charaktere
auch immer seyn mögen und seyn müssen; so wird doch noch
immer die Dichtungskraft und das Genie sich dabey zu zeigen Gelegenheit haben. Die Ausführung und der Plan
des Schauspiels kann völlig neu seyn, und über die Fähigkeit gemeiner Dichter hinaus; tantum series iuncturaque
pollet.

244. SYLVIS DEDVCTI CAVEANT etc.) Nachdem
er vorhin (v. 232.) den wahren Begrif von der satyrischen
Schreibart überhaupt festgesetzt hat, so handelt er nun von
der eigenthümlichen Sprache der Satyrs selbst. Diese
muß sich natürlicher Weise zu ihrem Waldgottscharakter schicken; sie muß weder auf der einen Seite gezwungen, zärt-
lich und galant, noch auf der andern Seite bäurisch, und auf
eine anstößige Art schmuzig seyn. Die erste dieser Erinnerungen scheint auf eine falsche Verbesserung zu zielen,
die man bey der Einführung der Römischen Satyrspiele
vermuthlich mit dem simpeln, rauhen Plan der Griechischen
zu machen versuchte, ohne an die bäurische Erziehung und
Lebensart der Faunen und Waldgötter zu denken. Die
letztere zielt beyläufig auf die Zoten der Atellanischen Spiele,
deren ausgelassene Freyheiten, wie wir schon angemerkt

haben, die ersten Versuche der Römischen Satyrspiele natürlicher Weise anstecken mußten.

Allein so nöthig es auch ist, diese Regeln bey den Satyrspielen in Acht zu nehmen; so sind sie doch, um es im
Vorbeygehen zu bemerken, dem **Schäfergedichte** noch
wesentlicher, dessen Geschichte und Charakter sich mit wenig Worten angeben läßt, wiewohl schon unzählige Bände
darüber geschrieben sind.

Die erstaunliche Menge von Gedichten, welche Schäfergedichte heissen, die zu allen Zeiten und in allen Sprachen Mode gewesen sind, ist ein Beweis, daß diese Dichtungsart viel einnehmendes haben müsse. Und das ist kein
Wunder, da es drey herrschende Grundtriebe der menschlichen Natur betrifft, die Liebe zur Ruhe, die Liebe zur
Schönheit, und das moralische Gefühl; indem uns Gedichte von dieser Art, die Ruhe, die Unschuld und die Scenen des Landlebens vorstellen. Wenn aber gleich diese
Vorstellungen für sich angenehm sind, so kann doch der
gute Geschmack kein Wohlgefallen daran finden, wenn sie
nicht in der Wahrheit und Natur einigermassen gegründet
sind. Und selbst dann wird ihr Eindruck nur schwach seyn,
wenn sie nicht ferner dazu gebraucht werden, lehrreich zu
seyn, oder das Herz zu interessiren.

Daher die verschiednen Formen, unter welchen dieß
Gedicht erschienen ist. **Theokrit** begnügte sich, seinen
Gemählden der ländlichen Lebensart Realität zu geben.
Auf diese Art mußten seine Pinselstriche oft rauh und un-
angenehm werden. Wir finden auch wirklich, daß seine
Schäfer, der Regel des Dichters zuwider,

— immunda crepent ignominiosaque dicta.

Virgil vermied diesen Abweg. Ohne sehr weit von
der Simplicität der ländlichen Natur abzugehen, sind seine
Schäfer anständiger, ihre Lebensart heiterer, und die Scene überhaupt einladender. Da aber die Verfeinerungen
seines Zeitalters sich mit diesen simpeln Schilderungen nicht
wohl vertrugen, und seine Absichten beym Schreiben nicht

bloß dahin giengen, seine Leser zu unterhalten; so hielt er es für dienlich, diese angenehmen Vorstellungen zu allegorisiren, und sie zu Vehikeln des historischen, und zuweilen sogar des philosophischen Unterrichts zu machen.

Spenser wollte sich aller Schönheiten seiner Vorgänger bemächtigen; und so verband er mit der kunstlosen und gar zu natürlichen Zeichnung des Griechischen Dichters, die versteckte allegorische Absicht des Lateinischen.

Man sieht bald, daß diese räthselhafte Wendung des Schäfergedichts die Absicht hatte, demselben eine gewisse Miene des Unterrichts zu geben, und es zu einer vernünftigen Unterhaltung solcher Leser zu machen, denen eine Schreibart widerlich vorkam, „wo blosse Beschreibung die „Stelle der Gedanken vertrat:" *)

Allein diese Verfeinerung war übel angebracht. Denn sie verträgt sich zuvörderst nicht mit der Einfalt des ländlichen Charakters, und dient ferner dazu, uns einen großen Theil des Vergnügens zu rauben, welches diese reizenden und mahlerischen Gedichte gewähren sollten.

Andre Dichter wählten daher noch eine andre Laufbahn. Der berühmte Tasso zeigte sein Genie auf eine Art, die ihm noch mehr Ehre gemacht hat, als selbst seine epischen Talente, indem er eine neue Art von Schäfergedichten verfertigte, und dasselbe in ein Schauspiel verwebte. Und unter dieser Gestalt kam die Schäferpoesie nun überall in Gang. Ueber den reizenden Aminta schrieben die größten Gelehrten und Kunstrichter Kommentare. Er wurde gelesen, bewundert, und von Jedermann nachgeahmt.

Man darf die schönen Kopien, die in Italien davon gemacht sind, nicht heruntersetzen. Allein diejenigen, welche die Englischen Dichter lieferten, waren unstreitig die besten. Shakespear gab in dieser Sprache die ersten Muster von einer Gattung, die der Schäferpoesie ähnlich ist. In seinem Wintermährchen, Wie es euch gefällt, und einigen andern von seinen Stücken, hat er Jedermann durch seine natürlichen ländlichen Sitten und Auftritte be-

*) Where pure description held the place of sense.

zaubert. Fletcher hingegen nahm sich im Ernste vor,
den Italiänischen Dichter nachzuahmen, jedoch mit einer
gewissen achtungsvollen Rücksicht auf den Engländer. In
seiner getreuen Schäferinn übertrifft er den erstern in der
Mannichfaltigkeit seiner Gemählde, und in der Schönheit
seiner Scene; und steht nur unter dem letztern in der Wahr=
heit der Sitten, und einer gewissen originalen Anmuth der
Erfindung, welche durch keine Nachahmung erreicht werden
kann. Diese Dichtungsart wurde nun dergestalt Mode,
daß ein jeder Dichter der damaligen Zeiten seine Kräfte an
einem Schäferspiele versuchte. Selbst Ben Johnson,
wiewohl er keinen Vorgänger darin unter den Alten fand,
wurde doch von der Schönheit der neuen dramatischen
Gattung hingerissen, und übertraf sich selbst in dem Frag=
mente seines traurigen Schäfers. Endlich schloß Mil=
ton den Zug mit seinem Comus, der in seinen ländlichen
Gemählden beynahe die Natur und Simplicität des Sha=
kespear und Fletcher erreichte, und in der Reinigkeit und
Schönheit des Ausdrucks den Tasso übertraf.

In dieser neuen Form des Schäfergedichts wird das=
jenige, was vorhin kindisch war, leicht erlaubt und ent=
schuldigt. Eine simple Moral ist die Grundlage des Stücks,
und die Reize der Beschreibungen, und alle Verschönerun=
gen der Scene sind bloß dem höhern Zwecke untergeord=
net, der dahin geht, die Sitten zu schildern, oder das
Herz zu rühren.

Indeß war Shakespears Geschmack, oder vielleicht
sein glückliches Genie bewundernswürdig. Statt der tiefen
tragischen Miene des Tasso, die man überall nachahmte,
und seiner bis zum Ueberdrusse fortgesetzten Durchführung
des Schäfertons durch fünf Akte, brauchte er diese lachen=
den Bilder nur bloß, seine komischen Scenen zu bereichern.
Er sah vermuthlich ein, daß der Inhalt der Schäferpoesie
keine tragische Einkleidung vertrüge. Wenn überdieß die
Schwermuth eine gewisse Höhe erreicht, so wird selbst die
Annehmlichkeit ländlicher Bilder unschmackhaft. Das
Genie des Lustspiels läßt freylich kleinere Unglücksfälle zu,

und erlaubt es, uns nach Gefallen an diesen Bildern zu vergnügen, welche den Zügen der Charaktere oder der Ausführung einer komischen Erzählung keinen Eintrag thun.
Um aber das durch Verwunderung zu ersetzen, was an
Rührung abgieng, machte sich Shakespear mit vieler Einsicht das gemeine System der Feenmährchen zu Nutze, welches die Stelle der alten Waldgötterlehre auf eine so natürliche Art ersetzt, und zugleich dieser Gattung von Schä-
fergemählden eine gewisse Wildheit giebt, welche völlig
unnachahmlich ist.

Mit einem Worte; wenn Tasso die Ehre hatte, das
eigentlich so genannte Schäferspiel zu erfinden; so hat uns
Shakespear die gehörige Anwendung der Schäferpoesie
gezeigt. So schmeichelnd diese auch für die Einbildungskraft ist, so wird sie doch der gute Geschmack schwerlich
dulden können, ausser in einem kurzen Dialog, oder in einigen dramatischen Scenen; und in diesen bloß in so fern,
als sie dazu dient, die Charaktere zu entwickeln, und die
Ausführung des Hauptinhalts zu befördern.

Zur Bestätigung dieser Anmerkungen über die Schäferpoesie, welche manchem vielleicht zu strenge vorkommen werden, können wir noch bemerken, daß Cervantes, dieser
eben so große Kunstrichter, als witzige Kopf, eben so darüber
urtheilte. Er beschließt seine berühmte Rittergeschichte mit
einer Art von Projekte seines Ritters und Stallmeisters,
Schäfer zu werden; ein offenbarer Spott über den Hang
der damaligen Zeit zu Schäfergedichten und Schäferroma-
nen, die auf ihre heroischen Ritterbücher zu folgen anfiengen. Zugleich liegt darin ein feiner Zug von moralischer
Kritik, der das andeutet, wovon die Erfahrung lehrt,
daß es nur gar zu wahr ist, daß nämlich Leute, die fähig
sind, sich einer Art des Enthusiasmus zu überlassen, selten
davon anders geheilt werden, als durch eine plötzlich verän-
derte Richtung der Einbildungskraft, welche sie auf eine
andre Art des Ausschweifenden bringt.

Uebrigens wird man mich kaum fragen, warum ich
in dieser kurzen Erläuterung über das Genie und die Ge-

N

schichte der Schäferpoesie desjenigen gar nicht erwähnt habe, was von dieser Art in Frankreich geschrieben ist. Wenn diese Nation nicht überhaupt von allen Europäischen Völkern am meisten unpoetisch ist; so ist sie doch wenigstens, wenn ich so reden darf, am meisten unpastoralisch. Auch fällt ihre Kritik über diese Dichtungsart nicht viel besser aus, als ihre Ausübung derselben. Ein neuerer Schriftsteller *) erklärt freylich Fontenellens Abhandlung über die Schäferpoesie für eins der besten kritischen Werke in der Welt. Ich für mein Theil kann nichts weiter davon sagen, als daß sie noch immer leiblicher ist, als seine Schäfergedichte.

248. OFFENDVNTVR ENIM, QVIBVS EST EQVVS ET PATER ET RES.) Bey der Bemühung, seine Landsleute von dem Geschmacke am Schmuzigen abzuziehen, macht der Dichter die feine Wendung, die öfterer vorkömmt, daß er nämlich dasjenige als einen wirklichen Fall annimmt, wovon er wünscht, daß es so seyn möchte. Denn wieviel Aufnahme und Beyfall die schmuzigsten Zoten auf dem Römischen Theater fanden, sehen wir aus dem, was Ovid von dem Beyfalle der mimischen Spiele sagt:

Nobilis hos virgo matronaque, virque puerque
Spectat: et e magna parte *senatus* adeit.

Trist. II. 501.

Dieß war freylich erst einige Zeit nach Verfertigung dieser Epistel. Wir können aber hieraus schliessen, wie der allgemeine Hang und die Neigung der Römer muß beschaffen gewesen seyn, und sehen zugleich, mit wie wenigem Erfolge der Dichter sich bemühte, die allgemeine Aufmerksamkeit von den mimischen Spielen auf seine verbesserten Atellanischen zu lenken.

251. SYLLABA LONGA BREVI etc.) Diese ganze Kritik über die Satyrspiele schließt sich mit einigen Vorschriften für die Jambische Versart. Wenn in dem Kom-

*) KUME, *of Simplicity and Refinement.*

mentar geſagt wird, daß dieſes Sylbenmaaß der Tragödie und den Satyrſpielen gemein geweſen ſey; ſo muß man
das nicht im ſtrengſten Verſtande nehmen; denn die Satyrſpiele behaupteten in dieſem, wie in jedem andern Betrachte,
einen gewiſſen Mittelcharakter zwiſchen der Tragödie und
der Komödie. Genau zu reden, war ihr eigenthümliches
Sylbenmaaß, den Grammatifern zufolge, der Jambe, welcher durch den Tribrachys belebt wurde. Gaudent triſyl.
labo pede et maxime tribrache. victor. L. II. *Metr.
Jamb.*) Indeß hatte der Dichter Urſache genug, den ganzen Umſtand des Sylbenmaaßes im Allgemeinen vorzunehmen. Die Römiſchen Schauſpieldichter waren in ihrer
Verſifikation ſehr nachläſſig, welches (wie b. 259. angedeutet wird) von einer übermäſſigen und unbeſchränkten
Verehrung ihrer alten Dichter herrührte.

Zum Schluſſe alles deſſen, was bisher über dieſe
Satyrſpiele geſagt iſt, will ich gelehrten Leſern die Luſt machen, einen berühmten Franzöſiſchen Kunſtrichter zu hören,
der ſich auf folgende Art ausdrückt: *Les Romains donnoi-
ent* encore le nom de Satyre à une eſpece de *Piece Paſto-
rale;* qui tenoit, *dit-on*, le milieu entre la Tragedie &
la Comedie. *C'eſt tout ce que nous en ſçavons.* (*Mem. de
l'Acad. des Inſcr.* T. XVII. p. 211.

264. ET DATA ROMANIS VENIA EST INDIGNA POE-
TIS.) Es iſt unſtreitig, daß dasjenige, was hier über
das Sylbenmaaß der dramatiſchen Gedichte geſagt wird,
hauptſächlich die Abſicht hatte, die Nachläſſigkeit und Acht-
loſigkeit der Römer in dieſem Stücke zu beſtrafen. Wenn
dieß auch nicht ſo ausdrücklich geſagt wäre, ſo würde man
es ſchon aus den wenigen übrig gebliebnen Fragmenten
alter Lateiniſcher Schauſpiele ſehen, worin man eine augen-
ſcheinliche Vernachläſſigung des Sylbenmaaßes wahrnimmt.
Es läßt ſich daraus muthmaßen, daß wir, wenn wir im
Stande wären, dieſe alten Dichter auch in Anſehung des
Uebrigen noch zu prüfen, was der Poet vorſchreibt, ohne
Zweifel eben dieſen Zweck davon finden würden, und daß

ſelbſt diejenigen von ſeinen Regeln, die völlig allgemein und
abſolut ausgedrückt ſind, damals eine beſondre Beziehung
auf die dahin gehörigen Mängel des Römiſchen Theaters
gehabt haben, demjenigen zufolge, was von uns über den
Plan dieſes Gedichts geſagt iſt.

270. AT VESTRI PROAVI PLAVTINOS ET NVMEROS
ET LAVDAVERE SALES; NIMIVM PATIENTER VTRVMQVE,
NE DICAM STVLTE, MIRATI;) Man hat es ſonderbar gefunden, daß Horaz ein ſo ſtrenges Urtheil über den Witz
des Plautus fällt, den Cicero doch ſo ſehr bewunderte,
daß er bey ihm elegans, urbanum, ingenioſum, facetum,
heißt. (*De Officiis* I. 29.) Auch kann man nicht ſagen,
daß dieſe Verſchiedenheit beyder Urtheile dem feinern und
verbeſſerten Geſchmacke in Anſehung des Witzes in dem
Zeitalter Auguſts zuzuſchreiben wäre; denn man ſieht nicht,
daß Horazens eigne Scherze, wenn er uns auf dieſe Art
beluſtigen will, beſſer wären, als die Einfälle des Cicero.

Die gemeine Antwort iſt, in Rückſicht auf den Dichter, meiner Meynung nach die wahre. „Horaz ſuchte
„die übertriebne Verehrung der ältern Römiſchen Poeten,
„und unter andern, (wie man aus L. I. Ep. 2. und
„A. P. v. 54. ſieht) des Plautus zu verringern, und
„tadelte daher ohne Zurückhaltung jeden, auch den klein-
„ſten Fehler ſeiner Schriften, wenn er gleich im Allgemei-
„nen mit dem Cicero einig war, ihn zu bewundern. "
Doch das war es auch alles. Denn daß er nicht ſo
übertrieben ekel geweſen ſey, den Witz des Plautus überhaupt zu verſchmähen, und daß er ihn vermuthlich, wenn
jenes nicht ſeine Abſicht geweſen wäre, gar nicht würde
getadelt haben, das ſchlieſſe ich daraus, weil er den Witz
der alten Komödie ausdrücklich lobt, welcher gewiß nicht
feiner war, als der Witz des Plautus.

ridiculum acri
Fortius et melius magnas plerumqne ſecat res.
Illi, ſcripta quibus comoedia priſca viris eſt,
Hoc ſtabant, *hoc ſunt imitandi.*

L. I. Sat. X. v. 15. ꝛc.

Ich weiß wohl, daß man geglaubt hat, Horaz verweise uns auch hier, wo er den Witz des Plautus tadelt, *ad Graeca exemplaria*, d. i. wie ihn seine Kunstrichter er= klären, auf den Aristophanes und die übrigen Verfasser der alten Komödie; allein eine solche Verweisung wäre hier gar nicht am rechten Orte, und man irrt sich ausserdem bey dieser Voraußsetzung offenbar. Denn auf die *Graeca exemplaria* verweist Horaz bloß als auf Muster der guten Versifikation, wie man aus dem ganzen Zu= sammenhange der Stelle deutlich sieht. Und was er in der Folge über den Witz des Plautus anmerkt, und zu seinen Bemerkungen über das Sylbenmaaß hinzusetzt, ist eine neue und ganz verschiedne Kritik, die mit der vorher= gehenden Regel gar nichts mehr zu thun hat. Indeß scheint Horaz, wie ich schon gesagt habe, kein solcher Feind des alten komischen Witzes zu seyn, daß er den= selben, ohne die angegebene besondre Ursache, so strenge verdammt haben sollte. Die einzige Schwierigkeit ist noch, zu erklären, wie Cicero diesen Witz so gar sehr bewundern, und wie ein sonst so feiner Geschmack, wie der seinige, an der rohen Lustigkeit des Plautus und der alten Komö= die überhaupt ein Vergnügen finden konnte? Meiner Mey= nung, verhielt es sich damit auf folgende Art.

Cicero hatte sich einen starken Geschmack an dem freyen und ungebundenen Witze der alten Komödie eigen gemacht, welcher dem Genie der populären Beredsamkeit am meisten beförderlich war. Denn diese muß freylich durch einige Urbanität gemildert werden; indeß erreicht sie ihren Zweck niemals so sicher, als wenn sie sich in gewissem Grade zu dem herrschenden Geschmacke und den Sitten des gemei= nen Volks herabläßt, und demselben gemäß eingekleidet ist. Dieß gesteht Cicero selbst, wenn er sagt, der eigenthümli= che Zweck des Scherzens auf dem Rednerplatze (*de Orat.* L. II. c. 54.) sey, nicht sich vielen Ruhm zu erwerben, sondern die Sache dahin zu bringen, *ut proficiamus aliquid*; das heißt, um einen Eindruck auf das Volk zu machen, welches, wie wir wissen, besser durch einen rauhen Scherz,

als durch die schönste, feinste Spötterey geschieht. Und
daß dieß der wahre Grund war, warum Cicero die alte
Komödie der neuern vorzog, das läßt sich nicht nur aus
der Natur der Sache, und seinem eignen Beyspiele schliessen; denn er war überall dafür bekannt, daß er unmäßig
in seinen Scherzen war, welches mit der Feinheit seines
Charakters gar nicht übereinstimmt; sondern es läßt sich
auch mit Gewißheit aus demjenigen folgern, was Quintilian in seiner Nachricht von der alten Komödie ausdrücklich anmerkt: Nescio an ulla Poesis, post Homerum, aut
similior sit oratoribus, aut ad oratores faciendos aptior.
Der Grund davon war ohne Zweifel der Nachdruck und
die fertige beredte Freyheit, vires et facundissima libertas,
wovon er vorhin gesagt hatte, daß sie ihr so vorzüglich eigen gewesen wären.

Und hieraus wird sich, wie ich glaube, ein schwieri-
ger Umstand in der Geschichte der Römischen Literatur erklären lassen, der, so viel ich weiß, noch von Niemand
bemerkt ist. Menander nämlich, und die Verfasser der
neuen Komödie, wurden zwar nachgehends als die einzigen
Meister in der komischen Gattung bewundert; indeß scheinen die Römischen Schriftsteller vor dem Zeitalter des August dieß nicht bemerkt, oder wenigstens nicht so völlig erkannt zu haben, ungeachtet der Römische Geschmack von
dieser Zeit an sichtbarlich in Verfall gerieth. Der Grund
davon war ohne Zweifel der, weil die populäre Beredsam-
samkeit, welche auch um diese Zeit noch ziemlich stark im
Gange war, sich die Freyheit der alten komischen Scherze
am meisten zu Nutze machte, die Feinheiten der neuern als
ihrem Zwecke nicht dienlich verwarf, und so unvermerkt den
allgemeinen Geschmack verderbte. Dieser wurde erst nach
und nach, und nicht eher, bis eine studirte und behutsame
Deklamation, wegen des nothwendigen Einflusses einer
unumschränkten Gewalt, die Freyheit ihrer alten Beredsamkeit verdrängt hatte, mit der Feinheit und der strengen
Beobachtung des Anstandes in Menanders Witze ausge-

söhnt. Selbst die Aufnahme des Terenz, die, dem ersten
Anblicke nach, hiewider zu streiten scheint, bestätigt diese
Meynung. Dieser Dichter, gerührt von der vorzüglichen
Schönheit der Menandrischen Manier, versuchte es zu früh,
ehe noch der allgemeine Geschmak genugsam dazu gebildet
war, sie auf die Bühne zu bringen, und brauchte allen den
Kredit, welchen ihm seine berühmten Gönner verschaffen
konnten, sich gegen das Geschrey des Volks zu halten.
Was man mit diesem Geschrey haben wollte, sehen wir aus
einer merkwürdigen Stelle in einem seiner Prologen, wo
er sich von seinem Gegner den Vorwurf machen läßt:

> Quas — fecit — fabulas,
> Tenui esse oratione et scriptura levi.
> *Prol. ad Phorm.*

Das heißt nicht, wie seine Ausleger es erklärt haben, seine
Schreibart wäre niedrig und unbedeutend; denn dieß konnte keinem einfallen; sondern, sein Dialog wäre unschmackhaft, seine Charaktere, und überhaupt seine ganze Schreibart hätte nicht das starke komische, welches ihr verderbter
Geschmack verlangte. Man sieht dieß ferner aus den bekannten Versen des Cäsar, worin er das Genie der Te-
renzischen Lustspiele charakterisirt, demselben Schuld giebt,
es fehle ihnen der komische Geist, und sie daher *lenia
scripta* nennt:

> *Lenibus* atque utinam *scriptis* adiuncta foret *vis*
> *Comica!*

Worte, welche der deutlichste Kommentar über die angeführten Verse sind.

Jedoch, dieser berühmte Ausspruch des Cäsar verdient noch näher untersucht zu werden. Denn man könnte
sagen, „ich wollte unter *vis comica* die komische Lustigkeit
der alten und mittlern Komödie verstehen, da es doch viel
wahrscheinlicher wäre, daß er damit die feine aber hohe
komische Laune der besten Verfasser der neuern Komödie,

besonders Menanders, meyne. Warum, sagt man, sollte
er sonst den **Terenz** *Dimidiate Menander* anreden? Dieser
Einwurf hat desto mehr Stärke, da die hier erwähnte seine
und hohe komische Laune in der Komödie von dem größten
Werthe ist, und da Menander, von dem die Alten so
ehrenvoll reden, und den wir nur aus ihren Lobsprüchen
kennen, mit allem Rechte für einen Dichter gehalten werden kann, der in diesem Stücke vortrefflich gewesen ist.
Indeß läßt sich doch darauf folgendes antworten.

1. Es ist überall angenommen, daß die Alten sehr
wenig von dem gehabt haben, was wir heutiges Tages
komische Laune, oder Humor, nennen. Lucian ist der
erste, oder vielmehr der Einzige, der uns eigentlich beträchtliche Proben davon hinterlassen hat. Und er ist beynahe neu in Vergleichung mit den Schriftstellern, wovon
hier die Rede ist. Allein

2. Daß Menander und die Verfasser der neuern
Komödie sich in diesem Stücke nicht hervorgethan haben, ist
aus verschiednen Gründen wahrscheinlich. Erstlich gedenkt
seiner Quintilian, der einsichtsvollste Kunstrichter des
Alterthums, mit keinem Worte, wenn er die Schönheiten
der Griechischen Komödienschreiber umständlich durchgeht,
und, was noch mehr ist, vergleichungsweise die Mängel
der Römischen aus einander setzt. Er glaubt sogar, daß
Terenzens Komödie, welche er doch für sehr schön erklärt,
nur ein sehr schwacher Schatten von der Griechischen sey.
Sein Grund davon ist: quod sermo ipse Romanus non
recipere videatur illam solis concessam Atticis venerem.
(L. X. c. 1.) Es scheint also, daß der vornehmste Fehler, welchen er am Terenz bemerkte, ein Mangel an jener
unerklärbaren Anmuth der Sprache gewesen sey, welche den
Griechen so vorzüglich eigen war; eine Anmuth von so
feiner Art, daß sie dieselbe auch nur in einer Mundart erreichen konnten: quando eam ne Graeci quidem in alio
genere linguae obtinuerint. (*ibid.*)

Einige Luftspiele des Terenz kann man beynahe als bloſſe Ueberſetzungen aus dem Menander anſehen. Und da die komiſche Laune, wovon in dem gemachten Einwurfe die Rede iſt, dem wahren Geſchmacke ſo ſehr gemäß iſt, ſo kann man ſich keinen Grund denken, warum der Dichter es mit Fleiß vermieden haben ſollte, dieſe größte und höchſte Schönheit in ſeine Luſtſpiele überzutragen; vornämlich, da das gemeine Geſchrey wider ihn darauf beruhte, daß es ihm an komiſcher Luſtigkeit mangle; ein Mangel, dem er durch eine genauere Aufmerkſamkeit auf dieſen Vorzug ſeines groſſen Originals, im Fall nämlich Menander denſelben beſeſſen, ſo leicht hätte abhelfen können. Man darf auch nicht denken, er habe es deswegen unterlaſſen, weil er von dieſem Vorzuge ſich gar keine Vorſtellung machen können, oder denſelben nicht zu ſchätzen gewußt habe; denn wir finden bey ihm, wiewohl freylich ſelten, einige feine Züge, die ſich ſo ſehr, als irgend etwas bey den Alten, dieſer ächten komiſchen Laune nähern. Von der Art iſt die Stelle in der Hecyra:

> Tum tu igitur nihil adtulisti huc plus vna sententia?

Aus dieſen Gründen ſollte ich glauben, daß Menander und die Verfaſſer der neuen Komödie, welche Terenz nachahmte, von dieſer Schönheit wenig gehabt haben müßten.

Was ſollen wir aber nun zu Cäſars dimidiate Menander ſagen? Ich glaube, es bezieht ſich bloß auf das, was auch Quintilian, wie wir geſehen haben, bemerkt, daß er, bey aller ſeiner Beeiferung um die Attiſche Feinheit doch, wegen der angebornen Unbiegſamkeit der Lateiniſchen Sprache, nicht im Stande geweſen ſey, der Griechiſchen Komödie gleich zu kommen. Selbſt der Text der Stelle beym Cäſar leitet uns auf dieſe Meynung:

> Tu quoque, tu in summis, ● dimidiate Menander,
>
> Poneris, et merito, *puri sermonis amator.*

Sein vorzügliches Verdienſt beſtand in der Reinigkeit und Urbanität des Ausdrucks; wenn er hierin nicht ſo weit

kam, als sein Meister, so lag die Schuld nicht an ihm, sondern an
der Unbiegsamkeit seiner Sprache. Und in diesem Betrachte enthält Cäsars Anrede das größte Kompliment. Quintilian
sagt in Absicht dieses Umstandes, vix leuem consequimur
vmbram. Aber Cäsar voll Bewunderung seiner Verdienste,
ruft aus:

Tu quoque, *tu* in summis, *o dimidiate Menander!*

sein Tadel des Terenz ist in folgenden Versen vorgetragen:

Lenibus atque vtinam scriptis adiuncta foret vis
Comica, vt aequato virtus polleret honore
Cum Graecis, neque in hac despectus parte iaceres;
Vnum hoc maceror et doleo tibi deesse, Terenti.

Auch dieß berechtigt uns noch nicht, anzunehmen, daß
Menanders Vorzug in der komischen Laune bestanden habe.
Denn er sagt nicht, daß er in dem Falle, wenn er dieß
Talent noch besessen hätte, dem Menander würde gleich
geworden seyn, sondern überhaupt den Griechen: aequato
virtus polleret honore cum Graecis. Und dieß war es,
warum ihn Cäsar bedauerte. Er wünschte, in ihm alle
Schönheiten der Griechischen Komödie vereint zu sehen. In
so fern es die Lateinische Sprache zuließ, hatte er gezeigt,
daß er Meister von der Feinheit der neuern Komödie sey.
Was er nun noch an ihm vermißte, war der starke Witz,
die starke Satire der Alten. Sein Liebling hatte also den
Griechischen Dichtern in jeder Art des Verdienstes nachgeeifert.

Wenn man dieß einräumt, so kann Cäsar sehr wohl
unter *vis comica* die komische Lustigkeit der mittlern und der
alten Komödie verstanden haben; wie das mit der so bewunderten Urbanität des Terenz übereinkömmt, ist hier
nicht die Frage.

Die Sache selbst konnte sich auch in der That nicht
wohl anders verhalten. Denn Plautus, der vornämlich
die mittlere Komödie nachahmte, hatte durch die Drollig-

keit seines Witzes und durch die poßierliche Lustigkeit seiner
Auftritte das Volk dergestalt bezaubert, daß er der herrschende Liebling der Bühne blieb, selbst lange nachdem
Afrankus und Terenz auf derselben erschienen waren. Dieß
Vorurtheil erhielt sich sogar noch in den Zeiten Augusts;
und das ist um so viel weniger zu verwundern, da dieser
Kaiser selbst so viel Gefallen an der alten Komödie fand.
(SVETON. *in Aug.* c. 89.) Horaz selbst sagt es an verschiednen Stellen, daß der allgemeine Beyfall noch immer
dem Plautus folgte, und wenn er selbst gleich an demselben
manche Fehler wahrnahm, so scheint er doch nicht so weit
gegangen zu seyn, daß er im Ganzen genommen den Terenz sollte vorgezogen haben. In der Folge war es
freylich ganz anders. Paterkulus bewundert den Terenz; Plutarch und Quintilian sind ganz von ihm bezaubert: ita omnem vitae imaginem expreſſit, ita eſt omnibus
rebus, perſonis, aſſectibus accommodatus. Man sollte
glauben, daß dieser Charakter ihn auch würde geschickt gemacht haben, ein vollkommnes Muster für den Redner zu
seyn. Und dieß war auch, wie man vermuthen konnte,
Quintilians Meynung. Denn wenn er gleich einsah, wie
aus der oben angeführten Stelle erhellt, daß die Verfasser
der alten Komödie im Grunde den Rednern am meisten nahe
kämen, und sich am besten dazu schickten, sie für den Ge-
richtsplatz zu bilden; so bewundert er doch die hohe Vollkommenheit von Menanders Manier, beurtheilt ihn nach
den Regeln einer richtigen und genauen Rhetorik, nicht in
Rücksicht auf den praktischen Redner, und erklärt ihn für
ein vollkommnes Muster rednerischer Schönheiten: vel
vnus, diligenter lectus, ad cunéta efficienda sufficiat. L. X. c. 1.
Cicero hingegen scheint anders gedacht zu haben; denn
kaum erwähnt er, so viel ich wüßte, den Namen Menanders in seinen rhetorischen Schriften, *) wiewohl er die

---

*) In der Abhandlung *de optimo genere oratorum* C. 2. wird
dieser Dichter zwar erwähnt; aber in ganz andrer Absicht — —
Der Ueberſ.

Verfaſſer der Griechiſchen Komödie umſtändlich empfiehlt.
Der Grund davon war unſtreitig der ſchon angeführte.
Die ſorgfaltige Beobachtung des Wohlſtandes, wegen wel‐
cher dieſer Dichter ſo berühmt war, — in omnibus mire
cuſtoditur ab hoc poeta decorum — machte, daß er kein
geſchicktes Muſter für einen Redner aus Volk ſeyn konnte,
vornämlich in Rom, wo ein Redner weit eher ſeine Sache
durch die vis comica, durch die freyere Luſtigkeit des Ari‐
ſtophanes und Plautus gewinnen konnte, als durch die
feinen Spöttereyen und ausgeſuchten Gemählde des Me‐
nander oder Terenz.

274. SI MODO EGO ET VOS SCIMVS INVRBANVM LE‐
PIDO SEPONERE DICTO.) Es währte lange, ehe die Alten
dieſen Unterſchied kennen lernten. Und man ſieht in der
That nicht, daß ſie denſelben jemals in dem hohen Grade
gekannt oder in Acht genommen hätten, wie man es von
ihrer feinen Unterſcheidungskraft in andern Fällen hätte er‐
warten ſollen. Selbſt Horaz, ſo ſehr fein auch ſeine
Schilderungen nach dem Leben gemeiniglich gezeichnet, ſo
ſchön ſie auch durch muntre Züge aufgeheitert ſind, pflegt
doch ungemein unter ſich ſelbſt hinabzuſinken, wenn er luſtig
ſeyn will, und ſich vornimmt, die komiſche Schreibart und
Manier zu brauchen. Dieß kömmt daher, weil die ganze
Wendung des Witzes der Alten etwas niedriges, und das
an ſich hat, was die Franzoſen *groſſier* nennen. Ihr Witz
iſt vielmehr eine Art von roher ungemäßigter Satyre, als
eine treffende und gemäßigte Spötterey, welche durch die
ſtrengſten Regeln der Lebensart und des guten Geſchmacks
in Schranken gehalten würde. Dieß giebt ein berühmter
Schriftſteller zu, der, wie es ſcheint, gerne ſehr günſtig
von den witzigen Köpfen der Alten denken möchte. Nach‐
dem er einige Beyſpiele von ihrer Art zu ſpotten angeführt
hat, ſetzt er hinzu: Ces exemples, quoique vifs & bons
dans leur genre, ont quelque choſe de trop dur, qui ne
s'accommoderoit pas à notre maniere de vivre; & ce ſeroit
ce que nous apellons rompre en viſiers, que de dire en

face des verités auſſi fortes que celles-là. *Recueil de bons Contes et de bons Mots.* p. 89. — Dieſe Rauhigkeit, worüber hier geklagt wird, iſt nirgend ſichtbarer, als in ihrem beſtändigen Spotte über körperliche Gebrechen, welchen alle Witzlinge der Griechen ſowohl als der Römer ſo häufig anbringen. Und um zu zeigen, daß dieß nicht eine Sache war, welche ſie ſich wider die Regel nur ſelbſt erlaubten, ſo erwähnt Cicero die körperlichen Gebrechen als eine von den beſten Quellen des Lächerlichen. Eſt deformitatis et corporis vitiorum ſatis bella materies. *De Orat.* L. II. c. 59. Und anderswo: Valde ridentur etiam imagines, quae fere in deformitatem, aut in aliquod vitium corporis ducuntur cum ſimilitudine turpioris, etc. (*ibid.* c. 66.) Und doch ſahen ſie, welches wohl zu merken iſt, die Ungereimtheit davon ein, wie man aus der Antwort ſieht, welche Lamia auf einen Scherz dieſer Art gab: Non potui mihi formam ipſe fingere. (*ibid.* c. 65.) Die allgemeine Einführung einer Gewohnheit, die an ſich ſo ungereimt war, und die ſie ſelbſt dafür erkannten, in den beyden geſitteteſten Staaten des Alterthums, muß nothwendig irgend eine allgemeine und dringende Urſache zum Grunde gehabt haben. So viel ich weiß, hat noch kein Schriftſteller dieſelbe unterſucht; ich will daher hier den Verſuch machen, dieſelbe aus einander zu ſetzen. Die Sache iſt merkwürdig, und würde einen ganzen Band erfodern, wenn man ſie ausführlich erläutern wollte. Ich kann hier nur bloß die vornehmſten Urſachen eben andeuten; und dieſe ſcheinen mir folgende geweſen zu ſeyn.

I. Die freye und populäre Regierungsart dieſer Staaten. Es wurde darin eine Gleichheit der Stände beybehalten, und eben dadurch eine gewiſſe Furchtloſigkeit und Unabhängigkeit durch alle Stände und Klaſſen verbreitet. Daher kam es, daß man ſich die größte Freyheit des Ausdrucks verſtattete, ohne daß die Hoffnung von Gunſtbezeugungen einigen Einfluß hatte, oder die Furcht vor perſönlichen Beleidigungen Jemanden abſchreckte; die bey-

den Quellen, woraus die Höflichkeit einer vorsichtigern
Spötterey ihren Ursprung hat. Nun aber ist von allen
Arten des Spottes für ein Volk, das durch jene Gründe
nicht zurückgehalten wird, die rauheste auch allemal die natürlichste, dergleichen der Spott über körperliche Gebrechen
ist. Man sieht dieß daraus, weil diese Art des Spotts
überall, in allen Regierungsformen, unter dem niedrigsten
Pöbel herrscht, bey welchem jene zwey Ursachen niemals statt
finden. Jedoch dieser Grund begreift einige besondre Umstände in sich, die erwogen zu werden verdienen. 1. Die
Redner, welche diese Art des Spottes von der Einrichtung
des Staats hernahmen und an sich hatten, trügen wiederum ihren Theils dazu bey, diesen Hang zur ungesitteten Lustigkeit zu befördern und demselben aufzuhelfen. Denn da
ihre Regierungsform, unmittelbare, und fast immerwäh-
rende Unterhaltungen mit dem Volke foderte, und die Natur
derselben ihrem Witze häufige Uebung gab, so war es natürlich, daß sie denselben nach den Fähigkeiten ihrer Zuhörer einrichteten, wenn sie es auch wirklich besser eingesehen
hätten. So finden wir, daß die gerichtlichen Redner, selbst
in den spätern Zeiten der Römischen Republik, ihren Gegner dem ausgelassenen Spotte des Pöbels aussetzten, indem
sie sich ausführlich über seine kleine Statur, seine häßliche
Gesichtsbildung oder krummes Kinn herausliessen. Beyspiele davon kann man in der Schrift des Cicero *de oratore*
finden, und selbst in einigen seiner Reden und andern Stücken
von ihm. 2. Von dem Gerichtsplatze breitete sich diese Spott-
sucht unvermerkt unter alle Stände aus, und besonders unter
die theatralischen Schriftsteller, wo sie ihre äusserste Höhe
erreichte, oder vielmehr noch weiter ausschweifte, indem sie
noch unmittelbarer und gerade zu das Gelächter des Volks
zum Gegenstande hatten. Jedoch, das Theater richtete sich
nicht nur, wie natürlich, nach dem Geschmacke der Zeiten,
welcher aus dem angeführten Grunde den Wohlstand eben
nicht sehr in Acht nahm; sondern es hatte vielleicht, wie
wir sehen werden, den größten Einfluß, diesen Geschmack
selbst hervorzubringen und zu bilden. Wir werden davon

überzeugt werden, wenn wir mit wenig Worten den Ursprung, Fortgang und Charakter des alten Theaters
durchgehen.

Das Griechische Drama entstand, wie wir wissen,
aus dem leichtfertigen, ausgelassenen Spotte des Gefolges
des Bacchus, welches sich die freyesten Spottreden voll
Beleidigung und Anzüglichkeit erlaubte, so wie sie sich am
besten für gesetzlose Geschöpfe schickten, die von festlicher
Fröhlichkeit begeistert, und vom Weine ausschweifend gemacht waren.　Hieraus entstand das satyrische Drama,
dessen Charakter noch immer diesen Ursprung verrieth, und
dessen Geist in der Folge größtentheils in der alten Komödie
von neuem belebt und beybehalten wurde.　Dieser herrschte,
wiewohl mit beträchtlicher Veränderung der Form, während
aller der verschiednen Perioden des Griechischen Theaters,
selbst da noch, als das Trauerspiel, welches aus jenem entstand, zur höchsten Vollkommenheit gebracht war.　Fast
eben das läßt sich von dem Römischen Drama sagen, welches, wie wir wissen, seinen Ursprung aus der unbeschränkten Lustigkeit der Römischen Jugend bey ihren Festen
hatte.　Hieburch wurden ihre *satyrae* veranlaßt, die nichts
anders waren als ein Gemische von regelloser Form, zur
Belustigung des Volcks vorgestellt.　Als in der Folge Livius
Andronikus die Verbesserung weiter getrieben, und diese
satyras in regelmäßige Trauerspiele verwandelt hatte, bearbeitete man eine andre Gattung von lächerlichen Possen-
spielen, die *Atellanae fabulae* hießen, und nach dem Charakter, den Diomedes von ihnen macht, voll witziger
Scherze, und den Griechischen Satyrspielen sehr ähnlich
waren.　Dictis iocularibus refertae, similes fere sunt saty-
ricis fabulis Graecorum.　Diese wurden hernach noch immer
beybehalten, und ihren regelmäßigsten dramatischen Vorstellungen in Rom beygesellt, gerade so wie die Satyrspiele in Griechenland, wenn man gleich, wie wir an seinem
Orte gesehen haben, sich viele Mühe gab, sie zu verbessern,
wo nicht völlig abzuschaffen.　Man sieht indeß auch dar-

aus, wie stark die Liebe der Römer zu diesem rohen unan-
ständigen Gespötte war, daß ihnen selbst der zügellose Charakter der Atellanischen Spiele noch kein völliges Genüge
that. Sie thaten, als ob sie sich vorgesetzt hätten, auf
ihre ursprüngliche bäurische Denkungsart wieder zurück zu-
gerathen, und setzten daher die Satyrspiele selbst unter dem
Namen *Exodia* fort, welches so viel heißt, als Possenspiele von der gröbsten und abgeschmacktesten Art, welche,
um die Fröhlichkeit des Tages zu vermehren, gemeiniglich
in die Atellanischen Stücke eingeflochten wurden. Man hat
nicht begreifen können, wie sich dergleichen Possen in den so
gesitteten Zeitaltern der Griechen und Römer noch immer gehalten haben. Itzt sieht man offenbar, welchen Einfluß sie
nothwendiger Weise auf den allgemeinen Geschmack haben
mußten.

II. Ein andrer Grund, der mit dem vorigen zusam-
menhängt, und aus demselben herfließt, scheint die Ausgelassenheit bey ihren Festen zu verschiedenen besondern
Jahrszeiten gewesen zu seyn. Dahin gehören die Dio-
nysia und Panathenäa unter den Griechen, und die
Bacchanalien und Saturnalien bey den Römern. Von
den letztern ist zu merken, daß sie sich bis zur spätesten Periode des Römischen Reichs erhalten haben. Es blieb darin ein Bild sowohl von dem freyen und ausgelassenen Witze
des alten Theaters, als von der ursprünglichen Gleichheit
und Unabhängigkeit ihrer alten Zeiten. Quintilian ist
der Meynung, man hätte mit einiger Einschränkung von
diesen freyen Festen zu gewissen Jahrszeiten, einen guten
Gebrauch machen können, um dadurch eine richtige Gabe
des Scherzens in den Rednern seiner Zeit zu bilden. So
wie sie waren, dienten sie unstreitig sehr dazu, dieselbe zu
verderben und zu verschlimmern. Seine Worte sind folgende:
Quin illae ipsae, quae *dicta* sunt ac vocantur, quas certis
diebus festae licentiae dicere solebamus, si paulum adhibi-
ta ratione fingerentur, aut aliquid in his serium quoque
esset admixtum, plurimum poterunt vtilitatis adferre: quae
nunc iuuenum, aut sibi ludentium exercitatio est. (L. IV. c. 3.)

Ueberdieß war in Griechenland der Luſtigmacher eine Art von
Bedienung, die zur Munterkeit der Privatfeſte nothwendig,
und, wie wir aus der feinen Satire in Xenophons Sympoſium ſehen, ſelbſt in dieſem geſitteten Zeitalter, allen Ge-
ſellſchaften willkommen war. *)

*) Dieß läßt ſich noch ferner aus dem Lucian beſtätigen, der
in die Beſchreibung eines prächtigen Gaſtmahls in ſeinem Ἀλεκτρυών
und in das Sympoſium ſeiner Λαπιθαι die γελωτοποιοὺς als Leute
einführt, deren Gegenwart bey dieſen Luſtbarkeiten nothwendig
war — Man wird nicht wiſſen, was mit der feinen Satyre
in Xenophons Sympoſium geſagt iſt, wenn man nicht bemerkt hat,
daß dieſe Art von Aufſätzen, welche bey den Alten in groſſem Anſehen waren, gewiſſermaſſen dramatiſch ſind: ἠθικοι λόγοι, wie
Ariſtoteles ſie würde genannt haben. Die in denſelben redenden
Perſonen, welche eben ſo, wie in der alten Komödie, wirkliche Perſonen ſind, beſchreiben ihre eignen Charaktere auf eine lebhafte,
und zuweilen übertriebene Art. Bey dieſen Begriffen von einem
Sympoſium werden wir nun ſchlechte Charaktere ſowohl, als gute
erwarten. Durch die Gattung der Schreibart ſelbſt war ihr Verfaſſer keinesweges an die letztern gebunden: und das Dekorum einer
feſtlichen Geſellſchaft, welche, vornämlich in freyen Staaten, in ihrem Umgange etwas ſatyriſches haben mußte, ſchien die erſtern zu
fodern. Wir ſehen alſo, was ganz unſtreitig Xenophons Abſicht
bey den Perſonen ſeines Luſtigmachers und Syrakuſers, und Platons Abſicht bey den Perſonen des Ariſtophanes und einiger andern geweſen ſey. Beyde laſſen noch, um dem Mißbrauche und der
Mißdeutung vorzubeugen, welchen dieſe perſönlich vertheilten Unterredungen allemal ausgeſetzt ſind, den Sokrates auftreten, um die
Leichtfertigkeit derſelben zu beſtrafen; er hat hier gewiſſermaſſen
das Amt des dramatiſchen Chors, *bonis favendi.* Indeß iſt es deſto
weniger zu verwundern, daß die Neuern die eigentliche Beſchaffenheit dieſer Sympoſien nicht gehörig eingeſehen haben, da ſelbſt
Athenäus, der eine Kritik darüber zu ſchreiben unternahm, und
von dem man doch denken ſollte, daß er beſſere Gelegenheit gehabt
hätte, ihren wahren Charakter kennen zu lernen, die gröbſte Unwiſſenheit darinn verrathen hat. Ich kann hier von dem allen nur
einen Wink geben; es würde ein intereſſanter Stof zu einer gelehrten Abhandlung ſeyn. Hier glaube ich genug geſagt zu haben,
um dem verſtändigen Leſer das Geheimniß dieſer dialogirten Gaſt-

D

Aus diesen Gründen wird sich, meiner Meynung nach, die Rauhigkeit des Witzes der Alten erklären lassen. Der freye Geist der Griechischen und Römischen Verfassung war unstreitig die vornehmste Triebfeder und Stütze desselben. Da aber dieser Charakter ihrer Regierungsform durch die Freyheit ihrer Demagogen, durch die Leichtfertigkeit der Bühne, und durch die unbeschränkte Ausgelassenheit wiederkehrender Feyerlichkeiten noch mehr befördert wurde; so war es kein Wunder, daß die unanständige Denkungsart alle Klassen und Stände des Volks dergestalt ansteckte, daß sie durch keine nachherige Bemühung und Verfeinerung völlig wegzuräumen war. Und diese Theorie wird durch wirklich: Vorfälle bestätigt. Denn nachdem die Tyranney eines einzigen alle Gewalt an sich gezogen, und die Freyheiten von Griechenland unterdrückt hatte, verfeinerte sich ihr Theater, verschönerte sich ihr Witz, und Menander fieng an zu schreiben. Das Römische Theater erfuhr zwar niemals eine durchgängige Verbesserung, theils, wie Quintilian glaubt, wegen der Unbiegsamkeit ihrer Sprache, aber hauptsächlich vielleicht, in Ansehung der Sittlichkeit, wegen der langen Fortdauer ihrer unbearbeiteten Possenspiele; indeß scheint doch eine Art von Verbesserung nach dem Verluste ihrer Freyheit erfolgt zu seyn, wie man aus der größern Delikatesse ihrer spätern Kunstrichter sieht, die, wie Quintilian und Plutarch, sehr freygebig mit dem Lobe Menanders und der neuen Komödie sind; da hingegen die Schriftsteller aus den Zeiten Augusts wenig davon berühren, die, wie es scheint, überhaupt dem rauhern Witze und der platten Lustigkeit der alten Komödie den Vorzug gaben. Auch die Geschichte des neuern Witzes bestätigt diese Meynung. Denn er ist größtentheils unter eingeschränkten Monarchien aufgeblüht, wo die theatralischen Ergötzlichkeiten gemäßigter waren, oder natürlicherweise nicht so sehr dem Geschmacke des gemeinen Mannes zu gefallen suchen mußten. So oft daher eine allgemeine Liebe

mahle aufzuschliessen, und den Grund des Lobes anzugeben, welches hier einem derselben ertheilt wird.

für die Wiſſenſchaften in ſolchen Staaten herrſchend gewor-
ben; ſo oft iſt meiſtens auch eine treffende, aber anſtändige Art des Witzes zugleich mit jener entſtanden.   Dabey
verdient noch dieſer Umſtand angemerkt zu werden, daß die
überhand nehmende Tyranney in einigen Staaten den Witz
entweder völlig unterdrückt,   oder bis zu einer weibiſchen
und ſchüchternen Delikateſſe verfeinert,   ſo wie die überhand
nehmende Ausſchweifung der Freyheit in andern Staaten
denſelben zu einer rohen und plumpen Rauhigkeit hinabge-
ſenkt hat.   Durch eine gehörige Miſchung hingegen von
Freyheit und Ausbreitung der Wiſſenſchaften erlangt der
Witz, wie man z. B. an der Engliſchen Nation wahrnehmen
kann, eine gehörige Mäßigung, und belebt unter den Händen ihrer beſten Schriftſteller, den ſtarken, und doch feinen
Spott, die Schilderung des Lächerlichen, worin es ihnen
noch keine andre Nation gleich gethan hat.

275. IGNOTVM TRAGICAE GENVS INVENISSE CAME-
NAE etc.)   Nachdem der Dichter eben die Nachläßigkeit der
Römiſchen Dichter in zwey oder drey Fällen bemerkt, und
ihnen zu gleicher Zeit die gröſſere Sorgfalt und Genauigkeit
der Griechen empfohlen hatte; — welches alles eine ſehr
ſchöne Vorbereitung auf den letzten Abſchnitt der Epiſtel
iſt; — ſo fährt er fort, das Griechiſche Drama kürzlich
durchzugehen, um ſowohl die glücklichen Bemühungen der
Griechiſchen Dichter,   als den wahren Zuſtand der Römiſchen Bühne zu zeigen, deren völliger Glanz, wie unmittelbar hernach folgt, nur von einem allgemeinen Triebe des
Fleiſſes und der Korrektheit zu erwarten ſtand.   Dieſer
ganze Zuſammenhang iſt eben ſo deutlich und leicht,   als
die beſondre Methode,   mit welcher dieſe Stelle ausgeführt
worden, ungemein ſchicklich iſt.

I. Um zu zeigen, wie viel Vortheile ſie vor den Griechen voraus hätten, bemerkt er, daß die letztern die ganze
Einrichtung des Drama zu erfinden und anzuordnen hatten,
welches jedoch durch den Fleiß und die zunehmende Erfahrung ihrer Dichter bald zu Stande kam.   Ihr Trauerſpiel,
ſo rauh und ungeſtalt es auf dem Karren des Theſpis war,

erschien in seiner gehörigen Gestalt und im richtigen Verhältnisse auf der Bühne des Aeschylus.   Auch ihre Komödie, welche von dieser Zeit an bearbeitet zu werden an-
fieng,   behauptete ihren eigenthümlichen Charakter,   und
erreichte,   bis auf die tadelnswürdige Auslassung eines
Chors, den völligen Umfang und die höchste Vollkommenheit
ihrer Art.

2. Um zu zeigen, was sie noch zu thun übrig hätten,
geht er in der Geschichte des Trauerspiels nicht weiter, als
bis auf den Aeschylus,   unter dessen Händen es seine gehörige Form und alle die seiner Natur wesentlichen Eigenschaften erhielt, die zu seiner höchsten Vollkommenheit noch
fehlten, die fernere Genauigkeit und Korrektheit eines Sophokles.   In Ansehung der Komödie zielt er auf den vornehmsten Mangel derselben, daß man nämlich in der neuen
Gattung der Komödie den Chor wegließ.   Dieß alles hat
der Dichter mit sehr vieler Kunst ausgeführt.   Auch der
Tadel, den er dabey in Gedanken hatte, ist vollkommen gegründet.   Denn erstlich war der Charakter des Römischen
Trauerspiels zu Horazens Zeiten mit dem Trauerspiele des
Aeschylus völlig einerley.   Aeschylus, sagt Quintilian,
war der erste, qui protulit tragoedias —   d. i. der wahre
regelmäßige Trauerspiele verfertigte —   sublimis et gravis
et grandiloquus saepe usque ad vitium; sed rudis in plerisque, et incompositus. (L. X. c. 1.)   Die nämliche Beschreibung, welche Horaz (L. II. Ep. I. v. 165.) von dem
Römischen Trauerspiele macht:

> natura sublimis et acer,
> Nam spirat tragicum satis et feliciter audet;
> Sed turpem putat inscitus metuitque lituram.

Ferner stand es um ihre Komödie freylich weit besser,
indem ihre besten Schriftsteller Afranius und Terenz dieselbe bearbeiteten; indeß fehlte doch der Chor, welcher nach
dem Urtheile des Dichters, wie es scheint, eben so noth-

wendig zur Vollkommenheit dieser, als der andern dramatischen Gattung war.

Aber er macht auch die Anwendung mit ausdrücklichen Worten:

Nil intentatum noſtri liquere poetae, etc.

d. i. Unſre Dichter haben ſich eben ſo wohl, als die Griechiſchen, einige Mühe gegeben, den Zuſtand der Bühne zu verbeſſern. Beſonders verdient eine jüngſthin gemachte Neuerung ſehr gelobt zu werden, daß ſie nämlich den Stof der Tragödie ſowohl als der Komödie von Nationalbegebenheiten hernehmen. Ihr einziger Fehler iſt, die Vernachläſſigung oder Verachtung der Arbeit und der Genauigkeit, welche dem Griechiſchen Theater die letzte Vollkommenheit gab.

Nachdem wir ſo den Zuſammenhang dieſer Verſe auf eine deutliche und natürliche Art aus einander geſetzt haben; ſo werden alle die Schwierigkeiten, welche gewiſſe groſſe Kunſtrichter in denſelben gefunden haben, von ſelbſt wegfallen. Auch hat man nun das, was der ſcharfſichtige Heinſius bey dieſer Stelle jemals zu erhalten für unmöglich hielt, nämlich eine ἀκολουθίαν, oder zuſammenhängende natürliche Ordnung dieſes ganzen Theils der Epiſtel, der ſchon ſehr in Gefahr war, alle ſeine Schönheit und Anmuth durch die dreiſten Verſetzungen dieſes Kunſtrichters zu verlieren.

278. POST HVNC PERSONAE PALLAEQVE, etc.) Dacier ſtößt ſich hier an eine Schwierigkeit, die er ſich ſelbſt in den Weg gelegt hat. Er wundert ſich, daß Horaz, in ſeiner Geſchichte des Theaters, die andern Verbeſſerungen des Aeſchylus übergeht, die Ariſtoteles anführt; und daß wiederum Ariſtoteles diejenigen übergeht, deren Horaz gedenkt. Beydes kömmt daher, weil keiner von beyden die Abſicht hatte, eine vollſtändige Nachricht von den Verbeſſerungen der Griechiſchen Schaubühne zu geben, ſondern nur ſo viel anführen wollte, als einem Jeden zu

seinem Zwecke nöthig war. Beym Aristoteles ist die Rede
von der innern Einrichtung des Drama; er führt also nur
diejenigen Veränderungen des Aeschylus an, welche zu
diesem Zwecke gehörten. Horaz redet überhaupt von der
Form des Drama, wie sie durch den Fleiß und durch die
Bemühungen eben dieses Dichters zur Vollkommenheit gebracht ist; und wählt daher bloß diejenigen Verbesserungen,
welche am meisten mit den rohen Versuchen des Thespis
kontrastiren, und, da sie die übrigen mit einschliessen, die
Tragödie, so zu sagen, in eigner Person auf die Bühne
bringen. Die Wirkung hiervon in der Poesie muß der Leser
selbst empfinden.

288. VEL QVI PRAETEXTAS, VEL QVI DOCVERE
TOGATAS) Man hat sich bey Erklärung dieser Stelle viele
Schwierigkeiten gemacht. Es ist nämlich die Frage, ob
praetextas auf die Tragödie gehe, oder ob es eine Gattung
von Komödie bedeute? Die Antwort läßt sich sehr entscheidend aus einer Stelle beym Diomedes nehmen, dessen
Nachricht kürzlich folgende ist: „*Togatae* ist eine allgemeine Benennung für alle Arten Lateinischer Schauspiele,
worin Römische Sitten und Kleidung vorkamen; so wie
palliatae für alle, worin beydes Griechisch war. Von
den *togatis* giebt es verschiedne Gattungen, als: 1. Die
praetexta oder *praetextata*, worin Römische Könige und
Feldherren auf die Bühne gebracht wurden, und die so
heißt, weil die *praetexta* die unterscheidende Tracht solcher
Personen war. 2. Die *tabernaria*, welche auch oft
togata genannt wird, wiewohl dieß Wort, wie wir gesehen
haben, eigentlich einen weitläuftigern Verstand hatte. 3.
Die Atellana. 4. *Planipedis.*" Gleich darauf bemerkt er
die Verschiedenheit dieser mancherley Gattungen der *togatae*,
von den ähnlichen, mit jenen übereinstimmenden Gattungen der *palliatae*, welche folgende sind: 1. die eigentlich
so genannte *Tragoedia*. 2. *Comoedia*. 3. *Satyri*. 4. Μῖμος. —
Diese viererley Gattungen der *palliatae* waren vermuthlich
auch zu Rom gewöhnlich, wenigstens die beyden erstern

unſtreitig. — Man ſieht alſo hieraus, das *praetextata*
eigentlich die Römiſche Tragödie war. Er ſetzt aber hinzu:
Togata praetextata a tragoedia differt; und von der wird
auch geſagt, ſie ſey bloß der Tragödie ähnlich, *tragoediae
similis*. Worinn beſteht dieſer Unterſchied und dieſe Aehnlichkeit? Die Erklärung folgt gleich darauf. „In der
Tragödie werden ſolche Helden auf die Bühne gebracht,
als Oreſt, Chryſes, und dergleichen; in der *praetextata*,
ein Brutus, Decius, oder Marcellus.“ Wenn alſo in
einem Stücke bloß Griechiſche Charaktere vorkamen, ſo
wurde es ſchlechthin *tragoedia* genannt; kamen Römiſche
vor, ſo hieß es *praetextata*, beyde aber waren doch Tragödien. Der ganze Unterſchied beſtand darin, daß die
Perſonen entweder ausländiſch oder einheimiſch waren. In
jedem andern Betrachte ſtanden ſie in der genaueſten Verwandſchaft. Eben dieß wird von der Römiſchen Komödie
bemerkt. Wenn dieſelbe ſich Griechiſcher Charaktere bediente, ſo wurde ſie *comoedia* genannt; waren die Charaktere Römiſch, ſo hieß ſie *togata tabernaria*, oder ſchlechthin
togata. Damit man von der Zuverläßigkeit dieſer Nachricht ſich ſelbſt überzeugen könne, will ich dieſelbe der Länge
nach mit dieſes Grammatikers eignen Worten herſetzen:
Togatae fabulae dicuntur, quae ſcriptae ſunt ſecundum ritus et habitus hominum togatorum, id eſt, Romanorum,
(toga namque Romana eſt) ſicut Graecas fabulas ab habitu
aeque palliatas Varro ait nominari. Togatas autem, cum
ſit generale nomen, ſpecialiter tamen pro tabernariis, non
modo communis error vſurpat, ſed et poetae. — Togatarum fabularum ſpecies tot fere ſunt, quot et palliatarum.
Nam prima ſpecies eſt togatarum, quae *praetextatae* dicuntur, in quibus imperatorum negotia agebantur et publica, et reges Romani vel duces inducuntur, perſonarum et
argumentorum ſublimitate tragoediis ſimiles: praetextatae
autem dicuntur, quia fere regum vel magiſtratuum, qui
praetexta vtuntur, in huiusmodi fabulis acta comprehen-
duntur. Secunda ſpecies togatarum, quae *tabernariae* di-

cuntur, humilitate perfonarum et argumentorum fimilitu-
dine comoediis pares — Tertia fpecies eft fabularum
Latinarum, quae — *Atellanae* dictae funt, fimiles fatyricis fabulis Graecis. Quarta fpecies eft *planipedis*, Graecae
dicitur Μῖμος. — Togata praetextata a tragoedia differt.
In tragoedia heroes introducuntur. Pacuuius tragoedias
nominibus heroicis fcripfit, Oreften, Creften, Chryfen,
et his fimilia. Item Accius. In praetextata autem fcribi-
tur, Brutus, vel Decius, vel Marcellus. Togata tabernaria
a comoedia differt, quod in comoedia Graeci ritus inducuntur, perfonaeque Graecae, Laches, Softrata. In illa
vero Latinae. (L. III. *c. de Comoediae et Tragoediae diffe-
rentia.* V. inter PVTSCHII *Grammaticae Lat. autores antiquos*, p. 486. f.) Mit diefer Befchreibung des Diomedes
ſtimmt die vom Feſtus vollkommen überein, wiewohl
Dacier eine ganz entgegengeſetzte Folge daraus zieht:
Togatarum duplex eſt genus; praetextarum — et taber-
nariarum. Nun ſchließt Dacier, daß die *praetextatae*, da
ſie eine Gattung von den *togatis* ſind, nothwendig Komödien ſeyn müſſen, ohne zu erwägen, daß *togata* hier eine
generiſche Benennung iſt, welche alle die verſchiednen Gattungen ſowohl der Römiſchen Tragödie als Komödie unter
ſich begreift. Nach allem dem, was hier geſagt iſt, und
vornämlich nach dem vollſtändigen und entſcheidenden Zeugniſſe des Diomedes, kann man nicht länger darüber zweifelhaft ſeyn, was das Wort *praetextas* bedeute. Man
kann es daher nicht ohne Verwunderung leſen, wenn Dacier zu ſeiner langen Note über dieſe Stelle folgende viel
verſprechende Vorrede macht: C'eſt un des plus difficiles
paſſages d'Horace, & peut-être celui qu'il eſt le plus mal
aiſé d'éclaircir à cauſe du peu de lumiere, que nous donnent
les auteurs Latins fur tout ce qui regarde leurs pieces de
theatre.

281. SVCCESSIT VETVS HIS COMOEDIA, etc.) D. i.
man fieng an die Komödie zu bearbeiten und zu verbeſſern,
von der Zeit an, da die Tragödie zu ihrem Ziele gelangt
war, ἔχε τὴν ἑαυτῆς φύσιν. nämlich unter den Händen des
Aeschylus. Man braucht hier nicht mit einigen Kunſtrichtern anzunehmen, daß Horaz den Urſprung der Komödie
um dieſe Zeit hätte feſtſetzen wollen. Dieſer Meynung iſt,
in der That, die Erfahrung ſowohl, als die Ordnung der
Natur zuwider. Die Anmerkung des Fontenelle iſt ſehr
richtig: Le talent d'imiter, qui nous eſt naturel, nous
porte plutôt à la comedie, qui roule ſur des choſes de notre
connoiſſance, qu'à la tragedie, qui prend des ſujets plus
éloignés de l'uſage commun; & en effét, en Grece auſſi
bien qu'en France la Comédie eſt l'ainée de la Tragedie.
(Hiſt. du Theatre Franç.) Das letztere, in Anſehung der
Franzoſen, ſieht man aus dem Stücke, worauf er ſich
beruft; und das erſte in Anſehung Griechenlandes, ſcheint
vom Ariſtoteles ſelbſt (Dichtk. Kap. 25.) beſtätigt zu
werden. Nur wird die Komödie, wenn ſie gleich überall
wenigſtens eben ſo früh entſteht, als die Tragödie, doch
weit ſpäter zur Vollkommenheit gebracht. Menander er-
ſchien bekanntermaſſen lange nach dem Aeschylus. Von
der Franzöſiſchen Tragödie läßt ſich zwar ſagen, mit dem
Ariſtoteles zu reden, ἔχε τὴν ἑαυτῆς φύσιν unter den
Händen des Corneille; nicht aber von der Franzöſiſchen Komödie, die erſt einen Moliere erwarten mußte, ehe ſie jenen Gipfel der Vollkommenheit erreichte. Die Schuld liegt
daran, weil das komiſche Drama ſchwerer iſt. Man darf
ſich daran nicht kehren, daß es in Rom umgekehrt gieng.
Denn zu der Zeit, da die Römer ernſtlich für das Theater
arbeiteten, hatten ſie nichts zu erfinden, ſondern nur die
vollkommnen Griechiſchen Muſter nachzuahmen, oder vielmehr
zu überſetzen. Und es fügte ſich, aus Urſachen, bey denen
ich mich hier nicht aufhalten will, daß ihre Dichter in der
Nachahmung der Griechiſchen Komödie glücklicher waren,
als in der Tragödie.

284. TVRPITER OBTICVIT. —) Offenbar beswe-
gen *turpiter*, weil die Aufhebung des *jus nocendi* kein
Grund war, den Chor völlig abzuschaffen. Dacier versteht den Sinn unrecht: Le chœur se tût ignominieuse-
ment, parce que la loi reprima sa licence, & que ce fût,
à proprement parler, la loi qui le bannit; ce qu' Horace
regarde comme une espece de flétrissure. — Eigentlich
zu reden schaffte das Gesetz nur bloß den Mißbrauch des
Chors ab. Das Schimpfliche lag in der Aufhebung seines gänzlichen Gebrauchs, wegen dieser Einschränkung.
Horaz war der Meynung, man hätte den Chor beybehalten sollen, wenn gleich der Staat demselben die Freyheit
einer unbeschränkten und unmässigen Satyre genommen
hatte, worauf er sich sonst am meisten zu gute that.
Sublatus chorus fuit, sagt Scaliger, cuius illae videntur
esse praecipuae partes, ut potissimum, quos liberet, lae-
derent.

286. NEC MINIMVM MERVERE DECVS VESTIGIA
GRAECA AVSI DESERERE ET CELEBRARE DOMESTICA FA-
CTA.) Dieß Urtheil des Dichters, da er einheimische
Subjekte als die geschicktesten für das Theater empfiehlt,
läßt sich durch verschiedne augenscheinliche Gründe bestätigen. Denn erstlich wird das Drama dadurch unendlich
rührender; und dieß aus mancherley Ursachen. Ein Subjekt nämlich, das aus unsrer eignen Geschichte hergenommen ist, muß natürlicherweise ein wahrscheinlicheres Ansehen haben, wenigstens für den großen Haufen, als ein
solches, das aus der Geschichte einer fremden Nation entlehnt ist. — Wir nehmen ferner alle einen persönlichen
Antheil an einem solchem Stoffe. — Es giebt die beste
und leichteste Gelegenheit, sich unserer Gemüther zu bemächtigen, durch öftere Beziehung auf unsre Sitten, Vorurtheile, und Gebräuche. Und von wie großer Wichtigkeit
dieß ist, kann man daraus abnehmen, daß selbst bey der
Vorstellung ausländischer Charaktere die dramatischen Dichter sich genöthigt gesehen haben, Wahrheit und Wahrschein-

lichkeit der Denkungsart ihrer Nation aufzuopfern, und ihre Perſonen, ihrer beſſern Einſicht zuwider, gewiſſermaßen nach der Mode und nach den Sitten ihres Landes umzukleiden. — *) Endlich wird der Dichter ſelbſt wegen ſeiner genauen Bekanntſchafft mit dem Charakter und Genie ſeiner eignen Nation weit eher im Stande ſeyn, die Sitten mit Geiſte und Leben zu ſchildern.

Der zweyte Grund, auf den man allemal ſein Augenmerk haben ſollte, iſt dieſer: das Drama wird dadurch ſeiner moraliſchen Beſtimmung nach allgemeiner nützlich. Denn wenn es einheimiſche Vorfälle betrifft, ſo rührt die vornehmſte Lehre, die aus der Fabel fließt, uns deſto ſtärker; und die vorgeſtellten Charaktere werden, weit eher auf unſer Verhalten Einfluß haben, wegen des Antheils, den wir an ihren guten oder böſen Eigenſchaften nehmen.

Endlich verdient Horazens Urtheil deſto mehr in Acht genommen zu werden, da die Griechiſchen Dichter, unſre großen Muſter, wirklich nach dieſer Regel verfuhren. Es iſt merkwürdig, daß in ihren Schauſpielen kaum eine einzige Scene vorkömmt, die auſſer den Gränzen von Griechenland vorgienge.

Dieſer Gründe ungeachtet iſt man indeß zu allen Zeiten ſehr wenig nach denſelben verfahren. Die Römer machten zwar einige wenige Verſuche von dieſer Beſchaffenheit, von welchen der Dichter hier Gelegenheit nahm, ſie als eine dramatiſche Regel vorzutragen: aber ſie verfielen bald wieder auf ihre alte Gewohnheit, wie man aus den Trauer-

*) L'étude égale des poetes de differens tems, à plaire à leurs ſpectateurs, a encore influé dans la maniere de peindre les caracteres. Ceux qui paroiſſent ſur la ſcene Angloiſe, Eſpagnole, Françoiſe, ſont plus Anglois, Eſpagnols, ou François que Grecs ou Romains, en un mot que ce qu'ils doivent être. Il ne faut qu'un peu de diſcernement pour s'appercevoir, que nos Céſars & nos Achilles, en gardant même une partie de leur caractere primitif, prennent droit de naturalité dans le païs, où ils ſont transplantés, ſemblables à ces portraits, qui ſortent de la main d'un peintre Flamand, Italien ou François, & qui portent l'empreinte du païs. On veut plaire à ſa nation, & rien ne plaît tant que la reſſemblance de manieres et de genie. **J. BRUMOY.** Vol. I. p. 200.

spielen des Seneka und aus den Aufschriften andrer Schauspiele, sieht, welche in oder nach dem Zeitalter Augusts geschrieben sind. In den folgenden Zeiten behielt man noch eben die Liebe zu Griechischen Subjekten, aber auch zugleich eine eben so starke Neigung für die Römischen. Die Ursache war in beyden Fällen allemal dieselbe; nämlich das starke und eingewurzelte Vorurtheil, welches beynahe bis zur Anbetung getrieben wird, für die berühmten Namen dieser beyden großen Staaten. Und auch dieß läßt sich sehr leicht erklären. Ihre Schriften sind die Beschäftigung unsrer jüngern, und die Erholung unsrer reifern Jahre; sie sind noch ganz besonders das Studium dererjenigen, die in der Poesie und fürs Theater arbeiten; und diese Schriften flössen uns unvermerkt eine übertriebne Verehrung gegen alle die Vorfälle ein, die in denselben vorkommen. Dieß geht so weit, daß hernach keine andre Subjekte oder Vorfälle uns beträchtlich genug scheinen, oder nur einigermaßen an unsre Begriffe von der Würde der tragischen Scene hinan reichen, als nur diejenigen, welche die Zeit und eine lange Bewunderung in den Jahrbüchern ihrer Geschichte geheiligt hatte. Shakespear war, glaube ich, der erste, der durch diese Schranken eines klassischen Aberglaubens hindurch brach. Und er hatte dieß Glück, so wie manches andre, seinem Mangel an dem zu danken, was man gemeiniglich den Vortheil einer gelehrten Erziehung zu nennen pflegt. So hatte die Gewalt eines frühen Vorurtheils keinen Einfluß auf ihn, und er traf sogleich den richtigen Pfad der Natur und des gesunden Verstandes. Ohne die Absicht zu haben, ohne es selbst zu wissen, hat er uns in seinen historischen Stücken, bey allen ihren Anomalien, doch ein weit ähnlicheres Bild des Atheniensischen Theaters geliefert, als man irgendwo bey den ausgemachtesten Bewundrern und Nachahmern desselben antreffen wird.

Nur das einzige will ich noch hinzusetzen, daß es, um diese Regel, einheimische Vorfälle zu behandeln, desto glücklicher zu befolgen, sehr auf den Zeitpunkt ankömmt, aus welchem man den Stof genommen hat. Zeiten, die gar zu entfernt sind, haben fast eben die Schwierigkeiten, und keinen von den Vortheilen, welche sich bey dem Zeitalter Griechenlandes und Roms befinden. Dagegen sind die neuern Zeiten uns gar zu sehr bekannt, und haben noch nicht das ehrwürdige Ansehen erhalten, welches das Trauerspiel fodert, und das Alter allein geben kann. Es läßt sich hier nichts mit Genauigkeit bestimmen. Ueberhaupt ist derjenige Zeitpunkt dem Zwecke des Dichters am dienlichsten, der uns zwar frisch genug im Gedächtnisse liegt, um uns bey dem Verlaufe der Handlung zu erwärmen und zu interessiren; aber doch auch von der gegenwärtigen Zeit so weit entfernt ist, daß er alle die kleinen und unbedeutenden Umstände verloren hat, die neuern Vorfällen unvermeidlich anhangen, und gewissermaßen die edelsten neuern Begebenheiten zu den täglichen Vorfällen des gemeinen Lebens herab setzen.

295. INGENIVM MISERA, etc.) Saepe audiui, poetam bonum neminem (id quod a Democrito et Platone in scriptis relictum esse dicunt) sine inflammatione animorum existere posse, et sine quodam afflatu quasi furoris. CICERO de Oratore L. II. c. XLVI. Und eben so Petronius: praecipitandus liber spiritus, ut furentis animi vaticinatio appareat. Cap. CXVIII. — Eben dieß Urtheil findet man bey jedem guten, alten oder neuern, Kunstrichter. Wer kann aber die Grimassen jener kleinen Geister vertragen, die deswegen, weil die wahrhaftig begeisterten Genies in dem Feuer der Begeisterung von der Flamme und der Wuth des Enthusiasmus fortgerissen werden, die, sage ich, bey einer zahmen, kalten Phantasie, auf eben diese feurigen und hohen Entzückungen Anspruch machen? Das Schicksal dieser Bewerber um die Ehre der Gottheit ist, daß sie, ἐνθουσιᾷν ἑαυτοῖς δοκοῦντες, ὦ βακχεύουσιν, ἀλλὰ παίζουσιν. (LONGIN. περ. ὕψος, γ.) Und Quintilian schließt uns hierüber das ganze Geheimniß auf: Quo quisque ingenio minus valet, hoc se magis attollere et dilatare conatur: ut statura breves in digitos eriguntur, et plura infirmi minan-

tur. Nam tumidos et corruptos et tinnulos et quocunque
alio cacozeliae genere peccantes, certum habeo, non viri-
um, sed infirmitatis vitio laborare: ut corpora non ro-
bore, sed valetudine inflantur: et recto itinere lapsi plerumque divertunt. (L. II. c. 3.)

298. BONA PARS NON VNGVES etc.) Die beſtän=
dige und erbärmliche Affektation derjenigen Art von Leuten,
wovon vorhin die Rede geweſen iſt. Bey der Beſcheiden=
heit, auf die Sache ſelbſt Anſpruch zu machen, werden ſie
gewiß das Zeichen nicht verabſäumen, und indem ſie ſich
auf dieſe Art eine Begeiſterung erträumen, die ſie nicht ha=
ben, nehmen ſie alles das Poſſirliche an, welches f.lbſt
denjenigen zum Nachtheile gereicht die wirklich begeiſtert
ſind.

303. QVID DECEAT, QVID NON :) Nihil eſt difficilius, quam,
quid deceat, videre. πϱέπον appellant hoc Graeci: nos dicamus
ſane *decorum*. De quo praeclare et multa praecipiuntur, et
res eſt cognitione digniſſima. Huius ignoratione non modo in vita, ſed ſaepiſſime in *poematis* & in oratione pecca-
tur. CIC. *de Orat*. c. XXI.

309. SCRIBENDI RECTE SAPERE EST ET PRINCIPI-
VM ET FONS.) Eben ſo dachte der Orator, wenn er ſeinen
Lehrling in die Akademie verwies, um ſich zu unterrichten.
Quis neſcit, maximam vim exiſtere oratoris in hominum
mentibus vel ad iram, aut dolorem, incitandis, vel ab hisce
iisdem permotionibus ad lenitatem miſericordiamque revo-
candis? quae, niſi qui naturas hominum, vimque omnem
humanitatis, cauſasque eas, quibus mentes aut incitantur
aut reflectuntur, penitus perſpexerit, dicendo, quod volet,
perficere non poterit. *Atqui totus hic locus philoſophorum*
proprius videtur. (*De Orat*. L. I. c. XII.) Und wir
wiſſen, daß er aus eigner Erfahrung ſprach, da er ſich ſeine
redneriſche Geſchicklichkeit nicht in den Schulen der Rheto=
riker, ſondern in den Gängen der Akademie erworben
hatte: fateor me oratorem, ſi modo ſim, aut etiam quicun-

que sim, non ex rhetorum officinis, sed ex Academiae spa-
tiis extitisse. *de Orat.* c. III. Allein der Grund, den er
von dieser Erinnerung angiebt, gehört zwar auch für den
Dichter, der eben sowohl, als der Redner, die Pflicht hat,
posse voluntates impellere, quo velis: unde velis deducere;
aber er ist doch nicht der einzige, welcher den Dichter hiezu antreiben muß. Denn sein Geschäfte ist es, zu schildern; und zwar nicht bloß, wie der Redner, um zu rühren, sondern bloß in der Absicht, um zu vergnügen: solam
petit voluptatem. (QVINTIL. L. X. c. I.) Der Ruhm
seiner Kunst besteht darin, jeden verschiednen Anblick der
Natur sich zu Nutze zu machen, und vorzüglich den menschlichen Charakter in jedem verschiednen Lichte und in jeder
Gestalt vorzustellen, unter welcher derselbe zu erscheinen
pflegt. Allein dieß muß nicht ohne ein feines Studium
und eine philosophische Kenntniß des Menschen geschehen.
Zu dieser Absicht schickt sich die Sokratische Philosophie
ganz besonders, wie in der Note zu v. 317 bemerkt ist.
Hiezu kömmt noch, daß es der wahren Poesie eigen ist, alles
nicht bloß zu beleben, sondern zu personalisiren; omnia
debent esse morata. Daher die unumgängliche Nothwendigkeit der moralischen Kenntnisse; indem die ganze Poesie in der
That nichts anders ist, als „ein Raub, den die Dichter
„dem menschlichen Geschlechte entwenden;" wie Dryden
irgendwo die Komödie nennt.

310. SOCRATICAE CHARTAE.) Ein bewunderter,
und in mancher Absicht bewundernswürdiger Schriftsteller
kommentirt diese Worte auf folgende Art: „Die philosophi-
„schen Schriften, auf welche der Dichter verweist, waren
„an sich selbst eine Art von Poesie, gleich den mimischen
„Spielen, oder personificirte Stücke der erstern Zeiten, ehe
„die Philosophie im Gange war, und die dramatische Nach-
„ahmung sich noch kaum gebildet hatte, oder doch
„wenigstens in manchen Stücken, nicht zur gehörigen Voll-
„kommenheit gelangt war. Es waren Stücke, die außer
„ihrer Stärke der Schreibart und einem versteckten Sylben-

„maaffe, eine Art von Aktion und Nachahmung hatten,
„gerade so, wie die epische und dramatische Gattung. Sie
„waren entweder wirkliche Dialogen, oder Erzählungen
„von dergleichen persönlichen Gesprächen, wobey die Per-
„sonen selbst durchgängig beybehaltene Charaktere hatten,
„ihre eignen Sitten, Denkungsarten, und verschiedne Wen-
„dungen des Temperaments und des Verstandes, die nach
„der genausten poetischen Wahrheit beobachtet waren. Es
„lag in diesen Stücken nicht bloß Moral zum Grunde; es
„wurden darin nicht bloß Sitten und Charaktere ins Licht
„gesetzt; sie stellten dieselben lebendig vor, und zeigten da-
„bey die Mienen und Gesichtszüge der handelnden Personen.
„Und hiedurch lehrten sie uns nicht bloß andre Leute ken-
„nen; sondern ihr vornehmster und höchster Werth bestand
„darin, daß sie uns selbst uns kennen lehrten."— In
so fern sind also diese Muster für Schriftsteller einer jeden
Art von unstreitigem Nutzen. Ich übergehe alles das, was
der Verfasser der angeführten Stelle von der besondern
Schönheit dieser so sehr gepriesenen Muster, sowohl in Ansehung ihrer Materie, als ihrer Manier, häufig erwähnt,
und durch sein eignes Beyspiel zu empfehlen sucht. Man
glaube nicht, daß ich deswegen diese dialogische Manier
nicht für nachahmungswürdig hielte. Aber man sieht schon,
daß der Geschmack daran so herrschend und allgemein wird,
daß man beynahe zweifeln möchte, ob die gute Schreibart
mehr durch die Vernachlässigung, oder durch die falsche
Nachahmung der Platonischen Manier Gefahr laufe. Ihre
Reize, wenn sie von einem wahren Genie zur Verschönerung eines nachdrücklichen Inhalts sparsam gebraucht werden, haben allerdings viel Schönheit. Wenn aber dieser
Einfall zu platonisiren einem kleinern Geiste ankömmt, der
damit eine gemeine Materie veredeln will, und von Akade-
mischer Feinheit und Affektation überfließt; so kann für einen
richtigen und männlichen Geschmack nichts ekelhafters gedacht werden. Man muß schon zuweilen die Augen zublin-
zen, wenn man häufige Beyspiele hievon beym Plato selbst
nicht gewahr werden will. Allein seine neuern Nachahmer

sind noch viel weiter gegangen.   Bey solch einer Menge
von Beyspielen darf ich keine besondren Stellen anführen.
Lieber will ich nur die Anmerkung machen, daß sich diese
Thorheit, so beleidigend sie auch ist, vielleicht durch den
gegenwärtigen Zustand der Englischen Litteratur, und durch
den Charakter des großen Originals selbst einigermaßen entschuldigen läßt, welches diese Schriftsteller nachzuahmen suchen.   Wenn eine Sprache, so wie gegenwärtig die Englische, durch vollkommne Muster der Schreibart beynahe in
jeder Gattung sehr verfeinert und bereichert ist; so pflegt es
eine natürliche Folge zu seyn, daß man den nächsten Schritt
zu einer fehlerhaften Affektation thut.   Denn die Simplicität des wahren Geschmacks wird unter diesen Umständen
abgeschmackt.   Man muß es besser, als das beste, zu machen, und den schlaff gewordnen Appetit des Lesers
durch übertriebne Leckereyen anzubringen suchen.   Und dieß
in den Gedanken und Empfindungen eben sowohl, als in
der Sprache.   Hieraus sehen wir, wie es zugieng, daß
selbst in Griechenland, wo man sich mit mehr als gemeiner
Sorgfalt einer guten Schreibart befließ, die Philosophie,
so bald sie aus den Händen ihrer grossen Meister gerieth,
nach und nach in die Grübeleyen der Sophisterey, so wie
die Beredsamkeit in rednerische Kunstgriffe ausartete.

Allein es war auch, wie ich schon berührt habe, in
dem Charakter des nachgeahmten Schriftstellers etwas sehr
kitzliches und gefährliches, wovor sich der neuere Haufen
von Nachahmern nicht genug in Acht nahm.   Ein sehr
genauer Kunstrichter des Alterthums lehrt uns, worin dieses
bestand.   Darin nämlich, daß Plato „den Schwung der
„poetischen Schreibart in philosophische Gespräche übertrug.„
ὅτι τὸν ὄγκον τῆς ποιητικῆς κατασκευῆς ἐπὶ λόγυς ἤγαγε φιλοσόφυς.
(DIONYS. HALIC. *Ep. ad C. Pomp. p.* 205 *ed. Huds.*) Und
wenn gleich dieser Versuch größtentheils nicht übel aus-
fiel; — denn welche Widersprüche giebt es wohl, die
ein grosses Genie nicht zusammen reimen könnte? — so
wurde diese Schreibart doch bisweilen selbst unter seinen

Händen fehlerhaft. Und, wie ein Französischer Schriftsteller sich sehr wohl ausdrückt: le *divin* Platon, pour avoir
voulû s'élever trop au deſſus des hommes, eſt ſouvent tom-
bé dans un *galimatias* pompeux, que quelques uns confon-
dent avec *le ſublime.* Der **Phädrus** iſt zwar das merk-
würdigſte, aber nicht das einzige Beyſpiel einer ſolchen verunglückten Schreibart in den Schriften dieſes groſſen
Mannes.

317. VERAS HINC DVCERE VOCES.) *) Wahrheit
heißt in der Poeſie ein ſolcher Ausdruck, als der allgemeinen Natur der Dinge gemäß iſt; Falſchheit hingegen ein
ſolcher, als ſich zwar zu dem vorhabenden beſondern Falle
ſchicket, aber nicht mit jener allgemeinen Natur übereinſtimmt. Dieſe Wahrheit des Ausdrucks in der dramatiſchen
Poeſie zu erreichen, empfiehlt Horaz zwey Dinge: einmal, die Sokratiſche Philoſophie fleiſſig zu ſtudiren;
zweytens, ſich um eine genaue Kenntniß des menſchlichen
Lebens zu bewerben. Jenes, weil es der eigenthümliche
Vorzug dieſer Schule iſt, ad veritatem vitae propius acce-
dere; (c i c. de Orat. I. 51.) dieſes, um unſerer Nachahmung eine deſto allgemeinere Aehnlichkeit ertheilen zu können. Sich hiervon zu überzeugen, darf man nur erwägen,
daß man ſich in Werken der Nachahmung an die Wahrheit
zu genau halten kann; und dieſes auf doppelte Weiſe. Denn
entweder kann der Künſtler, wenn er die Natur nachbilden will, ſich zu ängſtlich befleiſſigen, alle und jede Beſon-
derheiten ſeines Gegenſtandes anzudeuten, und ſo die allgemeine Idee der Gattung auszudrücken verfehlen. Oder er
kann, wenn er ſich dieſe allgemeine Idee zu ertheilen bemüht, ſie aus zu vielen Fällen des wirklichen Lebens, nach
ſeinem weiteſten Umfange, zuſammen ſetzen; da er ſie vielmehr von dem lautern Begriffe, der ſich bloß in der Vorſtellung der Seele findet, hernehmen ſollte. Dieſes letztere

*) Die Ueberſetzung dieſer ganzen zu v. 317. gehörigen An-
merkung iſt von Hrn. Leſſing, aus dem XCIVſten Stücke ſeiner
Hamburgiſchen Dramaturgie.

iſt der allgemeine Tadel, womit die Schule der Niederländiſchen Mahler zu belegen, als die ihre Vorbilder aus der
wirklichen Natur, und nicht, wie die Italiäniſche, von dem
geiſtigen Ideale der Schönheit entlehnt. *)   Jenes aber
entſpricht einem andern Fehler, den man gleichfalls den
Niederländiſchen Meiſtern vorwirft, und der dieſer iſt, daß
ſie lieber die beſondre, ſeltſame und groteske, als die allgemeine und reizende Natur, ſich zum Vorbilde wählen.

Wir ſehen alſo, daß der Dichter, indem er ſich von
der eignen und beſondern Wahrheit entfernt, deſto getreuer
die allgemeine Wahrheit nachahmt.   Und hieraus ergiebt
ſich die Antwort auf jenen ſpitzfindigen Einwurf, den Plato
gegen die Poeſie ausgegrübelt hatte, und nicht ohne Selbſt-
zufriedenheit vorzutragen ſchien.   Nämlich, daß die poetiſche Nachahmung uns die Wahrheit nur ſehr von weitem
zeigen könne.   „Denn der poetiſche Ausdruck, ſagt der
„Philoſoph, iſt das Abbild von des Dichters eigenen Be-
„griffen; die Begriffe des Dichters ſind das Abbild der Din-
„ge; und die Dinge das Abbild des Urbildes, welches in
„dem göttlichen Verſtande exiſtiret.   Folglich iſt der Aus-
„druck des Dichters nur das Bild von dem Bilde eines Bil-
„des, und liefert uns urſprüngliche Wahrheit nur gleichſam
„aus der britten Hand.“   (PLATO de Rep. L. X.)   Aber
alle dieſe Vernünfteley fällt weg, ſobald man die nur ge-
bachte Regel des Dichters gehörig faſſet, und fleiſſig in
Ausübung bringet.   Denn indem der Dichter von dem
Weſen alles abſondert, was allein das Individuum ange-
het, und unterſcheidet, überſpringt ſein Begrif gleichſam
alle die zwiſchen inne liegenden beſondern Gegenſtände, und
erhebt ſich, ſo viel möglich, zu dem göttlichen Urbilde; um
ſo das unmittelbare Nachbild der Wahrheit zu werden. Hieraus lernt man denn auch einſehen, was und wie viel jenes

---

*) Nach Maaßgebung der Antiken. Nec enim Phidias, cum
faceret Iovis formam aut Minervae, contemplabatur aliquem, e quo
ſimilitudinem duceret: ſed ipſius in mente inſidebat ſpecies pulchritudi-
nis eximia quaedam, quam intuens in eaque defixus ad illius ſimilitudinem artem et manum dirigebat. CICERO Orat. c. 2.

ungewöhnliche Lob, welches der grosse Kunstrichter der Dichtkunst ertheilt, sagen wolle; daß sie, gegen die Geschichte genommen, das ernstere und philosophischere Studium sey:
φιλοσοφώτερον καὶ σπυδαιότερον ποίησις ἱςορίας ἐςὶν. Die Ursache, welche gleich darauf folgt, ist nun gleichfalls sehr begreiflich:
ἡ μὲν γὰρ ποίησις μᾶλλον τὰ καθόλυ, ἡ δ'ἱςορία τὰ καθ' ἕκαςον λέγει. (περὶ
ποιητ. κ.θ.) Ferner wird hieraus ein wesentlicher Unterschied
deutlich, der sich, wie man sagt, zwischen den zwey großen
Nebenbuhlern der Griechischen Bühne soll befunden haben.
Wenn man dem **Sophokles** vorwarf, daß es seinen Charakteren an Wahrheit fehle, so pflegte er sich damit zu verantworten, daß er die Menschen so schildere, wie sie seyn
sollten; **Euripides** aber so, wie sie wären. Σοφοκλῆς ἔφη,
αὐτὸς μὲν οἵυς δεῖ ποιεῖν, Εὐριπίδης δὲ οἷοί εἰσι. (περὶ Ποιητ. κ. κϛ.)
Der Sinn hievon ist dieser: **Sophokles** hatte, durch seinen
ausgebreiteten Umgang mit Menschen, die eingeschränkte,
enge Vorstellung, welche aus der Betrachtung einzelner
Charaktere entsteht, in einen vollständigen Begrif des Geschlechts erweitert; der philosophische **Euripides** hingegen,
der seine meiste Zeit in der Akademie zugebracht hatte, und
von da aus das Leben übersehen wollte, hielt seinen Blick
zu sehr auf das Einzelne, auf wirklich existirende Personen
geheftet, versenkte das Geschlecht in das Individuum, und
mahlte folglich, den vorhabenden Gegenständen nach, seine
Charaktere zwar natürlich und wahr, aber auch dann und
wann ohne die höhere allgemeine Aehnlichkeit, die zur Vol-
lendung der poetischen Wahrheit erfodert wird. *)

*) Diese Erklärung — setzt Hr. Lessing in einer Note hin-
zu — ist der, welche Dacier von der Stelle des Aristoteles giebt,
weit vorzuziehen. Nach den Worten der Uebersetzung scheint Dacier
zwar eben das zu sagen, was Hurd sagt: que Sophocle faisoit ses Heros, comme ils devoient être, & qu' Euripide les faisoit comme ils
étoient. Aber er verbindet im Grunde einen ganz andern Begrif damit. Hurd versteht unter dem Wie sie seyn sollten, die allgemeine
abstrakte Idee des Geschlechts, nach welcher der Dichter seine Person mehr, als nach ihren individuellen Verschiedenheiten schildern

Ein Einwurf stößt gleichwohl hier auf, den wir nicht unangezeigt lassen können. Man könnte sagen: „Daß philosophische Spekulationen die Begriffe eines Menschen eher abstrakt und allgemeiner machen, als sie auf das Individuelle einschränken müßten. Das letztere sey ein Mangel, welcher aus der kleinen Anzahl von Gegenständen entspringe, die den Menschen zu betrachten vorkommen; und diesem Mangel sey nicht allein dadurch abzuhelfen, daß man sich mit mehrern Individuis bekannt mache, als worinn die Kenntniß der Welt bestehe; sondern auch dadurch, daß man über die allgemeine Natur der Menschen nachdenke, so wie sie in guten moralischen Büchern gelehrt werde. Denn die Verfasser solcher Bücher hätten ihren allgemeinen Begrif von der menschlichen Natur nicht anders als aus einer ausgearbeiteten Erfahrung (es sey nun ihrer eignen, oder fremden) haben können, ohne welche ihre Bücher sonst von keinem Werthe seyn würden." Die Antwort hierauf, dünkt mich, ist diese. Durch Erwägung der allgemeinen Natur des Menschen lernt der Philosoph, wie die Handlung beschaffen seyn muß, die aus dem Uebergewichte gewisser Neigungen und Eigenschaften entspringet: das ist, er lernet das Betragen überhaupt, welches der beygelegte Charakter erfodert. Aber deutlich und zuverlässig zu wissen, wie weit und in welchem Grade von Stärke sich dieser oder jener Charakter, bey besondern Gelegenheiten, wahrscheinlicher Weise äussern würde, das ist einzig und allein eine

muße. Dacier aber denkt sich dabey eine höhere moralische Vollkommenheit, wie sie der Mensch zu erreichen fähig ist, ob er sie gleich nur selten erreiche; und diese, sagt er, habe Sophokles seinen Personen gewöhnlicher Weise beygelegt: Sophocle tachoit de rendre ses imitations parfaites, en suivant toujours bien plus ce qu'une belle nature étroit capable de faire, que ce qu'elle faisoit. Allein diese höhere moralische Vollkommenheit gehöret gerade zu jenem allgemeinen Begriffe nicht; sie stehet dem Individuo zu, aber nicht dem Geschlechte; und der Dichter, der sie seinen Personen beylegt, schildert gerade umgekehrt, mehr in der Manier des Euripides, als des Sophokles. Die weitere Ausführung hievon verdient mehr als eine Note.

Frucht von unſrer Kenntniß der Welt. Daß Beyſpiele von
dem Mangel dieſer Kenntniß, bey einem Dichter, wie
Euripides war, ſehr häufig ſollten geweſen ſeyn, läßt ſich
nicht wohl annehmen: auch werden, wo ſich dergleichen in
ſeinen übrig gebliebnen Stücken etwa finden ſollten, ſie
ſchwerlich ſo offenbar ſeyn, daß ſie auch einem gemeinen
Leſer in die Augen fallen müſſen. Es können nur Feinheiten ſeyn, die allein der wahre Kunſtrichter zu unterſcheiden
vermögend iſt; und auch dieſem kann, in einer ſolchen Entfernung von Zeit, aus Unwiſſenheit der Griechiſchen Sitten, wohl etwas als ein Fehler vorkommen, was im Grunde
eine Schönheit iſt. Es würde alſo ein ſehr gefährliches
Unternehmen ſeyn, die Stellen im Euripides anzeigen zu
wollen, welche Ariſtoteles dieſem Tadel unterworfen zu
ſeyn, geglaubt hätte. Aber gleichwohl will ich es wagen,
eine anzuführen, die, wenn ich ſie auch ſchon nicht nach
aller Gerechtigkeit kritiſiren ſollte, wenigſtens meine Meynung
zu erläutern, dienen kann.

Die Geſchichte ſeiner Elektra iſt ganz bekannt. Der
Dichter hatte, in dem Charakter der Prinzeſſinn, ein tugend-
haftes, aber mit Stolz und Groll erfülltes Frauenzimmer
zu ſchildern, welches durch die Härte, mit der man ſich gegen ſie ſelbſt betrug, erbittert war, und durch noch weit
ſtärkere Bewegungsgründe angetrieben ward, den Tod eines
Vaters zu rächen. Eine ſolche heftige Gemüthsverfaſſung,
kann der Philoſoph in ſeinem Winkel wohl ſchlieſſen, muß
immer ſehr bereit ſeyn, ſich zu äuſſern. Elektra, kann er
wohl einſehen, muß, bey der geringſten ſchicklichen Gelegenheit, ihren Groll an den Tag legen, und die Ausführung
ihres Vorhabens beſchleunigen zu können wünſchen. Aber
zu welcher Höhe dieſer Groll ſteigen darf? d. i. wie ſtark
Elektra ihre Rachſucht ausdrücken mag, ohne daß ein
Mann, der mit dem menſchlichen Geſchlechte und mit den
Wirkungen der Leidenſchaften im Ganzen bekannt iſt, dabey
ausrufen kann: das iſt unwahrſcheinlich? Dieſes auszumachen, wird die abſtrakte Theorie von wenig Nutzen ſeyn.
So gar eine nur mäſſige Bekanntſchaft mit dem wirklichen

Leben, ist hier nicht hinlänglich, uns zu leiten. Man
kann eine Menge Individua bemerkt haben, welche den
Poeten, der den Ausdruck eines solchen Grolls bis aufs
Aeusserste getrieben hätte, zu rechtfertigen scheinen. Selbst
die Geschichte dürfte vielleicht Exempel an die Hand geben,
wo eine tugendhafte Erbitterung auch wohl noch weiter
getrieben worden, als es der Dichter hier vorgestellet.
Welches sind denn nun also die eigentlichen Gränzen derselben, und wodurch sind sie zu bestimmen? Einzig und allein durch Bemerkung so vieler einzelnen Fälle, als möglich;
einzig und allein vermittelst der ausgebreitetesten Kenntniß,
wie viel eine solche Erbitterung über dergleichen Charaktere,
unter dergleichen Umständen, im wirklichen Leben gewöhnlicher Weise vermag. So verschieden diese Kenntniß in Ansehung ihres Umfanges ist, so verschieden wird denn auch
die Art der Vorstellung seyn. Und nun wollen wir sehen,
wie der vorhabende Charakter von dem Euripides wirklich
behandelt worden.

In der schönen Scene, welche zwischen der Elektra
und dem Orestes verfällt, von dem sie aber noch nicht
weiß, daß er ihr Bruder ist, kömmt die Unterredung ganz
natürlich auf die Unglücksfälle der Elektra, und auf den
Urheber derselben, die Klytämnestra, so wie auch die
Hoffnung, welche Elektra hat, von ihren Drangsalen durch
den Orestes befreyet zu werden. Das Gespräch, wie es
hierauf weiter geht, ist dieses:

Orestes. Und Orestes? — Gesetzt, er käme nach
Argos zurück? —

Elektra. Wozu diese Frage, — da er allem Ansehen nach niemals zurückkommen wird?

Orestes. Aber gesetzt, er käme! Wie müßte er es
anfangen, um den Tod deines Vaters zu rächen?

Elektra. Sich eben das erkühnen, wessen die Feinde
sich gegen seinen Vater erkühnten.

Orestes. Wolltest du es wohl mit ihm wagen, deine
Mutter umzubringen?

Elektra. Sie mit dem nämlichen Eisen umzubringen, mit welchem sie meinen Vater mordete!

Orestes. Und darf ich das, als deinen festen Entschluß, deinem Bruder vermelden?

Elektra. Ich will meine Mutter umbringen, oder nicht leben!

Das Griechische ist noch stärker:

Θάνοιμι, μητρὸς αἷμ' ἐπισφάξασ' ἐμῆς.

„Ich will gern des Todes seyn, sobald ich meine Mutter „umgebracht habe!"

Nun kann man nicht behaupten, daß diese letzte Rede schlechterdings unnatürlich sey. Ohne Zweifel haben sich Beyspiele genug eräugnet, wo unter ähnlichen Umständen die Rache sich eben so heftig ausgedrückt hat. Gleichwohl, denke ich, kann uns die Härte dieses Ausdrucks nicht anders als ein wenig beleidigen. Zum mindesten hielt Sophokles nicht für gut, ihn so weit zu treiben. Bey ihm sagt Elektra unter gleichen Umständen nur das:

„Itzt sey dir die Ausführung überlassen! Wäre ich „aber allein geblieben, so glaube mir nur: beydes hätte mir „nicht mißlingen sollen; entweder mit Ehren mich zu be- „freyen, oder mit Ehren zu sterben. "

Ob nun diese Vorstellung des Sophokles der Wahrheit, in so fern sie aus einer ausgebreiteten Erfahrung, d. i. aus der Kenntniß der menschlichen Natur überhaupt, gesammelt worden, nicht weit gemäßer ist, als die Vorstellung des Euripides, will ich denen zu beurtheilen überlassen, die es zu beurtheilen fähig sind. Ist sie es; so kann die Ursache keine andre seyn, als die ich angenommen: daß nämlich Sophokles seine Charaktere so geschildert, als er, unzähligen von ihm beobachteten Beyspielen der nämlichen Gattung zufolge, glaubte, daß sie seyn sollten; Euripides aber so, als er in der engern Sphäre seiner Beobachtungen erkannt hatte, daß sie wirklich wären.

319. INTERDVM SPECIOSA LOCIS, etc.) Des
Dichters Einsichten in die Sittenlehre werden sich hauptsächlich auf zweyerley Art an den Tag legen: einmal dadurch,
daß sie ihm den Stof zu allgemeinen Betrachtungen über
das menschliche Leben und über das Verhalten der Menschen
an die Hand geben ; und dann durch eine gehörige Einkleidung der Sitten.   Durch die erstere Art dieser zwiefachen
Anwendung moralischer Kenntnisse erhält ein Schauspiel
das, was der Dichter speciosa locis nennt, d. i. das
Treffende in den moralischen Gemeinörtern; denn der Ausdruck ist aus der Rhetorik entlehnt.   Hierinn bestand einer
von den beträchtlichsten Vorzügen der alten Schaubühne;
der auch, wenn man ihn auf eine kluge Art zu brauchen
weiß, so daß er dem letztern noch wesentlichern Erfoderniße
des Drama, nämlich einer richtigen Schilderung der Sitten, untergeordnet bleibt, noch eben die Achtung zu allen
Zeiten und auf einer jeden Bühne verdienen wird.   Nur
muß man den Abweg zu vermeiden suchen, daß man nicht
durch eine studirte, deklamatorische Moral, die herbeyge-
zwungen oder zu weit ausgedehnt ist, der natürlichen Vorstellung der Charaktere Eintrag thue, und so das Bild des
menschlichen Lebens in ein kaltes, philosophisches Gespräch
verwandle.

319. MORATAQVE RECTE FABVLA, etc.)   Man
glaubt fast durchgehends, daß diese Meynung des Dichters
in Ansehung des vorzüglichen Eindrucks der Sitten in der
dramatischen Poesie dem Aristoteles widerspreche, der bey
der Behandlung dieser Materie die Anmerkung macht: „ein
Stück möge noch so vollkommen in den Sitten, in den
Gesinnungen, und in der Schreibart seyn, so werde es dem
eigentlichen Zwecke des Trauerspiels doch nicht so sehr ent-
sprechen, als wenn es in diesen mangelhaft, aber in der Fabel und in der ganzen Zusammensetzung völlig ausgeführt sey."
Ἐάν τις ἐφεξῆς θῇ ῥήσεις ἠθικὰς καὶ λέξεις καὶ διανοίας ἐυ πεποι-
ημένας, ἐ ποιήσει, ἃ ἦν τῆς τραγῳδίας ἔργον, ἀλλὰ πολὺ μᾶλλον ἡ
καταδεεστέροις τύτοις κεχρημένη τραγῳδία, ἔχεσα δὲ μῦθον καὶ σύ-
σασιν πραγμάτων. Κεφ. ς΄. — Dacier glaubt die Sache

baburch zu erläutern, daß er sagt: „Die Anmerkung des
Aristoteles gelte nur von der Tragödie, nicht aber von der
Komödie, von welcher hier beym Horaz allein die Rede
sey.“ Aber zugegeben, daß die künstliche Zusammensetzung
der Fabel zur Vollkommenheit der Komödie weniger nothwendig sey, als bey der Tragödie, wie sie es wirklich ist;
so macht doch der Inhalt dieser ganzen Abtheilung, die
überhaupt eine Ermahnung zur Korrektheit ist, es unstreitig, daß Horaz beyde Gattungen im Sinne haben muß.
Die Sache verhält sich, meinem Bedünken nach, folgendergestalt. Der Dichter hält nicht die verhältnißmäßige Wichtigkeit der Fabel und der Sitten, sondern der Sitten und
der Sprache gegen einander, worunter auch das Sylbenmaaß begriffen ist. Er giebt jenen den Vorzug nicht vor
einer guten Verwickelung und Ausführung, auch nicht
einmal vor schönen Gedanken, sondern nur vor den
versus inopes rerum nugaeque canorae. Die Kunst, wovon er redet, ist die Kunst, die Gedanken auf eine schickliche,
angenehme und harmonische Art auszudrücken; das
pondus ist die Gewalt und Stärke einer guten Versifikation.
Venus ist ein allgemeiner Ausdruck, der beyderley Arten von
Schönheit begreift. Fabula heißt nicht die Fabel, zum
Unterschiede von den übrigen Theilen des Stücks, sondern
schlechthin ein Schauspiel.

323. GRAIIS INGENIVM, etc.) Da die Griechen sich
in der Weltweisheit, besonders in der Sittenlehre, vorzüglich hervorgethan hatten, so entstand diese Anmerkung natürlicher Weise aus der vorigen. Denn der Uebergang ist
leicht, von ihrem Vorzuge in der Philosophie zu ihrem Vorzuge in der Dichtkunst; und um so viel leichter, da der
letztere, wie hier gezeigt wird, zum Theil die Folge des
erstern war. Wenn man nun aber diesen Vorzug der Griechen in Ansehung des Genies und des guten Vortrags —
der einem sogleich bey Erwähnung der Socraticae chartae
beyfallen muß — einsieht und zugiebt, so wird man fragen, wie sie denselben erreicht haben? Die Antwort ist:

daburch, daß sie den Ruhm, und nicht den Gewinn, zum
Gegenstande ihrer Wünsche machten.

330. AERVGO ET CVRA PECVLI CVM SEMEL IMBVE-
RIT, etc.) Diese Gewinnsucht, welcher Horaz die Unvoll-
kommenheit der Römischen Poesie Schuld giebt, wird von
den einsichtvollen Schriftstellern des Alterthums durchgehends,
als die eigentliche Pest der Künste und Wissenschaften, angegeben. Longin und Quintilian erklären daraus den Verfall der Beredsamkeit, Galen den Verfall der Arzneykunde,
Petron den Verfall der Mahlerey, und Plinius die Abnahme aller schönen Künste zusammen genommen. Ein
neuerer sinnreicher Schriftsteller geht hierin freylich noch viel
weiter. (DU BOS *Reflex. sur la Poesie & sur la Peint.* T. II.
Sect. XIV.) Er leitet diesen allgemeinen Verfall des Geschmacks und der Literatur nicht von der Unart eigennütziger
Leidenschaften her, sondern von den nachtheiligen Einflüssen
der Luft, und macht dadurch, wie es scheint, derjenigen
Philosophie den Rang streitig, die uns lehrt, den Verfall
einzelner Individuen den Gestirnen zuzuschreiben. So viel
kann indeß wohl wahr seyn, daß gemeiniglich auch andre Ursachen zugleich mit jener gewirkt haben. Einige davon
sind auch, wie man zeigen könnte, der Bemerkung jener
weisen Alten nicht entgangen. Allein sie hatten Recht, auf
diese besonders zu bringen, die überall dem Erfolge gleich
ist, der ihr zugeschrieben wird. Sie ist es schon ihrer
Natur nach. Sie ist, wie Longin sie nennt, νόσημα μι-
κροποιὸν, eine Krankheit, welche die Seele enger macht und
zusammenzieht; und muß folglich die edelmüthigen Triebe
und Verbreitungen des Genies aufhalten, die freyen Kräfte
und Nerven des Verstandes krampficht, und ihn selbst unfähig machen, sich weiten Aussichten zu öffnen, und grosse,
weit gehende Entwürfe zu unternehmen. Sie ist es ferner,
in Ansehung ihrer Folgen. Denn, wie Temple sehr schön
sagt, „wenn die Leidenschaft des Geizes in einem Lande
allgemein wird, dann werden die Tempel der Ehre sogleich
niedergerissen, und Jedermann opfert dem Glücke.“ So

verlischt das Gefühl der Ehre, die göttlichste von allen un-
fern Regungen, und die einzige, woburch sich die Seele
unter den langen Arbeiten der Erfindung stärken und aufrichten kann; es muß also nothwendig zugleich auch das
Feuer und der hohe Trieb des Genies erlöschen. Die Hab-
sucht hat in ihrem Gefolge die Liebe zur Ergötzlichkeit, die
unmännlichste von allen Leidenschaften, und verbreitet daher
eine solche Schlaffigkeit, ein solches Unvermögen über die
Seele, daß sie am Ende der Raub einer trägen, und leeren
Unempfindlichkeit werden muß; bis endlich, wie Longin von
seinem Zeitalter sagt — und ein jeder Liebhaber der Wissenschaften wünsche, daß es auch uns nicht so gehe! —
πάντες ἐγκαταβιῶμεν, ὐκ ἄλλως πονὐντες, ἠ ἀναλαμβάνοντες, δι
μὴ ἐπαίνυ καὶ ἡδονῆς ἕνεκα, ἀλλὰ μὴ τῆς ζήλυ καὶ τιμῆς ἀξίας
ποτὲ ὠφελείας.

333. AVT PRODESSE VOLVNT, AVT DELECTARE POE-
TAE.) Diese Verse scheinen zwar eine allgemeine Kritik zu
enthalten; sie beziehen sich aber doch hauptsächlich auf die
dramatische Poesie. Um dieß einzusehen, darf man nur auf
den Zusammenhang Acht haben. Der höchste Ruhm des
Drama besteht darinn, das menschliche Geschlecht zu vergnügen und zu unterrichten. Das letztere Lob gehörte ganz
besonders für die tragische Muse der Alten, die es nicht für
hinreichend hielt, liebenswürdige Gemählde der allgemeinen
und gesellschaftlichen Tugend zu entwerfen, und den mora-
lisirenden Chor zu Hülfe zu nehmen; sondern die überdieß
noch den unterscheidenden Charakter hatte, beständig jede Art
von wahrer Sittenlehre in jenen kurzen spruchreichen Vorschriften einzuschärfen, woburch sie ihre Stücke lehrreich
und feyerlich machte. Auf diese Vorschriften beziehen sich
folgende Verse des Dichters offenbar:

> Quicquid praecipies, esto breuis: vt cito dicta
> Percipiant animi dociles, teneantque fideles.

Das folgende macht es noch deutlicher. Es ist der zweyte
Zweck des Drama, zu unterhalten, und zwar vermittelst
einer wahrscheinlichen Erdichtung:

Ficta, voluptatis causa, sint proxima veris.

Und der Dichter wendet dieß mit ausdrücklichen Worten auf das Drama an:

Ne quodcunque volet, poscat sibi fabula credi:
Neu pransae Lamiae viuum puerum extrahat aluo.

Das Beyspiel der *Lamia* ist, wie Dacier anmerkt, ganz gewiß aus irgend einem Dichter der damaligen Zeit genommen, der diesen Fehler begangen hatte. Man sieht hieraus, wie ämsig Horaz seine Absicht verfolgt, die Römische Bühne zu kritisiren, indem er selbst bey der Abhandlung einer Materie, die an sich eine von den allgemeinsten in der ganzen Epistel ist, nämlich der kritischen Korrektheit, doch immer so geflissentlich auf diesen Punkt wieder zurück kömmt.

343. MISCVIT VTILE DVLCI.)   Die unnatürliche Trennung des *Dulce* und *Vtile* hat den Wissenschaften beynahe eben so viel Nachtheil zugefügt, als die Moral durch die Trennung des *Honestum* und *Vtile* erlitten hat, worüber Cicero irgendwo klagt. Denn indem der sogenannte schöne Geist sich mit der erstern von diesen Eigenschaften, und der Gelehrte mit der letztern begnügt, so muß das erfolgen, was eben dieser Schriftsteller so ausdrückt: vt et doctis eloquentia popularis, et disertis elegans doctrina desit. (*Orat.* III.)

363. HAEC AMAT OBSCVRVM, VOLET HAEC SVB LVCE VIDERI.) Cicero giebt eben diese Regel in Ansehung der Beredsamkeit: habeat illa in dicendo admiratio ac summa laus vmbram aliquam et recessum, quo magis id, quod erit illuminatum, extare atque eminere videatur. (*De orat.* L. III. C. XXVI.)

373. MEDIOCRIBVS ESSE POETIS, etc.) So strenge dies Urtheil scheinen mag, so ist es doch dem Verfahren der besten Kunstrichter gemäß. Ein merkwürdiges Beyspiel davon haben wir am Apollonius Rhodius, der zwar, nach Quintilians Urtheile, der Verfasser eines nicht zu verach-

tenden Gedichts war, aber doch, in Betracht der gleichförmigen Mittelmäßigkeit, die überall in demselben herrscht,
aus der Reihe der guten Schriftsteller durch so entscheidende
Richter poetischer Verdienste ausgeschlossen wurde, als
Aristophanes und Aristarchus waren.

403. DICTAE PFR CARMINA SORTES.) Die Orakel,
wovon hier die Rede ist, sind solche, die nicht einzelne Personen angehen, die eine natürliche Neugier, befördert durch
einen ängstlichen Aberglauben, allemal angetrieben hat, in
ihre künftigen Schicksale einen Eingrif zu thun; sondern
ganze Staaten; und diese fanden nicht wohl eher Statt,
als bis der Ehrgeiz grosse und erfolgreiche Entwürfe einge-
geben, das Schicksal der Völker zweifelhaft gemacht, und
die Wissenschaft des Zukünftigen auf diese Art erheblicher
gemacht hatte. Daher setzt Horaz in der Erzählung des
Fortganges der alten Poesie, die Orakel nicht ohne Grund
nach der Besingung der kriegerischen Tapferkeit, da diese es
war, welche zu jenen am meisten Anlaß gab. Diese Dichtungsart steht also an ihrer rechten Stelle, ob es gleich
wahr ist, was die Ausleger angemerkt haben, daß die Orakel viel älter waren, als Homer und der Trojanische
Krieg.

404. ET VITAE MONSTRATA VIA EST.) Er meynt
die Schriften des Theognis, Phocylides, Hesiodus,
und andrer, die gänzlich aus moralischen Vorschriften bestanden, und von denen es also sehr schön gesagt wird,
daß sie den Pfad des Lebens eröffnen oder entdecken. Da-
ciers Erklärung, daß Horaz unter *via vitae* die Na-
turlehre verstünde, hat nicht den geringsten Grund.
„Il ne faut pas entendre ceci de la philosophie & des moeurs;
car Horace se contrediroit, puisqu'il a dit que ce fut le pre-
mier soin de la poesie.“ Der gelehrte Kunstrichter bedachte
nicht, daß die erste Sorge der Poesie, deren oben gedacht
ist, und wie Orpheus und Amphion sie brauchten, dahin
gieng, die Staatsklugheit einzuschärfen, nicht die Sittenlehre.

404. ET GRATIA REGVM PIERIIS TENTATA MODIS, LVDVSQVE REPERTVS ET LONGORVM OPERVM FINIS; NE FORTE PVDORI SIT TIBI MVSA LYRAE SOLERS, ET CANTOR APOLLO.) Dieß iſt einer von den Meiſterzügen, die unſerm Dichter ſo vorzüglich eigen ſind. Allein die Art, wie man ihn verſtanden hat, vernichtet alle Anmuth und Schönheit dieſer Stelle. On employa les vers, ſagt ein Ausleger, der eben ſo ſpricht, wie alle übrigen urtheilen, à gagner la faveur des rois, & on les mit de tous les jeux & de tous les ſpectacles, qu'on inventa pour ſe delaſſer de ſes longs travaux & de toutes ſes fatigues. Je vous dis cela afin que vous n'ayez point de honte de faire la cour aux Muſes & à Apollon. Und wenn dieß etwa noch nicht hinreichend ſeyn möchte, ſo ſetzt er noch in ein paar Noten hinzu: Horaz wolle in den Worten *ludus repertus etc.* parler des trage‐ dies & des comedies, que l'on faiſoit jouer dans les fêtes ſo‐ lemnelles. Und hernach, in Anſehung des *ne forte pudori* etc. — Cela prouve qu' Horace ne fait cet eloge de la poeſie que pour empecher, que Piſon n'en ſût degouté. Kann wohl etwas ungereimter ſeyn? Konnte wohl der Dichter von ſeiner Kunſt ſo klein denken, daß er geglaubt hätte, ſie bedürfe einer Vertheidigung? Oder hatte dieſer Hofmann ſo wenig Lebensart, daß er dieſe Vertheidigung unmittelbar an die Piſonen gerichtet hätte? Und überdieß, welche Dichtungsart iſt es denn, die er zu entſchuldigen ſucht? Nach unſrer Erklärung keine andre, als die drama‐ tiſche, der größte Ruhm ſeiner Kunſt, und der Hauptinhalt dieſer Epiſtel. Und auf welche Art entſchuldigt er ſie? Bloß dadurch, daß er ſie als einen angenehmen Zeitvertreib anpreiſet. Aber ſein Meiſter, Ariſtoteles, würde ihm einen beſſern Vertheidigungsgrund an die Hand gegeben ha‐ ben; und ſo viel iſt wenigſtens gewiß, daß die Alten ganz anders von dem Nutzen und Endzwecke des Drama zu reden pflegten. Wir wollen alſo ſehen, ob derjenige Sinn, der in dem Kommentar angegeben iſt, dem Dichter hier forthel‐

fen wird. Diese ganze Stelle (von *et vitae* an, bis *cantor Apollo*,) zielt beyläufig auf die beyden Dichtungsarten, welche Horaz selbst vorzüglich bearbeitet hatte; und sie ist eine indirekte Vertheidigung seiner eignen Wahl, die auf dieselben gefallen ist. Denn *vitae monstrata via est*, ist der Charakter seiner Sermonen, und alles Uebrige seiner Oden. Diese empfehlen sich, ihrer Natur nach, dadurch, daß sie erstlich den Nutzen haben, dem Dichter die Gunst der Fürsten zu erwerben. Damit zielt er auf den Beyfall, den seine eignen Oden erhalten haben, und giebt zugleich auf die glücklichste Art einen Wink von der Achtung, welche Horaz für die Wissenschaften hatte. Zweytens empfehlen sie sich dadurch, daß sie die Fröhlichkeit und Unterhaltung der Gastmahle befördern, und besonders, daß sie einen vorzüglichen Antheil an der Feyer jener besonders heiligen, säcularischen Feste haben — *longorum operum finem* — welche ohne die Beyhülfe der lyrischen Muse nicht gehörig gefeyert werden konnten:

> Castis cum pueris ignara puella mariti,
> Disceret vnde preces, vatem ni musa dedisset?
>
> L. II. Ep. 1. v. 132.

Und anderswo:

> ego Dis amicum,
> Saeculo festas referente luces,
> Reddidi carmen docilis modorum
> Vatis Horati.
>
> *Carm. saec.*

Und noch anderswo werden beyde Endzwecke ausgedrückt:

> testudo
> Diuitum *mensis* et amica templis.
>
> L. III. Od. XI.

Hier bemerke ich noch, daß dieser zwiefache Charakter der lyrischen Poesie demjenigen vollkommen entspricht,

welchen der Dichter vorhin in dieser nämlichen Epistel ausdrücklich von ihr gemacht hat: indem die gratia regum eben
das ist, was:

    Musa dedit fidibus Diuos puerosque Deorum,
    Et pugilem victorem, et equum certamine primum.

v. 83.

Und *Indusque repertus*, woburch ihr zweytes Geschäfte an-
gebeutet wird:

    Et iuuenum curas et libera vina referre.

ibid.

In diesem Betrachte hat der folgende Vers, welcher nicht
die Poesie überhaupt, oder ihre edelste Gattung, das
Drama, sondern bloß seine eigenen lyrischen Gedichte ver-
theibigen soll, ungemein viel Schönheit, und besonders jenen Anstrich einer feinen Laune, welcher dem Genie der
Epistel so gemäß ist, und eine der vorzüglichsten Schönheiten
des Dichters ausmacht. Auch hat dieser Vers ungemein
viel Schicklichkeit; denn die Leichtigkeit der Ode erlaubt,
oder erfodert vielmehr einige Vertheidigung bey den Pisonen, die sonst von derselben, in Vergleichung mit der höhern bramatischen Poesie, gar leicht zu klein benken könnten.
Ich muß noch das hinzusetzen, daß selbst die Ausbrücke dieser Apologie die lyrische Dichtungsart so ausbrücklich beschreiben und charakterisiren, daß es kaum zu begreifen ist,
wie man diesen Sinn verfehlt hat. Denn *musa lyrae soler*
wird offenbar durch *Romanae fidicen lyrae* erklärt; (L. IV.
Od. III. v. 23.) und das Beywort *cantor* bezeichnet den
Apoll so deutlich, als es nur immer durch Worte geschehen
kann, in dem besondern Charakter eines lyrischen Sängers.

    407. CANTOR APOLLO. NATVRA FIERET, etc.) Der
Uebergang ist fein, und ein sehr schönes Beyspiel von derje-
nigen Methode, welche die Epistel erfodert. Der Dichter
hatte eben von der Ode, und ihrem Eingeber, dem *cantor
Apollo* geredet, und dieß brachte ihn, in einer natürlichen
Folge seiner Gedanken, auf den Enthusiasmus, auf den

Q

Flug des Genies, welcher zugleich das Charakteristische und
der Ruhm der lyrischen Schreibart ist.   Und dieß war in
einer Epistel Grund genug, um weiter zu gehen, und etwas
über die Gewalt und den Einfluß des Genies in die Poesie
überhaupt zu sagen.   Eine so in die Augen fallende Bemerkung, wie diese ist, ließ man aus der Acht, und daher kam
es,   daß der große **Heinsius** so viel vergebne Mühe auf
seine Versetzungen in den Episteln, und besonders bey der
gegenwärtigen Stelle, wandte.   Auch der übereilte Tadel,
welchen **Dacier** über die Methode des Dichters machte, ist
offenbar keiner andern Ursache zuzuschreiben.   (S. f. vorläufigen Anmerkungen.)   Um aber noch zum Schluße
meine Meynung von dem letztern dieser beyden Kunstrichter
zu sagen, möchte ich das auf ihn anwenden, was er vom
Heinsius sagt: C'est assés parlé contre *Mr. Dacier*, dont
j'estime & admire autant la profonde érudition, que je con-
damne le mauvais usage qu'il en a fait en quelques ren-
contres.

     410. ALTERIVS SIC ALTERA POSCIT OPEM RES ET
CONIVRAT AMICE.)   Dieser Schluß: „daß Kunst und Natur sich zur Entstehung eines vollkommenen Werkes mit einander vereinigen müssen;" hat, überhaupt genommen, seine
völlige Richtigkeit.   Wollen wir die besondern Wirkungen
und den eigenthümlichen Beystand einer jeden kennen lernen,
so kann uns eine schöne Stelle im Longin davon unterrichten.   Denn von den fünf Quellen des Erhabenen, welche
dieser Kunstrichter angiebt, haben nur zwey, nämlich eine
Größe in der Vorstellung, und das Pathetische, ihren Ursprung von der Natur; die übrigen, eine richtige Stellung
der Figuren, ein schöner Ausdruck, und eine gewisse Würde
der ganzen Komposition, gehören in das Gebiete der Kunst.
Wenn aber gleich ihre Kräfte auf diese Weise von einander
unterschieden sind; so muß doch eine jede derselben, um ihre
gehörige Vollkommenheit zu erreichen, mit der andern vereint und verbunden werden.   Denn das Erhabne in der
Vorstellung und der pathetische Enthusiasmus machen niemals einen sicherern und anhaltendern Eindruck, als wenn

sie in die Reize der Kunst eingekleidet, und durch die über-
legte Klugheit derselben gemäßigt sind; so wie, im Gegentheile, die sanftern Schönheiten der Sprache und der künstlichen Komposition niemals so gewiß die Aufmerksamkeit auf
sich ziehen können, als wenn sie durch das Pathos oder
durch das Erhabene gehoben und belebt werden. Die Ver-
einigung, welche hier empfohlen wird, ist folglich von der
Art, daß sie nicht nur zur Erreichung des großen Zwecks,
nämlich der Ehre, ein vollkommnes Werk geliefert zu haben,
nothwendig erfodert wird, sondern daß ein jedes dieser
Stücke in dieser Verbindung seinen eigenen Zweck völlig zu
erreichen im Stande ist. Alles dieß ist nur eine ansführ-
lichere Erklärung einer andern Stelle beym Longin: τότε ἡ
τέχνη τέλειος, ἡνίκ' ἂν φύσις ἦναι δοκῇ, ἥδ' ἂν φύσις ἐπιτυχὴς, ὅταν λαν-
θάνουσα περιέχῃ τὴν τέχνην. (περ. ὑψ. κέ.)

Vielleicht ist es einigen Lesern angenehm, wenn ich
zum Schluße noch bemerke, zu welchen beständigen Streitigkeiten diese Frage den Gelehrten des Alterthums Gelegenheit
gegeben hat.

Sie scheinen ihren ersten Ursprung von dem hohen An-
spruche der Dichter auf göttliche Eingebung gehabt zu haben,
(S. PINDAR. Od. III. Nem.) welcher in der Folge gar zu buch-
stäblich verstanden, und mit der Zeit auf alle Werke des Genies oder der Nachahmung ausgedehnt wurde. Der Redner,
der, wie Cicero sagt, mit dem Dichter nahe verwandt ist,
machte eben diesen Anspruch, und berief sich, wie es scheint,
vornämlich auf den Sokrates, der von dem schlimmen Gebrauche, den man von der Rhetorik gemacht hatte, Gelegenheit nahm, sie als eine Kunst zu verschreyen, und darin die
berühmtesten seiner Schüler zu Nachfolgern hatte, worunter
auch Aristoteles war, (QVINTIL. L. II. c. 17.) der eine ausführliche Abhandlung gerade in dieser Absicht geschrieben hat;
wiewohl seine Bücher von der Rhetorik auf ganz andre Grundsätze gebaut sind. Die Streitfrage schien in der Folge dem
Cicero von solcher Wichtigkeit zu seyn, daß er sie in einem
seiner Gespräche vom Redner förmlich untersuchte. Und
Quintilian sahe sich in noch spätern Zeiten genöthigt, sie

aufs neue vorzunehmen, und sie gleichfalls in einem eignen
Abschnitte seines Werks in Erwägung zu ziehen.

Die lange Fortsetzung eines so unbedeutenden Streits,
der sich noch dazu so leicht entscheiden läßt, sollte einen beynahe glauben machen, daß die Griffel der alten Gelehrten
nicht allemal viel klüger gebraucht wären, als die Federn
unsrer heutigen gelehrten Streiter; wenn sie nicht, wie
Shakespear sagt, den Freyheitsbrief des Alterthums aufzuweisen hätten. Fragen wir nach der Ursache davon, so
scheint sie in dem ehrsüchtigen Geiste der Spitzfindigkeit und
Grübeley zu suchen zu seyn, welcher, wie Quintilian sagt,
die Leute dazu bringt, nicht das vorzutragen, was sie für
wahr halten, sondern für dessen Behauptung sie wegen der
Falschheit oder des anscheinenden Sonderbaren, das die
Sache hat, ein besondres Lob ihrer Geschicklichkeit erwarten.
Dieß, sage ich, könnte, dem ersten Anblicke nach, die Ursache so verkehrter Urtheile scheinen; auch hatte es unstreitig
einigen Einfluß dabey. Die wahre Ursache aber ist doch noch
etwas allgemeiner und ausgebreiteter. Es war nämlich der
natürliche Hang der Menschen, wie Longin sich ausdrückt,
gegenwärtige Dinge zu tadeln und herunterzusetzen: ἴδιον ἀν-
θρώπω καταμέμφεσθαι τὰ παρόντα. Dieß trifft nirgends so sehr
zu, als in Sachen, welche den Zustand der Litteratur betreffen. Man sieht es aus der unermüdeten Aemsigkeit der
Gelehrten, alles zuverrufen, was der herrschende Geschmack
ihrer Zeiten zu seyn scheint; entweder dadurch, daß sie einen
Mangel anzeigen, dem durch künftige Verbesserungen muß
abgeholfen werden; oder noch öfterer dadurch— denn diese
Mühe ist leichter und sicherer — daß man vormalige Beyspiele von ganz verschiedner Art, und von ganz anderm Werthe, erhebt und anpreiset. Da also in dem Falle, den wir
vor uns haben, fleißige Kunst und ein herrschendes Genie die
einzigen beyden Mittel sind, in den Wissenschaften etwas
ausserordentliches zu leisten; so geschah es, daß ein Zeitalter
in dem Maaße, wie es sich durch den einen dieser Vorzüge
besonders auszeichnete, in Ansehung des andern, den man
nun über jenen erhob, verrufen wurde. Und so wird es alle-

mal gehen, so lange die Wissenschaften in einem Staate noch
in Wachsthum sind,   wenn eine Erhabenheit der Empfindungen und eine Stärke des Ausdrucks den Charakter der
Zeiten ausmachen,   wie sie unter diesen Umständen allemal
thun werden.   Der Kunstrichter, der dann der rohen Arbeiten der Natur überdrüßig wird, sucht etwas darinn, bloß
die Verfeinerungen und tiefstudirten Verhältnisse der Kunst
zu bewundern.   Sobald hingegen nur die zunehmende Erfahrung einiger wenigen Jahre den allgemeinen Geschmack
verfeinert und zur Vollkommenheit bringt, so wird das, was
man vorhin für Rauhigkeit und Barbarey ansah, auf einmal
Würde, Nachdruck, und Stärke.   Dann heißt Kunst Weichlichkeit; und Beurtheilung Mangel des Genies.   Alles ist
dann Entzückung und Begeisterung.   Die ausgearbeitetesten
neuern Werke sind unmännlich und unnatürlich; et solos veteres legendos putant, neque in vllis aliis esse naturalem
eloquentiam et robur viris dignum arbitrantur. (QVINTIL.
L. X. c. 1.) Man könnte die Wahrheit dieser Anmerkung
durch viele Beyspiele bestätigen.   Die Gelehrsamkeit und
Kunst des Pakuvius — denn so verstehe ich das Beywort
doctus — wurde dem Erhabenen des Accius vorgezogen;
gerade wie bey den ältern Griechen der sanfte und korrekte
Simonides, tenuis Simonides, wie ihn Quintilian charakterisirt, über den erhabnen und geistvollen Aeschylus gesetzt
wurde.   In der Folge war es freylich ganz anders.   Sobald die Athenienser in den Regeln der guten Schreibart genauer und richtiger urtheilten, waren sie für den kühnen Flug
des Aeschylus so eingenommen,   daß sie ihn mit geringen
Verbesserungen auf die Bühne brachten.   Und hier erhielt er
von einem gesitteten und einsichtvollen Volke, gerade durch
eben dasselbe, Beyfall und Lob, was ihn ganz gewiß auf dem
simplern und weniger unterrichteten Theater seiner eignen
Zeiten um beydes gebracht hatte.   Eben so gieng es mit den
ältern Lateinischen Dichtern, die zwar schon zu ihren Zeiten
bewundert wurden, aber doch, aus dem angeführten Grunde
lange nicht so sehr, wie in der Folge, zu Augusts Zeiten,
da man sie vollends dergestalt vergötterte, daß es die schärffste

Satire unsers Dichters brauchte, den bösartigen Grundsatz zu bestrafen, auf welchem diese Affektation beruhte. Auch auf die Englischen Schriftsteller trifft diese Anmerkung zu. Es gab eine Zeit, da man die Kunst des Johnson den göttlichsten Begeisterungen Shakespears vorzog. Unser itziges Zeitalter sieht diesen Irrthum sehr wohl ein. Und nun wird wiederum Shakespears Genie vergöttert. Zum Glücke für den herrschenden Geschmack kann man hierin für diesen Dichter kaum zu viel thun. Sollte aber Jemand, in dieser Hitze, mit welcher er dem Genius der alten Poesie Trophäen errichtet, die Ehre neuerer und korrekterer Dichter kränken wollen; so wird die Ursache einer solchen kritischen Unbilligkeit allemal die nämliche seyn. Denn alle übertriebne Bewunderung der vorigen Zeiten läßt sich noch immer auf einerley Art erklären:

Ingeniis non ille fauet plauditque sepultis,
Noſtra ſed impugnat, nos noſtraque liuidus odit.

Horazens
Epistel an den Augustus

mit

Kommentar und Anmerkungen.

Zuschrift

an Herrn Warburton.

Hochwürdiger Herr,

Erlauben Sie mir, Ihnen folgenden Versuch über die Epistel an den Augustus zu überreichen, der, wenn ihm auch gleich aller übriger Werth mangelt, doch des Verdienstes gewiß seyn kann, daß er nach dem besten Muster entworfen ist. Denn warum sollte ich es Ihnen hier nicht öffentlich erklären, daß mich dasjenige Vergnügen, welches ich frühzeitig aus Ihren Werken dieser Art geschöpft habe, zuerst in das Gebiete der Kritik geleitet hat? Und wenn ich es unternommen habe, ein zweytes von den schönsten Stücken des Alterthums nach eben derselben Methode, wie das erstere, zu er-

läutern, so geschieht es, weil ich mich dazu durch noch
höhere Gründe, als selbst das Ansehen Ihres Beyspiels
ist, aufgemuntert finde.

Die Kritik, nach ihrer alten und edelsten Verbindlichkeit betrachtet, welche darin besteht, den Verdiensten großer Schriftsteller Gerechtigkeit widerfahren
zu lassen, erfodert noch ganz besonders bey Werken der
Poesie und der Erfindung folgende zwey Eigenschaften:
einen philosophischen Geist, der fähig ist in die
Grundursachen der Schönheit bey jeder verschiedenen
Gattung der Schreibart einzudringen; und eine starke
Einbildungskraft, die Mutter von dem, was wir
wahren Geschmack nennen, wodurch der Kunstrichter in Stand gesetzt wird, die ganze Stärke der Vortrefflichkeit seines Schriftstellers selbst zu fühlen, und
andern ein lebhaftes Gefühl davon mitzutheilen. Diese
Fähigkeiten sind beyde durchaus nothwendig. Denn
durch Hülfe der Philosophie erhält die Kritik, die
sonst eine unbestimmte und unbedeutende Sache seyn
würde, die Stärke und Festigkeit einer Wissenschaft. Und
von der Gewalt der Phantasie nimmt sie das Licht, den
Nachdruck, den Geist her, welche erfodert werden, die
allgemeine Nacheiferung aufzufodern, und die allgemeinen Folgerungen praktisch zu machen.

Wenn man jedes von diesen beyden Talenten für
sich betrachtet, so sollte man natürlicher Weise vermuthen, daß eins von ihnen, nämlich die Gabe einer starken Einbildungskraft, sich zu allererst zum Dienste der
Kritik äussern müßte. Und so scheint es auch wirklich
geschehen zu seyn. Denn es gab in Griechenland schon

sehr frühzeitig eine Art von Leuten, welche es, unter dem
Namen der Rhapsodisten, zu ihrem Geschäffte mach=
ten, die Schönheiten ihrer Lieblingsschriftsteller zu er=
läutern. Ihre Kunst war freylich sehr einfach; denn
sie bestand bloß darin, daß sie die schönsten Stellen ihrer
Werke agirten, und sie mit einer heftigen Art von Ent=
zückung einer hingerissenen Versammlung von Zuhörern
wiederholten. Man sieht hieraus, daß die Kritik in
ihrer Kindheit gänzlich auf die Bewunderung gerichtet
war; eine Leidenschaft, welche die reife Beurtheilung
eben so wenig in den Schulen der Kunst duldet, als
eine gesunde Philosophie ihr in den Schulen der Natur
Zugang verstattet. Daher kam es, daß diese entzü=
ckungsvollen Deklamatoren, die in den feinern und bes=
sern Zeiten lebten, sich nicht mehr in Ansehen erhalten
konnten. Der feine Spott des Plato in seinem
Gespräche Jon, und der zunehmende Geschmack an ei=
ner richtigen Denkungsart scheinen diese Thorheit vol=
lends in übeln Ruf gebracht zu haben. Und nun sah
und erkannte es der Rhapsodist selbst, daß es ihm nichts
half, wenn er sich selbst durch die magnetische Kraft
der Muse auch noch so göttlich gerührt fühlte, und daß
er sicherlich kein Artist war, weil er von ihren feinern
Einflüssen keinen verständlichen Grund angeben konnte:
Θεῖον εἶναι καὶ μὴ τεχνικὸν ἐπαινέτην.

Nach der Zeit verfuhren also diejenigen auf eine
ganz andre Art, welche es sich zur Pflicht machten,
die großen Schriftsteller der Griechen zu erläutern und
zu empfehlen. Ihre Untersuchungen wurden strenge,
nachforschend und vernunftmäßig. Kein Wunder, daß
sie es wurden; denn derjenige, welcher itzt der Anfüh=

rer in diesem Studium ward, und die Manier desselben
einführte, war ein Philosoph, und, zum Glücke für
die Aufnahme dieser Kunst, der beste Philosoph des Al=
terthums.   Daher gelangte die wissenschaftliche oder
spekulative Kritik auf einmal zur Vollkommenheit,
und hatte nun alle die Strenge des Raisonnemens, alle
die Genauigkeit der Methode an sich, welche Aristoteles
selbst ihr nur immer geben konnte.

Aber auch diese Methode war vielleicht fast eben
so sehr übertrieben, als jene.   Freylich ist verstehen
besser, als bewundern;   allein der große Haufe der
Leser kann oder will da nicht verstehen, wo es nichts
zu bewundern giebt.   Die Vernunft ist also, um
ihrer selbst willen, genöthigt, etwas von der Einklei=
dung der Phantasie zu entlehnen, und die Miene der=
selben anzunehmen.   Und die Vernunft des Aristoteles
war zu stolz, um sich dieser Einschränkung zu unter=
werfen.

Daher mochte der kritische Entwurf, welchen der
Stagyrit mit so vieler wissenschaftlichen Strenge ge=
macht hatte, dem spekulativen Nachfolger noch so sehr
gefallen; so bedurfte er doch noch immer durch Hülfe
der Beredsamkeit gehoben, und dem Auge eines Jeden
gefälliger gemacht zu werden.   Dieß war, wie ich be=
merkt habe, die leichteste Mühe von beyden; und doch
währte es sehr lange, ehe man es mit glücklichem Er=
folge ausführte.   Unter andern Ursachen dieses Ver=
zuges war vielleicht, wie Sie bemerken, der Fall der
Griechischen Freyheit eine der vornehmsten.   Denn nun
fielen die freyen und männlichen Anstrengungen des Ge=

nies weg, welche allein eine solche Verbesserung bewir=
ken konnten; und der kindische Geschmack der damali=
gen Zeiten fand an blossem Wörterkram sein Vergnügen.
„Daher überzog, wie Sie sagen, eine solche Wolke von
„Scholiasten und Sprachlehrern die Griechische Littera=
„tur alsobald, nachdem jener berühmte Staat einmal
„seine Freyheit eingebüßt hatte.“*)

Umsonst werden wir uns nach demjenigen, was
Griechenland in so langer Zeit nicht hervorbringen konnte,
in einem andern großen Staate umsehen, in welchem
bald hernach alle freye Künste blühten. Das Genie
der Römer war kühn und erhaben genug für diese Un=
ternehmung. Allein keine Art von Kritik wurde sehr
von ihnen bearbeitet, und niemals wurde sie als eine
Kunst getrieben. Die Proben, welche wir von ihrer
Geschicklichkeit in diesem Fache haben — wovon man
die beyden Horazischen Episteln an die Pisonen und
an den Augustus ohne Zweifel für die schönsten halten
kann — sind flüchtige und gelegentliche Versuche, mit
aller der nachlässigen Methode des bloßen gesunden Ver=
standes gemacht, und den besondern Bedürfnissen ihres
eignen Geschmacks und ihrer eignen Gelehrsamkeit ange=
messen. Es sind keinesweges regelmässige Produkte der
Kunst, welche sich auf diese Arbeit mit besonderm
Fleisse einschränkt, und dem kritischen System die höch=
ste Vollkommenheit zu geben sucht.

Nach dieser großen Unternehmung müssen wir
uns wiederum in den Gränzen Griechenlandes umsehen.

***

*) POPE's Works, Vol. V. p. 245. 8vo.

Und hier stand endlich, selbst aus der Unterdrückung der Sklaverey, aber mit einem Geiste, der auch dem Zeitalter der größten Freyheit Ehre gemacht hätte, der Kunstrichter auf, der zu einer so edlen Arbeit ganz vorzüglich geschickt war. Als rhetorischer Sophist mußte er schon, diesem Charakter gemäß, die Schönheiten und Annehmlichkeiten der Beredsamkeit völlig inne haben; und die Lebhaftigkeit seines Genies setzte ihn in Stand, diese in ihrer völligen Stärke und Schönheit zu fassen. Mit einem Worte, Longin war der Mann, den die Natur unter allen Kunstrichtern des Alterthums mit denjenigen Talenten gebildet zu haben scheint, welche dazu gehörten, seinem Amte den höchsten Ruhm zu verschaffen, und in die Seele der schönen Schreibart einzudringen.

Aber so begränzt ist der menschliche Witz, und mit so viel Schwierigkeit ist die menschliche Kunst verwickelt, daß selbst hier der Vortheil, welcher auf der einen Seite mit so vielem Glücke erhalten war, auf der andern größtentheils verloren und verscherzt wurde. Er hatte zwar allerdings die Strenge des Aristotelischen Entwurfs gemildert; dabey aber war er wieder zu weit in die Manier des bewundernden Rhapsodisten zurück gegangen. Kurz, bey den heitersten Aussichten der Natur und der wahren Schönheit, welche die glückliche Einbildungskraft dem besten Kunstrichter an die Hand geben konnte, fehlte es ihm nun in einem ziemlichen Grade an derjenigen Genauigkeit und gründlichen Denkungsart, wodurch sich sein Vorgänger so vorzüglich unterschieden hatte. Denn, wie Plotinus schon längst von ihm angemerkt hat, er zeigte sich zwar als einen Mei-

ster in der schönen Litteratur; aber er war kein
Philosoph: φιλόλογος μὲν, φιλόσοφος δε, οὐδαμῶς.

Solchergestalt war die Kunst wechselsweise auf
ein zwiefaches Uebermaaß getrieben. Und in beyden
schien sie sich auch in der Folge erhalten zu müssen.
Denn der Ruhm und die vorzügliche Geschicklichkeit ihrer
großen Urheber machten, daß man sie bey den verschieb-
nen Wegen, die sie nahmen, als Muster der vollkommnen Kritik ansah. Nur konnte man leicht voraussehen,
welchen von beyden die Denkungsart der Folgezeit vorzüglich einschlagen würde. Der fortreissende Enthusiasmus und die mahlerische Phantasie des einen mußte unstreitig vor der Kälte und Ernsthaftigkeit des andern den
Vorzug erhalten. Und so kam es, daß in dem letztern
und gegenwärtigen Jahrhunderte, nachdem der Fleiß
der Gelehrten die Richtigkeit der alten klassischen Schriftsteller wiederhergestellt, und das Studium derselben erleichtert hatte, eine unzählige Menge von Auslegern, in
Longins Manier, sich bemühten, über die Schönheiten ihrer Schreibart ihren Witz zu zeigen. Einige von
ihnen waren in dieser Methode freylich so glücklich, daß
man sich nicht wundern darf, wie es bald die beliebteste
und überall eingeführte Form desjenigen wurde, was
man für wahre Kritik erkannte. Da aber doch nichts
anders, als ein vorzügliches Genie sie selbst bey den besten unter diesen Kunstrichtern erträglich machen konnte;
so war das zu vermuthen, was die Erfahrung itzt genugsam gelehrt hat, daß sie am Ende, unter den Händen
mittelmäßiger Köpfe, in das unbedeutendste läppischste
und ekelhafteste Geschwätz ausarten würde, welches jemals die schönen Wissenschaften verunehrt hat.

In diesem Zustande, Hochwürdiger Herr, befand
sich die neuere Kritik, als sie in Ihre Hände gerieth;
ein Zustand, aus welchem Sie bloß abnehmen konn=
ten, daß wir gelernt hatten, von den zwey Mustern,
welche uns das Alterthum zu unserm Gebrauche geliefert,
durch eine verunglückte Nachahmung desselben das schlech=
teste zu mißbrauchen. Allein Ihrem Eifer für die
Aufnahme der Wissenschaften war es nicht genug, bloß
diesem Mißbrauche abzuhelfen. Ihr tief forschender
Blick befriedigte sich nicht bloß damit, einem von diesen
Mustern seinen alten Glanz wieder zu geben. Sie
mußten beyde wieder aufleben; oder es mußte viel=
mehr ein neuer Originalentwurf der Kritik erfunden wer=
den, in welchem sich die Vorzüge einer jeden von den
ältern Methoden vereinigen sollten. Der Versuch
wurde mit den beyden größten Englischen Dichtern
gemacht, und durch das Licht, welches die Einbildungs=
kraft auf den schärfsten Verstand zurückwarf, wur=
de alles das ausgerichtet, was sich der wärmste
Bewunderer der alten Kunst von einer solchen Ver=
einigung versprechen konnte. Aber Sie giengen noch
weiter. Sie verbanden mit dieser doppelten Fähig=
keit eine vollkommne Einsicht in das menschliche Herz;
so veredelten Sie die Ausübung der literärischen, durch
die Hinzuthuung der richtigsten moralischen Beurthei=
lung; und haben nun endlich einmal der Kritik ih=
ren völligen Glanz verschafft.

Wenn man freylich jene verjährte menschliche
Schwachheit bedenkt, welche der Dichter mit so vie=
lem Rechte in folgender Epistel bestraft, diejenige
nämlich, welche sie geneigt macht, alle Bemühun=

gen des Witzes und der Tugend übel auszulegen und
herunter zu setzen,

— nisi quae terris semota suisque
Temporibus defuncta videt —

so können Sie sich vielleicht weit eher auf den Tadel
der Unverständigen und Neidischen jeder Art, als auf
den willigen Beyfall des Publikums, auch für dieses
Verdienst, Rechnung machen.

Ich besorge diesen Erfolg um so viel mehr, weil
die Kritik, „diese letzte Frucht gelehrter Erfahrung“ den
Anfällen der Unwissenheit und des Stolzes vielleicht
mehr ausgesetzt ist, als irgend eine andre Art von gelehrten Bemühungen. Denn Jedermann ist geneigt,
über die Verdienste bekannter und populärer Schriftsteller zu urtheilen; und nur wenige erlauben sichs, zu
zweifeln, ob sie auch darüber zu urtheilen im Stande sind.

Noch mehr. Wenn Schriftsteller von einem gewissen Range sichs gefallen lassen, diese kritische Arbeit zu übernehmen; so erregt diese Neuerung natürlicher Weise eine Gährung unter den Kunstrichtern
von Profession. Ihre Eifersucht wird rege gemacht; als ob man die Absicht hätte, ihnen den einzigen Ruhm zu rauben, auf welchen sie mit Grunde
Anspruch machen können, den Ruhm, über die Empfindungen besserer Köpfe Gericht zu halten. Allein,
zugleich zu urtheilen und zu erfinden, das scheint
ihnen ein gewaltsamer Eingriff in die gelehrte Staats-

R

verfassung zu seyn, gleich der Ehrsucht der Römischen Kaiser, die zugleich Consuls und Censoren seyn, das ist, eben sowohl das Recht haben wollten, Leute aus dem Senat auszuschliessen, als in demselben den Vorsitz zu behaupten.

Wenn aber auch die Eifersucht keinen Antheil daran hätte, so müßte doch ihre Bösartigkeit durch einen solchen Eingriff ungemein aufgebracht werden. Denn wer kann es vertragen, seine eignen schwachen Versuche in irgend einer Kunst durch ein vollkommnes Muster herabgesetzt zu sehen?

Ausserdem sind, die Wahrheit zu sagen, die Entwürfe solcher Schriftsteller, von denen ich vorhin redete, aus dem gemeinen Gesichtskreise so entlegen, daß auch ohne Eifersucht und Bosheit die Dummheit selbst gewiß seyn kann, ihnen manche elende Verläumder zu erwecken. Denn ein gemeiner Kunstrichter sieht sich beynahe genöthigt, dasjenige fehlerhaft zu finden, was er nicht versteht, oder sich über das zu entrüsten, wovon er keinen Begrif hat.

Aus allen diesen Ursachen ist es sehr leicht möglich, daß Ihnen Ihre kritischen Arbeiten vielen Unwillen und Tadel von dem grösseften Haufen zuziehen können.

Sollte aber auch dieß die gegenwärtige Folge Ihrer Bemühungen seyn, welche Sie angewandt haben, diesen beträchtlichen Theil der Literatur zu bearbeiten und vollkommner zu machen; so werden Sie da Sie die Denkungsart der gelehrten Welt kennen, und durch Ihre so großen Verdienste die Ungerechtigkeit derselben so oft rege gemacht haben, sich weder darüber wundern, noch beunruhigen; noch viel weniger muß dieß diejenigen muthlos machen, welche geneigt sind, Ihnen mehr Gerechtigkeit widerfahren zu lassen, Ihr Beyspiel anzupreisen, und wenn sie sich dazu fähig finden, dasselbe nachzuahmen; *)

> Denn das verpflegt der Brauch, was der Verstand gezeugt;

sowohl in diesem, als in andern Fällen.

Sie sehen, Hochwürdiger Herr, daß alle die Lobsprüche, welche dieser Brief enthält, nicht sowohl um Ihrentwillen, als meiner selbst wegen da stehen. Hätte ich eine andre Absicht gehabt, so würde ich unter den mannichfaltigen Zügen Ihres Charakters sehr übel gewählt haben, wenn ich diesen zum Inhalte einer Zuschrift an Sie gewählt hätte. Denn bey allem dem, was ich von Ihren kritischen Talenten denke und gesagt habe, würde es beynahe eben so seltsam herauskommen, wenn der Lobredner eines Warburton von seinen bewundernswürdigen Kritiken über den Pope und Shakespear redete, als wenn derjenige, der eine Lobrede auf den Sokrates entwerfen wollte, sich bloß auf seine vortreffliche Bildhauerarbeit an den Statuen des Merkurs und der Grazien beriefe. Aber es giebt doch einen Fall, in welchem es erlaubt seyn kann, sich bey den Nebenbeschäfftigungen solcher Männer zu

---

*) For USE will father what's begot by SENSE.

verweilen. Der Fall ist nämlich dann, wenn ein Anfänger in irgend einer Kunst seinem Amte eine Ehre erweisen will. — Ich bin mit der aufrichtigsten Hochachtung,

Hochwürdiger Herr,

Cambridge,
den 29. März, 1753.

Ihr

gehorsamster Diener.

R. Hurd.

Q. HORATII FLACCI

EPISTOLA AD AVGVSTVM.

Cum tot fuſtineas et tanta negotia ſolus,
Res Italas armis tuteris, moribus ornes,
Legibus emendes; in publica commoda peccem,
Si longo ſermone morer tua tempora, Caeſar.

Kommentar.

EPISTOLA AD AVGVSTVM.) In der Ausführung dieſes
Werks, welches eine Vertheidigung der Dichter ſeiner
Zeit iſt, beobachtet Horaz keine andre Methode, als diejenige, welche der geſunde Verſtand und der Inhalt ſelbſt
von ihm foderte. Denn da der Widerwille gegen die Dichter zu Auguſts Zeiten hauptſächlich aus einer übertriebenen
Verehrung ihrer ältern Mitbrüder entſtanden war; ſo beſchäftigt ſich der erſte Theil der Epiſtel (v. 1—118.) natürlicher Weiſe damit, ein ſo ungereimtes Vorurtheil lächerlich zu machen und zu widerlegen. Nachdem er durch dieſe
Einleitung ſeiner Vertheidigung ein williges Gehör verſchafft
hat, ſo fährt er in dem folgenden Theile bis zu Ende fort,
ihre wahren Verdienſte zu retten; indem er die Schönheiten
der Lateiniſchen Dichtkunſt ins Licht ſetzt, die von den
größten neuern Meiſtern bearbeitet war. Die Schuld ihrer
ſchlechten Aufnahme und der Verachtung, in welcher ſie
bisher gelegen hatten, giebt er nicht ſowohl ihnen ſelbſt und
ihrer Beſchäfftigung; — auf deren Würde er beſonders
dringt und ſie mit allem Eifer behauptet; — als dem ver-

Romulus, et Liber Pater, et cum Caſtore Pollux,   5
Poſt ingentia fata, Deorum in templa recepti,
Dum terras hominumque colunt genus, aſpera bella
Componunt, agros adſignant, oppida condunt;
Ploravere ſuis non reſpondere favorem
Speratum meritis.   diram qui contudit Hydram,   10
Notaque fatali portenta labore ſubegit,
Comperit invidiam ſupremo fine domari.
Vrit enim fulgore ſuo, qui praegravat artis
Infra ſe poſitas: extinctus amabitur idem.

Kommentar.

derbten Geſchmacke ihres Zeitalters, und gewiſſen widrigen
Umſtänden, die zufälliger Weiſe dazu gekommen ſind, beyde
herunterzuſetzen.

Wenn man ſich dieſen Begrif von dem allgemeinen
Entwurfe dieſer Epiſtel macht, ſo wird man es nicht ſchwer
finden, die Ordnung und den Zuſammenhang ihrer einzelnen Theile einzuſehen, welche der natürliche Uebergang der
Gedanken des Dichters unvermerkt mit ſich brachte.

5—11§. ROMVLVS ET LIBER PATER, etc.) Das
Subjekt fängt vom fünften Verſe an, wo die Wendung ungemein ſchön iſt; indem eine ſehr ſchickliche Erläuterung
des Inhalts, welchen der Dichter abhandeln will, ihm
eine Gelegenheit wird, den Käiſer auf die glücklichſte Art
anzureden.   Man wird den doppelten Zweck davon auf
folgende Art einſehen.   Seine vornehmſte Abſicht gieng
dahin, die Gewalt des Vorurtheils gegen die neuern Dichter zu ſchwächen, welches von der übertriebenen Verehrung
gegen die ältern herrührte.   Zu dem Ende mußte er zuvör-
derſt durch ein treffendes Beyſpiel zeigen, daß es in der
That nichts anders, als ein Vorurtheil ſey; und dieß
thut er ſehr glücklich, indem er dieß Beyſpiel aus den
heroiſchen, folglich aus den verehrungswürdigſten Zeiten
hernimmt.   Denn wenn ſelbſt diejenigen, die durch überall

Praefenti tibi maturos largimur honores,   15
Iurandasque tuum per numen ponimus aras,
Nil oriturum alias, nil ortum tale fatentes.
Sed tuus hoc populus fapiens et iuftus in uno,
Te noftris ducibus, te Graiis anteferendo,
Cetera nequaquam fimili ratione modoque   20

Kommentar.

zugeftandene groffe Eigenfchaften und durch vorzügliche Verdienfte den Rang der Heroen, das heißt, nach der heidni-
fchen Vorftellungsart, die Ehre der Vergötterung erhalten
hatten, ihren Ruhm bey ihren Lebezeiten vor der Bosheit
der Verläumbung nicht in Sicherheit fetzen konnten; was
ift es denn Wunder, daß die Schaar der witzigen Köpfe,
deren weit dunkleres Verdienft das Auge des groffen Haufens nicht einmal fo leicht blenden kann, und doch, durch
ein befondres unglückliches Schickfal, die Eiferfucht deffelben
zu erregen pflegt, von dem härtften Tadel der Menge überwältigt wird? In dem erftern Falle bezeugt die Ehre,
welche die billige Nachwelt dem aufferordentlichen Verdienfte
erwiefen hat, genugfam, daß aller folcher Tadel bloß die
Verläumbung der Bosheit gewefen fey. Warum follte man
denn glauben, daß er in dem letztern Falle aus irgend einer
andern Quelle herrühre? Dieß ift der Beweis des
Dichters.

Nun aber waren unter jenen Verdienften felbft, welche
die Gerechtigkeitsliebe der dankbaren Nachwelt den Händen
der Verachtung entriffen hatte, vielleicht einige, deren vorzügliche Wohlthaten für das menfchliche Gefchlecht die Tugend
oder die Ruhmfucht des Kaifers am meiften nachzuahmen
fuchte: der Dichter macht ihm daher die finnreiche Schmeicheley, daß er diefe zu Beyfpielen feiner allgemeinen Bemerkung wählt:

Romulus, et Liber pater, et cum Caftore Pollux
Poft ingentia fata, etc.

Aeſtimat; et, niſi quae terris ſemota ſuisque
Temporibus defunĉta videt, faſtidit et odit:
Sic fautor veterum, ut tabulas peccare vetantis,
Quas bis quinque viri ſanxerunt, Foedera regum
Vel Gabiis vel cum rigidis aequata Sabinis,   25
Pontificum libros, annoſa volumina vatum,
Diĉtitet Albano Muſas in monte locutas.
Si, quia Graiorum ſunt antiquiſſima quaeque
Scripta vel optima, Romani penſantur eadem

Kommentar.

Da ferner das günſtige Glück des Auguſtus, wiewohl ihn
die nämlichen des Neidens fähigen Eigenſchaften ſchmückten,
ihn doch der Beleibigungen überhoben hatte, welche dieſe
bewundernswürdigen Charaktere ſonſt allemal hatten erfahren
müſſen; ſo giebt ihm dieſer beſondre Umſtand in der Geſchichte ſeines Fürſten die glücklichſte Gelegenheit, welche die
Schmeicheley nur immer verlangen konnte, ſeinem Ruhme
die größten Lobſprüche zu machen:

Praeſenti tibi maturos largimur honores.

Und dadurch erhält nun ſeine Anrede an den Kaiſer die feinſte
und ſchmeichelhafteſte Wendung.

Allein eben dieſe Gerechtigkeit, welche Auguſtus ſelbſt
durch das Anſehen ſeiner Verdienſte dem Volke gleichſam abgenöthigt hatte, ließ man in andern Fällen denjenigen
nicht ſo freywillig widerfahren, welche ſie erwarten
konnten:

Sed tuus hoc populus ſapiens et iuſtus in vno,
Te noſtris ducibus, te Graiis anteferendo,
Cetera nequaquam ſimili ratione modoque
Aeſtimat, etc.

Und ſo bringt ihn eben dieſe Ausnahme von der allgemeinen Regel, welche den Lobſpruch ausmacht, ſehr

Scriptores trutina; non eſt, quod multa loquamur: 30
Nil intra eſt oleam, nil extra eſt in nuce duri:
Venimus ad ſummum fortunae: pingimus, atque
Pſallimus, et luctamur Achivis doctius unctis.
Si meliora dies, ut vina, poemata reddit;
Scire velim, chartis pretium quotus arroget annus. 35
Scriptor abhinc annos centum qui decidit, inter
Perfectos veteresque referri debet, an inter
Vilis atque novos? excludat iurgia finis.
Eſt vetus atque probus, centum qui perficit annos.
Quid? qui deperiit minor uno menſe vel anno, 40

Kommentar.

vortheilhaft auf ſeine Materie, welche folgende war: „Den
nachtheiligen Einfluß des Vorurtheils zu zeigen, nach welchem man lebendigen Verdienſten den ihnen gebührenden
Ruhm verſagte.“ Und ſo entſpringt das Lob, wie der
gute Geſchmack von einer jeden guten Lobſchrift verlangt,
aus der Natur und der Grundlage der Materie ſelbſt, und
iſt nicht gewaltſam und wider Willen in dieſelbe eingeflochten.

Nachdem er alſo ſeine allgemeine Klage gegen ſeine
Landesleute, „über ihre abergläubiſche Anhänglichkeit an
diejenigen, welche mit dem Namen der Alten prangten,
zum Nachtheile der gerechten Anſprüche der Neuern“ vorgetragen, und die Thorheit eines ſolchen Verhaltens mit einiger angenehmen Vergröſſerung lächerlich gemacht hat; ſo
ſucht er mit einer glücklichen Miſchung der Jronie und der
Beweiſe, wie es ſich für das Genie und den Charakter einer
Epiſtel ſehr wohl ſchickt, die Meynungen zu widerlegen,
und die Gründe ſelbſt umzuſtoſſen, worauf dieſelbe ſich
ſtützte.

Ein Hauptgrund ihrer thörichten Meynung war von
einer ausgemachten Wahrheit hergenommen, nämlich:

Inter quos referendus erit? veteresne poetas,
An quos et praesens et postera respuat aetas?
Iste quidem veteres inter ponetur honeste,
Qui vel mense brevi, vel toto est iunior anno.
Vtor permisso, caudaeque pilos ut equinae   45
Paullatim vello; et demo unum, demo et item unum;
Dum cadat elusus ratione ruentis acervi,
Qui redit in fastos, et virtutem aestimat annis,

Kommentar.

„Daß die ältesten Griechischen Schriftsteller unstreitig vor den neuern den Vorzug verdienten." Daraus schlossen sie, es sey der Natur und der Erfahrung gemäß, wenn sie den ältesten Römischen Scribenten einen gleichen Vorzug gäben.

Seine Widerlegung des Sophisma besteht aus zwey Theilen. Erstlich zeigt er (v. 28—32.) die offenbare Ungereimtheit derjenigen Meynung, welche er bestreitet. Es ließe sich mit Leuten gar nicht vernünftig reden, die solche unsinnige Schlüsse zu machen fähig wären. Aber zweytens, wurde jene Wahrheit selbst, worauf man sich in Ansehung der Griechischen Literatur berief, gröblich mißverstanden, oder doch sehr verkehrt angewandt. Denn, (v. 32—34.) es war nicht an dem, und konnte nicht zugegeben werden, daß die allerältesten Griechischen Schriftsteller die besten wären, sondern bloß diejenigen, welche in Vergleichung mit den ganz neuen Griechen die alten heissen konnten. Die so bewunderten Muster der alten Griechischen Zeiten waren selbst neuere, in Rücksicht auf die noch ältern und rohern Versuche ihrer erstern Schriftsteller. Es waren anhaltender Fleiß und Uebung, eben die Mittel, welche den Griechischen Künstlern unter Augusts Regierung einen Vorzug vor den Römischen erworben hatten, wodurch der gute Geschmack allmählig überhand nahm, und die Griechischen Dichter ein solches Ansehen erhielten. Es war natürlich, ja so gar

Miraturque nihil, nifi quod Libitina facravit.

Ennius et fapiens, et fortis, et alter Homerus,   50

Vt critici dicunt, leviter curare videtur

Quo promiffa cadant, et fomnia Pythagorea.

Naevius in manibus non eft, et mentibus haeret

Pene recens? adeo fanctum eft vetus omne poema.

Kommentar.

nothwendig, daß die nachfolgenden, d. i. die neuern Griechen von diefem Grade der Vollkommenheit abweichen mußten.   Aber daraus folgt nichts zum Vortheile derer Latei-
nifchen Dichter, von welchen hier die Rede ift.   Diefe waren im geringften nicht mit vorläufigen Kenntniffen ihrer
Kunft verfehen,   und ihre Werke lieffen fich nur allein mit
den allerälteften, das heißt, mit den roheften, vergeffenen
Verfuchen der Griechifchen Dichtkunft vergleichen.   Diefe
körnichten zwey Verfe haben alfo folgenden fchönen Ver-
ftand: „Die neuern Griechifchen Meifter in den fchönen
Künften find den neuern Römern unftreitig überlegen.   Der
Grund davon ift, weil fie diefelben länger und mit größerm
Fleiffe ausgeübt haben.   Eben fo müffen die neuern Römifchen Schriftfteller nothwendig vor den alten den Vorzug
haben, die von der Kunft zu fchreiben, als Kunft, gar
keine Kenntniß hatten, oder doch wenigftens nicht fehr darauf achteten, diefelbe in Ausübung zu bringen.“

Dieß Vorurtheil für das Alterthum ift ferner, feiner
Anwendung nach, eben fo ungewiß, als es, feinem ur-
fprünglichen Grunde nach,   ohne alle Wahrheit und Gül-
tigkeit war.   Denn wenn bloß das Alte den Preis verdiente; auf welche Weife läßt es fich denn beftimmen, welche
Schriftfteller neu, und welche alt find?   Die Unmöglich-
keit, diefen Einwurf zu heben, und die eigentliche Gränze
zu beftimmen, welche hier (bis v. 50.) mit der angenehmften
Munterkeit ins Licht gefetzt wird, macht es augenfcheinlich,
daß der Umftand des Alterthums offenbar nichts ift, und
daß man bey Schätzung des Verdienftes der Schriftfteller

Ambigitur quoties, uter utro ſit prior; aufert 55
Pacuvius doſti famam ſenis, Accius alti:
Dicitur Afrani toga conveniſſe Menandro:
Plautus ad exemplar Siculi properare Epicharmi:
Vincere Caecilius gravitate, Terentius arte.
Hos ediſcit, et hos arto ſtipata theatro 60
Speſtat Roma potens; habet hos numeratque poetas
Ad noſtrum tempus, Livî Scriptoris ab aevo.

Kommentar.

bloß auf die wahre, innere Schönheit ihrer Schriften ſelbſt
ſehen muß.

So weit geht des Dichters Abſicht, das allgemeine
Vorurtheil des Kunſtrichters zu beſtreiten:

Qui redit in faſtos, et virtutem aeſtimat annis.

Er nimmt es für ausgemacht an, daß derſelbe ſich von dieſem ſtarken Vorurtheile des Alterthums, als Alterthums,
beherrſchen läßt, und ſucht nun ein ſo ungereimtes Verfahren beydes durch Spott und Beweiſe lächerlich zu machen.
Hiedurch gewinnt er den Vortheil, daß er deſto beſſer auf
die einzelnen Stücke ſeines Vorwurfs kömmt. Denn die
gemeine Verachtung neuerer Schriften verbirgt ſich unter
dem Scheine einer einſichtvollen Bewunderung der Alten,
die durch ihr Alter und durch ihren Ruhm wahrhaftig ehr-
würdig geworden waren, und deren ächte Verdienſte überhaupt man nicht leugnen konnte; es würde daher ein unmittelbarer Angriff ihres Ruhms gleich beym erſten Anfange,
ohne einige Milderung, auch den billigſten Leſern widerlich
geworden ſeyn. Dagegen muß ſeine vorläufige Berufung
auf den geſunden Menſchenverſtand, unter dem Scheine einer allgemeinen Kritik, den Aberglauben ſelbſt geneigt machen, dem Dichter ein ruhiges Gehör zu geben. Seine
Anklage des herrſchenden Geſchmacks wird hier ſehr ſchicklich
angebracht; (v. 50—63.) indem er die einzelnen Urtheile

Interdum volgus rectum videt: est ubi peccat.

Si veteres ita miratur laudatque poetas,

Vt nihil anteferat, nihil illis comparet; errat: 65

Si quaedam nimis antique, si pleraque dure

Dicere cedit eos, ignave multa fatetur;

Et sapit, et mecum facit, et Jove iudicat aequo.

Non equidem insector, delendave carmina Livi

Esse reor, memini quae plagosum mihi parvo   70

Orbilium dictare; sed emendata videri

Pulchraque, et exactis minimum distantia, miror:

Kommentar.

herseßt, welche der grosse Haufen der neuern Kunstrichter über die berühmtesten von den alten Römischen Dichtern fällte. Um dabey noch mehr Gewalt über ihre Vorurtheile durch seine Großmuth und Aufrichtigkeit zu erhalten, nimmt er keinen Anstand, solche Bestimmungen der Verdienste alter Schriftsteller von ihnen anzuführen, die vernünftig und gegründet waren, eben sowohl, wie andre, die er nicht so richtig befand, und daher aus einander zu setzen und zu widerlegen dachte.

Wir sehen also, mit wie vieler Kunst der Dichter diesen Angrif auf die Alten thut, und wie dieselbe wechselsweise ihm dazu diente, seinen Vorwurf zu mildern und zu schärfen. Erstlich: „er mußte den Ruhm der alten Dichter verringern." Dieß konnte nicht durch allgemeine Beschuldigungen oder durch eine gezwungene Vorenthaltung des ihnen gebührenden Lobes geschehen. Er giebt daher (v. 63—66.) ihre gerechten Ansprüche auf die Bewunderung zu. Nur bloß gegen den Grad derselben hat er etwas einzuwenden.

Si veteres *ita* miratur laudatque, etc.

Zweytens; „er mußte ihren Beyfall von den alten Dichtern auf die neuern zu ziehen suchen." In dieser Absicht

Inter quae verbum emicuit fi forte decorum,
Si verfus paulo concinnior unus et alter;
Iniufte totum ducit venitque poema.   75
Indignor quicquam reprehendi, non quia craffe
Compofitum, inlepideve putetur, fed quia nuper:
Nec veniam antiquis, fed honorem et praemia pofci,
Recte nec ne crocum floresque perambulet Attae
Fabula, fi dubitem; clament periiffe pudorem   80
Cuncti pene patres: ea cum reprehendere coner,
Quae gravis Aefopus, quae doctus Rofcius egit.

Kommentar.

mußten die **Vorzüge** diefer neuern deutlich gezeigt werden,
oder, welches auf eins hinausläuft, er mußte die **Mängel**
der Alten in Vergleichung der Neuern aus einander fetzen.
Diefe mußten nicht verheelt werden; es waren, wie er freymüthig behauptet, (bis v. 69.) eine veraltete Sprache,
eine rauhe und feltfame Wortfügung, und eine nachläßige Schreibart:

> Si quaedam nimis *antique*, fi pleraque *dure*,
> Dicere cedit eos, *ignaue* multa.

Aber wie? wird hier ein Gegner fagen; das waren ja
fehr verzeihliche Fehler! Die Schuld lag an dem Zeitalter, und nicht an den Leuten; diefe konnten bey allen den
Unvollkommenheiten, die hier gerügt find, die größten
Talente befitzen, und die edelften Entwürfe hervorbringen. Dieß wird (v. 69—79.) gern zugegeben. Bey dem
allem aber war doch ein Umftand offenbar, daß fie nämlich
nicht vollkommne Mufter waren, exactis minimum diftantia.
Und dieß war bey dem Streite der vornehmfte Punkt. Denn
die Ungereimtheit ihrer abergläubifchen Verehrer beftand
darin,

> Non veniam antiquis, fed honorem et praemia pofci,

Vel quia nil rectum, nisi quod placuit sibi, ducunt;
Vel quia turpe putant parere minoribus, et, quae
Inberbi didicere, senes perdenda fateri.　　　　85
Iam Saliare Numae carmen qui laudat, et illud ..
Quod mecum ignorat, solus volt scire videri;
Ingeniis non ille favet plauditque sepultis,

Kommentar.

Ja, die Thorheit derselben gieng, wie wir sehen, noch weiter. Diese so gepriesenen Muster des Alterthums hatten bey allen ihren Unvollkommenheiten hie und da, (v. 73. 74.) wiewohl die Beyspiele selten und dünne gesäet waren, hervorstechende Schönheiten. Diese hatten die Empfehlung des Alters vor sich, welches für sich schon unsre Verehrung heischt, und betrogen daher den grossen Haufen sehr leicht in seinem Urtheile. Sie stachen zu ihrem Vortheile gleichsam auf einem schattigten und dunkeln Grunde hervor, und mußten daher natürlicher Weise das Auge und die Bewunderung der Leute von Einsicht auf sich ziehen. So viel giebt der Dichter aufrichtig zu, zur Entschuldigung des verkehrten Urtheils der abergläubischen Verehrer. Aber zum Unglücke hatten sie sich selbst, allen Vortheil dieser Entschuldigung dadurch abgeschnitten, daß sie ihre Bewunderung offenbar nicht auf die innere Schönheit der alten Poesie selbst, so weit dieselbe gieng; sondern auf einen ausserordentlichen Umstand gründeten, der nur zufälliger Weise dazu kam. Der zufällige Umstand nämlich, daß ein Schauspiel in den Mund eines gut deklamirenden Schauspielers gekommen, und durch die Aktion desselben belebt war, (v. 79—83.) war ihnen schon genug — so wenig liessen sich ihre Vorurtheile entschuldigen — ihre Bewunderung auf sich zu ziehen, und ihre Hochachtung zu rechtfertigen. Dieß gieng so weit, daß man es überall für unverschämt und frech erklärte, solche theatralische Stücke zu tadeln,

Quae grauis Aesopus, quae doctus Roscius egit.

Noſtra ſed inpugnat, nos noſtraque lividus odit.

Quod ſi tam Graiis novitas inviſa fuiſſet,   90

Quam nobis; quid nunc eſſet vetus? aut quid haberet,

Quod legeret tereretque viritim publicus uſus?

Kommentar.

Auf dieſe Art war es keine Frage mehr, ob die geſuchte Bewunderung des Alterthums bloß von einer betrogenen Ur-
theilskraft, oder von einer ſchlimmern Urſache herrührte.
Man kounte ſie offenbar aus keiner andern erklären, als
aus der geſchäfftigen Wirkſamkeit bösartiger Leidenſchaften,
die überall, wo ſie herrſchen, das einfache und unverderbte
Gefühl der Seele verderben; entweder dadurch, (v. 83.)
daß ſie hohe Begriffe von ſeinem Selbſt bey ihm erregen,
und alle Grade der Vortrefflichkeit der vermeynten untrüg-
lichen Richtſchnur von eines Jeden Beurtheilung unterwerfen; oder dadurch, (bis v. 86.) daß ſie eine falſche
Schaam und einen Widerwillen in uns erwecken, uns
durch das Urtheil anderer leiten zu laſſen, wenn wir gleich
einſehen, daß es billiger iſt, ſo bald daſſelbe unſern einge-
wurzelten und vorgefaßten Meynungen widerſpricht. Der
Aberglauben alter Leute iſt beſonders aus dieſem Grunde
unbezwinglich.   Sie halten es für einen Schimpf, daß
jüngere Leute ſcharfſichtiger ſeyn ſollten, als ſie, und ſehen
die Annehmung neuer Meynungen, in ihren Jahren, als
einen wahren Verluſt an, den ſie an dem todten Kapitale
ihres literariſchen Vermögens leiden.   Dieſe Vorſtellungen
ſind gemeiniglich bey alten und grau gewordnen Kunſtrichtern von ſolchem Gewichte, daß man allemal, (v. 86—90.)
wenn ſie, wie in dem gegenwärtigen Falle, das Anſehen
eines beſondern Eifers für das Alterthum haben wollen,
und es für einen Beweis ihres Scharfſinns halten, den
überwiegenden Werth dunkler Rhapſodiſten zu entdecken, die
ſonſt kein Menſch lieſt oder verſtehen kann, daß man, ſage
ich, allemal verſichert ſeyn kann, ihre geheime Abſicht ſey
nicht die großmüthige Vertheidigung und Fürſprache für den

Vt primum positis nugari Graecia bellis ,
Coepit, et in vitium fortuna labier aequa;
Nunc athletarum studiis, nunc arsit equorum;　　95
Marmoris, aut eboris fabros aut aeris amavit;
Suspendit picta vultum mentemque tabella;

Kommentar.

Witz der Alten, sondern ein niedriges, bösartiges Ver=
gnügen an Verrufung der gerechten Ansprüche der
Neuern:

> Ingeniis non ille fauet planditque sepultis,
> Nostra sed inpugnat, nos nostraque liuidus odit.

Der Dichter hatte nun die unvernünftige Partheylichkeit sei=
ner Landsleute für den Ruhm ihrer alten Schriftsteller ins
Licht gesetzt. Er hatte die sophistischen Vorgebungen völlig
entwickelt, womit sie dieselbe zu rechtfertigen suchten; er
hatte es sogar gewagt, den geheimen bösartigen Grund
aufzudecken, worauf diese Partheylichkeit beruhte.   Itzt
war es Zeit, die Folgen derselben in Erwägung zu ziehen,
welche in der That sehr schädlich waren.   Denn der giftige
Einfluß davon war so stark, daß jedes aufkeimende Verdienst
dadurch angegriffen, und gleichsam in der Knospe welk ge=
macht, daß selbst die Hoffnungen und Aussichten wahrer
Genies dadurch gestört und hintertrieben wurden. Nichts
kann wahrer seyn, als diese Anmerkung, welche er noch
weiter einschärft, und seinen Gegnern nahe legt, indem er
eine sehr treffende Frage an sie thut, an deren ernsthaften
Beantwortung ihnen selbst gelegen seyn mußte.   Sie hatten
(v. 28.) die Vollkommenheit der Griechischen Muster geprie=
sen. Aber wie? (bis v. 93.) wenn die Griechen eben den
Widerwillen gegen das Neue gefaßt hätten, als die Rö=
mer? Wie hätten denn diese Muster jemals allgemein ein=
geführt und gebilligt werden sollen? Diese Frage sagt, wie
man sieht, nichts anders, als was vorhin als die wahre
Beschaffenheit der Sache angegeben war, daß nämlich die

S

Nunc tibicinibus, nunc est gavisa tragoedis:
Sub nutrice puella velut si luderet infans,
Qnod cupide petiit, mature plena reliquit.   100
Quid placet, aut ódio est, quod non mutabile credas?
Hoc paces habuere bonae, ventique secundi.

Kommentar.

unnachahmliche Schönheit der Griechischen Dichter bloß von
einer langen und anhaltenden Uebung und von einem müh-
samen ununterbrochenen Fleisse herrührte, den sie auch auf
den mechanischen Theil der Poesie wandten.   Die freye
Denkungsart dieses Volks machte, daß sie jeden neuen Versuch zur höchsten literarischen Vollkommenheit brachten; und
so wurden, durch den allgemeinen Beyfall, ihre Schriften,
aus rohen Versuchen,   am Ende die Richtschnur und die
Bewunderung der nachfolgenden schönen Geister.   Die
Römer waren ihren Anfängern ganz anders begegnet, und
die Folge davon war dieser Begegnung gemäß.   Hierauf
beruht dasjenige, was ein gemeines Auge vielleicht für eine
Digreſſion ansehen wird, (v. 93—108.) wo das sehr verschiedne Genie und Verhalten beyder Nationen geschildert
wird.   Denn die Griechen (bis v. 102.) hatten sich während ihrer Musse und Erholung von den Beschwerden des
Krieges auf die Bearbeitung jeder Art von Schönheit in den
Künsten sowohl als in den Wiſſenschaften gelegt,   und
bemühten sich, den allgemeinen Wetteifer dadurch rege zu
machen, und zu unterhalten, daß sie dem mannichfaltigen
und flüchtigen Geschmacke der Zeiten freyen Lauf lieſſen. Die
Geschäftigkeit dieser rastlosen Köpfe versuchte unaufhörlich
eine neue und bisher noch unverſuchte Form der Ausarbeitung,   und wenn diese zu einem gewiſſen Grade der Vollkommenheit gebracht war,   lenkte er sich beyzeiten auf die
Bearbeitung einer andern.

          Quod cupide petiit, mature plena reliquit.
Und so war selbst der Eigensinn und die Laune (v. 101.) in
diesem Lande der Freyheit dazu dienlich,   den allgemeinen

Romae dulce diu fuit et solenne, reclusa
Mane domo vigilare, clienti promere iura:
Scriptos nominibus rectis expendere nummos; 105
Maiores audire, minori dicere, per quae
Crescere res posset, minui damnosa libido.

Kommentar.

Geschmack zu befördern und weiter zu bringen. So viel
half ihnen der Friede und die gute Gelegenheit:

 Hoc paces habuere bonae ventique secundi.

Die Römer hingegen (bis v. 108.) hatten wegen ihres ruhigern Temperaments, und wegen ihrer saturninischen Ge-
müthsart alle Sorgfalt ihren eignen einheimischen Vortheilen
und einer emsigern Betreibung der Künste des Gewinns gewidmet. Die Folge davon war, daß sie hernach (v. 117.)
bey der Abnahme der alten mäßigen Denkungsart, der
nothwendigen Folge des übermäßigen Reichthums und der
Ruhe, endlich anfiengen auf das Feine und Schöne zu sehen,
daß sie einen Anfall bekamen, Verse zu machen, die erste
von allen anständigen Zeitkürzungen, worauf ein müßiges
Volk zu fallen pflegt, und daß sie nun durch ihre Unwissenheit in den Regeln und durch den Mangel an Uebung in der
guten Schreibart völlig unfähig waren, darin glücklich zu
seyn. Daher waren ihre verunglückten Versuche in der
Poesie nunmehr ihrem Geschmacke eben so nachtheilig, als
ihre völlige Achtlosigkeit gegen dieselbe vorhin den feinern
Sitten im Wege gewesen war. Die Wurzel dieses Uebels
war die abgöttische Verehrung gegen ihre alten Dichter,
welche unglücklicher Weise, nachdem die allgemeine Nacheiferung in Gang gekommen war, nicht nur den Fortgang
derselben hinderte, sondern ihr auch eine falsche Richtung
gab. Anstatt daß wahre Genies dadurch sollten gereizt
werden, den lahmen und lässigen Bemühungen des alten
Witzes in ihrem Laufe vorzueilen, wurden dieselben seitwärts
zu einer fehlerhaften und unnützen Nachäffung der wirklichen

Mutavit mentem populus levis, et calet uno
Scribendi ſtudio : puerique patresque ſeveri
Fronde comas vinčti coenant, et carmina dičtant. 110
Ipſe ego, qui nullos me adfirmo ſcribere verſus,
Invenior Parthis mendacior; et prius orto
Sole vigil, calamum et chartas et ſcrinia poſco.
Navem agere ignarus navis timet: abrotonum aegro
Non audet, niſi qui didicit, dare: quod medicorum eſt, 115
Promittunt medici: tračtant fabrilia fabri:
Scribimus indočti dočtique poemata paſſim.
Hic error tamen et levis haec inſania quantas

Kommentar.

Fehler dieſes Witzes hingeriſſen. Daher kam es auch, daß man nicht erwog, wie nöthig in allen Künſten die vorläuſige Kenntniß der Regeln iſt, wenn man ſie ausüben will, und daß man zu der Kunſt, Verſe zu machen, eine ſolche Vorbereitung nicht für nöthig hielt.

Scribimus indočti dočtique poemata paſſim.

Dieß Unglück war der Lateiniſchen Poeſie auf eine doppelte Art ſchädlich. Denn das ſchlechte Glück dieſer blinden Anfänger hatte das erſte Uebel dadurch ärger gemacht, daß es nothwendiger Weiſe die abergläubiſche Verehrung der alten Schriftſteller beſtärkte, und unvermerkt ſowohl die Kunſt ſelbſt, als die neuern Ausüber derſelben bey dem urtheilenden Publikum in übeln Ruf brachte. Die Vertheidigung beyder, in dieſem kritiſchen Zeitpunkte, war folglich höchſt nothwendig geworden, und hiemit, als mit ſeinem vornehmſten Zwecke, beſchäfftigt ſich der Dichter in dem übrigen Theile der Epiſtel.

v. 118—270. HIC ERROR TAMEN etc.) Nachdem Horaz den gemeinen und herrſchenden Vorurtheilen wider die neuern Dichter genugſam begegnet war; ſo foderte nun

Virtutes hábeat, sic collige: vatis avarus
Non temere est animus: versus amat, hoc studet unum; 120
Detrimenta, fugas servorum, incendia ridet:
Non fraudem socio, puerove incogitat ullam
Pupillo: vivit siliquis, et pane secundo:
Militiae quanquam piger et malus, utilis urbi;
Si das hoc, parvis quoque rebus magna iuvari;   125
Os tenerum pueri balbumque poeta figurat:

Kommentar.

das Amt eines Fürsprechers für ihren Ruhm, welches er
übernommen hatte, und nun förmlich verwalten wollte,
daß er ihre wahren Verdienste und Ansprüche in das gehörige Licht setzen mußte.   Hiemit macht er also sogleich den
Anfang.   Er schildert den Charakter eines wahren Poeten,
und sucht dem Kaiser, so viel möglich, einen vortheilhaften
Begrif von der Würde und dem Ansehen seines Berufs beyzubringen.   Und dieß thut er nicht in dem stolzen beleidi-
genden Tone eines Zeloten für die Ehre seines Ordens,
welcher dem Großen allemal widerlich, und, wenn die
Veranlassung nicht offenbar die größte Erheblichkeit hat,
völlig ungereimt ist; sondern mit jener bescheidnen, überre-
denden Miene, welche das gute Gefühl, durch genaue
Weltkenntniß verfeinert, zu lehren pflegt; mit jener anscheinenden Gleichgültigkeit, welche das Vorurtheil entwafnet;
kurz, mit jenem gefälligen Lächeln in seinem Blicke, welches sein grosser Bewundrer und sorgfältiger Nachahmer,
Persius, so richtig an ihm bemerkte, und welches beynahe
ohne Hülfe der Beweise überzeugt, oder doch vielmehr da
überredet, wo es nicht eigentlich überführt.   In dieser
Gemüthsfassung macht er mit seiner Vertheidigung den Anfang, und läßt doch keinen einzigen Umstand vorbey, der
nur einigermaßen zur wahren Empfehlung der Dichter dienen konnte, oder den nur jemals die ernsthaftesten und
wärmsten Freunde von ihnen zu ihrer Vertheidigung vorge-

Torquet ab obſcoenis iam nunc ſermonibus aurem;
Mox etiam peƈtus praeceptis format amicis,
Aſperitatis et invidiae correƈtor et irae:
Reƈte faƈta refert; 'orientia tempora notis ·   130
Inſtruit exemplis; inopem ſolatur et aegrum.
Caſtis cum pueris ignara puella mariti
Diſceret unde preces, vatem ni Muſa dediſſet?
Poſcit opem chorus, et praeſentia numina ſentit;
Caeleſtis implorat aquas, doƈta prece blandus;   135

Kommentar.

bracht haben.   Dieſe Vertheidigung ſelbſt beſteht darin,
(v. 118—139.) daß er ihre mannichfaltigen bürgerlichen,
moraliſchen und religionsmäßigen Verdienſte ins Licht
ſetzt.   Denn die Muſe widmet ſich, wie der Dichter behauptet — und nichts konnte dienlicher ſeyn, ihr die
Achtung des ſtaatsklugen Kaiſers zu gewinnen; — auf
dieſe dreyfache Art dem Dienſte des Staats.

Allein die Religion, ihr edelſter Endzweck, war
auch auſſerdem der erſte Gegenſtand der Poeſie.   Die
bramatiſche Muſe beſonders hatte derſelben ihren Urſprung,
und ſelbſt ihren Charakter zu verdanken.   Dieſer Umſtand
alſo giebt ihm auf eine vortheilhafte Art Anlaß, eine hiſtoriſche Erzählung von dem Urſprunge und Fortgange der
Lateiniſchen Poeſie zu geben, von ihren erſten rohen Arbeiten in den Zeiten der Barbarey und des Aberglaubens
an, durch eine jede nachfolgende Periode ihrer Verbeſſerung
hinburch bis zu ſeinen Zeiten.   Ein ſolcher allgemeiner Entwurf von ihrer Entſtehung und allmähligen Verbeſſerung,
war dem Zwecke des Dichters vollkommen gemäß.   Denn
nachdem er die Vorzüge ſeiner Beſchäfftigung, als einer
ſolchen gelobt hatte, die der menſchlichen Geſellſchaft ſo
ungemein nützlich wäre; ſo entſtand natürlicher Weiſe die
Frage, durch was für unglückliche Veranlaſſungen es gekommen wäre, daß ſie dem ungeachtet von dem groſſen

Avertit morbos, metuenda pericula pellit;
Inpetrat et pacem, et locupletem frugibus annum:
Carmine Dî ſuperi placantur, carmine Manes.
Agricolae priſci, fortes, parvoque beati,
Condita poſt frumenta, levantes tempore feſto   140
Corpus et ipſum animum ſpe finis dura ferentem,
Cum ſociis operum pueris et coniuge fida,
Tellurem porco, Silvanum laƈte piabant,
Floribus et vino Genium memorem brevis aevi.
Feſcennina per hunc inveƈta licentia morem   145

Kommentar.

Haufen ſo gar wenig geachtet wurde.   Die Antwort iſt,
daß der Zuſtand der Lateiniſchen Poeſie bisher noch ſehr roh
und unvollkommen geweſen,   und folglich die geringe Achtung der Meiſten bloß dadurch veranlaßt ſey,   weil ſie noch
nicht benjenigen Grad der Vollkommenheit erlangt hätte,
deſſen ſie ihrer Natur nach fähig wäre.   Es waren verſchiedne Urſachen zuſammen gekommen, die Lateiniſche Poeſie
in dieſem Zuſtande zu erhalten;   und dieſe werden von ihm
in der Folge hergerechnet.   Die erſte und vornehmſte Urſache war (v. 139—164.) die geringe Achtung, welche man
gegen die kritiſche Gelehrſamkeit und gegen die Bildung
einer korrekten und richtigen Manier in der Ausarbeitung
hatte.   Dieſe rührte wiederum von der rauhen und ungebildeten Beſchaffenheit der Lateiniſchen Muſe her,   welche
unter dem Zwange eines bäuriſchen Aberglaubens genährt
und auferzogen war;   und dieſer hatte bey ſeiner unreinen
Miſchung mit einer ausgelaſſenen Luſtigkeit ihre wahre Natur ſo verderbt, daß ſie erſt nach und nach, und nicht eher,
bis die Eroberung Griechenlandes die Künſte und Wiſſenſchaften nach Italien hingebracht hatte, den Anfang machte,
beſſere Sitten, und eine beſſere und anſtändigere Tracht anzunehmen.   Und doch war ſie nur noch immer gleich einer
bäuriſchen Schönheit,   welche ihre ſeltſamen Mienen in

Verſibus alternis opprobria ruſtica ſudit;
Libertasque recurrentis accepta per annos
Luſit amabiliter: donec iam ſaevus apertam
In rabiem coepit verti iocus, et per honeſtas
Ire domos impune minax. doluere cruento   150
Dente laceſſiti: fuit intactis quoque cura
Conditione ſuper communi: quin etiam lex
Poenaque lata, malo quae nollet carmine quemquam
Deſcribi. vertere modum, formidine fuſtis
Ad bene dicendum delectandumque redacti.   155

Kommentar.

Ordnung zu bringen ſucht, und die erſten ungefälligen Verſuche macht, Manieren anzunehmen:

> in longum tamen aeuum
> Manſerunt, hodieque manent, *veſtigia ruris.*

Ihre neulich erſt erhaltene Bekanntſchafft mit den Griechiſchen Muſtern hatte ihre Miene freylich verbeſſert, und ihr
eine Neigung eingeflößt, die edle Anmuth derſelben nachzuahmen. Aber mit welchem Erfolge, das können wir aus
ihren ungleichen Verſuchen in den beyden höhern Gattungen
ihrer Poeſie, dem tragiſchen und komiſchen Drama,
abnehmen.

     I. (v. 160—168.) Das Studium der griechiſchen
Trauerſpieldichter hatte ſehr natürlich, und in ſehr guter
Abſicht den Lateiniſchen Schriftſtellern, in der Kindheit ihrer
Kunſt, Luſt gemacht, dieſelben zu überſetzen. Hiebey
blieben ſie lange ſtehen; denn ihr Trauerſpiel, ſelbſt zu
Auguſts Zeiten, war nicht viel mehr; und doch hatten ſie
darin nur mittelmäßiges Glück. Das kühne und lebhafte
Genie der Römer war allerdings zu dieſer Unternehmung
ſehr aufgelegt. Und in Anſehung der Stärke des Koloces,
und eines wahren tragiſchen Schwunges blieben die Römiſchen Dichter nicht hinter ihren groſſen Vorbildern zurück.

Graecia capta ferùm victorem cepit, et artis
Intulit agrefti Latio. fic horridus ille
Defluxit numerus Saturnius, et grave virus
Munditiae pepulere: fed in longum tamen aevum
Manferunt, hodieque manent, veftigia ruris.   160
Serus enim Graecis admovit acumina chartis;
· Eft poft Punica bella quietus quaerere coepit,—
Quid Sophocles et Thefpis et Aefchylos utile ferrent:
Tentavit quoque rem, fi digne' vertere poffet:
Et placuit fibi, natura fublimis et acer.   165

Kommentar.

Aber zum Unglücke war ihre Beurtheilungskraft ungebildet,
und sie waren gar zu bald mit ihren Arbeiten zufrieden.
Stärke und Feuer war alles, was sie zu erreichen strebten.
Und mit diesem Verdienste vollkommen zufrieden, legten sie
nun die Hände in den Schoos. ' Von der Feile der Aus-
besserung, von der sorgfältigen Politur der Kunst, wodurch
die Griechischen Trauerspieldichter so viel Glanz erhalten
hatten, wüßten sie nichts; oder, um richtiger von der Sache
zu reden, sie glaubten, dieß wäre dem erhabnen Geiste und
dem Umfange des Römischen Genies zu geringfügig:

— turpem putat infcitus metuitque lituram.

II. Nicht besser gieng es (v. 168—175.) mit ihren
Versuchen, die Griechische Komödie nachzuahmen. Sie
fiengen ganz verkehrt mit den Gedanken an, es wäre leichter, diese Gattung zu bearbeiten; als die tragische, da es
doch weit schwerer war, den Charakter derselben mit aller
Genauigkeit zu treffen. Da der Inhalt der Komödie aus
dem gemeinen Leben hergenommen wurde, so glaubten sie,
ein gewöhnlicher Grad des Fleisses würde hinreichend seyn,
denselben gehörig zu bearbeiten. Kein Wunder also, daß
sie jene feine Einkleidung der Sitten, jene Wahrheit und
Schicklichkeit des Charakters übersahen, oder doch niemals

Nam fpirat tragicum fatis, et feliciter audet;
Sed turpem putat infcitus metuitque lituram.
Creditur, ex medio quia res arceffit, habere
Sudoris minimom; fed habet Comoedia tanto
Plus oneris, quanto veniae minus.   afpice, Plautus 170
Quo pacto partis tuetur amantis ephebi;
Vt patris attenti, lenonis ut infidiofi:
Quantus fit Doffennus edacibus in parafitis:
Quam non adftricto percurrat pulpita focco.
Geftit enim nummum in loculos demittere; poft hoc 175

Kommentar.

erreichten, worin aller Ruhm der komifchen Mahlerey befteht, und welches nur ein fehr fchnelles Auge unterfcheiden,
nur eine fehr fefte Hand ausführen kann. Statt deffen er-
götzten fie uns nun mit hohem Kolorite und falfcher
Zeichnung, mit ausfchweifenden, übertriebenen Gemählden, welche nichts von dem befcheidenen Verhältniffe
der wahren Natur an fich haben, und gewiffe Beweife eines
ungeübten Pinfels oder eines fehlerhaften Gefchmacks find.

Diefe Entehrung der komifchen Mufe wurde (bis v.
177.) durch die Verleitung der Verfälfcherinn aller Tugend,
die Liebe zum Gelde, noch mehr beförbert.   Diefe hatte
die Römifchen witzigen Köpfe durchgehends angefteckt, und
war im Grunde der einzige Gegenftand ihrer Bemühungen.
Wenn fie alfo nur den Beyfall des Volks erhalten konnten,
nach welchem die Luftigkeit der komifchen Bühne vorzüglich
ftrebt, und folglich einer guten vollwichtigen Bezahlung
von den obrigkeitlichen Perfonen gewiß waren, welche diefe
Art von Luftbarkeiten zu beforgen hatten; fo wurden fie gegen eine jede eblere Abficht, gegen jeden anftändigern Endzweck, gleichgültig.   Insbefondre (bis v. 182.) fahen fie
fo wenig auf den Ruhm und auf das Verdienft einer
guten Schreibart, daß fie es zum gewöhnlichen Gegen-

Securus, cadat an recto stet fabula talo.

Quem tulit ad scenam ventoso gloria curru,

Exanimat lentus spectator, sedulus inflat.

Sic leve, sic parvum est, animum quod laudis avarum

Subruit ac reficit. valeat res ludicra, si me   180

Palma negata macrum, donata reducit opimum.

Saepe, etiam audacem, fugat hoc terretque poetam;

Quod numero plures, virtute et honore minores,

Indocti, stolidique, et depugnare parati,

Si discordet eques, media inter carmina poscunt 185

Kommentar.

stande ihres Spottes machten, und es als ein blosses Blendwerk der Eitelkeit und als eine jämmerliche Schwachheit
armseliger Köpfe vorstellten, wenn man sich durch die Anlockung einer so wohlfeilen und unbedeutenden Belohnung
einnehmen ließ.

Wenn sich nun auch Jemand fand, der Trotz dem
allgemeinen Spotte so dreiste war — denn in keinem
Falle wird mehr Standhaftigkeit erfodert und bewiesen —
es frey zu gestehen, daß er sich von diesem edelmüthigen
Triebe lenken liesse, der jede ausserordentliche Vortrefflichkeit des Künstlers am sichersten erwecken kann, so blieb doch
noch allemal ein Umstand übrig, die Munterkeit seiner Nacheiferung zu hemmen und zu schwächen. Dieß war (v.
182—187.) die Thorheit und der schlechte Geschmack der
unverständigen Menge, auf welche es, in allen Ländern,
sehr ankömmt, das Schicksal und den Charakter theatra-
lischer Vorstellungen zu entscheiden; die aber besonders in
Rom wegen der bürgerlichen Regierungsform, von der
größten Erheblichkeit waren. Diese vermochten schon durch
ihr wildes Geschrey und durch das Ansehen ihrer zahlreichen
Menge das unerschrockenste Genie zaghaft zu machen.
Denn, wenn er nun sich auch alle Mühe gegeben hatte,
den Ruhm eines vollkommnen Werks zur Reife zu bringen,

Aut urſum aut pugiles: his nam plebecula gaudet.

Verum equiti quoque iam migravit ab aure voluptas

Omnis ad ingratos oculos, et gaudia vana.

Quattuor aut pluris aulaea premuntur in horas;

Dum fugiunt equitum turmae, peditumque catervae: 190

Mox trahitur manibus regum fortuna retortis:

Eſſeda feſtinant, pilenta, petorrita, naves:

Captivum portatur ebur, captiva Corinthus.

Si foret in terris, rideret Democritus; ſeu

Diverſum confuſa genus panthera camelo,.   195

Kommentar.

ſo konnte er beynahe ſicher vermuthen, daß die Vorſtellung ſeines Stücks durch Thiergefechte und Gladiatoren auf einmal werde geſtört und unterbrochen werden; denn dieß waren die Lieblingsluſtbarkeiten der Römer, welche ſie, wie es ſcheint, weit über das größte Vergnügen eines Dramatiſchen Stücks hinaus ſetzten.

Ja, der Dichter befand ſich in einer noch mißlichern Lage. Denn es war nicht etwa, wie in andern Ländern, der gemeine Pöbel, welcher dergleichen unanſtändigen Muthwillen unterſtützte; ſelbſt Römer von Rang und Würde lieſſen ſich ſo weit herab, daß ſie die ſtärkſte Neigung zu dergleichen Schauſpielen äuſſerten; und dieſe waren eben ſo bereit, als der niedrigſte Pöbel, die fruchtloſeſten Ergötzungen des Auges dem Vergnügen des Ohrs vorzuziehen:

— *Equiti* quoque iam migrauit ab aure voluptas
Omnis ad ingratos oculos et gaudia vana.

Dieſe Barbarey des Geſchmacks hatte nun mehr als irgend ſonſt etwas dazu beygetragen, die theatraliſche Poeſie zu verſchlimmern, und den beſten Meiſtern in derſelben allen Muth zu benehmen, um darin vollkommen zu werden; daher enthält das Folgende (v. 189—207.) den bitterſten Spott und die ſchärfſte Satyre wider dieſes unſinnige Ver-

Sive elephas albus volgi converterit ora:
Spectaret populum ludis attentius ipsis,
Vt sibi praebentem mimo spectacula plura:
Scriptores autem narrare putaret asello
Fabellam surdo. nam quae pervincere voces   200
Evaluere sonum, referunt quem nostra theatra?
Garganum mugire putes nemus, aut mare Tuscum,
Tanto cum strepitu ludi spectantur, et artes,
Divitiaeque peregrinae: quibus oblitus actor
Cum stetit in scena, concurrit dextera laevae: 205

Kommentar.

fahren.   Es öffnete dem Spotte des Dichters ein weites
Feld.   Denn, ausser den ungezognen Unordnungen ihres
Theaters, hatte die sinnlose Bewunderung des Pomps und
des in die Augen fallenden in ihren Schauspielen seine Landesleute so bezaubert,   daß die Verzierungen der Bühne,
diese Gaukeleyen und Taschenspielerkünste der Komödianten,
weit leichter den Beyfall der gaffenden Menge erhalten
konnten, als irgend einige Rücksicht auf die Richtigkeit des
Plans, oder auf die Schönheit,   mit welcher der Dichter
denselben ausgeführt hatte.

    Hier hätte der Dichter natürlicher Weise seine Ver-
theidigung der dramatischen Dichter schliessen müssen;
nachdem er alle die Umstände zu ihrem Vortheile angeführt
hatte, die sich mit Grunde dazu anführen liessen: Den
Zustand der Römischen Bühne; das Genie des Volks;
und die verschiednen herrschenden Gewohnheiten des
schlechten Geschmacks, wodurch sie bey den besten Beur-
theilern ihre Achtung verloren hatten.   Allein, da er sich
in dem Verfolge dieser Vertheidigung der neuern theatrali-
lischen Dichter, genöthigt sieht, die Mängel ihrer Poesie
eben so scharf zu tadeln,   als ihre Feinde selbst es immer
thun konnten, und da er zugleich besorgt, man möchte ihm
diese Strenge gegen eine Gattung der Schreibart,   auf

Dixit adhuc aliquid? nil fane, quid placet ergo?

Lana Tarentino violas imitata veneno.

Ac ne forte putes me, quae facere ipfe recufem,

Cum recte tractent alii, laudare maligne:

Ille per extentum funem mihi poffe videtur   210

Ire poeta, meum qui pectus inaniter angit,

Inritat, mulcet, falfis terroribus implet,

Vt magus; et modo me Thebis, modo ponit Athenis.

Verum age, et his, qui fe lectori credere malunt,

Quam fpectatoris faftidia ferre fuperbi,   215

Kommentar.

welche er fich niemals eingelaffen hatte, als eine bloffe Wirkung des Neibes, und einer nachtheiligen Meynung von der
Kunft felbft auslegen, die er unter dem Scheine, als ob er
die bramatifchen Dichter vertheidigen wollte, verborgen
hielte; fo gefteht er offenherzig, (v. 208—214.) er ziehe
die Dramatifche Dichtungsart einer jeden andern Gattung
vor, und erklärt zugleich, die Gewalt ihres Pathos über
die Leidenfchaften, und die zauberifche Gewalt ihrer täu-
fchenden Vorftellungen über die Einbildungskraft fey der
höchfte Beweis poetifcher Schönheiten, das höchfte und
edelfte Gefchäffte des menfchlichen Genies.

Nur eins war noch übrig, Er hatte fich anheifchig
gemacht, die Römifchen Dichter überhaupt zu vertheidigen,
wie man aus den allgemeinen Ausdrücken fieht, mit welchen
er fein Subjekt anzeigt:

Hic error tamen et levis haec infania quantas
Virtutes habeat, fic collige.

Allein, nachdem er dem Gefchäffte des Dichters überhaupt
einen allgemeinen Lobfpruch gemacht hat, fchränkt er feine
Vertheidigung bloß auf die theatralifchen Schriftfteller
ein. Beym Schluffe war er alfo durch feine anfängliche
Erklärung genöthigt, noch ein paar Worte zum Behuf der

Curam impende brevem: si munus Apolline dignum
Vis complere libris; et vatibus addere calcar,
Vt studio maiore petant Helicona virentem.

Multa quidem nobis facimus mala saepe poetae,
(Vt vineta egomet caedam mea) cum tibi librum   220
Sollicito damus, aut fesso: cum laedimur, unum
Si quis amicorum est ausus reprendere versum:
Cum loca iam recitata revolvimus irrevocati:
Cum lamentamur non adparere labores
Nostros, et tenui deducta poemata filo: 225

Kommentar.

übrigen Glieder dieser verlassenen Familie zu sagen, derer die, wie der Dichter es ausdrückt, „mehr Zutrauen zu der Billigkeit des Lesers in seinem Zimmer haben, als daß sie sich dem Eigensinne und der Ungezogenheit des Theaters unterwerfen wollten."

Er macht es hier wieder eben so, wie vorhin, da er bey der Rettung der theatralischen Dichter überall annahm, des Kaisers Widerwille gegen sie sey aus dem unrechten Verhalten der Dichter selbst entstanden, und dann den übeln Ruf dieses Verhaltens zu vermindern suchte, indem er weiter gieng, und die Ursachen in Erwägung zog, welche denselben veranlaßten. Ebenso, sage ich, verfährt er auch hier. Mit der feinsten Wendung räumt er es dem August ein, daß er sich mit Recht gegen seine Mitbrüder, die Dichter, habe einnehmen lassen, deren Ehre er indeß durch Milderung der Veranlassungen dazu zu retten sucht. Dieß ist der eigentliche Inhalt des Folgenden, (v. 214—229.) wo er auf eine angenehme Art die verschiednen Schwachheiten und Uebereilungen der Muse erzählt; aber auf eine Art, die den Kaiser nur bewegen konnte, darüber zu lächeln, oder höchstens, ihre Schwachheiten zu bedauren, die aber nicht seinen ernsthaften Tadel und seine Verachtung zu reizen im Stande war. Sie laufen überhaupt nur auf

Cum speramus eo rem ventûram, ut, simul atque
Carmina rescieris nos fingere, commodus ultro
Arcessas, et egere vetes, et scribere cogas.
Sed tamen est operae pretium cognoscere, qualis
Aedituos habeat belli spectata domique   230
Virtus, indigno non committenda poetae.
Gratus Alexandro regi Magno fuit ille
Choerilus, incultis qui versibus et male natis
Retulit acceptos, regàle nomisma, Philippos.
Sed veluti tractata notam labemque remittunt   235

Kommentar.

gewisse Nachläßigkeiten der Eitelkeit hinaus, die sich beynahe unzertrennlich bey dem Witze sowohl als bey der
Schönheit zu finden pflegt, und sind beyden leicht zu Gute
zu halten, indem dabey zugleich ein starkes Verlangen zu
gefallen befindlich ist, oder indem beyde vielmehr dadurch
in Stand gesetzt werden, zu gefallen. Die verzeihlichste
Art dieser Eitelkeit war die schmeichelhafte Ueberredung, von
welcher sich Leute von Gaben und Genie gar zu leicht einnehmen lassen, daß Rang und Vorzug ein beständiger
Lohn des Verdienstes sey, und daß von dem ersten Augenblicke an, da ihre Talente der Welt bekannt werden, Ehre
und Erhebung ihnen unausbleiblich folgen müßten. Mit
einem Worte; sie glaubten, daß sie nur die Welt von ihren vorzüglichen Fähigkeiten überzeugen dürften, um den
Beyfall und die Unterstützung ihres Fürsten zu verdienen.
Allein, so schmeichelhaft und eingebildet diese Erwartungen
sind; — fährt der Dichter fort (v. 229—244.) mit aller
Biegsamkeit eines Höflings, und doch mit einem anständigen Gefühle von der Würde seines Charakters — so verdient es doch eine ernsthafte Erwägung, was für Dichter
etwas zu dem Ruhme grosser Herren beytragen können,
welche Werkzeuge es verdienen, in dem Dienste einer

Atramenta, fere scriptores carmine foedo
Splendida facta linunt. idem rex ille, pöema
Qui tam ridiculum tam care prodigus emit,
Edicto vetuit, ne quis se, praeter Apellen,
Pingeret, aut alius Lysippo cuderet aera,   240
Fortis Alexandri voltum simulantia. quod si
Iudicium subtile videndis artibus illud
Ad libros et ad haec musarum dona vocares;
Boeotum in crasso iurares aëre natum.
At neque dedecorant tua de se iudicia, atque   245

Kommentar.

glänzenden Tugend beybehalten zu werden, deren Vorzüge
mit einer ehrfurchtvollen Hochachtung gepriesen werden,
und nicht der Entheiligung niedriger, ungeweihter Hände
Preis gegeben werden müssen.   Um dieß noch besto mehr
zu bestätigen,   beruft er sich auf das Beyspiel eines grossen
Monarchen, der sich selbst durch die Vernachläßigung dieser
Sorgfalt verunehrt hatte, auf das Beyspiel Alexander des
Grossen, der, als Herr der Welt, wie August itzt auch war,
die Wichtigkeit davon zwar einsah, einen Dichter zu seinem
Dienste zu wählen, aber zum Unglücke so übel wählte, daß
seine Lobserhebungen — wie das allemal von schlechten
Panegyristen zu geschehen pflegt — den eigenthümlichen
Glanz jener grossen Eigenschaften nur verdunkelten, die er
in ihrem vollen und schönsten Lichte der Bewunderung der
Welt hätte darstellen sollen.   In seiner Wahl der Künstler,
deren Fleiß dem Ruhme der Fürsten gleichfalls sehr zu Statten kömmt, verrieth er eine bessere Einsicht.   Denn er
ließ von Niemanden, als von einem Apelles und Lysippus,
die Gestalt und Bildung seiner Person abbilden.   Allein
sein Geschmack, der in demjenigen, was die mechanische
Ausübung der schönen Künste betraf, so richtig und so fein
war, nahm mit einem Chörilus vorlieb, ein Bild von sei-

T

Munera, quae multa dantis cum laude tulerunt,
Dilecti tibi Virgilius Variusque poetae:
Nec magis expressi voltus per aënea signa,
Quam per vatis opus mores animique virorum
Clarorum adparent. · nec sermones ego mallem 250
Repentis per humum, quam res componere gestas,
Terrarumque situs, et flumina dicere, et arcis
Montibus impositas, et barbara regna, tuisque.
Auspiciis totum confecta duella per orbem,
Clauſtraque cuſtodem pacis cohibentia Ianum, 255

Kommentar.

nem Geiſte der Nachwelt zu hinterlaſſen. So wenig verſtand er ſich auf Werke der Poeſie, und auf die ruhmvollen
Opfer der Muſe!

Der Dichter macht nun einen zwiefachen Gebrauch von
der übeln Wahl dieſes gekrönten Kunſtrichters. Denn nichts
konnte den wichtigen Einfluß der Poeſie auf den Ruhm
groſſer Herren ſtärker beweiſen, als daß dieſer groſſe Er-
oberer, ohne eine beſondre Einſicht oder Kenntniß der
Kunſt ſelbſt, es noch für nöthig hielt, ſich um den Beyſtand derſelben zu bewerben. Und dann, was konnte
dienlicher ſeyn, den fernern Schutz und die fernere Liebe des
Kaiſers zu der Poeſie zu gewinnen, als das Kompliment,
welches er ihm auf die beſte Art von der Welt macht, daß
er die Poeſie auf gleiche Weiſe verehrte, aber die Verdienſte derſelben weit beſſer einſähe? Denn (v. 245—248,
wo er die Schmeicheley an ſeinen Fürſten mit der edlern
Abſicht, dem Andenken ſeiner Freunde Gerechtigkeit widerfahren zu laſſen, in Verbindung zu bringen weiß) es war nicht
jene kenntnißloſe Freygebigkeit, welche den Chörilus her-
vorzog, die das volle Maaß der kaiſerlichen Huld auf ſolche
Männer ausſchüttete, als Varius und Virgil waren.

Et formidatam Parthis, te principe, Romam:
Si, quantum cuperem, poſſem quoque. ſed neque parvum
Carmen maieſtas recipit tua; nec meus audet
Rem tentare pudor, quam vires ferre recuſent.
Sedulitas autem ſtulte, quem diligit, urguet;　260
Praecipue cum ſe numeris commendat et arte.
Diſcit enim citius, meminitque libentius illud
Quod quis deridet, quam quod probat et veneratur.
Nil moror officium, quod me gravat: at neque fiſto
In peius voltu proponi cereus usquam,　265

Kommentar.

Und es iſt, als ob ihn der Geiſt dieſer unnachahmlichen
Dichter auf einmal beſeelt hätte, wenn er darauf in einen
kühnern Lauf ſeiner Verſe ausbricht, (v. 248—250) die
Triumphe einer Kunſt zu beſingen, welche die Sitten
und die Seele mit einem völligern und dauerhaftern Relief
ausdrückt, als die Mahlerey oder die Bildhauerey ſelbſt der
äuſſern Bildung jemals zu geben fähig war. Und ſo
vertheidigt er (v. 250. bis zu Ende) ſich ſelbſt darüber,
daß er die niedre epiſtoliſche Gattung wählt, indeß
ein feuriger Trieb und der unerreichte Ruhm ſeines Fürſten
ihn immerfort zu der eblern, lobenden Dichtungsart aufmuntern. Seine Entſchuldigung nimmt er, um es kurz zu
ſagen, von dem Bewußtſeyn her, daß ſein Genie zu ſchwach
dazu iſt, und von ſeiner zärtlichen Beſorgniß für den Ruhm
des Kaiſers, dem nichts nachtheiliger ſeyn kann, als die
geſchäfftige Emſigkeit ſchlechter Dichter, denſelben zu verherrlichen. Und mit dieſer Vertheidigung, welche auf der
einen Seite ſich zu der ungeheuchelten Demuth eines Mannes herabläßt, der die Art und das Maaß ſeiner Fähigkeiten fühlt, und doch auf der andern Seite durch Freymüthigkeit und ſelbſt durch eine gewiſſe Vertraulichkeit unter-
ſtützt wird, welche das wahre Verdienſt zuweilen ohne Beleidigung anzunehmen weiß, ſchließt ſich die Epiſtel.

Nec prave factis decorari verſibus opto:
Ne rubeam pingui donatus munere, et una
Cum ſcriptore meo capſa porrectus operta,
Deferar in vicum vendentem thus et odores,
Et piper, et quicquid chartis amicitur ineptis.   270

Kommentar.

Nach dem allgemeinen Urtheile iſt dieß eins von den letzten, und zugleich eins von den ſchönſten Werken dieſes groſſen Dichters. Vielleicht wird der Leſer, der es in der lichten und ſimpeln Ordnung betrachtet, in welche wir es durch die vorhergehende Analyſirung gebracht haben, gerne zugeben, daß man ihm dieſes Lob nicht unverdient ertheilt habe.

Anmerkungen

über die

Epistel an den Augustus.

Anmerkungen

über die

Epistel an den Augustus.

Epistola ad Augvstvm.) Die Epistel an den Augustus ist eine Schutzschrift für die Römischen Dichter; die Epistel an die Pisonen, eine Kritik über ihre Poesie. Diese an den Augustus kann daher als eine Fortsetzung der Epistel an die Pisonen angesehen werden, die auch nicht wohl unterbleiben konnte. Denn die Absicht des Verfassers, das Studium und die Aufnahme der Dichtkunst zu befördern, verlangte es von ihm, daß er denenjenigen, die sich mit derselben beschäfftigten, die Gunst des Publikums auswirken mußte.

So wie er aber dort in die Bestrafung der Mißbräuche ihrer Poesie gelegentlich einige Lobsprüche auf die Poeten einmischt; so hat er auch hier in die Vertheidigung der Dichter einigen Unterricht über die Poesie eingewebt. Beydes that der Dichter nur in so fern, als er dazu in einem jeden Gedichte Gelegenheit fand. Denn die Freymüthigkeit seines Tadels über die Dichtkunst mußte durch einige Aeusserungen seines Wohlwollens gegen die Dichter gemildert werden; und diese Schutzschrift für ihren Ruhm würde zu auffallend und zu wenig bearbeitet gewesen seyn, wenn er nicht zugleich gezeigt hätte, daß seine Absicht dabey auf die weitere Beförderung der Kunst gienge. Die Aehnlichkeit der Methode überhaupt genommen sowohl, als des

gemeinschaftlichen Zwecks in beyden Episteln, macht also,
daß es nicht unschicklich seyn wird, dieselben zusammen,
und auf einerley Fuß, ans Licht zu stellen.   Wiewohl beydes der Inhalt und die Methode dieser letztern so deutlich
sind, daß es viel weniger nöthig war, einen zusammenhängenden Kommentar darüber zu machen.

    4. SI LONGO SERMONE MORER TVA TEMPORA,
CAESAR.) Man glaubt, der Dichter fange damit an, daß
er sich über die Kürze dieser Epistel rechtfertige.   Und doch
ist sie eine von den längsten, die er jemals geschrieben hat.
Wie läßt sich das zusammen reimen?   Horace parle peut-
étre ainſi pour ne pas rebuter Auguſte, & pour lui faire
connoitre qu'il auroit fa't une lettre, beaucoup plus longue,
s'il avoit ſuivi ſon inclination.   Dieß iſt die beſte Erklärung,
welche man bisher von diesem Umstande hat geben können.
Allein die vertraute Höflichkeit eines solchen Kompliments,
wie Dacier annimmt, könnte vielleicht gegen Jemanden
von seines Gleichen gut genug gewesen seyn, oder, in
zierliche Redensarten eingekleidet, in den lettres familieres
& galantes der Franzosen eine ganz artige Figur gemacht
haben; die Wendung aber verträgt sich ganz unstreitig auf
keine Weise mit der Römischen Ernsthaftigkeit, besonders
in einer Anrede an den Beherrscher der Welt.   Pope sah
die Ungereimtheit der gemeinen Auslegung ein, und scheint
diese Zeilen frageweise gelesen zu haben; hiedurch wird der
Sinn zwar gerettet, und die Erklärung ist dem Zwecke des
Englischen Dichters völlig gemäß; sie schickt sich aber weder für die Sprache noch für die ernsthafte Miene des Originals.   Meiner Meynung nach verhielt sich die Sache so.
Die Natur der epistolischen Schreibart verlangt, daß man
die Hauptmaterie nicht sogleich auf eine abgebrochne Art
vortrage, oder derjenigen Person, an welche die Epistel gerichtet ist, plötzlich entgegen werfe; sondern daß sie, dem
Gesetze des Wohlstandes gemäß — denn die Regel gilt
sowohl im Schreiben, als im Umgange — allmählich
und ehrerbietig eingeleitet werde.   Dieß muß noch ganz
besonders in solchen Briefen, welche an große Herren ge-

richtet ſind, und in ſolchen, die wichtige Gegenſtände betreffen, in Acht genommen werden. Hier nun will der
Dichter ſeinem Fürſten eine Sache vortragen, die von nicht
geringer Delikateſſe iſt, und bey der er voraus ſehen konnte,
daß er ihn ziemlich lange dabey werde aufhalten müſſen; er
ſucht alſo ſehr weislich, ſobald als möglich ſeine Materie
ſelbſt zu ergreifen, und braucht zu dem Ende den Kunſt-
grif, ſelbſt die Uebertretung dieſer Regel in das richtigſte
und ſchönſte Kompliment zu verwandeln.

Jene behutſame Vorbereitung, welche gewöhnlich in
unſern Anreden an groſſe Herren erfodert wird, würde, wie
der Dichter bemerkt, im gegenwärtigen Falle höchſt unzeitig
geweſen ſeyn, da die Geſchäffte und das Intereſſe des
Reichs während der Zeit hätten ſtill ſtehen und aufgeſchoben
werden müſſen. Unter *sermone* müſſen wir folglich nicht
das Ganze oder den Haupttheil der Epiſtel, ſondern die
Vorrede und die Einleitung derſelben verſtehen. Das
Ganze war eine öffentliche Angelegenheit, und konnte alſo
der Länge nach auf die Aufmerkſamkeit des Kaiſers Anſpruch
machen. Aber die Einleitung, welche bloß aus Cäremoniel
beſtand, ſoviel als möglich abzukürzen, erfoderte das gemeine
Beſte. Es war alſo keine Zeit dazu, ein unbedeutendes
Präambel, oder, wie wir zu reden pflegen, viele Worte
zu machen. Auch liegt der Grund davon nicht bloß in dem
erhabenen Range des Kaiſers, ſondern in der beſondern
Aemſigkeit und Beſorgniß, womit er, wie uns die Geſchichte
ſagt, das Intereſſe ſeines Landes auf mancherley Weiſe zu
befördern ſuchte. Das Kompliment iſt daher eben ſo gegründet, als fein. Man kann ferner anmerken, daß
sermo von Horaz in dem Verſtande gebraucht werde, daß
es die gewöhnliche Sprache des Umgangs bedeutet; (Sat.
I. 3, 65. IV. 42.) es kann daher gar wohl von der Vertraulichkeit der epiſtoliſchen Anrede geſagt werden, welche
ihres leichten Ausdrucks wegen jener Sprache ſo nahe
kömmt.

13. VRIT ENIM FVLGORE SVO, QVI PRAEGRAVAT
ARTES INFRA SE POSITAS: EXTINCTVS AMABITVR IDEM.)

Wir können annehmen, daß der Dichter aus eigner Erfahrung sprach. Das that auch vielleicht Pope, wenn er klagte:*) „Es geht mit dem armen Witze, wie mit den meisten mißverstandnen Sachen; er belohnt uns die Mühe nicht, die er kostet." Wenn man nicht lieber glauben will, daß man dieß, da er es in seinen sehr jungen Jahren sagte, vielmehr als eine Prophezeihung seiner künftigen Schicksale anzusehen habe. Dem sey wie ihm wolle, so möchte ich doch fast sagen, daß man die Leiden, welche der arme Witz wegen des Neides, den er erregt, sich zuziehen soll, ein wenig vergrössere, wenigstens, wenn man nach den Folgen urtheilen soll, welche er für diesen Klagenden hatte. Was ihn vermuthlich am meisten hätte kränken müssen, war der Neid seiner Freunde. Allein die edelmüthige Denkungsart derselben verdient das rühmlichste Andenken. Die witzigen Köpfe fanden sich nicht eher durch seinen Ruhm beleidigt, bis sie den ihrigen dadurch verlöschen sahen; und man weiß, daß sein Philosoph und Führer so lange an ihm fest hielt, bis er durch einen andern und glänzendern Stern verdunkelt wurde.**) Oder wenn man auch annimmt, daß etwas Bosheit dabey zum Grunde gelegen habe, so weiß man doch, daß daraus wenig Unglück erfolgt ist. Und für dieß wenige war der allgemeine Ruhm des Dichters eine hinlängliche Belohnung. *Extinctus amabitur idem:* freylich wohl nicht von denen, die ihm am meisten Besserung, Erleuchtung, und Dank schuldig sind, sondern von der späten unpartheyischen Nachwelt, und wenigstens von Einem seiner nachgelassenen Freunde, der die

---

*) Unhappy Wit, like most mistaken things,

Attones not for that envy which it brings.

Essay on Criticism. v. 494.

**) Unter dem erstern wird Lord Bolingbroke verstanden, den Pope in seinem *Essay on Man,* Ep. IV. v. 393. selbst so nennt; unter dem letztern Warburton. Anm. des Uebers.

Sorge für seinen Ruhm großmüthig übernahm, und sein
Genie und seine Tugenden geerbt hat.

14. EXTINCTVS AMABITVR IDEM.) „Der Neid,
sagt Quintilian, ist ein Laster derer, welche zu schwach
sind, um zu wetteifern, und zu stolz, um andern den
Vorzug zu lassen." vitium eorum, qui nec cedere volunt,
nec possunt contendere. L. XI. c. 1. Dieser Zug entdeckt
die Thorheit und Bösartigkeit dieser hassenswerthen Leidenschaft zur Gnüge, und rettet zugleich die Ehre der menschli-
lichen Natur, da er zu gleicher Zeit sagt, daß die schlimm-
sten Verderbnisse derselben nicht ohne eine Mischung von
Großmuth sind. Denn dieser falsche Stolz, andern den
Vorzug nicht lassen zu wollen, ist zwar ungereimt und unglücklich genug, wenn er durch gar keine Fähigkeit zum
Wetteifer unterstützt wird; aber er verräth doch immer
ein solches Gefühl einer höhern Vorzüglichkeit, woraus
man sieht, wie schwer es für die menschliche Natur ist, sich
von aller Tugend zu entblössen. Wenn daher der zu mäch-
tige Glanz dem Auge entzogen wird, so zeigt sich unsre natürliche Verehrung derselben: Extinctus amabitur idem.
Dieß ist die wahre Erklärung der Gedanken des Dichters,
die folglich gerade das Gegentheil von denen sind, welche
ihm sein Französischer Ausleger aufbürden will: La justice,
que nous rendons aux grands hommes après leur mort, ne
vient pas de l'amour, que nous avons pour leur vertu,
mais de la haine, dont notre coeur est rempli pour ceux,
qui ont pris leur place. Eine Anmerkung, die sich bloß für
die Misanthropie einer alten cynischen Tugend, oder für
die eigennützige Selbstliebe eines neuern Systems der Sittenlehre schickt.

15. PRAESENTI TIBI MATVROS, etc. bis v. 18.)
Wir dürfen uns über diese und ähnliche übertriebene Schmei-
cheleyen bey den Dichtern zu Augusts Zeiten nicht wundern.
Sie waren zu demjenigen, was sie von dieser Art thaten,
völlig berechtigt. Wir wissen, daß man dem Kaiser auf
Befehl des Senats Altäre errichtet hatte, und daß man ihn

als einen ordentlichen Schutzgott, öffentlich anrief. Allein
der Saamen dieses Verderbnisses war schon weit früher
ausgestreut. Denn wir finden, daß er schon zu den Zeiten
der Tyranney des Julius Cäsar seinen Ursprung nahm,
oder vielmehr schon in voller Blüthe war; denn von allen
Arten des schädlichen Unkrauts, welches der ergiebige Boden
des menschlichen Verderbens hervorbringt, treibt keines
mehr auf, steht keines dichter, als dieß Unkraut der Schmeicheley. Balbus schwört in einem Briefe an den Cicero
bey dem Wohl und dem Leben Cäsars: ita, incolumi
Caesare, moriar; Ep. ad Att. L. IX.) Und Dio sagt
(L. XLIV.) es sey durch einen ausdrücklichen Befehl des
Senats, selbst bey Cäsars Lebzeiten, beschlossen worden,
daß die Römer sich durch diesen Eid verbindlich machen
sollten. Auch war es der Senat, der, nach dem Berichte
eben dieses Schriftstellers, (L. XLIII.) da er die Nachricht
seines Sieges über die Söhne des Pompeius erhielt, seine
Statue in dem Tempel des Romulus, mit der Aufschrift
DEO INVICTO errichten ließ.*)

Freylich waren diese und noch grössere Ehrenbezeugungen schon längst den Römischen Landpflegern in ihren
Provinzen von den kriechenden, sklavischen Asiaten erwiesen
worden. Und hieburch ward ohne Zweifel die Einführung
solcher Abgöttereyen in die Hauptstadt noch mehr erleichtert.**) Indeß bleibt es doch immer erstaunenswürdig, daß
ein Volk von den höchsten Begriffen einer unabhängigen re-

---

*) Θεῶ ἀνικήτω ἐπιγράψαντες. Indeß, um das Possenspiel
vollständig zu machen, nahmen diese Herren der Welt mit dem Schein
des grössten Widerwillens und der grössten Demuth die Ehre der Vergötterung an, wie die Hofgeschichtschreiber dieser Zeiten uns gerne
überreden möchten. Eine Affektation, von welcher man glaubte,
daß sie ihnen ungemein wohl anstünde; daher wir in der Folge finden,
daß die ärgsten von ihren Nachfolgern dieselbe auf die abgeschmackte-
ste und unverschämteste Weise äusserten.

**) Man sehe eine gelehrte und scharfsinnige Abhandlung hierüber
in der *Histoire de l'Academie des Inscriptions & des belles lettres. T. I.*

publikanischen Gleichheit so bald zu dieser unterwürfigen Anbetung ihres höchsten Oberherrn gebracht werden konnte.
Sie zeigten dadurch, daß sie zur Knechtschaft reif waren.
Nichts konnte sie aus den Händen eines Oberherrn retten;
und kaum kann man dergleichen Nachrichten, wie diese
sind, lesen, ohne gegen die eiteln Bemühungen des sterbenden Patriotismus unwillig zu werden, der so fruchtlos,
und, man möchte fast sagen, so schwach, arbeitete, die
Freyheit eines solchen Volks zu verlängern. Wer wird
sich nun noch, bey dem allen, über den Weihrauch wundern, den einige Dichter des Hofes opferten? Die Schmeicheley Virgils, woran man sich so oft geärgert hat, und
Horazens, der es ihm darin gleich that, war, wie wir
sehen, nichts weiter, als die einmal eingeführte Sprache
der damaligen Zeiten, deren sie sich freylich auf eine geschickte Art zu bedienen wußten, aber doch ohne sie zu übertreiben, und ohne sich dabey ihrer dichterischen Freyheiten zu bedienen. Denn man muß es zu ihrem Ruhme gestehen, daß
sie zwar, als Dichter, in den Ton des ganzen Volks mit
einstimmen, und denselben in das Ohr des Fürsten wieder-
hallen mußten; daß sie aber, als Menschen, zu viel gesunden Verstand hatten, und eine zu gewissenhafte Rücksicht auf die Würde ihres Charakters nahmen, um diese
Schmeicheleyen zu übertreiben, und darin weiter, als das
übrige Volk, zu gehen.

Es muß uns billig auf alle Weise wunderbarer und
widerlicher vorkommen, wenn neuere Schriftsteller nicht
allemal diese Zurückhaltung beobachten. Lipsius, dieser
ernsthafte und gelehrte Mann, schämte sich nicht, selbst
ohne den Vorwand und die Entschuldigung einer dem ganzen
Volke gewöhnlichen Schmeicheley, oder eines poetischen
Kolorits, für sich zu haben, mit ausdrücklichen Worten
einen Gott aus seinem Gönner zu machen, der zwar weder
König noch Pabst, aber doch der erste beste Stof seiner
schöpferischen Kraft, ein Erzbischof, war. Er wußte
freylich wohl, daß nicht aus jedem Holze ein Merkur
wird; indeß konnte doch wohl nicht leicht Jemand die Fä-

bigkeit dazu demjenigen Holze streitig machen, das so nahe am Altare wuchs. Mit einem Worte, ich rede von dem Erzbischofe von Mechlin, den er nach einer Menge widerlicher Komplimente, die ohnedem sein Fehler waren, am Ende mit einer heidnischen Unterwürfigkeit in den Rang der Gottheiten erhebt: „Ad haec erga omnes humanitas et facilitas faciunt, vt : omnes te non tanquam hominem aliquem de nostro coetu, sed *tanquam Deum quendam de coelo delapsum intueantur et admirentur.*“

16. IVRANDASQVE TVVM PER NVMEN PONIMVS ARAS) Auf diese Idee der Apotheose, welche die gewöhnliche Art der Schmeicheley in Augusts Zeitalter war, aber auch, da sie einen durchgängigen Gebrauch für sich hatte, oft ungeschickt genug gebraucht wurde, hat Virgil eine von den edelsten Allegorien in der Poesie des Alterthums gegründet, und ihr zugleich alle Stärke eines gewöhnlichen und verdienten Kompliments zu geben gewußt, welche die Gelegenheit selbst erlaubte. Alle diese Schönheiten mußte man von seinen Talenten erwarten. Denn so, wie ihn sein Genie zu dem Erhabnen leitete; so mußte ihn seine feine Beurtheilungskraft lehren, diese kühne Erdichtung gehörig einzukleiden, und, so viel möglich, der anstößigen Schmeicheley, welche dabey zum Grunde lag, einen scheinbaren Anstrich zu geben. Eine Schönheit von so ungewöhnlicher Art verdient näher aus einander gesetzt zu werden.

Das dritte Buch des Gedichts vom Landbau fängt mit einer Schutzrede für dessen niedrigen und einfachen Inhalt an, welchen aber der Poet doch, seiner Neuheit wegen, den erhabnen aber mehr verbrauchten Gegenständen der Griechischen Dichter vorzog. Indeß dachte er noch, bey irgend einer künftigen Gelegenheit einen edlern Stof zu bearbeiten. Dieß war der große Entwurf der Aeneide, auf welchen er itzt vorläufig anspielt, und den er umständlich entwickelt. Denn er bedient sich des edelsten Vorrechts seiner Kunst, und geräth in einen Ausbruch prophetischer Begeisterung, um den glücklichen Erfolg dieses seines Vor-

habens vorher zu ſagen, und unter den bildlichen Vorſtellungen eines Römiſchen Triumphs, welcher alles in ſich
begreift, oder der Einbildungskraft darbietet, was nur von
menſchlichen Dingen groſſes gedacht werden kann, den
künftigen Ruhm dieſes ehrenvollen Unternehmens abzuſchil-
dern. Dieſe ganze Vorſtellung iſt, wie wir ſehen werden,
von der äuſſerſten Pracht und Gröſſe; wiewohl der Dichter
nach der ihm eigenen Manier, — die von ſeinen Kunſtrichtern nicht verſtanden iſt, und daher ſelbſt den beſten unter
ihnen Gelegenheit gegeben hat, ihm einen Mangel am Erhabnen zur Laſt zu legen; — ſich bemüht hat, die Auſ-
ſenſeite dieſer Vorſtellung für den Leſer zu mildern und zu fa-
miliariſiren, durch die künſtliche Art, mit welcher er ſie
vorträgt:

> tentanda via eſt, qua me quoque poſſim
> Tollere humo, VICTORQVE virûm volitare per ora.

Dieſe Idee des Sieges, die ſo zufällig hingeworfen
iſt, macht er zur Grundlage ſeines Bildes, welches ſich,
vermittelſt dieſer allmähligen Vorbereitung, dem Verſtande
ſehr leicht darbietet; wiewohl es eben dadurch, aber nach
der Abſicht des Dichters, ſehr viel von dem ausgebreiteten
Schimmer verliert, worin Schriftſteller von geringerer Beurtheilungskraft gerne ihre Gedanken zeigen mögen, um den
Leſer von gemeiner Art in Erſtaunen zu ſetzen. Die Allegorie geht darauf weiter fort:

> Primus ego patriam mecum, modo vita ſuperſit,
> Aonio rediens deducam vertice Muſas.

Die Eroberung, welche er ſich vorgenommen hatte, war
keine geringere, als die Eroberung aller Griechiſchen Muſ-
ſen auf einmal; und, um die Allegorie weiter zu treiben,
droht er erſtlich, dieſelben von ihrem hohen und vortheilhaften Sitze auf den Gipfel des Aoniſchen Berges zu bringen;
und zweytens, ſie mit ſich gefangen nach Italien zuführen.
Der erſtere Umſtand zeigt uns die Schwierigkeit und Gr-

fahr dieſes Unternehmens, und der letztere eine völlige Ausführung deſſelben.

Hierauf folgt der palmenreiche Triumpheinzug,
welchen die Sieger bey ihrer Rückkehr von auswärtigen
glücklichen Verrichtungen zu halten pflegten:

> Primus Idumaeas referam tibi, Mantua, palmas.

Allein die Sieger des Alterthums begnügten ſich nicht damit, dieſe hinfällige Frucht ihrer Arbeit einzuerndten. Sie
hatten auch den Ehrgeiz, ihren Ruhm durch einen Tempel
unſterblich zu machen, oder durch irgend ein andres öffent-
liches Denkmaal, welches ſie von der Beute der eroberten
Städte oder Länder aufzubauen pflegten. Dieſer Umſtand
ſchickt ſich, wie der Leſer leicht einſehen wird, zu dem
Begriffe des vorhabenden Gedichts ſehr wohl, welches aus
den alten Ueberbleibſeln der Griechiſchen Kunſt zuſammenge-
ſetzt werden, und ein neues Werk ausmachen ſollte, das
die Vorzüge aller in ſich begriffe; wie denn wirklich die
Aeneide bekanntermaſſen alles in ſich vereinigt, was nur
immer, nicht bloß im Homer, ſondern überhaupt in den
Griechiſchen Dichtern, ſchönes zu finden iſt. Er gedenkt
darauf des immerwährenden Denkmaals eines marmornen
Tempels:

> Et viridi in campo templum de marmore ponam.

Und da der Aberglaube bey den Alten in dieſer Abſicht gemeiniglich das Ufer der Flüſſe allen andern Gegenden vorzog, ſo erbaut der Dichter, mit einer ſchönen Anſpielung
auf die Lage einiger von den berühmteſten heidniſchen Tempeln, den ſeinigen an dem Mincius. Man ſieht, mit
welcher gewiſſenhaften Schicklichkeit die Anſpielung immer
weiter geführt wird:

> Propter aquam, tardis ingens vbi flexibus errat
> Mincius, et tenera praetexit arundine ripas.

Ferner mußte dieſer Tempel, um ebenſowohl ein Denkmaal
der Frömmigkeit des Siegers, als ſeines Ruhms, zu ſeyn,

irgend einer liebreichen Schutzgottheit gewiedmet werden, unter deren Schutze die grosse Unternehmung war ausgeführt worden. Der Dichter widmet also den Tempel seinem Schutzgotte, dem Augustus:

Iu medio mihi CAESAR erit, templumque tenebit.

Templum tenebit; dieser Ausdruck ist emphatisch, und deutet zugleich im voraus die geheime Absicht der Aeneide an, welche dahin gieng, in der Person des Aeneas den Charakter des Augustus zu entwerfen und zu verewigen. Seine Gottheit sollte dieß grosse Werk erfüllen und einnehmen. Und der weite Umfang des epischen Plans war bloß zu einem desto ehrwürdigern Sitze der erhabnen Gegenwart bestimmt, welche das geräumige Rund dieses poetischen Gebäudes bewohnen und verherrlichen sollte.

Und nun sehe man die bewundernswürdige Geschicklichkeit und Kunst des Dichters. Die unsinnige und sklavische Denkungsart seines Landes hatte den Kaiser in vollem Ernste vergöttert, und seine poetischen Mitbrüder machten sich kein Bedenken, in seinen Tempeln anzubeten, und mit Händen voll wirklichen Weihrauchs, der von den Altären empor rauchte, vor ihm zu erscheinen. Virgils Anbetungen waren gemäßigter, und von ganz andrer Art. Er ergreift diesen Umstand bloß, um einer poetischen Dichtung einen Körper zu geben, welche, bey der Voraussetzung einer wirklichen Vergötterung, allen den Nachdruck eines Kompliments, und einen wirklich vorhandnen Umstand zum Grunde hatte; und doch, mit dem bescheidnen Schleyer der Allegorie überdeckt, alles das Anstößige verliert, welches die nackte Erzählung nothwendig für kluge und verständige Leute gehabt haben müßte. Hätte Virgil die Gottheit des Kaisers, so, wie sie das Volk verehrte, schlechthin erkannt und angebetet; so würde dieß Lob, selbst unter seinen Händen, übertrieben und unleiblich gewesen seyn; und und hätte sich sein poetischer Gott auf keinen anderweitigen Grund gestützt, so wäre diese Figur ängstlicher und gezwun-

U

gner gewesen, als es die Regeln einer guten Schreibart
erlauben. Unter den gegenwärtigen Umständen wird die Erdichtung durch die historische Wahrheit seiner Apotheose berechtigt und unterstützt; und wiederum dient die Erdichtung, dem
historischen Umstande ein feineres und schicklichers Ansehen
zu geben.

Da also die Aeneide, vermittelst des weisen Gebrauchs,
den der Dichter von diesem Umstande macht, auf die natürlichste Art unter dem Bilde eines Tempels angekündigt wird;
so kann man zwischen beyden eine genaue und vorbedachte
Aehnlichkeit zu finden hoffen. Die grossen Bestandtheile
der einen werden ohne Zweifel mit allem Fleisse so eingerichtet seyn, daß sie die Theile des andern genau vorstellen und
abbilden. Dieß hat der Dichter mit grosser Kunst und mit
vielem Fleisse ausgeführt.

I. Der Tempel wurde, wie wir bemerkt haben, an
den Ufern eines Flusses errichtet. Diese Lage war nicht
nur aus dem schon gedachten Grunde sehr schicklich, sondern auch in Absicht des folgenden, der Anstellung öffentlicher Spiele, welche gewöhnlich mit der Einweihung der
Tempel verbunden war. Diese wurden gemeiniglich, wie
die Olympischen, und andre, an den Ufern der Flüsse gehalten.

> Illi victor ego, et Tyrio conspectus in ostro,
> Centum quadrijugos agitabo ad flumina currus.
> Cuncta mihi, Alpheum linquens lucosque Molorchi,
> Cursibus et crudo decernet Graecia caestu.

Um die Schicklichkeit der in dieser Stelle gebrauchten Figur einzusehen, darf sich der Leser nur an dasjenige Buch der
Aeneide erinnern, worin die Spiele vorkommen, welches
mit Fleiß dem Augustus zu Ehren hineingebracht wurde, und
nicht, wie man gemeiniglich glaubt, in der Absicht, die
Geschicklichkeit des Dichters mit der Kunst seines Meisters
in Wettstreit zu bringen. Der Kaiser war ungemein von
diesen Lustbarkeiten eingenommen, und sogar der Urheber
oder Wiederhersteller eines derselben. Ohne Zweifel spielt

er auf die fünfjährigen Spiele (*ludos quinquennales*) an,
die damals, ſeinen Tempeln zu Ehren, in vielen Gegenden
des Reichs gefeyert wurden.   Und dieß unternimmt der
Dichter vermöge ſeines weltlichen Amts, als VICTOR.

2. Das folgende gehört zu einem geiſtlichen Amte eines Prieſters.   Denn es iſt zu merken, daß der Dichter
bey der Annehmung dieſes gedoppelten Charakters, welchen
die Beſchaffenheit der hier erzählten Feyerlichkeiten erfoderte,
zugleich ein Auge auf den politiſchen Zweck der Aeneide
hatte, welcher dahin gieng, die Gröſſe des Kaiſers ſowohl
in bürgerlichen als gottesdienſtlichen Anordnungen zu verherrlichen, da beyde zu dem Begriffe eines vollkommnen
Geſetzgebers weſentlich gehören, deſſen Amt und Charakter,
wie ein neuer vortrefflicher Schriftſteller gezeigt hat, *) er
in dieſem unſterblichen Gedichte zu empfehlen und zu ſchildern
ſuchte.   Die Erzählung von ſeinen gottesdienſtlichen Verrichtungen iſt in folgenden Worten enthalten:

> Ipſe caput tonſae foliis ornatus oliuae
> Dona feram. Iam nunc ſolemnes ducere pompas
> Ad delubra iuuat, caeſosque videre iuuencos;
> Vel ſcena vt verſis diſcedat frontibus, vtque
> Purpurea intexti tollant aulaea Britanni.

Man kann die Bilder dieſer Stelle nicht verſtehen,
wenn man dabey nicht an die älteſte Form und Einrichtung
der heidniſchen Tempel denkt.   *Delubrum* oder *delubra*,
denn beydes wird ohne Unterſchied gebraucht, bedeutet das
Behältniß,   oder das Heiligthum, worin die Bildſäule des
Gottes ſtand, dem der Tempel geweyht war.   Dieß war in
dem Mittelpunkte des Gebäudes.   Gerade vor dem Delubrum, und nicht weit davon, ſtand der Altar.   Ferner
war das Behältniß, oder Delubrum, von allen Seiten ein-
geſchloſſen, und hatte Thüren von künſtlichem Gitterwerk,
und bewegliche Vorhänge,   welche reich mit Blumen,

---

*) Warburton in dem Werke The divine Legation of Moſes.
Vol. I. B. II. S. 4.

Thieren, oder menschlichen Figuren gestickt waren. Wenn man dieß bemerkt, so wird die Folge der Bilder, die wir vor uns haben, diese seyn. Zuerst der feyerliche Zug zu den delubris, oder zu dem Heiligthume; das Opfer auf den Altären, die vor demselben standen; und endlich, die gemahlten, oder vielmehr gewirkten Figuren der purpurnen Vorhänge, welche das Bild umgaben, mit eingewebten Bildern von Britten geziert waren, und von denselben empor gezogen und gehalten zu werden schienen. Der Sinn von dem allen ist der, daß der Dichter bey der Verherrlichung des Ruhms seines Kaisers nach aller der stufenweisen, feyerlichen Vorbereitung des poetischen Pomps verfahren, daß er seiner Gottheit die dankbarsten Opfer in jenen gelegentlichen Episoden bringen wollte, die er noch unmittelbarer ihm zu wiedmen gedachte; und endlich, daß er das reichste Gewebe seiner Einbildungskraft daran wenden wollte, das bewundernswürdige Bild seiner grossen Eigenschaften damit zu bedecken, welches den vorzüglichsten Stolz und Ruhm seines Gedichts ausmachen sollte. Die Wahl der eingewebten Britten, zur Emporhaltung seines Vorhanges, erklären diejenigen sehr gut, die uns sagen, daß Augustus darauf stolz war, eine Menge Britten zu haben, die ihm als Sklaven aufwarten mußten.

Die Zierrathen der Thüren dieses Delubrum, woran der Bildhauer alle Reichthümer der Kunst zu verschwenden pflegte, werden zunächst beschrieben:

In foribus pugnam ex auro solidoque elephanto
Gangaridum faciam, victorisque arma Quirini;
Atque hic vndantem bello, magnumque fluentem
Nilum, ac nauali surgentes aere columnas.
Addam vrbes Asiae domitas, pulsumque Niphatem,
Fidentemque fuga Parthum versisque sagittis;
Et duo rapta manu diuerso ex hoste trophaea,
Bisque triumphatas vtroque ex litore gentes.

Die Decke der Figur ist hier zu dünne, um auch dem gemeinsten Leser den buchstäblichen Verstand dieser Verse zu verbergen.   Man sieht, daß die verschiednen Triumphe, welche hier als ein Werk der Bildhauerkunst angegeben werden, diejenigen sind, welche der Dichter am meisten völlig auszuführen gesucht, und gelegentlich, gleichsam in Miniaturgemählden, an verschiednen Stellen seinem Gedichte einverleibt hat.   Man erinnere sich nur der prophetischen Rede, die der Schatten des Anchises im sechsten Buche hält, und der Beschreibung des Schildes im achten Buche.

Bis hieher haben wir die Verzierungen des Heiligthums betrachtet, das heißt, solche, die eine genauere und unmittelbare Beziehung auf den Ruhm des Kaisers haben. Itzt wird uns der Anblick der entferntern Zierrathen geöfnet, die sich rings umher in dem Tempel befinden.   Dieß sind die berühmten Trojanischen Helden, deren Geschichte den Stof, oder eigentlicher, den ganzen Körper und den Haupttheil seines ansehnlichen Gebäudes ausmachen sollte. Auch diese sind mit der Gottheit des Tempels durch die genauesten Bande der Verwandschaft verbunden, indem das Julische Geschlecht seinen Ursprung gerne von diesen ruhmvollen Vorfahren herleiten wollte.   Der Dichter weiß daher bey der Anordnung dieser Nebenfiguren die ganze Erdichtung mit bewundernswürdiger Kunst vollständig zu machen, und ihr die gehörige Rundung zu geben:

Stabunt et Parii lapides, spirantia signa,
    Assaraci proles, demissaeque ab Joue gentis
    Nomina; Trosque parens et Troiae Cynthius auctor.

Itzt blieb nichts übrig, als daß der Nachruhm die Ehre dessen verewigte, was der große Baumeister mit Verwendung so vieler Kunst und Arbeit zu Stande gebracht hatte. Dieß wird in dem höchsten Erhabnen, das sich nur in der Poesie des Alterthums finden kann, und der Vorstellung des Neides geweissagt, welchen der Dichter zur Person macht, den bey dem Anblicke einer so ausserordentlichen Vollkommenheit schaudert, und der im Voraus die Quaalen einer rettungslosen Pein schmeckt, welche sehr stark unter dem Bilde der ärgsten höllischen Martern geschildert werden:

INVIDIA infelix furias amnemque seuerum
Cocyti metuet, tortosque Ixionis angues,
Immanemque rotam, et non exuperabile saxum.

Auf diese Art habe ich es versucht, wiewohl mit einer gewissen heiligen Ehrerbietung, das Innre dieses idealischen Tempels zu beschauen und zu erklären. Bey dem allen könnte dieser Versuch für frech und unerlaubt angesehen werden, wenn uns der grosse Mystagog nicht selbst, oder irgend ein andrer in seiner Stelle *) den sichern Schlüssel

*) In folgenden Zeilen:
Mox tamen ardentes accingar dicere pugnas
Caesaris, et nomen fama tot ferre per annos,
Tithoni prima quot abest ab origine Caesar.
Ich vermuthe, daß diese Verse nicht vom Virgil selbst sind, und zwar

I. Wegen einiger Besonderheiten im Ausdrucke.

1. *Accingar* wird häufig von den besten Schriftstellern so gebraucht, daß es Fertigkeit und Entschliessung, eine Sache auszuführen, bedeutet: allein in der Verbindung mit einem Infinitivo, *accingar dicere*, wüßte ich nicht es jemals gefunden zu haben. Virgil braucht dieß Wort sehr oft; wenn man aber alle die Stellen, worin es vorkömmt, nachsieht, so wird man es allemal mit einem Akkusativ und einer Präposition finden, die entweder ausdrücklich da steht, oder darunter verstanden wird; als: *magicas accingier artes*; oder mit einem Akkusativ und Dativ, als: *accingere se praedae*; oder endlich mit einem Ablativ, der das Werkzeug ausdrückt; als: *accingor ferro*. Lacerda scheint in seinen Anmerkungen über diese Stelle den Einwurf gefühlt zu haben, und sagt daher: Graeca locutio. Die gemeine, aber elende Ausflucht gelehrter Kunstrichter, wenn sie nun einmal sich vorgenommen haben, eine alte Lesart zu vertheidigen.

2. *Ardentes pugnas*, brennende Schlachten, klingt einem neuern Ohre ganz gut; ich zweifle aber sehr, ob man es zu Virgils Zeiten hätte gelten lassen. Wenigstens erinnere ich mich in allen seinen Werken keines solchen Ausdrucks. *Ardens* wird allemal mit einem Worte verbunden, welches eine Substanz von anscheinendem

dazu gegeben hätte. Unter dieser Aufmunterung konnte ich der Versuchung nicht widerstehen, so viel von einer der edelsten Erdichtungen des Alterthums aufzuschliessen, und dieses um so viel mehr, da die gehörigen Eigenschaften und Schönheiten der allegorischen Komposition, welche ein unterscheidender Vorzug der alten Poesie war, von den neuern Lehrern dieser schönen Kunst zu wenig gekannt und geachtet werden.

17. NIL ORITVRVM ALIAS, NIL ORTVM TALE FATENTES.) Il m'est impossible — sagt *Balzac*, in seiner aufgeblasenen, deklamatorischen Rhapsodie, *Le Prince* — de resister au mouvement interieur, qui me pousse. Je ne

Lichte, Hize, oder Flamme bezeichnet, da denn die Anspielung sehr leicht ist; als: *ardentes gladios, ardentes oculos, campos armis sublimibus ardentes;* und vermittelst einer leichten Metapher, *ardentes hostes;* aber niemals wird es, so viel ich weiß, mit einem so abstrakten Begriffe verbunden, als der Begrif einer Schlacht ist. Vermuthlich geschah es, um dieser Schwierigkeit auszuweichen, daß einige lieber *ardentis*, im Genitiv, lesen wollen; welches aber Servius als völlig ungegründet verwirft.

3. Allein das deutlichste Merkmal von der Unrichtigkeit dieser Stelle ist in dem Verse:

Tithoni prima quot abest ab origine Caesar.

Es hat alle Ausleger, vom Servius an bis auf den gelehrten Herrn Martyn, in Verlegenheit gesetzt, irgend eine erträgliche Erklärung davon zu geben, daß der Dichter gerade den Tithonus wählt, um von demselben die Ahnen des Augustus abzuleiten, und nicht vielmehr den Anchises oder Assarakus, die nicht nur berühmter, sondern auch seine Vorfahren in gerader Linie waren. Die Erklärungen dieser Ausleger sind durchgehends so unbedeutend, daß es sich nicht der Mühe verlohnt, auf ihre Widerlegung nur einen Augenblick zu denken. Das Beyspiel ist das einzige im ganzen Alterthume; viel weniger findet sich etwas dergleichen bey irgend einem Dichter aus Augusts Zeitalter.

II. Jedoch die Phraseologie dieser Verse ist das wenigste, was ich wider sie einzuwenden habe. Wäre diese auch noch so richtig; so findet sich doch gleich beym ersten Anblicke eine offenbare Ungereimtheit in ihrem Inhalte. Denn wird wohl irgend ein Schriftsteller, der in der Kunst der Komposition auch nur gemeine Geschicklichkeit

ſçaurois m'empecher de parler du *Roi*, & de ſa vertu; de
crier à tous les princes, que c'eſt l'exemple, qu'ils doivent
ſuivre; *de demander à tous les peuples & à tous les âges
s'ils ont jamais rien vû de ſemblable.* Dieß wurde von ei-

hat, eine lange und ausgearbeitete Allegorie, deren vorzügliche Anmuth ſelbſt in dem Geheimnißvollen beſteht, mit einer kalten und
förmlichen Erklärung derſelben beſchlieſſen? Oder wird er ſeinem Be-
ſchützer ein ſo armſeliges Kompliment machen, daß er beſorgt iſt,
ſein Scharfſinn möchte des Beyſtandes dieſer hinzugeſetzten drey Zeilen brauchen, um den wahren Sinn der vorhergehenden zu errathen?
Nichts kann der gewöhnlichen Kunſt und Geſchicklichkeit in Virgils
Manier weniger gemäß ſeyn. Oder

III. Wäre auch der Inhalt an ſich ſelbſt leidlich; wie kam es
denn, trotz aller Regeln der poetiſchen Anordnung, daß er hier
herbey gezwungen wurde? Der Leſer ſehe die Stelle noch einmal
an; und er wird bald merken, daß hier unmöglich der rechte Ort,
dafür war. Nachdem die Allegorie zu Ende iſt, kehrt der Dichter
zu ſeiner Materie zurück, welche in den ſechs folgenden Verſen vorgetragen wird:

> Interea Dryadum ſyluas, ſaltusque ſequamur
>
> Intactos, tua, Maecenas, haud mollia iuſſa;
>
> Te ſine nil altum mens inchoat: en age ſegnes
>
> Rumpe moras: vocat ingenti clamore Cithaeron,
>
> Taygetique canes, domitrixque Epidaurus equorum,
>
> Et vox aſſenſu nemorum ingeminata remugit.

Wird nun wohl Jemand erwarten, daß der Dichter, nachdem er den
Leſer mit ſolcher Ehrerbietung gerade auf den Mittelpunkt ſeines
Hauptinhalts zurück geführt hat, auf einmal wieder davon, und
dahin laufen werde, wo er herkam, und das aus keiner erheblichern
Urſache, als, um ihm das Geheimniß ſeiner Allegorie aufzu-
ſchlieſſen?

Doch dieſe eingeſchobenen drey Verſe ſchicken ſich eben ſo
wenig zu dem Folgenden, als zu dem Vorhergehenden. Denn
wie abgebrochen iſt nicht der Uebergang, und wie ungleich der ſeinen
Verbindung, welche die Dichter aus Auguſts Zeitalter ſonſt mit ſo
vieler Kunſt in Acht zu nehmen wiſſen, von:

> Tithoni prima quot abeſt ab origine Caeſar,

zu:

> Seu quis Olympiacae miratur praemia palmae, etc,

nem Könige von Frankreich geſagt, dem ich freylich ſeine
groſſen Verdienſte nicht ſtreitig machen will. Nur waren
es Verdienſte des Mannes, und nicht des Fürſten. In-
beß war dieß ein Unterſchied, aus dem dieſer beredte Lob-

Man laſſe nur dieſe eingeſchobenen Verſe weg, und ſehe, wie ſchön
und in welch einer natürlichen Folge der Begriffe der Dichter wieder
auf ſeinen Hauptinhalt zu kommen weiß:

> Interea Dryadum ſiluas ſaltusque ſequamur
> Intactos, tua, Maecenas, haud mollia iuſſa;
> Te ſine nil altum mens inchoat: en age ſegnes
> Rumpe moras: vocat ingenti clamore Cithaeron
> Taygetique canes, domitrixque Epidaurus *equorum*,
> Et vox aſſenſu nemorum ingeminata *remugit*.
>   Seu quis, Olympiacae miratus praemia palmae,
> Paſcit *equos*; ſeu quis fortes ad aratra *iuuencos*.

Kurz, ich zweifle im geringſten nicht daran, daß die gedachten Verſe
die unächte Geburt irgend eines ſpätern Dichters ſind, wenn anders
ihr Urheber dieſen Namen verdient. Denn wer er auch geweſen
ſeyn mag, ſo hat er ſo wenig an Virgils Originalgeiſte Antheil genommen, daß er nur höchſtens für einen ſklaviſchen und armſeligen
Nachäffer Ovids anzuſehen iſt. Denn aus dem Anfange ſeiner Verwandlungen iſt ſelbſt der Ausdruck dieſer Verſe offenbar entlehnt.
Auch die Wendung des Gedankens iſt augenſcheinlich daher genommen. *Mutatas dicere formas* iſt wiederhallt in *ardentes dicere pugnas*;
dicere fert animus iſt ängſtlich verbeſſert: *accingar dicere*; und *Tithoni
prima ab origine* iſt faſt buchſtäblich einerley mit *primaque ab origine
mundi.* Wie es mit der Einſchiebung dieſer Zeilen zugegangen ſey,
das überlaſſe ich den Liebhabern der Kritik nach Gefallen zu beſtimmen; indeß glaube ich doch, daß die Pflichten des wahren Kunſtrichters in ſo fern den Pflichten des Dichters ſelbſt gleich zu ſchätzen
ſind, daß ſie, unter gehörigen Einſchränkungen, die hier genommene
anſtändige Freyheit rechtfertigen.

> Cum tabulis animum cenſoris ſumet honeſti;
> Audebit, quaecunque parum ſplendoris habebunt,
> Et ſine pondere erunt, et honote digna feruntur,
> *Verba mouere loco; quamuis inuita recedant,*
> *Et verſentur adhuc intra penetralia Veſtae.*
>   HOR. L. 2. Ep. 2. v. 110. ſ.

redner kein Arges hatte, oder den er vielmehr, seines Vortheils wegen, übersehen mußte.   Denn die ganze Lobrede verdient durchgelesen zu werden, da sie den stärksten Beweis von dem gleichförmigen Geiste der Schmeicheley giebt, der unter allen Umständen,   und gleich willfährig gegen jede Art von Charakteren, einerley Sprache von dem schwächsten und von dem größten unter den Fürsten führen kann, von **Ludewig dem Gerechten,**   und vom **Cäsar Oktavianus Augustus.**

23. SIC FAVTOR VETERVM etc. bis v. 28.) Die Thorheit, welche der Dichter hier bestraft, ist gemein genug in allen Ländern, und erstreckt sich auf alle Künste. Es war gerade diese übel verstandne Verehrung des Alterthums, welche die Kenner der Mahlerey unter den Kaisern bewog, die simpeln und rohen Skizen eines Aglaophon und Polygnotus über die vortrefflichen und ausgearbeiteten Gemählde des Parrhasius und Zeuxis zu erheben.   Diese Nachricht giebt uns Quintilian, der zugleich bey der Bestrafung dieser Ungereimtheit die unstreitige Quelle derselben angiebt.   Dieß sind seine Worte: Primi, quorum quidem opera non vetustatis modo gratia visenda sunt, clari pictores fuisse dicuntur Polygnotus et Aglaophon; quorum simplex color tam sui studiosos adhuc habet, ut illa prope rudia ac velut futurae mox artis primordia, maximis, qui post eos extiterunt, auctoribus praeferantur, *proprio quodam intelligendi*, ut mea fert opinio, *ambitu.* L. XII. c. 10. Ein Liebhaber der Mahlerey muß sich über diesen sonderbaren Vorzug um so viel mehr wundern, wenn er hört, daß wenigstens Aglaophon bloß eine einzige Farbe brauchte; da hingegen Parrhasius und Zeuxis, die hier mit unter den *maximis auctoribus* verstanden werden, nicht nur verschiedne Farben brauchten, sondern auch ausserordentliche Meister waren,   der eine in der richtigen Zeichnung und der Feinheit des Umrisses, und der andre in Erfindung des großen Geheimnisses des Helldunkeln. — Post Zeuxis et Parrhasius: quorum prior *luminum vmbrarumque*

inveniſſe rationem, ſecundus, *examinaſſe ſubtilius lineas* dicitur. *Ibid.*

28. SI, QVIA GRAIORVM SVNT ANTIQVISSIMA QVAEQVE SCRIPTA VEL OPTIMA, etc.) Nach der gewöhn⸗ lichen Erklärung dieſer Stelle gäbe der Dichter zu, daß die allerälteſten Schriften der Griechen die beſten wä⸗ ren. Dieß wäre aller Erfahrung und allem geſunden Ver⸗ ſtande zuwider, und wird geradezu durch die Geſchichte der Griechiſchen Litteratur widerlegt. Er giebt nichts weiter zu, als den Vorzug der noch vorhandenen älteſten Grie⸗ chiſchen Schriften; und das iſt etwas ganz anders. Die Wendung ſeines Beweiſes ſchränkt uns auf dieſen Sinn ein. Denn er wollte die Thorheit zeigen, wenn man eben das von den alten Römiſchen Schriftſtellern in Anſehung ihrer erſten rohen Verſuche, die vollkommenen Muſter der Grie⸗ chen nachzuahmen, behaupten wollte, was von den alten Griechiſchen Schriftſtellern ſelbſt gilt, die durch lange Zucht und Bildung mit den zur Hervorbringung dieſer Mu⸗ ſter erfoderlichen Hülfsmitteln verſehen waren. Man ſieht dieß mit völliger Gewißheit aus dem Folgenden:

> Venimus ad ſummum fortunae: pingimus atque
> Pſallimus et luctamur Achivis doctius unctis.

Die Abſicht dieſer Verſe hat man gänzlich überſehen. Denn man hat ſie bloß für einen allgemeinen Ausdruck der Falſchheit und Ungereimtheit angeſehen, gerade von eben der Bedeutung, als die ſprüchwörtliche Zeile:

> Nil intra eſt olea, nil extra eſt in nuce duri.

Da ſie doch die ganz eigene Abſicht hatten, eine beſondre Erläuterung von der gedachten Ungereimtheit zu geben, und denjenigen, welche dieſelbe behaupten, aus der Natur der Dinge zu zeigen, wie unvernünftig ihre Behauptung ſey. Der Sinn iſt alſo dieſer: „Eben ſo gut, als man „behaupten kann, daß wir Römer die Griechen in den „Künſten der Mahlerey, der Muſik und der gymnaſtiſchen „Uebungen übertreffen, welches wir doch ganz gewiß nicht

„thun; eben so gut kann man sagen, daß unsre alten
„Schriftsteller die neuern übertreffen. Die Ungereimtheit
„ist in beyden Fällen gleich groß. Denn so wie die Grie-
„chen, die sich lange mit großem und anhaltendem Fleisse
„auf die Ausübung dieser Künste gelegt haben. — denn
„das bedeutet der ihnen gegebene Beyname *uncti;* — aus
„diesem Grunde einen Vorzug vor den Römern erhalten
„müssen, die sich wenig Mühe darum gegeben haben; so
„müssen auch die neuern Römer, die lange Zeit die Kunst
„der Poesie und der guten Schreibart studirt haben, noth-
„wendig die alten Römischen Schriftsteller übertreffen, die
„wenig oder gar keine Bekanntschaft mit diesen Künsten hat-
„ten, und durch keinen vorläufigen Unterricht zu der Aus-
„übung derselben geleitet wurden.“

Die Kürze des Ausdrucks machte es nothwendig, den
Sinn des Dichters umständlich aus einander zu setzen. Wir
sehen itzt, daß seine Absicht in diesen beyden Versen dahin
gieng, vermittelst einer argumentirten Erläuterung den
Grund jener Ungereimtheit zu zeigen, welche die vorhergehenden Verse als eine solche dargestellt hatten, die gleich
beym ersten Anblicke dem gesunden Menschenverstande so sehr
zuwider liefe.

33. VNCTIS.) Dieß ist keinesweges ein allgemeines
und unbedeutendes Beywort; es ist vielmehr sehr schön
gewählt, die unermüdete Aemsigkeit der Griechischen Künstler auszudrücken. Denn der Gebrauch sich zu salben war
bey ihren Leibesübungen und Kampfspielen wesentlich; der
Dichter setzt also sehr schön einen Nebenumstand für die
Sache selbst. Wenn er also von ihnen, als von *unctis*
redet, so ist es eben so viel, als ob er sie „die arbeitsa-
men, oder übungsvollen Griechen“ genannt hätte; denn
eben dieß war die Vorstellung, die er, seinem Beweise zufolge, in uns erregen mußte.

43. HONESTE.) Hiedurch drückt er den Werth aus,
den man einem solchen Stücke beylegte, welches das Glück
hatte, *inter veteres* gerechnet zu werden; gleich dem obigen: *perfectos* veteresque, v. 37. und vetus atque *probus,*

v. 39. Dieß giebt einen neuen Grund für Bentley's Muthmaßung über v. 41. an die Hand, wo er für *veteres poetas* lieber lesen will:

> Inter quos referendus erit? veteresne *probosque*,
> An quos etc.

54. ADEO SANCTVM EST VETVS OMNE POEMA.) Man muß nicht glauben, daß Horaz bey diesem Spotte über die thörichten Verehrer des Alterthums irgend einige Verachtung der alten Römischen Dichter in Gedanken gehabt habe, die so, wie die alten Schriftsteller eines jeden Landes', reich an gedrungenen Gedanken, an starken Ausbrücken, und an den getreuesten Schilderungen des Lebens und der Sitten sind. Er hat es nur bloß mit dem Kunstrichter zu thun,

> Qui redit in fastos et virtutem aestimat annis.

Ein affektirtes Betragen, das schon seiner Thorheit wegen des Auslachens werth gewesen wäre, wenn es auch nicht offenbar auf einem bösen Grundsatze beruht hätte.

Ausserdem äussert er überall eine unpartheyische und billige Hochachtung gegen ihre ersten Schriftsteller, wie man aus verschiednen Stellen dieser nämlichen Epistel sehen kann, und noch deutlicher aus dem strengen Tadel in der zehnten Satyre des ersten Buchs, der mehr Bitterkeit hat, als er seinem Satyr gewöhnlich erlaubt. Er redet daselbst von den Verfassern der alten Komödie, und setzt hinzu:

> Quos neque pulcher
> Hermogenes unquam legit, neque simius iste
> Nil praeter Calvum et doctus cantare Catullum.

Bey allem seinem Eifer für eine korrekte Schreibart, war er nicht, wie wir sehen, von der Meynung der ekeln Leute, die ihre alten Dichter gelassen ins Feuer würfen, und, um nur den Frauenzimmern und Witzlingen vom Hofe zu gefallen, ihr Lesen und ihre Bewunderung bloß auf das un-

schuldige Gesänge irgend eines sanften und angenehmen
Reimers nach der Mode einschränken, dessen abgeschmacktes
Zeug tausendmal unleidlicher ist, als alle Barbarismen zu-
sammengenommen.

56. PACVVIVS DOCTI FAMAM SENIS, ACCIVS ALTI;)
Der Beyname *doctus*, den er hier dem tragischen Dichter
Pakuvius giebt, ist meiner Meynung nach zuweilen mißverstanden, wiewohl der Gegensatz *altus* den Sinn desselben deutlich genug bestimmt. Wie dieß letztere das Erhabne der Empfindung und des Ausdrucks bezeichnet, welches von der Natur herrührt; so muß das erstere Wort
nothwendig von jener Genauigkeit in beyden, oder wenigstens von jener Geschicklichkeit in Bearbeitung der Scee-
nen erklärt werden, welche eine Frucht der Kunst ist. Denn
hierin besteht die eigentliche Gelehrsamkeit des dramatischen
Dichters.

Das Lateinische Wort doctus ist freylich etwas zwey-
deutig; wir werden aber vornämlich durch das Wort Gelehrt irre gemacht, wodurch wir jenes übersetzen, und worunter wir im gemeinen Sprachgebrauche, nicht sowohl eine
gründliche Einsicht in die Regeln und Grundsätze einer Kunst,
als eine ausgebreitete Belesenheit und sogenannte Erudition
verstehen. Allein jenes erstere ist sehr oft die Bedeutung des
Worts *doctus*, wie man aus dem Gebrauche desselben bey
den besten klassischen Schriftstellern von andern, als gelehrten Beschäftigungen sehen kann. So finden wir es sehr
oft, andrer Beyspiele zu geschweigen, von Horaz selbst gebraucht. Er sagt von einem Singvogel: *doctae* psallere
Chiae: L. IV. Od. 13. Es wird von verschiednen mechanischen Künsten in dieser Epistel gebraucht: *doctius* Achivis
pingimus atque psallimus et luctamur. Es wird sogar für
sich schlechthin, von dem Schauspieler Roscius gebraucht:
doctus Roscius, v. 82, wo darunter nichts anders als seine
Geschicklichkeit in der theatralischen Aktion verstanden werden konnte. In eben diesem Verstande nennt er seinen
Nachahmer *doctum* imitatorem, d. i. der Geschicklichkeit,
und Einsicht in seine Kunst hat. (A. P. v. 319.) Und

gerade in diesem Verstande braucht Quintilian dieß Wort, wenn er eben diesen Pakuvius charakterisirt: Pacuvium videri *doctiorem*, qui esse docti affectant, volunt. L. X. c. I. D. i. „Leute, die für Kenner der dramatischen Kunst ge„halten seyn wollen, eignen dieß Verdienst dem Pakuvius „zu.“ Der Ausdruck ist so gestellt, als ob Quintilian diese Kunstrichter zugleich bestrafen wollte, weil diese ver-meynte Kenntniß der dramatischen Kunst und die genaue Nachahmung der Griechischen Dichter zu seiner Zeit, und lange vor derselben, bis zu einem gewissen Grade von Affektation nnd Pedanterey gewachsen, und ihrer Meynung nach kein andres Verdienst, als ein solcher *doctus* zu seyn, von einiger Erheblichkeit war. Man darf nicht glauben, Quintilian habe dadurch den Mangel dieses Verdienstes beym Pakuvius, oder seine eigne Verachtung gegen dasselbe zu verstehen geben wollen; wiewohl er vielleicht, und zwar mit Recht, glauben mochte, daß einige Leute gar zu viel Gewicht auf dasselbe legten.

Einer von den Englischen Dichtern ist gerade auf die nämliche Art charakterisirt worden; die Anwendung dieses Ausdrucks auf ihn wird die eigentliche Bedeutung desselben noch einleuchtender machen.

In Popens schöner Nachahmung dieser Epistel findet man folgende Verse:

> In all debates, where critics bear a part,
> Not one but nods and talks of Johnson's *art*.

d. i. „In allen Streitigkeiten, worin die Kunstrichter Par„they nehmen, ist kein einziger, der nicht mit dem Kopfe „nickt, und von Johnsons Kunst redet.“ Man sieht also wie Pope das *docti* beym Horaz verstand. — Milton braucht das Wort *learned* (gelehrt) selbst, und zwar in seiner lateinischen Bedeutung, von Johnson:

> When Johnson's *learned* sock is on —

Denn von welcher Gelehrsamkeit kann hier die Rede seyn? Unstreitig von seiner dramatischen; von seiner Geschicklich-

keit in Behandlung der Scenen, und von seiner Beobachtung der alten Regeln und Gewohnheiten. Johnson war
freylich in allem Verstande gelehrt; aber hier ist offenbar
von seiner Gelehrsamkeit in seiner Kunst, als komischer
Dichter, die Rede.

Das Substantiv *doctrina* wird in eben dem weiten
Verstande gebraucht, als das Adjektiv *doctus*. Es bezeichnet zuweilen die besondre Art von Einsicht und Gelehrsamkeit, wovon gegenwärtig die Rede ist, wiewohl es zuweilen
wiederum Gelehrsamkeit oder Erudition überhaupt bedeutet. In dem erstern Verstande braucht es Cicero, wenn
er von Lucils Satiren die Anmerkung macht, sie wären
wegen ihres Witzes und ihrer Lustigkeit merkwürdig, nicht
in Betracht ihrer Gelehrsamkeit: *doctrina* mediocris. Es
ist also nichts Widersprechendes in diesem Urtheile, wie man
zu glauben pflegt, mit dem Urtheile Quintiljans, der gerade zu sagt: *eruditio* in eo mira. Denn doctrina und eruditio können zwar zuweilen eins in des andern Stelle gesetzt werden; aber nicht hier. Die Gelehrsamkeit, von
der Cicero sagt, daß sie beym Lucil nur mässig sey, ist
seine Gelehrsamkeit oder Geschicklichkeit in der Kunst der
Schreibart und Komposition. Daß dieß die wahre Meynung dieser Anmerkung war, kann Jedermann einsehen,
wenn er die ganze Stelle, wo es vorkömmt, im Zusammenhange liest. (*De Fin. L. I. c. I.*)

59. VINCERE CAECILIVS GRAVITATE, TERENTIVS
ARTE.) Man muß hier sogleich merken, daß das Urtheil,
welches hier (v. 55 bis 60.) von den berühmtesten Römischen Dichtern gefällt wird, bloß eine Vorstellung der
gemeinen Meynung des Volks, und nicht der eigenen Meynung des Dichters ist, und daß daher die Empfehlungen,
welche sie erhalten, wie es kömmt, bald verdient, und
bald unverdient sind.

Interdum vulgus rectum videt; est, ubi peccat.

Ein Beyspiel davon haben wir gleich in dem angezeigten
Verse.

Ein Kunstrichter von ungezweifeltem Ansehen sagt es uns, worin das wahre, verschiedne Verdienst dieser beyden dramatischen Dichter besteht. „In *argumentis* Caecilius palmam poscit; in *ethesin*, Terentius. (VARRO.) Nun können wir unter dem Worte *gravitate*, vom Cäcil gebraucht, sehr gut das ernste und rührende Ansehen seiner Komödie verstehen; und dieß wird noch mehr durch dasjenige bestätigt, was der nämliche Kunstrichter anderswo von ihm bemerkt: *Pathe* Trabea, Attilius et *Caecilius* facile moverunt. Allein Terenzens Charakter, die Mahlerey der Sitten, welches offenbar die rechte Auslegung der *ethesin* beym Varro ist, wird nicht so einleuchtend durch die Eigenschaft *arte* ausgedrückt, welche ihm hier beygelegt wird. Dieß Wort ist freylich von einer weitläuftigen und allgemeinen Bedeutung, und kann auf vielerley Art erklärt werden; da es aber hier von einem dramatischen Dichter gebraucht wird, so bezeichnet es am schicklichsten die seinem Amte eigenthümliche Kunst, das heißt, die künstliche Verwebung der Intrigue. Und dieß war ohne Zweifel gerade das Lob, welches die gemeinen Kritiker zu Horazens Zeiten diesem Dichter zu ertheilen dachten. Die Sache läßt sich leicht erklären.

Die Simplicität und genaue Einheit der Intriguen in den Griechischen Lustspielen mußte natürlicher Weise sehr wenig interessant für das Volk seyn, welches von den ächten Schönheiten eines Drama nicht durchgehends unterrichtet war. Sie hatten ein zu dünnes Gewebe, um den groben und schwerfälligen Geschmack der Römischen Zuschauer zu befriedigen. Die Lateinischen Dichter liessen sichs daher einfallen, zwey Fabeln in eins zu verbinden. Durch dieses Mittel, welches wir eine doppelte Intrigue zu nennen pflegen, erhielten sie Gelegenheit zu mehrern Vorfällen, eine grössere Mannichfaltigkeit der Handlung, und so wurden ihre Stücke der gemeinen Fassung völlig angemessen. Allein von allen komischen Dichtern der Lateiner scheint Terenz von diesem Geheimnisse den fleissigsten Gebrauch gemacht zu

X

haben, so viel man wenigstens aus den noch vorhande-
nen Stücken und Fragmenten schliessen kann. Plautus
hat sehr oft einfache Intriguen; er wußte ihr aber durch
die ihm natürliche Gabe der Lustigkeit und des Possenhaften
aufzuhelfen. Terenz, dessen Genie von andrer Art, oder
dessen Geschmack für dergleichen Possen zu fein war, nahm
zu dem andern Hülfsmittel einer doppelten Intrigue seine
Zuflucht. Und vermuthlich erwarb er sich dadurch bey dem
Volke den Ruhm des künstlichsten theatralischen Dichters.
Die Hecyra ist unter seinen Komödien das einzige von der
wahren alten Manier; und man weiß, wie es mit der Vorstellung dieses Stücks ablief. Diese schlechte Aufnahme,
und die Simplicität des Plans sind Schuld daran, daß die
Kunstrichter noch bis itzt es eben so ungünstig aufgenommen haben, die es durchgehends für ein Stück ausgeben,
das weit unter den übrigen seyn soll; da es doch unstreitig, in Ansehung der ächten Schönheit des dramatischen
Plans, und der durchgängigen sorgfältigen Beobachtung
des feinst.n Zusammenhanges der Fabel, in der alten Griechischen Manier, für jeden Leser von wahrem Geschmacke
das meisterhafteste und schönste Stück der ganzen Sammlung ist.

63. INTERDVM VOLGVS RECTVM VIDET: EST, VBI
PECCAT.) Der Eigensinn und Unbestand des grossen Haufens in seinen Urtheilen ist oft genug bestraft, und darüber
zum Sprüchwort geworden. Und doch hängt am Ende
das Schicksal der Schriftsteller davon ab. Dieses dem
Anscheine nach wunderbare Phänomen erkläre ich mir auf
folgende Art.

Was man gemeiniglich, mit einer sehr ruhmvollen
und ehrwürdigen Benennung, die Stimme des Publikums zu nennen pflegt, ist, in jedem einzelnen Falle, nichts
anders, als die Wiederholung oder das meistentheils begierig aufgefangene und von allen Seiten wiederhallende Echo
von einigen wenigen Stimmen, die den Ton angeben, weil
sie nun einmal so glücklich sind, das Zutrauen der Menge
gewonnen zu haben, und so das allgemeine Geschrey der

selben zu regieren.   Allein dieß Vorrecht einiger wenigen
kann leicht zum Nachtheil der mehrern gemißbraucht werden; und das geschieht auch wirklich nur gar zu oft.   Die
Partheylichkeiten der Freundschaft, die Geschmeidigkeit des
Schriftstellers, der sich nach dem herrschenden Geschmacke
zu bequemen weiß, die glückliche Zusammenstimmung der
Zeit und Gelegenheit, die Kabale einer Parthey, ja selbst
die Grillen der Laune und des Eigensinns, diese, oder nach
Gelegenheit nur eins davon, können der elendesten Schrift
Beyfall verschaffen, so, wie die entgegengesetzten nachtheiligen Umstände die vortrefflichste Schrift unterdrücken, und
beyde in Aufnahme oder Vergessenheit bringen, da ihre
wahre Beschaffenheit gerade das Gegentheil verdient hätte.
Daher wird die Stimme des Publikums, die nichts anders,
als eine Zusammenhäufung dieser bestochenen und ins Unendliche vervielfältigten Urtheile ist, mit allem Rechte, bey
einer solchen Entstehung, von vernünftigen Leuten nicht sehr
geachtet.   Allein in einer Folge solcher Urtheile, die zu verschiednen Zeiten, und in verschiednen Sitzungen dieser höchsten Richter über das Schicksal der Schriftsteller gefällt werden, wird die Meynung des Publikums natürlicherweise
von diesen zufälligen Bestechungen frey.   Jedwede neue
Folge macht sich von einigen derselben los, bis man endlich
nach und nach das Werk in seiner eigenthümlichen Gestalt
sieht, ohne von irgend einer andern Empfehlung unterstützt
zu werden, als von derjenigen, die ihm seine innre und
anerschaffne Vortrefflichkeit giebt.   Alsdann, und erst alsdann, wird die Stimme des Volks eine geweihte Stimme;
und bald hernach eine göttliche, vor welcher alle Zeitalter
niederfallen und anbeten müssen.   Denn itzt setzt sich die
Vernunft ganz allein, ohne ihre bestochenen Beysitzer auf
den Richterstuhl.   Und ihr Urtheil, wenn es einmal bekannt gemacht, und durch die allgemeine Stimme der
Menge bestätigt ist, bestimmt das unwandelbare Verhängniß der Schriftsteller. Ὅλως καλὰ νόμιζε ὕψη καὶ ἀληθινὰ, τὰ
διαπαντὸς ἀρέσκοντα καὶ πᾶσιν. LONGIN. Sect. VII. Und
der Grund folgt gleich darauf, der mit dem von uns ge-

ſagten völlig übereinſtimmt: Ὅταν γὰρ τοῖς ἀπὸ διαφόρων
ΕΠΙΤΗΔΕΥΜΑΤΩΝ, ΒΙΩΝ, ΖΗΛΩΝ, ΗΛΙΚΙΩΝ, λό-
γων, ἕν τι καὶ ταὐτὸν ἅμα περὶ τῶν αὐτῶν ἅπασι δοκῇ, τόθ' ἡ ἐξ
ἀσυμφώνων ὡς κρίσις καὶ συγκατάθεσις τὴν ἐπὶ τῷ θαυμαζομένῳ
ΠΙΣΤΙΝ ΙΣΧΥΡΑΝ ΛΑΜΒΑΝΕΙ ΚΑΙ ΑΝΑΜΦΙΛΕΚ-
ΤΟΝ. (*Ibid.*)

Dieß iſt die wahre Bewandniß, die es mit dem Beyfalle des großen Haufens hat.   Wir finden hierin den
Grund des Horaziſchen Ausſpruchs, und zugleich eine beyläufige Bemerkung,   die freylich ſehr niederſchlagend für
einen Jeden iſt, der ſich um gelehrten Ruhm bewirbt.   Es
iſt nämlich dieſe: daß er niemals, er mag in ſeinen Beſtre-
bungen nach allgemeinem Beyfalle glücklich ſeyn, oder nicht,
den Ruhm in ſeiner Gewalt hat, und daß derſelbe allemal,
wie Pope ſagt,   ſo lange er lebt,   eine Sache bleibt,
die auſſer ſeiner Sphäre iſt.   Denn zu eben der Zeit, da
dieſe Zaubermuſik in ſeine Ohren töut,   kann er niemals
ſicher ſeyn, ob dieß wirklich die göttliche und zuſammenſtim-
mende Harmonie eines verdienten Lobes, oder nicht vielmehr bloß ein mißhelliges Getöne und Geſchrey der Unwiſſenheit und des Vorurtheils iſt.

Wenn dieſe traurige Wahrheit irgend eine Ausnahme
leidet, ſo kann es nur bloß bey einem ganz auſſerordentli-
chen Genie ſeyn, deſſen überlegene Gewalt auf dem Pfade
des Ruhms durch alle Hinderniſſe hindurchdringt, und ſelbſt
denen Vorurtheilen Beyfall abzwingt,   die es in ſeinem
Laufe hemmen wollten.   Dieß ſeltne Glück hatte Pope,
daß er ſchon bey ſeinen Lebzeiten einer ſichern und angenehmen Vorbedeutung der Unſterblichkeit genoß.

88. INGENIIS NON ILLE FAVET, etc.)   Malherbe
war für die Franzöſiſche Poeſie faſt eben das, was Horaz
für die Lateiniſche war.   Dieſe groſſen Schriftſteller hatten
beyde die Lyriſche Muſe ihres Vaterlandes den harten, ungefälligen Händen ihrer alten Dichter entriſſen.   Und da
ſie beyde die Gaben eines guten Gehörs,   einer feinen

Beurtheilungskraft und eines korrekten Ausdrucks beſaſ-
ſen; ſo brachten ſie dieſelbe mit aller der gefälligen Anmuth, und doch mit einem gewiſſen ernſten Reize, in die
große Welt, deren ihre Geſtalt nur fähig war.   Ihre
Verdienſte und Anſprüche kamen alſo in ſo fern einander
gleich; man wird daher vielleicht begierig ſeyn zu wiſſen,
was ein Jeder von ihnen für Glück gemacht hat.   Horaz
hat es uns ſehr freymüthig geſagt, wie viel ihm die bösartigen und niederträchtigen Leidenſchaften ſeiner Landsleute zu ſchaffen machten.   Malherbe kam bey den witzigen Köpfen und Kunſtrichtern ſeiner Zeit nicht viel beſſer
davon, wie uns ein Gelehrter ſagt, der ſeine Schriften der
Welt, mit ſehr vieler Wärme empfohlen hat.   Er redet von
dem Neide, der ihn bey ſeinen proſaiſchen Schriften ver-
folgte; aber, ſagt er: „Comme il faiſoit une particuliere
profeſſion de la *poeſie*, c'eſt en cette qualité qu'il a de plus
ſeveres cenſeurs, .& reçu des injuſtices plus ſignalées.
Mais il me ſemble que je ſermerai la bouche à ceux, qui
le blament, quand je leur aurai montré, que ſa façon d'é-
crire eſt excellente, quoiqu' elle s'eloigne un peu de
celle des *nos anciens poetes, qu'ils louent plutôt par un de-
gout des choſes preſentes, que par les ſentimens d'une verita-
ble eſtime.* “ —   DISCOURS DE MR. GODEAU SUR LES
OEUVRES DE M. MALHERBE.

    97. SVSPENDIT MENTEM VVLTVMQVE.)   Dieſer
Ausdruck hat viel Schönheit, und verdient nicht den Vorwurf einer harten oder ungewöhnlichen Wortfügung.
Denn *ſuſpendit* wird hier nicht, weder in Abſicht auf *mentem* noch *vultum*, im buchſtäblichen, ſondern im figürlichen Verſtande genommen; und ſo läßt es ſich in Einerley
Verſtande von beyden ſagen.
    Sonſt iſt dieſe Art, zwey Subſtantiven mit einem
Zeitworte zu verbinden, welches, dem ſtrengen, gramma-
tikaliſchen Gebrauche nach, nicht beyde regiert, oder doch,
wenn es ſie regiert, nothwendig in zwey verſchiednen Bedeutungen genommen werden muß, den beſten Kunſtrichtern

mit Recht anstössig gewesen. Pope tadelt eine Stelle von dieser Art in der Iliade *) mit vieler Strenge, und glaubt, „der Geschmack der Alten sey überhaupt zu richtig für „dergleichen Unschicklichkeiten gewesen." Addison ist voll-kommen seiner Meynung, wie man aus seiner Kritik über die Stelle beym Ovid sieht: Consiliis, non curribus utere nostris. „Diese Art, sagt er, zwey so verschiedne Begrif-„fe, als Wagen und Rathschläge sind, mit dem nämlichen „Zeitworte zu verbinden, ist dem Ovid sehr gewöhnlich; „es ist aber eine sehr niedrige Art des Witzes, die allemal „etwas vom Wortspiele an sich hat, weil man das Verbum „in einer andern Bedeutung nehmen muß, wenn es mit „einem von den beyden Begriffen verbunden wird, als es „in der Verbindung mit dem zweyten hat. So erzählt er „uns am Ende dieser Fabel, Jupiter habe einen Donner-„keil auf den Phaeton geschleudert:

> pariterque animaque rotisque
> Expulit aurigam.

„Hier braucht er eine sehr gezwungene Lateinische Redens-„art, anima expulit aurigam, um nur die Seele und die „Räder mit einerley Zeitworte zu verbinden."

Man sollte glauben, das Ansehen dieser beyden Leute wäre nicht zu verwerfen; denn in Sachen des Geschmacks wüßte ich Niemanden, der mehr Achtung verdiente. Auch sollte man vermuthen, daß ein blosser Wortkritiker vor-sichtig zu Werke gehen werde, ehe er es wagt, sich ihnen zu widersetzen. Und doch hat ein sehr gelehrter Holländer, der sich große Mühe gegeben hat, eine alte Griechische Lie-besgeschichte zu erläutern, die vielleicht, bey ihren eifrigen Bewunderern, für die Marianne des Alterthums gelten mag, kein Bedenken getragen, dieses ihr Urtheil sehr scharf zu tadeln. **)

*) L. IX. v. 641.
**) IACOBI PHILIPPI D'ORVILLE Animadversiones in CHARITONIS Aphrod. L. IV. c. 4.

Nachdem er Popens Tadel abgeſchrieben hat, der freylich ein wenig zu raſch den Vers im Homer für eingeſchoben hält, geht er gerade zu auf ihn los: *En cor Zenodoti, en iecur Cratetis!* Aber Schimpfworte ſind ganz etwas anders, als gründliche Kritik; und was er von der letztern beybringt, iſt mehr eine Erklärung, als Rechtfertigung der erſtern. In Anſehung der Sache ſelbſt, beruft er ſich, nach der alten gewöhnlichen Art, auf nichts als Autoritäten, die er ſehr mühſam aus jedem Winkel der Griechiſchen und Römiſchen Alterthümer zuſammenrafft. Aus dieſem allen macht er den, ſeiner Meynung nach, unwiderſprechlichen Schluß — nicht etwa, daß die gedachte Stelle ächt ſeyn müſſe; denn das würde ihm eben Niemand abſtreiten; — ſondern daß die Art des Ausdrucks ſelbſt eine wahre Schönheit ſey: *Bona elocutio eſt; honeſta figura.* Wiewohl zum Ruhme ſeiner Beſcheidenheit ſey es geſagt, er wagt auch dieſe Behauptung nicht ohne ſeinen gewöhnlichen Beyſtand eines Vorgängers. Und in Ermangelung eines beſſern nimmt er mit dem alten Servius vorlieb. Denn, wie es ſcheint, urtheilte dieſer Sprachlehrer ſelbſt ſo von einigen ähnlichen Ausdrücken beym Virgil.

Aber er mag ſich immer auf ſeine Autoritäten, ſo viel er will, zu gute thun. Nur nehme ich mir die Freyheit, ihn zu verſichern, daß ſich die Leute, wider die er ſtreitet, um dieſelben im geringſten nicht bekümmern dürfen. Denn, wenn er es gleich für einen unleugbaren Grundſatz hält: *Critici non eſſe inquirere, utrum recte autor quid ſcripſerit, ſed an omnino ſic ſcripſerit:* *) ſo muß er ſich doch in dem gegenwärtigen Falle nicht wundern, wenn andre nicht auf eben die Art davon denken.

In dem Falle freylich, wenn der Kunſtrichter die Authenticität eines Worts oder Ausdrucks vertheidigen will,

_____

*) *Ibid.* Vol. II. p. 325.

ift das Mittel, fich auf einen Vorgänger zu berufen, ohne
Zweifel das befte, welches die gefunde Vernunft zu wählen
erlaubt.   Denn die einleuchtende Gewißheit des Faktums
fchlägt auf einmal allen Verdacht von Verfälfchung und
Verftümmelung danieder.   Wiederum; wenn von der
Schönheit einzelner Worte, oder ganzer Redensarten die
Rede ift,   bey welchen leztern der Verdacht bloß auf das
Seltfame oder Ungewöhnliche der Wortfügung hinausläuft; fo müffen zureichende und genau beftimmte Autoritäten den Streit entfcheiden.   Denn hier ift Schönheit nichts
anders,   als der Gebrauch der beften Schriftfteller.   Und
in fo fern würde ich mit unferm gelehrten Tadler völlig
einerley Meynung feyn,   und es für fehr wohl gethan halten, wenn er fich diefe Regel bey Verbefferung des Textes
bewährter alter Schriftfteller vorfchriebe.

Aber was haben diefe Fälle mit demjenigen zu thun,
wovon hier die Rede ift? Der Einwurf ift nicht gegen Wörter gemacht, die allein durch Autorität können gerecht-
tigt werden; fondern gegen Sachen, die, troz jener, allemal bleiben müffen, was fie find.   Es wird gezeigt,
daß diefe Art fich auszudrücken ungemein fehlerhaft fey, aus
Gründen, die von der Natur unfrer Begriffe, und von
dem Endzwecke und Genie der edlern Gattungen von
Schreibart hergenommen find.   Was hilft es alfo, wenn
man uns fagt, daß groffe Schriftfteller diefe Gründe über-
fehen und vernachläffigt haben?

I.   In dem gewöhnlichen Laufe unfers Denkens
wird die Seele in einer zufammenhängenden Reihe, von
einem klaren und deutlichen Begriffe zum andern fortgeführt.
Oder,   wenn die Aufmerkfamkeit durch zwey Sinne auf
einmal befchäftigt wird; fo findet fich zwifchen ihnen allezeit eine fo genaue und fo nahe Aehnlichkeit, daß unfer Er-
kenntnißvermögen fehr leicht,   und faft augenblicklich, von
dem einen zu dem andern übergeht, und zwifchen ihnen nicht
getheilt wird,   fondern fie felbft als Eins zu betrachten
glaubt.   Dieß ift z. B. der Fall bey der Metapher, und

allen richtigen Arten von Anſpielungen. Es findet ſich
zwiſchen der wörtlichen und der figürlichen Bedeutung
eine ſo genaue Verbindung, daß ſie in der Einbildungskraft
in einander laufen; und die Figur thut nichts mehr, als
daß ſie ein neues Licht, einen neuen Glanz über den wörtlichen Verſtand verbreitet. Wenn nun aber zwey verſchiedne, unzuſammenhängende Begriffe uns zu gleicher Zeit
aufgedrungen werden; ſo leidet die Seele eine Art von Gewalt und Zerſtreuung, und wird dadurch aus ihrem natürlichen Zuſtande herausgeriſſen, der ihr ſo viel Vergnügen
macht. Man nehme Dorvillens Beyſpiel aus dem
Polyb: ἐλπίδα καὶ χεῖρα προσλαμβάνειν. Wie verſchieden iſt
nicht der Begrif vom Zuſammenbringen ſeiner Mächte,
und von derjenigen Handlung der Seele, welche wir Muth
faſſen nennen! Dieſe beyden Vorſtellungen ſind nicht nur
an ſich von einander unterſchieden, ſondern auch völlig
ohne Zuſammenhang, ohne irgend ein natürliches Band
oder Verwandſchaft. Und doch muß man das Wort
προσλαμβάνειν in dieſer doppelten Abſicht nehmen, ehe man
den völligen Sinn des Geſchichtſchreibers faſſen kann.

2. Dieſe Verbindung beziehungsloſer Begriffe vermittelſt eines gemeinſchaftlichen Zeitworts iſt eben ſo wenig
dem Endzwecke und dem Genie eines ſchriftſtelleriſchen
Werks gemäß, als dem natürlichen Hange und der
weſentlichen Einrichtung unſrer Seele. Denn die
Rede iſt hier bloß von der höhern Poeſie, die ſich mit den
Leidenſchaften oder der Einbildungskraft beſchäftigt. Und
in beyden Fällen muß dieß Wortſpiel, welches Pope tadelt,
ſehr am unrechten Orte ſeyn.

Wenn wir gleichſam genöthiget ſind nach zwey Seiten auf einmal hinzuſehen, und zu gleicher Zeit auf zwey
unzuſammenhängende Bedeutungen eines einzigen Worts
Acht zu haben, ehe wir den Verſtand deſſelben völlig faſſen können; ſo wird die Seele durch dieſe erkünſtelte Verbindung der Begriffe länger beſchäftigt, als es ſich mit
der kunſtloſen und ungeſchmückten Simplicität der Leiden-

schaft verträgt. Der Lauf des Affekts wird gehemmt und unterbrochen, wenn ein so abgesondertes Bild in die Einbildungskraft gebracht wird. Wiederum; wenn die Einbildungskraft allein beschäftigt werden soll, wie in der höhern beschreibenden Poesie, so ist diese willkührliche Zusammenhäufung der Begriffe nicht weniger unschicklich. Denn in diesem Falle ist es die Pflicht des Dichters, die Seele mit einer Reihe großer oder schöner Bilder zu unterhalten, oder in Verwunderung zu setzen. Kömmt nun ein solcher Taschenspielerstreich dazwischen, so werden die Gedanken von der Aufmerksamkeit auf die wahren und wesentlichen Schönheiten abgezogen. Wir sollten irgend ein herrliches Schauspiel der Natur bewundern, und werden plötzlich aufgehalten, um die Kunst des Schriftstellers zu bewundern, dessen Scharfsinn aus einem einzigen Worte zwey so fremde und widersinnige Bedeutungen heraus zu locken weiß.

In den leichtern Gattungen der Poesie, und vornämlich in der komischen Epopee, ist diese Künsteley freylich am rechten Orte, wie z.B. in dem Verse beym Pope, den auch Dorville anführt:

— sometimes counsel *takes*, and sometimes tea.

Denn   1. Die Absicht des Schriftstellers ist hier nicht, Leidenschaften zu erregen, oder die Einbildungskraft zu entzücken; sondern bloß zu vergnügen und zu belustigen. Und zu dem Ende ist dergleichen Spielwerk sehr brauchbar. 2. Die Manier, welche die komische Epopee wählt, wenn sie belustigen will, besteht darin, daß sie große Dinge den kleinen gleich stellt. Eine Art des Ausdrucks, die einer solchen Gleichstellung günstig ist, muß folglich gerade ihrer Absicht gemäß seyn. 3. Diese Dichtungsart ist, ihrer Natur nach, satyrisch, und mag gern, gleich der alten Komödie über die Fehler und Mängel der guten Schreibart spotten. Der Ausdruck wird hier also sehr schicklich gebraucht, — und dieß war vielleicht die erste Absicht des Dichters; — um den Gebrauch desselben in ernsthaften

Gedichten lächerlich zu machen.   Wenn also Dorville
wirklich die Absicht hatte,   Popens Kritik durch ein Beyspiel aus seinem Lockenraube zu widerlegen, so bewies er
dadurch nichts weiter, als das er nicht das Geringste von
dem wahren Genie dieses Gedichts versteht.   Aber wieder
zur Sache!

Es giebt, meiner Meynung nach, nur einen einzigen
Fall, in welchem dieser Doppelsinn eines Worts in den
höhern Gattungen der Poesie gebraucht werden kann; wenn
nämlich die Seele, ausser dem blossen Wortverstande, den
der Zusammenhang erfodert, auf einen grössern und wich-
tigern Gegenstand geleitet wird.   Ein Beyspiel davon ist der
bekannte Vers beym Virgil:

> Attollens humeris famamque et fata nepotum.

Allein, dieß ist dem Zwecke des Schriftstellers im mindesten
nicht zuwider, sondern befördert denselben vielmehr. Wir
werden nicht von der Hauptsache abgezogen, um auf ein
Wortspiel Acht zu haben, sondern, um verwandte erhabne Begriffe zu bewundern.   Denn es ist zu merken,
daß auch hier allemal eine vorläufige wiewohl nicht offenbar in die Augen fallende Abhängigkeit und Verwandschaft
in der Natur der Sachen selbst erfodert wird, worauf sich
ihre Aehnlichkeit gründet, und wodurch sie sich rechtfertigen
läßt.   Ausserdem ist die Absicht des Doppelsinns auf keine
Weise zu entschuldigen.

Jedoch, das Beyspiel aus dem Virgil, das sehr
schön und zu allererst von einem grossen Kunstrichter *) erläutert ist, hat so viel merkwürdiges und eigenes, daß man
es mir erlauben wird, mich ein wenig dabey zu verweilen;
und dieß um so viel mehr, da uns Virgils Verfahren bey
dieser Stelle das wahre Geheimniß aufschliessen wird, wie
man sich beym Gebrauche eines solchen Doppelsinns zu verhalten habe.

*) Div. Legation. etc. Vol. II, p. 644.

Der Kommentar des Servius über diesen Vers ist merkwürdig. „Hunc verfum notant critici, quaſi ſuperflue et
inutiliter additum, nec conuenientem grauitati eius, namque eſt magis *neotericus.*“ Addiſon dachte eben ſo darüber. „Dieß, ſagt er, war der einzige witzige Vers in
der Aeneide.“ Er meynt nämlich ſolche Verſe, wie
Ovid würde geſchrieben haben. Man ſieht hieraus, wie
dieſe Kunſtrichter im Allgemeinen vom Gebrauche des Doppelſinns in der höhern Poeſie urtheilten. Sie hielten denſelben für ein üppiges Spiel der Einbildungskraft, welches
ſich nicht zu der Würde eines Werks, noch zu dem Anſehen
des Schriftſtelleriſchen Charakters ſchickte. Kurz, ſie
hielten ihn für ein bloſſes neu erfundenes Blümchen, das
von der reinen, ungekünſtelten Manier des ächten Alterthums gänzlich verſchieden wäre. Und in ſo weit urtheilten ſie unſtreitig richtig. Ihr ganzer Fehler war nur, daß
ſie nicht einſahen, die Art, wie der Dichter ſich hier des
Doppelſinns bedient, ſey eine Ausnahme von der allgemeinen Regel. Aber dieß einzuſehen, war vielleicht ſelbſt
von dieſen Kunſtrichtern nicht zu erwarten.

Indeß entſtand doch aus dem Mangel dieſer Einſicht
die Schwierigkeit, zu beſtimmen, ob man *facta* oder *futa*
nepotum leſen müßte. Und da wir itzt ſehen, daß Virgils
edler Gedanke dem Servius und ſeinen Kunſtrichtern völlig
fremd war, ſo iſt es kein Wunder, daß ſie darüber nicht
eins werden konnten. Allein, das letztere iſt ganz gewiß
das rechte Wort des Dichters. Er ſah jenes von einem
Gotte verfertigte Schild als eine Art von Palladium an,
gleich dem Ancile, welches vom Himmel fiel, und welches
die Saliſchen Prieſter bey ihren gottesdienſtlichen Umgängen
auf den Schultern zu tragen pflegten. So ſagt Laktanz:
Quid de ſcutis, iam vetuſtate putridis dicam? Quae cum
portant, *Deos ipſos ſe geſtare* HVMERIS SVIS *arbitrantur.*
(*Div. Inſt.* L. I. c. 21.)

Virgil macht in dem Fluge ſeiner Einbildungskraft
eine ſchöne Anſpielung auf dieſe ehrwürdige Feyerlichkeit,

vergleicht ben Schild ſeines Helben gleichſam mit bem geweihten Ancile, und ſchildert, der Gewohnheit bey dieſem
feyerlichen Umgange zufolge, ſeinen Helben in bem prieſter-
lichen Amte ber Religion,

Attollens *humero* famamque et *fata* nepotum.

Dieſen Begrif von bem geweihten Schilde, das Roms
Schutz und Ehre war, und worauf, bey ber gegenwärtigen
Lage, ber Ruhm und das Glück ſeines Vaterlandes beruhte, wendet alſo der Dichter ungemein ſchön und erhaben
auf benjenigen Schild an, welcher ihren groſſen Stamm-
vater ſchützte, indem er ben erſten Grund bes Römiſchen
Reichs legte.

Doch wir wollen wieder auf bie Sache ſelbſt zurückkommen, die wir vor uns haben. Was von ber Unſchick-
lichkeit des Doppelſinns geſagt iſt, das gilt auch von
ber Konſtruktion eines einzigen Ausdrucks in zwey verſchiedenen Bedeutungen, wenn auch gleich ber eingeführte
Gebrauch deſſelben alle beyde verträgt. Ich kann alſo nicht
mit unſers Kunſtrichters weiſen Leuten einerley Meynung
ſeyn, „die eine ausnehmende Schönheit in dieſer Form
finden, wenn das regierende Zeitwort ſich gleichmäßig auf
beyde Subſtantiven bezieht.“*) Wenn es aber im eigentlichen Verſtande nur von einem derſelben geſagt werben
kann, und von bem andern nur mit einem gewiſſen gewalt-
ſamen Zwange, wie es gemeiniglich bey ber Anwendung
eines einzigen Zeitworts auf zwey Subſtantiven zu geſchehen pflegt; dann wird, wie Addiſon bemerkt, ein bloſſes
Wortſpiel daraus, bas ſich mit den ernſthaftern Gattungen ber Schreibart durchaus nicht verträgt. Und dieß
geben uns jene *cordati* ſelbſt zu, die es gerne geſtehen,
duram admodum et κατ αχρηστικωτεραν fieri orationem, ſi
verbum hoc ab alterutro abhorreat.**) Ohne daß baburch

*) At inſpiciamus porro, quid alii, *quibus cor rectius ſapit*, de hoc
loquendi modo, *cenſuerint*. Agnoſcunt enim, *etc.* p. 299.
**) *Ibid.*

die Sache gebeffert wird, haben wir es nun noch, auffer
der schon vorhandnen Ungereimtheit einer zweyten Bedeutung, einer gezwungenen und barbarischen Wortfügung
zu danken, daß überhaupt eine zweyte Bedeutung da
ist.

Doch in der That, dieß ehrwürdige Tribunal von Kri-
tikern, an welches Dorville appellirt, bedachte nicht, wie
unvorsichtig es war, dieses zuzugestehen. Denn warum,
wenn man fragen darf, wird der letztere Gebrauch dieser
Figur anders verworfen, als bloß aus solchen Gründen,
welche die offenbare Ungereimtheit der Sache selbst zeigen,
sie mag noch so viel Autoritäten haben? Und ist dieß nicht
auch der Fall des ersten? Oder ist die Uebertretung der
ewig festen Vorschriften des gesunden Verstandes, vor
dem Richterstuhle dieser Censoren ein verzeihlicher Verbrechen bey einem Schriftsteller, als die Uebertretung des
Sprachgebrauchs und der Grammatik?

Aber, da er sich doch am Ende auf seine Autoritäten
so gar viel zu gute thut; so wird sichs der Mühe verlohnen,
das eigentliche Gewicht derselben näher zu untersuchen.

Man tadelt die gedachte Art des Ausdrucks, als
ein kindisches, gezwungenes Spiel des Witzes. Diesen
Tadel hofft er völlig dadurch abzuweisen, daß er zeigt, sie
sey gebräuchlich gewesen, und besonders bey zwey Arten
von Leuten, von denen es wohl am allerwenigsten zu vermuthen ist, daß sie einen schlechten Geschmack gehabt hätten,
bey den ältesten, das heißt, den simpelsten, und bey den
spätern feinsten Schriftstellern. Kurz, er glaubt Jedermann den Mund zu stopfen, wenn er Beyspiele aus dem
Homer und Virgil anführt.

Aber wie! wenn Homer und Virgil in den wenigsten Stellen dieser Art, die man in ihren Werken antrifft,
gefehlt hätten? Und, was noch mehr ist, wie? wenn es
sich zeigen ließe, daß gerade jene Simplicität auf der einen,
und jene Feinheit auf der andern Seite, worauf er so viel
baut, die natürlichen und beynahe nothwendigen Veranlassungen für sie gewesen wären, in dergleichen Fehler zu

verfallen? Ich bin sehr überzeugt, daß dieß wirklich der Fall war.　Denn

1. In dem simplern Zeitalter der Wissenschaften, da die gute Schreibart noch keine eigne Kunst geworden ist, sondern jedweder Schriftsteller, vornämlich ein heftiges und stürmisches Genie, sich damit begnügt, seine ersten Gedanken niederzuschreiben, und in Ansehung des Ausdrucks derselben mit den geläufigsten Wörtern und Redensarten fürlieb nimmt, wie sie sich ihm von selbst darbieten, kann diese unbequeme Wortfügung nicht selten seyn.　Denn gesetzt, der Schriftsteller, der nicht Kenner genug ist, um sich an diese Feinheiten zu stoßen, hat itzt zwey Sachen auszudrücken, und findet Ein Wort, welches dem gemeinen Gebrauche nach, wenigstens mit einem kleinen Zwange, auf beyde paßt; er sucht also nicht weiter, sondern braucht es ohne Bedenken, und hat kein Arges daraus, daß er einen Fehler begeht.　In dieser Erklärung werde ich noch mehr durch die Bemerkung bestätigt, daß zuweilen das eigentlich schickliche Wort ganz ausgelassen wird, wenn nämlich das regierende Zeitwort diesen doppelten Sinn nicht verträgt, und doch der Sinn des Verfassers aus dem Zusammenhange klar genug erhellt.　Von dieser Gattung sind verschiedne von denen Arten des Ausdrucks, welche Dorville als Beyspiele des Doppelsinns anführt.　Als, in der Stelle beym Sophokles, wo Elektra *) der Chrysothemis wegen Anordnung der Libationen Befehle giebt, welche sie bey dem Grabe ihres Vaters verrichten will, und sich folgendergestalt ausdrückt:

ΑΛΛ' ἤ ΠΝΟΑΙΣΙΝ, ἤ βαϑυσκαφεῖ ΚΟΝΕΙ
ΚΡΥΨΟΝ νιν.

Der Dichter dachte zuerst darauf, ein Zeitwort aufzusuchen, das sich gleich bequem zu πνοαῖς und κόνει schickte; da ihm aber kein solches einfiel, so setzte er eins hin, das sich bloß zu dem letztern schickt, und läßt den Leser das andre dar-

*) v. 437.

unter verstehen oder hinzudenken, welches er sehr leicht thun
kann, indem ihn der Zweck der ganzen Stelle darauf leitet.
Es läßt sich nicht vermuthen, daß Sophokles habe sagen
wollen: κρύψεν πνοαῖς, keine Verwandschaft der Bedeutung
oder des Schalls konnte ihn zu einer solchen Wortfügung
bringen. So auch, in dem Verse beym Homer: *)

'ΙΠΠΟΙ ἀεραέποδες, καὶ ποικίλα ΤΕΤΧΕ'ΕΚΕΙΤΟ,

wollte der Dichter keinesweges sagen: ἵπποι ἔκειντο, sondern
ließ es unbekümmert so stehen, indem er sich darauf verl eß,
daß die Natur der Sache den Leser schon lehren würde,
ἔκεαν, oder irgend ein andres Wort, das die erforderliche
Stellung ausdrückte, hinzu zu denken.

Und selbst Schriftsteller von grösserer Genauigkeit, als
diese so simpeln Griechischen Dichter, haben zuweilen dergleichen Nachläßigkeiten übersehen. So ließ sich Cicero,
da er mehr auf seinen vorhabenden Inhalt, als auf den
Ausdruck dachte, folgende Unschicklichkeit entfahren:
Nec vero *supra terram*, sed etiam *in intimis eius tenebris*
plurimarum rerum *latet* vtilitas. Es mußte ihm unstreitig
einfallen, daß *extat*, *patet*, oder irgend ein solches Wort
zur richtigen Bestimmung seines Gedankens ausgefüllt werden müßte; allein er gab sich die Mühe nicht, wieder zurück
zu gehen, um dasselbe einzuschieben. Und doch werden
diese Stellen als Beyspiele von der doppelten Anwendung
einzelner Wörter angeführt. Im Grunde sind sie nichts
anders, als Beyspiele der Achtlosigkeit bey den Schriftstellern; und in so fern können wir daraus lernen, wie leicht
dieselben, aus eben dem Grunde, in den Fehler des Dop-
pelsinnes verfallen können. Bey den Schriftstellern aus
dieser Klasse ist also die Unschicklichkeit, worüber geklagt
wird, die Folge einer blossen Unachtsamkeit oder Sorg-
losigkeit.

*) I L I A D. Γ. 327.
*) De Nat. Deor. II. 64.

2. Auf der andern Seite, wenn diese nachläßige Simplicität im Denken und Reden der höchsten Politur und Feinheit in beyden nachstehen muß, so muß man diesen Fehler, aus dem entgegengesetzten Grunde, erwarten. Denn da nun die gewöhnlichen und natürlichern Gattungen der Schreibart gemein geworden sind, so hält man sie für unschmackhaft, und der Geschmack des Publikums will nun mit der Würzung eines mehr studierten und künstlichen Ausdrucks befriedigt seyn. Es ist nicht genug, zu gefallen; der Schriftsteller muß auf Mittel denken, in Verwundrung und Erstaunen zu setzen. Und daher die Antithese, die entfernte Anspielung, und jede andre Gattung von gezwungener Beredsamkeit. Was aber unter diesem allem am ersten Beyfall findet, ist der Gebrauch des Doppelsinns. Denn, sobald die allgemeine Mode denselben rechtfertigt, so läßt ihn der Leser und Schriftsteller gar bald für natürlichen Ausdruck gelten; und da er nun zugleich die Aufmerksamkeit plötzlich und auf einmal, in doppelter Absicht, gleichsam zerspaltet; so hat er alle die Neuheit und Ueberraschung, die man nur wünschen kann. Wenn der herrschende Geschmack in diesem ekeln Vorurtheile noch nicht weit gegangen ist, und der Schriftsteller selbst den richtigsten Geschmack hat, wie das Virgils Fall war; so werden dergleichen Künsteleyen nicht häufig vorkommen; oder wenn sie ja einmal mit unterlaufen, so werden sie meistentheils auf eine angenehme Art gemildert seyn. So verhält es sich mit der Stelle:

— retroque pedem cum voce repressit.

Dadurch, daß *voce* unmittelbar von der Präposition, und nur entfernt von dem Zeitworte regiert wird, mildert der Dichter die Härte des Ausdrucks, der in dieser Form weit erträglicher zu seyn scheint, als wenn er gesagt hätte: pedem vocemque repressit. So ist auch in der Stelle:

Crudeles aras traiectaque pectora ferro
Nudauit;

𝔜

die Widersinnigkeit der zwey Bedeutungen in *nudavit* weniger merklich, weil die eine davon metaphorisch ist.

Allein, der Wunsch, beständig zu gefallen, welcher, unter den hier angenommenen Umständen unvermerkt zur Fertigkeit wird, muß nothwendiger Weise Schriftsteller von weniger Geschmack und Genauigkeit verleiten, diesen Fehler öfterer zu begehen. Dieß war, wie Addison anmerkt, vornämlich der Fall beym Ovid.

Die Absicht von diesem allem ist keine andre, als zu zeigen, daß der Gebrauch dieser Art des Ausdrucks aus Nachläßigkeit oder Affektation, niemals aus Ueberlegung eingeführt ist. Und wenn dieß die natürlichste, und, wie ich hoffe, die wahrste Erklärung der ganzen Sache ist; mag der gelehrte Verfasser der Anmerkungen über den Chariton sich, wie gesagt, auf seine Autoritäten, so viel er will, zu gute thun; oder gar das Verzeichniß derselben, wenn es ihm beliebt, mit den Centurien *) seiner Freunde vermehren. Denn, so lange er keinen Schriftsteller aufweisen kann, der weder in seiner sorglosen, noch ehrsüchtigen Laune zu dieser Thorheit fähig ist; so lange werden ihm seine zusammengehäuften Citaten, wenn sie auch zu seinem Zwecke noch dienlicher wären, wenig helfen können. Oder wir müßten gesunden Verstand für Autorität aufgeben, und uns etwas darauf zu gute thun, selbst die Fehler solcher Leute nachzuäffen, die uns überlegen sind. Auch in diesem Falle dürfte er um Vorgänger nicht verlegen seyn. Denn so thaten ehemals Platons Schüler, als ob sie hochschultrig wären, um ihrem Lehrer ein Kompliment zu machen; und die Anbeter des Aristoteles, dem von Natur die Sprache schwer fiel, suchten eine Ehre darinn, Stotterer zu werden. Und ohne Zweifel gab es, so lange diese Mode währte, auch Kunstrichter, die ein Je ne sçais quoi in der schönen Figur der Platoniker, und in der Wohlredenheit der Aristoteliker ausfündig machten.

97. SVSPENDIT PICTA VVLTVM MENTEMQVE TABELLA.) Horaz bezeichnet sehr einsichtsvoll die Mahlerey

*) pag. 397.

mit demjenigen besondern Umstande, welcher dieser schönen Kunst die meiste Ehre macht. Es ist nämlich dieser, daß ein von Meisterhänden verfertigtes Gemählde nicht bloß die Augen, sondern selbst die Seele auf die Vorstellung der menschlichen Sitten und Gemüthsbewegungen zu heften vermag. Denn bey dem Anschauen solcher Gegenstände hängt der Geist, so zu reden, mit einer begierigen und fast verliebten Aufmerksamkeit, über dem Gemählde. Andre Nachahmungen können gefallen, und vergnügen; aber diese erwärmt unser Herz und setzt es in Leidenschaft. Und da uns alles das am meisten rührt, was unmittelbar ins Auge fällt; so folgt daraus, daß die Mahlerey, auf diese Art angewandt, weit mehr im Stande seyn muß, die Sitten auszudrücken, und einen Abdruck der Charaktere zu liefern, als selbst die Poesie. Oder sie hat vielmehr die Vortheile der besten und nützlichsten poetischen Gattung, der dramatischen, wenn dieselbe durch eine gute Aktion auf der Bühne einen höhern Grad des Eindrucks erhält.

Quintilian giebt ihr eben diesen Vorzug vor der Beredsamkeit. Er redet von dem Nutzen der Aktion bey einem Redner, und macht folgende Anmerkungen: „Is (gestus) quantum habeat in oratore momenti, satis vel ex eo patet, quod pleraque, etiam citra verba, significat. Quippe non manus solum, sed nutus etiam declarant nostram voluntatem, et in mutis pro sermone sunt: et salutatio frequenter sine voce intelligitur atque afficit, et ex ingressu vultuque respicitur habitus animorum: et animantium quoque, sermone carentium, ira, laetitia, adulatio, et oculis, et quibusdam aliis corporis signis deprehenditur. Nec mirum, si ista, quae tamen aliquo sunt posita motu, tantum in animis valent: *quum pictura, tacens opus, et habitus semper eiusdem, sic intimos penetret affectus, vt ipsam vim dicendi nonnunquam superare videatur.*" *Inst. Orat.* XI. 3.

Man sieht hieraus, von welcher Wichtigkeit es ist, daß der Mahler, da die Gemüthsbewegungen jeder Art alle in seiner Gewalt sind, nur diejenigen zu erregen suche, welche sich mit den guten Sitten vertragen. Diese Wichtigkeit sah selbst Aristoteles, der kein Enthusiast in den schönen Künsten war, so sehr ein, daß er es, unter andern politischen Anweisungen, den Aufsehern junger Leute als eine Pflicht einschärft: „daß sie ihnen keine andre Gemählde zu sehen erlauben sollen, als solche, die diesen moralischen Zweck und Nutzen haben, von welcher Art vornämlich die Gemählde des Polygnotus waren." *Polit. L. VIII. c. 5.*

Die Art und Weise, wie diese moralische Wirksamkeit der Gemählde befördert wird, finden wir auf eine sehr angenehme Art in derjenigen Unterredung erläutert, welche Sokrates und Parrhasius in Xenophons sokratischen Denkwürdigkeiten mit einander halten. Sie verdient ganz hergesetzt zu werden.

„Die Mahlerey, sagte Sokrates einmal in einer Unterredung mit dem Mahler Parrhasius, ist, meiner Meynung nach, die Abbildung oder Nachahmung sinnlicher Gegenstände. Denn ihr bildet mit Farben Körper von allerley Art ab, vertiefte und hervorragende, helle und dunkle, rauhe und sanfte, alte und neue. —" „Das thun wir allerdings. —" „Und wenn ihr schöne Bildnisse entwerfen wollt, so pflegt ihr, da es unmöglich ist, irgend eine einzelne Figur eines Menschen zu finden, die nach allen ihren Theilen ohne Fehl und von dem genauesten Verhältnisse wäre, von verschiedenen diejenigen Glieder oder Züge zu wählen, welche bey einer jeden die vollkommensten sind, und so durch Verbindung derselben einen ganzen, vollkommen schönen Körper zusammen zu setzen. —" „Das pflegen wir zu thun, —" „Aber wie? fuhr Sokrates fort, seyd ihr nicht auch im Stande, durch Farben die Sitten nachzuahmen, jene Neigungen und Fertigkeiten der Seele, welche wohlthätig, freundschaftlich und liebenswürdig sind, welche dem Herzen Liebe und Zuneigung einflößen, und deren sanfte Reize die Gewalt der Ueberredung haben?"

„Wie vermag der Pinsel Dinge nachzuahmen, versetzte Parrhasius, die kein Verhältniß, keine Farbe, noch

irgend eine von denen Eigenschaften haben, welche du itzt
eben, als Gegenstände des Gesichts, hergerechnet hast? —"
„Aber ist es nicht wahr, antwortete Sokrates, daß ein
Mensch zuweilen einen liebreichen: zuweilen einen zornigen
Blick auf andre wirft? — " „Allerdings. — " „Es
muß also etwas in den Augen seyn, was diese Leidenschaften auszudrücken vermag. — " „Das muß freylich wohl
seyn. — " „Und ist nicht ein himmelweiter Unterschied
zwischen dem Blicke desjenigen, der an dem Glücke eines
Freundes Theil nimmt, und eines andern, der seinen Kummer mit ihm theilt? — " „Unstreitig, ein himmelweiter
Unterschied! Die Miene drückt in dem einen Falle Freude,
in dem andern Bekümmerniß aus. — " „Diese Gemüths-
neigungen lassen sich also in der Mahlerey vorstellen? — "
„O ja! — " „Eben so lassen sich alle übrigen Gemüthsbe-
schaffenheiten, die erhabne und edle, die niederträchtige
und unedle, die mäßige und vernünftige, die liederliche
und ausschweifende, jede für sich durch die Miene oder
Stellung unterscheiden, wir mögen Jemanden thätig oder
in Ruhe sehen. — " „Das hat seine Richtigkeit. — "
„Und folglich sind sie einer mahlerischen Nachahmung fähig? — " „Das sind sie. — " „Woran glaubst du denn
wohl, sagte endlich Sokrates, daß die Menschen bey ihrem Anschauen das größte Vergnügen finden; an solchen
Nachahmungen, die ihnen die guten, die liebenswürdigen und die schönen, oder an solchen, die ihnen die bösen,
die hassenswürdigen, und die häßlichen Eigenschaften und
Neigungen der Menschheit vorstellen? — " „Ohne allen
Zweifel, sagte Parrhasius, werden sie den erstern den
Vorzug geben. " *)

Diese Schlußfolge, worauf der Philosoph in dieser
ganzen Unterredung zueilt, ist, wie ich gewiß glaube, ein
Grundsatz, den ein jeder Meister in der Kunst gerne befolgen würde, wenn es bey ihm stünde, dem Hange seines
Genies und seiner natürlichen Neigung zu folgen. Aber

*) XENOPHON. *Memorab. Socr.* L. III. c. 10.

unglücklicher Weise geschieht es, zum unendlichen Nachtheile
dieser Art von Nachahmung vor allen andern, daß der
Künstler nicht sowohl diejenigen Gegenstände wählt, welche
die Würde seiner Kunst, oder der allgemeine Geschmack
derer, die er sich am liebsten zu Richtern wählen wird, von
ihm verlangen, als vielmehr solche, die dem reichen oder
edlen Kenner, der sein Gemählde verdingt, und den Inhalt desselben vorgeschrieben hat, am angenehmsten sind.
Was dieß für Gegenstände zu seyn pflegen, das mag man
aus der Geschichte der alten und neuen Mahlerey lernen.*)
Wenn man aber die oben gedachte, ausgebreitete, Gewalt
dieser göttlichen Kunst über die Sitten bedenkt, so kann
man ihr trauriges Schicksal nicht genug bejammern. Sie
war die sittsamste Dienerinn der Tugend; aber das Laster
hat ihrer Natur Gewalt angethan, und sie zu seiner unver-
schämtesten Buhlerinn und Kupplerinn gemacht.

117. SCRIBIMVS INDOCTI DOCTIQVE POEMATA PAS-
SIM) Die *docti poetae* sind zu allen Zeiten von den Weisen
und Rechtschaffnen hochgeachtet worden, oder man hat ihnen
vielmehr allemal mit einer gewissen Ehrfurcht begegnet, wie
Plato sagt, ἄρχερ τῆς σοφίας καὶ ἡγεμόνες.

Will man die *indoctos* charakterisirt sehen, so lese man
folgende Schilderung von der strengen, aber richtigen Feder
des grossen Milton: Poetas equidem vere dictos et diligo,
et colo, et audiendo saepissime delector — istos vero ver-
ficulorum nugiuendos quis non oderit? quo genere nihil
stultius, aut vanius, aut corruptius, aut mendacius. Lau-
dant, vituperant, sine delectu, sine discrimine, iudicio aut
modo, nunc principes, nunc plebeios, doctos iuxta atque
indoctos, probos an improbos perinde habent; prout can-
tharus, aut spes nummuli; aut fatuus ille furor inflat ac
rapit; congestis vndique et verborum et rerum tot discolo-
ribus ineptiis, tamque putidis, vt laudatum longe praestet

*) Es hat von je her solche schlechte Leute gegeben, dergleichen
Plutarch erwähnt: χαιρεφάνης, ἀκολάτυς ὁμιλίας γυναικῶν πρὸς
ἄνδρας. De aud. Poet.

ſileri, et prauo, quod aiunt, viuere naſo, quam ſic lauda-
ri: vituperatus vero qui ſit, haud mediocri ſane honori ſibi
ducat, ſe tam abſurdis, tam ſtolidis nebulonibus diſplicere.‟—
Defenſio ſecunda pro populo Anglic. p. 337. (Lond.
1753. 42.)

118. HIC ERROR TAMEN, etc.) Die folgende Stelle,
bis v. 136. enthält eine Lobrede auf die **Würde der Dich-**
ter, und iſt eine der ſchönſten in der ganzen Epiſtel. Die
Kunſt des Dichters in derſelben beſteht darin, daß er dem
Kaiſer unter dem Schleyer einer nachläßigen Empfehlung, ſelbſt
mit Einmiſchung einiger ſatyriſchen Züge gegen die Dichter, auf eine im geringſten nicht beleidigende oder prahleri-
ſche Art, den wahren Werth und ſelbſt die Heiligkeit ihres
Charakters begreiflich macht. Die ganze Stelle iſt ein ſehr
ſchönes Beyſpiel von derjenigen Geſchicklichkeit, welche der
Dichter anderswo vorſchreibt, wo er für dieſe Gattung der
Schreibart Regeln giebt:

Et ſermone opus eſt modo triſti, ſaepe iocoſo,
Defendente vicem modo rhetoris atque poetae;
Interdum *vrbani parcentis viribus atque*
Extenuantis eas conſulto.

Sat. I, 10, v. 14.

Das Verhalten des Dichters bey dieſer Stelle iſt ein Beweis
von ſeiner ungemeinen Kenntniß der menſchlichen Natur.
Denn es iſt kein ſicherer Weg, Vorurtheile aus dem Wege
zu räumen, und Jemanden Hochachtung für eine Sache,
die man empfehlen will, abzugewinnen, als wenn man ſelbſt
kein allzu groſſes Gewicht auf dieſelbe zu legen ſcheint. Es
iſt ferner ein Beweis von ſeiner genauen Bekanntſchaft mit
der gewöhnlichen Denkungsart der **Groſſen,** die eben nicht
geneigt ſind, von etwas anders als von ſich ſelbſt und ihrer
eignen Würde, eine groſſe Meynung zu hegen, folglich ſehr
ſchwer dazu zu bringen ſind, ſich andre Vollkommenheiten
als ſehr beträchtlich vorzuſtellen, und ſich bloß durch ein
unpartheyiſches und kluges Verhalten ihres Vertheidigers

gewinnen laſſen, der davon gewiß ſeyn muß, daß er ſeine
Lobeserhebungen und Anſprüche nicht zu weit treibt. Dieſe
Kunſt, ſich in die Charaktere, Vorurtheile und Erwar‐
tungen eines andern einlaſſen, und von denſelben auf eine
kluge, wiewohl unſchuldige, Art Gebrauch machen zu kön‐
nen, macht dasjenige aus, was wir Kenntniß der Welt
nennen. Eine Kunſt, in welcher unſer groſſer Dichter ein
vollkommner Meiſter war, und welche die nützlichſte und
liebenswürdigſte Eigenſchaft von der Welt iſt. Nur müſſen
wir ſie ja nicht mit einer geſchmeidigen, biegſamen, und
verſchlagenen Denkungsart für einerley halten, die alle Ge‐
ſtalten annimmt, alle Charaktere nachäfft, und im gemeinen
Leben gewöhnlich für jenes gilt, oder vielmehr noch weit hö‐
her geſchätzt wird. Allein dieſe fodert keine andre Talente
von ihrem Beſitzer, als eine kriechende, hinterliſtige und
verderbte Abſicht, und iſt daher der unglücklichſte, unwür‐
digſte und verächtlichſte von allen Charaktern, und der feind‐
ſeligſte für die menſchliche Geſellſchaft.

118. HIC ERROR TAMEN ET LEVIS HAEC INSANIA
QVANTAS VIRTVTES HABEAT, SIC COLLIGE.) Dieſe Apolo‐
gie für die Dichter, und, in ihnen, für die Dichtkunſt
ſelbſt iſt freylich mit der ſcheinbarſten Sorgloſigkeit und Nach‐
läßigkeit vorgetragen; und doch wird man bey genauerer
Erwägung finden, daß ſie alles das in ſich begreift, was
irgend einer von ihren eifrigſten Vertheidigern, oder alle
zuſammen genommen, jemals zu ihrem Vortheile vorgebracht
haben. Denn ſie enthält:

I. (Von v. 118. bis 124.) Die perſönlichen guten
Eigenſchaften des Dichters. Auf nichts bringen diejeni‐
gen, welche die Vertheidigung oder Empfehlung irgend einer
Kunſt übernehmen, ſo ſehr, als darauf, daß ſie dazu
dient, in dem, der ſie ausübt, alle die guten Eigenſchaf‐
ten hervor zu bringen, welche, ſo viel als möglich, zu ſei‐
nem eignen Beſten beytragen, und ihn andern höchſt ange‐
nehm machen. Dieß kann nun, wie es ſcheint, zum Beſten
der Poeſie mit beſonderm Nachdrucke behauptet werden.
Denn das Studium dieſer Kunſt hat nicht nur den unmit‐

telbaren Zweck, eine Geringschätzung und Verschmähung weltlicher Ehre und Vortheile zu bewirken, von deren zu begierigem Verlangen fast alle Plazen sowohl, als die widerlichsten Laster der Menschen herrühren; sondern derjenige, den die Muse ihres wohlthätigen Anblicks gewürdigt, und zu ihrem besondern Dienste bestimmt hat, ist schon durch sein Temperament, welches allemal die beste Schutzwehr ist, gegen ihre Anfälle gesichert. So machen seine Entzückungen in dem Genusse seiner Muse, daß er die gewöhnlichen Unfälle des Lebens nicht gewahr wird; (v. 121.) er ist schon von Natur großmüthig, offenherzig und ohne Arglist; (v. 122.) Und wir müssen nicht vergessen hinzu zu sehen, daß er auch, vermöge seines Amts, mäßig, das heißt, arm, ist:

Viuit filiquis et pane fecundo.

II. Die Brauchbarkeit des Dichters für den Staat; und das beydes in politischer und moralischer Absicht. (v. 124. bis 132.) Denn 1. Die Dichter, welche wir in unsern jüngern Jahren lesen, und von welchen wir den Nachdruck der Worte und die versteckte Harmonie des numerösen Vortrags lernen, das heißt, wie ein tiefdenkender Schottländer sagt, „die ersten und wesentlichsten Grundsätze der Wohlredenheit," *) diese Dichter, sage ich, sehen durch ihren Unterricht ihren Schüler nach und nach in den Stand, mit Beyfall und glücklichem Erfolge die Fähigkeit eines öffentlichen Sprechers zu zeigen, die von so ausgebreitetem Nutzen ist. Und auch ernsthaftere Schriftsteller, als unser Dichter ist, verweisen den jungen Redner in diese Schule. Jedoch die Vorzüge der Poesie erstrecken sich noch viel weiter. Sie mag gern (v. 130. bis 132.) die Triumphe der Tugend unsterblich machen, berühmte Beyspiele he-

---

*) S. An Essay on the composition of the Ancients, by J. GEDDES, Esq. — Von diesem Versuche über die Schreibart der Alten findet man in der Berlinischen Sammlung vermischter Schriften ꝛc. B. III. St. 2. eine Deutsche Uebersetzung.

roischer Würbe zum Besten der Folgewelt aufbehalten ober
erdichten, und, was die letzte und beste Frucht der Philosophie selbst ist, sie kann selbst die Beschwerden der schwachen Gesundheit erleichtern, und selbst die Armuth bey
der Verachtung und dem Spotte des schmähsüchtigen Ueber-
flusses aufrichten. — 2. In moralischer Absicht leistet sie
eben so beträchtliche Dienste. — Denn man kann beyläufig bemerken, daß der Dichter darin mit dem Philosophen
einerley Meynung war, keine unmoralische Poeten zu bul-
den. — Und zu diesem Zwecke dient sie, erstlich, (v. 127)
in so fern sie das Ohr der Jugend von der frühzeitigen
Störerinn ihrer Unschuld, der Verführung eines schlechten
und ungesitteten Umgangs abzieht. Ferner, (v. 128.) indem sie unser reiferes Alter durch die Reinigkeit und Weisheit ihrer Vorschrift bildet; und das mit der freundschaft-
lichsten Vorsicht und Zärtlichkeit, *amicis* praeceptis. Und
drittens indem sie die Ausschweifungen unsrer natürlichen
Leidenschaften verbessert, (v.) welches das eigentliche
Geschäfte des Trauerspiels ist. — Wenn der Leser hier
das Original nicht zu Rathe zieht, so wird er leicht dieß
Verzeichniß von den Vorzügen und Eigenschaften der Poesie
für eine kurze Beschreibung der Polizey und Gesetzgebung
der alten und neuern Zeiten halten können, deren stolzester
Ruhm, wenn die Philanthropie ihrer enthusiastischen Urheber aufs höchste stieg, nur darin bestand, den Eindrücken
des Lasters vorzubeugen, die Seele zu Fertigkeiten in
der Tugend zu gewöhnen, und die Leidenschaften zu beu-
gen, und in Ordnung zu bringen.

III. Die Dienste, welche er der Religion erweist.
Dieß läßt sich sehr gut sagen, wir mögen durch Religion
eine innere Ehrerbietung gegen die Götter verstehen, welche der erste und vornehmste Zweck der Poesie war, oder
ihre öffentliche Anbetung, und ihren Gottesdienst, den
die Poesie durch ihre Erdichtungen, die sie nothwendig den
einmal angenommenen Bildern des Aberglaubens gemäß ein-
richtete, sehr zu befördern und zu bestätigen dienen mußte.
Aber der Dichter ergreift sehr glücklich einen Umstand, der

dieſe beyden Abſichten vorausſetzt und in ſich begreift, und woburch ſeine Vertheidigung ausnehmend intereſſant wird.

Alle die üblichen heidniſchen Anrufungen der Götter, vornämlich bey irgend einer großen und feyerlichen Gelegenheit, waren eine Arbeit des Dichters. Denn die Natur hatte es, wie es ſcheint, die heidniſche Welt gelehrt, was bey den Hebräern die Propheten ſelbſt ſich nicht zu thun ſchämten, daß es ſehr dienlich wäre, jeden Beyſtand der Kunſt zu Hülfe zu nehmen, um die Einbildungskraft, und, mit ihr, die trägen Neigungen des menſchlichen Herzens zum Himmel empor zu heben. Daher hieß die Poeſie die Götterſprache, weil ſie eines Theils die göttlichſte Art von Unterredung war, welche ſich unſre eingeſchränkten Begriffe ſelbſt von höhern Weſen denken können, und dann, weil ſie die geſchickteſte Einkleidung unſrer Anrufungen an ſie zu ſeyn ſchien; und ſo wurde ſie nicht bloß eine Zierde, ſondern ein weſentlicher Theil der gottesdienſtlichen Feyerlichkeiten in der heidniſchen Religion. Und dieſer Umſtand, zuſammengenommen mit der Anſpielung auf eine Art von öffentlichem Gebete, — denn das war ſeine ſekulariſche Ode — welches er ſelbſt verfertigt hatte, giebt dieſem Theile der Apologie zu gleicher Zeit eine Erhabenheit und Anmuth, welche völlig unnachahmlich ſind.

Und auf dieſe Art hat der große Dichter in den Umfang weniger Zeilen eine vollſtändige Vertheidigung ſeiner Kunſt zuſammenzuziehen gewußt. Denn was hat wohl der wärmſte Bewundrer der Poeſie, oder, da der Eifer durch Widerſpruch allemal noch mehr belebt wird, was hätte der heftigſte Gegner des Plato, der ſie verbannte, ſonſt zu ihrem Beſten hervorbringen können, als daß ſie dem Dichter ſelbſt die ſicherſten Mittel an die Hand giebt, einer einſamen und geſelligen Freude zu genieſſen, und daß ſie ferner den wichtigſten bürgerlichen, ſittlichen und gottesdienſtlichen Zwecken beförderlich iſt?

119. VATIS AVARVS NON TEMERE EST ANIMVS.)
Die Italiäner haben das traurige Sprüchwort: Chi ben

scrive, non sara mai ricco. — Der wahre Grund davon
ist unstreitig derjenige, den hier der Dichter angiebt.

124. MILITIAE QVAMQVAM PIGER ET MALVS.)
Diese Anmerkung hat viel Schönes, in so fern sie sich auf
ihn selbst bezieht, da er sich als Soldat in den bürgerlichen
Kriegen seines Vaterlandes keinen grossen Ruhm erworben
hatte. — Ein andres Beyspiel der Unverträglichkeit zwischen dem Charakter eines Dichters und Soldaten finden
wir in der Geschichte der Englischen bürgerlichen Kriege, und
es verdient hier angemerkt zu werden. Sir P. War-
wick sagt folgendes von dem berühmten Grafen von New-
castle: „Sein Degen hatte zuviel von einem Scheermesser
„an sich, denn er hatte einigen Hang zur romanhaften
„Denkungsart, und das Unglück, einige Gaben zum Poe-
„ten zu haben. Daher machte er auch den William Dave-
„nant, einen vorzüglich guten Dichter und rechtschaffnen
„Mann, zum Generallieutenant bey seinem Commando. Die-
„se seine angebohrne Neigung, und seine Liebe zu witzigen
„Gesellschaften, um gelinde davon zu reden, machten man-
„che Berathschlagungen rückgängig, und manche Gelegenheiten
„zu nichte, welche bey der Unternehmung, in welche sich
„dieser grosse Mann nun einmal eingelassen hatte, sehr
„erheblich waren.“ *Memoirs*, p. 235.

132. CASTIS CVM PVERIS, etc.) Wir haben vor-
hin gesehen, wie sehr schicklich der Dichter, um seine Apologie besto leichter und glücklicher einzuleiten, den Charakter
eines *urbani, parcentis viribus*, annahm. Hier hat er
nun den Charakter *rhetoris atque poetae*. Denn, gleichsam durch die zunehmende Würde seines Gegenstandes ermuntert, der ihn von dem sittlichen auf den gottesdienst-
lichen Nutzen der Poesie brachte, läßt er unvermerkt den
scherzenden Ton fahren, und nimmt eine nicht bloß ernste,
sondern feyerliche Miene an. In dieser Veränderung liegt
viel Kunst. Denn die Aufmerksamkeit wird von dem Nutzen der Poesie, Unglückliche aufzurichten, durch den leich-
testen Uebergang von der Welt zu dem noch feyerlichern Gebrauche der Poesie bey den Verrichtungen des Gottes-

dienſtes fortgeführt. Und der Nutzen dieſes Uebergangs
beſteht darin, daß er der Seele ein ſtärkeres Gefühl von der
guten Sache des Dichters einprägt, als man von einer
gerade zu verfolgten und fortgeſetzten Deklamation hätte
erwarten können. Denn dieß iſt allemal die natürliche
Wirkung davon, wenn man vom Muntern zum Ernſt-
haften mit Anmuth und Würde überzugehen weiß.

169. SED HABET COMOEDIA TANTO PLVS ONERIS,
QVANTO VENIAE MINVS.) Das Trauerſpiel, deſſen vor-
nehmſter Zweck die Rührung iſt, kann noch immer alle
weſentlichen Erforderniſſe ſeiner Art erfüllen, wenn es
gleich in einigen kleinern Zügen von der Natur abgeht; das
Luſtſpiel hingegen hat eine genaue Vorſtellung zu ſeinem
Hauptzweck, und iſt daher im Grunde fehlerhaft, wenn
es in dieſer Vorſtellung und Nachbildung der Natur nicht
vollkommen glücklich iſt. Und dieß erklärt uns den Grund
von der Bemerkung des Dichters, daß die Komödie veniae
minus habe; denn er redet bloß von der Schilderung der
Sitten, in welcher Abſicht man billig dem tragiſchen Dichter weit eher nachſieht, als dem komiſchen. Ob aber
gleich die Tragödie in ſo fern einen Vortheil voraus hat,
ſo ſind doch auf der andern Seite ihre Regeln ſtrenger,
als die Regeln der Komödie, nämlich in Behandlung der
Fabel. Es iſt alſo die Frage, welche von dieſen beyden
dramatiſchen Gattungen, überhaupt genommen, die ſchwer-
ſte iſt; und darauf läßt ſich eine entſcheidende Antwort geben. Denn die Tragödie, deren Zweck das Pathos iſt,
bringt denſelben durch Handlung, und die Komödie ihren
Zweck, das Luſtige, durch Charaktere hervor. Nun iſt
es aber weit ſchwerer, Sitten zu ſchildern, als den Plan
einer Handlung zu entwerfen, indem jenes eine philoſophiſche Kenntniß der menſchlichen Natur, und dieſes bloß eine
hiſtoriſche Kenntniß menſchlicher Begebenheiten erfodert.

Es iſt wahr, die tragiſche Muſe hat in gewiſſem
Verſtande veniae minus. Denn wenn gleich in der Komödie ernſthafte und luſtige Scenen durch einander vorgeſtellt,
und zuweilen ſogar in Eins vermiſcht werden können, ſo

muß hingegen in der Tragödie die ernsthafte und feyerliche Miene beybehalten werden. Shakespear hat freylich diese Regel nicht in Acht genommen, wie er es in andern Fällen fast mit jeder andern Regel einer kunstmäßigen Kritik gemacht hat; und daher kömmt es, daß sich einige Dichter die abgöttische Bewunderung, welche Jedermann gegen diesen grossen Dichter zu äussern pflegt, zu Nutze gemacht, und, wie ich glaube, aus Ueberdruß der gemeinern, wiewohl richtigern, Formen poetischer Arbeiten, selbst diese Uebertretung der Grundsätze des gesunden Verstandes in eine festgesetzte Regel der theatralischen Dichtkunst verwandelt? Man sagt: „wenn die Komödie durchgehends ernsthaft seyn „kann, warum sollte es nicht auch der Tragödie freystehen, „dann und wann lustig zu seyn?" Wenn man diese Frage im Ernste aufwirft, so darf man nicht lange auf eine Antwort warten. Die Komödie hat den Endzweck, die Sitten zu schildern, und folglich hindert nichts, wie ich in der Abhandlung über die verschiednen Gebiete der dramatischen Poesie umständlich gezeigt habe, daß sie den beyderseitigen Charakter, des Ernsthaften sowohl als des Lustigen, wie es kömmt, annehmen, oder sogar beyde in einem Stücke mit einander vereinigen kann. Der Endzweck der Tragödie hingegen ist, die stärkern Leidenschaften zu erregen; folglich unterbricht diese Mißhelligkeit des Inhalts den Lauf dieser Leidenschaften, und wird also gerade diejenige Wirkung, welche dieß Drama vornämlich zur Absicht hat, hindern, oder wenigstens schwächen. Man sagt freylich: „dieser Kontrast ernsthafter und lustiger Scenen „erhöhe die Leidenschaft." Wenn man sagte, er erhöhe die Verwunderung, so würde die Anmerkung richtiger seyn. Endlich will man behaupten: „auch in der Natur wäre „gemeiniglich das Erhabne mit dem Scherzhaften vermischt." Wer weiß aber nicht,

That art is nature to advantage dress'd;

„daß die Kunst Natur, zu ihrem Vortheile gekleidet, sey?" und daß, der Künstler um in dem gegenwärtigen Falle die

Natur zu ihrem Vortheile zu kleiden, nämlich in einem
poetischen Werke, dessen Vorschriften von der Beschaffenheit seines Endzwecks herzuleiten sind, diese Charaktere
von einander völlig abgesondert erhalten müsse?

Indeß beweist doch diese Einschränkung in Ansehung der
Tragödie noch nicht, daß sie, überhaupt genommen, *plus
oneris* habe. Nur so viel kann ich zugeben, daß beyde
dramatische Gattungen in allem Betrachte Gewicht genug
haben, welches die stärksten Schultern fodert, um es tragen zu können.

177. QVEM TVLIT AD SCENAM VENTOSO GLORIA
CVRRV, EXANIMAT LENTVS SPECTATOR, etc. bis v. 182.)
Diese Verse haben eine ungemein scherzhafte Wendung, die
unter den Händen der Kunstrichter gänzlich verloren gegangen ist. Diese nehmen ganz ernsthaft an, daß sie
Worte des Dichters selbst sind, und seinen ernsten Tadel
der Eitelkeit des poetischen Ruhms enthalten. Allein,
ausser der offenbaren Ungereimtheit der Sache selbst, verträgt
es sich auch nicht mit dem, was er anderswo hierüber sagt,
(*A. P. v. 324.*) wo er die Griechen lobt, als praeter laudem
nullius avari; und wir sind also durchaus genöthigt, diese
Verse als den Einwurf eines Gegners anzusehen, der sich,
wie der Dichter es sehr satyrisch zu machen weiß, durch
den Vortrag dieses Einwurfs selbst lächerlich macht. Er
hatte so eben die feile Denkungsart der dramatischen Dichter unter den Römern bestraft. Sie hatten sich weit mehr
Mühe gegeben, ihre Geldsäcke zu füllen, als den Ruhm
guter Dichter zu verdienen. Anstatt nun auf die Vorzüglichkeit dieses letztern Beweggrundes noch weiter zu drin-
gen, bricht er auf einmal ab, und führt einen schlechten
Dichter, der darüber spottet, redend ein.

„Wie nun? sagt dieser, wir sollen uns also dem Win-
„de und dem Eigensinne des Lobes Preis geben, alle kleinern
„Betrachtungen aus den Augen setzen, und auf die erwar-
„tende Schaubühne auf dem vom Winde fortgejagten
„Wagen der eiteln Ehre hinfliegen? Und zu welchem
„Ende? Um entweder niedergeschleudert, oder mit Lust auf-

„geblasen zu werden, nachdem der eigensinnige Zuschauer
„es für gut findet, seine Inspirationen anzustrengen oder
„zurück zu halten.   Ist denn das die herrliche Wohlthat
„eurer gepriesenen Ruhmbegierde? Nein; gute Nacht Thea=
„ter! wenn es der Hauch der Menge seyn soll, nach wel=
„chem der arme Poet die Erweiterung oder Einschränkung
„seines Wohlstandes abmessen muß.“ Auf alle diese sehr
überzeugende Beredsamkeit antwortet der Dichter lieber gar
nichts, weil er wohl weiß, daß man oft der Tugend oder
der Vernunft keinen grössern Dienst erzeigen kann, als wenn
man einen Gecken oder Thoren sich selbst überläßt,   um
gegen beyde seinen armseligen Spott nach Gefallen auszu=
lassen.

         Dergleichen Zwischenreden,   worin diejenigen . ihre
Meynung völlig an den Tag legen können,   wider die der
Dichter streitet, kommen in Horazens kritischen und mo=
ralischen Gedichten sehr häufig vor, und sind ihrem drama=
tischen Genie und Urbilde ungemein gemäß.

   210.   ILLE PER EXTENTVM FVNEM, etc.)   Die Rö=
mer, die in Schauspiele jeder Art übermäßig verliebt wa=
ren, schätzten besonders die *funambulos,* oder Seiltänzer
sehr hoch:

     Ita populus studio stupidus in *funambulo*
     Animum occuparat.

          TERENT. *Prol. in Hecyr.*   *

Die Bewunderung dieser Künste gab dazu Anlaß, daß der
Ausdruck, ire per extentum funem, sprüchwörtlich einen
ausserordentlichen Grad von Geschicklichkeit und Voll=
kommenheit in irgend einer Sache bedeutete. Hier hat
diese Anspielung desto mehr Lustigkeit, da der Dichter erst
eben über ihre grosse Liebe zu diesen ausserordentlichen
Heldenthaten gespottet hatte.

   Ibid. ILLE PER EXTENTVM FVNEM, etc. bis v. 214.)
Man bemerke, daß Horaz hier sein eignes Gefühl zum
Probiersteine des poetischen Verdienstes macht.   Und dieß

thut er mit einer philosophischen Genauigkeit. Denn das
Pathos im tragischen, die Lustigkeit im komischen ist eben
so, wie das Erhabne in der erzählenden Poesie, und wie
jede andre Gattung von Schönheit in der Poesie überhaupt,
kein Gegenstand des Verstandes, sondern der Empfin=
dung, und kann bloß nach seinem Eindrucke auf die See=
le, nicht aber nach spekulativischen oder allgemeinen Regeln
geschätzt werden.   Die Regeln selbst sind im Grunde nichts
anders, als eine Appellation an die Erfahrung; Schlüs=
se,   aus einer öftern und allgemeinern Bemerkung über
die Fähigkeit und Wirksamkeit gewisser Mittel, diese Ein=
drücke hervorzubringen.   Das Gefühl oder die Empfin=
dung selbst ist also nicht nur die sicherste, sondern auch die
einzige höchste Richterinn über Werke des Genies.

So wahr aber auch dieses ist,   so bleibt doch die
Erfindung allgemeiner Regeln niemals ohne Verdienst, noch
die Anwendung derselben ohne Nutzen, wie man aus fol=
genden Betrachtungen sehen kann.

Es läßt sich überhaupt von der didaktischen Schreib=
art sagen, daß sie einzelne Fälle auf allgemeine Grund=
sätze zurückzuführen pflegt.   Selbst die allgemeinen Grund=
sätze lassen sich oft auf andre noch allgemeinere zurück füh=
ren, und diese wieder noch weiter bringen, bis wir auf
einen einzelnen Grundsatz kommen,   in welchem alle die
übrigen eingeschlossen sind.   Wenn dieß geschehen ist, so
hat die Wissenschaft von jeder Art ihre höchste Vollkommen=
heit erreicht.

Diese Erklärung läßt sich durch vielerley Beyspiele er=
läutern. Wir wollen uns aber bloß auf das einzige Bey=
spiel der Kritik einschränken.   Ich verstehe darunter dieje=
nige Gattung von didaktischen Aufsätzen, welche die
Schönheiten und Fehler der Schreibart auf allgemeine
Regeln zurückführt.   Und die Vollkommenheit dieser
Kunst wird in der Fertigkeit bestehen, jedwede Schönheit
und jedweden Fehler auf eine besondre Klasse zurück zu
führen, und wiederum jedwede Klasse, durch eine stufen=
weise Fortschreitung, auf irgend einen einzigen Grundsatz.

3

Allein diese Kunst ist bisher noch weit von ihrer Vollkommenheit entfernt. Denn viele von diesen Schönheiten und Fehlern lassen sich auf gar keine allgemeine Regel zurück führen; und von den Regeln, die man bisher entdeckt hat, scheinen viele ohne Zusammenhang und ohne mögliche Beziehung auf einen gemeinschaftlichen Grundsatz zu seyn. Man muß indeß zugeben, daß diejenigen Kritiker ihr Amt gehörig verwalten, die zur Bestätigung der einmal festgesetzten, oder zur Erfindung neuer Regeln das Ihrige beytragen.

Einmal festgesetzte Regeln werden alsdann bestätigt, wenn mehr einzelne Fälle auf sie zurück geführt werden. Die Erfindung neuer Regeln erfodert erstlich, eine Sammlung verschiedner einzelner Fälle, die noch in keine Regel gebracht sind; ferner, eine Entdeckung derjenigen Umstände der Aehnlichkeit oder Uebereinstimmung, wodurch sie in den Stand gesetzt werden, eine Regel zu veranlassen; und endlich, eine darauf folgende Festsetzung der Regel, oder eine Anordnung derselben in eine Klasse, nach Maßgebung der Umstände der Uebereinstimmung. Ist dieß geschehen, so ist die Regel fertig. Ist aber der Kunstrichter nicht im Stande, irgend einen gemeinschaftlichen Umstand der Aehnlichkeit in den verschiednen einzelnen Fällen, die er gesammelt hat, zu bemerken, wodurch sie sich insgesammt in eine allgemeine Klasse bringen lassen; so ist er in der Kunst der Kritik nicht weit gekommen. Indeß kann die Sammlung seiner einzelnen Bemerkungen für andre Kunstrichter brauchbar werden, eben so, wie Sammlungen aus der Naturgeschichte zwar für sich kein Theil der Philosophie sind, aber doch denen behülflich seyn können, die sich mit philosophischen Untersuchungen beschäftigen.

Man sieht also aus dieser allgemeinen Betrachtung, daß das Verdienst, allgemeine Regeln zu erfinden, darin besteht, wenn man die Kritik in die Form einer Kunst bringt, und daß die Anwendung derselben, wenn die Kunst nun ihre Form einmal erhalten, den Nutzen hat, den Eigen-

finn des Geschmacks durch das Ansehen einer Regel zu lenken. Und dieß nennen wir gewöhnlich Raisonnement.

Nach diesen vorläufigen Anmerkungen werden wir
nun im Stande seyn, ein richtiges Urtheil von der Methode zu fällen, deren sich einige der besten und bewährtesten
Schriftsteller unter den Alten und Neuern bey dieser Arbeit
der Kritik bedient haben. Die vornehmsten, wenigstens
die bekanntesten sind vielleicht Longin unter den Griechen,
P. Bouhours unter den Franzosen, und Addison unter
den Engländern.

1. Alle die schönen Stellen, welche Longin anführt,
werden von ihm in fünf allgemeine Klassen gebracht, und
diese allgemeinen Klassen beziehen sich insgesammt auf den
gemeinschaftlichen Grundsatz des Erhabenen. Er sagt niemals: diese Stelle ist schön; ohne die Gattung ihrer
Schönheit, nämlich das Erhabne, zu bestimmen. Auch
begnügt er sich nicht mit dem allgemeinen Begriffe des Erhabnen, sondern nennt auch die besondre Art, nämlich
Grösse der Gedanken, Rührung der Leidenschaften,
u. s. f. Sein Werk setzt uns also in den Stand, unsre
Begriffe von der Schönheit zu klassificiren, und ist folglich
nach dem wahren, richtigen Entwurfe der Kritik gemacht.

2. Eben dieß läßt sich vom P. Bouhours sagen.
Die Stellen, welche er anführt, nennt er niemals in allgemeinen Ausdrücken gut oder schlecht: sondern es sind Beyspiele guter oder schlechter Gedanken. Dieß ist das Genus, worunter alle seine Beyspiele begriffen sind; von demselben bemerkt er aber auch die einzelnen Gattungen. Er
sagt nicht, dieser Gedanke ist gut; sondern, er ist erhaben,
oder natürlich, oder schön, oder fein. Er sagt nicht,
jener Gedanke ist schlecht; sondern, er ist niedrig, oder
falsch, oder häßlich, oder gezwungen. In diese verschiednen Klassen bringt er seine einzelnen Beyspiele; und diese
Klassen selbst werden auf die noch mehr befassenden Grundsätze des Schönen oder Fehlerhaften des einzelnen Gedanken zurückgeführt, so fern sie von den mancherley an-

dern Schönheiten und Fehlern der Schreibart verschieden sind.

3. Addison verfährt in seiner Kritik über den Milton auf eben die Art. Denn, erstlich, lassen sich diese Bemerkungen offenbar auf die allgemeinen Anmerkungen über das Gedicht anwenden, worin jeder Umstand unter die gemeinschaftlichen Hauptstücke der Fabel, der Moral, der Gedanken, und der Sprache zurückgeführt wird, und wo selbst die einzelnen Schönheiten und Fehler unter jedem besonders ausgezeichneten Hauptstücke betrachtet werden. Eben das gilt auch zweytens von sehr vielen Anmerkungen über einzelne Stellen. Er sagt dem Leser nicht bloß, daß eine Stelle schön ist, sondern erklärt ihm zugleich, worin die eigentliche Schönheit derselben bestehe.

Auch der übrige Theil seiner Anmerkungen ist nicht ganz ohne Nutzen. Denn dergleichen einzelne Schönheiten und Fehler, die nur bloß gesammelt werden, können künftigen Untersuchern zur Grundlage dienen, weitere Entdeckungen zu machen. Man kann sie als so viel einzelne Fälle ansehen, auf welche das Ansehen des Kunstrichters die Aufmerksamkeit rege macht; und wenn diese hernach mit andern zusammen genommen werden, die vielleicht von andern Kunstrichtern bemerkt sind, so wird man am Ende jene allgemeinen Grundsätze der Aehnlichkeit finden, die uns in den Stand setzen werden, neue Klassen poetischer Schönheiten oder Fehler festzusetzen.

In so fern kann ein billiger Leser diesen Schriftstellern ihre Verdienste mit allem Rechte zugestehen. Da man aber bey einer gesunden Kritik die Billigkeit niemals auf Kosten der Gerechtigkeitsliebe ausüben darf; so halte ich mich verbunden, eine Anmerkung hinzu zu setzen, welche ihre Mängel betrifft, und zwar nach den von mir hier vorausgeschickten, und meiner Meynung nach richtigen Grundsätzen.

Die Methode dieser Schriftsteller ist zwar scientifisch; indeß ist doch im Grunde der Dienst, den sie der Kritik geleistet haben, nicht sehr beträchtlich. Die Ursache davon ist, daß sie sich zu lange bey dem Allgemeinen aufhalten; das heißt, nicht bloß das Genus, dem sie die besondern Gattungen unterordnen, erstreckt sich zu weit; sondern auch diese untergeordneten Gattungen selbst befassen zu viel.

Von den gedachten drey Kunstrichtern ist Longin unstreitig der lehrreichste. Das Genus selbst, unter welches er seine verschiednen Klassen gebracht hat, ist so partikulär, als die Untergattungen der beyden andern. Und doch sind auch diese Klassen noch viel zu allgemein, um der Sache selbst die gehörige Deutlichkeit und Brauchbarkeit zu geben. Es wäre besser gewesen, wenn dieser scharfsinnige Kunstrichter sich zu kleinern und noch geringern Besonderheiten herabgelassen, und dieselben einer jeden Klasse gehörig untergeordnet hätte. Denn es ist sehr wenig gesagt, wenn man etwa von einem Gedanken anmerkt, er sey groß oder pathetisch, und eben so in Ansehung der übrigen Arten des Erhabenen. Wenige Leser brauchen hievon erst unterrichtet zu werden. Wenn aber nun ja dergleichen allgemeine Schönheiten bemerkt werden mußten, so wäre es hinreichend gewesen, es auf die Art zu thun, wie es einige der besten Kunstrichter gemacht haben, nämlich sie bloß beyläufig zu berühren. Hätte er aber jene besondern Eigenschaften in dem Gedanken, welche den Eindruck der Grösse, des Pathos, u. s. f. veranlassen, entdecken und Bemerkungen darüber liefern können, so wäre die Kritik dadurch ungemein befördert worden, indem es dazu gedient hätte, die geheimern und versteckten Triebfedern jenes Vergnügens zu entdecken, welches die poetische Schreibart gewährt.

Bouhours ist, wie ich schon bemerkt habe, noch fehlerhafter. Selbst seine Untergattungen sind von so weitem Umfange, daß sie seine Kritik fast gänzlich unbrauchbar und unbedeutend machen.

Es wird einem schwer, wenn man einen Schriftsteller, wie Addison ist, irgend eine Art vom Verdienste absprechen soll, welches er sich selbst scheint beygemessen zu haben, und welches die Menge seiner Leser ihm zuzugestehen, willig und bereit gewesen sind.   Indeß kann ich es nicht verschweigen, daß die Kritik sein Talent auf keine Weise war. Sein Geschmack war unstreitig sehr fein; allein er hatte weder die Lebhaftigkeit des Verstandes, noch den genährten, philosophischen Geist; Eigenschaften, welche diesem Charakter so wesentlich sind, und die wir schwerlich bey einem von den Alten, ausser beym Aristoteles, antreffen, und bey sehr wenigen Neuern.   Denn was seine Kritik über den Milton insbesondre betrifft, so hatte sie zufälligerweise noch das Verdienst, daß sie einem vortrefflichen Dichter Leser verschaffte, und seine Schönheiten fühlbar machte. Die Arbeit hatte freylich in ihrem Plane viel richtiges; aber nur, weil Aristoteles und Bossu den nämlichen Weg vor ihm eingeschlagen waren.   Seine eigenen Anmerkungen sind meistentheils so allgemein und unbestimmt, daß sie dem Leser nur wenig Unterricht verschaffen, und nicht selten völlig unbedeutend sind.   Sie sind mit denen von einer Art, die bey den Französischen Kunstrichtern — denn bey Fehlern wähle ich die Beyspiele lieber von fremden, als einheimischen Schriftstellern — so häufig vorkommen, und welche Leute von Einsicht unter die schlechteste Gattung von Kritik zu rechnen pflegen.   Ein Beyspiel mag statt aller dienen.

Der Kardinal Perron lobt einmal gewisse Stücke des Poeten Ronsard, und es beliebt ihm, sich auf folgende Art auszudrücken: „Prenés de lui quelque poeme que ce soit, il paye toujours son lecteur, & quand la verve le prend, il se guinde en haut, il vous porte jusques dans les nues, il vous fait voir mille belles choses. — Que ses *saisons* sont *bien - faites*! Que la description de la lyre à Bertaut est *admirable*! Que le discours au Ministre, *excellent*! Tous ses hymnes sont *beaux*.   Celui de l'eternité est *admirable*; ceux des saisons *merveilleux*“ — PERRONIANA.

Was hat nun der Leser aus dieser bunten Kritik weiter gelernt, als daß Ihre Eminenz in der That sehr verliebt

in ihren Poeten waren, und daß er glaubte, diese verschiednen Stücke wären wohl ausgearbeitete, schöne, vortreffliche, bewundernswürdige, ausserordentliche Gedichte?
So hätte er sie in einem Athem nennen können, ohne so
viel Worte verschwenden zu dürfen. Den wahren Charakter eines jeden zu bezeichnen, den richtigen Grad und die
wahre Gattung des Verdienstes dieser Gedichte anzugeben,
wäre eine Arbeit von ganz andrer Art gewesen.

211. — QVI PECTVS INANITER ANGIT.) Das
Wort *inaniter* so wohl, als *falsi*, welches in dem folgenden
Verse von den *terroribus* gebraucht wird, soll die wunderbare Gewalt der dramatischen Vorstellung ausdrücken,
welche uns zwingt, an erdichteten Vorfällen und Situationen eben den Antheil zu nehmen, als ob sie wirklich
vorgiengen, und die Leidenschaften durch entfernte, ein-
gebildete Scenen in eben so heftige Bewegung setzt, als
durch das uns nahe und gegenwärtige Unglück des wirklichen Lebens.

Und dieß ist jene unumschränkte Gewalt der Poesie,
welche, wie sich Sir Philipp Sidney ausdrückt, im
Stande ist, „Kinder von ihrem Spielwerke, und alte
„Leute hinter dem Ofen wegzuziehen.“ Der Dichter betrachtet sie in der vorhabenden Stelle, als eine Art von
Zauberkraft, welche den Zuschauer nach allen Orten hin
versetzt, und ihn nach Gelegenheit eine jede Person zu
spielen zwingt. Auch darin trift die Aehnlichkeit zu, daß
ihre Wirkungen in einem Augenblicke vorgehen, und unwiderstehlich sind. Regeln, Kunst, Wohlstand, alles
muß davor weichen. Sie geht gerade zu aus Herz, und
macht sich auf einmal Meister desselben. Daher kömmt es,
daß Horaz ein wahres Genie, welches diese herrschende
Gewalt besitzt, sehr emphatisch den Poeten nennt:

Ille per extentum funem mihi posse videtur
Ire *poeta.*

da es vornämlich diese Eigenschaft ist, welche für sich schon
den wahren dramatischen Dichter verräth, und ihn des

glücklichen Erfolgs seiner Arbeit versichert, nicht nur ohne
alle Hülfe der Kunst, sondern ihren deutlichsten Vorschriften gerade zuwider.

Diese Gewalt hat man bey tausend andern Gelegenheiten empfunden. Aber nie waren ihre Triumphe glän-
zender, als bey der Aufführung des Cid von dem ältern
Corneille, eines Trauerspiels, welches bloß durch diese
Zauberkraft den Beyfall und die Liebe eines ganzen Volks
auf sich zog, ungeachtet der offenbaren Verletzung einiger
wesentlichen Regeln, der äussersten Tyranney einer mächti-
gen Eifersucht, und was noch mehr ist, Trotz allem Ansehen
und allen Gründen einer von den besten kritischen Schriften,
die man in Französischer Sprache hat, die gerade in der
Absicht geschrieben war, dieß Stück verächtlich und lächerlich zu machen.

224. CVM LAMENTAMVR, NON ADPARERE LABO-
RES NOSTROS, etc.) Wir haben schon bey v. 211. angemerkt, daß die Schönheiten eines Gedichts bloß dadurch
sichtbar werden können, daß man sie fühlt. Und diejenigen, denen sie in diesem Falle nicht sichtbar werden, sind
des Verfassers eigene Freunde, von denen es nicht wahrscheinlich ist, daß sie ihr Gefühl verhelen werden. Die
Klage (lamentatio) also, wovon hier die Rede ist, giebt
zugleich einen Beweis von der Ungeschicklichkeit des Dichters, und von der schlechten Beschaffenheit seiner Poesie,
und zeigt folglich denjenigen, der diese Klage führt, von
einer lächerlichen Seite.

228. EGERE VETES.) Der Dichter hatte bey diesen
Worten eine sehr treffende Satire wider die vermeynten
witzigen Köpfe und Gelehrten im Sinne, die unter dem
Vorwande, sich nur vor Elend und Jammer zu schützen,
im Grunde nach öffentlichen Ehrenstellen und Bedienungen
trachten, wiewohl dieß, wenn man es mit einem gelinden
Namen benennen will, die unverzeihlichste von allen Thorheiten ist, womit ein Gelehrter behaftet seyn kann. Denn
erstlich ist die Erfahrung, nach welcher sich ein vernünftiger

Mann doch billig richten sollte, diesen Hoffnungen zuwider;
und wenn dann nun auch das Verdienst des Gelehrten dieselben erfüllt sehen könnte, so würde die Belohnung, wie
der Dichter sagt,

> either bring
> No joy, or be destructive of the thing.

Das heißt, der Gelehrte würde entweder gar keinen Geschmack an den Freuden einer so himmelweit verschiednen
Lage finden; oder, welches noch öfter geschehen ist, er
würde die Gelehrsamkeit selbst, oder wenigstens die Liebe zu
derselben verlieren, worauf sich doch seine Ansprüche auf
diese Belohnung gründen.

232. GRATVS ALEXANDRO REGI MAGNO, etc.)
Dieß Lob des Augustus, welches die Vergleichung des
Charakters Alexanders des Grossen mit dem seinigen zum
Grunde hat, ist ungemein schön. Die Geschichtschreiber
und Lobredner dieses macedonischen Königs haben von ihm
die Anmerkung gemacht, daß er mit den heroischen Eigenschaften des Eroberers die sanftern Vollkommenheiten des
Virtuosen verbunden, und die letztern durch eine richtige
Kenntniß und Liebe der Poesie und der schönen Künste
bewiesen habe. Jene fand man in seiner Bewunderung
und fleißigen Lesung Homers. Diese in seinem berühmten Befehle in Ansehung des Apelles und Lysippus. Horaz weiß von diesen beyden Umständen seiner Geschichte zum
Vortheile seines Kaisers Gebrauch zu machen.

Aus seiner übertriebenen Bezahlung eines solchen elenden Versmachers, als Chörilus war, läßt er uns den
Schluß machen, daß Alexanders Liebe zur Poesie im Grunde
nichts weiter gewesen sey, als ein blinder, unverständiger
Trieb zur Ehre. Und in Betracht seiner grössern Einsicht
in die Skulptur und Mahlerey, als in die Poesie, stellt
er ihn als einen Fürsten vor, der mehr um die Abbildung
seiner Figur besorgt war, als um die Schilderung seines
Geistes und seiner Sitten. Augustus hatte hingegen
durch seine Freygebigkeit gegen den Varius und Virgil den

richtigsten Geschmack in der Kunst, von welcher er Unsterb-
lichkeit erwartete, an den Tag gelegt, und im Vertrauen
auf dieselbe, als auf das vornehmste Werkzeug seines
Ruhms, hatte er mehr Achtung gegen jene geistige Tugend
bezeugt, welche eine wahre Zierde der Menschheit ist, als
gegen jenen schrecklichen Blick, gegen jene siegrische
Miene und Stellung, in welcher Alexander, vermöge
seiner ungestümen Heftigkeit, am liebsten vorgestellt seyn
wollte.

243. MVSARVM DONA.) Dieser Ausdruck ist sehr
glücklich, indem er zugleich andeutet, daß jene Bilder der
Tugend, denen so viel Erheblichkeit für die Ehre der Fürsten
beygelegt wird, nicht blosse Opfer sind, welche die Poesie
der Grösse bringt, sondern freywillige Geschenke, welche
die Muse dem Dichter macht. Denn nur bloß Werken von
dieser Art legt Horaz die wundervolle Wirkung bey, daß
sie die Seele und die Sitten in einem vollkommnern und
dauerhaften Bilde ausdrückt, als die Skulptur von der
äussern Gestalt verfertigen kann:

> Non magis expressi vultus per aenea signa,
> Quam per vatis opus mores animique virorum
> Clarorum adparent.

247. — VIRGILIVS.) Virgil wird an diesem Orte
schlechthin als ein Poet erwähnt. Der bestimmtere Begrif von seiner Poesie wird uns anderswo gegeben:

> molle atque facetum
> Virgilio annuerunt gaudentes rure Camoenae.
> L. I. Sat. X. 44.

Dieser Lobspruch auf den Virgil, daß er sanft und
witzig sey, wird vielleicht manchem sonderbar zu seyn scheinen. So kam er auch dem Quintilian vor, der diese
Stelle anführt, und sie ohne Zweifel sehr richtig, aber doch
so erklärt, daß man wohl siehet, er sey von der Richtigkeit
seiner Erklärung nicht ganz gewiß gewesen.

Meiner Meynung nach verhält ſich die Sache ſo. Das Wort *facetum*, welches die größte Schwierigkeit macht, hatte zu Quintilians Zeiten die Bedeutung: witzig, munter, artig; mit Ausſchlieſſung jedes andern Begriffes, den man vorhin damit verbunden hatte. Das Wort *facetum* wurde freylich in Auguſts Zeitalter, und noch früher, zuweilen in dieſem Verſtande gebraucht. Allein eigentlich und urſprünglich bedeutete es nichts anders, als: ausgearbeitet; *factitatum, bene factum.* Und in dieſem eingeſchränkten Verſtande wird es, meiner Meynung nach), allemal vom Horaz gebraucht:

Malthinus tunicis demiſſis ambulat: eſt qui
Inguen ad obſcoenum ſubductis vsque *facetus.*

L. I. Sat. II. 25.

d. i. aufgeſchürzt, gewandt, rüſtig.

Mutatis tantum pedibus numerisque *facetus.*

L. I. Sat. IV. 7.

d. i. Lucil bediente ſich eines genauern Sylbenmaſſes, als die Verfaſſer der alten Komödie; oder er gab dadurch, daß er den nachläßigen Jamben in den Hexameter verwandelte, einen Beweis von ſeiner Kunſt, Geſchicklichkeit, und ſeinen Beurtheilungskraft.

frater, pater, adde;
Vt cuique eſt aetas, ita quemque *facetus* adopta.

L. I. Ep. VI. 55.

d. i. richte deine Anrede beſtimmt und genau nach dem Alter und Stande eines Jeden ein.

Ich erinnere mich keiner andern Stelle beym Horaz, wo *facetus* vorkäme; und in allen den angeführten kömmt es mir wahrſcheinlich vor, daß der damit verbundene Hauptbegrif allemal der Begrif von Sorgfalt, Kunſt, Geſchicklichkeit, und nur nach Beſchaffenheit der Sache, wovon er gebraucht wird, verſchiedentlich modificirt ſey: ein mit Fleiß aufgeschürztes Gewand; — ein mit Aemsigkeit gesuchtes Sylbenmaaß; — eine sorgfältig eingerichtete Anrede. Ein Nebenbegrif des Lustigen und Lächerlichen ist ihm dabey gar nicht in den Sinn gekommen. Eben so verhält es sich mit der gegenwärtigen Stelle:

molle atque facetum,

d. i. eine sanfte, fliessende Versifikation, und ein sehr bearbeiteter und vollendeter Ausdruck. Beydes die wahren und charakteristischen Verdienste von Virgils ländlicher Poesie.

Diese Veränderung in dem Sinne der Worte ist allen Sprachen gemein, und pflegt sich so allmählich und unbemerkt einzuschleichen, daß sie zuweilen der Bemerkung der besten Kunstrichter in ihrer eignen Muttersprache entgeht. Der Uebergang der Begriffe im gegenwärtigen Falle war vielleicht folgender. Da dasjenige, was witzig gesagt wurde, gemeiniglich am meisten studirt, künstlich und auserlesen zu seyn pflegte, so verlor *facetum* mit der Zeit seine ursprüngliche Bedeutung, und hieß nun bloß so viel, als witzig.

247. DILECTI TIBI VIRGILIVS, etc.) Es gereicht dem Andenken des Augustus zur Ehre, daß er, wie hier gesagt wird, so viel Zuneigung gegen diesen liebenswürdigen Dichter hatte, der sich unter den übrigen Dichtern seiner Zeit nicht nur durch sein erfindrisches Originalgenie, sondern auch durch die ausserordentliche Gutherzigkeit und Menschlichkeit seines Charakters unterschied. Und doch hat es Kunstrichter von so verkehrtem Geschmacke gegeben, die wenigstens eine Neigung, ihm beydes streitig zu machen, geäussert haben.

1. Einige haben sich an sein vermeyntes unfreundschaftliches Verhalten gegen den Horaz gestossen, der doch bey jeder Gelegenheit so bereitwillig war, alle seine Lobsprüche an ihn zu verschwenden. Allein diese Verläumbung ist eben so thöricht als boshaft, indem sie sich auf die un-

gereimte Einbildung gründet, daß ſich Virgils Freunde
eben ſo leicht in Gedichte von der Art hätten hinein bringen
laſſen, wie die Bücher vom Landleben und die Aeneide ſind,
als Horazens Freunde in die verſchiednen Gelegenheitsge-
dichte, welche ſeine Feder beſchäfftigten.

Einen andern Verdacht, der gerade eben ſo unvernünftig iſt, hat man wider ihn von Seiten der Eiferſucht
erregt, die er gegen Homers überwiegenden Ruhm geäuſſert hätte; ein Laſter, von welchem dieſer groſſe Dichter
ſchon von Natur äuſſerſt abgeneigt war. Und dieſe Beſchuldigung gründet man bloß darauf, daß er es nicht für
gut befunden hat, ihm die erſte Stelle unter den Dichtern in
Elyſium zu geben, einige hundert Jahre vorher, ehe er noch
einmal auf der Erde gelebt hatte.

Doch dieſe armſeligen Verläumdungen ſeines moraliſchen Charakters verdienen kaum eine Widerlegung. Die
Einwürfe, welche einige Kunſtrichter von gröſſerm Anſehen
gegen ſeine poetiſchen Verdienſte gemacht haben, ſind vielleicht erheblicher.

2. Einige ſonſt ſchätzbare Schriftſteller unter den Neuern haben es zuerſt ausgebracht, und von dieſen iſt es hernach weiter gegangen, und vermöge des gewöhnlichen Ein-
fluſſes des gelehrten Anſehens die herrſchende Meynung der
meiſten Gelehrten geworden, daß dieſer groſſe Dichter ſeinen
Ruhm mehr der Schärfe ſeiner Beurtheilungskraft,
ſeinem Fleiſſe, und einem gewiſſen Kunſtgriffe der
Nachahmung zu danken gehabt habe, als dem Umfange
ſeines natürlichen Genies, welches er, wie man glaubt,
in ſehr geringem Grade beſaß.

Der Grund dieſer Beſchuldigung iſt die Aehnlichkeit,
welche Jedermann zwiſchen ſeinem groſſen Gedichte, der
Aeneide, und den Homeriſchen Gedichten zu finden einräumt. In wie fern aber eine ſolche Aehnlichkeit Nachahmung vorausſetzt, oder in wie fern die Nachahmung ſelbſt
ein geringeres natürliches Genie bey dem Nachahmer beweiſt, das hat man niemals in Erwägung gezogen. Kurz,
die ganze Materie von der poetiſchen Nachahmung, die

doch eine der wichtigsten und intereſſanteſten in der ganzen
Kritik iſt, hat man bisher ſehr wenig verſtanden, wie man
ſchon daraus ſehen kann, daß es, ſo viel ich weiß, noch
keine einzige Abhandlung giebt, die in der Abſicht, ſie zu
erklären, geſchrieben wäre. Der Aufſatz, welchen der gelehrte Menage über dieſe Materie vorhatte, und der ſie ohne
Zweifel in ein näheres Licht geſetzt haben würde, iſt, ſo
viel ich weiß, niemals erſchienen. Um dieſen Verluſt eini-
germaſſen zu erſetzen, habe ich es für nicht undienlich gehalten, einige wenige Betrachtungen, die ich ſelbſt über
dieſe Sache gemacht habe, zu ſammeln, und in einen gewiſſen
methodiſchen Zuſammenhang zu bringen. Die Materie iſt
von weitem Umfange, und läßt ſich nicht wohl ſo ins Kurze
ziehen, um ſich mit der Länge dieſer gelegentlichen Anmerkungen zu vertragen; man wird daher eine eigne Abhandlung darüber, im zweyten Bande finden.

Beſchluß.

Nachdem ich itzt, ſo gut es mir möglich geweſen, die
beyden berühmten Horaziſchen Epiſteln an die Piſonen
und an den Auguſtus erläutert habe; ſo erwartet man vielleicht, daß ich zum Schluſſe noch etwas von den übrigen
kritiſchen Aufſätzen unſers Dichters ſagen werde. Denn
ſeine Sermonen, unter welchen ich ſeine Epiſteln mit be-
greife, ſind von zweyerley Art, moraliſch und kritiſch.
Beyde ſind ſchön; aber die letztern vielleicht von beyden die
vollkommenſten in ihrer Art; denn ſeine moraliſchen Grundſätze leiden, meiner Meynung nach, zuweilen eine Ausnahme; ſeine kritiſchen hingegen niemals.

Die beyden Stücke, welche ich in dieſem Bande erläutert habe, ſind im ſtrengſten Verſtande kritiſch. Denn
das erſte iſt eine zweckmäßige Kritik über das Römiſche Drama; und das letztere über die Römiſchen Dichter, zu ihrer
Vertheidigung. Seine übrigen Werke, die zur Kritik gehören, kann man eher apologetiſche nennen. Es ſind die

vierte und zehnte Satire des erſten, und die erſte des zweyten Buchs, die neunzehnte Epiſtel des erſten, und ein Theil
der eilften des zweyten Buchs.

In dieſen hatte der Dichter drey groſſe Zwecke, von
denen er den einen oder andern niemals aus dem Geſichte
verliert, und gemeiniglich verfolgt er ſie alle in dem nänlli-
chen Stücke.   Dieſe Zwecke ſind: 1. Die ſatiriſche
Schreibart zu vertheidigen; 2. ſein Urtheil über einen
Lieblingsdichter dieſer Gattung, den berühmten Lucil,
zu rechtfertigen; 3. die ſorgloſe und unkorrekte Schreibart der Römiſchen Dichter lächerlich zu machen.

Es war ihm ſelbſt an dieſen drey Stücken ſehr viel
gelegen; daher vertheidigt er zu gleicher Zeit ſich ſelbſt, wenn
er andre beurtheilt oder tadelt.   Man wird die ausnehmende Geſchicklichkeit des Dichters einſehen, wenn man
dieſen allgemeinen Zweck ſeiner kritiſchen Poeſie beſtändig in
Gedanken hat.   Wie er zu dieſer Streitigkeit überhaupt
gekommen ſey, wird man am beſten aus ein paar Anmerkungen über denjenigen Zuſtand lernen, in welchem ſich die
Römiſche Literatur damals befand, als Horaz es unternahm, durch ſeine Bemühungen etwas zu ihrer Verbeſſerung beyzutragen.

Ich habe in der Einleitung dieſes Bandes einen kurzen Abriß von dem Urſprunge und Fortgange der Römiſchen Satire gemacht. Dieß Gedicht war gänzlich von
Römiſcher Erfindung; es entſprang zu allererſt aus dem
alten Feſcenniniſchen Poſſenſpiele, und wurde vom
Ennius noch ſehr rauh bearbeitet; bald darauf wurde es
glücklicher behandelt, und mit dem beſten Theile der alten
Komödie vom Lucil bereichert; und nach einigen glücklichen
Verſuchen wurde es endlich vom Horaz gewählt, und auf
die ſchönſte Art eingekleidet.

Horaz war der Welt ſchon durch ſeine lyriſchen Gedichte, und vielleicht noch mehr durch die Gunſt, worin
er bey Hofe war, bekannt, als er es übernahm, die Sitten und den Geſchmack ſeines Zeitalters durch ſeine Lucili-
ſchen Satiren zu verbeſſern.   Aber hier fand er auf ein-

mal viele Vorurtheile, und alles sein Ansehen, mit dem
Ansehen seiner Freunde vom Hofe zusammengenommen,
war zu schwach, ihn gegen den reissenden Strom zu
schützen.

Erstlich, mußte die Gattung der Schreibart an sich
schon anstössig seyn. Denn die Römer hatten sichs
zwar gern gefallen lassen, daß ein alter Dichter durch
seine Satire gegen die vorigen Zeiten ihre natürliche Bösartigkeit befriedigt hatte; sie mußten hingegen natürl cher
Weise aufgebracht werden, das nun dieß Talent gegen ihre
Zeiten, und vielleicht auch einmal gegen sie selbst gebraucht
wurde.

Der Vorzug und die Gnade, welche der Dichter bey
Hofe genoß, mußten noch ausserdem seinem Tadel eine besondre Stärke und Wirkung verschaffen, so, daß allen
denen, die sich durch denselben getroffen fanden oder glaubten, daran gelegen war, seine Arbeiten zu verrufen, und
seinen aufkommenden Ruhm niederzudrücken.

Omnes hi metuunt versus, odere *poetam.*

Daher war er nun genöthigt, sich selbst eben so sehr
zu rechtfertigen, und sowohl die Sache selbst, als den Gebrauch, den er davon machte, gegen das ekle und verdacht-
volle Publikum zu vertheidigen.

Allein, dieß war noch nicht alles. Denn man sah
nun auch zweytens einen alten Satirendichter von hoher
Geburt und vom ansehnlichen Stande, den Lucil, nicht
bloß als einen vorzüglichen Dichter dieser Art, sondern als
ein vollkommenes Muster in derselben an; und so mußte
natürlicher Weise dieser neue satirische Dichter bey der Vergleichung sehr verschrieen und herabgesetzt werden. Dieser
Umstand nöthigte ihn, den wahren Werth jenes bewunderten Dichters genau zu bestimmen, welches freylich nicht geschehen konnte, ohne die allgemeine Bewunderung zu durch-
kreuzen, und ohne seine Mängel und Fehler auf die freymü-
thigste Art ins Licht zu setzen. Dieses gefährliche Unternehmen führte er in der vierten Satire seines ersten Buchs aus,

und zwar mit solcher kritischen Strenge, daß nicht nur die
Freunde Lucils zur Zeit des Dichters, sondern auch die ein-
sichtvollesten und billigsten Kunstrichter der folgenden Zeiten
sich berechtigt glaubten, darüber zu klagen. Indeß war
dieser gewagte Schritt einmal gethan, und es blieb ihm
nichts übrig, als sich darüber zu vertheidigen, wie er in
seiner zehnten Satire ausführlich gethan hat.

Wenn man überhaupt dasjenige, was er in diesen
beyden Satiren gesagt hat, mit dem vergleicht, was Quintilian lange hernach über ihren Inhalt, die Schreibart Lucils, bemerkte, so scheint man nicht zu dem Schlusse berechtigt zu seyn, daß Horaz unrecht geurtheilt habe; wiewohl er sein Urtheil in Ausdrücken vortrug, die er unstreitig, aus Nachsicht gegen das Vorurtheil der Menge, und
aus einer anständigen Achtung gegen die Verdienste seines
Lehrers, würde gemildert haben, wenn seine Gegner bey
ihren Vorwürfen sich mehr gemäßigt hätten, oder wenn die
Gelegenheit nicht so bringend gewesen wäre.

Endlich veranlaßte, oder enthielt vielmehr dieser Angriff auf den Lucil noch eine dritte Streitigkeit. Der Haupt-
vorwurf, den ihm Horaz machte, war seine sorglose, wortreiche und übereilte Schreibart, welche seine Bewunderer
ohne Zweifel Genie, Anmuth und Stärke nannten. Da
dieß bey seinen Landesleuten ein eingewurzelter Fehler war,
so schont er desselben durchaus nicht. In allen seinen kritischen Werken braucht er durchgehends die größte Stärke seines Witzes und Verstandes, um denselben lächerlich zu machen; und seine eigne Gedichte, welche zu gleicher Zeit äusserst korrekt waren, räumten seinen Gegnern keinen Vortheil
über ihn ein; und dieß mußte sie noch mehr aufbringen. Sie
versuchten es, so viel möglich, die beständigen Vorwürfe,
welche er den Lieblingsdichtern des Volks wegen ihrer Vernachläßigung der Feile machte, dadurch zurückzuweisen, daß
sie ihm, ihrerseits, vorwarfen, seine Schreibart wäre
sine neruis, wiewohl sie selbst seine Stärke fühlten, und wiewohl ein andrer Haufe zu gleicher Zeit über seine Strenge
klagte:

Aa

Sunt, quibus in ſatira videor nimis *acer* —
— . — *Sine nervis* altera, quicquid
Compoſui, pars eſſe putat, ſimilesque meorum
Mille die verſus deduci poſſe —

Bey der letztern Beſchuldigung ſpielten ſeine Gegner ſatiriſch
auf den Vorwurf an, den er dem Lucil gemacht hatte:

in *hora* ſaepe *ducentos,*
Vt magnum, *verſus* dictabat, ſtans pede in vno.

Es iſt hier der Ort nicht, mich noch weiter über Lucils
Charakter einzulaſſen, deſſen wortreiche Satiren zu der Kritik unſers Dichters Gelegenheit gaben. Einige alte Schriftſteller reden von ihm beyläufig, in den ruhmvollſten Ausdrücken, und er war ohne Zweifel ein Dichter von ausnehmenden Verdienſten. Allein man wird itzt ſchwerlich glauben,
daß es ihm auf irgend eine Art nachtheilig ſeyn konnte, vom
Horaz getadelt, nachgeeifert, und übertroffen zu werden.

Was ich hier geſammlet habe, ſoll eigentlich nur dazu
dienen, jungen Leuten den rechten Schlüſſel zu Horazens
kritiſchen Aufſätzen zu geben, welche überhaupt auf ſeine
eigne Rechtfertigung — wider die Feinde der Satire —
die Bewunderer Lucils — und die Vertheidiger einer
nachläßigen und unkorrekten Schreibart gerichtet ſind.

Die Behandlung dieſer verſchiednen Gegenſtände hat
ihm Gelegenheit gegeben, eine Menge vortrefflicher Anmerkungen anzubringen. Dieſe ſind freylich zu zerſtreut, und
zu wenig hinreichend, ein vollſtändiges kritiſches Syſtem
auszumachen; indeß ſind ſie ſo einleuchtend, ſo reich am geſunden Verſtande, und erſtrecken ſich ſo viel weiter, als der
Fall, worauf ſie unmittelbar angewandt werden, daß man
daraus viele Grundſätze hernehmen kann, worauf ein ſolches
Syſtem, wenn es jemals aufgeführt wird, gebauet werden
muß. Und, ohne die Sache weiter zu treiben, können wir
es von dieſen kritiſchen Aufſätzen behaupten, daß ſie, nächſt
dem unſterblichen Werke des Ariſtoteles, die allerſchätzbar-
ſten Ueberbleibſel der alten Kunſtwerke über dieſe Materie ſind.

Anhang

einiger Anmerkungen

des

Uebersetzers.

I.

Ueber die Aufschrift, den Inhalt und die Methode der Horazischen Epistel an die Pisonen.

Fast keiner von den zahlreichen Auslegern dieses so schätzbaren Gedichts hat die Untersuchung über die eigentliche Form desselben, und über die poetische Gattung, wozu es eigentlich zu rechnen ist, vorbeygelassen. Den mehresten fiel es bey dieser Untersuchung gar bald in die Augen, daß nicht die ganze Poetik der Gegenstand desselben sey; daß die einzelnen darin vorkommenden Bemerkungen weder kettenförmigen Zusammenhang, noch schnurgerade Richtung auf Einen einzigen Gesichtspunkt haben; und, daß man es folglich für kein förmliches didaktisches Gedicht, noch viel weniger für ein vollständiges poetisches Lehrgebäude ansehen dürfe. Ausserdem sahen auch noch die meisten Ausleger ein, daß man dieß Werk zu keiner Klasse der übrigen Horazischen Gedichte bequemer rechnen könne, als zu seinen poetischen Briefen, und daß man dazu nicht bloß durch die Richtung desselben an die Pisonen, sondern vornämlich durch den ganzen Ton der Schreibart, und durch die abwechselnde Mannichfaltigkeit des

Inhalts berechtiget werde. Indeß haben es bisher nur sehr
wenige Herausgeber des Horaz gewagt, diese Epistel in die
Reihe der übrigen mit einzurücken, weil man von Alters her
gewohnt ist, es als ein besondres Werk zu betrachten, und
überdieß auch von Alters her Gründe und Ansehen dafür zu
haben glaubt.

Die vornehmste Bedenklichkeit beruht nämlich auf zwey
Stellen beym Quintilian, der in seinen oratorischen Anweisungen zum öftern Stellen dieses Gedichts anführt,
und in dem ihnen vorangeschickten Briefe an den Tryphon
ausdrücklich sagt: „ — Vsus Horatii confilio, qui in
ARTE POETICA suadet — — ‟ und im achten Buche,
Kap. 3. „Id enim tale eſt monſtrum, quale Horatius in
prima parte LIBRI DE ARTE POETICA fingit. ‟ — Beyde
Stellen sind den Auslegern mehr oder weniger entscheidend
vorgekommen, nach dem es ihnen mehr oder weniger darum
zu thun war, das Horazische Gedicht zu einem vollständigen
Gesetzbuche poetischer Vorschriften zu machen, und ihm im
Voraus die Absicht eines Systems anzudichten, um hernach
in der methodischen Zergliederung desselben ihre Geschicklich-
lichkeit und ihren hermenevtischen Scharfsinn desto sichtbarer
zu machen.

So viel ist nun wohl ausgemacht, daß diese Aufschrift,
sie mag nun noch so früh da gewesen seyn, nicht unmittelbar
vom Horaz selbst herkomme; denn dawider sind alle ähnliche
Fälle in der Kritik. Sie war ohne Zweifel, wie Voßius*)
mit Recht gegen Skaligern behauptet, der Zusatz irgend
eines frühzeitigen Abschreibers oder Grammatikers, der dabey
vielleicht nichts weiter zur Absicht hatte, als den Inhalt
dieses Briefes im Allgemeinen anzugeben, und nur so viel

---

*) In der Vorrede zu seinen INSTITVTT. POET. p. I. „— Fal-
litur, (Scaliger) cum ἐπιγραφήν putat eſſe ab Horatio; qui inſcripſerat
Epiſtolam ad Piſones. Argumentum vero, vt in epiſtolarum ceteris,
ita in hac etiam, ab aliis poſtea appoſitum fuit.‟

anzudeuten, daß darin überhaupt von der poetiſchen Kompoſition die Rede ſey. *) — Auch darf uns der Umſtand in
der erſtern Stelle Quintilians nicht irre machen, daß derſelbe ſchlechthin Ars Poetica genannt wird.   Auf eben die
Art wurde z. B. das zweyte Buch der Iliade von den Alten κατά-
λογος, und das achtzehnte ὁπλοποιία genannt, ohne daß es deswegen Jemanden einfiele, ſie für abgeſonderte, und zu einer
andern, als der epiſchen Gattung gehörige Gedichte zu halten.
Eben ſo wenig entſcheidet das Wort Liber in der zweyten
Stelle des Quintilian, da es bekanntermaſſen von jeder Art
proſaiſcher und poetiſcher Aufſätze gebraucht wird. Es braucht
der gezwungenern Erklärung des Jaſon Denores **) nicht,
der unter dem Worte Liber ein Buch der Epiſteln verſtehen
will; wiewohl Sanadon ſo verfahren iſt, und aus dieſem
einzigen Briefe ein ganzes drittes Buch gemacht hat. Beſſer
verſteht man es, wie geſagt, von einem einzelnen poetiſchen
Stücke, das entweder gar bald nach den Zeiten des Horaz
häufig einzeln abgeſchrieben, oder, wie Gesner glaubt, ***)
von irgend einem alten Grammatiker beſonders vorgenommen
und kommentirt wurde; gerade ſo, wie es Makrobius mit
dem Traume des Scipio machte, der eigentlich in Cicero's
Bücher von der Republik hinein gehörte.   Hiezu kömmt

---

*) So urtheilt auch Lambin in ſeiner Vorrede zu dieſer Epiſtel.
S. deſſen Ausgabe des Horaz (Francof. 1596. 4.) p. 411.

**) Ein ſonſt ſehr brauchbarer Ausleger dieſer Horaziſchen Epiſtel,
deſſen ich noch öftrer erwähnen werde. — Er war eigentlich aus
Cypern gebürtig, lebte in der letztern Hälfte des ſechzehnten Jahrhunderts, und ſtarb 1590 als Profeſſor zu Padua, und Nachfolger
des berühmten Robortellus. S. von ſeinem Leben und anderweitigen Schriften die Memoires de NICERON. T. XL. p. 255. — —
Sein Kommentar über die Horaziſche Dichtkunſt iſt einzeln Pariſ.
1544. 8. und Venet. 1553. 8. herausgekommen, und ſteht auch in
folgender Ausgabe des Dichters: Q. HORATII FLACCI Opera,
Grammaticorum XL. commentariis et adnotationibus illuſtrata. Baſil.
1580. fol. p. 1358. ſ.

***) S. deſſen Ausgabe des Horaz, S. 600.

noch das Zeugniß des Achille Estaso*) von einer sehr alten
Handschrift, worin nur bloß die Horazischen Episteln, und
die von der Dichtkunst an ihrer Spitze befindlich gewesen;
ein Platz, welchen sie auch in der Ausgabe des Landini
(Florenz, 1482.) erhalten hat.

Ein andrer schätzbarer Ausleger dieses Gedichts, der
nicht sehr bekannt ist, und dessen erheblichste Bemerkungen
ich in der Folge anführen werde, Nicolaus Kolonius,**)
redet von dieser Meynung als von einer solchen, die schon
zu seinen Zeiten von verschiedenen Gelehrten vorgetragen sey.
„Quid illud? quanti, quaeso, ponderis est? inscriptionem
ipsam, de Arte Poetica, *esse qui suspicentur, eosque viros
imprimis doctos*, adiectam esse ab aliquo imperito Gramma-
tico. “ — Noch wahrscheinlicher wird sie durch einen andern Umstand, der zugleich zum Beweise dient, daß man auch
schon in weit ältern Zeiten dieß Gedicht zu den Horazischen
Episteln gezählt habe.

Charisius führt in seinem uns noch übrig gebliebenen
grammatischen Werke***) zwey Beyspiele aus diesem Gedichte
an, und citirt beydesmal: Horat. Epistolar. — Bey der
einen Stelle gedenkt er einer Erklärung des Terentius
Skaurus, aus seinen Kommentarien *in artem poeticam*,
die im zehnten Buche derselben befindlich sey. Dieß hat

---

*) Gemeiniglich, *Achilles Statius, Lusitanus.* Seine Worte sind:
antiquissimus liber exaratus manu, in quo, in epistolarum volumine,
separato a caeteris, haec tanquam epistola primo loco ponitur. —
S. auch Les poesies d'Horace, par le P. sanadon, (Par. 1756. 8.)
T. VII. p 53. f.

**) Q. HORATII FLACCI Methodus de Arte Poetica: per NICO-
LAVM COLONIVM exposita, quomodo antehac ab alio nemine.
Bergomi, 1587 4. (pp. 56.)

***) FLAVII CHARISII SOSIPATRI Institutionum Grammaticarum
Libri V. — v. PVTSCHII Grammaticae Lat. Autores Antiquos,
(Hanov. 1605. 4.) p. I. ff. — Die beyden oben erwähnten Aus-
führungen stehen p. 182. 183.

man, ohne zureichenden Grund, von der Horaziſchen
Dichtkunſt verſtanden; da es doch vielleicht ein allgemeine-
res Werk war, wie aus einer andern Anführung des Cha-
riſius (p. 188.) beynahe wahrſcheinlich wird, wo er dieſer
Kommentarien bey Gelegenheit des erſten Verſes der Aeneide
gedenkt. Wenn indeß jene Muthmaſſung erweislich wäre,
ſo würde man vielleicht eine andre darauf gründen können,
daß nämlich die Ueberſchrift, *De Arte Poetica*, welche
Skaurus ſeinen Kommentarien über die Horaziſche Epiſtel
gegeben hatte, gar bald möchte eine Veranlaſſung geworden
ſeyn, ſie zur Aufſchrift der Epiſtel ſelbſt zu machen. Denn
dieſer Grammatiker lebte noch vor dem Quintilian, zu des
Kaiſers Hadrians Zeiten.*)

Der ganze Umſtand in Anſehung der Aufſchrift dieſer
Epiſtel wäre minder erheblich, wenn nicht er vornämlich Gelegenheit gegeben hätte, in derſelben mehr zu ſuchen, als der
Dichter zur Abſicht haben konnte, nämlich einen vollſtändigen Inbegrif der vornehmſten Regeln einer Poetik. Man
hielt nämlich das Alterthum dieſer Aufſchrift für gar zu ent-
ſcheidend; man ſah den Dichter ſelbſt für ihren Urheber an;
und verfehlte ſo des wahren Geſichtspunkts, woraus man
dieß Werk anzuſehen hatte, eben durch die übel verſtandene
Vorſichtigkeit, denſelben von ſeinem eingebildeten urſprüng-
lichen Standorte nicht zu verrücken. Daher der Eifer des
Jakob Griffioli**) mit welchem er dem Denores die Abweichung von jener Aufſchrift zum Verbrechen macht; daher

---

*) GELLIVS, L. XI. c. 15.

**) Q. HOR. FL. Liber de arte poetica, JACOBI GRIFOLI Lucia-
nenſis interpretatione explicatus — Ich habe von dieſem Kommentar die erſte Ausgabe (Flor. 1550. 4.) und den weit vermehrtern
Abdruck nach der Venetianiſchen (1562. 8.) in der oben angeführten
Baſeliſchen Ausgabe des Horaz p. 1270. ſſ. vor mir. Fabriz führt
(Biblioth. Lat. p. 245.) noch eine mittlere an. — Griffioli war
mit dem Denores ein gemeinſchaftlicher Schüler des Tryphon Ga-
brielli, und beyde gaben den Vortrag dieſes ihres Lehrers für die

in der Folge so manche verunglückte Zergliederungen der vermeynten Oekonomie dieses Gedichts; so viele ängstliche
Wendungen und Muthmaßungen, um sich die Unvollstän-
bigkeit und die raschen Uebergänge, welche zu sehr in die
Augen fallen, begreiflich zu machen.   Man höre z. B. nur
Einen von diesen Kunstrichtern, und urtheile selbst, ob seine
herbeygeholten Entschuldigungen, wenn sie Statt fänden,
dem Dichter rühmlich seyn würden: „Horaz, sagt er,
arbeitete nicht in Eins fort an diesem Gedichte; er nahm die
Materien, wie sie ihm bey seiner Lekture, oder bey seinem
eigenen Nachdenken vorkamen, und beobachtete weiter keine
Ordnung; daher der Mangel an Methode.   Auch ist das
Werk unvollendet, weil Horaz nicht Zeit hatte, die letzte
Hand daran zu legen; oder, was noch wahrscheinlicher ist,
weil er sich diese Mühe nicht geben wollte; u. s. f. " *)

    So bald man darüber einig ist, daß die Form dieses
Gedichts epistolisch sey; so braucht es aller der Bemühungen nicht, einen solchen Hauptinhalt desselben festzusetzen,
worauf sich jeder Vers, jede einzelne Vorschrift oder Anmerkung zurückführen liesse; so bedarf es einer zusammenhängenden, stufenweisen Folge, eines abgemessenen, strengen Verhältnisses aller einzelnen Theile nicht.   Um so viel
mehr ist es zu verwundern, daß fast alle Ausleger ohne Ausnahme sich das Geschäffte gleichsam zur Pflicht gemacht haben,
ein gewisses Thema dieses Briefes aufzusuchen; das heißt,
nicht bloß einen gewissen allgemeinen Inhalt, dergleichen
ein Aufsatz jeder Art haben muß, sondern einen durchgehends
zum Grunde liegenden Hauptsatz, dem alles übrige gleichsam
untergeordnet seyn soll.   Das thaten selbst solche Ausleger,
die es gar wohl wußten, die es noch oben drein selbst erin-

Grundlage ihrer Kommentarien aus.   Indeß ist die letztere Ausgabe
des Griffoli fast eine durchgängige,   meistens harte und unbillige
Kritik des Denores.   .

*) Dacier, ed. des Oeuvres d'Horace (Par. 1709. 8.) T. X. p. 31

nert hatten, daß die Einkleidung und Freyheit der Briefform
einer künſtlichen und regelmäßigen Methode gerade zuwider-
laufe, und daß man, um den Charakter dieſer Gattung zu
beobachten, alle die Feſſeln abſchütteln müſſe, die ſich der
Verfaſſer einer philoſophiſchen Abhandlung, oder auch nur
eines ordentlichen Lehrgedichts anzulegen verbunden iſt.
Wie kann z. B. Batteux in eben der Vorrede zu ſeiner Ueberſetzung dieſer Epiſtel, *) worin er ſie für das erklärt, was
ſie iſt, ihr den ſeltſamen Lobſpruch machen: C'eſt le Code
de la raiſon pour tous les Arts en general: c'eſt le bon
goût réduit en principes?

Wie geſagt, einen allgemeinen Gegenſtand und Endzweck dieſes Briefes muß man allerdings annehmen. Jener
iſt, wie es deutlich in die Augen fällt, die poetiſche Kompoſition überhaupt; dieſer, wie es Denores ſehr gut ausdrückt, dasjenige vorzutragen, quae praecipua videbantur,
vel de poetarum ſcriptis diiudicandis, vel communiter, de
noſtris ingeniis ad omnem inuentionis diſpoſitionisque ac
elocutionis rationem in quocunque poematum genere for-
mandis. — (p. 1365.)

Es würde mich zu weit führen, wenn ich hier alle die
verſchiedenen Meynungen herſetzen wollte, welche die Kunſtrichter über den Hauptinhalt dieſer Epiſtel geäuſſert haben.
Sie ſind größtentheils einander widerſprechend; alle aber
von der Art, daß die Zurückführung der einzelnen Stellen
auf dieſen Hauptinhalt, wie es nach der innern Beſchaffenheit dieſes Gedichts nicht anders ſeyn konnte, allemal äuſſerſt gezwungen herauskömmt. Sehr ungern rechne ich auch
einen ſo einſichtvollen Kunſtrichter, wie Herr Hurd iſt, zu
dieſer Klaſſe; und doch hat er ſich, bey allen den richtigen
Begriffen, die er von der epiſtoliſchen und epiſtoliſchpoetiſchen

*) Im erſten Bande ſeiner Quatre Poetiques d'Ariſtote, d'Hor-
ee, de Vida, de Deſpreaux, avec les Traductions et des remarques.
Par. 1771. 2 Voll. 8.

Schreibart hatte, durch den Einfall, Horaz habe durchgehends die Verbesserung des Römischen Drama zum Zwecke,
verleiten lassen, diesen einzigen Zweck, so zu reden, als
den Mittelpunkt festzusetzen, um welchen er nun alles schlän-
gelt und dreht, so unbiegsam sich auch oft manches dabey
bezeigte. „Nicht nur der Inhalt des ganzen Werks, sondern eine jede einzelne Vorschrift soll auf diesen Zweck
gehen." (Einl. S. 3.)　Und was sich nicht geradezu auf
denselben richten läßt, muß wenigstens eine Erläuterung,
oder eine Anspielung auf denselben seyn.

So viel wird Niemand leugnen, und die meisten Ausleger haben es auch zugestanden, daß der größte Theil dieser
Epistel die Schaubühne betreffe, und wenn man will, zunächst die Römische, in so fern die Verbesserung derselben
dem Dichter allerdings angelegen, und in Gedanken seyn
mußte.　Aber, daß Horaz gleich Anfangs auf dieß Ziel
sollte ausgelaufen seyn, daß alle Regeln, welche offenbar
andre Dichtungsarten betreffen, blosse Erläuterungen und
Beyspiele desjenigen seyn sollten, was er von der Dramatischen sagt, daß alles das Historische, was grossentheils
offenbar vom Griechischen Theater erzählt wird, von dem
Römischen gesagt seyn sollte; das läuft, wie wir bey einzelnen Stellen sehen werden, wider den klaren Augenschein,
und widerspricht ausserdem auch selbst den Begriffen des Verfassers von der Schreibart in Briefen, in welchen nicht alle
Theile ein gleiches Ebenmaaß haben können, in welchen sich
der prosaische Verfasser — noch vielmehr der Dichter — oft
bey dem Einen Umstande nur einen Augenblick, bey dem andern um so viel länger verweilt, ohne von dieser Ungleichheit
Rechenschaft geben zu dürfen.　Zuweilen kann er freylich
dazu durch das Bedürfniß seiner Zeiten, oder ähnliche Ursachen, bewogen werden; und wir können es unserm Verfasser
zugeben, daß dieß vermuthlich Horazens Fall bey dieser
Epistel gewesen sey.

Der Irrthum, den Herr Hurd, (Einl. S. 4.) an den
meiſten Auslegern rügt, daß nämlich Horaz dieß Gedicht
aus mancherley Stellen Griechiſcher Kunſtrichter zuſammen-
geſetzt habe, iſt allerdings eben ſo tadelhaft, als die Folge
deſſelben, die mühſame Aufſuchung vieler Parallelſtellen aus
den uns noch übrigen Griechiſchen Schriftſtellern dieſer Art.
So glaubte Griffioli die Entdeckung gemacht zu haben, *)
das ganze Gedicht ſey durchgehends aus dem Ariſtoteles
entlehnt, und durchſpickte daher ſeinen Kommentar mit häufigen Stellen dieſes Philoſophen, deſſen Poetik doch manches
hat, was den Horaziſchen Regeln ſo wenig parallel iſt, daß
es mit denſelben vielmehr oft in einem offenbaren Widerſpruche
ſteht, wie man einige Beyſpiele davon in den Hurdiſchen Anmerkungen gefunden haben wird. Weniger verwerflich iſt indeß wohl die Anmerkung Porphyrions, daß Horaz dieſe
Epiſtel größtentheils aus dem Neoptolemus Parius genommen habe, einem Grammatiker, den wir ſonſt nicht
weiter, als aus einigen Anführungen beym Athenäus **)
kennen. Zu Porphyrions Zeiten war das Originalwerk,
worauf er ſich bezieht, ohne Zweifel noch vorhanden; und
wir haben keinen Grund, an der Glaubwürdigkeit ſeines
Zeugniſſes zu zweifeln. Wer berechtigte aber den Dacier,***)
dieſe Horaziſche Epiſtel noch auſſerdem für einen Auszug der
Poetiken des Ariſtoteles, Krito, Zeno und Demokrits
zu erklären?

*) In ſeiner Zuſchrift an den Biſchof Mignanelli vor der Floren-
tiniſchen Ausgabe, p. 7. „Illud certe affirmare non dubito, oſten-
diſſeme, locos Horatianos, ac totum fere hoc opus, ex Ariſtotelis
Arte poetica decerptum.

**) S. dieſelben beyſammen angeführt in FABRICII Biblioth.
Gr. L. IV. p. 676.

***) T. X. p. 81.

II.

Anmerkungen über einige einzelne Stellen dieser Epistel.

V. 1—23.

Wenn ja der Eingang dieses Briefes auf irgend eine besondere Dichtungsart gehen soll, und nicht vielmehr die Regeln des Entwurfs und der Anordnung bey einer jeden betrifft; so läßt er sich wohl auf keine mit geringerm Zwange anwenden, als auf die epische. Kolonius, dessen ich vorhin erwähnte, hatte sichs nun einmal eingebildet, die Epopee sey durchgehends Horazens vornehmstes Augenmerk gewesen; und so mußte er freylich, meiner obigen Anmerkung zufolge, manches gezwungen erklären; was er aber über diesen Eingang sagt, scheint mir sehr gegründet zu seyn. Es ist hier nämlich, seiner Meynung nach, hauptsächlich von den Episoden die Rede, die nirgends häufiger und schicklicher sind, als in einem epischen Gedichte, daher es auch πολύμυθον genannt wird. Horazens Warnung und Erinnerung beträfe nun die unschickliche und widersinnige Häufung und Zusammensetzung dieser Episoden. Wenn man den ganzen Zusammenhang ansieht, so wird man diese Erklärung nicht unwahrscheinlich finden, wenn man auch auf die Nebenbeweise dieses Auslegers nicht rechnen will. Er beruft sich nämlich auf das Wort *liber* in den Versen:

huic tabulae fore librum

Persimilem;

das freylich nur Aufsätze von einer gewissen Länge bezeichnet, und wohl schwerlich von dramatischen Stücken vorkommen wird.

Ferner auf die Stelle:

Inceptis grauibus — et magna profeſſis,

die er von der Expoſition des Inhalts in der Epopee erklärt.
Denn allein der epiſche Dichter, ſagt er, initio profitetur,
ſe de rebus grauibus et magnis ſcripturum. Eben das
ſcheint ihm auch in der Folge der Vers anzudeuten:

Quid dignum tanto feret hic *promiſſor* hiatu?

Bey v. 18. Aut flumen Rhenum, etc. macht dieſer
Ausleger eine Anmerkung, die auch Dacier hat, daß nämlich Horaz damit vermuthlich auf den Dichter Alpin ziele,
von dem er anderswo ſagt:

Turgidus Alpinus, iugulat dum Memnona, dumque
Diffingit *Rbeni* luteum caput, haec ego ludo.
L. I. Sat. X. v. 36.

Bey v. 23. Denique ſit quiduis ſimplex duntaxat et
vnum, fragt Herr Hurd (S. 59.) mit Recht: „Iſt es nicht
ſeltſam, daß man hat glauben können, Horaz habe dieſe
Regel bey dieſer Epiſtel ſelbſt aus der Acht gelaſſen? “ —
Und doch läßt ſich dieſe Kritik noch mit gehöriger Einſchränkung rechtfertigen, in ſo fern nämlich die Form eines poetiſchen Briefes von der Einrichtung eines gröſſern Gedichts,
es ſey epiſch oder dramatiſch, allemal verſchieden bleibt. Aber
das iſt noch weit ſeltſamer, daß Dacier, ſeinem eigenen
Geſtändniſſe nach,*) lange Zeit die wunderliche Grille unterhalten konnte, der Dichter habe durch das Bild der erſten
dreyzehn Verſe eine Vorſtellung dieſer Epiſtel machen, und
die Unordnung und den Mangel des Zuſammenhanges in
derſelben entſchuldigen wollen.

V. 25—28.
Breuis eſſe laboro, etc.) Kolonius glaubt, es ſey
nicht von ungefähr geſchehen, daß Horaz von der Kürze

*) p. 94.

der Schreibart gerade in der ersten Person redet, weil er
in seinen Gedichten eben darum am meisten bemüht gewesen
sey, solche Wörter zu wählen, die seine Gedanken aufs
nachdrücklichste bezeichneten, und denselben ein gewisses
volles, gedrungenes Ansehen zu geben; wodurch sie diejenige
Kürze bekommen hätten, welche das Mittel zwischen der gar
zu wortreichen und der dunkeln Schreibart hält. — Der
Einfall verräth wenigstens einen sehr aufmerksamen Ausleger.

Sectantem laevia, etc.) Durch *laevia* wird, nach der
Meynung eben dieses Kunstrichters, sowohl der wohlklingende
Vers, als ein lachender und blühender Ausdruck bezeichnet.

V. 40.

Die Leseart *pudenter* für *potenter*, die unserm Verfasser
(S. 62.) den Vorzug zu verdienen scheint, ist doch wohl
dem Sinne dieser Stelle, wenigstens ihrem Zusammenhange,
nicht so gemäß, als die gewöhnliche. Wenn übrigens der
Ausdruck einiger Rechtfertigung bedarf; so kann man sie
aus den im Gesnerischen Thesaurus unter diesem Worte angeführten Stellen hernehmen.

V. 45.

Promissi carminis, erklären **Luisini**, *) und **Denores**
von dem epischen Gedichte, in quo aliquid promissum est,
zu Anfange nämlich, bey der Ankündigung des Inhalts.
Batteux, und andre Ausleger, verstehen es von einem
langen Gedichte. Natürlicher ist freylich die **Hurdische**
Erklärung, von einem Werke, das den Namen eines Gedichts verdienen soll. Nur weiß ich nicht, ob es ihm das
Wort carmen erlaubte, auch das **Drama** darunter zu verstehen.

V. 46. f.

Die Bedeutung der *callida iunctura* ist von ihm ausführlich und schön erläutert; und ich setze hier nichts hinzu,

---

*) Sein **Kommentar** steht in der angeführten **Baselschen** Ausgabe, S. 1162. f.

als die Anmerkung, daß auch verschiedene von den ältern
Auslegern es in weitläuftigerer Bedeutung, als bloß von
Zusammensetzung der Wörter, genommen haben. Schon der
eine Scholiast, Porphyrion, erklärt es von der Neuheit
und dem grössern Anstande, welchen ein altes oder verbrauch-
tes Wort durch eine ungewöhnliche Stellung und Verbindung erhält. Luisini und Denores verstehen es von der
Metapher, wodurch ein altes Wort neues Ansehen bekömmt; und auch diese gehört mit in den Umfang der
vielbefassenden Bedeutung, welche Herr Hurd diesem Ausdrucke beylegt. Denores macht bey dieser Gelegenheit (S.
1371. f.) einige ausführliche Anmerkungen über die Metapher überhaupt, in denen mehr Lehrreiches ist, als in allem
dem Geschwätze des Griffoli, der auch hier sehr wider
jenen eifert, und durchaus die Prägung und Zusammensetzung neuer Wörter verstanden wissen will. — Die Erklärung von der Metapher bestätigt Kolonius vornämlich
durch den Nachdruck des Beyworts, *callida* iunctura; weil
in der blossen Zusammensetzung keine calliditas wäre. Eben
so erklärt er auch die andre von Herrn Hurd (S. 66.) angeführte Stelle dieser Epistel:

    tantum series *iuncturaque* pollet.

Die Worte: si Graeco fonte cadant, parce detorta,
erklärt eben dieser Ausleger von der Nachahmung Griechi-
scher Wendungen und Redensarten, oder den sogenannten
Hellenismen in der Lateinischen Sprache, welches auch
durch die angeführten Beyspiele des Plautus und Cäcils
allerdings wahrscheinlich wird. Auch dünkt ihm selbst die
hellenistische Wortfügung: acquirere inuideor, eine Anspielung darauf zu seyn, welches dem Griechischen φθονοῦμαι, in
der Bedeutung: man erlaubt mirs nicht, völlig entspricht.
Lambin äussert eben diese Muthmassung, und führt dazu
ein Beyspiel aus der Medea des Euripides an: μή φθόνει
φράσαι, ne inuide dicere.

V. 53. f.

— — Quid autem
Caecilio Plautoque dabit Romanus ademtum
Virgilio Varioque?

Die Stelle aus dem **Cicero**, welche **Denores** bey diesen Versen anführt, ist derselben völlig parallel: Si Zenoni licuit, cum rem aliquam inueniſſet inauditam et inuſitatam, ei nomen imponere, cur non liceat Catoni?

V. 59.

Der eben angeführte Ausleger macht hier die feine Bemerkung, daß in dem Worte *procudere* eine fortgeführte Metapher liege, die sich auf die vorhin gebrauchte Wörter: *acquirere* und *ditauere*, beziehn.

Zu S. 85.

Wie sinnreich unser Verfasser alles, auch die Hererzählung der verschiedenen Dichtungsarten v. 73. f. auf den von ihm angenommenen Hauptgegenstand **Horazens**, die bramatische Poesie, zu ziehen weiß! Man wird indeß, bey dieser und ähnlichen Gelegenheiten, mehr seinen Scharfsinn bewundern, als die Wahrheit seiner Anmerkungen überall gleich einleuchtend finden.

V. 79.

Da der Jambe schon vor dem **Archilochus** gebräuchlich war, und das Wort ιαμβιζειν, wie bekannt, von Spottreden und Schimpfwörtern gebraucht wurde; so ist vielleicht die Meynung des **Rolonius** nicht zu verwerfen, der *proprie* auf *rabies* zieht, daß es so viel hieſſe, als eine Versart, die sich zu den satirischen Anfällen eigenthümlich schickte; da man es gewöhnlich auf den **Archilochus** gehen, und ihn, wegen seines vorzüglichen Gebrauchs des Jamben, für den Erfinder desselben gelten läßt.

V. 80. f.

Keine Parallelstelle aus dem **Aristoteles** kann vielleicht bey dieser Epistel besser genützt werden, als die beyden

Stellen ſeiner Poetik,*) wo er von dem Jamben redet.
Denn, wenn Horaz ihn hier alternis aptum ſermonibus
nennt, ſo heißt ihn Ariſtoteles λεκτικὸν, und was der Dichter durch natum rebus agendis ausdrückt, iſt bey dem Philoſophen in dem Worte πρακτικὸν begriffen. Den dritten
Charakter, welchen ihm der erſtere beylegt, populares vincentem ſtrepitus, hat man verſchiedentlich erklärt. Kolonius verſteht es ſo, daß dieß Sylbenmaaß den Schauſpielern, die mit der größten Anſtrengung reden mußten, ſeiner
Geſchwindigkeit wegen am bequemſten geweſen ſey. —
Denores glaubt, der Jambe ſey dasjenige Sylbenmaaß
geweſen, welches dem Volke in theatraliſchen Stücken am
beſten und natürlichſten gedünkt habe, ſo, daß es ſogleich
bey Anhörung deſſelben ſtill und aufmerkſam geworden, da
ihm hingegen die Wahl eines andern Sylbenmaaſſes lächerlich geweſen wäre. — Nicht viel anders erklärt es Dacier,
der nur noch den Grund davon hinzuſetzt, weil nämlich der
Jambe dem gemeinen Tone des Geſprächs am nächſten
kömmt, eine Anmerkung, die ſich auf die angeführte Stelle
des Ariſtoteles gründet. — Dieſe Erklärungen ſind weit
leiblicher, als die vom Akron und Porphyrion: altius
ſonantem, quam clamor populi. Denn es läßt ſich nicht
wohl denken, daß das Geräuſch einer ſo zahlreichen Menge
von Zuſchauern, wie die vor den Schaubühnen der Alten
war, bloß durch die angeſtrengtere Hebung des Tons in
einem gewiſſen Sylbenmaaße mehr hätte gedämpft werden
können, als durch den Gebrauch eines andern. Wahrſcheinlicher iſt ſchon die Erklärung des Griffioli, daß dieſes
Geräuſch nicht durch den Gang des Jamben, ſondern durch
die Gravität und Würde deſſelben geſtillet, und das Volk
dadurch bis zur ruhigen Aufmerkſamkeit angezogen und gerührt worden ſey.

*) Kap. IV.

Zu S. 97.

Will man von dem Spotte des **Aristophanes** gegen das Trauerspiel, **Telephus**, vom **Euripides**, näher unterrichtet seyn, so lese man die Anmerkung des **Dacier** zu v. 96. — Auch er äuffert die Muthmaffung, daß die beyden Tragödien dieses Namens vom **Ennius** und **Nävius** nach dem Muster des **Euripides** verfertigt gewesen.

V. 99.

Bentley's Aenderung in dem Verse: Non fatis eft pulchra etc. war freylich fehr übel angebracht. Der Sinn des Dichters, und der Unterschied der beyden Wörter pulchra und dulcia, ift begreiflich genug, wiewohl nicht von allen Auslegern richtig eingesehen. Der Erklärung unsers Verfaffers kömmt die Auslegung des **Denores** am nächften: *Pulchra* — intellige ad ornamenta figurasque orationis, quibus expolitum effe poema debet; *dulcia* ad affeßiones animorum ·concitandas, easque maxime, quae ad misericordiam speßant. p. 1386.

Zu S. 105.

Die Stelle beym **Cicero**, deren Herr **Hurd** erwähnt, verdient ganz hieher gesetzt zu werden: Neque fieri poteft, vt doleat is, qui audit, vt oderit, vt inuideat, vt pertimefcat aliquid, vt ad fletum mifericordiamque deducatur; nifi omnes ii motus, quos orator adhibere volet iudici, in ipfo oratore impreffi effe atque inufti videbuntur. Quod fi fißus aliquis dolor fufcipiendus effet, et fi in eiusmodi genere orationis nihil effet, nifi falfum, atque imitatione fimulatum, maior ars aliqua forfitan effet requirenda. — — Non, mehercule, vnquam apud iudices aut dolorem, aut mifericordiam, aut inuidiam, aut odium excitare dicendo volui; quin ipfe in commonendis iudicibus, iis ipfis fenfibus, ad quos illos adducere vellem, permouerer. — — Vt enim nulla materies tam facilis ad exardefcendum eft, quae, nifi admoto igni, ignem concipere poffit: fic nulla mens eft tam ad comprehendendam vim oratoris parata, quae

poſſit incendi, niſi inflammatus ipſe ad eam et ardens ac-
ceſſeris. — *De. Orat.* II. 45.

Zu S. 103. f.

Der Verfaſſer berührt hier eine ſchon oft aufgeworfene,
und verſchiedentlich beantwortete Frage, wie es nämlich
komme, daß unſre ſchmerzhaften Empfindungen bey
der Vorſtellung eines Trauerſpiels allemal mit einem
gewiſſen Vergnügen begleitet ſind? Es ſey mir erlaubt, bey den fünf Punkten, welche er (S. 107. f.) zur
Beantwortung derſelben herſetzt, eins und das andre anzumerken:

1. Dubos unterſucht dieſen Umſtand, in etwas allge-
meinerer Rückſicht auf die Schauſpiele überhaupt, gleich zu
Anfange ſeines bekannten Werks,[*] und erklärt denſelben
aus dem Bedürfniſſe der menſchlichen Seele, allezeit bewegt
und beſchäfftigt zu ſeyn, und aus dem Anzüglichen, welches
die Rührung der Leidenſchaften für den Menſchen hat.
Home[**] beſtreitet dieſen Grundſatz, den er nicht von der
rechten Seite genommen zu haben ſcheint, mit Einwürfen,
die, nach der ſehr richtigen Anmerkung ſeines einſichtvollen
Herrn Ueberſetzers das Syſtem des Dubos nicht treffen.
Auch Herr Mendelsſohn tadelte daſſelbe in dem Beſchluſſe
ſeiner vortrefflichen Briefe,[***] auf den ich überhaupt den
Leſer bey dieſer Materie verweiſe; und gab dem franzöſiſchen
Kunſtrichter Schuld, daß er bey dieſer Theorie das Vergnügen der Seele nicht von der ſinnlichen Luſt getrennt, und,
in ſeinem Elemente, mit dem bloſſen Wollen verglichen haben
müßte. Allein, er nimmt dieß Urtheil in der nachher hin-

---

[*] Reflexions crit. ſur la poeſie et ſur la peinture, T. I. Sect. 1. 2.

[**] Verſuche über die erſten Gründe der Sittlichkeit und der
natürlichen Religion, in zween Theilen, von Heinrich Home,
aus dem Engl. überſetzt und mit Anmerkungen begleitet von C. G.
Rautenberg, (Braunſchw. 1768. gr. 8.) S. 6. f.

[***] S. Moſes Mendelsſohns Philoſophiſche Schriften, (Berl.
1771. 8.) Th. I. S. 133.

zugekommenen **Rhapſodie** *) wieder zurück, und geſteht;
„ der Satz: die Seele ſehne ſich nur bewegt zu werden, und
ſollte ſie auch von unangenehmen Vorſtellungen bewegt werden, ſey in dem genaueſten Verſtande wahr, indem die Bewegung und Rührung, welche in der Seele durch unangenehme Vorſtellungen hervorgebracht werden, in Beziehung
auf den Vorwurf nicht anders als angenehm ſeyn können.‟
Den Beweis davon kann man bey dieſem vortrefflichen Philoſophen ſelbſt nachleſen.　In ſo fern als die natürliche
Neigung der menſchlichen Seele zur Befriedigung ihrer Aufmerkſamkeit und Neugierde, und zu demjenigen, was ſie
intereſſirt, unleugbar iſt; in ſo fern finden wir darin einen
Erklärungsgrund desjenigen Wohlgefallens, welches wir an
dramatiſchen Vorſtellungen überhaupt, auch an traurigen,
durchgängig wahrnehmen, und man darf nicht erſt mit
Home einen beſondern Grundtrieb und natürlichen Hang
der Seele annehmen, ſich mit ſchmerzhaften Gegenſtänden
zu unterhalten; denn dieſer ſetzt doch, auch in denen Fällen,
die er (S. 11.) als Beyſpiele anführt, eine vorgängige
traurige Faſſung der Seele voraus.　Dieſe bringen wohl
die wenigſten Zuſchauer mit vor den Schauplatz; und wird
auch ſie erſt durch die Vorſtellung hervorgebracht, ſo bleibt
uns nun wiederum ihre Entſtehung zu erklären übrig; folglich noch immer einerley Schwierigkeit.　Indeß löſt auch
die Theorie des **Dubos** die Frage nicht ganz auf. Unſre
Neigung, unſer Wohlgefallen an dergleichen Vorſtellungen
wäre dadurch erklärt; aber woher das Angenehme, das ſich
ſelbſt in unſer ſympathetiſches Gefühl der traurigſten dramatiſchen Vorſtellungen miſcht?

　2. **Fontenelle** iſt es nicht allein, der die Urſache davon
in der Natur der **Vorſtellung** ſelbſt, und in unſerer Zurückerinnerung, daß es nur Vorſtellung ſey, zu finden geglaubt hat.　Der Beweis davon muß mit vieler Behutſam-
keit und Einſchränkung geführt werden, wenn man der

---

*) **Ebend. Th. II. S. 17.**

Natur der Vorstellung nicht dasjenige zur Laſt legen will,
was eigentlich die Schuld der mangelhaften Kunſt des Dichters oder Schauspielers, oder unſrer eigenen Zerſtreuung iſt.
Die Erinnerungen, die Herr Hurd in dieſer Abſicht (S.
106.) wider Hume macht, ſind ohne Zweifel ſehr gegründet;
und ich fürchte, Herr Rautenberg, deſſen Verdienſte und
perſönliche Freundſchaft mir überaus ſchätzbar ſind, rede am
Schluſſe ſeiner Anmerkung zu der erſten Abhandlung des
Home (S. 30.) dem Syſtem jenes Engliſchen Weltweiſen
zu ſehr gemäß, ob er gleich die Unzulänglichkeit deſſelben
(S. 31.) ſelbſt einſieht. Wenn das Glänzende des Subjekts,
das Bewundernswürdige der Geſinnungen, die Kunſt des
Dichters, das Spiel der Verwickelung, die hineingebrach-
ten moraliſchen Maximen, das Aeuſſerliche des Schauplaz-
zes, u. ſ. f. wenn alle dieſe Dinge ſo reizend werden, unſern Verſtand und unſer Herz auf eine überwiegende Art
zu beſchäftigen, und auf dieſe Weiſe Luſt und Vergnügen
die herrſchende Empfindung der Zuſchauer eines Trauerſpiels
wird; dann müſſen freylich die ſchmerzhaften Eindrücke ſehr
geſchwächt werden; aber dann geht auch der höchſte Zweck
des Trauerſpiels verloren, dem jene Dinge alle untergeordnet ſeyn ſollen. Sind ſie ihm aber wirklich untergeordnet,
ſind ſie alle nur in der Abſicht gebraucht, worin der Dichter
ſie brauchen ſoll, den Hauptinhalt des Stücks, und die
Lage der uns intereſſirenden Perſonen in ein deſto ſtärkeres
Licht zu ſetzen; ſo können ihre Eindrücke für ſich nicht über-
wiegend ſeyn; ſie dienen vielmehr, wie Hurd ſehr richtig
bemerkt, dazu, die zweckmäßigen Eindrücke des Trauerſpiels
deſto ſtärker, deſto tiefer zu machen. — Aber käme denn
der Umſtand der theatraliſchen Vorſtellung hier gar nicht in
Betrachtung? Allerdings; und in wie fern, das hat, ſo
viel ich weiß, Niemand richtiger, als Herr Mendelsſohn
beſtimmt. „Es iſt wahr, ſagt er,*) die ſinnliche Erkennt-
niß und Begehrungskräfte der Seele werden durch die Kunſt

*) Th. II. S. 20.

getäuscht, und die Einbildungskraft so mit fortgeriffen, daß wir zuweilen alle Zeichen der Nachahmung vergeffen, und die wahre Natur zu sehen wähnen. Allein dieser Zauber dauret nur so lange, als nöthig ist, unserm Begriffe von dem Gegenstande das gehörige Leben und Feuer zu geben. Wir haben uns gewöhnt, zu unserm gröffern Vergnügen, die Aufmerksamkeit von allem, was die Täuschung stören könnte, abzulenken, und nur auf das zu richten, woburch sie unterhalten wird. So bald aber die Beziehung auf den Gegenstand unangenehm zu werden anfängt, so erinnern uns tausend in die Augen fallende Umstände, daß wir eine bloße Nachahmung vor uns sehen. Hierzu kömmt, daß die mannichfaltigen Schönheiten, womit die Vorstellung durch die Kunst ausgeziert wird, die angenehme Empfindung verstärken, und die unangenehme Beziehung auf den Gegenstand mildern helfen. " — Mildern helfen, aber nicht überwiegen, nicht verschlingen, und in sich selbst verwandeln.

3. „Alle unangenehme Leidenschaften, sagt Herr Hurd ferner, pflegen mit einem geheimen Wohlgefallen vermischt zu seyn. " — Dieß ist unstreitig zu allgemein gesagt; es gilt vornämlich von den gemischten Empfindungen, deren Theorie der eben angeführte Weltweise so vortrefflich aus einander gesetzt hat. **) Diejenigen Empfindungen, welche eine tragische Vorstellung in uns erregen soll, laffen sich sämtlich, wie wir sogleich sehen werden, auf das Mitleiden zurück führen; und, „was ist das Mitleiden? Ist es nicht selbst eine Vermischung von angenehmen und unangenehmen Empfindungen? Hier zeigt sich ein merklicher Vorzug, durch den sich diese Gemüthsbewegung von allen andern unterscheidet. Sie ist nichts, als die Liebe zu einem Gegen-

---

*) Th. II. S. 28. f. In den Briefen, die neueste Literatur betreffend hat eben dieser philosophische Kunstrichter die Theorie von der Elegie aus der Lehre von den vermischten Empfindungen ungemein schön erläutert. Th. XIII. S. 70. f.

ſtande, mit dem Begriffe eines Unglücks, eines phyſikall-
ſchen Uebels verbunden, das ihm unverſchuldet zugeſtoſſen.
Die Liebe ſtützt ſich auf Vollkommenheiten, und muß uns
Luſt gewähren; und der Begriff eines unverdienten Unglücks
macht uns den unſchuldigen Geliebten ſchätzbarer, und er-
höhet den Werth ſeiner Vortrefflichkeiten." *)

4. „Die beſondern Leidenſchaften, welche das Trauerſpiel erregt — ſagt Herr Hurd viertens — ſind ihrer
Natur nach ſo beſchaffen, daß ſie noch in einem höhern
Grade Vergnügen erwecken müſſen." — Das ſind ſie aller-
bings; aber wie kann der Verf. den Unwillen über das
glückliche Verbrechen zu dieſen Leidenſchaften rechnen?
Dieſer Unwille verträgt ſich durchaus nicht mit dem Mitleiden, und dient eher dazu, die ſanftern, ruhigern Empfindungen in uns zu zerſtören, und uns mit dem Verfahren des
Dichters unzufrieden zu machen, als uns für ſein Stück zu
intereſſiren, und den ſüſſen, ſchwärmeriſchen Zuſtand der
gemiſchten Empfindungen bey uns zu unterhalten. Eben
die Erregung dieſes Unwillens iſt es, welche der Verfaſſer
der Dramaturgie, an einem Trauerſpiele unſers Vaterlandes
tadelt. **) Dieſer vortreffliche Kunſtrichter, hat es in dem
gedachten Werke auf eine meiſterhafte Art ins Licht geſetzt,
daß allein das Mitleid, verbunden mit einer Beſorgniß für
ſich ſelbſt, diejenige Leidenſchaft ſey, welche der tragiſche
Dichter erregen muß; ***) und wir haben es eben vorhin
erſt geſehen, daß dieſe Gemüthsbewegung vorzüglich zu der

*) Philoſ. Schr. Th. I. S. 140. — S. auch Herrn Rauten-
bergs Anmerkungen zu Home's erſtem Verſuche, S. 26. f.

**) St. LXXIX. S. 210. der Hamburger Ausgabe.

***) Ebend. St. LXXIV. f. S. 170. f. — Man findet hier den
beſten Kommentar über das φοβερον und ελεεινον des Ariſtoteles,
welches zu ſo vielen ſeltſamen Erklärungen Gelegehheit gegeben hat.
Auch der neueſte Ausleger der Ariſtoteliſchen Poetik, Herr Batteur,
macht ſich davon unrichtige Begriffe. S. ſeine Quatre Poetiques
T. I. pag. 312. f.

gemischten Empfindungen gehöre, und schon für sich viel
Angenehmes habe. *) — Es braucht dabey um sich die
damit verbundene Anmuth zu erklären, jener Rücksicht auf
die Richtung und den Grad dieses Mitleidens nicht, welche
der Herr Uebersetzer des Home in der gedachten Anmerkung
genommen hat. **) Es ist, sagt er, ein Mitleiden mit den
Grossen dieser Welt; und glaubt daher, der Anblick ihres
Unglücks und ihrer Erniedrigung müsse uns ein geheimes
Vergnügen machen, weil es uns, bey dem Gefühle der
Gleichheit unsrer Natur kränkend sey, wenn wir sehen, wie
niedrig wir gegen sie, und wie glücklich sie vor uns sind. —
Allein jenes geheime Vergnügen ist mit keinem Wohlwollen
vergesellschaftet, ist mit dem Mitleiden unverträglich, und
kann unmöglich der Zweck des tragischen Dichters seyn.
Die leidende Person sey groß oder geringe; in Absicht auf
unser Mitleiden fällt diese Nebenbetrachtung weg; wir sehen
und bemitleiden in ihr bloß den Menschen; sie leide verschul-
det, oder unverschuldet, das wird den Grad unsers Mitleids
verschieden machen, aber doch weiter kein Wohlgefallen oder
Vergnügen in uns erregen können, als, was in dem erstern
Falle die Gerechtigkeitsliebe begleitet. — Auch der Umstand, daß die Personen des Trauerspiels die wir bemitleiden, meistens tugendhaft sind, wird zu der mit unserm Mitleiden vergesellschafteten angenehmen Empfindung wenig
beytragen. Ist selbst ihre Tugend die Veranlassung ihres
Unglücks, leiden sie folglich unverschuldet; so wird eben dadurch der Grad unserer Traurigkeit desto stärker; und wenn
das auch nicht ist, so schmerzt uns schon der Umstand, Personen unglücklich zu sehen, an denen wir grosse und liebenswürdige Eigenschaften erkannt haben. Der Gedanke, „sich
beynahe selbst deswegen für tugendhaft zu halten, weil man
Tugendhafte bedauert,‟ ist von der Art, daß er uns erst bey

*) Umständlicher kann man hierüber die philosophischen Schriften
Th. I. S. 134. f. nachlesen.
*) S. 27. f.

kaltem Blute, beym ruhigen Nachdenken über unſre Empfindungen, nicht aber während des Zuſtandes dieſer Empfindungen ſelbſt, in den Sinn kommen kann. — Ueber
den Grad des Mitleidens und die Zurückerinnerung an die
Illuſion habe ich mich ſchon oben erklärt.

5. Eben darauf beziehe ich mich auch in Anſehung
deſſen, was Herr Hurd von demjenigen ſagt, was bey dem
Nachdenken über unſre Empfindungen in der Seele vorgeht.
Das Gefühl der Menſchlichkeit bey unſerm Mitleiden iſt
eben das, was Ariſtoteles das φιλάνθρωπον nennt,*) und
was unſer Mitleiden veranlaßt, begleitet, und belohnt.

V. 126.

So ſchön die Anmerkungen ſind, zu welchen Herr
Hurd durch ſeine angenommene Aenderung des *et* in *aut*
ſibi conſtet, Gelegenheit erhielt; ſo zweifele ich doch ſehr,
daß ſich dieſe Leſeart kritiſch erweiſen laſſe, und daß Horaz
bey dieſem Verſe den feinern Unterſchied des Ariſtoteles,
den unſer Verfaſſer eben ſo ſchön erläutert, als er die dramatiſche Kunſt des Euripides in den Beyſpielen der
Elektra und Iphigenia zu retten weiß, in Gedanken gehabt habe. Denn auch bey der gewöhnlichen Leſeart iſt dieſer
Vers ſo leer und tautologiſch nicht, wie er ihm vorkömmt.
Die Erklärung des Sanadon ſcheint mir eine der unge-
zwungenſten zu ſeyn: „Das Betragen der ſpielenden Perſonen ſoll ihrem Stande, ihren Leidenſchaften, ihrem Charakter gemäß ſeyn: ſibi conſtet; — es ſoll ſich von Anfange bis zu Ende nicht widerſprechen; ſervetur ad imum,
qualis ab incepto proceſſerit.

*) S. darüber die Hamburgiſche Dramaturgie B. II. S. 189.
f. — Herr Leßing führt daſelbſt auch den bisherigen Mißverſtand
dieſes Worts, und deſſen verkehrte Ueberſetzungen an. Es iſt ſonderbar, daß Batteux die Umſchreibung des Heinſius: quod homines communi lege ac vinculo humanitatis mouet, richtig finden, und
doch das φιλάνθρωπον durch *exemple pour l'humanité* überſetzen konnte.
(*Quatre Poetiques* T. I. p. 300.)

B. 128.

Unter ben beyden alten Scholiasten hat **Akron** bie rechte Bedeutung des Worts *Communia* getroffen: „id est, dicere *intacta*. Nam quando intactum est aliquid, *commune* est; cum semel dictum ab aliquo, fit *proprium*." Ihm sind **Grifsoli, Denores, Kolonius, Dacier, Sanadon,** unser Verfasser, u. a. mehr, gefolgt, und der ganze Zusammenhang verlangt diesen Sinn. **Porphyrion** hingegen gab zuerst durch seine zweydeutige Umschreibung: difficile est, communes res propriis explicare verbis, vielleicht ohne seine Schuld zu dem Mißverstande Anlaß, in welchem **Baxter, Gesner, Trapp,** u. a. m. das Wort *communia* genommen haben; nämlich, für verbrauchte, schon von andern bearbeitete Gegenstände. Das *proprie* erklärt **Grifsoli** sehr gut, als dem *communi* eben so entgegen gesetzt, wie *publicum* dem *priuato*. Er sagt: Non propriis verbis; nam id est facillimum; sed ita, vt, quod liberum erat omnibus occupare, id ita tractet, qui occuparit, vt non facile fiat proprium alterius. — Wer Lust hat, mag die halbmetaphysischen Grübeleyen des **Batteux** bey dieser Stelle selbst nachlesen; *) sie dienen nicht zur Sache, und treffen am Ende doch nicht den natürlichsten Sinn.

B. 136.

. Man hat diesen und die folgenden Verse durchgängig für einen Tadel gehalten, der die **Worte** des unbescheidenen epischen Einganges beträfe. Weit besser ist die Erklärung des Herrn **Leßing,** **) daß darin das Verfahren der Römischen Dichter bestraft werde, die nicht, gleich den Griechischen, die Ankündigung des Inhalts sogleich mit der An-

*) S. *Quatre Poetiques,* T. I. in den Anmerkungen über den **Horaz,** p. 79. ff. — Man findet eben das im dritten Bande seiner **Einleitung in die schönen Wissensch.** (S. 260. f.) Denn überhaupt ist in seiner Ausgabe der **Poetik** sehr wenig zu dem, was er da schon gesagt hat, hinzugekommen.

) Im zweyten **Bande seiner **Schriften** S. 104. f.

rufung verbanden, und in dieſelbe mit einkleideten ſondern
jene ſo vorher gehen lieſſen, als ob das ganze Unternehmen
von ihnen ſollte ausgeführt werden, und dann hinter drein
erſt die Gottheit oder die Muſe um ihren Beyſtand anrie-
fen. — „Das heißt anklopfen, wenn man die Thüre
ſchon aufgemacht hat.‟

Auf die Erklärung, daß Horaz den unbeſcheidenen
Eingang des epiſchen Dichters zur Warnung für den Dramatiſchen beſtrafe, fiel Herr Hurd vermuthlich aus Liebe zu
ſeinem Hauptſaße; ſie iſt aber vielleicht die natürlichſte von
allen, und ſtellt die Verbindung und den Zuſammenhang
wieder her, den man ſonſt in dieſer Stelle vermißte, wo
der Uebergang allerdings zu raſch ſeyn würde. Schon vor
ihm hatte Denores, und unter den Neuern Batteux dieſe
Erklärung. Horaz, ſagt der erſtere, will gleichſam durch
einen Beweis a maiori dieſen Fehler eines unbeſcheidenen
Anfanges bey allen Dichtungsarten tadeln. Denn, wenn
der Anfang einer Epopee, eines ſo feyerlichen und erhabenen
Gedichts, beſcheiden ſeyn muß; wie vielmehr der Anfang
einer Tragödie oder Komödie! — Hieher gehört die Stelle
beym Cicero, de Orat. II. 78. Nihil eſt — in natura
rerum omnium, quod ſe vniuerſum profundat, et quod
totum repente euolet. Sic omnia, quae fiunt, quaeque
aguntur acerrime, lenioribus principiis natura ipſa praete-
xuit. — Die Horaziſche Warnung wäre auch für manche
neuere dramatiſche Dichter ſehr nöthig, deren Stücke, gleich
einem leicht entzündeten Strohfeuer, in voller Glut des Affekts anfangen, um bald mit Rauch und Dampf wieder zu
verlöſchen.

Der Ausdruck, Scriptor Cyclicus, hat zu vielen Auslegungen und Muthmaſſungen Anlaß gegeben, bey denen ich
mich hier nicht verweilen will. Weniger bekannt iſt vielleicht
die vom Kolonius, der dieſen Ausdruck von einem Dichter
verſteht, der immer in dem Umlaufe ſeines Zirkels bleibt,
qui circa vilem patulumque moratur orbem, und der ſich

nicht getraut, von der historischen Wahrheit abzuweichen. —
Nur scheint diese Bedeutung hier nicht recht schicklich zu
seyn.

B. 153.

Der Gedanke des Denores ist vielleicht so ganz verwerflich nicht, daß *ego*, *et populus*, so viel heisse, als:
docti et indocti, und der Sinn dieser sey: „Vernimm, was
sowohl der prüfende Kunstrichter, als der bloß nach seiner
Empfindung urtheilende grosse Haufe von dir erwartet.“ —
Auch Batteux hat diese Erklärung.

B. 157.

Die Leseart des Bentley: *maturis* für *naturis* gäbe
freylich einen sehr guten Sinn; es fehlt ihr aber an Autorität, und sie ist unnöthig. *Naturae* bedeuten hier nichts anders, als die herrschenden Neigungen, und diese sind allerdings in dem verschiednen menschlichen Alter sehr veränderlich.

B. 158. f.

Um sich diese Stelle von den verschiednen Abänderungen des menschlichen Alters noch lehrreicher zu machen, empfehle ich dem Leser, den Kommentar des Denores darüber
nachzulesen, der zu einer jeden sehr schickliche Beyspiele aus
den Dichtern des Alterthums anführt.

B. 185.

Das *coram populo* hat man durchgängig von den Zuschauern verstanden: Wahrscheinlicher geht es auf den bey
den alten Schauspielen gewöhnlichen Chor. Es war nämlich noch weit unnatürlicher, dergleichen Grausamkeiten vor
den Augen dieses versammelten Volks vorgehen zu lassen,
das an der Handlung Theil nahm, und bey dergleichen Vorfällen unmöglich einen müßigen Zuschauer hätte abgeben
können. Ein merkwürdiges Beyspiel von der Sorgfalt der
alten Griechischen Dichter in Ansehung dieses Umstandes
finden wir in dem Ajax Mastigophorus des Sophokles.
Ein Bote unterrichtet den Chor von dem Ausspruche des
Kalchas, daß Ajax den Tod zu erwarten hätte, wenn er

an dieſem Tage aus ſeinem Gezelte gienge.   Er iſt ſchon
ausgegangen;   dieß bejammert der Chor, und theilt ſeine
Beſorgniß der Tekmeſſa mit, die darüber in die äuſſerſte
Unruhe geräth, den Chor um Hülfe bittet, und ihn theilweiſe an verſchiedne Orte gehen heißt, mit ihr den Ajax
aufzuſuchen.   Der Chor gehorcht ihr, und wird auf dieſe
Art von der Bühne entfernt, die itzt ganz frey iſt, da Ajax
kömmt, und ſein Selbſtgeſpräch und die pathetiſchen Apo-
ſtrophen, welche er in der Unterwelt fortſetzen will, durch
den Selbſtmord unterbricht.   Erſt nach dieſem Vorfalle
kömmt der Chor theilweiſe zurück, und beklagt, nach er-
haltner Nachricht von dieſem Tode, unter andern auch den
Umſtand, daß er bey ſeiner Ermordung allein, und ohne
alle Freunde geweſen iſt, die ihn hätten retten können:

> Ὁῖος ἄρ᾽ ἡμάχθης,
> Ἄφρακτος τῶν φίλων.
> Ἐγὼ δ᾽ ὁ πάντα κωφός, ὁ παν-
> τ᾽ ἄϊδρις, κατημέλησα.

v. 924. ſ.

Es iſt alſo ohne Grund , wenn man, wie die meiſten
Franzöſiſchen Kunſtrichter gethan haben,*) die Ermordungen auf der Bühne mit dem Verfahren der alten Dichter,
und dieſer Horaziſchen Regel zu beſtreiten ſucht. Der Grund
der letztern lag, ſo wie bey den meiſten mechaniſchen Regeln
des alten Theaters, in der Einrichtung deſſelben, und findet
alſo bey der veränderten Beſchaffenheit unſrer heutigen Bühnen nicht mehr Statt. —   Es wird dieſer Anmerkung
noch mehr Gewicht geben, wenn ich hinzuſetze, daß es Herr
Leßing iſt, der mich zuerſt auf dieſelbe aufmerkſam gemacht hat.

V. 192.

— — nec quarta loqui perſona laboret.

Dieſe Regel gehört keineswegs zu den mechaniſchen,
ſondern zu den weſentlichen Vorſchriften der dramatiſchen

*) Man leſe z. B. die Anmerkung des Dacier zu dieſer Stelle.

Kunst. Zu den erstern hat man sie ohne Zweifel gewöhnlich gerechnet, und sie daher für weniger erheblich gehalten; daher sich auch die Ausleger nicht lange bey derselben verweilen. Auch hat man fast durchgehends[*] eine unrichtige Deutung davon gemacht, daß nämlich Horaz zwar die Gegenwart einer vierten Person, aber nicht ihre öftere Theilnehmung an dem Gespräche erlaube; oder, wie Akron sagt: Quartam personam quando inducimus, aut non omnino loqui debet, aut pauca. — Inducitur autem quarta persona, aut vt annuat, aut vt ei aliquid imperetur. Von dergleichen müßigen Nebenpersonen ist hier wohl schwerlich die Rede. Ihrer mögen so viele seyn, als man will; allein, da ihr Antheil an der Handlung so unbedeutend ist, so versteht sichs von selbst, daß der Dichter sie nicht viel plaudern lassen darf. Horaz wollte ihn vielmehr warnen, nicht vier solche Personen, die an der Handlung alle gleich starken Antheil haben, in der nämlichen Scene zugleich reden zu lassen; ein Verfahren, welches die Griechischen Trauerspieldichter, wie wir aus ihren Stücken sehen, und wie Diomedes ausdrücklich anmerkt,[**] beständig zu beobachten pflegten. Der Antheil an der Unterredung wird dadurch zu sehr vertheilt, und es kostet schon Mühe genug, das Gespräch unter drey spielenden Personen so abwechseln zu lassen, daß keine davon müßig bleibt. Denn geschieht dieß, giebt die eine Person bey dem noch so feurigen Gespräche der übrigen beyden eine unthätige Zuschauerinn ab; so entsteht daraus eine gewisse Lücke, eine gewisse Mattigkeit der Scene, die auch dem Zuschauer beschwerlich fällt. — Ich wage diese Anmerkung desto zuversichtlicher, da mir der erste unsrer dramatischen

[*] Bloß Griffioli und Batteux verdienen, so viel ich wüßte, eine Ausnahme.

[**] In Graeco dramate fere tres personae solae agunt. — Er setzt hinzu: Ideoque Horatius ait, nec quarta loqui persona laboret, quia quarta semper muta. — V. PVTSCHII Grammat. vet. p. 488.

Dichter, der Verfaſſer einer Miß Sara und Emilia Ga-
lotti verſichert hat, daß er dieſelbe bey der Ausarbeitung
ſeiner Stücke in der Natur der dramatiſchen Scene gegründet befunden habe.

V. 193. f.

Actoris partes etc.) In einigen Handſchriften lieſt
man *auctoris*, und das erklärt Denores ſo: der Chor nehme
die Parthey, welche der Dichter ſelbſt würde genommen haben; Lambin hingegen ſo, daß es ſo viel wäre, wie *ſua-
ſoris*; und folglich der Sinn eben das, was hernach durch:
conſilietur amicis, ausgedrückt wird. Gegründeter und natürlicher iſt die gewöhnliche Leſeart. Unter allen davon gegebenen Erklärungen ſcheint mir folgende die leichteſte und beſte
zu ſeyn: „Der Chor ſey einer mit von den Schauſpielern,
d. i. er nehme an der Handlung Theil; er ſey kein müßiger
Zuſchauer, kein kalter Beobachter derſelben. “ Dazu ſchickt
ſich auch das officium virile, welches ſo viel iſt, als vnius
viri, wie Lambin durch ähnliche Stellen beweiſt. Damit
ſtimmt auch die Vorſchrift des Ariſtoteles völlig überein :
τὸν χορὸν δὲ ἕνα δεῖ ὑπολαβεῖν τῶν ὑποκριτῶν, καὶ μόριον εἶναι
τῦ ὅλȣ. Denn die Meynung einiger Ausleger, daß *virile*
den Charakter der Geſinnungen des Chors bezeichnen ſollte,
iſt gezwungen, wiewohl noch immer leidlicher, als die von
Herrn Hurd (S. 132.) angeführte Erläuterung des Heinſius, welche auch Turnebus giebt. *) — Uebrigens findet
man von denen Pflichten, welche Horaz hier dem Chore
beylegt, wiederum ſehr ſchickliche Beyſpiele in dem Kommentar des Denores geſammlet.

Was übrigens unſer Verfaſſer in der Anmerkung zu
dieſem Verſe (S. 130. f.) zum Ruhme des alten Chors, und
wider die Abſchaffung deſſelben auf der neuern Bühne ſagt,
das nöthigt mich, bey dieſem Umſtande noch eins und das
andre zu erinnern. Er beruft ſich (S. 132.) auf die Abhandlung eines Franzöſiſchen Schriftſtellers, worinn die

*) Aduerſarior. XLX. 9.

Vortheile gezeigt seyn sollen, welche die dramatische Poesie durch die Beybehaltung des Chors erhalten würde. *) Ich will dem Leser das wesentlichste derselben vorlegen, und meine Erinnerungen sogleich beyfügen.

Herr Vatry, hat von der Entstehung des alten Griechischen Trauerspiels den richtigen Begriff, daß anfänglich bloß die Chöre da gewesen sind, deren Inhalt das Lob des Bacchus und andrer Götter war, daß man hernach zur Abwechselung Episoden von erzählender und dramatischer Art, die in der Folge Akte genannt wurden, eingemischt habe, und daß hieraus die nachmalige Form der Tragödie entstanden sey. — Diesen Umstand muß man merken; er ist historisch gewiß, und kann also für eine Grundlage zu dem ganzen mechanischen Bau des Trauerspiels angesehen werden; für die Veranlassung vieler mechanischen Regeln, die man, wie ich schon oben erinnert habe, bloß in Rücksicht auf den Chor festgesetzt hatte, und deren Beobachtung also zugleich mit ihm unterbleiben darf. — Allein, Herr Vatry geht weiter, und nimmt an, daß man den Chor nicht bloß aus Achtung gegen die hergebrachte Gewohnheit, sondern seiner grossen Vortheile wegen beybehalten habe; und dieser Vortheile zählt er hauptsächlich **drey**: 1. Er diente dazu, die Tragödie regelmäßiger und wahrscheinlicher zu machen. 2. Er gab ihr mehr **Glanz** und **Majestät**. 3. Er verstärkte ihr **Pathos**.

„Regelmäßiger, glaubt er, wurde das Trauerspiel der Alten durch die Chöre, weil sie aus der Wahl der Handlung natürlich folgten, und dem Orte der Scene gemäß waren. Dieser war allemal der Vorhof eines Tempels oder Pallastes, oder irgend ein öffentlicher Platz, und war, nach seiner Meynung, weit schicklicher, als wenn man, wie bey

den Neuern, die Handlung an einem Orte vorgehen läßt,
wo der Zuschauer nicht voraussetzen kann, daß er dabei gegenwärtig seyn dürfe, innerhalb eines Saals, eines Privat-
zimmers, oder Kabinets. " — Allein, eben die Vergleichung des Theaters der Alten mit dem Unsrigen ist einer von
den vornehmsten Gründen, woraus sich die Abschaffung des
Chors rechtfertigen läßt. Man lasse sich von Alterthums-
kennern, und durch die Abbildung der Ueberreste dieser Art
von dem grossen Umfange der alten Bühne unterrichten; so
wird man bald einsehen, daß der Ort der Scene nicht wohl
ein andrer seyn konnte, als ein öffentlicher Platz. Durch
welche Täuschung hätte man den Zuschauer überreden wollen, er wäre nur der enge Umfang eines Zimmers? Ein
öffentlicher Platz ist nie leer; das Volk häuft sich auf demselben, wenn eine merkwürdige Begebenheit daselbst vorfällt;
die Anbringung des Chors war also höchst natürlich, war
sogar gewissermaßen nothwendig. Bey uns ist gerade das
Gegentheil. Zu einem Saale, zu einem Zimmer können wir
unsre Bühne machen; ist sie ein öffentlicher Platz, so hat die
Menge Volks kaum Raum darauf. Und warum sollten wir
das erstere nicht? Wie viel interessante Scenen giengen da
verloren, die dann nur bloß erzählt werden könnten! Oder
soll uns der Einwurf des Herrn Patry abhalten, daß es
in Ansehung der Zuschauer unwahrscheinlich sey, bey dergleichen geheimen Unterredungen gegenwärtig zu seyn?
Wenn dieser Einwurf in Betracht des Orts gelten soll, so
muß er auch in Ansehung der Zeit gelten, und es muß uns
eben so seltsam dünken, Zuschauer einer Handlung zu seyn,
die schon vor funfzig, hundert, und mehrern Jahren vor-
gegangen ist. Beydes wird Niemanden einfallen; und von
der Seite hat die Illusion gewiß keine Störung zu befürch-
ten. — „Aber, fährt dieser Verfasser fort, die tragische Handlung muß auch von der Art seyn, daß sie ein ganzes Volk
interessirt, und Aufsehen bey demselben erregt. " — Recht

gut; aber kann sie das nicht mit gleichem Erfolge thun, ohne vor den Augen dieses Volks vorzugehen? Können nicht die Folgen des Vorgegangnen auf daffelbe eben so wirkfam feyn, als das unmittelbare Anschauen? Und wird der Zuschauer nicht von diesen Eindrücken theils durch Erzählung, theils durch das Betragen einiger im Stücke mit interessirter Personen zur Genüge unterrichtet werden können? Zu geschweigen, daß nicht einmal alle tragische Handlungen von dieser Art seyn dürfen. In jenem Falle wird vielmehr das Intereffe gewiffermaffen von dem Zuschauer abgezogen, der nun glaubt, die Handlung gehe nicht sowohl ihn, als nur jenes dabey gegenwärtige Volk an. —

"Aber, fagt Herr Vatry weiter, die meiften Grundregeln des Theaters find aus dem Chor entstanden." — Grundregeln? und welche find das? — Die erste, die er anführt, ift die Einheit des Orts, welche die Alten mit der größten Sorgfalt beobachteten. Und das mußten fie auch freylich; denn der Chor heftete, so zu reden, den Ort der Scene unverrückbar feste. Eben so gieng es mit der bestimmten Dauer des Stücks, wobey der Dichter freylich weit eingeschränkter war, indem der Chor das ganze Stück hindurch auf der Bühne blieb. Allerdings find diese, und andre bramatische Vorschriften in dem Umftande des Chors gegründet, wie ich schon oben (zu V. 185.) angemerkt habe. Dem ungeachtet begiengen die neuern Kunstrichter den Fehler, daß fie diese Regeln nicht für mechanisch und zufällig, wie fie sonach feyn mußten, sondern für wesentliche Grundregeln des Drama ansahen; daher die ängstliche und kalte Regelmäßigkeit der nach denselben geformten Trauerspiele. Beweist nicht eben der Umftand, daß fie im Chor gegründet waren, ißt, da der Chor wegfällt, ihre Entbehrlichkeit, in so fern nämlich die Wahrscheinlichkeit fich mit ihrer Hintansetzung verträgt? Und brauche ichs dem Kenner des neuern Theaters erst zu sagen, wie viel vortreffliche Stücke und

Scenen wir entbehren müßten, wenn man nicht Muth genug gehabt hätte, eine sklavische, übel verstandne Regelmäßigkeit weit größern und wesentlichern theatralischen Schönheiten aufzuopfern?

Was Herr Vatry von dem bessern Zusammenhange der alten Trauerspiele sagt, der dadurch erhalten wurde, daß der Chor das Ende des einen Akts mit dem Anfange des folgenden besser verknüpfte, steht nicht zu leugnen; und wir sollten diesen Verlust, wenigstens durch schickliche Musik zu ersetzen suchen, um den Zuschauer nicht mitten aus seiner Empfindung heraus zu reissen, sondern dieselbe vielmehr in seiner Seele zu unterhalten. Allein, den Vorzug, den wir in Ansehung des Orts und der Zeit durch diese Zwischenräume erhalten, beyseite gesetzt, bedarf auch vielleicht die Seele solcher Erholungen; wenigstens wird die ungeduldige Erwartung des Zuschauers dadurch verstärkt und aufgehalten. — Schwächer ist der folgende Grund, der von der größern Mannichfaltigkeit hergenommen wird, welche die alten dramatischen Stücke durch den Chor sollen erhalten haben, besonders in Ansehung des mehr poetischen Ausdrucks, und des abwechselnden recitirenden und lyrischen Gesanges. Sie erhielten vielmehr eben dadurch weit mehr Ungleichheit, weit mehr Widersinniges, welches indeß damals durch die Einrichtung ihrer Bühnen, und durch die Stärke der einmal hergebrachten Gewohnheit gemildert wurde.

Bey dem zweyten Vertheidigungsgrunde des alten Chors, der von der dadurch veranlaßten größern Pracht des Theaters hergenommen ist, darf ich mich nicht lange verweilen. Ausser, daß dieß kein wesentliches Erfoderniß der dramatischen Kunst ist, *) lag der Grund jenes Vorzugs wiederum in der mehrmals gedachten äussern Einrichtung und dem größern Umfange der alten Schaubühne. — —

„Aber der Chor trug auch durch sein ehrerbietiges Bezeugen

*) S. die Hamb. Dramaturgie, B. II. S. 222. f.

und durch seine Lobsprüche dazu bey, die Würde der spielenden Personen zu heben, und sie in den Augen des Zuschauers grösser und ehrwürdiger zu machen." — Schlimm!
wenn der tragische Dichter dazu solcher Hülfsmittel bedarf,
die nicht schon in der Handlung des Stücks, und vornämlich in der Entwickelung der Charaktere und Gesinnungen
seiner spielenden Personen liegen.

Eben so verhält es sich mit dem Umstande, auf welchen
auch Herr Hurd (S. 131.) vorzüglich bringt, mit dem
moralischen Unterrichte. Es ist allemal die Schuld des
Dichters und ein Fehler seiner Kunst, wenn er die Gesinnungen und Grundsätze seiner Personen sich nicht durch ihre
Reden, und noch mehr durch ihre Handlungen, auch durch
den ganzen Verlauf des Stücks, auf die deutlichste Art entfalten läßt, wenn darin etwas Zweydeutiges und Halbver-
standenes übrig bleibt. Erfüllt er seine Pflicht, so darf er
auch bey den Zuschauern so viel gesunden Verstand und
praktische Weltkenntniß voraussetzen, als von ihrer Seite
zur Einsicht und Beurtheilung der Moralität seiner Charaktere und Grundsätze nöthig ist.

Der dritte Vortheil endlich, den Herr Vatry für den
wichtigsten hält, ist das grössere Pathos, welches ihm die
alten Tragödien durch Hülfe des Chors hervorzubringen
scheinen. „Das Trauerspiel der Alten, sagt er, entlehnte
von der Moral ihre schönsten Grundsätze, gab sich durch die
Religion eine grössere Würde, und verschönerte sich durch
ihre ehrwürdigsten Feyerlichkeiten; u. s. f. " — Ferner:
„die Chöre trugen durch die Musik und den Tanz, womit
sie begleitet waren, ungemein viel zur Rührung der Leidenschaften bey. Diese wurden dadurch noch mehr in Bewegung
gesetzt, daß der Zuschauer, so zu reden, wieder andre sehr
gerührte Zuschauer vor sich sah; gleich den Mahlern, die
auf einem Gemählde, das rühren soll, sich nicht bloß mit
der Vorstellung der Handlung selbst begnügen, sondern auch

auf den Gesichtern der Umstehenden die verschiedenen Leidenschaften ausdrücken, welche ihr Gemählde erregen soll." —
Dieß ist größtentheils schon vorhin beantwortet, und ich
will es hier nur summarisch wiederholen: die äussere Pracht
ist dem Drama nicht wesentlich, und kein Mittel, Leidenschaften zu erregen; Musik und Tanz können die Rührung
verstärken, aber auch sie sind keine wesentlichen Erfordernisse
des Trauerspiels, das auch ohne sie die stärksten Eindrücke
zu machen im Stande ist; des Vehikels andrer Zuschauer,
wenn ich so reden darf, braucht es nicht; sie können, wie
ich schon erinnert habe, das Interesse eher schwächen, als
verstärken.

Am Ende beruft sich der Verf. noch auf die grosse Wirkung der Opern, um daraus einen Schluß auf die gewissermassen damit übereinstimmenden alten Trauerspiele zu
machen. Es ist hier der Ort nicht, hierüber weitläuftiger
zu seyn; wenn man aber auch zugeben will, daß die Parallele
zutrifft; so machen doch itzt beyde zwey verschiedne Gattungen aus, und bey aller Achtung für ein so prächtiges Schauspiel, kann ich mich doch sicher auf die Empfindungen der
Kenner berufen, die vielleicht durch dieß Zauberspiel entzückt
und hingerissen sind, aber lange nicht die Rührungen und
das Interesse empfunden haben, worein sie ein vortreffliches
Trauerspiel, ohne alle dergleichen Beyhülfen, zu versetzen
vermag.

V. 202.

Tibia non, vt nunc, etc.

Dieser Uebergang ist um so viel natürlicher, da, nach
Abschaffung des Chors in der Komödie, die Tibia in die
Stelle desselben kam. *) Man sieht dieß aus folgenden
Versen beym **Plautus**, womit sich der erste Akt seines
Pseudolus schließt:

---

*) S. SCALIGER *de Comoedia et Tragoedia*, Cap. V.

Concedere aliquantisper hinc mihi intro libet,
Dum concenturio in corde sycophantias;
Tibicen vos interea hic delectauerit.

Vorher war sie nur eine Begleitung desselben: adesse choris
erat vtilis. — Ich glaube, daß diese Anmerkung dazu bie=
nen kann, über die ganze Stelle mehr Licht zu verbreiten;
und bemerke bey dieser Gelegenheit noch einen historischen
Umstand von der Veranlassung jener Einstellung des Chors
in den Komödien, den uns das Fragment des Euanthius
über die Komödie der Alten *) aufbewahrt hat. Beym über=
hand nehmenden Luxus nämlich, wurde der Zuschauer we=
niger aufmerksam, und fieng an, so bald die Reihe an den
Chor kam, aufzustehn, und davon zu gehen; daher liessen
die Dichter den Chor ganz weg, um ihm diese Zwischenzeit
frey zu lassen, wie Menander that. In der Folge liessen
sie, besonders die Lateinischen Dichter, gar keine Zwischen=
zeit; daher es so schwer ist, die Akte bey ihnen richtig ab=
zutheilen.

Die vorhabende Stelle beym Horaz würde ich in Ver=
bindung mit dem Vorhergehenden am liebsten so verstehen:
„ — Dieß war die alte, simple Form des Chors. Damals
brauchte die Musik nicht stark zu seyn; denn sie war eine
blosse Begleitung des Chors; das Theater war klein, und
der Zuschauer war ruhig. In der Folge hob sich sowohl die
Musik als die Poesie der Chöre. Die Freude der Feste, an
welchen die Schauspiele gegeben wurden, machte die Zu=
schauer lauter und unruhiger, und ihre Menge gemischter.

---

*) S. GRONOVII *Thes. Antiq. Graec.* T. VIII. p. 1685. „Nam
postquam otioso tempore, fastidiosior spectator effectus, tunc cum ad
cantores ab actoribus fabula transibat, consurgere et abire coepisset;
admonuit poetas, primo quidem choros praetermittere, locum eis
relinquentes, vt Menander fecit, hac de causa, non, vt alii existi-
mant, alia. Postremo ne locum quidem reliquerunt: quod Latini
fecerunt Comici; vnde apud illos dirimere actus quinquepartitos
difficile est.

Daher mehr Ueppigkeit in der Muſik und im poetiſchen Ausdrucke. " — Das: Indoctus quid enim ſaperet, etc. wäre
dann vielleicht ſo zu erklären, daß *ſapere* hier ſo viel als
ruhig ſeyn hieſſe, und durch die Unruhe die ſtärkere Muſik
veranlaßt wäre. Auch iſt das aus allen Umſtänden wahrſcheinlich, was auch Griffioli mit vielem Eifer gegen den
Denores zu erweiſen ſucht, daß hier nicht von den Veränderungen des Römiſchen, ſondern des Griechiſchen Theaters die Rede ſey.

Dieſe Erklärung ſtimmt nun freylich nicht mit derjenigen überein, welche Herr Hurd (S. 149. f.) giebt; und ich
geſtehe aufrichtig, daß mir dieſelbe, bey allem dem Scharf-
ſinne, mit welchem ſie der Verf. erfunden, und wahrſcheinlich zu machen geſucht hat, doch ſehr gezwungen vorkömmt.
Woher erſtlich hier auf einmal die Jronie? Ferner, aus
welchem Grunde kann man da die Einrede eines Dritten
annehmen, wo keine in dergleichen Fällen ſonſt gewöhnliche
Spur davon da iſt? Und der ſchnelle Sprung vom luſtigen
zum ernſthaften Tone ſcheint der wahren Manier der Horaziſchen Schreibart eben ſo wenig gemäß zu ſeyn, als der
Grundſatz des Dichters: Sermone opus eſt triſti, ſaepe iocoſo, hicher g. hört. — Bey dem allen darf man indeß
die ganze Stelle weder für ein Lob noch für einen Tadel
dieſer als nothwendig angegebenen Veränderung anſehen;
ſondern bloß als eine hiſtoriſche Bemerkung.

V. 211.

In ſo ſchlimmem Verſtande, wie Dacier thut, iſt hier
die maior licentia freylich wohl nicht zu nehmen. Nach der
eben von mir gegebenen Erklärung wird es nichts weiter
heiſſen, als: gröſſere Freyheit, gröſſere Lebhaftigkeit.

Von den numeris modisque ſcheint mir die gewöhnliche Auslegung noch immer die natürlichſte zu ſeyn, da man
nämlich das erſte von den Verſen, und den letztern Ausdruck von der Muſik verſteht. Herr Hurd nahm, wie es

ſcheint, beydes von den Verſen; wenigſtens erklärt er die numeros, allein vom Sylbenmaaſſe. Eben ſo viel Recht würde Denores haben, der es von der Muſik allein erklärt, und unter numeris den Takt, unter modis die Tonart verſteht.

V. 214. f.

In dem Einfalle des Dacier, deſſen Herr Hurd (S. 155.) gedenkt, iſt nur das ſonderbar, daß er dem Horaz einen ſo widerſinnigen Sprung von dem Römiſchen auf das Griechiſche Theater Schuld geben kann. Sonſt bleibt es allemal wahrſcheinlicher, daß auch hier von dem letztern allein die Rede ſey. Denn alle die Verbeſſerungen, deren der Dichter gedenkt, waren ſchon bey den Griechen da. Von den Römern muß man, wenigſtens aus den noch vorhande-nen Beyſpielen, beynahe das Gegentheil ſchlieſſen.

V. 215.

Der Umſtand von der Anlegung ſchicklicher Kleider iſt auf keine natürliche Art in dieſen Verſen zu finden. Wenn ja die Redensart wörtlich zu erklären iſt; ſo ſcheint Horaz damit auf das längere, ſchleppende Gewand zu deuten, wel-ches die Griechen σύρμα nannten. So ſagt Virgil vom Orpheus:

Nec non Threicius longa cum veſte ſacerdos
Obloquitur numeris ſeptem diſcrimina vocum.

Aen. VI.

V. 218. f.

Es läßt ſich nicht von allen Auslegern, ſondern nur vom Lambin und einigen Neuern ſagen, daß ſie dieſe Stelle als einen Tadel angeſehen haben. Kolonius, Griffoli, Denores, Heinſius, u. a. m. finden darin ein Lob der neuern Vollkommenheit des Chors. — Uebrigens hätte Herr Hurd den Scharfſinn ſparen können, mit wel-chem er auch dieſe Stelle auf die Römiſche Tragödie zu ziehen ſucht. Alles paßt, wenigſtens zunächſt, weit ſchicklicher auf die Griechiſche, deren Chöre den hier angegebenen Charakter hatten. So führt Denores ein Beyſpiel des Drakelmäßigen, der ſententia diuina futuri, aus einem Chore im Ajax des Sophokles an:

> ᾤμοι φοβῦμαι τὸ προσίρπεν.
> περιφαντος ἀνὴρ
> ϑανεῖται παραπλήκτῳ
> χερὶ, συγκατακτὰς
> μελαινοῖς ξίφεσι βοτὰ, καὶ
> βοτῆρας ἱππονόμας.

Und bald hernach:

> ξύμφημι δή σοι καὶ δέδοικα, μή ἡ ϑεῦ
> πληγή τις ἥκοι.

Auch ſehe ich nicht ein, warum Herr Hurd, da er das Ganze für keinen Tadel anſieht, gerade dieſe Stelle (S. 164.) dafür erklärt, und ſie von dem Mißbrauche des Spruchreichen bey den Römiſchen Trauerſpieldichtern verſtanden wiſſen will. Seine Vertheidigung des rechten Gebrauchs deſſelben bey den Griechen iſt ſehr gut, und dient noch mehr zur Beſtätigung, daß hier von der Bühne dieſer Nation die Rede ſey. Wenn man dieß annimmt, ſo erhält auch die ganze Stelle mehr Gleichförmigkeit und natürlichen Zuſammenhang.

Zu S. 173.

Die Verwechſelung der alten ſatyriſchen Chöre, dieſes erſten Grundſtofs der Tragödie, mit den nachher entſtandenen Satyrſpielen hat keinen Ausleger mehr in Verlegenheit geſetzt, als den Grifftoll, der ſich gar nicht darein zu finden weiß, wie Horaz von einer Sache, als einer noch gewöhnlichen und gangbaren, reden könne, die doch ſchon längſt von den ältern tragiſchen Dichtern der Griechen abgeſchafft wäre. Er ſah nicht ein, daß die Stellen beym Ariſtoteles, die ihn noch mehr verwirrten, bloß von der

Abschaffung des erstern rohen satyrischen Chors bey der Feyer des Bacchusfestes zu verstehen sind, und zog daraus ein seltsames Dilemma: „Et tamen vehementer me perturbat Horatius, dum ita de iis loquitur, vt si essent in frequenti vsu, nec tragici poetae vnquam eos reiecissent; *vt necessarium sit, alterutrum errare, vel Horatium, vel Aristotelem.* Ego vero, vt vtrumque tueri nequeo, ita neutrum damnare audeo.“ — Andre sind auf die Erklärung gefallen, es sey von eingeschobenen Chören und Spielen der Satyrs zwischen den tragischen Akten die Rede; doch dazu fehlt aller historischer Grund. Herrn Hurds Vermuthungen bey dieser Stelle haben, wie mich dünkt, sehr viel Wahrscheinlichkeit; hingegen ist wohl seine Auslegung von incolumi grauitate (V. 122.) mehr sinnreich, als im Römischen Sprachgebrauche gegründet.

V. 226.

Das vertere seria ludo erklärt **Kolonius** sehr gut von der Vorstellung der Satyrspiele nach geendigter Tragödie.

Zu S. 190. f.

In Ansehung der Geschichte der **Schäferpoesie** bey uns **Deutschen** erinnere ich nur kürzlich den Kenner unsrer poetischen Literatur an einige vor und um **Opitzens** Zeiten geschriebene Schäferspiele in dramatischer Form, die ebenfalls den Italiänern nachgeahmt waren, an die **Daphne** des gedachten Dichters selbst, die von eben der Art, und nach seinem eigenen Geständnisse mehrentheils aus dem Italiänischen genommen ist, an so viele verunglückte Versuche der Lohensteinischen Schule in dieser Gattung, an **Wernikens** mehr im Geschmacke der Alten geschriebene Schäfergedichte, an die vor etwa dreyßig Jahren, meistens nach Französischen Mustern gebildeten Schäferspiele, die man itzt ziemlich gleichgültig ansieht, und endlich an die Meisterstücke unsers **Geßners**, dem wir die Verbesserung dieser Dichtungsart unter uns, und die Zurückführung derselben zu der Sim-

plicität und großen Manier des Alterthums schuldig find. —
Auch hat wohl noch keine Nation eine gesundere Theorie
der Schäferpoesie aufzuweisen, als diejenige ist, welche
Herr Mendelssohn in den Litteraturbriefen (Th. V. Br.
85. 86.) geliefert hat.

V. 272.

Sanadon führt bey diesem Verse die Leseart einer alten
Handschrift des Achille Estaço an: *Non* dicam stulte; und
diese würde freylich sehr dazu dienen, das Horazische Urtheil
über den Plautus zu mildern; allein dieß Einschiebsel
würde doch ziemlich müßig da stehen.

Bey den in den Hurdischen Anmerkungen S. 202. angeführten Versen des Cäsar über den Menander bemerke
ich eine andre Lesart, die gleichfalls Sanadon (T. VII.
p. 60.) vorschlägt, und die mir sehr annehmlich zu seyn
scheint. Er ändert nämlich die Interpunktion, und liest
diese Verse so:

Lenibus atque vtinam scriptis adiuncta foret vis!

Comica vt aequato virtus polleret honore, etc.

so, daß *vis* für sich bliebe, und *comica virtus* zusammen
gehörte. Der Sinn bleibt auf diese Art der nämliche, und
der Ausdruck wird schöner und vollständiger.

V. 281.

Die Frage, ob in Griechenland die Tragödie oder die
Komödie zuerst entstanden sey, läßt sich schwerlich mit aller
Genauigkeit entscheiden. Eigentlich entstanden beyde aus
der Grundlage des Chors bey dem Bacchusfeste; die Tragödie wurde, wie man weiß, aus demselben herausgezogen,
und die Komödie lag, zwar nicht ihrer Form, aber doch ihrem Charakter nach, gleichfalls schon darinnen.

V. 284.

Die Erklärung unsers Verf. von dem Worte *turpiter*
gäbe zwar einen richtigen und guten Sinn; nur scheint mir

derselbe nicht in diesen Zusammenhang herein zu gehören. — Kolonius zieht dieß Beywort zu nocendi, und konstruirt: sublato iure *turpiter nocendi;* welches vielleicht die beste Erklärung seyn würde, wenn eine so weite Entfernung des Adverbii von seinem Zeitworte, noch dazu in der Nähe eines andern, gewöhnlich wäre.

V. 286.

Bey demjenigen, was unser Verfasser hier von dem Vorzuge der einheimischen Sitten sagt, empfehle ich Herrn Leßings Anmerkungen über diesen Umstand im zweyten Bande seiner Dramaturgie S. 352. f. nachzulesen.

Zu S. 225.

Herr Hurd ist ein desto gültigerer Richter der Dialogischen Schreibart, da er selbst meisterhafte Versuche in derselben gemacht hat; ich meyne seine Moral and Political Dialogues between divers eminent persons of the past and present age. Lond. 1760. gr. 8. und die Dialogues on the Uses of foreign travel considered as a Part of an English Gentleman's Education, between Lord SHAFTESBURY and Mr. LOCKE, Lond. 1764. gr. 8.

V. 319.

Speciosa locis, möchte ich lieber mit dem Kolonius und Baxter von den Charakteren verstehen; oder, vielleicht noch besser, mit dem Grifftoli, von der Handlung und den Situationen. Denn die Erklärung von den locis communibus, welche Herr Hurd mit den meisten neuern Auslegern gemein hat, verträgt sich nicht wohl mit dem folgenden: nullius veneris, sine pondere et arte. — So stimmt dann auch die Meynung des Horaz mit der angeführten Stelle aus dem Aristoteles völlig überein.

V. 404. f.

Die Anmerkung, welche Herr Hurd zu dieser Stelle macht, trägt unstreitig sehr viel zur Erläuterung und zum richtigen Verstande derselben bey. — Unter den ältern

Auslegern erklärt doch auch **Xolonius** das: Ne forte pudori, etc. von der lyriſchen Poeſie, nur daß er dabey die
Vermuthung äuſſert, der ältere **Piſo** ſelbſt habe an dieſer
Dichtungsart vorzüglichen Geſchmack gefunden. Die Beziehung, welche unſer Verfaſſer annimmt, iſt zwar in der
hiſtoriſchen Gewißheit gegründeter, aber doch der ganzen
Wendung des Ausdrucks: ne forte pudori ſit *tibi* etc. nicht
ſo gemäß.

III.

Zuſätze zu den Anmerkungen über die Epiſtel an den Auguſtus.

Es wird nicht überflüßig ſeyn, die Veranlaſſung dieſer
Epiſtel, wie ſie uns in dem Leben des **Horaz**, das man gemeiniglich dem **Sueton** zuſchreibt, erzählt wird, auch hieher zu ſetzen. Es heißt daſelbſt vom Auguſtus: Scripta quidem eius vſque adeo probauit, manſuraque perpetuo, vt
non modo ſeculare carmen componendum iniunxerit, ſed
et Vindelicam Victoriam Tiberii Druſique priuignorum;
eumque coëgerit propter hoc, tribus carminum libris, ex
longo interuallo, quartum addere; poſt ſermones quoque
lectos, nullam ſui mentionem habitam ita ſit queſtus:
*Iraſci me tibi ſcito, quod non in pleriſque eiusmodi ſcriptis
mecum potiſſimum loquaris. An vereris, ne apud poſteros tibi
infame ſit, quod videaris familiaris nobis eſſe?* Expreſſit-
que Elogium, cuius initium eſt:

> Cum tot ſuſtineas, et tanta negotia, ſolus;
> Res Italas armis tuteris, moribus ornes,
> Legibus emendes: in publica commoda peccem,
> Si longo ſermone morer tua tempora, Caeſar.

Den Hauptinhalt dieser Epistel, den die übrigen Ausleger, besonders Sanadon, vielleicht für gar zu mannichfaltig angesehen haben, schränkt Pope in dem Vorberichte
zu seiner Nachahmung derselben gleichfalls darauf ein, daß
er sie für eine Schutzschrift für die Dichter erklärt, deren
Absicht dahin gieng, den Augustus noch mehr zu ihrem
Beschützer zu machen. „Horaz, sagt er, vertheidigt hier
die Sache seiner Zeitgenossen, erstlich, gegen den Geschmack
der Stadt, die etwas darin suchte, bloß die Dichter der
ältern Zeit zu erheben; zweytens, gegen den Hof und den
Adel, von denen bloß die dramatischen Dichter Aufmunte-
rungen erhielten; und endlich, gegen den Kaiser selbst, der
sie für Leute hielt, die für den Staat nicht sehr brauchbar
wären. Er geht kürzlich die Geschichte der Literatur und die
Veränderungen des Geschmacks bey den Römern durch, und
zeigt: daß die Einführung der aus Griechenland gekomme-
nen schönen Künste den Schriftstellern seiner Zeit grosse Vorzüge vor den ältern gegeben habe; daß der moralische Charakter ihrer Gedichte sehr verbessert, und die Ausgelassenheit
jener ältern Dichter weit mehr eingeschränkt, daß die Satire
und Komödie regelmäßiger und nützlicher geworden sey; daß
man den Grund aller noch übrig gebliebenen Ausschweifungen des Theaters in dem schlechten Geschmacke des Adels
suchen müsse; daß die Dichter, unter gewissen Einschränkungen, dem Staate in manchem Betrachte nützlich seyn können; und schließt damit, daß der Kaiser selbst, in Ansehung
seines Ruhms bey der Nachwelt, von ihnen abhange.“

Den Eingang dieser Epistel hat Herr Hurd (S. 296. f.)
auf eine sehr feine und sinnreiche Art erklärt. Es findet indeß noch eine andre, vielleicht natürlichere Erklärung statt;
und es wundert mich, daß keiner von den Auslegern auf
dieselbe gefallen ist, da sie doch alle die oben angeführte Stelle
aus dem Leben des Horaz gekannt, und zum Theil mit
beygebracht haben. Wenn man nämlich die daselbst ange-

führten Worte aus einem Briefe des **Auguſtus** an den Dichter für ächt anſehen darf, worin er ihm ſeinen Unwillen darüber bezeugte, daß er keine von ſeinen Sermonen an ihn
gerichtet habe; ſo liegt vielleicht in dem Eingange dieſer
Epiſtel, die, nach eben dem Zeugniſſe, durch jenen Vorwurf
veranlaßt iſt, eine direkte Antwort auf denſelben, daß er
ſichs nämlich nicht erlaubt habe, eine von dieſen Sermonen
ihrer Länge wegen, an den Kaiſer zu richten:

in publica commoda peccem,
Si longo *ſermone* morer tua tempora, Caeſar.

Zu S. 300.

Die in der zweyten Note von dem Verf. angeführte
Abhandlung iſt von dem Abt **Mongault**, und hat die Ueberſchrift: **Von den göttlichen Ehrenbezeugungen, die
man den Statthaltern der Provinzen erwieſen, ſo
lange die Römiſche Republik beſtanden.** Man kann
ſie deutſch in der Gottſchedinn Ueberſetzung der **Ausführ-
lichen Schriften der Königl. Akad. der Auffchr.** Th. I.
S. 430. f. leſen.

Zu S. 302. f.

Die beyläufige Erläuterung, welche Herr **Hurd** hier
über eine Stelle im **Virgil** giebt, iſt ohne Zweifel eine der
ſchönſten, und ausführlichſten, die bisher darüber gemacht
ſind. Man vergleiche damit die vortrefliche Ausgabe dieſes
Dichters vom Herrn Hofrath **Heyne**, (B. I. S. 276. f.)
deſſen Erläuterung im Ganzen mit der von unſerm Verfaſſer
übereinſtimmt, auſſer, daß er den Anfang der Allegorie erſt
bey dem dreyzehnten Verſe: Et viridi in campo etc. zu machen ſcheint. — Die Unterſuchung der kritiſchen Zweifel,
welche Herr **Hurd** in der Note zu S. 310. wider V. 46—48.
erregt, überlaſſe ich einſichtvollern und mit den dazu gehörigen Hülfsmitteln mehr verſehenen Kunſtrichtern, und be-
gnüge mich mit folgenden beyläufigen Erinnerungen.

Db

Ueberhaupt scheint mir das Verfahren ein wenig zu rasch, eine fremde Einschaltung zu vermuthen, wo die Beschaffenheit der Handschriften eine solche Vermuthung weder veranlaßt, noch unterstützt; und das ist doch wohl hier der Fall. — Der Ausdruck *accingor dicere* ist so widersinnig nicht, und ähnlichen Wortfügungen gemäß, die allerdings nach dem Griechischen Idiom gebildet sind. — Noch weniger scheint mir *ardentes pugnas* anstößig zu seyn, da dieß Beywort selbst in der prosaischen Schreibart solchen Substantiven beygesellt wird, die den Nebenbegriff des Lichts oder der Hitze für sich nicht haben. So sagt z. B. Cicero: nec tuos ludos adspexit in illo *ardenti tribunatu* suo. *Orat. pro P. Sext.* c. 54. — *ardentes* in eum *literas* ad me misit. *Ad Att. L. XV. ep.* 10. und **Virgil** selbst:

pauci, quos aequus amauit
Iupiter, atque *ardens* euexit ad aethera *virtus.*

AEN. VI. 130.

Den **Tithonus** wählte der Dichter nicht sowohl zur Ableitung der Ahnen des Kaisers, als zur Andeutung des langen Abstandes, und einer fast unendlichen Zeit. — Wider dasjenige, was der Verf. wider den Inhalt dieser Verse erinnert, ließe sich vielleicht sagen, daß man dieselben nicht als eine Auflösung, sondern als eine Fortsetzung der Allegorie anzusehen habe. Durch seinen epischen Gesang wollte der Dichter nämlich die übrigen Feyerlichkeiten und Ehrenbezeugungen noch mehr erhöhen und verherrlichen. Und so fiele auch der letzte Einwurf, in Ansehung der Anordnung weg, und der Argwohn einer Nachahmung des **Ovid,** der mir ohnedieß nicht recht festen Grund zu haben scheint.

Zu S. 317.

Die **Bentleyische** Muthmassung, V. 41. probosque für poetas zu lesen, hat **Sanadon** in den Text aufgenommen, und in der Anmerkung zu diesem Verse umständlich vertheiblgt. Sie hat allerdings viel Wahrscheinlichkeit; nur möchte ich nicht mit diesem Ausleger glauben, daß Horaz hier nicht die Dichter, sondern ganz andre vorhin erwähnte Dinge, die Verträge der Könige, die Ritualien, und die Gesetze der zwölf Tafeln in Gedanken gehabt habe. Von V. 34. an ist freylich wohl nur von Gedichten die Rede. Der Grund, den Bentley in Ansehung des bessern Gegensatzes, und der Beziehung auf die vorhergehenden ähnlichen Ausdrücke anführt, ist von grösserm Gewichte:

S. 320.

Die hier angeführte Stelle vom **Cicero**, deren Zusammenhang sehr zur Bestätigung desjenigen Begriffs dient, den der Verf. sehr richtig mit dem hier gebrauchten Worte *doctus* verbindet, ist folgende: Nec vero, vt noster Lucilius, recusabo, quo minus omnes mea legant. Vtinam esset ille Persius! Scipio vero, et Rutilius multo etiam magis: quorum ille iudicium reformidans, Tarentinis ait se, et Consentinis, et Siculis scribere. Facete is quidem, sicut alias: sed nec tam *docti* tunc erant, ad quorum *iudicium* elaboraret, et sunt illius scripta leuiora, vt vrbanitas summa appareat, *doctrina* mediocris. *De Fin.* I. 3.

S. 360.

Die hier gemeynte Schrift wider den **Cid** sind die von dem Kardinal **Richelieu** veranlaßten Sentimens sur la Tragi-Comedie du Cid, welche im Namen der Französischen Akademie geschrieben wurden. Man vergleiche darüber **Voltairens**Anmerkungen in seinem Kommentar über dieß Trauerspiel.

S. 362.

Die Stelle beym **Quintilian**, deren der Verf. bey dem Worte *facetum* erwähnt, ist folgende: (L. VI. c. 3.) *Facetum* — non tantum circa ridicula opinor consistere. Neque enim diceret Horatius, *facetum carminis genus natura concessum esse Virgilio.* Decoris hanc magis, et excultae cuiusdam elegantiae appellationem puto. Ideoque in epistolis

Cicero haec Bruti refert verba: *Nae illi sunt pedes faceti, ac deliciis ingredienti molles.* Quod conuenit cum illo Horatiano:

— — *Molle atque facetum Virgilio.*

Man vergleiche hiermit folgende Stelle im **Orator** des **Cicero** (Cap. VI.) wo er von der niedern Gattung der Schreibart redet: In eodem genere alii callidi, sed impoliti, et consulto rudium similes et imperitorum: alii in eadem ieiunitate concinniores, id est, *faceti*, florentes etiam et leviter ornati.

Der Verf. führt hiezu ein erläuterndes Beyspiel aus der Englischen Sprache an. *A good Wit,* sagt er, hieß etwan ein Mann von gutem natürlichen Geschmacke und Verstande; weil man aber bemerkte, daß dasjenige, was man heutiges Tages *Wit* nennet, so zu reden, der Kern und die Quintessenz des gesunden Verstandes sey; so ist nun *a Man of Wit* ausschliessungsweise die Benennung eines solchen, der seinen gesunden Verstand auf diese besondre Art an den Tag legt. — Mit dem deutschen Worte *Witz* hat es eben die Bewandniß. Bey den ältern Schriftstellern hieß es so viel als **Verstand;** eine Bedeutung die es itzt fast ganz verloren hat, nachdem es, wie im Englischen, auf eine besondre Art der Aeusserung des Verstandes eingeschränkt ist.

Ende des Ersten Bandes.

www.ingramcontent.com/pod-product-compliance
Lightning Source LLC
Chambersburg PA
CBHW021339110726
47900CB00005B/1529